中国楚辞学

第二十六辑

二〇一五年中国淮阴屈原暨楚辞学国际学术研讨会论文

中国屈原学会 编

主办：北京市哲学社会科学北京语言大学首都国际文化研究基地
江苏高校哲学社会科学重点研究基地南通大学楚辞研究中心

协办：江苏春雨教育集团有限公司
北京艺术传媒职业学院

学苑出版社

图书在版编目（CIP）数据

中国楚辞学．第二十六辑/中国屈原学会编．—北京：学苑出版社，2019.6

ISBN 978-7-5077-5726-2

Ⅰ.①中…　Ⅱ.①中…　Ⅲ.①楚辞研究-中国-丛刊　Ⅳ.①I207.223-55

中国版本图书馆 CIP 数据核字（2019）第 118349 号

责任编辑：战葆红　李蕊沁
出版发行：学苑出版社
社　　址：北京市丰台区南方庄 2 号院 1 号楼
邮政编码：100079
网　　址：www.book001.com
电子信箱：xueyuanpress@163.com
联系电话：010-67601101（营销部）　67603091（总编室）
经　　销：新华书店
印 刷 厂：保定市彩虹艺雅印刷有限公司
开本尺寸：787×1092　1/16
印　　张：31
字　　数：600 千字
版　　次：2019 年 7 月北京第 1 版
印　　次：2019 年 7 月北京第 1 次印刷
定　　价：120.00 元

编 委 会

顾　问　　谭家健　　陈怡良（中国台湾）　李炳海　　崔富章　　毛　庆　　赵逵夫
　　　　　　蒋南华　　潘啸龙　　章必功　　殷光熹　　张崇琛　　詹福瑞

主　编　　方　铭　　周建忠　　张　强

编　委　（按姓氏笔画顺序排列）
　　　　　　力　之　　大野圭介[日本]　　王德华　　邓国光（中国澳门）　叶子衡
　　　　　　白　马[德国]　朴永焕[韩国]　　朱闻宇　　刘　刚　　刘生良
　　　　　　刘毓庆　　汤漳平　　严　军　　李金善　　李　诚　　李洲良　　杨生虎
　　　　　　杨　波　　吴万钟[韩国]　　吴广平　　何新文　　谷口洋[日本]
　　　　　　张宏洪　　陈书良　　陈　亮　　林家骊　　林登顺（中国台湾）　罗　漫
　　　　　　金荣权　　周秉高　　屈学民　　赵敏俐　　钟兴永　　姚小鸥　　徐志啸
　　　　　　徐文武　　凌智民　　郭　杰　　郭　丹　　郭建勋　　黄震云　　黄崇浩
　　　　　　黄耀坤（中国香港）　黄凤显　　黄灵庚　　钱　征　　彭千红　　程本兴
　　　　　　傅利民　　鲁瑞菁（中国台湾）　谢　君　　詹航伦[马来西亚]　蔡靖泉
　　　　　　廖　群　　谭家斌

编辑部　　谢　君　　朱闻宇　　王孝强　　冯　莉　　张　鹤　　李　敏　　蔡柯欣
　　　　　　伊雯君　　赵　妍

目 录

汉、唐楚辞学研究

读《九辩》章句
　　——《楚辞章句》韵文注研究之二 ……………………………… 黄耀堃（1）
王充屈原观探析 …………………………………………………………… 吴从祥（15）
浅析郭璞《楚辞注》的学术背景与训诂特点 …………………………… 黄建荣（21）
楚辞神话学的开辟及训诂学的演进
　　——郭璞《楚辞注》楚辞学价值探微 …………………………… 纪晓建（29）
奇文郁起　轹古切今
　　——试论刘勰的楚辞观 ……………………………………………… 季桂增（46）
唐代诗人对屈原及其《楚辞》研究情状之论略 ………………………… 李金坤（55）

宋、清楚辞学研究

朱熹楚辞学的地位及影响 ………………………………………………… 谢　君（71）
浅议《楚辞集注》中的"忠君爱国"说 ……………………… 林　姗　郭　丹（77）
吴仁杰《离骚草木疏》版本源流考 ……………………………………… 罗建新（85）
王夫之的"蔽屈子一言曰'忠'论" ……………………………………… 丁海玲（93）
方绩《屈子正音》及其用韵研究 ………………………………………… 陈鸿图（101）
望江鲁笔《楚辞达》研究 ………………………………………………… 陈　欣（107）
论王闿运《楚辞释》的政治化阐释及其影响 ………………… 郭建勋　罗　璐（117）
《屈原赋注·音义》作者初探 …………………………………………… 刘　剑（129）
独出机杼　不拘格套
　　——《屈子章句》评介 ……………………………………………… 胡　彦（137）
陈本礼《屈辞精义》对屈原其人的解读 ………………………………… 周思含（140）
哈佛燕京图书馆所藏马其昶稿本《屈赋晢微》 ………………………… 林家骊（149）

近现代楚辞学研究

胪列异文，订正讹误
　　——刘师培《楚辞考异》研究 ……………………………………… 李　文（165）

游国恩楚辞学思想探源 …………………………………… 李金善　赵　然（170）
钱钟书《楚辞洪兴祖补注》诠释视角、方法及价值论析 ……………… 彭安湘（181）
论饶宗颐先生的《楚辞》研究 …………………………………………… 毛　蕊（192）

域外楚辞学研究

冈松瓮谷《楚辞考》析论 ………………………………………………… 孙金凤（209）
日本江户、明治时期的楚辞学 ……………………… "日本楚辞学的基础研究"小组（221）
《续文章轨范》注评著作盛行与日本《楚辞》学文献拓展 ……………… 张祝平（242）
东国文人拟骚赋的基本类型与文体特征 ………………………………… 张　佳（251）

楚文化研究

《鄂君启舟节》地理密码 …………………………………………………… 凌智民（260）
楚简《太一生水》与屈原宇宙生成论新探 ………………… 张　强　秦龙泉（276）
吴楚之争与春秋后期政治格局的变化和文化交流 ……………………… 金荣权（284）
"独尊儒术"背景下的汉代楚文学新变 …………………………………… 叶志衡（292）
试论陈楚地区思想与学术中心的形成 …………………………………… 徐文武（302）
关于《史记》"一鸣惊人"故事的历史文化考察与文学研究 …………… 周苇风（308）
《庄子》《九歌》兮、乎内置单句的结构形态及语体功能 ……………… 贾学鸿（317）
楚迁陈城时期的楚辞作家及作品证略 …………………………………… 李治中（331）
《楚辞》歌支合韵楚方言特点的再讨论 …………………………………… 牟　歆（337）
由传承、模拟论赋之实体源出于楚地长诗 ……………………………… 邓　稳（348）

赋体文学研究

台湾辞赋之历史意识 ……………………………………………………… 欧天发（373）
试论曹植诗与赋之关系及其文学史意义 ………………………………… 袁　丁（388）
从骚体句式看魏晋南北朝时期"赋的诗化" …………………………… 李玉婉（400）
刘禹锡赋的企望心境与慷慨情怀 ………………………………………… 刘伟生（409）

楚辞英译研究

霍克思《离骚》英译本音韵美的语言分析 ……………………………… 杨成虎（430）
《楚辞》英译的形与神
　　——以许渊冲译本为例 ……………………………………………… 严晓江（436）

《楚辞》国际化的共相和殊相
　　——美国汉学家Waters、Owen与《九歌·湘君》译释的诸种问题 ………… 洪　涛（444）

学会历史回顾
回忆中国屈原学会的成立 ……………………………………………… 毛　庆（460）
橘颂离骚窥楚屈，湘君哀郢悟根原
　　——中国屈原学会第十六届年会暨中国屈原学会成立三十周年
　　　主题报告 ………………………………………………………… 周建忠（468）

汉、唐楚辞学研究

读《九辩》章句

——《楚辞章句》韵文注研究之二①

香港中文大学　黄耀堃

【摘　要】　拙稿《韵读与解读——读〈楚辞章句·渔父〉韵文注札记》曾讨论《楚辞章句》的韵文注这种正文、注释之间文本互涉的功能，以及讨论到是谁首先注意到《楚辞章句》的韵文注等问题，其中有提到《九辩》的韵文注。本文将就《九辩》的韵文注加以讨论，先从用韵的情况，校订其中的错简。此外，分析正文分段与韵文注的关系，再就其体式比较其他汉人的章句，如《孟子章句》以及《老子指归》，就此讨论汉代章句学相关的问题；并讨论韵文注与楚文圈的关系。

【关键词】　楚文化　章句学　小南一郎　《孟子》　《老子指归》

一、《九辩》章句的错简

拙稿《韵读与解读——读〈楚辞章句·渔父〉韵文注札记》（下称《韵读与解读》），② 说到韵文注这种正文与注释间文本互涉的问题时，提到了《九辩》，不过由于《九辩》的韵文注比《渔父》复杂，留在这里加以讨论。

韵文注由于经过长期流传抄写，出现不少错简，黄灵庚（1945—）的《楚辞章句疏证》（下称《疏证》）做了大量考订工作，文本大致得到回复可读。不过，《九辩》的韵文注仍然有可以重加考订地方。本文先利用韵脚试校订一下韵文注。

"登山临水兮"的韵文注："升高远望，视江河也"，③《疏证》校作"视河江也"，

---

①　本文得到黄灵庚教授、熊良智教授、陈鸿图教授和许明德先生的指正，谨此致谢！
②　收于《陈新雄教授八秩诞辰纪念论文集》之中，台北：万卷楼图书有限公司，2015年版，第491—501页。
③　洪兴祖：《楚辞补注》，北京：中华书局，1983年版，第183页。

以"江"属东部与下文的韵文注东阳合韵。① 按东部与阳部相协,不是没有道理,但不如把这个韵文注上下句倒转一下,"望"属阳部,与上下文的韵文注同部。②

"去乡离家兮"的韵文注:"俏违邑里,之他邦也",③《疏证》认为"邦"属阳部,可与上下文的阳部韵协。④"邦"由先秦至东汉均属东部,窃意似乎与下面"来远客"的韵文注"去郢南征,济沅湘也"的上句倒误,即"去郢南征"疑为"去乡离家兮"的注,"征"属耕部,阳耕合韵。

"倚结軨兮长太息"的韵文注:"伏车重轼,而涕泣也",⑤"泣"属缉部,出韵。⑥疑上下句误倒,"轼"属职部,与上文的韵文注同部。⑦ 同样,"菎櫹槮之可哀兮"的韵文注:"华叶已落,茎独立也",⑧"立"属缉部,出韵。⑨ 疑上下句误倒,"落"属铎部,与上文的韵文注同部。⑩

"然中路而迷惑兮"的韵文注"举足犹豫,心回疑也",⑪《疏证》校"回疑"为"回移",⑫ 证据充足。但《疏证》认为这里是歌脂支三部合韵,⑬ 似乎跨越的韵部较多,不妨参考异本,⑭ 则知此处正文疑有倒误,因而韵文注的韵脚也出现不太合理的情况。

"好夫人之慷慨"的韵文注:"爱重囊瓦与庄蹻也",⑮"蹻"属宵部,出韵,《疏证》则认为上句"憎愠怆之脩美兮"的韵文注"恶孙叔敖与子文也",旧作"恶子文与孙叔敖也"。⑯ 从韵部而言,此说可以成立,但《补注》引:"《释文》:……庄蹻,

---

① 黄灵庚:《楚辞章句疏证》,北京:中华书局,2007年版,574—575页。按:"江"由先秦至东汉均属阳部。又按:本文主要参考"汉字古今音数据库"(网址:http://xiaoxue.iis.sinica.edu.tw/ccr/)的"先秦/王力系统"和两汉的古韵分部,并参考赵彤(1973—)《战国楚方言音系》的附录一《〈屈宋庄〉及郭店楚简〈老子〉、〈语丛四〉韵谱》(《战国楚方言音系》,北京:中国戏剧出版社,2006年版,第129—149页),有些则按己意衡量斟酌。

② 入韵字:伤、方、乡(《楚辞补注》,北京:中华书局,1983年版,第182—183页)。

③ 洪兴祖:《楚辞补注》,北京:中华书局,1983年版,第184页。

④ 黄灵庚:《楚辞章句疏证》,北京:中华书局,2007年版,第574—575页。

⑤ 洪兴祖:《楚辞补注》,北京:中华书局,1983年版,第185页。

⑥ 按:《疏证》并无讨论"泣"出韵(《楚辞章句疏证》,第600页)。

⑦ 入韵字:黑、国、塞。

⑧ 洪兴祖:《楚辞补注》,北京:中华书局,1983年版,第186页。

⑨ 《疏证》认为与下文缉幽合韵(《楚辞章句疏证》,第618页)。按:缉幽两韵难以通押。

⑩ 入韵字:泽、腊。

⑪ 洪兴祖:《楚辞补注》,北京:中华书局,1983年版,第191页。

⑫ 黄灵庚:《楚辞章句疏证》,北京:中华书局,2007年版,第666页。

⑬ 黄灵庚:《楚辞章句疏证》,北京:中华书局,2007年版,第668页。

⑭ 洪兴祖:《楚辞补注》(下称《补注》)卷八引(《楚辞补注》,第191页)。

⑮ 洪兴祖:《楚辞补注》,北京:中华书局,1983年版,第194页。

⑯ 黄灵庚:《楚辞章句疏证》,北京:中华书局,2007年版,第701—702页。

一作椒兰"，①改作"椒兰"又简单而有据，"兰"属元部，而"文"属文部，文元合韵。

"今脩饰而窥镜兮"的韵文注："言与行副，面不惄也"，②《疏证》指"惄"出韵而未校。③疑亦上下句误倒，"副"属职部，与上文的韵文注锡职合韵。④又，"今脩饰而窥镜兮"至"羌倏忽而难当"各句的韵文注的上一句（即每个韵文注的第四字），属职部或锡部，恐或有倒误。⑤

"忽翱翔之焉薄"的韵文注："浮游四海，无所集也"，⑥《疏证》认为与上文之缉合韵。⑦之部与缉部合韵不是不可能，但不若把韵文注的上下句倒置，"海"属之部，与上文的韵文注同部。⑧同样，"罔流涕以聊虑兮"的韵文注："怆然深思，而悲泣也"，⑨《疏证》认为与上文的韵文注也是之缉合韵，⑩窃意不若上下句倒置，"思"属之部，与上一韵之职阴入合韵。⑪

《疏证》按韵脚已校出了很多条，上面只是随手补充一下，可见《九辩》的章句错简非常厉害，研究起来困难不少。

二、韵文注与章句学

业师小南一郎（Kominami Ichirou, 1942）先生《王逸"楚辞章句"と楚辞文艺の伝承》首先把有押韵的注释和没有押韵的注释分成两类加以讨论。⑫有押韵的注释可以称为"韵文注（释）"，没有押韵的可以称为"散文注（释）"（或者"非韵文注"）。小南一郎的看法，简单来说，就是"散文注释是出于王逸之手，而韵文注释则

---

① 洪兴祖：《楚辞补注》，北京：中华书局，1983年版，第194页。
② 洪兴祖：《楚辞补注》，北京：中华书局，1983年版，第194页。
③ 黄灵庚：《楚辞章句疏证》，北京：中华书局，2007年版，第708页。
④ 入韵字：枅。
⑤ 入韵字：副、匿、策、亟。又，《疏证》认为"羌倏忽而当"的韵文注："行疾去亟，路不值也"，出韵，校"值"为"阻"（《楚辞章句疏证》，第709—710页）。按：而"值"属职部，疑其他相邻的韵文注有倒误夺文之处，而不必校为"阻"。
⑥ 洪兴祖：《楚辞补注》，北京：中华书局，1983年版，《楚辞补注》，第195页。
⑦ 黄灵庚：《楚辞章句疏证》，北京：中华书局，2007年版，第720页。按：《疏证》原文作"辑"。
⑧ 入韵字：之。
⑨ 洪兴祖：《楚辞补注》，北京：中华书局，1983年版，第195页。
⑩ 黄灵庚：《楚辞章句疏证》，北京：中华书局，2007年版，第724页。
⑪ 入韵字：德。
⑫ ［日］小南一郎：《王逸"楚辞章句"と楚辞文藝の伝承》，收于《楚辞とその注釈者たち》中，京都：朋友书店，2003年版，第300页（原题：《王逸楚辞章句をめぐって——漢代の章句学の一側面》，刊于《東方學報（京都）》第63册［1991年］）。

是王逸保留前人古本之注文"。① 不过，有些学者不同意韵文注的来源很早，甚至晚于王逸（89？—158？）的时代，陈鸿图（1983）《〈楚辞章句〉韵文注的时代》，运用大量押韵的材料，证明韵文注一定成于两汉之间。②《韵读与解读》则总结过去的研究，说明韵文注的内容有出于先秦的部分。③

小南一郎关心的不单是来源的问题，更重视的是与汉代章句学的关系。说到韵文注，一般都会提到《四库提要》的论述，四库馆臣也是非常关注经传的问题：

> ……逸注虽不甚详核，而去古未远，多传先儒之训诂，故李善注《文选》，全用其文。《抽思》以下诸篇，注中往往隔句用韵，如"哀愤结縎，虑烦冤也；哀悲太息，损肺肝也；心中诘屈，如连环也"之类，不一而足。盖仿《周易象传》之体，亦足以考证汉人之韵。而吴棫以来谈古韵者，皆未征引，是尤宜表而出之矣。④

小南一郎提出王逸的楚辞学是总合了两个流派，部分的韵文注是继承了楚文化圈的传统，而散文注是继承了（汉王朝）的中央知识分子。⑤ 那么提要所说"先儒之训诂"，是指楚文化还是汉王朝的东西，或者混含两者的呢？无论如何，韵文注与章句学的关系，这是共同关注的要点。看来韵文注这种注释方法的属性，似乎有重新检讨的必要。

《九辩》的章句虽然有很多错简的地方，相比起来，形式还是较为单一，只夹杂小量形式不一样的注释，其中包括韵文注和散文注，因此本文试以《九辩》的韵文注作为探讨的对象。

三、《九辩》的句型与韵文注

根据王力（1900—1986）《楚辞韵读》（下称《韵读》）的分析，《九辩》合共有

---

① 施盈佑：《再探王逸〈楚辞章句〉之注释型态》，《淡江人文社会学刊》第38期，2009年版，第34页。
② 陈鸿图：《论王逸〈楚辞章句〉的形成》，香港中文大学2011年哲学博士论文，第293页。
③ 黄耀堃：《韵读与解读——读〈楚辞章句·渔父〉韵文注札记》，《陈新雄教授八秩诞辰纪念论文集》，第493页。按：既出于先秦，就不是受汉赋的影响，因此与汉赋的关系，可以暂不讨论。
④ 永瑢（1744—1790）、纪昀（1724—1805）等：《四库全书总目提要》（影印文渊阁四库全书本）），台北：商务印书馆，第4册第3页。
⑤ 《王逸〈楚辞章句〉と文藝の伝承》（《楚辞とその注釈者たち》，京都：朋友书店，2003年版，第349页）。

141个韵脚，除了最前面的两个韵脚外，都是两韵之中夹着一个"兮"字。① 拙稿《两汉辞赋乱辞考》提出按"兮"、韵脚和字数，对《楚辞章句》里的"兮字句"进行分类，② 后来对分类方式再加调整，附在《从〈史记〉论〈怀沙〉的文本与韵读》之后。③ 简单来说，兮字句的"兮"和韵脚连在一起的叫A类（以字数多寡分A式和A'式）；B类和C类都是"兮"和韵脚分开，B类是两韵之间，只有一个"兮"（以字数多寡分B式和B'式），而C类则可以两韵之间出现了两个"兮"（以字数多寡分C1式、C2式、C3式）；至于D式，也是在两韵之间出现两个"兮"，其中一个"兮"必须紧贴在韵脚后面，另一个与韵脚分隔开来。④ 按照这个分类，《九辩》大部分属于"B类"。根据通行的本子，除了首两韵，⑤ 以及"蓄怨兮积思"至"心怦兮谅直"，⑥ 和"谓骐骥兮安归"至"今之相者兮举肥"两段外，⑦ 韵文注大致都是相间落在"兮"和韵脚之后，因此利用韵文注也可以说明《九辩》大部分属于B类。

拙稿《韵读与解读》指出《九辩》的开始是整本《楚辞章句》中较长的两韵，而韵文注起了切分的作用。⑧ 这两韵不但长，还有些较为特别的地方，一共出现了三个"兮"，其中两个出现在两韵之间，如果依据上述的分类，有点像C类，不过由于"兮"字之下都出现韵文注，似乎是表示节奏的切分，因此虽然出现两个"兮"，仍不可归入C类。这一点可以跟《九怀》比较，《九怀》中《匡机》至《陶壅》的韵文注无一置诸"兮"字之后；而《株昭》及"乱曰"的一段，"兮"之后都有韵文注。⑨《九怀》的韵文注位置的差异，跟句式不同相应，《株昭》以前的部分是属于C类，而"兮"之后有韵文注的都是B类。因此《九辩》首两韵之间虽然出现两个"兮"，但仍然与正常的C类的"兮"不一样。从韵文注的位置来看，可以发现《招隐士》的句子混杂了B类和C类，⑩ 反映出汉人拟骚，有些已渐渐离开楚文化圈固有的形式，也反映出不同的篇章中所隐含的问题。

不过首两韵的结构的非常复杂，不妨从韵文注切分出的"句子"来看看首四韵的

---

① 按：《韵读》认为"窃美申包胥之气盛兮，恐时世之不固"这一组"无韵"（王力：《楚辞韵读》，上海：上海古籍出版社，1980年版，第68页），因此这一组需要撤除出外。
② 黄耀堃：《两汉辞赋乱辞考》，《新亚学术集刊》卷13，1995年版，第287—305页。
③ 《中国楚辞学》第16辑，北京：学苑出版社，2011年版，第177—188页。
④ 《中国楚辞学》第16辑，北京：学苑出版社，2011年版，第187页。
⑤ 洪兴祖：《楚辞补注》，北京：中华书局，1983年版，第182页。
⑥ 洪兴祖：《楚辞补注》，北京：中华书局，1983年版，第184—185页。
⑦ 洪兴祖：《楚辞补注》，北京：中华书局，1983年版，第190页。
⑧ 《陈新雄教授八秩诞辰纪念论文集》，第497页。
⑨ 洪兴祖：《楚辞补注》，北京：中华书局，1983年版，第269—280页。
⑩ 洪兴祖：《楚辞补注》，北京：中华书局，1983年版，第232—234页。

结构（括号内是韵部，下同）①：

> 悲哉秋之为气（物）也，
> 　　　　萧瑟（质）兮，草木摇落（铎），而变衰（微）。
> 　　　　憭栗（质）兮，若在远行（阳），登山临水（脂）兮，
> 　　　　　　　　　送将归（微）。
> 　　沆寥（幽）兮，天高而气清（耕）。
> 　　（幽）兮，收潦而水清（耕）。

"衰、归"和"清、清"是王力标注的韵脚，②至于物部、质部，微部、脂部，③都是可以通押的韵部，因此可以这四韵里面用韵的地方中有非常多。是因作品的开端这个原因，句子于是来得比较复杂，还是有其他原因，值得深思。

四、《九辩》的分章与"经传合编"

《九辩》一直存在分章的争议，很多点校注释的书籍，又不能不分出自然段来，因此出现互异的情况，好像北京中华书局《补注》标点本分出十个自然段，而《韵读》则分出九段。不过从韵文注来看，这两本书的分段都存有问题。

《补注》和《韵读》的分段大致相同，不同的地方有两个，一是第五段和第六段的划分，《韵读》从"霜露惨凄而交下兮"以下分出第六段，④而标点本从"窃美申包胥之气盛兮"才开始第六段。⑤两书的划分的位置，正处于韵文注有特异的地方，"霜露惨凄而交下兮"之下的韵文注本作："君政严急，刑罚峻也"，⑥"峻"字失韵，《疏证》校作"君政严急，峻刑罚也"。⑦如果《疏证》的说法正确的话，由"独悲愁其伤人兮"至"乃知遭命之将至"，这几句的韵文注都是同押月部，⑧因此在这几句中间的

---

① 洪兴祖：《楚辞补注》，北京：中华书局，1983 年版，第 182—183 页。
② 按："清、清"同字为韵，也算是特异之处。
③ 按：这句也不可以考虑为 D 式，因为没有一个"兮"字是与韵脚分离，都在韵脚之后。
④ 王力：《楚辞韵读》，上海：上海古籍出版社，第 68 页。
⑤ 洪兴祖：《楚辞补注》，北京：中华书局，1983 年版，第 191 页。
⑥ 洪兴祖：《楚辞补注》，北京：中华书局，1983 年版，第 190 页。
⑦ 黄灵庚：《楚辞章句疏证》，北京：中华书局，2007 年版，第 660 页。
⑧ 入韵字：肺、岁、罚、脱、列、沛。

"霜露惨凄而交下兮"加以切分而成自然段,似乎不太合适。① 至于《补注》则在"窃美申包胥之气盛兮"分段,这句的注释似乎是散文注,② 而且《韵读》更认为与这句同一组的下句"恐时世之不固"是无韵。③

顺道看看"窃美申包胥之气盛兮"至"恐溘死不得见乎阳春"的韵文注,④ 就发现正文的韵脚组合,与韵文注的韵脚并不同步,出现错位的情况(表1):

表1

《九辩》正文	韵文注	说明
窃美申包胥之气盛兮,		此处基本上是散文注。
恐时世之不固(无韵)。	俗人执誓,多不坚(真)也。	
何时俗之工巧兮?	静言讹讹,而无信(真)也。	
灭规矩而改凿(铎)。	弃捐仁义,信谗佞(耕)也。	《疏证》以"佞"归真部。⑤
独耿介而不随兮,	执节守度,不枉倾(耕)也。	
愿慕先圣之遗教(宵)。	循行道德,遵典经(耕)也。	
处浊世而显荣兮,	谓仕乱君,为公卿(阳)也。	
非余心之所乐(药)。	彼虽富贵,我不愿(元)也。	
与其无义而有名兮,	宰嚭专吴,握君权(元)也。	
宁穷处而守高(宵)。	思从夷齐,于首阳(阳)也。	
食不偷而为饱兮,	何必粳粱,与刍豢(元)也。	《疏证》校作"何必刍豢与粳粱"。⑥"粱"属阳部。
衣不苟而为温(文)。	非贵锦绣,及绫纨(元)也。	
窃慕诗人之遗风兮,	勤身修德,乐《伐檀》(元)也。	
愿托志乎素餐(元)。	不空食禄,而旷官(元)也。	下有散文注。
蹇充倔而无端兮,	媒理断绝,无因缘(元)也。	
泊莽莽而无垠(文)。	幽处山野,而无邻(真)也。	
无衣裘以御冬兮,	言己饥寒,家困贫(真)也。	
恐溘死不得见乎阳春(文)。	惧命奄忽,不逾年(真)也。	

---

① 按:《韵读》在这里分段,是有所依据的,《补注》说:"一本自'霜露惨凄而交下'至此,为一章"(洪兴祖:《楚辞补注》,北京:中华书局,1983年版,第192页),又:"旧本自'霜露惨凄而交下'至此,为一章"(《楚辞补注》,第193页)。
② 洪兴祖:《楚辞补注》,北京:中华书局,1983年版,第191页。
③ 王力:《楚辞韵读》,北京:中华书局,1980年版,第68页。按:全篇有韵,突然于此无韵,恐有错简乱文。
④ 洪兴祖:《楚辞补注》,北京:中华书局,1983年版,第191—192页。
⑤ 黄灵庚:《楚辞章句疏证》,北京:中华书局,2007年版,第671页。
⑥ 黄灵庚:《楚辞章句疏证》,北京:中华书局,2007年版,第675页。按:"粱"属阳部。

韵文注与正文的韵脚成了交错的状态，也就是说韵文注韵脚的组合跟正文的韵脚组合切分并不一致。《九辩》的章句中这种情况非常普遍，跟《补注》中其他韵文注不相同，这是什么原因，是韵文注的原创者有意为之，还是正文或韵文注出现脱误的呢？

《补注》从"被荷裯之晏晏兮"分出第九段，①《疏证》没有列出这句以下两韵的注释中的韵脚，②言下之意"被荷裯之晏晏兮"至"负左右之耿介"没有韵文注，至于是否没有韵文注，暂且不论，无论如何的确是出现了一些特别注释形式。至于《韵读》自"尧舜皆有所举任"分出第九段，③不过如果从韵文注来看，王逸所依的本子似乎不是这样分段，现在把"尧舜皆有所举任"前后两韵的正文和韵文注都列出来（表2）：④

表2

《九辩》正文	韵文注	说明
愿寄言夫流星兮	欲托忠策，于贤良（阳）也。	
羌倐忽而难当（阳）	行疾去亟，路不值（职）也。	《疏证》校"值"为"阻（鱼）"。⑤
卒壅蔽此浮云兮	终为逸佞，所覆冒（幽）也。	
下暗漠而无光（阳）	忠臣丧精，不识谋（之）也。	
尧舜皆有所举任兮	稷、契、禹、益，与咎繇（宵）也。⑥	
故高枕而自适（锡）	安卧垂拱，万国治（之）也。	
谅无怨于天下兮	己之行役，信无尤（之）也。	
心焉取此怵惕（锡）	内省审己，无畏惧（鱼）也。	
乘骐骥之浏浏兮	众贤立进，职事脩（幽）也。	
驭安用夫强策（锡）	百姓成化，刑不用（东）也。	《疏证》认为"用"为侯部的阳声韵，可以与上文宵幽鱼侯合韵。⑦

---

① 洪兴祖：《楚辞补注》，北京：中华书局，1983年版，第194页。按：《补注》"妒被离而鄣之"下注："旧本自'何泛滥之浮云兮'至此，为一章"（《楚辞补注》，第195—196页），与《补注》及《韵读》不同。
② 黄灵庚：《楚辞章句疏证》，北京：中华书局，2007年版，第698—701页。按：这几句并非完全没有韵文注，下文还要讨论。
③ 王力：《楚辞韵读》，上海：上海古籍出版社，1980年版，第70页。
④ 洪兴祖：《楚辞补注》，北京：中华书局，1983年版，第194—195页。
⑤ 黄灵庚：《楚辞章句疏证》，北京：中华书局，2007年版，第710页。按："阻"属鱼部。
⑥ 按："繇"或可归入幽部。
⑦ 黄灵庚：《楚辞章句疏证》，北京：中华书局，2007年版，第716页。

这里的韵文注跟正文的交错状态更为明显，而韵文注自"羌倏忽而难当"换韵，《疏证》认为由"下暗漠而无光"至"驭安用夫强策"的韵文注成为一组，照这样说，《韵读》从"尧舜皆有所举任"分段，似乎没有顾及韵文注。同样，《补注》从"愿赐不肖之躯而别离兮"分出第十段，①也是没有考虑韵文注，这句与上文的韵文注押韵，②而与下面"放游志乎云中"以下韵文注的韵脚有别。③

从韵文注和正文的韵脚不时呈现交错的情况，除了因部分错简或衍脱之外，还可能因《九辩》本身分章较为特异，在音乐和格律上呈现了特殊结构。这种交错的情况，令人考虑到章句学的一个问题，就是正文与注释是否相配合编在一起。

正文与注释相配合编在一起，也就是所谓"经传合编"。④现在所见的《楚辞章句》，当然是"具载本文"的形式，⑤正如王逸自己说："今臣复以所识所知，稽之旧章，合之经传，作十六卷章句"。⑥至于王逸所据的材料，即前人的传说，是否已经"经传合编"，并不清楚。然而从《九辩》的韵文注和正文大部分作错位式的配置，令人怀疑《九辩》的韵文注应该一早就附在正文之下，要不然分开并行的话，就容易出现配对不上，容易出现错误。

根据现存的《怀沙》的文本，韵脚过度"丰富"，令人怀疑，因此《从〈史记〉

---

① 洪兴祖：《楚辞补注》，北京：中华书局，1983年版，第196页。

② 《疏证》认为此句的韵文注："乞丐骸骨，而自退也"，与上文由"惟着意而得之"开始的韵文注合韵（黄灵庚：《楚辞章句疏证》，北京：中华书局，2007年版，第728页）。入韵字：出（物）、节（质）、遏（月）、退（物）。

③ 《疏证》认为"放游志乎云中"与"粲精气之抟抟兮"的韵文注合韵（黄灵庚：《楚辞章句疏证》，北京：中华书局，2007年版，第729页）。

④ 孔颖达（574—648）《毛诗正义》卷一之一《疏》："汉初为传训者皆与经别行，'三传'之文不与经连，故石经书《公羊传》皆无经文。《艺文志》云：《毛诗》经二十九卷，《毛诗故训传》三十卷。是毛为诂训亦与经别也。及马融为《周礼》之注，乃云：欲省学者两读，故具载本文。然则后汉以来，始就经为注。未审此《诗》引经附传是谁为之，其郑之笺当元在经传之下矣"（孔颖达：《毛诗正义》，北京：北京大学出版社，2000年版，第4页）。又，参阅鲁瑞菁《"离骚称经"与汉代章句学》，《静宜人文社会学报》2007年第1卷第2期，第117页。

⑤ 鲁瑞菁：《"〈离骚〉称经"与汉代章句学》，《静宜人文社会学报》，2007年第1卷第2期，第119页。

⑥ 洪兴祖：《楚辞补注》，北京：中华书局，1983年版，第48页。按：《"离骚称经"与汉代章句学》却认为王逸"并未说其《楚辞章句》乃'具载本文'也"（《静宜人文社会学报》2007年第1卷第2期，第119页），因此，樊波成（1985）有点疑惑，指出："赵岐《孟子章句叙》云'为之章句，具载本文，章则其旨，分为上下，凡十四卷'，今传之河上公《老子章句》、赵岐《孟子章句》和王逸《楚辞章句》都有经文，故鲁瑞菁将其总结为'章句'的特点，此钱穆亦有说。但是鲁先生仍然认为《楚辞章句》单行，大概是受了唐孔颖达《毛诗正义》所载东汉马融'欲省学者两读，故具载本文'的影响"［樊波成（校笺）：《老子指归校笺》，上海：上海古籍出版社，2013年版，第39—40页］。

论〈怀沙〉的文本与韵读》提出:"当司马迁收集《怀沙》时,可能并不熟悉其中的形式或结构,于是就把正文以及回应和唱的部分抄在一起,形成极度富韵的文本",①如果推断正确的话,《怀沙》本身应该有韵文注,而且是"经传合编",但司马迁(前145?—前87)这位出生于北方的史家,并不熟悉南方作品的特色,于是误记下来,王逸也沿用这个混合了"经""传"的文本。同样从《九辩》的韵文注来看,已跟正文密不可分,因此王逸所据的传说之中,应该已有把传注连同正文合编在一起的。

五、韵文注与章指

小南一郎把《楚辞章句》里的韵文注,分成两类,②后来陈鸿图再增加了一类。③根据陈鸿图的统计《九辩》章句里的韵文注,大部份是七言再加上"也",④也就是小南一郎所分的Ia式。不过,除了Ia式外,还有一些属于Ic式的韵文注,但往往被视为散文注。如"沆瀁兮"的章句:"沆瀁,旷荡空虚也。或曰:沆瀁犹萧条。萧条,无云貌",⑤"萧条,无云貌"与"沆瀁兮"没有直接的关系,标注"或曰"二字,因此是否原文颇有可疑,⑥推测原文可能是"萧条无云,空旷荡也","荡"属阳部,与上下文同为阳部,⑦不过是否如此,并无证据。接着下一句"天高而气清"的章句,《疏证》只把其中"秋天高朗,体清明也"算入韵文注,而"言天高朗,照见无形。伤君昏乱,不聪明也",并不算是韵文注。⑧如果把"言天高朗,照见无形"调整一下,再加上"也",就成了Ia式,即:"(言)照见无形,天高朗(也)","朗"属阳部,与上下文阳耕合韵;就算不调整,"形"属耕部,也跟上下文的韵文注同为阳耕合韵。⑨隔了一句,"收潦而水清"的注中:"言川水夏浊而秋清,伤人君无有清明之时也",⑩

---

① 《中国楚辞学》第16辑,北京:学苑出版社,2011年版,第185页。
② 小南一郎把韵文注称为I式,而散文注称为II式,I式又分成两类:Ia和Ib。Ia类是指两句共八言的韵文注,最末为韵脚和"也"字,如果是连成一句的话,倒数第五字多作"而"或"之";Ib类是指一句四言的,末为韵脚和"也"字(《楚辞とその注释者たち》,第305—306页)。
③ 《论王逸〈楚辞章句〉的形成》:"此类句式也是韵文,只是没有前两类的'也'字,本文称之为Ic式"(第2010:70页)。按:Ic式并不是完全没有"也"字,只是形式上不如Ia和Ib那么整齐。
④ 《论王逸〈楚辞章句〉的形成》,第286页。
⑤ 洪兴祖:《楚辞补注》,北京:中华书局,1983年版,第183页。
⑥ 根据《论王逸〈楚辞章句〉的形成》分析,《补注》中大部分冠"或曰"的注释,可能不是王逸的东西(第111页)。
⑦ 入韵字:伤、方、望、明。
⑧ 黄灵庚:《楚辞章句疏证》,北京:中华书局,2007年版,第578页。
⑨ 入韵字:朗(阳)/形(耕)、明(阳)、声(耕)、净(耕)。
⑩ 洪兴祖:《楚辞补注》,北京:中华书局,1983年版,第183页。

一般看作散文注，但"清"属耕部，跟上文同为阳耕合韵；"时"属之部，与下一句"憯凄增欷兮"的韵文注："怆痛感动，叹累息也"，① 之职合韵。

"鹍鸡啁哳而悲鸣"之下又有一段所谓散文注，② 这也可以归入 Ic 式，其中"处、惧、豫、惧"同为鱼部。

"从风雨而飞飏"的注中有一段所谓散文注，而最后两句是："言政令德惠，所由出也"，③ 去掉"言"之后，形式是 Ia 式，不过这里"惠（质）、出（物）"则是质物合韵。

"被以不慈之伪名"的注，跟上下文的注不一样，④《疏证》也没有列出其中的韵脚。⑤ 其中"朱、瞍"都属侯部，应该是 Ic 式。

"被荷裯之晏晏兮"至"负左右之耿介"的注跟上下不一致，⑥《疏证》视为无韵。⑦ "被荷裯之晏晏兮"这一句的注，可能真的属散文注，不过接着三句的注，应是有韵。由"然潢洋而不可带"开始，其中的注释间杂韵脚，⑧ "荡、猛、兵"属阳部；"带、败"属月部；"德、备"属职部；"言、还"属元部，与"憎愠惀之脩美兮，好夫人之慷慨"的韵文注，元文合韵（参阅上文1.）。

在《九辩》的最后的部分，有两段所谓散文注，即"言己虽去旧土，犹脩洁白以厉身也"，⑨ 和"言己虽升云远游，随从百神，志犹念君，而不能忘也"，⑩ 两段注释虽然相隔了十二句，但似乎是由一段文字裁切出来，内容相连，用韵相近，"身、神"属真部，"君"属文部，真文合韵。

---

① 洪兴祖：《楚辞补注》，北京：中华书局，1983年版，第183页。
② 王逸注："奋翼鸣呼，而低昂也。夫燕蝉遇秋寒，将入水穴处，而怀忧惧，候雁鹍鸡喜乐而逸豫，言己无有候雁鹍鸡之喜乐，而有蝉燕之忧惧也。"（《楚辞补注》，第184页）按：一般以"夫燕蝉遇秋寒"以下为散文注。
③ 洪兴祖：《楚辞补注》，北京：中华书局，1983年版，第187—188页。
④ 王逸注："言尧有不慈之过，以其不传丹朱也；舜有卑父之谤，以其不立瞽瞍也。"（《楚辞补注》，第193页）
⑤ 黄灵庚：《楚辞章句疏证》，北京：中华书局，2007年版，第69页。
⑥ 洪兴祖：《楚辞补注》，北京：中华书局，1983年版，第194页。
⑦ 黄灵庚：《楚辞章句疏证》，北京：中华书局，2007年版，第698—701页。按：《疏证》至"憎愠惀之脩美兮"以下方列用韵（黄灵庚：《楚辞章句疏证》，北京：中华书局，2007年版，第698—702页）。
⑧ "然潢洋而不可带"的王逸注："潢洋，犹浩荡。不着人貌也。言人以荷叶为衣，貌虽香好，然浩浩荡荡，而不可带，又易败也。以喻怀王自以为有贤明之德，犹以荷叶为衣，必坏败也。""既骄美而伐武兮"的王逸注："怀王自谓有懿德，又勇猛也。""负左右之耿介"的王逸注："恃怙众士，被甲兵也。怀王内无文德，不纳忠言；外好武备，而无名将。所以为秦所诱，客死不还。"（洪兴祖：《楚辞补注》，北京：中华书局，1983年版，第194页）
⑨ "骖白霓之习习兮"的章句（洪兴祖：《楚辞补注》，北京：中华书局，1983年版，第196页）。
⑩ "还及君之无恙"的章句（洪兴祖：《楚辞补注》，北京：中华书局，1983年版，第196页）。

上面列的所谓散文注，其实可能是 Ic 式的韵文注，大部都跟上下文的韵文注没有真接用韵的联系，但都出现了"言"字。这种带有"言"的韵文注，似乎是针对一段文字加以说明，而不是针对某一句（以韵文注切分的句子）句子。这跟赵岐（108？—201）《孟子章句》中的"章指"，以至严遵《老子指归》中的"指归"相近，赵岐《孟子题辞》所谓："……于是乃述己所闻，证以经传，为之章句，具载本文，章别其旨，……"①《孟子章句》是"具载本文"，"章指"最初似乎是与经传别行，② 而赵岐的注释之中基本没有韵，而现存的"章指"大部分都有韵。至于严遵的《老子指归》中，注释和"指归"都有韵，③ 而"指归"附于每章之后。

《楚辞章句》中各篇作品的序（或者称为"解题"），可以说是王逸所写的"章指"或"指归"。《楚辞章句》的"解题"有时是放在一篇作品或一组作品之前，有些还在一组作品中每一篇作品加上"解题"。这些"解题"大致上可信为王逸所加，部分内容可能是来自前人的手笔，如其中夹杂一些韵语。④ 不过从《九辩》的 Ic 式的韵文注来看，在王逸之前可能有人已写过一些有韵的"章指"，而编纂章句时，王逸采入其中，于是在韵文注里面，混杂带有针对一段文字的 Ic 式注释。《九辩》Ic 式的注释，往往以代言体的形式去说明文意，因此往往以"言己"开始，说明主人翁的际遇。Ia 式韵文注中，也出现了这种情况，如"无衣裳以御冬兮"的韵文注："言己饥寒，家困贫也"，⑤ 也许是王逸删减纂写"章指"的痕迹。

从上面的讨论来看，王逸参考的前人对《九辩》的注释，已是"经传合编"，"具载本文"，而王逸似乎也把前人的"章指"，编进了章句之中，于是出现 Ia 式之外的韵文注。

这里补充一下，《四库提要》以《周易象传》来比较《抽思》的韵文注，有点并不合适，如《乾卦》的《象传》：

> 《象》曰：天行健，君子以自强不息。"潜龙勿用"，阳在下也；"见龙在田"，德施普也；"终日乾乾"，反复道也；"或跃在渊"，进无咎也；"飞龙在天"，大人造也；"亢龙有悔"，盈不可久也；用九，天德不可为首也。⑥

---

① 孙奭（962—1033）：《孟子注疏》，北京：北京大学出版社，2000 年版，卷首第 12 页。
② 小南一郎则认为是放在各章之后（《楚辞とその注釈者たち》，第 361 页）。
③ 樊波成（校笺）：《老子指归校笺》，第 10 页。
④ 《韵读与解读——读〈楚辞章句·渔父〉韵文注札记》，《陈新雄教授八秩诞辰纪念论文集》，第 493—494 页。
⑤ 洪兴祖：《楚辞补注》，北京：中华书局，1983 年版，第 192 页。
⑥ 孔颖达：《周易正义》卷一，北京：北京大学出版社，2000 年版，第 11—14 页。

《象传》引了原文，而韵语像Ib式；至于《抽思》以至《九辩》的Ia式韵文注，都紧附于原文句子之下，与《象传》不同，而《四库提要》把《抽思》的正文抽离出来，只列韵文注，更似乎有点取巧。由此看来，是否说明了《楚辞章句》的Ia式的韵文注，可能跟原文的关系更密切？

六、韵文注的形式与传承

小南一郎将韵文注的Ia式、Ib式，跟兮字句比较，提出四字句传承的问题。① 如果从韵脚的距离来看，Ia式也不可以视为四字句，应该说是七字句加上"也"，或者像陈松青（1963—）所说的"八字注"；② 至于Ib式，似乎应该说三字句加上"也"。从《老子指归》来看，所谓"经文注"的部分，③ 不杂一句Ia式，因此Ia式和Ib式，似乎是两个系统，Ia式、Ib式都是否跟四字句有关，似乎还有商榷的余地。小南一郎又把韵文注跟《橘颂》《抽思》的乱辞跟韵文注比较，也就是视韵文注的"也"和"兮"同一谱系。④

Ia式也好，Ib式也好，如从形式来看，就是上面提过对《楚辞章句》中的"兮字句"的A式，都是韵脚与"兮/也"相连。而A式虽然出现在《楚辞章句》所谓"屈宋"的作品之中，但并不是《楚辞》独有的。游国恩（1899—1978）《楚辞概论》曾经分析《诗经》的"兮字句"，他认为《诗经》的"兮字句"有八种形式，但如果依据游国恩的分析，B式和C式都没有在《诗经》里出现，《诗经》有的是A式和D式。⑤

如果把逯钦立（1910—1973）《先秦汉魏晋南北朝诗》中《先秦诗》的部分，全部带有兮字句的作品收集起来，大约有30首，如果把《弹铗歌》的异本计算在内，合共31首。这31首作品之中，可以分辨的，早期大部分是A类，后期B类渐渐多起来，

---

① 《王逸"楚辞章句"と楚辞文藝の伝承》（《楚辞とその注釈者たち》，第352—357页）。
② 陈松青：《王逸注解〈楚辞〉的文学视角——〈楚辞章句〉之"八字注"探析》，《中国文学研究》2003年第1期，第77页。
③ 《〈老子指归〉当为严遵〈老子章句〉》把"指归"以外的韵文注称为"经文注"（樊波成（校笺）：《老子指归校笺》，第10页）。
④ 《王逸"楚辞章句"と楚辞文藝の伝承》（《楚辞とその注釈者たち》，第353—355页）。
⑤ 按：为简化起见，不逐一列出，只列诗题及兮字句的类别，《楚辞概论》八种兮字句形式，分别为：1.《周南·麟之趾》（A式或A'式）；2.《召南·摽有梅》（A式）；3.《郑风·狡童》（D式+A式）；4.《王风·采葛》（A式）；5.《魏风·十亩之间》（A式）；6.《魏风·伐檀》（A式+D式）；7.《郑风·遵大路》（A式）；8.《邶风·简兮》（末章。A式）[《楚辞概论》（《国学小丛书》本），上海：商务印书馆，1930年版，第13—15页]。

而 C 类只有一首。① 《九歌》这个"楚国南郢之邑，沅湘之间"的组曲，② 就是以 C 类写成，《楚辞章句》中有大量 C 类作品，某种程度说明 C 类跟南方文化有关。

如果把"句腰"的因素也加以考虑的话，③ 在《先秦诗》中一首带"句腰"的 B 类也没有。《离骚》基本上以带"句腰"的 B 式组成，也许就是"楚辞"传承中具特征性的作品。《九辩》除了上面提过的"蓄怨兮积思"至"心怦兮谅直"，及"谓骐骥兮安归"至"今之相者兮举肥"两段，以及全篇起首几韵外，大致恪守带"句腰"的 B 式这个格律，可以说是与《离骚》同型的作品，但韵文注的形式却跟 A 类兮字句相近。小南一郎认为韵文注是楚文化圈里的楚辞文化传承，④ 但从《九辩》的韵文注似乎难以找到最具"楚辞"特色的 B 类和 C 类兮字句，因此 Ia 式和 Ib 式的韵文注是否楚文化圈特有的东西，还需要进一步分析。窃意韵文注，不管是哪一种句式，都是古代注释的传统，不分出北方儒家的系统，还是南方的楚文化圈。

---

① 李华年（1937— ）《骚体渊源新证》曾就其中 23 首加以分析，与本文方法不同，结果并不相同。按：为简化起见，不逐一列出，只列诗题、《先秦诗》页码及兮字句的类别（逯钦立：《先秦汉魏晋南北朝诗》，北京：中华书局，1983 年版），《南风歌》（第 2—3 页。A 式）、《卿云歌》（第 3 页。A 式）、《夏人歌》（第 6 页。D 式+A 式，似有脱文）、《麦秀歌》（第 6 页。B' 式+D 式）、《采薇歌》（第 7 页。B 式）、《黄鹄歌》（第 9 页。B' 式）、《穗歌》（第 12 页。B' 式）、《岁莫歌》（第 12 页。B' 式）、《河激歌》（页 17—1。B' 式 8）、《鼓琴歌》（第 18 页。B' 式）、《邺民歌》（第 18 页。B' 式）、《孺子歌》（第 21 页。A' 式）、《申叔仪乞粮歌》（第 23 页。B' 式）、《徐人歌》（第 24 页。B' 式）、《越人歌》（第 24 页。B 类）、《荆轲歌》（第 25 页。B' 式）、《讽赋歌》（第 25 页。B' 式）、《楚聘歌》（第 26 页。B' 式）、《获麟歌》（第 26 页。B' 式）、《渔父歌》（第 28 页。B' 式）、《乌鹊歌》（第 30 页。C2 式+C3 式）、《采葛妇歌》（第 30—31 页。B' 式）、《离别相去辞》（第 31 页。B' 式）、《河梁歌》（第 31—32 页。B' 式）、《恭世子诵》（第 41 页。A 类）、《论语·八佾》（第 68 页，A' 式）、《荀子·正名》（第 70 页。A 类），至于《涂山女歌》（第 5 页）只有一句，难以分类；《弹铗歌》的异本有兮字句（第 14 页），属 B' 式；《楚狂接舆歌》（第 21 页）只有"凤兮凤兮"一句，难以分类；《晋儿谣》（第 38 页）似乎脱文，难以分类（《贵州民族学院学报》（社会科学版）1990 年第 4 期，第 47—53 页）。

② 洪兴祖：《楚辞补注》，北京：中华书局，1983 年版，第 55 页。

③ 刘熙载（1813—1881）《艺概》卷三《赋概》："骚调以虚字为句腰，如之、于、以、其、而、乎、夫是也。……《九歌》以'兮'字为句腰……"（上海：上海古籍出版社，1978 年版，第 102—103 页）。

④ 《楚辞とその注释者たち》，第 349—350 页。

王充屈原观探析

绍兴文理学院 吴从祥

【摘　要】　在《论衡》一书中，王充多次论及屈原。王充盛赞屈原品行与忠贞，盛赞其文章绝伦，对其失意投江而死充满同情之情。以"疾虚妄"而著称的王充对屈原其人深信不疑，有力地证明了屈原实有其人，并非虚构。博览群书的王充可能没有阅读过刘向所编的《楚辞》一书，此表明在东汉前期，《楚辞》一书流传不广，故一般文人难得一见。王充《论衡》中的屈原，便是大众眼里的屈原，他是忠臣楷模和文人典范。

【关键词】　王充　《论衡》　屈原

到目前为止，《楚辞》研究可以说是比较深入的，相关论著多达数百种，楚辞学史著作亦有数种。不无遗憾的是这些究主要集中于经典和精英层面，较少关注到大众层面的接受与影响。如今王充被奉为东汉时最著名的哲学家，可是在当时王充不过是沉沦于社会底层的一介失意文士。[①] 王充的《论衡》是至今较完整地保存下来的为数不多的东汉学术经典之一。王充并非楚辞专家，《论衡》并非研究《楚辞》的专著，甚至较少言及屈原，因此王充与屈原之关系学者较少言及，更缺乏系统阐述。在此笔者以王充为透视点，来观照东汉时期屈原在大众层面的传播以及大众对屈原的接受等。

一、王充屈原观

《论衡》一书旁征博引，征引经传、史传、子书等多达数十种，[②] 但是几乎没有引用屈原作品。虽则如此，据笔者统计，《论衡》提及屈原共计10次（连在一起的算作1次），涉及屈原生平、文章等诸多方面，从中流露出王充对屈原的看法。

---

①　徐复观称其为"一个矜才负气的乡曲之士"。徐复观：《王充论考》，载《两汉思想史》（第二卷），上海：华东师范大学出版社，2001年版，第352、360页。

②　详情可参见岳宗伟：《〈论衡〉引书研究》，复旦大学博士论文，2006年。《论衡》一书对经传的引用情况亦可参见拙作《王充经学思想研究》一书附录，吴从祥：《王充经学思想研究》，北京：中国社会科学出版社，2012年版，第339—367页。

众所周知，屈原是先秦时期著名的忠臣，汉代人对其人品与德行充满赞颂之情。西汉初的辞赋名家贾谊曾作《吊屈原赋》，司马迁为屈原立传，并言"悲其志"，"想见其为人"。① 此后刘向、班固等莫不如此。博学多才的王充对屈原亦充满赞颂之情。王充多次盛赞屈原人格洁白高尚。如《累害篇》："屈平洁白，邑犬群吠，吠所怪也，非俊疑杰，固庸能也。"②《谴告篇》："屈原疾楚之臭洿，故称香洁之辞。"不仅如此，王充还多次盛赞屈原忠贞之节。《命义篇》："及屈原、伍员之徒，尽忠辅上，竭王臣之节，而楚放其向身，吴烹其尸。"

《论衡》一书多次言及屈原之死，王充认为屈原因受冤而自投于江，故对其死充满同情之意。

屈原自沉于江。（《纪妖篇》）

屈原怀恨，自投湘江，湘江不为涛。（《书虚篇》）

邹衍之状，孰与屈原？见拘之冤，孰与沉江？……屈原死时，楚国无霜。（《变动篇》）

世谓子胥伏剑，屈原自沉，子兰、宰喜诬谗，吴、楚之君冤杀之也。（《偶会篇》）

夫如是，牖里、陈、蔡可得知，而沉江蹈河□□□也。③（《累害篇》）

从以上例子可以看出，王充将投江而死的屈原视为冤死者典型，将其广泛运用自己文章说理、论事之中。

不仅如此，对于屈原文章，王充亦极力加以赞颂。王充认为屈原是大才，众文皆善。《妖纪篇》云："屈原善著文……屈原生时，文无不作。"其文绝伦，远在其他作家之上。《超奇篇》："唐勒、宋玉，亦楚文人也，竹帛不纪者，屈原在其上也。"屈原不受重用原因在于其君主不能用大才。《效力篇》："吴不能用子胥，楚不能用屈原，二子力重，两主不能举也。"《论衡》中亦论及屈原作品，认为其文充满哀伤之情。《变动篇》："《离骚》《楚辞》凄怆，孰与一叹？"王充甚至将屈原文作为文章典范。《案书篇》："今尚书郎班固，兰台令杨终、傅毅之徒，虽无篇章，赋颂记奏，文辞斐炳，赋象屈原、贾生，奏象唐林、谷永，并比以观好，其美一也。"此外，《论衡》一书亦提

---

① 司马迁：《史记》，北京：中华书局，1959年版，第2503页。
② 王充著、黄晖校释：《论衡校释》，北京：中华书局，1990年版，第13页。除特别说明外，本文所引《论衡》皆以黄晖校释本为据。
③ 黄晖云："以上句例之，此脱三字。谓屈原沉江，申徒狄蹈河也"。王充著，黄晖校释：《论衡校释》，北京：中华书局1990年版，第14页。

及扬雄吊屈原、作《反离骚》等事。《纪妖篇》："扬子云吊屈原,屈原何不报?"《案书篇》:"扬子云反《离骚》之经。非能尽反,一篇文往往见非,反而夺之。"① 原文有脱误,致使王充观点不易理解。

从以上分析可以看出,王充在《论衡》一书中对屈原做了多方位的评说。王充认为屈原品行高尚,忠贞不渝,是著名的忠臣典型。就为文而言,王充认为屈原文才高超,众文皆善,是后世学习的楷模。王充的评说虽然比较简洁,但很好地抓住了屈原为人与为文的主导特征,因此,正如学者所云:"王充对屈原的评论,是很有识见的。"②

二、王充屈原观的学术史价值

如上所说,王充并非楚辞专家,《论衡》并非研究《楚辞》的专著,因此《论衡》一书中言及屈原并不是很多,虽然涉及屈原为人、为文等方面,但往往只字片语,零散不成体系。虽则如此,从《楚辞》学史的角度而言,《论衡》中的这些材料从另一角度展示了东汉时期屈原及其作品的流传情形。

(一)屈原之实有

屈原的存在本来不是问题,但20世纪初,一些学者提出"屈原否定论",提出了一个原本不是问题的问题。经过众多学者的努力,特别是大量有关《楚辞》的简牍的出现,这一问题基本得到了很好的解决。③《论衡》中的有关屈原材料可视为这一问题的有力旁证。众所周知,王充以"求真实""疾虚妄"而闻名于世。在《论衡》的"三增""九虚"诸篇之中,王充对世俗、历史、自然、书籍等中虚妄不实之处进行了大肆批判,在《问孔》《刺孟》诸篇中,甚至将批判矛头指向了圣贤孔子、孟子。如上所说,《论衡》一书多言及屈原,却从未对屈原之事迹提出质疑。

屈原怀恨,自投湘江,湘江不为涛;申徒狄蹈河而死,河水不为涛。……世人必曰:"屈原、申徒狄不能勇猛,力怒不如子胥。"(《书虚篇》)

邹衍之状,孰与屈原?见拘之冤,孰与沉江?《离骚》《楚辞》凄怆,孰与一叹?屈原死时,楚国无霜,此怀、襄之世也。(《变动篇》)

---

① 黄晖注云:"文误脱,不可读。"王充著,黄晖校释:《论衡校释》,北京:中华书局,1990年版,第1175页。
② 顾易生、蒋凡:《先秦两汉文学批评史》,上海:上海古籍出版社,1990年版,第600页。
③ 廖群师:《"文学考古"与〈楚辞〉研究》,《先秦两汉文学考古研究》第三章,北京:学习出版社,2007年版,第217-297页。

从上述二例可以看出，王充相信屈原是因受冤投江而死的，但其死时并无奇异出现。史料记载表明，东汉时期便有一些有关屈原灵异故事流传于民间。《艺文类聚》卷四引《续齐谐记》云：

> 屈原五月五日自投汨罗而死，楚人哀之，每至此日，竹筒贮米，投水祭之。汉建武中，长沙欧回，白日忽见一人，自称三闾大夫，谓曰："君当①见祭，甚善。但常所遗，苦蛟龙所窃，今若有惠，可以楝树叶塞其上，以五采丝缚之。此二物，蛟龙所惮也。"回依其言。世人作粽，并带色丝及楝叶，皆汨罗之遗风也。②

此类记载亦见于《荆楚岁时记》及《襄阳风俗记》等。此类记载皆不可信。王充对于此类将屈原神灵化的传闻不予理会。此外，《论衡》一书中还常将屈原与汉代人物并提。如在《案书篇》中王充认为班固、杨终和傅毅等人文章"赋象屈原、贾生，奏象唐林、谷永"。此外，王充还提及扬雄作文吊屈原一事，《纪妖篇》："扬子云吊屈原。"

上述表明，王充对屈原及其生平事迹信而不疑，并将其与汉代人并提，可见，王充始终将屈原视为可信的历史人物。以"疾虚妄"为著作主旨的王充对屈原的事迹的深信，亦可证明屈原确为历史上实有的人物，而非后世学者所谓虚构的人物。

（二）《楚辞》的传播

屈原一生创作了大量的作品，当时这些作品都是以单篇的形式流传于世的。《史记·屈原列传》云："太史公曰：'余读《离骚》《天问》《招魂》《哀郢》，悲其志。'"③在今本《楚辞》中，《哀郢》是《九章》中的一篇，而《九章》中抒写屈原之志作品很多，还有《惜诵》《涉江》《抽思》等。在此司马迁一一罗列众多篇目，可见当时并无屈原文章总集存世。东汉王逸《楚辞章句叙》对屈原作品的流传做了简要的记载：

> 楚人高其行义，玮其文采，以相教传。至于孝武帝，恢廓道训，使淮南王安作《离骚经章句》，则大义粲然。后世雄俊，莫不瞻慕，舒肆妙虑，缵述其词。逮至刘向，典校经书，分为十六卷。孝章即位，深弘道艺，而班固、贾逵，复以所见，改易前疑，各作《离骚经章句》，其余十五卷，阙而不说。④

---

① "当（当）"当为"常"之误。
② 欧阳询编、汪绍楹校：《艺文类聚》，上海：上海古籍出版社，1999年版，第74页。
③ 司马迁：《史记》，北京：中华书局，1959年版，第2503页。
④ 严可均辑：《全后汉文》，北京：商务印书馆，1999年版，第584页。

可见，刘向曾对屈原作品进行了集结和整理，将其分为十六卷。刘向将屈原和宋玉作品以及西汉贾谊等人拟骚之作，外加上自己《九叹》合成一书。这便是目前所知最早的屈原文章总集。刘向的整理本在汉代一直流传，班固和贾逵对《离骚》的整理便以此本为据，后王逸《楚辞章句》亦是以此为蓝本的。

如上所说，《论衡》虽然言及屈原十余次，但都较为简单，并未言及屈原生平细节。此外，《论衡》一书很少引用屈原文章中的词句。《累害篇》："邑犬群吠，吠所怪也，非俊疑杰，固庸能也。"孙人和认为此四句"此《九章·怀沙》文"。① 这样的例子极少。《论衡》一书引用《史记》较多，多达146条之多，涉及数十篇，② 可见王充曾认真阅过《史记》，对《史记》内容比较熟悉。《论衡》中所言屈原之事，并未超出《史记·屈原列传》所记范围，可见王充对屈原的了解可能主要源自《史记》记载。

《论衡》一书多次提及贾谊，并且多次引用其《鵩鸟赋》。

> 贾谊为长沙王傅，鵩鸟集舍，发书占之，曰："主人将去。"其后迁为梁王傅。怀王好骑，坠马而薨；贾谊伤之，亦病而死。（《遭虎篇》）
>
> 贾谊为长沙太傅，服鸟集舍，发书占之，云："服鸟入室，主人当去。"其后贾谊竟去。（《指瑞篇》）

另外，《命禄篇》曾引贾生之语："贾生曰：'天不可与期，道不可与谋，迟速有命，焉识其时？'"此语亦出于贾谊《鵩鸟赋》。贾谊《鵩鸟赋》见载于《史记·贾谊传》。贾谊著有《新书》一书。《汉书·艺文志》著录"贾谊文五十八篇"，③ 可见《新书》见存于世。《论衡》虽然引书众多，对未称引《新书》。可见，王充对贾谊的理解基本上未超出《史记·贾谊传》所记范围。如上所说，刘向所编《楚辞》已包括了汉代贾谊、东方朔等人拟骚作品。考之《论衡》便可发现，王充对《楚辞》中所收西汉时期的拟骚之作皆未言及。由此可以推断，王充可能没有读过刘向整理的《楚辞》一书，故几乎不言及其中的作品。

据《后汉书·王充传》记载，王充曾"到京师，受业太学，师事扶风班彪"，并且"常游洛阳书肆，阅所卖书，一见辄能诵忆，遂博通众流百家之言"。班彪乃两汉之际重要学者，王充既受教于班彪，又泛览于书肆，却未曾接触到刘向所编的《楚辞》，可见此本可能深藏于朝廷藏书阁，故流传不广。东汉明帝时，班固、贾逵都校书于东观，

---

① 孙人和：《论衡举正》，上海：上海古籍出版社，1990年版，第1页。
② 岳宗伟：《〈论衡〉引书研究》，复旦大学博士论文，2006年，第302-312页。
③ 班固：《汉书》，北京：中华书局，1962年版，第1726页。

故二人整理《离骚》依据的可能是朝廷所藏刘向整理本。可见，直至东汉前期，《楚辞》流传依然不广，一般读书人难得一见。

三、大众眼里的屈原

如上所说，王充只是当时社会一介边缘化的失意儒生，出身寒微和终身沉沦下僚使得他的思想带有浓郁的世俗气息。徐复观认为"他应当算是草莽中的自由学派"。① 龚鹏程称其为"世俗化的儒学家"，认为"他是一位关心世俗生活的人"，"他的批判，其实只是与世俗在一齐讨论那些世俗事物、世俗价值、并争论有关这些世俗事物与价值的世俗解释而已"。② 此类说法虽有些偏激，但不无几分道理。笔者曾将其经学思想视为当时"大众经学的代表"，③ 亦出于此类原因。正此如此，王充对屈原的看法，可以视为当时大众层对屈原的理解。如上所说，《论衡》一书虽然言及屈原达十余次之多，但是涉及屈原的具体事迹较少，主要集中于其品行洁白、忠于国君、投江而死、善于著文等方面。也就是说，大众人群对屈原的理解主要集中在忠臣与善文两个方面。在大众文化中，屈原身上的一些次要特征被逐渐淡忘，而其身上最突出的却不断得到强化。正因如此，在后世人民众眼里，屈原逐渐成为家喻户晓的忠臣楷模和文人典范。

综上所述，在《论衡》一书中，王充多次论及屈原。王充盛赞屈原品行与忠贞，盛赞其文章绝伦，对其失意投江而死充满同情之情。以"疾虚妄"而著称的王充对屈原其人深信不疑，有力地证明了屈原实有其人，并非虚构。博览群书的王充可能没有阅读过刘向所编的《楚辞》一书，此表明在东汉前期，《楚辞》一书流传不广，故一般文人难得一见。王充《论衡》中的屈原，便是大众眼里的屈原，他是忠臣楷模和文人典范。

---

① 徐复观：《王充论考》，《两汉思想史》（第二卷），上海：华东师范大学出版社，2001年版，第352、360页。

② 龚鹏程：《世俗化的儒家：王充》，《汉代思潮》，北京：商务印书馆，2005年，第219、218页。

③ 参见拙作：《王充经学思想研究·绪论》，北京：中国社会科学出版社，2012年版，第5页。

浅析郭璞《楚辞注》的学术背景与训诂特点

东华理工大学　黄建荣

【摘　要】　由魏晋时期的训诂学和文学背景，可推知郭璞《楚辞注》的出现既属于训诂学上承继汉学风格的集部书注本延续，也顺应了当时文人学者重视楚辞批评和注释之风。由胡小石先生的《〈楚辞〉郭注义征》及其序文，可归纳出《楚辞注》的四方面特点：新注方言字词；以神话史料佐释字词；补说《楚辞章句》；保留有益校勘的异文。

【关键词】　郭璞　《楚辞注》　楚辞学　训诂学　义征

郭璞（276—324）是晋朝著名的学者之一，他在文学、训诂学方面作出的成就和贡献，学术界已有较多、较高的评价，但其《楚辞注》由于全书失传而无法见之全貌，故迄今从《楚辞》训诂史角度较全面论述该书训诂特点的专论尚少。笔者拟结合郭璞时代的学术背景，参照今人胡小石先生的《〈楚辞〉郭注义征》[①]及其序文，对《楚辞注》的训诂特点作一粗浅分析。

一、郭璞时代的学术背景概说

鉴于郭璞是魏晋时期的著名训诂学家，其所注《楚辞》又是属于文学作品，因此这里所指的学术背景，主要是涉及郭璞时代的训诂学和文学（楚辞学）背景。

从训诂学史的角度来看，魏晋时期的经学出现了以王肃为代表的王学与以郑玄为代表的郑学论争。这一论争不仅客观上刺激了经学的深入发展，同时也促进了训诂学的较深入发展。与此同时，思想界的玄学之风也对经学和训诂学产生了很大的冲击：如对《周易》《老子》《庄子》"三玄"的说解不注重章句训诂，而转为阐发儒道合流之义理。经学上的两种不同的风格，实际上也使得训诂学领域出现了偏重阐发义理和保持汉代说经传统的两种不同风格。之所以说这个时期训诂学有较深入的发展，主要

---

①　胡小石：《〈楚辞〉郭注义征》，周勋初：《胡小石文史论丛》，南京：南京大学出版社，2008年版。

是因为出现了王弼、韩康伯、何晏、杜预、郭璞等众多训诂学家及其训诂著作，出现了《广雅》《字林》《声类》《韵集》等一批小学著述，而且训诂的范围也开始扩大到佛经等领域。

从文学（楚辞学）背景来看，由于思想界的玄学之风的影响，魏晋时期的文学研究开始显示出一定的独立性，进入鲁迅先生所言的"文学的自觉时代"。由于文学受到社会上层甚至帝王的重视，文学作品的日益增多，也使得从理论上探讨文学创作、评价历代作家得失的风气开始流行。而以屈原为代表的楚辞作品，自然成为当时文人学者研究、注释、评论和欣赏的重要对象。

由上述两方面的因素，可推知郭璞《楚辞注》的出现并非偶然，它既属于训诂学上承继汉学风格的集部书注本，也顺应了当时文人学者重视楚辞批评和注释之风。不过，从总体上看，魏晋时期的楚辞学著述主要包括作品评论和音义注释两大方面。

就作品评论而言，魏晋时期表现出与汉代截然不同的特点。这一特点的突出之处，就是在批评角度、批评标准上，"由汉代重视对于屈赋的政治功利评价和道德伦理评价，转向本时期重视对于屈赋的文学评价，重视对屈赋文学精神和文学意义的揭示"①。曹丕就是这个时期的重要代表。比如说，曹丕从艺术鉴赏的角度，将屈原作品与司马相如、扬雄之赋进行比较，认为屈赋和司马相如之赋的最大特点分别是文笔运用上的"优游案衍"和辞采上的"穷侈极妙"②，且屈原之善用比喻皆超过司马相如和扬雄。

从音义注释来看，主要是晋代出现了徐邈的《楚辞音》和郭璞的《楚辞注》两部著述。徐邈的《楚辞音》，是楚辞学史上最早说明《楚辞》音义类的著述，惜已亡佚，现仅从洪兴祖《楚辞补注》中可见其片言③。当然，从《楚辞》训诂史的角度来看，这个时期更值一说的是郭璞的《楚辞注》。遗憾的是该书已失传，仅从一些古籍中可以寻出一些踪迹，故使人难窥全貌。尽管如此，笔者以为从今人胡小石先生所参证出的200多句语义中，仍可看出《楚辞注》的一些训诂特点。

二、《楚辞注》和《〈楚辞〉郭注义征》

郭璞一生著述颇丰，据《晋书》卷七十二郭璞传云："璞撰前后筮验六十馀事，名为《洞林》。又抄京、费诸家要最，更撰《新林》十篇、《卜韵》一篇。注释《尔雅》，别为《音义》《图谱》。又注《三苍》《方言》《穆天子传》《山海经》，及《楚辞》《子

---

① 李金荣：《魏晋南北朝之屈赋研究》，《求索》，2010年第1期。
② 曹丕：《典论》，见洪兴祖：《楚辞补注》（白化文等点校）引，北京：中华书局，1983年版，第3页。
③ 洪兴祖：《楚辞补注》，于《离骚》"凭不厌乎求索"句下云："索，求也。……徐邈读作苏故切。"

虚》《上林赋》数十万言，皆传于世。"由此可知，郭璞作为晋代著名训诂学家，其所注典籍主要是三类，一是如《尔雅》《方言》之类的语言文字学著作，二是如《山海经》《穆天子传》之类的神话之书，三是如《楚辞》《子虚》之类的诗赋作品。

郭璞所注《楚辞》三卷，《隋书·经籍志》和《旧唐书·经籍志》中皆有著录，但自宋代后未见史书记载，盖其书或于唐天宝、广明诸乱中遭厄。直到1941年，胡小石先生于中央大学图书馆的《图书月刊》上发表《〈楚辞〉郭注义征》（以下简称《义征》）一文，郭注《楚辞》其貌才为世人略知。胡先生认为："郭注《楚辞》虽亡，而其所注他书，如《尔雅》《方言》《穆天子传》《山海经》诸注皆在。其所为《尔雅》《山海经图赞》及《三仓》《子虚》《上林》诸注，亦往往散见群籍中。"① 胡先生还考订了《楚辞注》的体例，其云："今就道骞《楚辞音》残卷所引郭说三事审之，似其注诠释义旨者，体例亦与王氏《章句》不甚相远。"② 其"体例亦与王氏《章句》不甚相远"的推测之语，说明郭璞注《楚辞》的具体体例是如同王逸《楚辞章句》每句作注的随文释义。又，按照胡先生《义征》条目（一般是1句1条，少数为2句1条），其涉及的《楚辞》作品"今所见直至《九叹》，知其注篇数，盖与王逸本不异"③，而具体义征条目按类分，一是王逸所认定的屈原作品，如《离骚经》（68条）《九歌》（39条，缺《国殇》和《礼魂》）《天问》（23条）《九章》（22条，缺《惜往日》）《远游》（10条）《渔父》（1条），缺《卜居》；二是其他的楚辞作品，如《九辩》（4条）《招魂》（21条）《大招》（9条）《惜誓》（1条）《招隐士》（1条）《七谏》（4条，仅《自悲》《谬谏》两篇）《哀时命》（3条）《九怀》（10条，缺《蓄英》《陶壅》《株昭》三篇）《九叹》（9条，缺《怨思》《远逝》《惜贤》三篇）《九思》（20条，缺《伤时》篇）。其中，屈原作品诗句为163条，其他楚辞作品诗句82条，总计245条。

据笔者整理，胡先生《义征》中的245条《楚辞》诗句，至少可以从四个方面体现郭璞《楚辞注》的训诂特点，即：新注方言字词；以神话史料佐释字词；补说《楚辞章句》；保留有益校勘的异文。分述如下。

---

① 胡小石：《〈楚辞〉郭注义征》，周勋初：《胡小石文史论丛》，南京：南京大学出版社，2008年版，第74页。

② 胡小石：《〈楚辞〉郭注义征》，周勋初：《胡小石文史论丛》，南京：南京大学出版社，2008年版，第74页。

③ 胡小石：《〈楚辞〉郭注义征》，周勋初：《胡小石文史论丛》，南京：南京大学出版社，2008年版，第107页。

三、《楚辞注》的训诂特点之一：新注方言字词

注释《楚辞》的方言字词，汉代王逸已开其端。郭璞在王逸《章句》的基础上，对方言字词的注释又有进一步的关注。虽然现在无法看到郭注方言词的全貌，但仍可从胡氏《义征》所引的郭注《方言》《尔雅》《山海经》等书中窥其一斑。与王逸相比，郭注方言字词绝大多数是属于新增，只有很少是属于补说。据不完全统计，郭璞新注的方言字词至少有20多个，大致可分为三种情况：一是释义兼标音；二是既标音或释义，又直引《楚辞》诗句；三是以释义为主。第一种情况的例子，如：

《方言》"攓取也，南楚曰攓"注："音蹇，又音骞。"（《离骚》"朝搴阰之木兰兮"义征）

《南山经》"鹊山糈用米"注："糈，祀神之米名，光吕反。今江东音所。一音揟。"（《离骚》"怀椒糈而要之"义征）

《方言》"睇，眄也，南楚之外曰睇"注："音悌。"（《山鬼》"既含睇兮又宜笑"义征）

郭璞对上述例子中的"搴""糈""睇"诸字，均在释义的同时标明读音。第二种情况的例子，如：

《方言》"禅衣江淮南楚之间谓之褋"注："《楚辞》曰'遗余褋兮澧浦。'音简牒。"（《湘夫人》"遗余褋兮澧浦"义征）

《释天》"暴雨谓之涷"注："今江东呼夏月暴雨为涷雨。《离骚》云'令飘风兮先驱，使涷雨兮洒尘'是也。涷音东西之东。"（《大司命》"使涷雨兮洒尘"义征）

《方言》"凭，怒也，楚曰凭"注："凭，恚盛貌。《楚词》曰：'康回凭怒。'"（《天问》"康回凭怒"义征）

《释诂》："剡，利也。"注："《诗》曰'以我剡耜。'"《方言》："凡草刺人，江浦之间谓之棘"注："《楚辞》曰：'曾枝剡棘'，亦通语耳。音己力反。"（《橘颂》"曾枝剡棘"义征）

第三种情况的例子，如：

《释草》"菉王刍"注:"菉,蓐也,今呼鸭脚沙。"又"苍耳苓耳"注:"《广雅》云'枲耳也。亦云胡枲,江东呼为常枲,或曰苓耳。形似鼠耳,丛生如盘。'案菆即枲耳。"(《离骚》"薋菉葹以盈室兮"义征)

《释言》"粻,粮也"注:"今江东通言粻。"(《离骚》"精琼靡以为粻"义征)

《释诂》:"郁陶,喜也。"注:"《孟子》曰:'郁陶思君。'"《方言》"郁,悠思也,晋、宋、卫、鲁之间谓之郁悠。"注:"郁悠,犹郁陶也。"(《九辩》"岂不郁陶而思君兮"义征)

至于郭璞对王注方言字词的补说,可以释"宿莽"为例:

《释水》"水中可居者曰洲。"《释草》"卷施草拔心不死"注:"宿莽也。《离骚》云。"《艺文类聚》八十一引《尔雅图赞》:"卷施之草拔心不死。屈平嘉之,讽咏以比。取类虽迩,兴有远旨。"(《离骚》"夕揽洲之宿莽"义征)

王逸于《离骚》"夕揽洲之宿莽"和《思美人》"搴长洲之宿莽"二句之下,对其中的"宿莽"分别注为"草冬生不死者,楚人名曰宿莽"和"楚人名冬生草曰宿莽",郭璞则明确为"卷施草"。

除了上述例子之外,从胡氏《义征》中考索郭璞所注的方言字词应该还有《哀郢》"曾不知夏之为丘兮"的"曾",《招魂》"何为四方些"的"些"、"稻粱稷麦"的"粱"和"有餦餭些"的"餦餭",《九怀·危俊》"林不容兮鸣蜩"的"蜩"和"历九曲兮牵牛"的"牵牛",《九叹·愍命》"飓蟊蠹于筐篚"的"蠹",以及王逸《九思》之《怨上》篇"戴兮号西"和"戴缘兮我裳"的"戴",《疾世》篇"媒女诎兮謰謱"的"謰謱",《悼乱》篇"鸰鹎兮喈喈"的"鸰鹎",《哀岁》篇"巷有兮蚰蜒"中的"蚰蜒"和"邑多兮螳螂"中的"螳螂",《守志》篇"斥蜥蜴兮进龟龙"的"蜥蜴"等。其中,郭璞所点明的王逸《九思》中的方言字词,可谓是首创之功。

四、《楚辞注》的训诂特点之二:以神话史料佐释字词

如前所述,《山海经》《穆天子传》均是郭璞所注的重要神话典籍,而《楚辞》有不少篇章的诗句涉及神话,故郭注《楚辞》理应会把一些典籍中的神话传说史料相互参证之。从胡氏《义征》中,我们很容易看到这种可用于参证《楚辞》神话传说的注

释材料。如：

《穆天子传》"先王所谓县圃"注："《淮南子》曰：'昆仑去地一万一千里，上有曾城九重，或上倍之，是谓阆风。或上倍之，是谓玄圃。以次相及。'"《山海经》曰："明明、昆仑、玄圃各一山，但相近耳。"又曰："实惟帝之平圃也。"《西山经》："槐江之山实惟帝之平圃"注："即玄圃也。"《穆天子传》曰："乃为铭迹于玄圃之上，谓刊石纪功德，如秦皇、汉武之为者也。"（《离骚》"夕余至乎县圃"义征）

《海内南经》"氾林三百里在狌狌东"注："或作猩猩，字同耳。"又"猩猩知人名，其为兽如豕而人面"注："《周书》曰'郑郭狌狌者，状如黄狗而人面，头如雄鸡，食之不眯。'今交州封溪出狌狌"云云。《释兽》"猩猩小而好啼"注："《山海经》曰：'人面，豕身，能言语'云云。"（《天问》"焉有石林，何兽能言"义征）

《海内南经》"雕题国"注："点湟其面，画体为鳞采，即鲛人也。"《海外东经》"黑齿国在其北"注："《东夷传》曰：'倭国东四千馀里有裸国，裸国东南有黑齿国，舡行一年可至也。'《异物志》云：'西屠染齿，亦以放此人。'"《大荒东经》"有黑齿国"注："齿如漆也。"道藏本《山海经图赞》："阳谷之山，国号黑齿。"（《招魂》"雕题黑齿"义征）

从这几例所引对"县（玄）圃""何兽能言"和"雕题黑齿"等神话词语的解说中，我们应该不难推测，郭璞在解说《楚辞》相应词语时，其注之义必定是相同的。郭璞多引神话典籍佐释字词，对后世有较大的影响。姜亮夫先生认为："引《山海经》等奇说以为屈赋注释者，始于郭璞，成于智骞，此为《楚辞》注家一大派别。洪兴祖《补注》，实又本之。盖体认其方法义类，则谓今传《楚辞》为郭、骞一派之传，不为过言矣。"①

五、《楚辞注》的训诂特点之三：对《楚辞章句》的补说

郭注《楚辞》虽然在篇数、体例和不少字词的注释与王逸《楚辞章句》大致相同，但也有一些是对王注的补说。这种补说表现在两方面：一是与王注有异而可备一说，二是补充王注之不完备或纠其误。其中，与王注有异而可备一说的最典型之例是对"二湘"的解读，试看胡氏征引：

---

① 姜亮夫：《智骞〈楚辞音〉跋》，《中国社会科学》，1980年第1期，第172页。

《中山经》"洞庭之山帝之二女居之"注："天帝之二女，而处江为神，即《列仙传》江妃二女也。《离骚》《九歌》所谓湘夫人称帝子者是也。"而《河图玉版》曰："湘夫人者，帝尧女也。秦始皇浮江至湘山，逢大风，而问博士：'湘君何神？'博士曰：'闻之，尧二女，舜妃也，死而葬此。'"《列女传》曰："二女死于湘江之间，俗谓为湘君。"郑司农亦以舜妃为湘君。说者皆以为舜陟方而死，二妃从之，俱溺死于湘江，遂号为湘夫人。案：《九歌》，湘君，湘夫人，自是二神。江湘之有夫人，犹河洛之有虑妃也。此之为灵，于天地并矣，安得谓之尧女？且既谓之尧女，安得复总云湘君哉？何以考之？《礼记》曰："舜葬苍梧，二妃不从。"明二妃生不从征，死不从葬，义可知矣。即令从之，二女灵达，鉴通无方，尚能以乌工龙裳救井廪之难，岂当不能自免于风波，而有双沦之患乎？假复如此，传曰："生为上公，死为贵神。"礼五岳比三公，四渎比诸侯。今湘川不及四渎，无秩于命祀，而二女帝者之后，配灵神祇，无缘当复下降小水，而为夫人也。参互其义，义既混错，错综其理，理无可据，斯不然矣。原其致谬之由，由乎俱以帝女为名，名实相乱莫矫其失，习非胜是，终古不悟，可悲矣。道藏本《山海经图赞》："神之二女，爰宅洞庭。游化五江，惚恍窈冥。号曰夫人，是惟湘灵。"(《湘君》义征)

关于湘君、湘夫人，王逸注以《史记·秦始皇本纪》和刘向《列女传》为据，认为"二湘"是尧之二女。然从胡先生所征引的材料来看，郭璞认为"二湘"应是湘水的原始二神。郭氏观点与王逸虽截然不同，但似乎更接近二湘之神的本源。郭与王其他相异的例子，胡氏《义征》序文已举出不少，除前文已举"宿莽""二湘"之外，还有"秋菊""夏康""封狐""飞廉""巫咸""玉鸾""河伯""倏忽""宾""坟""激楚""任石"等词语，兹不赘述。

郭氏补充王注之不完备或纠其误的例子，如：

《西山经》"又西北三百七十里曰不周之山"注："此山形有缺不周匝处，因名云。西北不周风自此出。"《大荒西经》："西北海之外，大荒之隅，有山而不合，名曰不周负子。"注：《淮南子》曰："昔者共工与颛顼争帝，怒而触不周之山，天维绝，地柱折，故今此山缺坏不周匝也。"(《离骚》"路不周以左转兮"义征)

《大荒西经》"大荒之山开，上三嫔于天，得《九辩》与《九歌》以下"

注：“皆天帝乐名也。开（启）登天而窃以下，用之也。……”（《离骚》"启《九辩》与《九歌》兮，夏康娱以自纵"义征）

关于"不周"，王注只云山名，说在昆仑西北，郭注于此则补说了山名"不周"的原因。关于《九辩》《九歌》，王逸原有二注，在《离骚》中注为"禹乐也"，又在《天问》"启棘宾商，《九辩》《九歌》"句下注为"启所作乐也"。王逸之注显然有误，洪兴祖《楚辞补注》所引"《注》云'皆天帝乐名。启登天而窃以下，用之'"[①]之语，显然是据郭注《山海经》的补正。

六、《楚辞注》的训诂特点之四：有益于校勘的异文

《楚辞》自汉代结集问世以来，在流传中由于不断传抄、刊刻肯定会出现异文。由汉至晋，《楚辞》已流传了一二百年，因而我们从胡先生的《义征》中，还可以看出郭璞所引《楚辞》中的少量异文例子。如，敦煌本《楚辞音》"岂珵美之能当"注："郭本止作程，取同音。"王逸《离骚》"览察草木其犹未得兮，岂珵美之能当"原注，是释"珵"为"美玉"，2句大意是："言是人无能知臧否，观众尚不能别其香臭，岂当知玉之美恶乎？"如按郭注以"珵"作"程"，则因"程"有动词"度量"义，大意似可变为："时人观草木尚可有误，又岂能审度我的美德呢？"其说亦通。又如，《天问》"一蛇吞象，厥大何如"句，郭璞注《山海经·海内南经》"巴蛇食象，三岁而出其骨，君子食之，无心腹之疾"时，引《楚辞》诗句"有蛇吞象，厥大何如"，胡先生认为郭引"有蛇"比"一蛇"更胜一筹。还如，《招魂》"赤蚁若象，玄如壶些"句，郭璞注《山海经·海内北经》"大其状此蟊（疑），朱蛾其状如蛾"时，引《楚辞》诗句为"玄蜂如壶，朱蚁如象"，意思虽同，然文句倒之。其他如《离骚》"帅云霓而来御"之"霓"作"蜺"，《天问》"焉得夫朴牛"之"朴"作"扑"，《哀时命》"使枭杨之先导"之"杨"作"羊"等，皆属于异文。这些异文，应该是目前能看到的最早的《楚辞》异文，对后人校勘《楚辞》无疑是有益的参考。

由上所述的四方面训诂特点，将郭璞《楚辞注》与王逸《楚辞章句》相比，可知郭注在前人基础上既有继承，也有一定的创新和发展。

---

① 洪兴祖：《楚辞补注》（白化文等点校），北京：中华书局，1983年版，第21页。

楚辞神话学的开辟及训诂学的演进

——郭璞《楚辞注》楚辞学价值探微

南通大学　纪晓建

【摘　要】　自后汉王逸楚辞研究集大成之作《楚辞章句》的面世至宋代洪兴祖《楚辞补注》和朱熹《楚辞集注》之诞生，历时千载，其间郭璞的《楚辞注》堪称是最有价值的楚辞研究专著。此书虽已亡佚，但我们从对众多典籍的梳理中发现其具有浓厚的神话学色彩和突出的语言学成就，它标志着魏晋时期楚辞神话学的开辟及训诂学的演进，显示出不可或缺的楚辞学价值。

【关键词】　《楚辞注》　郭璞　楚辞学价值

自后汉王逸楚辞研究集大成之作《楚辞章句》的面世至宋代洪兴祖《楚辞补注》和朱熹《楚辞集注》之诞生，历时千载，其间郭璞的《楚辞注》堪称是最有价值的楚辞研究专著。此书虽已亡佚，但仍可从众多的典籍中梳理出其特色，显示出其不可或缺的学术价值。

一、《楚辞注》的史料记载

郭璞曾注《楚辞》，并有著作存世，《晋书》《隋书》和新旧《唐书》均有记载。《晋书·郭璞转》云：

> 璞撰前后筮验六十余事，名为《洞林》。又抄京、费诸家要最，更撰《新林》十篇、《卜韵》一篇。注释《尔雅》，别为《音义》《图谱》。又注《三苍》《方言》《穆天子传》《山海经》及《楚辞》《子虚、上林赋》数十万言，皆传于世。所作诗赋诔颂亦数万言。[①]

[①]　房玄龄：《晋书》，北京：中华书局，1996年版，第1910页。

《隋书·经籍志》首列自汉至隋诸家楚辞著述凡十一部：

《楚辞》十二卷（并目录）（后汉校书郎王逸注）
《楚辞》三卷（郭璞注）
《楚辞》十一卷（宋何偃删王逸注）
《楚辞九悼》一卷（杨穆撰）
《参解楚辞》七卷（皇甫遵训撰）
《楚辞音》一卷（徐邈撰）
《楚辞音》一卷（宋处士诸葛氏撰）
《楚辞音》一卷（孟奥撰）
《楚辞音》一卷
《楚辞音》一卷（释道骞撰）
《楚辞草木疏》二卷（刘杳撰）①

唐武德四年（621），令狐德棻建议修梁、陈、北齐、北周、隋等各朝史。唐武德五年，唐朝命史臣着手编撰，但历时数年没有成书。贞观三年（629），唐太宗命魏征"总知其务"重修五朝史并主编《隋书》。参加《隋书》编修者还有颜师古、孔颖达、许敬宗等人。历时七年，贞观十年（636），《隋书》德帝纪、列传和其他四朝史书同时完成，合称"五代史"。《晋书》的修撰，从贞观二十年（646）开始，二十二年（648）成书，由房玄龄、褚遂良、许敬宗三人监修。《晋书·郭璞传》言郭璞《楚辞注》"传于世"，可见直到唐太宗贞观二十二年（648），《楚辞注》还是广为流传的。

《隋志》列郭璞《楚辞》三卷紧随王逸《楚辞》十二卷之后，可见在初唐时期，郭注《楚辞》是一部仅次于王逸《楚辞章句》的《楚辞》训释著作。

新旧《唐书》同样有郭璞注《楚辞》之记载，只是在卷数上和《隋志》有所不同。

《新唐书·艺文志》丁部集录，其类三：一曰楚辞类，二曰别集类，三曰总集类。楚辞类云：

王逸注《楚辞》十六卷
郭璞注《楚辞》十卷
杨穆《楚辞九悼》一卷

---

① 魏征：《隋书》，北京：中华书局，1973年版，第1055页。

刘杳《离骚草木虫鱼疏》二卷
孟奥《楚辞音》一卷
徐邈《楚辞音》一卷
僧道骞《楚辞音》一卷
赵《荀况集》二卷
楚《宋玉集》二卷①

《旧唐书·经籍志》丁部集录，三类，共 890 部，12028 卷。楚辞类一，别集类二、总集类三。楚辞类云：

《楚辞》十六卷（王逸注）
《楚辞》十卷（郭璞注）
《楚辞九悼》一卷（杨穆撰）
《楚辞草木疏》一卷（刘杳撰）
《楚辞音》一卷（孟奥撰）
又一卷（徐邈撰）
又一卷（释道骞撰）②

需要指出的是，《隋书·经籍志》和新旧《唐书·经籍志》所载郭璞《楚辞注》的卷数有所不同。《隋书·经籍志》云郭璞注《楚辞》三卷，新旧《唐书》的记载则是十卷。对于《隋书·经籍志》和新旧《唐书·经籍志》所载郭璞《楚辞音》卷数的差异，胡小石先生认为，在唐初《隋志》成书之时，可能郭璞的《楚辞注》尚是传注分开，故人们所见仅是注文单行本，因此只有三卷。唐开元三年，经过整理，郭璞楚辞注文与楚辞文本合并，因此增十卷。胡小石先生说："盖《隋志》成书于唐初，所见或为先代旧书，注疑单行，故仅三卷。两唐志所据，或是开元三年重加整比之本，辞注相合，卷数乃增至三倍耶。"③ 此说为允。

二、《楚辞注》孑遗的发现

郭璞《楚辞注》至宋已不见载，或以"其遭厄煨烬，或早在天宝、广明诸乱

---

① 欧阳修：《新唐书》，北京：中华书局，1975 年版，第 1575 页。
② 刘昫：《旧唐书》，北京：中华书局，1975 年版，第 2051 页。
③ 胡小石：《楚辞郭注义征》，《胡小石论文集》，上海：上海古籍出版社，1982 年版。

中"。① 其孑遗的发现，得益于隋释道骞《楚辞音》残卷的面世。《楚辞音》为隋释道骞所撰，曾藏于敦煌石窟，后落得残卷，1908 年被法国汉学家伯希和随同 6000 多卷极具文物价值的敦煌秘籍一起运回法国，藏于法国巴黎国家图书馆。1934 年，版本学泰斗王重民先生前往法国巴黎国家图书馆，搜集、整理、研究流散在欧洲的敦煌遗书、太平天国资料、明清间来华传教士著述及珍本中国古籍时发现此书。他根据卷中"兹"字下"骞案"，从而判定该书为隋代释道骞的《楚辞音》，又根据"珵"字下"郭本止作程"而判定其为郭璞《楚辞注》的孑遗。②

对于《楚辞音》残卷的发现，闻一多先生曾给予极高的评价。他说："敦煌旧钞《楚辞音》残卷，不避隋唐讳，存者八十四行，起'驷玉虬以乘鹥兮'，迄'杂瑶象以为车'，凡释《离骚》经文一百八十八，注文九十六，稀世瑰宝也。"③ 而对于王重民判定该书为隋代释道骞的《楚辞音》，且含有郭璞《楚辞注》孑遗的论断，闻一多先生更是赞赏备至，他称王氏见解为"灼然有据，无可易者"，并高度评价云：

> 夫自汉王逸以下逮宋之洪兴祖，约及千载，为《楚辞》学者，代有名家，而郭《注》骞《音》之名，尤赫然在人耳目。故其书自唐中叶以还，似已荡然无存，而史志所胪，空有其目，譬如丰碑载涂，徒足人欷歔凭吊而已耳。孰谓骞《音》残卷，一旦发现，而郭《注》鳞爪，复在其中，是非旦暮之遇乎？自殷墟之役以来，数十年间，惊人之事多矣。即以重民先生近所剔发于巴黎者言，此尺幅断轴，亦毫末之于马体而已。然而于《楚辞》之学不啻启一新纪元。重民先生之功为不朽矣！④

闻一多认为，郭璞《楚辞注》作为汉王逸《楚辞章句》至宋洪兴祖《楚辞补注》千年之间极其重要的一部楚辞训诂著作，其亡佚实为楚辞学史上的一件憾事，而王重民先生有关敦煌隋释道骞《楚辞音》残卷的发现，也使得郭璞《楚辞注》遗说得以面世，这将成为楚辞学史上划时代的大事，开辟楚辞学研究的新纪元。为此，闻一多先生特撰写《敦煌旧抄楚辞音残卷跋》（附《校勘记》）一文，寄王重民先生，该文收入后来编辑出版的《闻一多全集·古典新义》之中。

闻一多先生的贡献不止如此，他还发现了《楚辞音》残卷引了郭璞的三条注文和

---

① 胡小石：《楚辞郭注义征》，《胡小石论文集》，上海：上海古籍出版社，1982 年版。
② 王重民：《巴黎敦煌残卷叙录》，《图书季刊》，1934 年（2—3）。
③ 闻一多：《闻一多全集》（第五册），武汉：湖北人民出版社，1993 年版，第 47 页。
④ 闻一多：《闻一多全集》（第五册），武汉：湖北人民出版社，1993 年版，第 47 页。

李善对《文选》中郭璞的《江赋》注解中隐藏着一条郭璞《楚辞注》的内容，弥补了王重民先生仅仅依据《楚辞音》残卷"程"字下"郭本止作程"而判定其为郭璞《楚辞注》的孑遗的孤证。

闻一多发现《楚辞音》残卷引了郭璞的三条注文为：

"兹"字下：郭云："止日之行，勿近昧谷也。"
"鸩"字下：郭云："凶人见欺也。"
"鹈"字下：郭云："奸佞先己也。"

闻先生对此评论云：

案："止日"句释经文"望崦嵫而勿迫"也，"凶人"句释"鸩告余以不好"也，"奸佞"句释"恐鹈鸪之先鸣"也。既皆冠以"郭云"，则非郭注而何？①

闻一多对郭璞《楚辞注》的另一发现是，对于载入《文选》的郭璞《江赋》，李善注"悲灵均之任石，叹渔父之棹歌"云：

《楚辞》曰："名余曰正则，字余曰灵均。"又曰："望大河之洲渚，悲申徒之抗直（今作迹），骤谏君而不听，重任石之何益？"又曰："怀沙砾自沉兮，不忍见君之蔽壅。"《史记》曰："屈原作《怀沙赋》，怀石自投汨罗。"怀沙即任石也，义与王逸不同。②

对此，闻先生评论云：

李善谓王郭异义，是也："重任石之何益"《悲回风》文。王逸注曰："任，负也。百二十斤为石。言已数谏君而不见听，虽欲自任以重石，终无益于万分也。"旧校石一作"□"。

《说文》："□，百二十斤也。"是王读石为，若郭赋上下文所隶事，如阳侯，奇相，禹。伙飞，要离，周穆王，郑交甫，皆与江相关. 而此又与"叹

---

① 萧统：《文选》，上海：上海古籍出版社，1986年版，第48页。
② 萧统：《文选》，上海：上海古籍出版社，1986年版，第572页。

渔父之棹歌"相为偶句,是其解《楚辞》"任石"为抱石沉江,审矣。作赋用《楚辞》义如此,注《骚》时不宜自异。然则《江赋》此句,可视为郭氏《楚辞》遗说,亦即其《楚辞注》义矣。愚意郭书之在海内,名虽亡,实亦未尝尽之。①

闻一多用郭璞著作为内证对其佚著《楚辞注》进行补证,从而推求其注释面貌,可谓见解精微审慎且有较为充分的说服力。

三、《楚辞注》的体例及内容

郭璞《楚辞注》虽然自宋代已不存于世,但他所注的其他众多典籍依然存世,如《尔雅》《方言》《穆天子传》《山海经》等,其中多有涉及与楚辞的内容,也有诸多与楚辞相关的内容散落在其他典籍之中,如《文选》录其所注《子虚赋》和《上林赋》等等。我们从这些郭璞所注的典籍中能够推知郭璞《楚辞注》的基本思想和内容形式,从而窥见《楚辞注》的大概旨趣。

关于郭璞《楚辞注》的体例,我们可以从隋释道骞《楚辞音》残卷中保留的郭注以及郭璞所注《尔雅》《方言》《穆天子传》《山海经》等书的体例窥出其大概。胡小石先生说:"今就道骞《楚辞音》残卷所引郭氏说三事审之,似其注诠释意旨者,体例亦与王氏章句不相远。"② 甚是。

其实,郭璞所注他书涉及楚辞名物训诂之事甚多,远非闻先生所发现《文选》中郭璞《江赋》注解中隐藏《楚辞注》的一条内容。胡小石先生云:"若夫名物训诂之说,则就见存诸书中求之,其义涉《楚辞》者,为证实繁。故不止《江赋》一事。"③ 他从现存的郭璞所撰《穆天子传》《山海经》《尔雅》《方言》《子虚赋》《上林赋》诸注以及其他典籍所引中钩稽与《楚辞》名物相关的训诂资料,得出郭璞所注其他典籍中能够参证其《离骚》注语义者共131处,可参证《离骚》郭注语义73句;能够参证其《九歌》注语义者共55处,可参证《九歌》郭注语义40句;能够参证其《天问》注语义者共36处,参证《天问》郭注语义35句;能够参证其《九章》注语义者共34处,可参证《九章》郭注语义句22句;能够参证楚辞其他篇章者107处,可参证《招魂》郭注语义21句,参证《远游》郭注语义10句,参证《渔父》1句,《九辩》4句《招魂》21句、《大招》11句,及参证其他《楚辞》作品郭注语义句49句,共统计出

---

① 闻一多:《闻一多全集》(第五册),武汉:湖北人民出版社,1993年版,第49页。
② 胡小石:《楚辞郭注义征》,《胡小石论文集》,上海:上海古籍出版社,1982年版。
③ 胡小石:《楚辞郭注义征》,《胡小石论文集》,上海:上海古籍出版社,1982年版。

郭璞所注解其他典籍可参证楚辞内容之注解473处，可参证楚辞内容287句。①

由于胡小石先生之研究可知，郭璞注他书可能与《楚辞注》内容相关者有如下两种情况：

（一）直接引用楚辞文本。

郭璞在训释典籍时，直接引用楚辞文本为之作注之处甚多。例如：

《尔雅·释天》："正月为陬。"注曰："《离骚》云'摄提贞于孟陬'。"

《尔雅·释天》"暴雨谓之冻雨"注云："今江东呼夏月暴雨为冻雨。《离骚》云：'使冻雨兮洒尘'是也。冻音东西之东。"（案：此处应为《九歌·大司命》）

《方言》："禅衣江淮南楚之间谓之襑。"注云："《楚辞》曰：'遗余襑兮礼浦。'音同牒。"

《方言》："凭，怒也，楚凭"注云："凭，恚盛貌。《楚辞》曰：'康回凭怒。'"（案：此处应为《天问》）

《山海经·中山经》："东一百二十里曰洞庭之山。"注曰："今长沙巴陵县西，又有洞庭陂，潜伏通江，《离骚》曰：'遭吾道兮洞庭，洞庭波兮木叶下'，皆谓此也。《离骚》《九歌》所谓湘夫人称帝子者是也。"

《山海经·大荒北经》："西北海之外，赤水之北，有章尾山。有神，人面蛇身而赤，直目正乘，其瞑乃晦，其视乃明，不食不寝不息，风雨是谒。是烛九阴，是谓烛龙。"注云："《离骚》曰：'日安不到，烛龙何照。'"（案：此处应为《天问》）

《山海经·中山经》："巴蛇食象，三岁而出其骨，君子食之，无心腹之疾。"注曰："今南方蚦蛇吞鹿，鹿已烂，自绞于树，腹中骨皆皆穿鳞甲间出，此其类也。《楚辞》曰：'一蛇吞象，厥大何如？'说者云长千寻。"（《天问》："一蛇吞象，厥大何如？"）

《史记·司马相如传·上林赋》："皓齿粲烂，宜笑的砾。"《索隐》引郭璞曰："鲜明貌也。《楚辞》曰：'美人皓齿以姱。'又曰：'蛾眉笑以的砾。'"（《楚辞·大招》："朱唇皓齿，嫭以姱只。"《楚辞·招魂》："蛾眉曼睩。"）

可以肯定，郭璞《楚辞注》对相关内容的训解必与此类注释相同，或与所注典籍互训。

---

① 胡小石：《楚辞郭注义征》，《胡小石论文集》，上海：上海古籍出版社，1982年版。

(二) 对其他典籍中与楚辞相同的名物进行阐释和训诂。

郭璞在训释典籍时，有时虽然没有直接提及楚辞，但对其中与楚辞相同的名物进行阐释和训诂，此类注释可以视为是郭璞《楚辞注》中注释之逸文也。如：

《山海经·大荒西经》："大荒之山开，上三嫔于天。"注云："嫔，妇也，言献美人于天帝，得《九辩》与《九歌》以下，皆天帝乐名也。"（《天问》云："启棘宾商，《九辩》《九歌》。"）

《山海经·大荒南经》："有羲和之国，有女子名曰羲和，方浴日于甘渊。"注云："羲和，盖天地始生主日月者。故启筮曰：'空桑之苍苍，八极之既张，乃有夫羲和，是主日月，职出入以为晦明，瞻彼上天，一明一晦，有夫羲和之子，出于汤谷。'故尧因此立羲和之官，以主四时，其后世遂为此国作日月之像而掌之，沐浴运转之于甘水之中，以效其出入汤谷虞渊也，所谓世不失职耳。"（《离骚》云："吾令羲和弭节兮，望崦嵫而勿迫。"）

《文选·子虚赋》"江离麋芜"注云："江离似水荠。""桂椒木兰"注云："木兰皮辛可食。"（《离骚》云："览椒兰其若兹兮，又况揭车与江离？"又"朝搴阰之木兰兮，夕揽洲之宿莽。"）

此类注文与《楚辞注》关系至密，胡小石先生曾这样评价道："此类注释虽未尝言及《楚辞》，然解说名象，彼之与此，当无大异，或亦可当《离骚》《九歌》《天问》《九章》《远游》《卜居》《招魂》诸注之逸义欤？"[①]

四、《楚辞注》的特色及成就

郭璞遍注群书，内容涉及神话、训诂、名物等多方面内容，积累了深厚的神话学、训诂学、动物学、植物学、地理学知识，使得他的《楚辞注》有着多方面的成就与特色。

(一) 浓厚的神话学色彩

两汉时期，儒学繁盛，由于孔子对神怪思想态度的影响。汉代学者讳言神怪，汉初贾谊、董仲舒等莫不如是，甚至喜新爱奇的史家司马迁在看到古本《山海经》时也说其"所言怪物、余不敢言之也"[②]。由于思想的解放和文学自觉时代的来临，魏晋南北朝的文学和艺术中有突出的重"神"思想。郭璞以万物出于自然的玄学世界观阐释《楚辞》中神怪的蕴意内涵和形象化表现特征，彰显文学作品的美学特质，客观上批驳

---

① 胡小石：《楚辞郭注义征》，《胡小石论文集》，上海：上海古籍出版社，1982 年版。
② 司马迁：《史记》，北京：中华书局，1956 年版，第 3197 页。

和否定了儒家对神话长期以来的否定和怀疑态度，从而构成魏晋时代思想解放与文学自觉运动的重要组成部分。① 例如：

对于《九歌》之湘夫人，王逸注《九歌·湘夫人》"帝子降兮北渚"云："帝子，谓尧女也。降，下也。言尧二女娥皇、女英，随舜不反，没于湘水之渚，因为湘夫人。"② 郭璞注《山海经·中山经》"洞庭之山，帝之二女居之"云：

> 天帝之二女，而将处为江神，即《列女传》江妃二女也。《离骚》《九歌》所谓湘夫人称帝子者是也。而《河图玉版》曰："湘夫人者，帝尧女也。秦始皇浮江至湘山，逢大风，而问博士'湘君何神？'博士曰：'闻之，尧二女，舜妃也，死而葬此。'"《列女传》曰："二女死于湘江之间，俗谓湘君。"郑司农亦以娥妃为湘君。说者皆以为舜陟方而死，二妃从之，俱溺死于湘江，遂号湘夫人。案：《九歌》湘君湘夫人自是二神。江湘之有二神，犹河洛之有宓妃也。此之为灵，与天地并矣，安得谓之尧女？且既谓之尧女，安得复总云湘君哉？何以考之？《礼记》曰："舜葬苍梧，二妃不从。"明二妃生不从征，死不从葬，义可知矣。即令从之，二女灵达，鉴通无方，尚能以鸟工龙裳救井廪之难，岂当不能自免于风波，而有双沦之患乎？假复如此，《传》曰："生为上公，死为贵神。"《礼》五岳比三公，四渎比诸侯。今湘川不及四渎，无秩于命祀，而二女帝之后，佩灵神祇，无缘当复下降小水，而为夫人也。参互其义，义既混错，错综其理，理无可据，斯不然也。原其谬之由，由乎俱以帝女为名，名实相乱莫矫其实，习非胜是，终古不悟，可悲矣。③

郭璞释湘夫人为湘江之神、舜之二妃者，依据有三。其一，湘夫人为神灵符合古制。按每水自有其神习俗，湘夫人犹如洛水之神宓妃一样，自当为湘江之神。其二，舜妃死葬湘水不符古籍记载。据《礼记》二妃生不从征、死不从葬之记载可知，舜妃并未葬于湘水。其三，舜妃死后转为湘水之神与其身份不符。即便舜妃从舜巡行天下而死葬湘水，按其身份亦不应为湘水这般小水系之神。

《天问》云："雄虺九首，儵忽焉在？"王逸注云："虺，蛇别名也。儵忽，电光也。言有雄虺，一身九头，速及电光，皆何所在乎？"④ 郭璞注《山海经·西山经》

---

① 李欣复：《试论郭璞的神话学思想》，《学术月刊》，1994年第8期。
② 王逸：《楚辞章句》，明龙庆五年朱氏夫容馆刻本，卷二，第8页。
③ 郭璞注：《山海经》，上海：上海古籍出版社，1989年版，第77页。
④ 王逸：《楚辞章句》，明龙庆五年朱氏夫容馆刻本，卷三，第5页。

"天山有神焉,其状如黄囊,赤如丹火,六足四翼,浑敦无面目,是识歌舞,实为帝江也"云:"夫形无全者,则神自然灵照,精无见者,则暗与理会,其帝江之位乎?庄生所云中央之帝混沌,为儵忽作凿七窍而死者,盖假此以寓言也。"

郭璞认为,儵忽即天神帝江,是自然神灵,与王逸注电光相比,更为合理顺达。并指出该神话在《庄子》中被寓言化的演变轨迹,指出了中国上古神话在哲学家笔下寓言化的演变史实,对中国上古神话之研究甚有价值。

《天问》云:"羿焉彃日,乌焉解羽?"

郭璞注《山海经·海外东经》"汤谷上有扶桑,十日所浴,在黑齿北,居水中。有大木,九日居下枝,一日居上枝"云:

> 庄周云:"昔者十日并出,草木焦枯。"《淮南子》亦云:"尧乃令羿射十日,中其九日,日中乌尽死。"《离骚》所谓"羿焉彃日,乌焉落羽?"者也。(案:此处应为《天问》)《归藏郑母经》云:"昔者羿善射,毕十日,果毕之。"汲郡《竹书》曰:"胤甲即位,居西河,有妖孽,十日并出。"明此自然之异,有自来矣。传曰:"天有十日,日之数十。"此云"九日居下枝,一日居上枝"。《大荒经》又云'一日方至,一日方出'。明天地虽十日,自使以次第迭出运照。而今俱见,为天下妖灾。故羿禀尧之命,洞其灵诚,仰天控弦,而九日潜退也。假令器用可以激水烈火,精感可以降霜回景。然则羿之铄离而毙阳乌,未足为难也。若按之常情,则无理以然,推之以数,则无往不通。达观之客,宜领其无致,归之冥会。则逸义无滞,言奇不废矣。①

在此,郭璞引用《庄子》《淮南子》《离骚》《归藏》《山海经》等众多有关十日神话传说的史料,勾勒了十日神话形成和发展的演变的脉络,并据此进行论证阐释,从而对王逸《楚辞章句》中引《淮南子》神话材料训解予以充分肯定。

再如:《离骚》云:"邅吾道夫昆仑兮。"郭璞注《山海经·西山经》"西南四百里曰昆仑之丘,是惟帝之下都"云:"天帝都邑之在下者也。《穆天子传》曰:'吉日辛酉,天子升于昆仑之丘,以观皇帝之宫,而封丰隆之葬,以诏后世。'言增封于昆仑山纸上。"《天问》云:"化为黄熊,巫何活焉?"郭璞注《山海经·海内经》"祝融杀鲧于羽郊,鲧复生禹"云:"开筮曰:'鲧死三岁不腐,剖之以吴刀,化为黄龙也。"《远游》云:"轩辕不可攀援兮。"郭璞注《山海经·大荒西经》"有轩辕之台"云:"敬难黄帝之神。"《远游》:"遇蓐收乎西皇。"郭璞注《西山经》"泑山,神蓐收居之"云:

---

① 郭璞注:《山海经》,上海:上海古籍出版社,1989年版,第89页。

"亦金神也。人面虎爪白尾，执钺。"等等。

仙话以追求肉身不灭的神仙信仰作为核心意旨，凸显出我国古人对于现实生命意义和生死终极问题的独特考量。我国古老的神仙思想在魏晋时合道家黄老之学神仙信仰，各类方技、术数于一炉，形成了神仙道教，神仙信仰的基础上建构起超越生死大限、长生不死的仙境灵界，表现出对现实生命、人生价值的执着追求，体现了某些中国的民族文化特点。郭璞学识渊博，但思想较为复杂。他崇尚老庄，《客傲篇》称："若如庄周，偃塞于漆园。"《登百尺楼赋》又说："在青阳之季月，登百尺之高观，嘉斯游之可娱，乃老氏之所叹。"他的《游仙诗》词采绚丽，形象生动，富于神话色彩，是把神话思维发挥得淋漓尽致的浪漫主义诗歌杰作。如《游仙诗》（其二）云："青溪千余仞，中有一道士。云生梁栋间，风出窗户里。借问此何谁，云是鬼谷子。翘迹企颖阳，临河思洗耳。阊阖西南来，潜波涣鳞起。灵妃顾我笑，粲然启玉齿。蹇修时不存，要之将谁使？"这更以鬼谷子自比，表示对隐居避世的向往和对列仙的企慕。这种仙道思想也体现在《楚辞注》中。例如：

《离骚》："巫咸将夕降兮。"《海外西经》："巫咸国在女丑北，右手操青蛇，左手操赤蛇，在登葆山，群巫所从上下也。"郭璞注云："采药往来。"《大荒西经》："大荒之中，有山名曰等丰沮玉门，日月所入，有灵山，巫咸、巫即、巫盼、巫彭、巫姑、巫真、巫礼、巫抵、巫谢、巫罗十巫从此升降，百药爰在。"郭璞注云："群巫上下此山采药往来也。"

《九歌·河伯》，《艺文类聚》卷七十八引《山海经图赞》云："禀华之精，食惟八石。乘龙隐沦，往来海若，是实水仙，号曰河伯。"

《天问》云："何所不死？"《山海经·海内东经》："不死民在其（交胫国）东，其为人黑色，寿不死"注："有员丘山，上有不死树，食之乃寿，亦有赤泉，饮之不老。"《山海经·大荒南经》"有不死之国阿姓，甘木是食"注："甘木，即不死树，食之不老。"《山海经·大荒西经》"大荒之山，三面之人不死"注："言人头三边各有面也。"道藏本《山海经图赞》："有人爰处，员丘之上。赤泉驻年，神木养命，禀此遐龄，悠悠无尽。"

《天问》云："长人何守？"《山海经·大荒东经》："有长人之国"注云："案《河图玉版》曰：'从昆仑以北九万里，得龙伯国，人长三十丈，生万八千岁而死。从昆仑以东，得大秦，人长十丈，皆衣帛。从此以东十万里，得佻人国，长三十丈五尺。从此以东十万里，得中秦国，人长一丈。'《谷梁传》曰：'长翟身横九亩，下其头，眉见于轼。即长一丈人也。'"

《远游》："吸飞泉之微液兮，怀琬琰之华英。"《山海经·西山经》"黄帝乃取峚山之玉荣"注："谓玉华也。《离骚》曰：'怀琬琰之华英。'"

郭璞运用神话学思想阐释楚辞时而能够匡正前误，屡有创见。

《天问》云："启棘宾商，《九辨》《九歌》。"王逸《楚辞章句》注云："棘，陈也。宾，列也。《九辨》《九歌》，启所作乐也。言启能修明禹页，陈列宫商之音，备齐礼乐也。"① 郭璞注《山海经·大荒西经》"大荒之山开，上三嫔于天"云："嫔，妇也。言献美人于天帝。余见《离骚》。"王逸训"宾"为"列"，训"商"为宫商之音，并认为全句是言启修乐备礼之事，与上下文诗意难以吻合。从郭注"余见《离骚》"可以看出，郭璞在其《楚辞注》之《离骚注》中曾对此有详细训诂和阐释。虽然其具体内容已不得而知，但他从神话学角度，释"宾"为"美女"，"商"为"天帝"，已得该句含义之正解，开后世朱熹等解释之先河，在今天已为楚辞学者广泛接受。朱熹在《楚辞集注》中详细论述道："窃疑棘当作'梦'，商当作'天'。盖其意本谓启梦上宾于天，而得帝乐以归。"② 他在《楚辞辩证》中又进一步阐述道："'启棘宾商'四字，本是'启梦宾天'，……王逸所传之本，宾字幸得不误，乃以篆文'梦天'二字中间破坏，独有四外，有似棘商，遂误梦为棘，以天为商。"③ 自兹以降，学界对棘、宾、商之解释虽偶有不同（如朱骏声《说文通训定声》释"商"为"帝"之误，胡文英《屈骚指掌》释"棘"为"逐"），但其事均承朱说，即该二句乃写夏启作客天庭，带回神乐《九辩》《九歌》之事。后人之所以以朱说为是，乃是因他以《山海经》材料补之。《大荒西经》曰："有人珥两青蛇。乘两龙，名曰夏后开，开上三嫔于天，得《九辩》《九歌》以下，此天穆之野（高二千仞），开焉得始歌《九招》。"郭注引《归藏·启筮篇》曰："不得窃《辩》与《歌》以国于下。"显然《天问》与《山海经》所载一事，据实无疑，遂为定论。

郭璞注《楚辞》每每引《山海经》《穆天子传》《淮南子》等典籍中的神话材料解释，极大程度地突出了楚辞的浪漫主义特色，这也使得他获得我国神话研究鼻祖的美誉。姜亮夫先生说："引《山海》《穆传》《淮南》以说屈赋者，依余所知，自郭始。郭学术思想近道家，不为儒言所囿，极有合于屈子上天下地浪漫杂说。而儒家者流，所不敢一试者，景纯皆畅用之。"④ 此言可谓一语中的。

（二）突出的语言学成就

郭璞自幼好古文奇字，注《尔雅》《方言》，有着非凡的语言学成就。据《隋书·经籍志》《旧唐书·经籍志》和《新唐书·艺文志》著录，郭璞的撰述凡16种，其中有12种是为字书、辞书以及为其他古籍所作的训释和图说。

---

① 王逸：《楚辞章句》，明龙庆五年朱氏夫容馆刻本，卷三，第5页。
② 朱熹：《楚辞集注》，上海：上海古籍出版社，1979年版，第60页。
③ 朱熹：《楚辞集注》，上海：上海古籍出版社，1979年版，第194页。
④ 姜亮夫：《楚辞学论文集敦煌写本隋释智骞楚辞音跋》，上海：上海古籍出版社，1984年版。

赵振铎先生在其《中国语言学史》中单列一节《语言学家郭璞》，总结了郭璞在语言学上的三个贡献：一是有比较明确的语言观念；二是重视当时活的语言；三是对名物的训诂方面采取了描写的方式。他说："魏晋时期的古书注释……从语言学上看，大多数注释都说不出有什么突出的成就。唯有郭璞对古书的注释值得引起注意。从表面上看，他和当时人写的注释没有两样，但仔细研究，不难发现他在字里行间透露出的语言学观点和方法都有超越时人的地方。"① 郭璞的语言学成就，非常充分的体现在他的《楚辞注》中。具体地讲，郭璞在《楚辞注》中表现的语言学成就主要有如下数端：

1. 训诂精当，新见迭出

首先表现在训诂学方面。郭璞是我国训诂学的祖师爷，集《尔雅》学之大成，著有《尔雅注》《尔稚图》《尔雅音》《尔雅图赞》等著作。《尔雅》是我国辞书的鼻祖，始见于汉武帝时。《尔雅》本有20篇，晋时《叙篇》已亡佚，只剩下19篇。郭璞都一一作了注解，画了图形，定了音律，写了图赞，对《尔雅》研究作出了不可磨灭的贡献。今存《尔雅注》三卷，刊行于《十三经注疏》中。

郭璞的《楚辞注》效王逸《楚辞章句》，采用传统的随文注释体例，注重解字释义。例如，《离骚》"皇览揆余初度兮"，郭璞注《尔雅·释言》"揆度也"云："商度。""高余冠之岌岌兮"，郭璞注《尔雅·释言》"小山岌大山峘"云："岌，谓高过。"《天问》"雄虺九首"，《山海经·南山经》"猿翼之山多腹虫"，郭注云："腹虫，蝮虫也，色如绶文，鼻上有针，大者百余斤，虫，古虺字。"

在词义训诂方面，《楚辞注》能够匡正前误，新见迭出。

《离骚》："启九辩与九歌兮，夏康娱以自纵。"王逸注云："《九辩》《九歌》，禹乐也，言禹平治水土，以有天下，启能承先志，缵续其业，育养品类，故九州之物，皆可辩数，九功之德皆有次序，而可歌也。"又云："夏康，启子太康也。"② 王逸释《九辩》《九歌》为禹乐，夏康为启子太康也。洪补云："王逸不见《山海经》，故以为禹乐。"郭璞相关注解则另辟蹊径。郭注《山海经·大荒西经》"开上三嫔于天，得《九辩》与《九歌》以下"云："皆天帝乐名也。开登天而窃以下，用之也。开筮曰：'昔彼九冥是与帝辩同宫之序，是为《九歌》。'又曰：'不得窃《辩》与《九歌》以国于下。'义具见于《归藏》。"③ 此处，郭璞训"夏"为"下"，使得文义贯通，开后世王念孙解释之先河。胡小石先生评价说："以文例言之，读'下'为长。"

《九章·悲回风》："骤谏君而不听兮，重任石之何益？"王逸注曰："任，负也。

---

① 赵振铎：《中国语言学史》，石家庄：河北教育出版社，2000年版，第142—156页。
② 洪兴祖：《楚辞补注》，北京：中华书局，1983年版，第21页。
③ 郭璞注：《山海经》，上海：上海古籍出版社，1989年版，第113页。

百二十斤为石。言己数谏君而不见听。虽欲自任以重石，终无益于万分也。"王逸训"石"为重量单位，"任石"为"负重担"，与文意虽通，但不够顺达，也少意蕴。《文选》载郭璞《江赋》云："悲灵均之任石，叹渔父之棹歌。"李善注引："重任石之何益，怀沙砾而自沉。怀沙，即任石也。"可见，郭璞认为"任石"即指屈原抱石沉江殉国。此解与屈原刚正直谏而终被疏流放的个性品质和政治经历相符，也与其最终自沉汨罗，投江殉国的人生归宿相合，堪为的论。

2. 因声求义，声义密合

其次是音韵学方面。《隋书·经籍志》："隋时有释道骞，善读之，能为楚声，音韵清切，至今传《楚辞》者，皆祖骞公之音。"可见释道骞之《楚辞音》在隋唐时期的影响之大，而释道骞《楚辞音》在楚辞音韵学上的成就，则是在郭璞《楚辞注》的基础上发挥而成的。郭璞精通声律音韵，注《尔雅》《方言》，其《楚辞注》极重视音韵训诂，故隋释道骞《楚辞音》取其为底本。在郭璞的注释中，已经较多地从声音关系上去考察语词变化，推求语源，下开了清代语言学家"因声求义，声义密合"治学方法的先河，是对训诂学的一大贡献。① 例如：

《离骚》："贯薜荔之落蕊。"郭璞注《山海经·西山经》"小华之山，其草有萆荔，状如乌韭，而生于石上，亦无木而生"云："萆荔，香草，蔽戾两音。"

《湘夫人》："登白薠兮骋望。"郭注《山海经·西山经》"阴山其草多茆蕃"云："蕃，青薠，似莎而大，卯烦二音。"

《湘夫人》："辛夷楣兮药房。"郭注《山海经·西山经》"号山其草多药䕡芎䓖"云："药，白芷别名。药，音乌较反。"

《天问》云："鬿堆焉处?"《山海经·东山经》："北号之山有鸟焉，其状如鸡而白首，鼠足而虎爪，其名曰鬿雀，亦食人"郭璞注："鬿，音祈。"

《九章·思美人》："指嶓冢之西隈兮。"《山海经·西山经》"嶓冢之山"注云："今在武都氐道县南。嶓，音波。"

《九辩》："鹍鸡啁哳而悲鸣。"《尔雅·释畜》"鸡三尺为鹍"注云："阳沟巨鹍，古之名鸡。《释文》：'鹍，音昆，字或作鶤同。'"

《招魂》："何为四方些?"《释诂》："呰，己，此也。"注："呰，己，皆方俗异语。"《尔雅·释文》："呰，郭音些。"引《广雅》云："些，辞也。"郝懿行云："郭以些为呰，盖本《楚辞》。"

《招魂》："稻粢穱麦。"《尔雅·释草》"秫稻"注："今沛国乎秫"；"粢稷"注："今江东人乎粟为粢。"

---

① 董志翘：《试论郭璞注释的成就》，《江苏师院学报》，1980年第4期。

《招魂》;"露鸡臛蠵。"《东山经》"其中多蠵龟"注:"蠵,觜蠵,大龟也,甲有文彩,似玳瑁而薄。音遗知反。"

3. 重方言古语,尤长楚语

郭璞在方言研究上也有突出贡献,著有《方言注》十三卷。《方言注》以晋代语词解释古诗,从中可看出汉晋语言流变概况。其《方言序》曰:"余少玩雅训,旁味方言,复为之解。"① 故深谙楚声楚语。郭注《楚辞》保留了方言古语并明确指出这是语言的转变。郭璞注音遍引其时各地方言。如荆楚、江东、河北、东齐、蜀、巴璞、淮南、沛国、江南、建平、青州等,而对江东和楚地方言所引尤多,为后世研究楚语留下宝贵资料。

《离骚》:"朝搴阰之木兰兮。"郭璞注《方言》"攓取也,南楚曰攓"曰:"音蹇。又音骞。"

《离骚》:"制芰荷以为衣兮,集芙蓉以为裳。"郭注《尔雅·释草》"荷芙蕖"云:"别名芙蓉,江东乎荷。"《艺文类聚》八十二引《尔雅图赞》云:"芙蓉丽草,一曰泽芝,泛叶云布,映波霞熙。"

《离骚》:"怀椒糈而要之。"郭注《南山经》"鹊山糈用稌米"云:"糈,祀神之米名,光吕反。今江东音所。一音壻。稌,稻也,他睹反,糈或作疏,非也。"

《离骚》:"精琼靡以为粻。"郭璞注《尔雅·释言》"粻,粮也"云:"今江东通言粻。"

《湘夫人》:"遗余褋兮澧浦。"王逸注云:"褋,襜襦也,屈原讬与湘夫人共邻而处,舜复迎之而去,穷困无所依,故欲捐弃衣物,裸身而行,将适九夷也。"《方言》"襌衣江淮南楚之间谓之褋"郭璞注:"《楚辞》曰:'遗余褋兮澧浦。'音同牒。"

《大司命》:"使冻雨兮洒尘。"郭注《尔雅·释天》"暴雨谓之冻雨"云:今江东乎夏月暴雨为冻雨。《离骚》云:'使冻雨兮洒尘'是也。冻音东西之东。"

《山鬼》:"既含睇兮又宜笑。"郭注《方言》"睇,眄也,南楚之外曰睇"云:"音悌。"

《天问》:"康回凭怒。"郭注《方言》"凭,怒也,楚凭"云:"凭,恚盛貌。《楚辞》曰:'康回凭怒。'"

《天问》:"曾不知夏之为丘兮。"《尔雅·释言》:"憯,曾也。"注:"发语词。见《诗》。"《方言》:"曾,訾,何也。湘潭之原,荆之南鄙,谓何为曾,或谓之訾。"注云:"今江东人语亦云訾,声如斯。"

《天问》:"玄鸟致贻女何喜?"《尔雅·释鸟》"燕燕"注云:"《诗》云:'燕燕于

---

① 纪昀:《四库全书》(第221册),上海:上海人民出版社,1987年版,第284页。

飞.'一名玄鸟,齐人乎鳦"

《九章·怀沙》:"永叹喟兮。"《方言》:"喟,怜也。沅澧之原,凡言相怜哀谓之喟。"注云:"音蒯。"

《九章·橘颂》:"曾枝剡棘,圆果抟兮。"《方言》:"凡草刺人,江浦之间谓之棘。"注云:"《楚辞》曰'曾枝剡棘',亦通语耳。音己力反。"

4. 重名物的解释

郭璞《楚辞注》非常注重对名物的解释。有对"名"的释音、释义,也有对"物"的形体功能的描述和对性质的阐释等等。例如:

《招魂》:"与王趋梦兮课后先。"《尔雅·释地》"楚有云梦"注云:"今南郡华容县东南巴丘湖是也。"《史记·司马相如传·子虚赋》"名曰云梦",《索隐》引郭璞曰:"江夏安陆有云梦城。南郡枝江亦有云梦城。华容县又有巴丘湖,俗云即古云梦泽也。"① 云梦大泽作为浪漫浩森的楚文化的代名词,是楚辞一个重要的抒情意象。郭璞指出了晋代三处与云梦大泽有关的历史文化遗迹,为对战国时期云梦大泽的考证提供了极为有价值的资料。

《招魂》:"湛湛江水兮上有枫。"《尔雅·释木》"枫欇欇"注:"枫树似白杨,叶圆而歧,有脂而香,今之枫香是。"郭璞运用类比的说明方法,对枫树从形状、生长特点、颜色、味道,以及功用诸方面进行详细具体的说明,既准确具体,又形象生动。故而《史记·司马相如传·子虚赋》"华氾襞襬"《集解》引徐广曰:"氾,一作枫。"《索隐》则全引郭璞《尔雅》之注云:"枫树似白杨,叶圆而歧,有脂而香。"②

《大招》:"鳙鳙短狐。"《史记·司马相如传·上林赋》"鳙鳙",《集解》引郭璞曰:"鳙,似鲢而黑。"《文选·南都赋》"鳙鳙",善注引郭璞《上林赋》注:"鳙,鱼有文采。音颛。鳙,似鲢而黑。③

郭璞既注《尔雅》《方言》,又注《楚辞》。《尔雅》其实也是战国时的一部名书。郭璞《楚辞注》重名物、训诂及音韵,对楚辞之物产、地理、方言、异闻阐释尤详,便是情理之中之事了。

(三)保存异文、有助校勘

郭本《楚辞注》保存了一些罕见的楚辞异文,甚为可贵,对楚辞的流传版本研究及校勘都有着不可或缺的重要价值。例如:

《九歌·湘君》云:"隐思君兮陫侧。"《尔雅·释言》云:"陫,陋隐也。"郭璞注

---

① 司马迁:《史记》,北京:中华书局,1956年版,第3004页。
② 司马迁:《史记》,北京:中华书局,1956年版,第2999页。
③ 萧统编、李善等注:《六臣注文选》,北京:中华书局,2012年版,第158页。

云:"《礼记》曰:'厞用席。'《书》曰:'扬侧陋。'"据郭注据《尔雅》,"陫侧"应作"厞侧"。

《离骚》云:"览察草木其犹未得兮,岂珵美之能当。"敦煌本《楚辞音》"岂珵美之能当"注云:"郭本止作程,取同音。"王逸《楚辞章句》云:"珵,美玉也。……言时人无能知臧否,观众草尚不能别其香臭,岂当知玉之美恶乎?"① 逸说可通。郭本作"程",度量之意,陆侃如《楚辞选》注云:"程,品评也。"据此可释此句意为:时人对草木的美丑观念尚且是非颠倒,又怎能正确品评我的美好德行呢?

自王逸至东晋郭璞,历经200年之久,楚辞学研究又有诸多新的成果、新的发现,加之郭璞对《山海经》《尔雅》《方言》《穆天子传》等当时名书均有作注,因此其自身对于音韵、方言、名物、神话传说等方面的学识亦自然丰富渊博,故而他在《楚辞注》中能提出诸多富有创见而又切合实际的新见解,从而勘误前说,补充完善《楚辞章句》的训诂。

魏晋南北朝时期,楚辞整理与研究的热情空前高涨,楚辞学著作繁盛,郭璞《楚辞注》是这一时期楚辞学著作的杰出代表。该书是自东汉王逸《楚辞章句》面世至宋代洪兴祖《楚辞补注》和朱熹《楚辞集注》诞生千载之间最有价值的楚辞学研究专著,此书虽已亡佚,但我们从对众多典籍的梳理中发现其具有浓厚的神话学色彩和突出的语言学成就,它标志着魏晋时期楚辞楚辞神话学的开辟及训诂学的演进,显示出不可或缺的楚辞学价值。

---

① 王逸:《楚辞章句》,明龙庆五年朱氏夫容馆刻本,卷一,第25页。

奇文郁起 轹古切今

——试论刘勰的楚辞观

陕西师范大学 季桂增

【摘 要】 刘勰在《辨骚》篇以宗经与新变的文学观为指导,集中而全面阐述了他的楚辞观。他首先批评汉人单纯"依经立义"的观点是"褒贬任声,抑扬过实",继而指出楚辞与儒家经典的"四同""四异",认为楚辞乃"《雅》《颂》之博徒,词赋之英杰",更着重从新变即创新的角度充分肯定楚辞巨大的文学成就,对屈原"自铸伟词"之创造性极尽推崇和赞赏,指出以屈原作品为代表的楚辞是"气往轹古,辞来切今,惊采绝艳,难与并能"的一代奇文,把屈原和楚辞的文学史地位推向了前所未有的高度,并顺便论及楚辞对后世文学的影响,强调其"衣被词人,非一代也"。刘勰虽然没有摆脱宗经观念的束缚,但他能以一个文学评论家的眼光,独树一帜,别开生面,从文学发展创新的角度特别重视和充分揭示楚辞卓绝的文学成就、价值和奇特魅力,这在楚辞学史上具有极其重要的意义。

【关键词】 刘勰 《辨骚》 楚辞观 宗经与新变

刘勰的《文心雕龙》对屈原和楚辞给予了非常高的关注,其《明诗》《诠赋》《颂赞》《祝盟》《通变》《定势》《声律》《章句》《比兴》《时序》《物色》等众多篇章都涉及这一问题,特别是在总论中更专辟《辨骚》篇进行讨论,把以屈原作品为代表的楚辞置于文之枢纽的地位,足见对其重视程度之高。在《辨骚》篇中,刘勰以贯穿全书的宗经与新变的文学观为指导,对楚辞(主要指屈原的作品)各方面的问题进行了系统而深刻的考察和评论,集中而全面阐述了他的楚辞观,亦为后代楚辞研究奠定了坚实基础。本文就此作以探析和阐论。

一、对汉人"依经立义"之楚辞研究的批评

以《离骚》为代表的楚辞,继承《诗经》优良传统又有巨大创新,在中国文学史

上具有划时代意义。然而自汉代以来学界的评论不一，这些分歧不仅涉及对屈原作品的评价，而且涉及文学创作的方向。尤其汉代是楚辞研究的开创期，先后出现了不少楚辞学者，由于主客观各种原因，他们发出了或褒或贬、毁誉参半的声音。在《辨骚》首段，刘勰即对汉代楚辞研究"依经立义"的整体状况进行了评述，重点对刘安、扬雄、班固、王逸等人的观点作了引述、评论和总结。

刘安对楚辞学颇有造诣，他奉汉武帝之命而作《离骚传》，是楚辞研究的奠基之作。刘安对于屈原及其作品作了高度的赞扬，一方面以儒家经典为参照充分肯定了《离骚》的美学风貌，谓"《国风》好色而不淫，《小雅》怨诽而不乱，若《离骚》者，可谓兼之"①，认为可与《诗经》比肩同辉；另一方面称赞屈原"志洁行廉"，充分肯定了屈原的人格精神，认为可与日月争光。刘安开启了以经学来审视楚辞的先河，由于受楚文化和道家思想影响以及个人喜爱楚辞的原因，他对于屈原其人其文做了全面的肯定和褒扬。刘勰在《辨骚》篇以"昔汉武爱骚，而淮南作传"领起，对刘安的观点做了客观引录。

刘安之后，汉宣帝刘询和扬雄对楚辞曾作过评论，刘勰对此作了这样的概述："及汉宣嗟叹，以为皆合经术；扬雄讽味，亦言体同《诗·雅》。"扬氏原文已佚，无从考证，不过从刘勰的评论来看，他们仍然是以儒家的标准来评判楚辞的。据《汉书·扬雄传》看来，扬雄对屈原其人表示敬仰，但他又从君子明哲保身和宿命论的角度出发，对屈原自沉汨罗的行为表示不理解，所谓"君子得时则大行，不得时则龙蛇，遇不遇命也，何必湛身哉"！②这与后来班固的立场、态度不尽一致，但对班固的观点可能有所启发。

班固对于屈原其文其人作出了矛盾的评价，一方面认为其文与经传不合，然其"文辞丽雅，为词赋之宗，虽非明哲，可谓妙才"③，对其文学成就作了蜻蜓点水式的肯定；另一方面谓屈原其人"露才扬己……忿怼不容，沉江而死，亦贬絜狂狷景行之士"，对屈原露才扬己、怨怼沉江的行为给予严厉批评和否定。这就和之前刘安完全赞美式的评价形成了鲜明的对比。东汉时期，儒家思想已经根深蒂固，形成了一套比较完备的准则和体系，屈原那种瑰丽奇谲的行文风格和卓尔不群的人格特征是与儒家正统思想有所违背的，"依经立义"的评价准则也已发展到了新的阶段。因此，作为儒家正统思想的坚定捍卫者，班固对屈原及其作品做出这样的评价，也就不足为怪了。对班氏这两方面的矛盾评价，刘勰《辨骚》篇择要做了转录。

---

① 周振甫：《文心雕龙译注》，北京：中华书局，2013年版，第41页。下文引用《文心雕龙》中的文字均引于此书，不再作注。
② 班固：《汉书》，北京：中华书局，1997年版，第3515页。
③ 范文澜：《文心雕龙注》，北京：中华书局，1958年版，第51页。

王逸可谓是两汉楚辞研究的集大成者,他的《楚辞章句》代表了汉代楚辞研究的最高成就。在其《楚辞章句序》中,王氏有这样一段评论:

> 夫《离骚》之文,依托五经以立意焉:"帝高阳之苗裔兮",则"厥初生民,时为姜嫄"也;"纫秋兰以为佩",则"将翱将翔,佩玉琼琚"也;"夕揽洲之宿莽",则《易》"潜龙勿用"也;"驷玉虬而乘鹥",则"时乘六龙以御天"也;"就重华而陈词",则《尚书》咎繇之谋谟也;"登昆仑而涉流沙",则《禹贡》之敷土也。故智弥盛者其言博,才益多者其识远。①

从这段文字中我们清楚地看到,王逸也是以"依经立义"的诗学观来解读《离骚》,他将《离骚》出现的各个意象与《诗经》《周易》《尚书》等儒家经典一一对应,认为《离骚》是"依托五经以立意"。这种解释差不多将《离骚》瑰奇浪漫的风格消解殆尽,但是与班固认为《离骚》不合经义的态度不同,王逸试图将《离骚》纳入儒家经典体系,为《离骚》的经学化作了努力。其《楚辞章句》第一次将《离骚》称为《离骚经》,并且对屈原作品作出了"金相玉质,百世无匹"的评价;同时,王逸对于屈原的人格也深表敬佩,认为其"进不隐其谋,退不顾其命,此诚绝世之行,而俊彦之英也",对其志洁行廉给予充分肯定。刘勰《辨骚》篇强调指出"王逸以为:诗人提耳,屈原婉顺,《离骚》之文,依经立义",并择要引述了其观点。

由此可见,汉代楚辞学总体上是用"依经立义"作为评判的准则,刘勰在此段最后总结为"四家举以方经"等,就很精辟地道出了整个汉代楚辞研究以儒家经典为品评标准的事实。因汉人所处的特定政治和文化背景,使得他们大多从儒教角度来品评楚辞,这就难免使其成为儒家经典的传声筒或者牺牲品,有失公允。这跟汉代《诗经》研究的状况一样,"诗三百"几乎成了伦理道德的教科书。另外,有汉一代,学者们关注屈原的人格内涵,首先将其作为一个政治家来看待,对屈原的诗人身份重视不够,因而不能很好地把握屈原作品的文学特质,也不能给予屈原和楚辞一个合理的历史定位。刘勰在一一引述了汉人的言论之后,以宗经和新变的理论视角进行审视和总结,对汉人单纯"依经立义"的做法和观点给予批评和否定,认为"四家举以方经,而孟坚谓不合传,褒贬任声,抑扬过实,可谓鉴而弗精,玩而未核者也",指责他们的说法都不合实际,不切要义。

那么,刘勰为什么说汉人"褒贬任声,抑扬过实","鉴而弗精,玩而未核"呢?怎样评论才算合乎实际、得其要义呢?这就得看刘勰在下文的论述了。而问题的关键

---

① 洪兴祖:《楚辞补注》,北京:中华书局,1983年版,第49页。

在于，汉人大体上只是用宗经这一只眼睛看楚辞，刘勰则在宗经的同时还有另一路观念和眼光——新变（甚至更重视新变），是用两只眼睛看楚辞的。

二、宗经与新变观念下对楚辞的重新评价

纵观《文心雕龙》全书，刘勰有两个非常重要的文学评论准则，那便是宗经与新变。宗经当然是以儒家经典为尊，把五经作为评价作家作品的准绳；而新变则看重文学作品在内容和形式方面的创新与发展变化。所谓宗经与新变，在一定意义上相当于后世文学理论和创作中继承与革新的问题，二者相互依存，彼此关联，构成一对既对立又统一的理论范畴，只不过刘勰在继承方面特别强调要以儒家经典为宗罢了。

刘勰的《文心雕龙》一书是以儒家思想为根基的，对于楚辞的品评，自然要以儒家诗学观为标准，这与汉儒"依经立义"似乎一脉相承。即使刘勰批评汉人评论楚辞"褒贬任声，抑扬过实"，"鉴而弗精，玩而未核"，也多少包含他们没有把宗经原则运用精当、分析透彻这一层意思。刘勰从宗经的观念出发，对楚辞文本作了细致分析，提出了楚辞与儒家经典有"四同""四异"之说：

> 将核其论，必征言焉。故其陈尧舜之耿介，称禹汤之祗敬，典诰之体也；讥桀纣之猖披，伤羿浇之颠陨，规讽之旨也；虬龙以喻君子，云霓以譬谗邪，比兴之义也；每一顾而掩涕，叹君门之九重，忠怨之辞也：观兹四事，同于《风》《雅》者也。至于托云龙，说迂怪，丰隆求宓妃，鸩鸟媒娀女，诡异之辞也；康回倾地，夷羿彃日，木夫九首，土伯三目，谲怪之谈也；依彭咸之遗则，从子胥以自适，狷狭之志也；士女杂坐，乱而不分，指以为乐，娱酒不废，沉湎日夜，举以为欢，荒淫之意也：摘此四事，异乎经典者也。

在这里，刘勰一方面举例说明楚辞与儒家经典的四个相同之处，即所谓典诰之体、规讽之旨、比兴之义、忠怨之辞，对此表示肯定和赞赏；另一方面，又找出实例归纳出其异于经典的地方，即所谓诡异之辞、谲怪之谈、狷狭之志、荒淫之意，就宗经而言，对此似有不满之意。可以说，这都体现了刘勰一贯的宗经思想。或者说，刘勰虽然也是从宗经的观点出发，但是得出了不同于汉儒的结论。这里有一个值得关注的问题，异乎经典之处就全都不好吗？这一问题其实在《正纬》篇中也有所体现，刘勰认为谶纬之书"好生娇诞，真虽存矣，伪亦凭焉"，并且指出了它的"四伪"，这是用儒家经典进行衡量的一个结果，前人对此已有颇多论述；而刘勰的过人之处是能在废墟中发现可采撷之处，认为纬书中一些奇特的传说可以作为行文的素材，文辞很有藻采，对

写作是有所帮助的，乃所谓"事丰奇伟，辞富膏腴，无益经典而有助于文章"。从这里我们可以看到，刘勰在宗经的同时，也是很注重其文学价值和文学功用的。同理，或许在刘勰看来，楚辞中的"四异"，也正是其"奇"的表现，亦是其文学价值所在，那就更是"无益经典而有助于文章"了。由此看来，刘勰虽然认为楚辞有异于儒家经典之处，但也许觉得其对于文学创作而言还是有可取之处甚或有开创之功的。

当然，问题还不仅如此。通过进一步思考，我们就会发现，刘勰在这里所标举的的"四异"，不只是像纬书中那些奇特的传说仅具有某种文学价值和功用而已，更是楚辞不同于五经之新变的表现。所以，这所谓的"四异"，既是刘勰拿宗经的思想对楚辞进行审视的结果，又恰恰反映了楚辞在文学创作的新变；既与刘勰的宗经观有关，更是其新变观的体现。魏晋南北朝是一个"若无新变，不能代雄"的时代，刘勰在《文心雕龙》中着力阐发其新变思想，并且将这一原则运用到了品评文学作品之中。他在《通变》篇说道："明理有常，体必资于故实；通变无方，数必酌于新声；故能骋无穷之路，饮不竭之源。"我们可以这样理解，以《诗经》为代表的儒家经典可视为明理之元典，而以《离骚》为代表的楚辞则可作为通变的新范，乃是新声中的扛鼎之作，楚辞也正是作为新变的杰作矗立在文学史上的。相比于汉代学者的"依经立义"，刘勰最为宝贵的便是他那与宗经相结合的新变的文学观，这种思想使他更加注重对楚辞文学特征和文学价值的发掘。盖亦因此，刘勰在《辨骚》篇开篇即称《离骚》是"风雅寝声，莫或抽绪"之后的"奇文郁起"，谓其"固已轩翥诗人之后，奋飞辞家之前"，感叹"岂去圣之未远，而楚人之多才乎"！

刘勰认为，只有将宗经与新变两种观念相结合，才能正确评价文学作品，并为文学发展指明方向。但刘勰在运用这两种观念对文学作品进行品评时，有时必然会发生一定的冲突，这就形成了其关于楚辞的似乎矛盾的评价。他这种似乎矛盾的评价集中体现在下面这段话中：

> 故论其典诰则如彼，语其夸诞则如此，固知楚辞者，体慢于三代，而风雅于战国，乃《雅》《颂》之博徒，而词赋之英杰也。

其中"博徒"一词，学者虽理解不一，但大多认为从字面看来颇有贬低之意。如范文澜《文心雕龙注》解释为"人之贱者"，周振甫《文心雕龙今译》解释为"赌徒，微贱者"，他们的解释都带有一定的贬义色彩。这就出现了一个问题，刘勰对待楚辞的态度出现了有褒扬亦有贬低的不一致现象。王元化先生对此问题早有觉察，他分析道："尽管刘勰对《离骚》具有深刻的体会和独到的见解，但是宗经的立场观点，始终是他不能越过的界限。一旦当他用《骚》和《经》相比的时候，他就马上抑制自己对《离骚》的爱好之情,显出严格的分寸界限来,从而在前后观点上形成鲜明的矛盾了。"[①] 牟世金先生也注意到了这一问题[②],李中华、朱炳祥的《楚辞学史》对此也有所论及[③]。然而,我们若用宗经和新变的思想来考察"《雅》《颂》之博徒,词赋之英杰",就会发现这其实是刘勰一种既折中又恰切的说法,用"博徒"维护了他至高无上的宗经标准,用"英杰"又很好地说明了楚辞崇高的文学地位。"《雅》《颂》之博徒,词赋之英杰"这一结论,是刘勰用宗经与新变相结合的新观念对楚辞作出的重新评价和定位,与汉人的评论迥然有别。而加上他此前指出的"四同""四异",就巧妙地回答了其批评汉人"褒贬任声,抑扬过实","鉴而弗精,玩而未核"的缘由,又较好地诠释了怎样评价楚辞才合乎实际、得其要义这一预留的问题,更完整地表述了他的新见解。

刘勰关于屈原和楚辞的评价似乎存在一定的矛盾,一方面他以宗经的思想来审视楚辞,觉得楚辞与儒家经典不尽相同,存在"四异",可谓"《雅》《颂》之博徒";另一方面,刘勰作为一个自觉而优秀的文学批评家,又认识到这些异于经典之处,正是其新变的表现,因而又从文学层面给予肯定和褒扬,称其为"词赋之英杰"。这一贬一褒之间,存在着明显的差异。如果把这叫作矛盾,它实质上是刘勰的宗经思想与文学新变观之间存在某种矛盾的表现。而这一看似矛盾的评价,其实也不矛盾,又全都统一在刘勰宗经与新变的体系之中。

三、对屈原"自铸伟词"之创造性的激赏和礼赞

刘勰《文心雕龙》虽以儒家思想为指导,但作为一个卓越的文学评论家,刘勰认识到了屈原超越古今的创作才能,对其能够"自铸伟词"的创造性颇为激赏:

> 观其骨鲠所树,肌肤所附,虽取熔经意,亦自铸伟词。故《骚经》《九章》,朗丽以哀志;《九歌》《九辩》,绮丽以伤情;《远游》《天问》,瑰诡而惠巧;《招魂》《招隐》,耀艳而深华;《卜居》标放言之致,《渔父》寄独往之才。故能气往轹古,辞来切今,惊采绝艳,难与并能矣。

刘勰在此从两个方面着重分析了楚辞各篇所具有的艺术特点,也就是屈原"自铸伟词"之创造性的具体表现,一方面,他用"朗丽""绮丽""瑰诡""耀艳"来概括其文辞

---

① 王元化:《文心雕龙创作论》,上海:上海古籍出版社,1979年版,第231页。
② 牟世金:《文心雕龙研究》,北京:人民文学出版社,1995年版,第227页。
③ 李中华、朱炳祥:《楚辞学史》,武汉:武汉出版社,1996年版,第73页。

风格特征,揭示出其文辞具有奇谲艳丽的特点。另外,刘勰在《物色》篇中对楚辞善于描绘也有所论述,所谓"及《离骚》代兴,触类而长,物貌难尽,故重沓舒状,于是'嵯峨'之类聚,'葳蕤'之群积矣",认为其文辞极尽描绘之致。而"哀志""伤情""惠巧""深华"是从抒情的角度来说的,以《离骚》为代表的楚辞与儒家经典《诗经》有着迥然不同的抒情风貌,在《离骚》中出现了具有强烈个性特色的抒情主人公形象,将自己深沉浓郁的哀怨之情和至死不渝的人格理想毫无保留地表现了出来。刘勰发现,在屈原的作品中,其中心即是一个逸步难追的大写的自我之人,"故其叙情怨,则郁伊而易感;述离居,则怆怏而难怀",凡此都是屈原自我情感彻底地倾泻和抒发。在抒情方面,我们可以把《离骚》与《诗经》的作品相比,虽然《诗经》也大多是抒情言志之作,但《离骚》更上一层楼,达到了新的高度,感情更强烈激愤,个性更鲜明突出。刘勰在这里抓住了《离骚》最突出的两大特点——奇谲艳丽的文辞风格特征和深切强烈的个人情感抒发,这便是屈原的创作"虽取熔经意,亦自铸伟词"之内容所在,也正是其能够"气往轹古,辞来切今,惊采绝艳,难与并能"的根本原因。

  刘勰对于屈原作品的把握可谓非常到位。他将屈原创作成功的原因精辟地归结为"虽取熔经意,亦自铸伟词",重在说明屈辞异于经典的地方正是其伟大创造之处。他称赞屈辞"气往轹古,辞来切今,惊采绝艳,难与并能",是说其气势辞采压倒古今,精彩绝艳无与伦比,更将屈原的文学才能和成就推崇到了前所未有、后亦难及的高度和巅峰地位。在整部《文心雕龙》中,刘勰给予一个作家如此崇高的评价,是绝无仅有的。刘勰在《知音》开篇曾发出"知音其难哉"的感叹,在此我们把他称为屈原千载逢其一的知音,应该是毫不为过的。

  在《辨骚》篇的最后,刘勰还作了这样的总结和评赞:

> 赞曰:不有屈原,岂见《离骚》?惊才风逸,壮志烟高。山川无极,情理实劳。金相玉式,艳溢锱毫。

用不着逐句细绎,只看看"惊才风逸,壮志烟高","金相玉式,艳溢锱毫"诸句,意谓屈原惊人的才华像回风一样飘逸,壮志像云烟一样高飞;其楚辞作品如纯金美玉,一锱一毫都流光溢彩,就显而易见,这是对屈原这位伟大诗人之文学才情的再度称扬,对以《离骚》为代表的楚辞作品之文学成就的终极赞誉。在这里,刘勰对于屈原作为一个爱国政治家的身份没有过多阐述,相比汉儒对于屈原人格方面的品评,他更加注重对屈原文学才情及其作品文学价值、特色与成就的发掘和评价。刘勰显然是将屈原看作"古今第一诗人",对其高超文学才情和卓绝创作成就进一步发出了热情洋溢的极为崇高的礼赞!

四、关于楚辞对后世文学之深巨影响的论述

刘勰不仅揭示出屈原作为一个伟大诗人的非凡创作才情,以及以《离骚》为代表的楚辞取得的巨大文学成就,还论述了屈原作品对后世文学的深广影响,从而给予楚辞一个更加崇高而合理的文学史定位:

> 是以枚贾追风以入丽,马扬沿波而得奇,其衣被词人,非一代也。故才高者苑其鸿裁,中巧者猎其艳辞,吟讽者衔其山川,童蒙者拾其香草。若能凭轼以倚《雅》《颂》,悬辔以驭楚篇,酌奇而不失其真,玩华而不坠其实,则顾盼可以驱辞力,咳唾可以穷文致,亦不复乞灵于长卿,假宠于子渊矣。

屈原作品对后世的影响是广泛而深刻的,刘勰大致分为两个方面进行阐述:其一,楚辞是汉赋的直接渊源。文中提到的贾谊、枚乘、司马相如、扬雄等汉赋作家,都或多或少程度不同地受到了楚辞的影响和泽惠。在《诠赋》篇他更是直截了当地指出:"及灵均唱骚,始广声貌。然赋也者,受命于诗人,拓宇于楚辞也。"当然楚辞不仅对汉赋产生了影响,对于后世各种文学形式特别是诗歌亦影响巨大。文中所提到的"鸿裁""艳辞""山川""香草",就分别从体制、文辞、意象和比兴手法来阐说楚辞对后世多方面的影响,可以说,一代又一代的文人莫不从中汲取营养。刘勰所谓"衣被词人,非一代也",的确是非常经典的概括!其二,刘勰将楚辞放在可与《诗经》比肩的位置,视为文学创作的经典杰作,从而提出了所谓"凭轼以倚《雅》《颂》,悬辔以驭楚篇"等创作原则。上文我们已经分析过,楚辞相对与儒家经典来说是一种新变,而经过汉代的沉淀,到了刘勰所处的南北朝,他非常敏锐地觉察到屈原的楚辞作品已经成为文学史上的经典,而不同于一般文人的作品了。当然,这种文学经典跟儒家经典还是有一定区别的。所以,刘勰主张文学创作要"倚《雅》《颂》","驭楚篇"。这显然已将楚辞视为与《诗经》同等重要的文学经典和诗文创作的样板典范让后人效法。而所谓"酌奇而不失其真,玩华而不坠其实",则进一步总结出文学创作继承与创新的基本原则,也意在矫正当时的绮靡文风,具有很强的指示方向的现实意义。正因此,刘勰才把《辨骚》放在文之枢纽的总论之中,和《原道》《宗经》等篇一起统领全书。

综上所述,刘勰在《辨骚》篇中以宗经与新变的文学观审视和评述了汉代的楚辞研究,对汉人只是"依经立义"的观点提出批评;继而指出楚辞与儒家经典的"四同""四异",以其新颖的理论视角对楚辞作了重新评价,认为楚辞乃"《雅》《颂》之博徒,词赋之英杰";接着又从新变即创新的角度充分肯定了楚辞巨大的文学成就,对屈

原"自铸伟词"的创造性极尽推崇和赞赏,指出以屈原作品为代表的楚辞是"气往轹古,辞来切今,惊采绝艳,难与并能"的一代奇文,把屈原和楚辞的文学史地位推向了前所未有的高度;最后顺便论及楚辞对后世文学的影响,强调其"衣被词人,非一代也",进一步确立了屈原和楚辞的文学史地位,从而全面地体现了刘勰的楚辞观。刘勰虽然没有摆脱宗经观念的束缚,但他能以一个文学评论家的眼光,独树一帜,别开生面,从文学发展创新的角度特别重视和充分揭示楚辞卓绝的文学成就、价值和奇特魅力,这在楚辞学史上无疑具有极其重要的意义,其深识卓见对于后世的楚辞研究亦影响深远。

唐代诗人对屈原及其《楚辞》研究情状之论略

江苏大学 李金坤

【摘　要】　唐代诗人对屈原及其《楚辞》的态度，是随着时代的更迭而变化的。初唐时期，人们错误地认为当时浮靡侧艳之文风是由屈原引起的，故指斥批评者较多，然也有少数见解高明而公允者。至中晚唐，随着唐代由盛而衰社会形势的巨大变化以及贬官颇为普遍的政治现象的发生，士大夫们越来越认识到上层统治者昏庸腐败的政治内幕的丑陋本质，同时，在他们遭受贬谪的痛苦经历中自然增强了"不平则鸣"的愤懑情愫，因此，屈原的批判意识、执着态度与追梦精神，甚易引起人们的共鸣，进而视屈原为稀世知音。就全唐诗人对屈原的态度观之，明显呈现出由低潮之冷而高潮之热的上扬趋势。

【关键词】　唐代　《楚辞》　研究　随时而变　上扬趋势

马克思《政治经济学批判·导言》指出："关于艺术，大家知道，它的一定的繁荣时期决不是同社会的一般发展成比例的。"[①] 唐代的楚辞学，则与它高度发展的政治、经济、文化的比例是不相同步协调的。宋黄伯思《新校楚辞序》曾称得先唐旧本以校定异文。宋洪兴祖补注《天问》"中央共牧"句时，亦称有"唐本"之说。由此可证，唐代还是曾经有过楚辞专著的，只是亡佚而使得今天无以流传罢了。但就现今所见文献资料观之，唐代的楚辞学成果的确是前不及汉、魏、六朝，后不如宋、明、清各代。因此，唐代的楚辞传授与研究生态，在整个楚辞学史上呈现衰微状况。全唐时期，唐人对楚辞的认识与评价存在褒贬不一的鲜明观点，这是唐代楚辞传播过程中一个颇为鲜明的特征。

---

① 马克思：《政治经济学批判·导言》，《马克思恩格斯选集》第二卷，北京：人民出版社，1972年版，第112页。

一、唐代诗人贬斥屈原及其《楚辞》之情形

"初唐四杰"王勃、杨炯、卢照邻、骆宾王,他们的作品深受齐、梁尤其是徐陵、庾信柔弱绮靡文风的影响,但他们在新时代精神的激励下,又不满这种文风,于是便自然产生改革文风的强烈愿望。改革文风,关键首先是要堵住不良文风的源头,因此,他们就由"绮靡纤丽"的六朝文风追溯至"惊采绝艳"的楚辞,认为楚辞就是绮靡文风之源。如王勃云:"违雅背训,孟子不为。劝百讽一,扬雄所耻。……自微言既绝,斯文不振。屈、宋导浇源于前,枚、马张淫风于后。谈人主者,以宫室花囿为雄。叙名流者,以沉酗骄奢为达。……周公、孔氏之教,存之而不行于代。天下之文,靡不坏矣。"① 王勃将批判的矛头直指屈原与宋玉,认为他们就是世道文风之败坏的罪恶根源所在。卢照邻与王勃的观点如出一辙,认为:"屈原、宋玉,弄辞人之柔翰。礼乐之道,已颠坠于斯文。雅颂之风,犹绵连于季叶。痛乎王泽既竭,诸侯为麋鹿之场。帝图伊梗,天下作豺狼之国。"② 卢藏用依然持批判的态度,指出:"昔孔宣父以天纵之才,自卫返鲁,乃删《诗》《书》,述《易》道而修《春秋》,数千百年,文章粲然可观也。孔子殁二百岁而骚人作,于是婉丽浮侈之法行焉。……后进之士,若上官仪者,继踵而生,于是风雅之道,扫地尽矣"。③ 将唐初流行的"婉丽浮侈"文风的病根直指为"骚人",一针见血,毫不留情。

到了盛唐时期李白与杜甫这两位巨星诗人,他们对屈原的态度又是如何呢?此需从两面来分析。一方面,他们崇尚屈原忧国忧民的爱国精神及其楚辞的表现形式;另一方面,对屈原的人生态度及自沉汨罗的行为,则多有微词。如李白檃栝楚辞《渔父》所作的《笑歌行》曰:"君不见沧浪老人歌一曲,还道沧浪濯我足。平生不解谋此身,虚作《离骚》遗人读。笑矣夫!笑矣夫!赵有豫让楚屈平,卖身卖得千载名。"其另一首《悲歌行》亦云:"吾观自古贤达人,功成不退皆殒身。子胥既弃吴江上,屈原终没湘水滨。"《书情赠蔡舍人雄》则云:"投汨笑古人,临濠得天和。"诗人将投汨罗自沉的屈原与逍遥濠梁的庄子相比,指出屈原不能全身自退的所谓迂腐固执的人生观是足以让人发"笑"的。至于李白的好友杜甫,虽然没有像李白那样直接讥笑屈原,但也留下了有失公允而恭敬的诗句:"中间屈贾辈,谗毁尽自取。郁没二悲魂,萧条犹在

---

① 王勃:《王子安集·上吏部裴侍郎启》,见马茂元主编:《楚辞评论资料选》,武汉:湖北人民出版社,1985年版,第33页。
② 卢照邻:《卢照邻集·驸马都尉乔君集序》,见马茂元主编:《楚辞评论资料选》,武汉:湖北人民出版社,1985年版,第32页。
③ 卢藏用:《右拾遗陈子昂文集序》,见马茂元主编:《楚辞评论资料选》,武汉:湖北人民出版社,1985年版,第34页。

否?"将屈原与贾谊遭受奸佞群小谗言诽谤的悲剧结果,说成是咎由"自取",实在是有诬屈贾也。

中唐新乐府运动的领袖白居易,由于一味坚持以《诗经》的"美刺"来作为衡量诗歌的标准,以他自己最为看重的"讽谕诗"① 作为参照系,所以,他对于屈原《离骚》等作品中"发愤抒情"的内容,便视同于他自己那些不为重视的"感伤诗"之类。如其所云:"(屈原)泽畔之吟,归于怨思。彷徨抑郁,不暇及他也。"② 这里的所谓"怨思""彷徨抑郁"之类,在白居易看来,不过是屈原自己的"感伤"牢骚而已;而所谓"不暇及他",即白居易最为看重的"讽谕"一类的诗歌内容。这样一来,在白居易的心目中,屈原楚辞的价值便自然要大打折扣。而对于屈原为楚国强盛而求索苦斗不已的"苦志"精神与执着的人生态度,在善于将儒家"独善其身"与佛老的自然养生完美结合而独钟"省分知足"思想的白居易眼里,同样是不为首肯的。这在其《效陶潜体诗十六首》之十三中表露无遗,诗云:"楚王疑忠臣,江南放屈原。晋朝轻高士,林下弃刘伶。一人常独醉,一人常独醒。醒者多苦志,醉者多欢情。欢情言独善,苦志竟何成?兀傲甕间卧,憔悴泽畔行。彼忧而此乐,道理甚分明。愿君且饮酒,勿思身后名。"很显然,白居易对"醒者多苦志""憔悴泽畔行""苦志竟何成"的屈原,是颇不认同的,他所崇尚的是"一人常独醉""兀傲甕间卧""醉者多欢情""欢情言独善"的"林下""高士"刘伶之属。实际上,白居易在晚年又何尝不是一位"独善其身"的"林下""高士"呢?正因为白居易具有如此的"全身贵生"的人生态度,所以,他对苦志求索、直至沉江的屈原持有不认同之态度,也就不足为奇了。毫无疑问,白居易对屈原模式的背离是十分明显的,虽然他并不轻视屈原的人格精神,但却不赞成屈原那样苦斗求索而忘我的人生态度。其《咏怀》明确表示说:"自从委顺任浮沉,渐学年多功用深。面上灭除忧喜色,胸中消尽是非心。……长笑灵均不知命,江蓠丛畔苦悲吟。"在《咏家酝十韵》中亦云:"独醒从古笑灵均,长醉如今敩伯伦。""伯伦",即指前诗"林下弃刘伶"之"刘伶"。"伯伦",是刘伶之字。白居易多次"笑灵均",其中之"笑"意,颇耐人寻味。"当然,白居易对屈原的'笑',并不是刻薄的嘲笑,而是在对炎凉人世深沉思考后打通禅关跳出一步的放情之笑,在这'笑'的背后,则深隐着贬谪诗人体验到的全部苦涩和酸辛。"③ 白居易如此之屈原观,既有个人之因素,又具时代之影响,需多元观照与分析。

---

① 白居易曾将自己的诗分为四类:讽谕诗、闲适诗、感伤诗、杂律诗。他本人最得意而价值也最高的是他的讽谕诗。
② 白居易:《白居易集·与元九书》,见马茂元主编:《楚辞评论资料选》,武汉:湖北人民出版社,1985年版,第45页。
③ 尚永亮:《庄骚传播接受史综论》,北京:文化艺术出版社,2000年版,第331页。

对白居易而言，他不认同屈原"苦志""独醒"的人生模式，那么，他真正崇仰的人生楷模是谁呢？此人非他，即陶渊明也。白居易于贬谪江州司马时所作《题浔阳楼》云："常爱陶彭泽，文思何高玄！又怪韦苏州，诗情亦清闲。今朝登此楼，有以知其然。"劈头一句"常爱陶彭泽"，和盘托出了诗人恒久不变而深厚浓挚的爱陶情结。其《访陶公旧宅》，则将诗人的慕陶情结推至顶峰。此诗小序云："予夙慕陶渊明为人，往岁渭川闲居，尝有《效陶潜体诗》十六首。今游庐山，经柴桑，过栗里，思其人，访其宅，不能默默，又题此诗云。"明确交代了诗人访陶公旧宅所引发的思慕陶渊明的深挚感情，慕陶效陶，由来已久矣。请看其诗所云："呜呼陶靖节，生彼晋宋间。心实有所守，口终不能言。永为孤竹子，拂衣首阳山。夷齐各一身，穷饿未为难。先生有五男，与之同饥寒。肠中食不充，身上衣不完。连征竟不起，斯可谓真贤。我生君之后，相去五百年；每读五柳传，目想心拳拳。……不慕樽有酒，不慕琴五弦；慕君遗荣利，老死此丘园。"在这首诗中，"白居易在此表现既有对陶渊明在晋、宋易代之际'心有所守'之坚定志节的崇仰，也有对他不慕荣利、甘守长贫之孤傲精神的向慕，而此二点，不仅是陶之所以为陶的核心所在，而且也在意识观念上构成了白以陶为楷模欲以退避社会超然解脱的基本特征；一方面确是'浩然江湖，以此长往'的毅然超越，另一方面又是不无保留的对理想信念'心有所守'的执着；这是超越中的执着，更是执着中的超越。就总体情形言，白居易选择的乃是一条尽力摆脱屈原模式而完全认同陶渊明亦即从执着到超越的道路"。① 由中国士人的思想人生轨迹观之，白居易对屈原模式的超越，无疑具有划时代之意义。正如尚永亮所指出的那样："从对屈原模式的继承、超越到走向陶渊明，乃是中国士人心态发展中的一个转折点，这一转折的出现，无疑与中唐时代日益激化的政治斗争和盛行不衰的佛老思想紧密关联，而这一转折的突出标志，则在白居易置身逆境后全面开始的对社会政治的反思及其对自我人生道路的抉择"。② 总之，白居易对屈原模式的否定与超越，对陶渊明模式的崇仰与效仿，是中唐政治斗争之形势与三教合流之文化思潮的特定产物。

作为白居易的好友元稹，他对《楚辞》的认同感较之白居易，稍有进步。其云："骚人作而怨愤之态繁，然犹去风雅日近，尚相比拟。"③ 元稹对楚辞中"怨愤"描写过分繁多的情形，略有不满，但于《诗经》风雅比兴之传统尚有所体现，贬中有褒，褒贬相兼，并非一概否定，态度较为客观。

天宝中，李华、萧颖士、贾至、柳冕等古文运动的先驱们，极力反对初唐时期追

---

① 尚永亮：《庄骚传播接受史综论》，北京：文化艺术出版社，2000年版，第336页。
② 尚永亮：《庄骚传播接受史综论》，北京：文化艺术出版社，2000年版，第337页。
③ 元稹：《元氏长庆集》卷五十六《唐故工部员外郎杜君墓系铭并序》，见马茂元主编：《楚辞评论资料选》，武汉：湖北人民出版社，1985年版，第51页。

求华靡浮艳的骈文，提倡平实朴素、切用世事的散文，故他们对于"惊采绝艳"、恣意夸饰的《楚辞》颇具批判意味，认为唐代绮靡文风兴起是《楚辞》影响所致。李华云："屈平、宋玉哀而伤，靡而不返，六经之道遁矣！"① 萧颖士尝云："扬、马言大而迂，屈、宋词侈而怨。言其流者，或文质交丧，雅郑相夺，盍为之中道乎！"② 贾至亦云："骚人怨靡，扬、马诡丽，班、张、崔、蔡、曹、王、潘、陆，扬波煽风，大变风雅，齐、梁、陈、隋，荡而不返。"③ 再看柳冕所论："骚人作，淫丽兴，文与教生而为二。"④ 又云："自屈、宋以降，为文者本于哀艳，务于恢诞，亡于比兴，失古义矣"！⑤ 他们都直言不讳地批评屈、宋辞赋所谓"哀伤侈靡"的弊端，从而将唐代绮靡文风的形成归罪于《楚辞》。

如果说王勃、柳冕等人主要是通过谴责六朝绮靡文风来批判屈原"惊采绝艳"辞赋特征的话，那么到了孟郊，则主要是激烈攻击屈原的思想品德。其《旅次湘沅有怀灵均》："分拙多感激，久游遵长途。经过湘水潭，怀古方踟蹰。旧称楚灵均，此处殒忠躯。侧聆故老言，遂得旌贤愚。名参君子场，行为小人儒。骚文衒贞亮，体物情崎岖。三黜有愠色，即非贤哲模。五十爵高秩，谬膺从大夫。胸襟积忧愁，容发复凋枯。死为不吊鬼，生作猜谤徒。吟泽洁其身，忠节宁见输。怀沙灭其性，孝行焉能俱。且闻善称君，一何善自殊。且闻过称己，一何过不渝。悠哉风土人，角黍投川隅。相传历千祀，哀悼延八区。如今圣明朝，养育无羁孤。君臣逸雍熙，德化盈纷敷。巾车徇前侣，白日犹昆吾。寄君臣子心，戒此真良图。"此诗对"旧称"屈原自沉汨罗江是"殒忠躯"的说法，是颇不以为然的。因此，他要颠覆"旧称"，重新"旌贤愚"了。且看孟郊是如何来"旌贤愚"的。他首先指责屈原在《离骚》中炫耀自己的贞操与亮节，而《离骚》的叙事抒情，又是那样的迂曲与晦涩，令人不知所云。从人品与文品两方面，彻底予以否定。这简直就是班固指责屈原"扬才露己"、批评《离骚》"皆非法度之正"情形的翻版。接着指责屈原不能正确对待楚王对他的多次贬谪与流放，这就不能成为"贤哲"的模范；认为屈原不守人臣本分，一味忧愁，牢骚满腹，猜忌不

---

① 李华：《赠礼部尚清河孝公崔沔集序》，见马茂元主编：《楚辞评论资料选》，武汉：湖北人民出版社，1985年版，第40页。
② 独孤及：《唐故殿中侍御史赠考功郎中萧府君文章集录序》，见马茂元主编：《楚辞评论资料选》，武汉：湖北人民出版社，1985年版，第38页。
③ 贾至：《工部侍郎李公集序》，见马茂元主编：《楚辞评论资料选》，武汉：湖北人民出版社，1985年版，第36页。
④ 柳冕：《答徐州张尚书论文武书》，见马茂元主编：《楚辞评论资料选》，武汉：湖北人民出版社，1985年版，第50页。
⑤ 柳冕：《与徐给事论文书》，见马茂元主编：《楚辞评论资料选》，武汉：湖北人民出版社，1985年版，第50页。

已,结果形容枯槁,落得个死后无人凭吊的下场。真因为孟郊评判屈原的角度偏差了,所以,他就不分青红皂白地把屈原行吟泽畔、抒发愁怀的方式以及自沉汨罗的壮举,统统说成是不孝的行径。在孟郊眼里,屈原简直就是一个"忠节"与"孝行"皆不具备的不忠不孝之徒。那么,孟郊为何如此曲解屈原呢?诗的最后八句,道出了他的心声。孟郊认为他所在的唐代社会,是养育公平、君臣和谐、社会安宁、百姓睦邻的一个国泰民安的"圣明"社会。因此,面对如此清明和平的社会,也就不需要像屈原那样"发愤抒情"了,否则,那就是不合时宜的。

由上观之,屈原及其以屈原为代表的楚辞,在初唐至中唐的部分诗文作家中多是批判乃至甚受人生攻击的对象。那么,为何会出现如此之情况呢?主要有以下几个原因:

其一,与社会的文化思潮有关。初唐时期,以陈子昂为首的诗歌革新者,高举反对齐梁浮艳绮靡文风、倡导《诗经》"美刺""比兴"与"汉魏风骨"精神的伟大旗帜,努力开辟出具有新时代精神与风貌的诗歌创作的康庄大道。故而,王勃、卢照邻、陈子昂等人即把"惊采绝艳"的《楚辞》列为当时流行的浮艳绮靡文风之源而痛加贬斥。应该说,陈子昂等人革故鼎新、激浊扬清的诗歌改革方向是完全正确的,但不分青红皂白、一股脑儿将《楚辞》打入冷宫,这就有失公允而冤屈《楚辞》了。其实,"惊采绝艳",本来就是《楚辞》文辞雅丽、夸饰浪漫特征的集中体现,是南方楚国所特有的具有浓郁地方色彩的新诗体。就屈原的代表作《离骚》而言,它的"惊采绝艳",丝毫没有影响诗人以"香草美人"的比兴象征手法去恰到好处地尽情抒发对楚王之怨恨、国运之担忧、民生之哀愁、自身之悲鸣的复杂感情,由此形成了屈原楚辞现实主义与浪漫主义创作精神高度结合的文学特征,从而与《诗经》一起构筑起中国文学史上遥相呼应、前后辉映的两座丰碑。初唐诗文作家将"惊采绝艳"的楚辞,硬性指斥为浮艳绮靡文风的源头,将其与初唐之浮艳绮靡文风统统扫荡,这不能不说是初唐部分诗文作家有诬古人的偏见,应予纠正。

其二,与个人的思想信仰有关。有唐一代,儒、释、道三教文化均得到了空前的发展,形成鼎立之势。在这样的文化氛围中,人们大都或多或少同时受到它们的影响,或由儒入道,或佛老并举,或三教各尊,或三教合一,呈现出一种兼容并包的思想状态。尽管出现唐初重道、武后重佛、中唐儒佛对抗、晚唐排佛重道的此起彼伏的社会思潮,但三教在任何一个时期都并行不悖地存在着发展着,并未出现一教独霸的垄断现象。这正表明了唐代社会思想多元化的包容性开阔胸襟。以武后朝为例,她执政期间推行的是三教并重的政策,圣历二年(699)武则天下诏编撰的大型经典《三教珠英》便是最好的明证。这是一部汇集儒、释、道三教精义的巨著。该著主要以儒家经典为本,兼采百家之说。由《文思博要序》到《三教珠英》,可以看出唐代君主的统治思想并非独尊一家，而是呈现出颇为宽松的并行与交融现象。中唐时期，即使像崇尚儒家、激烈反佛的韩愈、杜牧等人，他们仍然对佛教具有较深的研究。总的来说，整个唐代儒、释、道三教处在一个对抗、并行而交融的状态之中。这是因为："儒释道三家的价值观念，构成了中国传统文化价值目标的三维坐标，相互补充，相得益彰。儒家的价值目标指向现实生活，确定了中国古代社会基本的道德秩序与道德观念；道家的价值目标体现了对主体完善的关怀，支撑着个体的精神独立与心理平衡；佛教的价值目标则是对万有本质的追求，揭示出一种终极完善的境界。"① 所以，儒、释、道三教皆有其存在的价值意义与人生需求。对此，唐人似乎尤为清楚。"就唐代思想领域的具体发展形势而言，在南北朝宗教思想泛滥之后，又正在进入一个比较理性的反思时期，这些都使得当时的知识阶层能够以更具批判性的理性眼光来对待宗教现象。而这种宗教信仰性的'蜕化'，又使得他们更自由、更主动地对待三教。结果他们普遍地依据个人的理解和需要来接受和运用佛、道二教，'周流三教'从而成为一时风气。在文学领域，这一潮流对作家的思想和生活都产生了相当巨大的影响，并或隐或显地表现在他们的创作之中。"② 由于唐代士人出入儒、释、道这种意识形态的多元化特征，便促使他们形成了更为广阔的思想空间，极大地焕发出他们充满活力的思想信仰特征与艺术创造精神。就儒、道、佛三教的宗旨而言，儒家主要表现为"修身齐家，治国安邦"；道家主要表现为"延年益寿，羽化登仙"；佛家主要表现为"诸恶莫作，众善奉行"。故而，具有不同思想信仰的唐人，他们对待屈原及其楚辞的态度也就明显有别。一般来说，崇尚儒家思想者，则拥护赞美屈原及其楚辞者则较多；而崇尚道教、佛教思想者，则反对贬抑屈原及其楚辞者偏多。例如，李白崇尚道教思想，白居易晚年崇尚道教、佛教思想，他们就不认同屈原以身殉国的投江之举，认为屈原只是一味追求"兼济天下"，未能与时推移、功成身退而"独善其身"。因而在他们看来，屈原功成不退、沉江而死，只能贻笑后人。而白居易，在否认屈原人生模式的基础上，则从前代的贤士中，唯以归隐田园、颐养天年的陶渊明为人生之楷模，以寻求精神家园与人生归宿。正因为唐人思想信仰的差异，所以，人们对于屈原人生观的不同态度，也就在所难免了。

其三，与作者的诗歌风格有关。以屈原为代表的《楚辞》，其创作风格主要是属于浪漫主义的。具体表现在作品中具有大量的历史故事、神话传说、想象幻想、夸张奇特、惊采绝艳等丰富内容，颇具鲜明的楚国地方文化特色。唐代一些崇尚质朴诗风与现实主义诗歌精神的诗人，对于《楚辞》这种浪漫主义风格甚为突出的作品，往往就

---

① 张怀承：《中国哲学发展史》，长沙：湖南教育出版社，2004年版，第295页。
② 孙昌武：《唐代道教与文学》，北京：人民文学出版社，2001年版，第472页。

是嗤之以鼻、不屑一顾。如卢照邻云:"屈原、宋玉,弄辞人之柔翰。礼乐之道,已颠坠于斯文。"① 陈子昂《上薛令文章启》云:"斐然简狂,虽有劳人之歌。怅尔咏怀,曾无阮籍之思。徒恨迹荒淫丽,名陷俳优,长为童子之群,无望壮夫之列。"对楚辞及其作家竭尽鄙薄轻贱之意。至于新乐府运动的倡导者与实践者白居易与孟郊等现实主义诗人,尤其是白居易作诗坚持要让老妪明白的通俗质朴之诗风,与楚辞风格相差甚大。因此,楚辞遭遇他们的批判与排斥,也就自然如此了。

其实,就屈原及其《楚辞》的文学精神实质而言,它是属于那种关注现实、忧国忧民、执着坚毅、奋斗不止之儒家思想的范畴。屈原德才兼备、志向宏远、一心为国、上下求索,然而却怀才不遇、屡遭奸佞群小之诬陷与昏聩楚王之疏放,他不得不行吟泽畔、惆怅徘徊、自抒幽怀。尽管如此,"众人皆醉吾独醒",他依然是"老冉冉其将至兮,恐修名之不立","民生各有所乐兮,余独好修以为常"。坚信:"亦余心之所善兮,虽九死其犹未悔";"伏清白以死直兮,固前圣之所厚";"虽体解吾犹未变兮,岂余心之可惩!"为了楚国的振兴与富强,他甘愿做一匹骏马,渴望楚王"乘骐骥以驰骋兮,来吾道夫先路";希冀楚王能够"举贤而授能兮,循绳墨而不颇"。然而,楚王却是听信谗言、疏远诗人,"不抚壮而弃秽兮,何不改乎此度?""荃不察余之中情兮,反信谗而齌怒",总是怀疑、失信于诗人,"曰黄昏以为期兮,羌中道而改路。初既与余成言兮,后悔遁而有他"。在世俗社会黑暗、奸佞群小诬陷、楚国君臣昏庸等"世溷浊而不分兮,好蔽美而嫉妒"的极其恶劣的政治生活环境中,诗人屈原"虽不周于今之人兮,愿依彭咸之遗则","既莫足与为美政兮,吾将从彭咸之遗居"!在楚国上下昏君佞臣的无情打击与万般迫害下,屈原最终不得不举身跃汨罗、以死明忠心。屈原宁可以死明志,以此表达他对楚国君臣昏庸现实的强烈抗议,并由此激发人们认清楚国岌岌可危政治形势的良知与觉悟,从而实现屈原楚国繁荣富强、人民安居乐业的美好愿望。虽然屈原理想破灭而赍志以殁了,但是,屈原的那种忠君报国、矢志不渝的伟大而崇高的爱国主义精神,上下求索、持之以恒的艰苦奋斗精神,则如江河行地、日月经天,彪炳千秋,万古不朽。它以自己顽强的意志与可贵的生命,为千百年来的仁人志士们竖起了我国第一座"高山仰之、景行行止"的爱国主义诗人丰碑。至于唐人中部分鄙薄与贬斥屈原及其《楚辞》的言论,这是时代的局限,也是诗人自身的局限。屈原及其《楚辞》的光辉,并非因为一些人的否定而黯然失色,屈原及其《楚辞》将永远活在人们的心中,永远活在人们的现实生活与精神家园里。

---

① 卢照邻:《卢照邻集·驸马都尉乔君集序》,见马茂元主编:《楚辞评论资料选》,武汉:湖北人民出版社,1985年版,第32页。

二、唐代诗人褒扬屈原及其《楚辞》之状况

上面我们就唐人贬抑屈原及其《楚辞》的情形作了简略论析，但它并非唐代的主流思潮。就总体情况而言，整个唐代对屈原及其《楚辞》的褒扬情况还是非常鲜明而突出的，人们对屈原及其《楚辞》的赞美、拥护与承传，始终是占主导地位的，体现了唐人颇具时代特征的屈骚观。

在初唐，魏征较早正确评价了屈原及其《楚辞》，其云："《楚辞》者，屈原之所作也。自周室衰乱，诗人寝息，谄佞之道兴，讽刺之辞废。楚有贤臣屈原，被谗放逐，乃著《离骚》八篇，言己离别愁思，申抒其心，自明无罪，因以讽谏，冀君觉悟，卒不省察，遂赴汨罗死焉。弟子宋玉，痛惜其师，伤而和之。其后，贾谊、东方朔、刘向、扬雄，嘉其文彩，拟之而作。盖以原楚人也，谓之'楚辞'。然其气质高丽，雅致清远，后之文人，咸不能逮。"①魏征所述，其旨大致出于司马迁与王逸等论屈骚的范畴，但在盛行六朝绮靡文风的初唐诗坛，能够旗帜鲜明地彰扬儒家诗教之优良传统，充分肯定《楚辞》的怨刺内容，委实具有非同寻常的积极意义。著名史学家刘知几从史学的角度，高度评价了《楚辞》的"怨刺"精神，其云："夫观乎人文，以化成天下；观乎国风，以察兴亡。是知文之为用，远矣大矣！若乃宣、僖善政，其美载于周诗。怀、襄不道，其恶存乎楚赋。读者不以吉甫、奚斯为谄，屈平、宋玉为谤者，何也？盖不虚美，不隐恶故也。"②刘氏本着史家"不虚美、不隐恶"秉笔直书的基本原则，肯定《诗经》与《楚辞》的现实主义创作特征，可谓慧眼独具。在有唐一代，能够如此肯定与褒美《楚辞》"怨刺"精神者，刘知几当属第一人。

"初唐四杰"并非全部贬抑屈原及其《楚辞》者，如其中的杨炯，他对屈原及其《楚辞》的评价就颇为公允而肯定。其云："仲尼既殁，游、夏光洙泗之风。屈平自沉，唐、宋宏汨罗之迹。文、儒于焉异术，词、赋所以殊源。逮秦氏燔书，斯文天丧。汉皇改运，此道不还。贾、马蔚兴，已亏于雅、颂。曹、王杰起，更失于风、骚。"③杨炯本着实事求是的态度，以时代发展的眼光，给予屈原及其《楚辞》以很高的评价。"在儒学之祖仲尼和词赋之宗屈平之间，杨氏没有强分高下。在风雅与楚《骚》之间，杨氏也没有强加抑扬。屈平与仲尼并列，楚《骚》与风雅比肩，独树一帜，唱出反调，

---

① 魏征：《隋书·经籍志四》，见马茂元主编：《楚辞评论资料选》，武汉：湖北人民出版社，1985年版，第30—31页。

② 刘知几：《史通》，见马茂元主编：《楚辞评论资料选》，武汉：湖北人民出版社，1985年版，第34页。

③ 杨炯：《杨炯集·王勃集序》，见马茂元主编：《楚辞评论资料选》，武汉：湖北人民出版社，1985年版，第32页。

识力过人，胆量尤过人。"①杨炯此论，委实是"初唐四杰"中极为难得的惊世骇俗之言，振聋发聩，令人钦敬。

  盛唐时期的李白，由于其本身亦儒、亦道、亦侠各种思想既矛盾又统一的复杂情况，因此，在他除了对于屈原的功名观、人生观持有否定的批评意见外，他对于屈原哀怨情怀的抒发，则给予了理解之同情的积极而肯定的态度。《古风五十九首》（其一）云："正声何微茫，哀怨起骚人。"《悲歌行》云："悲来乎！悲来乎！……汉帝不忆李将军，楚王放却屈大夫。"《拟恨赋》云："昔者屈原既放，迁于湘流，心死旧楚，魂飞长楸。听江风之裊裊，闻岭狖之啾啾。永埋骨于渌水，怨怀王之不收。"李白反复描写屈原的哀怨，旨在表达他对屈原遭受疏远放逐的怜悯与对怀王昏聩的愤恨之情。李白"哀怨起骚人"的观点，是对西汉司马迁以来"主怨派"传统的继承与发展。唐代文人评价屈《骚》而主怨者，李白乃首创者。联系李白自己怀才不遇、遇而不能重用的与屈原相似的悲剧命运，这种感受无疑是切肤入髓般的深刻。其《赠别郑州官》一诗便是李白与屈原惺惺相惜、心灵相契的一种特殊情感的体现。诗云："远别泪空尽，长愁心已摧。三年吟泽畔，憔悴几时回？"诗人完全将自己与屈原等同了起来，由古及今，合二为一，甚为默契。明末清初诗人屈大均，称说李白是"乐府篇篇是楚辞，湘累之后汝为师"（《采石题太白祠》之四），明确指出了李白与屈原的渊源关系。关于这个问题，《唐人对〈风〉〈骚〉精神之融通》将有较为详细之论述，此不赘述。

  值得一提的是，如果说李白与杜甫这两位挚友，对于屈原之人生态度多少还有点不够理解而稍有微词的话，那么，他们对于屈原学生宋玉的态度，就表现得甚为友好而颇多赞美之词。李白尝云："我觉秋兴逸，谁云秋兴悲"（《秋日鲁郡尧祠亭上宴别杜补阙范侍御》），表达了他不满意宋玉《九辩》所营造的"悲哉，秋之为气也"的"悲秋"情感氛围，但大多时候他对宋玉的不幸遭遇则深表同情。如："地远虞翻老，秋深宋玉悲"；《感遇四首》（其四）云："宋玉事楚王，立身本高洁。巫山赋采云，郢路歌白雪。举国莫能和，巴人皆卷舌。一惑登徒言，恩情遂中绝。"对宋玉高洁之情怀与非凡之才华之颂美，可谓竭诚抒发而不惜笔墨。而对于楚王轻信谗言、以致宋玉仕进无望的悲剧，则深为遗憾。李白晚年流放至巫山，见神女峰，由此想到了当年曾为楚王写出精彩绝伦、文采风流的宋玉，而今则是人去山空、孤峰寂然，诗人又念及自己外放不偶之困境，不觉悲从中来，含泪写下了这首悼怀宋玉而悲悯自己的名篇《宿巫山下》，其云："昨夜巫山下，猿声梦里长。桃花飞绿水，三月下瞿塘。雨色风吹去，南行拂楚王。高丘怀宋玉，访古一沾裳。"一往情深，悲慨无限，同病相怜，古今共鸣。较之于李白，杜甫对于宋玉的深爱情结则更为浓挚醇厚。其《咏怀古迹五首》（其

---

① 易重廉：《中国楚辞学史》，长沙：湖南出版社，1991年版，第184页。

二）云："摇落深知宋玉悲，风流儒雅亦吾师。怅望千秋一洒泪，萧条异代不同时。江山故宅空文藻，云雨荒台岂梦思。最是楚宫俱泯灭，舟人指点到今疑。"诗人不仅高度颂美宋玉"风流儒雅"的品性气质，而且深刻同情其"文藻"华艳而怀才不遇的悲剧，更让人惊叹的是，大诗人杜甫竟然直接拜称宋玉为"吾师"，对宋玉的敬仰之情堪称为空前绝后矣。

在盛唐，殷璠是一位颇具时代眼光与文学审美标准的著名选家，是盛唐诗学的重要人物。其《河岳英灵集》是唐人选唐诗的优秀选本，在其《自叙》中他提出了诗歌所具有的"神来、气来、情来"创作特征理论，阐述了诗歌的本质、特性与创作规律。简而言之，即要求诗歌表现为内容与形式的多样性统一。而所谓多样性的统一，也就是他所提出来的"既闲新声，复晓古体，文质半取，《风》《骚》两挟"（《自叙》）的诗歌创作纲领，旗帜鲜明地将楚《骚》与国《风》共同树立为诗歌创作的典范，从诗歌的审美价值极大地肯定了楚《骚》的存在价值与重要地位。这种思想，对后来的皎然具有先导意义。

时至中唐，唐人对于屈原及其《楚辞》的评价普遍提高，其认同感与传承接受情况更为明显。一向注重"诗教"的诗人皎然，在殷璠思想的影响下，其时已十分重视将《诗经》与《楚辞》之精神的传播共同纳入"诗教"的范畴。其《五言答苏州韦应物郎中》云："诗教殆论缺，庸音互相倾。忽观风骚韵，会我夙昔情。""在皎然看来，所谓'诗教'，只指当初儒家规定的《三百篇》是远远不够的。它应该包括楚《骚》，乃至其他诗歌，因为它们都具有诗的本质，符合诗歌创作的审美规律，它们同样会产生诗的社会教化作用。这样，皎然的诗教说，就大大提高了楚《骚》的地位，并从而丰富了儒家诗教说的内容，在一定条件下改变了儒家诗教说的性质。"[①] 皎然坚持从历史发展的角度来充分肯定《楚辞》应有的地位，实在是功不可没。

中唐古文运动的先驱者萧颖士、李华、贾至等人，严守儒学道统好，憎恶六朝文风，与初唐标榜诗文革新的王勃、陈子昂等人的诗学观念桴鼓相应，支持新乐府运动的领袖白居易，贬抑屈、宋，排斥《楚辞》。然而，独孤及则慧眼独具，决不人云亦云，严正表明了他对楚《骚》积极认同的态度。其《唐故左补阙安定皇甫公集序》云："五言诗之源生于《国风》，广于《离骚》，著于李、苏，盛于曹、刘，其所自远矣。"[②] 突出了《楚辞》的代表作《离骚》在中国诗歌史中的重要作用与地位，有力矫正了古文运动先驱对《楚辞》的片面观点，也在一定程度上矫正了古文运动初期重质轻文的

---

① 易重廉：《中国楚辞学史》，长沙：湖南出版社，1991年版，第192页。
② 独孤及：《唐故左补阙安定皇甫公集序》，见马茂元主编：《楚辞评论资料选》，武汉：湖北人民出版社，1985年版，第37页。

方向。

到了古文运动的领袖人物韩愈、柳宗元时期，人们对屈原及其《楚辞》的认同感与接受性，可谓达到了空前热烈高涨的程度，屈原及其《楚辞》的地位陡然提升，屈骚精神越加深入人心，尤其是备受贬谪诗人的青睐。

兹就韩愈与柳宗元作为代表，简要考察他们对屈骚精神的深厚情结。先看韩愈。韩愈对楚辞学的突出贡献，则是在司马迁"发愤著书说"的基础上，进一步提出了"不平则鸣说"。其《送孟东野序》："大凡物不得其平则鸣，……庄周以其荒唐之辞鸣。楚，大国也，其亡也，以屈原鸣。……其下魏、晋氏，鸣者不及于古，然亦未尝绝也。"① 韩愈首先从"不平则鸣"的自然现象说起，清晰梳理了自庄子至魏晋士人不满黑暗社会现实的"不平则鸣"之人事现象，肯定了人所应具有的独立意志与批判社会现实的自由思想，凸显出诗人朦胧的民主主义意识，是魏晋士人们人的自觉精神的进一步弘扬与提升。尤其值得注意的是，在中国诗人"不平则鸣"的精神发展史上，屈原起到了一个极其鲜明的承前启后的重要作用。韩愈十分认同屈原作品"不平则鸣"的内在精神特质，与李白"哀怨起骚人"之论一脉相承，前后辉映。在韩愈看来，屈原之所以要"鸣"，而且是自始至终在"鸣"，只是因为楚王昏聩、楚国败亡的残酷现实，使得具有深厚楚国情结与浓烈爱国情怀的屈原自然痛心疾首而"不平则鸣"。韩愈如此之楚辞观，较之于柳冕指责楚国因《楚辞》而亡的偏颇观点来，优劣悬殊，殆同天壤。可见，韩愈以"不平则鸣"来考量屈原及其《楚辞》，实在是深刻揭示了屈骚最为核心的精神本质与社会意义。再看柳宗元。作为与韩愈同是古文运动领袖人物的柳宗元，他对楚辞学作出的贡献，比起韩愈来，既具理论的阐释与支持，又身体力行，在自己的创作中有意识地汲取屈骚精神的丰富营养，使得自己的作品别具屈骚风味的审美价值。柳宗元因为多次遭贬的缘故，所以他对屈原楚辞作品的体会，则较常人显得更为亲切而深刻，从而对屈原其人的评价也就更切实际而甚中肯綮。其《与杨京兆凭书》云："凡人可以言古，不可以言今。……诚使情如庄周，哀如屈原，奥如孟轲，壮如李斯，峻如马迁，富如相如，明如贾谊，专如扬雄，犹为今之人笑，则世之高者至少矣。由此观之，古之人未始不薄于当世而荣于后世也。"② 对屈原作品则如此评价说："本之《书》以求其质，本之《诗》以求其恒，本之《礼》以求其宜，本之《春秋》以求其断，本之《易》以求其动。此吾所以取道之原也。参之谷梁氏以厉其气，参之《孟》《荀》以畅其支，参之《庄》《老》以肆其端，参之《国语》以博其趣，

---

① 韩愈：《昌黎文集·送孟东野序》，《四部精要》（18）本，第136—137页。
② 柳宗元：《柳河东集·与杨京兆凭书》，《四部精要》（18）本，第440页。

参之《离骚》以致其幽,参之太史以著其法。此吾所以旁推交通而以为之文也。"① 在这两段话中,柳宗元以一"哀"字,概括屈原的悲戚人生与孤凄境遇,极其精炼而准确。此与李白的"哀怨起骚人"、韩愈的"不平则鸣"之高论,具有异曲同工之妙,所谓"英雄所见略同"也哉!柳宗元又以一"幽"字,评价屈原《离骚》的艺术风格与境界,也甚为得体而精到。"柳氏用一个'幽'字概括了楚《骚》的艺术特点。所谓'幽',包括文字的幽深微妙和感情的幽愤抑郁,因此,所谓'哀',与幽愤抑郁一致,不同于柳冕'哀思亡国说'的'哀'。用两个字概括楚《骚》的思想内容与艺术特点,有相当的困难,但柳氏的表述基本上是正确的。古文运动的先驱者,有些重道轻文,有些重古轻今,柳氏的第一段话,批判了重古轻今的错误,第二段话,又批判了重道轻文的偏见。他能正确评论楚《骚》,与他整个文艺思想的正确分不开。"② 如果说韩愈的"不平则鸣说"揭示出屈骚精神本质特征的话,那么,柳宗元的"哀""幽"二字则精炼概括出屈骚的思想特征与艺术风格。这也从侧面告诉人们,柳宗元对屈原及其楚辞之概括之所以如此精到而得体,完全是因为他对屈原及其楚辞高人一筹的深刻体会与准确把握,柳宗元与屈骚情结如此之深厚,于此可见一斑。

更令人称道的是,柳宗元与屈骚情结之深厚,最主要还是体现在他对屈骚精神虔诚而全面之接受方面,成为唐代诗坛一道奇异的风景线。《新唐书·本传》云:"(柳)既窜斥,地又荒疠,因自放山泽间。其堙厄感郁,一寓诸文,仿《离骚》数十篇,读者咸悲恻。"③屈原的那篇惊世骇俗的千古奇文《天问》,是一首以四言句为基本格式的长诗。全诗对天文、地理、历史、哲学等许多方面提出了170多个问题。诗人对许多历史问题的提问,往往表现出作者的思想感情、政治见解和对历史的总结、褒贬;对自然所提的问题,表现的是作者对宇宙的探索精神,对传说的怀疑,从而也看出作者比同时代人进步的宇宙观、认识论。柳宗元则凭着对屈原的崇敬仰慕之挚情,以深广博雅的文、史、哲之全才,写出了空前绝后、举世闻名的《天对》,对屈原所提各种问题一一作答。这无疑是楚辞学上的一项壮举,是柳宗元对唐代楚辞学的最大贡献。至于柳宗元对屈骚形体的仿作,对屈骚精神的融化而创作的诗歌,则更是灿烂夺目、不胜枚举。

在中唐诗坛上,有"骚之苗裔"之称的"鬼才"诗人李贺,由于其奇崛坎坷的身世与诡诞冷僻的性格等因素,加之其酷爱屈骚而融化入髓,故而,他的诗深得屈骚精神之沾溉,可谓形神兼备,叹为观止。诗最大的特色,就是他的诗上访天河、游月宫;

---

① 柳宗元:《柳河东集·答韦中立论师道书》,《四部精要》(18)本,第458页。
② 易重廉:《中国楚辞学史》,长沙:湖南出版社,1991年版,第208页。
③ 《二十五史·新唐书》卷一六八"列传九十三",第4669页。

下论古今、探鬼魅,想象神奇瑰丽、旖旎绚烂,形成了其诗歌想象丰富奇特、语言瑰丽奇峭的屈骚风格。

沈亚之,一个在楚辞学史上不可或缺的响亮名字。他的主要在传奇小说创作方面,其传奇杰作《屈原外传》,① 是唐代楚辞学园地里绽放的一朵芬芳四溢之奇葩,是一项独辟蹊径的楚辞学成果。为便于阅读,兹将《外传》移录于下:

> 昔汉武爱《骚》,令淮南作《传》,大概屈原已尽于此,故太史公因之以入《史记》。外有二三逸事,见之杂记、方志者尤详。
>
> 屈原瘦细美髯,丰神朗秀,长九尺,好奇服,冠切云之冠。性洁,一日三濯缨。事怀、襄间,蒙谗负讥,遂放而耕。吟《离骚》,依耒号泣于天。时楚大荒,原堕泪处,独产白米如玉。《江陵志》有玉米田,即其地也。
>
> 尝游沅、湘,民俗好祀,必作乐歌以乐神,辞甚俚。原因栖玉笥山,作《九歌》,托以讽谏。至《山鬼》篇成,四山忽啾啾若啼啸,声闻十里外,草木莫不萎死。又见楚先王庙及公卿祠堂,图画天地山川神灵,琦玮僪佹,与古圣贤怪物行事,因书其壁,呵而问之,时天惨地愁,白昼如夜者三日。晚益愤懑,披蓁茹草,混同鸟兽,不交世务。采柏实,和桂膏,歌《远游》之章,托游仙以自适。
>
> 王逼逐之,于五月五日遂赴清冷之水。其神游于天河,精灵时降湘浦。楚人思慕,谓为水仙。每值原死日,必以筒贮米投水祭之。至汉建武中,长沙区回,白日忽见一人,自称三闾大夫,谓曰:"闻君尝见祭,甚善。但所遗并为蛟龙所窃。今有惠,可以楝树叶塞上,以五色丝转缚之,此物蛟龙所惮。"回依其言,世俗作粽并带丝叶,皆其遗风。
>
> 晋咸安中,有吴人颜珏者泊汨罗,夜深月明,闻有人行曰:"曾不知夏之为丘兮,孰两东门之可芜?"珏异之,前曰:"汝三闾大夫耶?"忽不知所之。
>
> 《江陵志》又载:原故宅在秭归,乡北有女媭庙,至今捣衣石尚存。时当秋风夜雨之际,砧声隐隐可听也。嘻,异哉!原以忠死,直古龙、比者流,何以没后多不经事?特千古骚魂郁而未散,故䲢熊虽久不祀,三闾之迹,犹时仿佛占断于江潭泽畔,蒹葭白露中耳。

作者根据司马迁《史记》、王逸《楚辞章句》、地方文献《江陵志》及屈原本身作品等内容,辅以文学笔调,引入小说元素,比较清晰地反映了屈原生前死后的基本情

---

① 蒋骥:《山带阁注楚辞》,上海:上海古籍出版社,1984年版。

况。作者有意识地加重笔墨,细致描写屈原死后楚人对他的特殊悼念方式,以浪漫之笔勾勒屈原鬼魂出现的梦幻之境,体现出楚国人民对屈原爱国忠臣的敬爱仰慕之深情。这篇纪实体小说,篇幅虽然不大,但取材不拘一格,内容丰富充实,主题鲜明突出,描写自然有趣,手法灵活多样,人物栩栩如生,委实是一篇难得的传奇杰作。就取材而言,有正史,有野史,有民间采风,有乡土传说;就描写方式而言,有外貌描写,有性格描写,有对话描写,有心理描写,有现实描写,有虚幻描写,有风俗描写,有景物描写。毋庸置疑,作者撰写这篇小说是竭尽全力、倾注深情的,故而能取得相当的成功。这是楚辞学史上描述屈原形象较为全面的第一篇佳作,也是继司马迁《屈原贾生立传》之后的第二部屈原传记,大力颂扬屈原伟大的爱国精神,充分肯定屈原不朽的楚辞名篇。它既有史料学的价值,又有文学史价值,还有楚辞学价值。《外传》的出现,可谓空谷足音,新人耳目。

晚唐时期,由于社会危机四伏、农民起义不断、国家动荡不宁的严酷现实,使得一部分有道义的诗人便自觉担荷起反映民生、批判现实的责任,此时赤诚爱国的屈原便成为他们的精神偶像,无论是赞美屈原人格,抑或践行屈骚精神,都表现出高涨的热情。代表诗人如皮日休等。此外,在社会黑暗、国运未卜的迷惘状态中,一部分人希望落空,士气消沉,索性就"今朝有酒今朝酒"地及时行乐起来,于是这一时期的爱情诗便大量产生。一些有识之士则假借屈骚作品中喜欢以"美人香草"来比兴象征君臣关系的手法,以拓展爱情诗的新内涵、新境界。代表诗人如李商隐等。

皮日休,是晚唐较为全面评价屈原的诗人。他十分推崇屈原忧国忧民的爱国主义思想,如《悼贾序》云:"(贾谊)辞曰:'瞵九州而相君兮,何必怀此故都?'噫,余释生之意矣。当战国时,屈原不用于荆,则有齐、赵、秦、魏矣,何不舍荆而相他国乎?余谓平虽遭靳尚、子兰之谗,不忍舍同姓之邦,为他国之相,宜矣。"① 诗人对屈原一片丹心系楚国、满腔热血献故土的赤子之忧深表赞同。一个"宜矣"之叹赏,充分肯定了屈原不舍祖国而坚守故土的崇高而伟大的爱国主义精神。其《九讽系述序》云:"在昔屈平既放,作《离骚经》。正诡俗而为《九歌》,辨穷愁而为《九章》。是后词人,摭而为之,皆所以嗜其丽词,掸其逸藻也。"② 对屈原代表作《离骚》《九歌》《九章》等产生的原因与主旨进行了甚中肯綮的评价,可谓知音之谈。皮日休的挚友陆龟蒙尝作《离骚》诗云:"《天问》复《招魂》,无因彻帝阍。岂知千丽句,不敌一谗言。"通过"千丽句"与"一谗言"的鲜明而强烈的对比,将对屈原怀才不遇之冤屈

---

① 皮日休:《悼贾序》,《皮子文薮》卷二,见马茂元主编:《楚辞评论资料选》,武汉:湖北人民出版社,1985年版,第58页。

② 皮日休:《九讽系述序》,《皮子文薮》卷二,见马茂元主编:《楚辞评论资料选》,武汉:湖北人民出版社,1985年版,第58页。

苦恨与奸佞诽谤诬陷之丑恶嘴脸凸显了出来，爱憎分明，毫不含糊。

与皮日休同时稍前的李商隐，自觉吸收屈骚作品中"美人芳草"的比兴象征手法，在他甚为可观的大量艳情诗中，深深寄托他的政治情怀以及理想破灭的郁闷心情。真的如其所云："楚雨含情皆有托"（《樟州吟罢寄同舍》），又云："为芳草以怨王孙，借美人以喻君子"（《谢东公和诗启》），等等。由此说明，李商隐对屈骚精神的领悟与接受程度是甚为深刻的，他也是为唐代楚辞学作出重要贡献的佼佼者之一。

三、简要结论

由上可知，唐代诗人对屈原及其楚辞的态度，是随着时代的变化而变化的，所谓"文变染乎世情，兴废系乎时序"者也。① 一般而言，初唐时期，人们错误地认为当时浮靡侧艳之文风是由屈原引起的，故指斥批评者较多，然也有少数见解高明而公允者。至中晚唐，随着唐代由盛而衰社会形势的巨大变化以及贬官颇为普遍的政治现象的发生，士大夫们越来越认识到上层统治者昏庸腐败的政治内幕的丑陋本质，同时，在他们遭受贬谪的痛苦经历中自然增强了"不平则鸣"的愤懑情愫，因此，屈原那种"怨灵修之浩荡兮，终不察夫民心"的批判意识、"民生各有所乐兮，余独好修以为常"的执着态度与"路漫漫其修远兮，吾将上下而求索"的追梦精神，便很容易引起他们的共鸣，进而视屈原为"怅望千秋一洒泪，萧条异代不同时"（杜甫《咏怀古迹五首》其二）的稀世知音。他们歌颂屈原的精神、赞美屈原的才华、化用屈原的作品，所以，屈原及其以屈原为代表的楚辞得到了人们的普遍拥戴与喜爱，楚辞魅力再度普遍地彰显出来。

---

① 周振甫：《文心雕龙今译》，北京：中华书局，1986年版，第404页。

宋、清楚辞学研究

朱熹楚辞学的地位及影响①

中国人民公安大学 谢 君

【摘 要】 将朱熹楚辞学放在宋代楚辞学史与整个楚辞学史两个层面上来考察可知，朱熹楚辞学是宋代楚辞学的集大成者，在整个楚辞学史上起着继往开来的转折性作用。朱熹在批判前人研究成果的基础上形成了以明文章大义与作家性情为宗旨、重义理阐发、注疏简洁、整体观念以及强烈的现实功用目的为特征的宋学研究模式，完成了楚辞学研究模式的转变。朱熹在具体楚辞学论题上也起着重要的推动作用，朱熹对众多论题的创造性论述为问题的解决提供了新的思路。

【关键词】 朱熹 楚辞学 楚辞集注 地位

在宋代思想史上，朱熹是一位集大成者，朱熹吸纳了宋初以来的各学派的优长，融会贯通，成熟和完备了宋代理学。在宋代楚辞学史上，朱熹也同样是一位集大成者，在融采众长的基础上，最终构建起了楚辞研究的宋学模式，其著作成了宋学时代楚辞研究的典范之作。

从文献记载中我们可以知道，宋代的楚辞研究性著作远超过宋以前所有朝代的总和，数量达25种之多。它们分别是：晁补之《重编楚辞》十六卷、《续楚辞》二十卷、《变离骚》二十卷，黄伯思《校定楚辞》十卷、《翼骚》一卷，洪兴祖《楚辞补注》十七卷、《楚辞考异》一卷，周紫芝《竹坡楚辞赘说》一卷，朱熹《楚辞集注》八卷、《楚辞辩证》一卷、《楚辞后语》六卷、《楚辞音考》一卷②，林应辰《龙冈楚辞说》，

---

① 本文属于"中国人民公安大学2019年度新任教师科研启动基金项目"阶段成果，项目编号：2019JKF421。

② 朱熹的楚辞研究著作常被提及的是《楚辞集注》《楚辞辨证》以及《楚辞后语》，《楚辞音考》鲜为人知。朱熹在《晦庵集》卷六十四的《答巩仲至》一书中提到："然此尝编得《音考》一卷，'音'谓集古今正音、协韵通而为一，'考'谓考诸本同异，并附其间，只欲别为一卷，附之书后，不必搀入正文之下，碍人眼目，妨人吟讽。但亦未甚详密。"（朱熹：《晦庵先生朱文公文集》（一），《朱子全书》第二十三册，上海：上海古籍出版社；合肥：安徽古籍出版社，2002年版，第3110页。）据此可知，朱子曾编有《楚辞音考》一卷，惜未传世。

杨万里《天问天对解》一卷,吕祖谦《楚辞章句》一卷,傅子云《离骚经解》,钱杲之《离骚集传》一卷,林至《楚辞故训传》六卷、《楚辞草木疏》一卷、《楚辞补音》一卷,黄铢《楚辞协韵》一卷,谢翱《楚辞芳草谱》一卷,吴仁杰《离骚草木疏》四卷,高似孙《骚略》三卷,无名士《天问章句》。其中流传至今的有:晁补之《重编楚辞》十六卷,洪兴祖《楚辞补注》十七卷,朱熹《楚辞集注》八卷、《楚辞辩证》一卷、《楚辞后语》六卷,杨万里《天问天对解》一卷,钱杲之《离骚集传》一卷,谢翱《楚辞芳草谱》一卷,吴仁杰《离骚草木疏》四卷,共9种。

从以上的罗列中可知,宋代主要的楚辞学著作或早于朱熹的《楚辞集注》(包括《辩证》《后语》)或与之同时。这就便于朱熹众采各家研究之长,汇集各研究著作体现出来的宋学因素,最终铸成楚辞研究的典型的宋学模式。宋代楚辞学者,对朱熹影响最大的是晁补之与洪兴祖。晁补之对朱熹影响主要体现在《楚辞后语》中,给朱熹以史的研究观念与研究方法的启发以及在选录作品的原则与研究体例上对朱熹有影响。洪兴祖对朱熹的影响主要体现在名物训诂上与对屈原忠君爱国思想的表彰上。朱熹《楚辞集注》在字词的训解上大部分继承了王逸、洪兴祖的观点,少部分有纠正和批判。这是朱熹对前人研究成果的继承。同时,洪兴祖出于现实批判与自我表达的需要,对屈原忠君爱国思想进行了表彰,这是洪兴祖楚辞研究中体现出来的宋学特点。朱熹也予以了继承和发扬,在洪氏的基础上更为突出强调屈原的忠君爱国之诚心,并以新的研究体例与阐释方法保障了对文章大义与作者性情揭示的彻底性,避免了洪兴祖式的隐约与曲折。宋代楚辞学的整体特点在朱熹楚辞学中体现最为鲜明,或者说宋代楚辞学发展到朱熹才真正拥有了标志性的特点,之前的研究都是积累和铺垫。百川汇海,朱熹楚辞学将宋代楚辞学不断涌现出来的新的特点吸收汇聚在一起,使楚辞研究的宋学模式最终成型和完备。所以说,朱熹是宋代楚辞学的集大成者。

在楚辞学史上,《楚辞补注》的声誉似乎还要盛于《楚辞集注》,但洪兴祖不能算作宋代楚辞学的集大成者,只能说是汉唐楚辞学的终结者。其《楚辞补注》是补王逸《楚辞章句》之不足,以不破王注为前提,是对《章句》研究模式的延续,其成就也在于名物训诂及其引证材料的翔实上。《四库提要》对《补注》的评语极为准确:

> 汉人注书,大抵简质,又往往举其训诂,而不备列其考据。兴祖是编,列逸注于前,而一一疏通证明补注于后,于逸注多所阐发,又皆以"补曰"二字别之,使与原文不乱,亦异乎明代诸人妄改古书,恣情损益。于《楚辞》

诸注之中，特为善本。①

训诂考据等都是客观实在的学问，历久而不损其价值，所以洪兴祖因其扎实的训诂考据之功而在楚辞学史上占有重要地位。而义理阐发往往因时代的不同而有不同的评价，所以，重义理阐发而在训诂考据上并不十分突出的朱熹，在重实学的清人看来，其重要性似乎不如洪兴祖。但《四库》馆臣亦曰：《楚辞集注》"大旨在以灵均寓放逐宗臣之感，以宋玉招魂抒故旧之悲耳。固不必于笺释音叶之间，规规争其得失矣"。②也认识到了《集注》的主要价值不在"笺释音叶"上，而在"大义"上。事实上，朱熹的价值在于将楚辞学从传统的章句之学中彻底解救出来，为楚辞研究提供了一种新研究宗旨与研究方法，赋予楚辞研究以新的活力。朱熹的方法论价值同样是历久不衰的。学术研究本来就是要为现实服务的，不同时代就有不同的特色。训诂考据之学是基础，是手段，但义理阐发却是升华，是目的。朱熹的楚辞研究就是在训诂考据的基础上注重对义理的阐发，为现实服务。他把通经致用的宗旨运用到楚辞研究中，打破了僵死的楚辞章句之学，为楚辞研究极大地拓展了空间。

从整个楚辞学史来考察，如果说宋代楚辞学是转折期的话，那么朱熹就是这转折期中的地标式人物。朱熹楚辞学著作作为宋代最具代表性的研究成果，在楚辞学史上有着承上启下的转折性地位，对楚辞研究起着转变与推动的重大作用。

朱熹在批判以往楚辞学的基础上形成了自己的研究特点。朱熹认为以往楚辞研究注解穿凿附会，不符文义而强为之说，不识文章大旨；注释重复烦琐，只见训诂字义而湮没了文章大义。朱熹在《楚辞集注》的序言中总结了王逸、洪兴祖等人注解《楚辞》时的弊端，他说：

> 东京王逸《章句》与近世洪兴祖《补注》并行于世，其于训诂名物之间，则已详矣。顾王书之所取舍，与其题号离合之间，多可议者，而洪皆不能有所是正。至其大义，则又皆未尝沉潜反复，嗟叹咏歌，以寻其文词指意之所出，而遽欲取喻立说，旁引曲证，以强附于其事之已然，是以或以迂滞而远于性情，或以迫切而害于义理。③

---

① 纪昀等：《钦定四库全书总目（整理本）》卷一百四十八，北京：中华书局，1997年版，第1975页。

② 纪昀等：《钦定四库全书总目（整理本）》卷一百四十八，北京：中华书局，1997年版，第1975页。

③ 朱熹撰、李庆甲校点：《楚辞集注·序》，上海：上海古籍出版社，1979年版，第3页。

朱熹认为，王逸、洪兴祖等以往学者的楚辞研究之不足主要体现在"迂滞而远于性情""迫切而害于义理"。

在《楚辞辩证》中，朱熹主要以批判以往的研究为主，时刻针对王逸与洪兴祖等研究者发难，指责最多的就是他们注释时的穿凿牵强与不通文义。例如：

> 王逸以灵琐为楚王省阁，非文义也。①
>
> 王逸又以飘风云霓之来迎己，盖欲己与之同，既不许之，遂使阍见拒而不得见帝。此为穿凿之甚，不知何所据而生此也！②
>
> 鸩及雄鸠，其取喻为有意，具文可见。《注》于它说，亦欲援此为例，则凿矣。《补注》又引《淮南》说"运日知晏，则鸩乃小人之有智者，故虽能为逸贼，而屈原亦因其才而使之"，是以屈原为真尝使鸩媒简狄而为所卖也。其固滞乃如此，甚可笑也。③

朱熹批判的就是汉学背景下的研究模式，宋前的楚辞研究受汉代解经习气的影响，在注解时，为注释而注释，正文湮没在烦杂的注疏中，使读者难晓文章本义，在意义的阐发上又喜欢与六经比附，牵强附会，扞格难通。

朱熹针对以往楚辞研究的不足，在自己的研究中注重对作品义理的揭示，以阐明"大义"为宗旨，注释简洁明了，训诂为义理服务，能宏观把握作家作品，无论是字词注解还是文义阐发都更为通透。朱熹这种摆脱注疏，直寻文义，不以注害义的研究方法是典型的宋学研究法，扭转了自汉以来的楚辞研究模式，为楚辞研究解开了长期以来被章句之学束缚的手脚，之后元、明、清乃至到今天的楚辞学都深受其影响。明代汪瑗、黄文焕、清王夫之、林云铭、蒋骥、戴震等人的楚研究都受到朱熹楚辞学所构建的宋学研究模式的影响，不可能再回到纯粹的汉学研究模式。这当然不只是楚辞学，整个学术风尚均是如此。宋代是整个中国文化由古代向近世转变的转折期，楚辞学只是其中之一，而朱熹是完成楚辞学转折的关键性人物。

以往研究者在论朱熹楚辞学的历史地位或贡献时常提及的一点是，朱熹突破了传统的经学视野，较早以文学的眼光来看待和研究楚辞。如林维纯认为朱熹对楚辞的研

---

① 朱熹撰、李庆甲校点：《楚辞集注·楚辞辩证上》，上海：上海古籍出版社，1979年版，第179页。
② 朱熹撰、李庆甲校点：《楚辞集注·楚辞辩证上》，上海：上海古籍出版社，1979年版，第180页。
③ 朱熹撰、李庆甲校点：《楚辞集注·楚辞辩证上》，上海：上海古籍出版社，1979年版，第181页。

究着重的是文学而非经学,所以能对楚辞作品所寄寓的忧国忧民的思想及其文学价值多有论述①。戴志钧先生将朱熹楚辞学的主要贡献归纳为"最早彻底地以文学眼光看待楚辞","最早比较彻底地从整体上把握作品意象"②。我们认为,在朱熹那里未必有什么明确的文学视角和经学视角,朱熹只是在宋代疑经变古思潮的氛围中,勇于突破传统的章句之学,善于深入而全部地体察文章本义,并有一套完整科学的读书方法与理学体系作支撑,所以能为楚辞研究构建起宋学研究模式。所谓的文学视角其实就是宋学研究方法的表现之一。

朱熹楚辞学所奠定的宋学研究模式除了研究宗旨与研究方法的新变外,在研究体例上也有新的开创。朱熹在注解楚辞时,以章为单位,先解释字词,再通讲全章义理,避免了以半句为断时只见树木不见森林的弊端。这样便于串通义理,同时也消除了注解重复烦琐的毛病,使注释变得简洁明了。此外,在《楚辞集注》之外又创《楚辞辩证》体例,使两者相辅相成,既保证了正文注解时的简洁和大义的明了又能对重要名物以及论题作深入考辨,使研究既能充分揭示义理,又有扎实的考据功夫。在《集注》《辩证》之外,又作《楚辞后语》,对楚辞进行史的观照。三者三位一体,共同构成朱熹楚辞学的体例大厦,保障了其研究目的的实现。朱熹的这种相互结合、补充的研究体例影响深远。之后如汪瑗的《楚辞集解》设有《蒙引》二卷以辨证文义,有《考异》一卷,互校王逸、洪兴祖、朱子三本字句。蒋骥的《山带阁注楚辞》后附有《楚辞馀论》纠驳旧注的谬误,考辨名物的异同;又有《楚辞说韵》研讨《楚辞》的声韵问题。戴震的《屈原赋注》后有《通释》二卷,上卷疏证山川地名,下卷疏证草木鸟兽虫鱼。这均是受朱熹楚辞研究体例影响的结果。朱熹之后的楚辞研究著作很难再见正文以半句为断的解经模式体例。

以上是从研究模式与研究体例等大的方面对朱熹楚辞学的地位考察。事实上,除此之外,朱熹楚辞学在楚辞学史上的地位还可以从具体的楚辞学论题来考察。比如,关于"摄提"与屈原生辰的问题,朱熹认为,"摄提"为星名,而非岁名,"摄提贞于孟陬兮,惟庚寅吾以降"只能说明屈原生于寅月寅日,未必是寅年。此论打破了王逸以来屈原生于寅年寅月寅日的主流观点的思维定式,为屈原的生辰研究提供了新的思路,为问题上的最终解决提供了新的可能。而在《九歌》的主旨理解上,朱熹突破了自王逸以来的将《九歌》的比兴手法认作简单的比喻、机械地寻找其本体与喻体的做法,认识到了《九歌》的整体象征手法,将作品分作表里两层来解读,使其对《九歌》主旨的理解更为通透合理。这是朱熹对《九歌》研究的具体推动之功。在《九章》研

---

① 林维纯:《略论朱熹注楚辞》,《文学遗产》,1982年第3期。
② 戴志钧:《朱熹大楚辞研究中的开拓性贡献》,《文史哲》,1990年第3期。

究中，朱熹在《九章》的成集与创作时间的论述上，打破了传统的说法，提出了《九章》非一时之作、乃后人所辑的重要观点；并能从文本本身出发，解读各篇的内容，重新编次各篇顺序。朱熹的研究影响深远，为《九章》研究大大拓展了空间。之后的《九章》研究之所以能如此精彩纷呈，与朱熹的开拓之功密不可分。如朱熹以《惜往日》《悲回风》为屈原临终之音的观点，打破了自东方朔、司马迁以来以《怀沙》为屈原绝笔的观点，对屈原的绝笔研究以及卒年研究都产生深远影响，其后以《惜往日》或《悲回风》为屈原绝笔的观点越来越多，且越来越受学界重视。王夫之、蒋骥、游国恩、姜亮夫、马茂元、汤炳正、蒋天枢等人要么以《惜往日》为屈原绝笔，要么以《悲回风》为绝笔，俨然已推翻了《怀沙》为绝笔的观点。除此之外，朱熹在《天问》研究、《招魂》研究以及其他楚辞作品研究中，也有不少重要的论述在楚辞学史上产生在深远影响。如以理学思想阐释《天问》，推动对《天问》的哲学研究。认为招魂不专招死人之魂的观点也为《招魂》《大招》等篇的研究拓展了空间，在这些篇目的作者判断以及内容的解读上起了推进作用。如清人林云铭在《楚辞灯》中就以朱熹的观点来作《招魂》为屈原自招的论据。业师方铭先生认为招魂只能是招生人之魂，并因此认为《招魂》是宋玉哀失魂落魄之屈原而作①，也是对朱熹观点的发扬。总之，朱熹在许多具体的楚辞学论题上均有创见，且影响深远，切实推动着楚辞研究的深入发展。

综上，朱熹楚辞学是宋代楚辞学的集大成者，在整个楚辞学史上起着转折与推动作用。朱熹将楚辞学从传统的章句之学中解救出来，构建起新的研究方法与研究体例，形成了以明文章大义与作家性情为宗旨，以重义理阐发，注疏简洁，整体观念以及强烈的现实功用目的为特征的宋学研究模式，完成了楚辞学研究模式的转变。朱熹在具体楚辞学论题上也起着重要的推动作用，朱熹对众多论题的创造性论述为问题的解决提供了新的思路，极大开拓了楚辞研究的空间，推动了楚辞研究的深入发展，深远影响着后世的楚辞研究走向。

---

① 方铭：《〈九辩〉〈招魂〉〈大招〉的作者与主题考论》，《中国文学研究》，1998年第4期。

浅议《楚辞集注》中的"忠君爱国"说

福建中医药大学　林　姗　福建师范大学　郭　丹

【摘　要】　在中国楚辞学史上，朱熹首次提出屈原"忠君爱国"说，屈原的爱国形象在宋代得以初步确立。一方面，《楚辞集注》主要阐发的是屈原的忠君思想，"忠君爱国"说的实质仍是"忠君"。另一方面，在异族入侵的时代背景下，"爱国"不仅与君国相连，亦与民族相连，在某种程度上已经超出了"忠君"的范畴。

【关键词】　朱熹　《楚辞集注》　屈原　忠君爱国

早在20世纪40年代初，闻一多就指出："屈原忠君爱国的说法，大约起于南宋的朱子。"①　至今为止，学界一致认可屈原"忠君爱国"说的提出始于朱熹《楚辞集注》。可以说，屈原爱国形象的初步确立也是在宋代，而且主要是在南宋。《楚辞集注》中"忠君爱国"四字凡三见，一见《楚辞集注·目录》所附序言中：

> 窃尝论之，原之为人，其志行虽或过于中庸而不可以为法，然皆出于忠君爱国之诚心。②

二见《楚辞集注·九歌序》中：

> 原既放逐，见而感之，……而又因彼事神之心，以寄吾忠君爱国眷恋不忘之意。……此卷诸篇，皆以事神不答而不能忘其敬爱，比事君不合而不能忘其忠赤，尤足以见其恳切之意。③

三见《楚辞辩证·九歌》中：

---

①　闻一多讲演、郑临川述：《闻一多论古典文学》，重庆：重庆出版社，1984年版，该文为闻一多1940—1941于西南联大主讲《楚辞》的整理稿。
②　朱熹：《楚辞集注》，上海：上海古籍出版社，1979年版，第2页。
③　朱熹：《楚辞集注》，上海：上海古籍出版社，1979年版，第29页。

> 楚俗祠祭之歌，今不可得而闻矣。然计其间，或以阴巫下阳神，以阳主接阴鬼，则其辞之亵慢淫荒，当有不可道者。故屈原因而文之，以寄吾区区忠君爱国之意……①

基于朱熹在宋代文化史上的地位，《楚辞集注》一出，"忠君爱国"说在南宋即引起关注。岳飞之孙岳珂《朱文公离骚经赞》即以骚体复述并赞颂朱熹的屈原研究成就，其中特别点出"忠君爱国"说："行或过乎中庸兮，虽为法而不可。其忠君爱国之诚兮，亦不虞乎后日之祸。""明州淳熙四先生"之一的袁燮评述屈原曰："王迹熄而《诗》亡。忠臣义士忧国爱君之心，切切焉无以自见，而发为感激悲叹之音，若屈原之《离骚》是也。原见弃于君，栖迟山泽，而系念不能忘，可谓忠矣。"② 其"忧国爱君"的评价与朱子"忠君爱国"说几无二致。朱熹所提出的"忠君爱国"说包含两个要素：一为"忠君"，二为"爱国"。就忠君思想而言，自然不是朱子首创，这是汉代以来批评者对屈原思想阐发的重点，汉代屈原论争的中心也正在此。司马迁说屈原"竭忠尽智以事其君"，王逸以"讽谏说"解释《楚辞》，说屈原"履忠被谮"，"体忠贞之质""人臣之义，忠正为高"等等，虽未采用"忠君"二字，但反复强调"爱君""忧君""不忘君"之类，皆是确指屈原的忠君思想。故易重廉《中国楚辞学史》说，王逸"'讽谏说'的实质就是'忠君'，朱氏大大进了一步，把'爱国'的命题第一次明确地引入了《楚辞》研究"。③ 很明显，朱熹"忠君爱国"说的开拓性意义不在"忠君"说而在"爱国"说，这是在楚辞研究史上第一次明确提出屈原"爱国"的概念。

不过，跟"忠君"说一样，朱熹的"爱国"说实际上也是有所本的。《史记·屈原贾生列传》说屈原"虽放流，眷顾楚国，系心怀王，不忘欲返，冀幸君之一悟，俗之一改也。其存君兴国而欲反复之"，④ 其中，"眷顾楚国，系心怀王""存君兴国"已特别注意到屈原对楚国的深情与责任。王逸《章句》对《离骚》"欲从灵氛之吉占兮"与《九歌·大司命》"羌愈思兮愁人"诸句的阐释都是强调屈原对楚国的感情。洪兴祖《补注·离骚经后叙》更是明确概括："屈原之忧，忧国也；其乐，乐天也。《离骚》二十五篇，多忧世之语。"⑤ 前人往往强调屈原之"忧"为"忧君"，而洪氏特别点出

---

① 朱熹：《楚辞集注·楚辞辩证》，上海：上海古籍出版社，1979年版，第185页。
② 袁燮：《絜斋集》，卷六《策问·离骚》，引自吴文治《宋诗话全编》，南京：江苏古籍出版社，1998年版，第7362页。
③ 易重廉：《中国楚辞学史》，长沙：湖南出版社，1991年版，第305页。
④ 司马迁：《史记》，北京：中华书局，1982年版，卷八四，第2485页。
⑤ 洪兴祖：《楚辞补注》，北京：中华书局，1983年版，第50页。

"忧国"与"忧世",已显露"爱国"说端倪。这些表述是朱熹创造性提出"忠君爱国"说的学术基础。在《集注》文本中,朱熹对屈原爱国思想的论述除了上述三处"忠君爱国"之句外,还体现于以下三处:一为《集注·离骚经序》:"不忍见其宗国将遂危亡,遂赴汨罗自沉而死";①《集注·九章序》:"九章者,屈原之所作也。屈原既放,思君念国,随事感触";②《集注·惜往日》结尾"宁溘死而流亡兮,恐祸殃之有再"句释曰:"不死,则恐邦其沦丧,而辱为臣仆,故曰祸殃有再,箕子之忧,盖如此也"。③ 在宋代,将屈原自沉与国家命运相连并非朱子首创,苏轼《屈原庙赋》有言:"苟宗国之颠覆兮,吾亦独何爱于久生",④ 点明屈原为宗国而将个人生死置之度外,将屈原生死与楚国存亡相联系。但在这篇赋里,苏轼并没有明确指出屈原自沉是因为国家将亡。而在异族入侵的风雨飘摇之际,当被置于与屈原极为相似的境遇时,南宋士人王应麟则发展了苏轼的观点,正式提出屈原怀沙是因为楚国行将倾覆,"郢将为虚,两东门将芜,不忍宗国之颠覆而从彭咸之所居",⑤ 并认为屈原这种为国而死的义举和精神影响了楚国后人,"其后三户亡秦,亦流风遗俗,有以激义概也"。黄熙在《吊屈原》一诗中也说:"放逐臣之常,胡为乎汨江。不先于楚死,未免作秦降。"于是,屈原的自沉便带有殉国难的意味。

朱熹正式提出了屈原"忠君爱国"说,屈原的爱国形象在宋代也得以初步确立。但是,宋代的屈原爱国形象与抗战后、新中国成立初所塑造的、我们今天所熟悉的屈原爱国形象并不一样。后世屈原爱国说的立论支柱是屈原之死,屈原的自沉被视为为国殉身,其爱国主义精神由此彰显。而朱熹等人虽将屈原自沉汨罗与楚国将亡相联系,但并未明确屈原是自杀殉国,宋代关于屈原自沉原因的主流看法也不在此。确切地说,直到明代汪瑗将《哀郢》与白起破郢相联系,王夫之进一步发扬此说,郭沫若进而提出殉国说⑥,屈原自杀殉国的爱国形象才得以真正确立,"爱国"说才可以正式独立出来与"忠君"说抗衡。当然,宋人的相关议论自可算是后来为国殉身说的先声。我们再由此反观《集注》中的"忠君爱国"说。朱熹是否是将屈原的"爱国"作为独立于"忠君"之外的命题而与之并提?"忠君爱国"说的实质是什么?"爱国"是否具有与

---

① 朱熹:《楚辞集注》,上海:上海古籍出版社,1979年版,第2页。
② 朱熹:《楚辞集注》,上海:上海古籍出版社,1979年版,第73页。
③ 朱熹:《楚辞集注》,上海:上海古籍出版社,1979年版,第97页。
④ 苏轼:《苏轼文集》,第1册,北京:中华书局,1986年版,第2页。
⑤ 王应麟:《通鉴答问》卷二,文渊阁四库全书,台湾商务印书馆,1986年版。
⑥ 汪瑗:《楚辞集解·哀郢》题解认为《哀郢》作于白起破郢都的襄王二十一年,"悲故都之云亡,伤主上之败辱,而感已去终古之所居,遭谗妒之永废"。王夫之《楚辞通释》认为《哀郢》主旨是"哀故都之弃捐,宗社之丘墟,人民之离散"。郭沫若《关于屈原》:"他是为殉国而死,并非为失意而死。"

"忠君"并列的同等意义,抑或"爱国"仍然被包含在"忠君"的范畴之内,又或者"爱国"高于"忠君"？我们需要具体结合《集注》文本来考察在这个问题。

上文提到,《集注》中总共三次出现了"忠君爱国",一次在《集注》总序中,具有概括性的总论性质,并未就屈原的行为或作品作具体的发明;其他两次都是就《九歌》而言,我们来看一下该处完整的叙述以见朱子之意:

《楚辞集注·九歌序》云:

> 原既放逐,见而感之,故颇为更定其词,去其泰甚,而又因彼事神之心,以寄吾忠君爱国眷恋不忘之意。是以其言虽若不能无嫌于燕昵,而君子反有取焉。此卷诸篇,皆以事神不答而不能忘其敬爱,比事君不合而不能忘其忠赤,尤足以见其恳切之意。旧说失之,今悉更定。①

《楚辞辩证·九歌》曰:

> 楚俗祠祭之歌,今不可得而闻矣。然计其间,或以阴巫下阳神,以阳主接阴鬼,则其辞之亵慢淫荒,当有不可道者。故屈原因而文之,以寄吾区区忠君爱国之意,比其类,则宜为"三颂"之属;而论其辞,则反为《国风》再变之郑、卫矣。及徐而深味其意,则虽不得于君,而爱慕无已之心,于此为尤切,是以君子犹有取焉。盖以君臣之义而言,则其全篇皆以事神为比,不杂他意。②

朱熹阐释《九歌》的主旨是寄托"忠君爱国"之意,包含"忠君"与"爱国"两说,但两段文字并没有特别指出屈原"爱国"的体现,而一再申明其"忠君"之大义,"此卷诸篇,皆以事神不答而不能忘其敬爱,比事君不合而不能忘其忠赤,尤足以见其恳切之意""虽不得于君,而爱慕无已之心,于此为尤切",并认为《九歌》言辞燕昵,其足取之处就是在于全篇皆是以事神比君臣之义,"不杂他意"。就此两处而言,朱熹对《九歌》主旨的发明主要是"忠君"二字,而不论"爱国"。同时,在《九歌》及《离骚》的注释时,朱子并没有比前人更加发掘屈原爱国之意,我们将《集注》与《章句》对比来看:

"欲从灵氛之吉占兮,心犹豫而狐疑"句(《离骚》)

---

① 朱熹:《楚辞集注》,上海:上海古籍出版社,1979年版,第29页。
② 朱熹:《楚辞集注·楚辞辩证》,上海:上海古籍出版社,1979年版,第185页。

王注：言己欲从灵氛劝去之占，则心中狐疑，念楚国也。①
朱注：此句不注。②

"又何怀乎故都，吾将从乎彭咸故居"句（《离骚》）

王注：言众人无有知己，己复何为思故乡念楚国也。言时世人君无道，不足与其行美德、施善政者，故我将自沉汨渊，从彭咸而居处也。③
朱注：故都，楚国也。言时君不足与共行，故我将自沉，以从彭咸之所居也。④

"羌愈思兮愁人"句（《大司命》）

王注：言己乘龙冲天，非心所乐，犹结木为誓，长立而望，想念楚国，愁且思也。⑤
朱注：言神既去而不留，使己延望而怨思也。⑥

"驾飞龙兮北征"句（《湘君》）

王注：征，行也。屈原思神略毕，意念楚国，愿驾飞龙北行，亟还归故居也。⑦
朱注：除文字训诂外，未阐发大义。⑧

在以上四句注释中，王逸一再阐明屈原对楚国的思念，而朱熹丝毫未作发明。"又何怀乎故都"一句，王氏云"言时世人君无道，不足与其行美德、施善政者，故我将自沉汨渊"，朱氏则说"言时君不足与共行，故我将自沉"，相对于王注指斥君王无道，朱

---

① 洪兴祖：《楚辞补注》，北京：中华书局，1983年版，第36页。
② 见朱熹：《楚辞集注》，上海：上海古籍出版社，1979年版，第20页。
③ 洪兴祖：《楚辞补注》，北京：中华书局，1983年版，第47页。
④ 朱熹：《楚辞集注》，上海：上海古籍出版社，1979年版，第26页。
⑤ 洪兴祖：《楚辞补注》，北京：中华书局，1983年版，第70页。
⑥ 朱熹：《楚辞集注》，上海：上海古籍出版社，1979年版，第39页。
⑦ 洪兴祖：《楚辞补注》，北京：中华书局，1983年版，第60页。
⑧ 朱熹：《楚辞集注》，上海：上海古籍出版社，1979年版，第33页。

注所谓"不足与共行"要温和得多，可见朱氏对屈原忠君思想纯粹性的维护。除此之外，《集注》还有三次论及屈原的爱国之念，上文已提及，即：

《集注·离骚经序》："不忍见其宗国将遂危亡，遂赴汨罗自沉而死"；

《集注·惜往日》："不死，则恐邦其沦丧，而辱为臣仆，故曰祸殃有再，箕子之忧，盖如此也"；

《集注·九章序》："九章者，屈原之所作也。屈原既放，思君念国，随事感触。"

其中，"思君念国"与司马迁"存君兴国"及王逸"思念其君，忧国倾危"[①]并无二致，没有单独强调屈原的爱国思想。其他两处将屈原自沉的原因与楚国危亡联系，这是屈原爱国思想的重要佐证。抗战前后，屈原一改忠君形象而转为爱国形象，主要也是源自屈原为国而死的解读。然而，朱熹并没有进一步论述屈原自沉的主观动机是为国殉身，相反，《集注》中他对屈原的自沉行为颇有微词，他也曾矛盾地将屈原的自沉归于泄忿。屈原为国而自沉的观点在宋代并没有得到广泛认同，仅仅是一家之言。《集注》正面提出了"忠君爱国"说，朱氏不仅未曾深入就屈原自沉而确立其爱国思想，而且《集注》别处亦未特别阐释屈原对楚国的感情，而是反复申明其忠君之心。可以说，《集注》只是将"爱国"附于"忠君"之后而提，"爱国"说本身并不具备独立的意义，"忠君"完全涵盖了"爱国"。"忠君爱国"说的实质仍是"忠君"。

整个封建时代，"君"与"国"是一体的，"国"是一姓之国，"君"是国的象征和代表，二者浑然不分。所以顾炎武为强调独立于"忠君"之外的"爱国"，要以"天下"代替"国"这一与君权融合的概念："保国者，其君其臣肉食者谋之；保天下者，匹夫之贱与有责焉耳矣"[②]。朱熹将君臣伦理、三纲五常宣称为先天下而存在的天理，是不以人们意志为转移的绝对真理，"宇宙之间，一理而已。天得之而为天，地得之而为地，而凡生于天地之间者，又各得之而为性。其张之为三纲，其纪之为五常，盖皆此理之流行，无所适而不在也"[③]。"天理"就是以"三纲五常"为核心的封建伦理，其中，"君为臣纲"又为"三纲五常"的核心。君权是绝对而不可侵犯的，"忠君"是不容置疑的，"君尊于上，臣恭于下，尊卑大小，截然不可犯"[④]，他曾引用韩

[①] 洪兴祖：《楚辞补注》，北京：中华书局，1983年版，第269页。

[②] 顾炎武著、黄汝成集释、秦克诚点校：《日知录集释》，卷二十三，长沙：岳麓书社，1994年版。

[③] 朱在编、朱熹注：《朱子大全》，卷十七，《四部备要》，北京：中华书局，1936年版。

[④] 黎靖德编、朱熹撰：《朱子语类》，卷六十八，北京：中华书局，1986年版，第1078页。

愈《羑里操》"臣罪当诛兮,天王圣明"来说明"臣子无说君父不是底道理,此便见得是君臣之义"。① 在朱子看来,以君臣大伦为核心的儒家伦理道德决定着国家的兴亡,"君臣、父子之大伦,天之经,地之义,所谓民彝也。故臣之于君,子之于父,生则敬养之,没则哀送之,所以致其忠孝之诚者,无所不用其极,而非虚加也,以为不如是则无以尽乎吾心云尔。"② "民彝"一词出于《尚书·康诰》:"天惟与我民彝大泯乱。"孔传云:"天与我民五常,使父义、母慈、兄友、弟恭、子孝,而废弃不行,是大灭乱天道。"③《集注·目录》评价屈原曰:"皆出于忠君爱国之诚心……所天者幸而听之,则于彼此之间,天性民彝之善,岂不足以交有所发,而增夫三纲五典之重?"④ 可见《集注》的首要目的是借屈原纯正的忠君之心扬"天性民彝之善"、增"三纲五典之重",这样我们就很容易理解为什么朱子硬是不承认屈原有怨君思想,他更不可能像后世一样将屈原的怨君看成是对君王的控诉,从爱国层面肯定屈原的怨君思想,朱子的"爱国"说也只能是"忠君"思想的一部分而不具备独立的意义。

宋人所论的屈原忠君虽有文本根据与前人的论述基础,但在很大程度上掩盖了战国时代的屈原所固有的反抗精神。当他们以儒家伦理道德中的忠君思想界定、评价屈原时,过于强化了屈原思想中的忠君因素,在某种程度上歪曲了屈原。屈原并非儒家,但经过汉宋学者文人对其的儒化,屈原的精神气质便越来越与儒家接近。这也正是屈原"忠君爱国"说提出的一个大背景。可以说,在宋代屈原批评的范畴里,"爱国"是作为"忠君"的派生物而出现的。尽管"忠君爱国"说的"爱国"还是在"忠君"的范畴内,但它与司马迁的"存君兴国"已然不同。朱熹将"爱国"与"忠君"并提的意义在于在"忠君"的思想内突出"爱国",这自然与南宋的国家境况以及朱熹的政治立场直接相关。两宋300年,饱受外族欺凌,当金灭北宋,国家残破之际,严华夏之防、申民族大义便成为南宋政治的重要议题,收复河山、维护国家政权的完整成为南宋有志之士的首要目标。南宋理学家们尽管高度强调忠君的绝对性,但他们亦主张"士志于道",胡安国、朱熹等人都是主战派,他们像岳飞、胡铨、辛弃疾那样具有强烈的爱国精神,反对向金国俯首称臣,不满统治者苟安于江南,弃半壁河山于不顾,其"忠君"与"爱国"是紧密相联的。在这些"主战"士人看来,抗金复国与迎回二圣就是合二而一的事,胡安国说:"当必志于恢复中原,祗奉陵寝;必志于扫平仇敌,

---

① 黎靖德编、朱熹撰:《朱子语类》,卷十三,北京:中华书局,1986年版,第233页。
② 朱在编、朱熹注:《朱子大全》,卷七十五,《四部备要》,北京:中华书局,1936年版。
③ 孔颖达:《尚书正义》,十三经注疏本,上海:上海古籍出版社,1997年,第204页。
④ 朱熹:《楚辞集注》,上海:上海古籍出版社,1979年版,第2页。

迎复两宫";① 岳飞《满江红》感叹:"靖康耻,犹未雪;臣子恨,何时灭",立志"待从头收拾旧山河,朝天阙",岳飞抗金、恢复中原是与北上迎回二圣联结在一起的,其爱国与忠君亦不可分割地扭结在一起。朱子固然强调忠君的绝对性,但他同样具有强烈的现实责任感,在君国与民族生死存亡的特殊时刻,他义不容辞地倡导一种舍身取义的爱国精神。他不仅忠君,也热爱不在赵氏统治之下的另一半山河与百姓,故主张与金人死战,图恢复之功。所以,朱熹对屈原思想的把握显然注入了自己的时代精神。朱子首创"忠君爱国"说来阐释屈原思想并立之为典范,尽管仍然限定在"忠君"这一"天理"之内,但"爱国"与"忠君"并提本身已具有了新的意义。在异族入侵的时代背景下,"爱国"不仅与君国相连,亦与民族相连,在某种程度上已经超出了"忠君"的范畴。

---

① 胡安国:《时政论》,引自曾枣庄等主编《全宋文》(第 146 册),上海:上海辞书出版社,第 124 页。

吴仁杰《离骚草木疏》版本源流考

西华师范大学 罗建新

【摘　要】　成于南宋庆元三年的吴仁杰《离骚草木疏》，凡四卷；然在历代书目中，有将书名误作《离骚草木虫鱼疏》者，有将其卷数误记为二卷者。是书自刊行以来，历代皆有覆刻、影钞者，今存版本不下15种；这其中，刻本以南宋庆元六年（1200）罗田县庠本为最早，抄本以毛氏汲古阁本为最精善，印本以《丛书集成初编》本最为清晰易得。在古籍传播史上，《离骚草木疏》具有个案意义，通过对其版本状况的历时观察，在一定程度上可见出宋代典籍版本流布、嬗变的大致轮廓。

【关键词】　《离骚草木疏》　版本系统　价值

南宋淳熙进士吴仁杰博学洽闻，著述宏富，有《古周易图说》《洪范图》《盐铁新论》《陶渊明年谱》《郊祀赘说》《两汉刊物补遗》《杜甫年谱》《离骚草木疏》诸书行世。这其中，《离骚草木疏》"征引宏富，考辨典核，实能补王逸训诂所未及。以视陆玑之疏《毛诗》、罗愿之翼《尔雅》可以方轨并驾，争鹜后先，故博物者恒资焉"①，于《楚辞》学、名物学研究皆有重要参考价值，故多为学人所重。且是书自宋庆元六年梓行以来，历代皆有覆刻、影钞之作面世，诸多藏书家亦对其有叙录、题跋，这就使得其版本流布甚具特色：既有宋版存世，又有今本流传；既具精雕细镂之刻本，亦存缮写精绝之抄本与清晰易得之印本；既存国内诸本，又见域外写本。可以说，在古籍传播史上，《离骚草木疏》具有了作为典型的个案意义，通过对其版本状况的历时观察，学人即能在一定程度上见出宋代典籍版本流布、嬗变的大致轮廓。有鉴于此，笔者拟参稽文献，对《离骚草木疏》之版本进行系统考述，冀使学界明其源流，于阅读、研究是书之际能择善而从；同时亦可对宋籍之刊刻、传抄、庋藏诸问题有所了解。

---

① 永瑢：《四库全书总目》，北京：中华书局，1965年版，第1268页。

一、《离骚草木疏》之成书

据吴仁杰《〈离骚草木疏〉序》载,是书成于宋"庆元丁巳四月"①。其时朝野党人倾轧,"韩侂胄方专拥戴功,与赵汝愚相轧,既而斥汝愚,罢朱子,严伪学之禁,从而得罪者五十九人"。吴仁杰曾讲学于朱子之门,且与朱子素有书信往复,然在此次"党禁"事件中,因其"官止国录,未敢诵言,乃祖述《离骚》,譬诸草木,按神农《本草》诸书,为之别流品,辨异同",遂撰成《离骚草木疏》,"以芳草嘉木,比于忠义独行之士;莸草恶木,比于奸邪妄幸之臣"②,借注《离骚》来抨击时政,抒发己见。而这,也是后世学人品鉴仁杰之书时所常用之视域,如清祝德麟《离骚草木疏辨证》:"其《自序》云:'荪、芙蓉以下四十有四种,犹青史忠义独行之有全传也,茨、菉葹之类十一种,传着卷末,犹佞幸奸臣传也。彼既不能流芳百世,故使之遗臭万载'云云。意其时侂胄用事,奸佞盈庭,立伪学之目,绝正人之路,薰莸倒置不着衔名,以识区别。"③ 即以不同类属之草木来比附忠义独行、佞幸奸臣,从而点明仁杰在"庆元党禁"中著书以见志之用心。

二、《离骚草木疏》在历代书目中的著录情况

据《离骚草木疏》庆元六年罗田县庠原刊本,吴氏之书当名为《离骚草木疏》,卷数为四卷,如宋晁公武《郡斋读书志》赵希弁《附志》:"《离骚草木疏》四卷,右通直郎行国子录河南吴仁杰撰,庆元间自序。"④ 后多家同此,如张金吾《爱日精庐藏书志》:"《离骚草木疏》四卷,宋庆元刊本,焦弱侯藏书,宋通直郎行国子录吴仁杰撰。"⑤ 傅增湘《藏园群书经眼录》所载是书之四种不同版本,皆作"《离骚草木疏》四卷,宋吴仁杰撰"。⑥ 其他如钱曾《述古堂藏书目》、陈树杓《带经堂书目》、沈德寿《抱经楼藏书志》、瞿镛《铁琴铜剑楼藏书目录》、丁立中《八千卷楼书目》、范邦甸《天一阁书目》、嵇璜《续文献通考》、法式善《陶庐杂录》、刘锦藻《清续文献通考》、孙梅《四六丛话》、吴寿旸《拜经楼藏书题跋记》、张之洞《书目答问》等亦如是。

然在历代书目题跋中,是书之名称与卷书却有所出入,概言之,主要有以下两种

---

① 吴仁杰:《离骚草木疏》,宋庆元六年罗田县庠原刻本。
② 屠本畯:《离骚草木疏补》,明万历二十一年刻本。
③ 祝德麟:《离骚草木疏辨证》,清乾隆五十八年悦亲楼刻本。
④ 晁公武编、孙猛校:《郡斋读书志校证》,上海:上海古籍出版社,1990年版,第1167页。
⑤ 张金吾著、冯惠民整理:《爱日精庐藏书志》,北京:中华书局,2012年版,第383页。
⑥ 傅增湘:《藏园群书经眼录》,北京:中华书局,1983年版,第981—982页。

情况:

(一) 书名误作《离骚草木虫鱼疏》。

对仁杰之书名,有记作《离骚草木虫鱼疏》者,如明焦竑《国史经籍志》:"《离骚草木虫鱼疏》二卷,吴仁杰。"① 黄虞稷《千顷堂书目》:"宋吴仁杰《离骚草木虫鱼疏》四卷。"② 倪灿《宋史艺文志补》:"吴仁杰《离骚草木虫鱼疏》四卷。"③ 据《隋书·经籍志》载,首部出现于集部"《楚辞》类"中,且以"草木"为名之著作,乃是梁代刘杳之《草木疏》。然而,后世著录刘杳是书之名却时有变动:《梁书》刘杳本传记载其书名为《楚辞草木疏》,《隋书·经籍志》载刘杳是书名为《离骚草木疏》,《旧唐书·经籍志》《新唐书·艺文志》皆记其名为《离骚草木虫鱼疏》,可知刘氏之书传世起码有三种不同之名称。迨至仁杰时,是书已经亡佚。是故,为有别于刘氏之书,仁杰乃"独取诸二十五篇之文","命曰《离骚草木疏》"。迨至明际,屠本畯以为吴仁杰《离骚草木疏》"缺'鸟兽'为非通论",故"芟其蔓衍而补益之,改书斗南旧观","别撰《昆虫疏》",并题曰《离骚草木疏补》。故焦弱侯、黄俞邰、倪暗公等记吴仁杰《离骚草木疏》为《离骚草木虫鱼疏》者,盖或误以屠本畯之书名而为仁杰之书名也。清人于敏中《钦定天禄琳琅书目》:"其称《草木虫鱼疏》者,乃甬东屠本畯所撰,则知焦竑所载并未加考也。"④ 亦可备一说。

(二) 卷数误记二卷。

至于是书之卷数,相关书目中亦有作二卷者,如明焦竑《国史经籍志》载录吴仁杰书卷数为二卷。钱谦益《绛云楼书目》:"吴仁杰《离骚草木疏》二卷。"⑤ 对此现象,清于敏中《钦定天禄琳琅书目》指出:"焦竑所载只二卷,此为四卷亦不相符。"仁杰之书,向无二卷之本,至于焦弱侯、钱牧斋等将其记作二卷者,或为笔误,或是将南朝梁刘杳《离骚草木虫鱼疏》之卷数误作是吴仁杰《离骚草木疏》之卷数。

三、《离骚草木疏》的主要版本

据方燦《〈离骚草木疏〉跋》载:宋庆元六年(1200),"国录吴先生以渊该之学,从政之暇,训释诸书,警刊后进,不为不多,比以《离骚草木疏》见属刊于罗田旧县庠",则是书初刻之时乃在南宋庆元六年。

---

① 焦竑:《国史经籍志(四)》,北京:中华书局,1985年版,第13页。
② 黄虞稷撰、瞿凤起、潘景郑整理:《千顷堂书目》,上海:上海古籍出版社,1990年版,第446页。
③ 倪灿:《宋史艺文志补》,北京:中华书局,1985年版,第30页。
④ 于敏中《钦定天禄琳琅书目》,清光绪十年长沙王氏刻本。
⑤ 钱谦益撰、陈景云注:《绛云楼书目》,北京:中华书局,1985年版,第106页。

嗣后，是书或刻或抄，流传极广，版本甚多，如傅增湘《藏园群书经眼录》载录有罗田县庠刊本、毛氏汲古阁抄本、清方甘白抄本、刘端临抄本四种，张之洞《书目答问》著录有《知不足斋丛书》本、《龙威秘书》本，而《中国古籍总目》则载录其有宋庆元六年罗田县庠刻本、明刻本、明抄本、《龙威秘书》本、《四库全书》本、《知不足斋丛书》本、《艺苑捃华》本、《榕园丛书》本、《崇文书局汇刻书》本、清方甘白抄本、清抄本①。此外，是书尚有元刊本、明范大澈抄本、清常熟钱氏钞曹秋岳本、清文瑞楼石印《离骚三种》本、商务印书馆《丛书集成初编》本等。今按其形态，分刻本、抄本、印本三大类型叙录如下：

（一）刻本

1. 宋庆元六年（1200）罗田县庠原刊本。

国家图书馆藏本，一册。此本版式高阔，左右双边，上下单边，黑色栏线，无书耳、牌记。半页十二行，行二十一字，书名在上，篇名在下。白口，双黑鱼尾，上鱼尾下方标有卷数，上有字数，下鱼尾处记页次，书口下端记刻工姓名。无目录；卷端题"离骚草木疏第一"；次行题"通直郎行国子录河南吴仁杰撰"；次入正文，先引王叔师、洪庆善注，亦用郭璞、陆玑之说，复加按语，以抒己见；卷末题"庆元丁巳吴仁杰自序"，"庆元庚申中秋日河南方燦敬识"，有"州学生张师尹校对、罗田县县学长杜醇同校正、免解进士蕲州州学正充罗田县县学讲书吴世杰校正"三行文字，复有"弘治五年孟秋读过"识语一行，虽不知何人所记，然亦足证此本于有明之际曾为私人收藏。

至清初，此本流入徐乾学传是楼，今卷首钤"弱侯""乾学""徐健庵"诸印可为其证。徐氏藏书散出后，其又为汪士钟所得，今此本钤"汪印士钟""阆源父用""振勋汪印"诸印可为其证。汪氏藏书散出后，其又为山东聊城杨氏海源阁所得，今此本中钤有"宋存书室""杨印以增""绍和""协卿""东郡宋存书室珍藏""杨绍和审定""杨氏海源阁藏""东郡杨绍和字彦和藏书画印"诸印可为其证。海源阁藏书散逸后，此本辗转收归国家图书馆。

2. 元刊本。

陈树杓《带经堂书目》："《离骚草木疏》四卷，元刊本，明叶石君藏书，宋吴仁

---

① 中国古籍总目编纂委员会《中国古籍总目·集部（一）》，北京：中华书局、上海：上海古籍出版社，2012年版，第11页。

杰撰。"① 汪士钟《艺芸书舍宋元本书目》："《离骚草木疏》四卷。"② 则是书当有元刊本，然今未见。

3. 清乾隆四十五年（1780）鲍氏《知不足斋丛书》本。

国家图书馆藏本，一册。此本每半页九行，行二十一字，上下黑口，左右双边，版心题卷数，下有页数，下黑口处镌"知不足斋丛书"六字。扉页题"离骚草木疏"；首为二页目录，篇首和版心刻"离骚草木疏目录"七字，第四卷目录处记有"莸草附录"；卷端题"离骚草木疏卷第一，宋本校雕"；次行署"通直郎行国子录河南吴仁杰撰"；次入正文；卷末有吴仁杰跋、方燦识、校正者题名三行，"乾隆庚子季秋歙西长塘鲍氏知不足斋校正重雕"一行文字，又有鲍廷博之识语，其辞曰："刻斗南先生《两汉刊误补遗》既竣，姚江邵太史晋涵以宋雕《离骚草木疏》相示，复为校而刊之。"

4. 乾隆五十九年（1794）石门马俊良辑刻《龙威秘书》本。

国家图书馆藏，一册。此本系覆刻鲍氏《知不足斋丛书》而成。每半页九行，行二十一字，左右双边，黑色栏线，无鱼尾，大黑口；封面和目录篇首及版心刻有"龙威秘书二集"六字；正文版心刊有卷数和页码；卷末有仁杰自序、校正者题名三行及鲍廷博跋。

5. 同治七年（1868）顾之逵辑刻《艺苑捃华》本。

国家图书馆藏，一册。此本系覆刻鲍氏《知不足斋丛书》本者也。每半页九行，行二十字，左右双边，黑色栏线，白口，版心雕有卷数、页数和"离骚草木疏"。卷末有仁杰自序、校正者题名三行及鲍廷博跋。

6. 同治张丙炎辑刻《榕园丛书》本。

国家图书馆藏本，一册。此本系覆刻鲍氏《知不足斋丛书》本。每半页十行，行二十一字，左右双边，黑色栏线，黑口，版心、序及目录题"榕园丛书"，卷末有仁杰自序、校正者题名三行及鲍廷博跋，钤有"逸经阁收藏图书"等印。

7. 光绪三年（1877）崇文书局《三十三种丛书》本。

国家图书馆藏，一册。此本系覆刻鲍氏《知不足斋丛书》者也。每半页十二行，行二十四字，四周双边，黑色栏线；双黑鱼尾，粗黑口；版心雕有卷数、页数和"离骚草木疏"；封面后题"光绪三年三月湖北崇文书局开雕"，次目录，入正文；卷末有仁杰自序、校正者题名三行及鲍廷博跋。

---

① 陈征芝藏、陈树杓撰、陆心源、周星诒批注：《带经堂书目》，北京：北京图书馆出版社，2008年版，第76页。

② 汪士钟：《艺芸书舍宋元本书目》，王云五《丛书集成初编》，北京：中华书局，1983年版，第17页。

(二) 抄本

1. 明抄本。

国家图书馆藏本，一册。此本半页十行，行十八字，白口，四周单边，蓝格，偶见眉端有墨笔校文者。首万历甲戌夏五月罗浮山樵黎民表序，题《离骚草木疏序》，然细审其文意，实是为屠本畯《离骚草木疏补》而作，盖传抄者之误录也。卷端题"离骚草木疏卷第一"；次行署"通直郎行国子录河南吴仁杰撰"；次入正文。

2. 明范大澈抄本。

此为黄裳先生藏本，据其《来燕榭书跋》载：此本半页十一行，行二十一字，白口，左右双边，版心下有"卧云山房"四字，后跋大字，半页八行。末有仁杰自序、方燦跋与校正者题名三行，钤有"范印大澈""子宣父""卧云""万书楼""平生乐事""沧瀛外史""范大澈图书印""知不足斋主人所贻吴骞子子孙孙永宝"等印①。

3. 常熟钱氏钞曹秋岳本。

钱曾《读书敏求记》："此书经屠本畯删改，后从曹秋岳处钞得原本。"则钱氏曾从曹秋岳处抄有宋本《离骚草木疏》，然今未见。

4. 毛氏汲古阁抄本。

哈佛大学汉和图书馆藏本，一册。此本每半页十二行，行二十四字，左右双边，上下单边，黑色栏线，无鱼尾，白口，版心标明卷数和页数，无刻工姓名。所抄字体工整秀丽、缮写精绝，纸墨俱佳。书上钤有"密均楼""黟山黄氏竹瑞堂藏书""美人芳草""雨山草堂""正鋆秘籍""蒋祖诒""谷孙""汲古阁""长尾甲印""曾亮""葛君""均之心赏""不可思议""毛氏图史子孙永保之"等印章。

5. 清方甘白手钞本。

国家图书馆藏，一册。此本每半页十行，行二十一字，上下黑口，左右双边，版心镌"知不足斋正本"六字。封面朱笔题："乙卯暮春无咎购臧越明年丙辰中秋题记，方甘白手写离骚草木疏"；卷端题"离骚草木疏卷第一"；次行署"通直郎行国子录河南吴仁杰撰"；次入正文。书眉间多有朱、墨二色校注，有批云："仁杰于庆元间著此书，其意似有所指"，"庆元正韩侂胄用事时，明人补疏'虫鱼'，失其旨矣"。卷末录吴仁杰跋，方燦敬识，又有方甘白之手跋，其辞曰："乾隆丙申九月，借吴郡朱氏宋刊对录，再假钱塘汪氏抄本覆刊。宋刊多误，钞本多所是正。可喜也，甘白手录。"又有东洲跋曰："乾隆庚子十月覆校，莲梦居主人。方君甘白，博雅士也。工书，善写书，兹录知不足斋本见赠，余报以白金二两。东洲。"此盖方氏传抄鲍廷博知不足斋本，而

---

① 黄裳：《来燕榭书跋（增订本）》，北京：中华书局，2011年版，第18页。

校以宋刻、汪抄者，故为崔富章先生等推许为善本①。

6. 清乾隆间辑《四库全书》本。

据于敏中等《钦定天禄琳琅书目》载：影宋钞集部著录虞山席鉴钞本《离骚草木疏》一函二册，宋吴仁杰撰，四卷，后仁杰自记，宋方燦跋。影钞字画结体在欧、柳之间，"非工书者不能得此"②。《四库采进书目》载安徽省呈送一部，版本不明，《总目》亦著录作影宋抄本。又据，民国间纂修《海宁州志稿》卷十四、二十九载祝德麟《离骚草木疏辨证》四卷祝氏官编修时，值朝廷开四库馆，下诏广求天下遗书，两淮盐政李质颖遂将所购得指宋本书十五种，装潢进呈，而德麟备员襄事，因得窥其《离骚草木疏》影宋抄本，因其亥豕盈目，甚或不可句读，其既窃录副本，取《永乐大典》，逐条对勘，复取《尔雅》《山海经》《淮南子》《齐民要术》及各种《本草》详校，字剔句搜，凡改正四百五十字有奇，增损二百五十字有奇，其说与他书异同者，时出己见，附注条下，以"德麟按"别之。据此可知，是书于乾隆间影宋抄本至少有三，而馆臣选其一耳③。此本半页八行，行二十一字，四周双边，单鱼尾，细黑口。版心刻有"离骚草木疏"、卷数和页码，上书口处有"钦定四库全书"，封面有"钦定四库全书，集部，离骚草木疏卷一、二；详校官监察御史臣、曹锡宝；检讨臣、何思钧覆勘；总校官知县臣、缪琪；校对官编修臣、卢遂；誊录监生臣、周昆"等信息。提要篇首有"钦定四库全书集部一"，第二行刊有书名和"楚词类"八字，版心刻有"离骚草木疏"、卷数和页码，后有"总纂官臣纪昀、臣陆锡熊、臣孙士毅；总校官臣、陆费墀"，钤有"文渊阁宝""乾隆御览之宝"等印。

（三）印本

1. 民国二年（1913）上海文瑞楼《离骚三种》本。

国家图书馆藏，一册。此本系覆刻鲍氏《知不足斋丛书》者也，封面题"离骚三种，离骚笺离骚集传离骚草木疏，君宜署"，次页题"上海文瑞楼印"。此本每半页十二行，行二十六字，左右双边，白口，单鱼尾。卷末有仁杰自序、校正者题名三行及鲍廷博跋。

2. 民国二十四年（1935）上海商务印书馆《丛书集成初编》本。

此本以鲍氏《知不足斋丛书》底本，将吴仁杰《离骚草木疏》加以标点，收入《丛书集成初编》印行。

---

① 崔富章：《楚辞书录解题》，北京：高等教育出版社，2011年版，第811页。
② 崔富章：《楚辞书目五种续编》，上海：上海古籍出版社，1993年版，第313页。
③ 崔富章：《四库提要补正》，杭州：杭州大学出版社，1990年版，第453页。

四、吴仁杰《离骚草木疏》之版本系统

据上引诸本可知，宋庆元六年罗田县庠所刊刻之《离骚草木疏》为是书之最早版本；迨至元代，有据宋本而覆刊者，然今不存；至明时，是书抄本甚多，有黎民表序抄本、范大澈抄宋本等，其中最为著名者当推毛氏汲古阁抄本；有清一代，是书流布极广：有抄本如常熟钱氏钞曹秋岳本、四库馆臣据安徽巡抚采进本钞本，有刻本如《知不足斋丛书》本，此本因最为精善，故后《龙威秘书》本、《艺苑捃华》本、《榕园丛书》本、《崇文书局三十三种丛书》本、文瑞楼《离骚三种》本、方甘白抄本、《丛书集成初编》本皆覆刻或影钞此本，兹列图表如下：

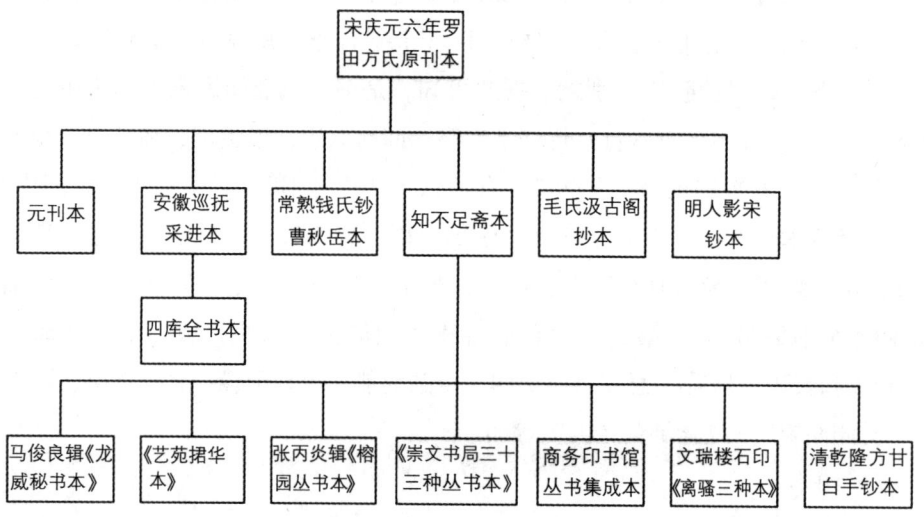

据兹表可知，存世《离骚草木疏》诸本中，以宋庆元六年罗田县庠刻本为最早，以《知不足斋丛书》本为精善且袭用最广者，故欲探研是书者，可取兹二者对读，则得其真矣。而在古籍传播史上，《离骚草木疏》具有个案意义，通过对其版本状况的历时观察，在一定程度上可见出宋代典籍版本流布、嬗变的大致轮廓。

王夫之的"蔽屈子一言曰'忠'论"

包头师范学院 丁海玲

【摘　要】　王夫之以"时地相疑"的客观际遇与"忠心尚仿佛"的主观情感相结合的方式诠释屈原,他把屈原的情感和行为全部纳入"忠"的范畴给予极高评价,从而对屈原及其作品作以全方位的肯定与赞赏。

【关键词】　王夫之　屈原　忠

王夫之在《楚辞通释》中所阐述屈原的"怀忠贞之志,抱匡正之具"之"忠",是以自身品格以及以自己的至死不渝的忠贞之念对屈原之"忠"进行了深入分析。他认为屈子之"忠"在不同时期有着不同的内涵与表现,所以他不容置疑地将屈原的"强谏""怨"及"死"等颇受非议的行为和情感一并归入"忠"的范畴,在《楚辞通释·序例》曰:"蔽屈子以一言曰忠。"① 以"忠"字作为屈原一生自身人格的写照,从而达成了对屈子及其作品全方位的肯定与赞扬。

一、"楚之同姓"之"忠"

根据司马迁《史记·屈原列传》中的描述,屈原的历史形象早已为后世所接受,也就是他的"忠臣"形象成为历代颂扬的对象。有关屈原的身世,《离骚》曰:"帝高阳之苗裔兮,朕皇考曰伯庸;摄提贞于孟陬兮,惟庚寅吾以降;皇览揆于初度兮,肇锡余以嘉名;名余曰正则兮,字余曰灵均。"屈原的祖先是上古帝王颛顼氏。《离骚》开篇就说"帝高阳之苗裔兮"。"高阳",王逸的《楚辞章句》释为:"颛顼天下之号也。"《史记·楚世家》也载:"楚之先祖出自颛顼高阳。"② "苗裔",朱熹《楚辞集注》释:"远逊。"③ 王逸认为:"屈原自道与君共祖是恩深而义厚也。"④ 王夫之注曰:

---

① 王夫之:《楚辞通释》,上海:上海人民出版社,1978年版,第3页。
② 王逸:《楚辞章句》,见(宋)洪兴祖:《楚辞补注》,北京:中华书局,1983年版,第3页。
③ 司马迁:《史记·屈原贾生列传》,北京:中华书局,1959年版。第2482页。
④ 朱熹:《楚辞集注》,上海:上海古籍出版社,2001年版,第4页。

"与楚同九,情不可离、得天之令辰,命不可丧、受父之鉴锡,名不可辱也。"① 他认为屈原与楚国同姓,身为与楚王同为高阳,又世为楚国宗臣,年轻时怀着远大的政治理想和满腔的爱国热情被任命为"左徒"而登上了政治舞台,身任三闾、官左徒,本是基于屈原对于楚国宗室、父祖而来的使命。《史记》云:"屈原……为怀王左徒,博闻强志,明于治乱,娴于辞令。入则与王图议国事,以出号令,出则接遇宾客,应对诸侯,王甚任之。"左徒的官职在当时的楚国仅次于令尹。楚国对屈原的宠信也由此可见一斑。基于这种与王同宗的身份及其际遇,屈原后来至死都要忠于楚怀王的行为就不难理解了。在屈原的作品中这种感情的流露随处可见。在《思美人》中甚至把楚怀王比作"美人",希望"君之一悟,俗之一改",② 所以屈原前期受到朝廷受重用时,"言上陈善道以辅君。下修训典以治民。晨夕不达,以靖国有功绩也。以上述已素修之志业。及任三闾。官左徒。急于效能修职之勤劳无怠如此"。③ 而后,如《离骚》所云:"岂余身之惮殃兮,恐皇舆之败绩。"此处的"舆"指的是屈原,而"皇舆"指的则是君主所乘之车驾,意味着国家的兴亡。王夫之对此句的理解是:"虽党我险昧,必将忮害,而不敢畏祸,唯一意忧君之倾覆。"④ 他主要着眼于屈原对君王、宗国兴衰的关注,而并不是个人的荣辱。

关于屈原的"沉江殉死"汉代学者所强调的都是应明哲保身,多数都是对屈原的自沉的行为感到不解与惋惜。面对汉代士人的这般责难,王夫之通过《离骚》中"亦余心之所善兮,虽九死其犹未悔"这段来为屈原辩驳:"君子不幸与奸佞同朝,必逢其害,固势所必然。素料其然而自信无悔,则虽死固不足为己伤也。"⑤ 面对贾谊《惜誓》的质疑,王夫之曰:

> 谊(笔者:贾谊)所言者,君子进退之常经。而原以同姓宗臣,且始受怀王非常之宠任,则国势垂亡,而欲引身以避患,诚有所不能忍。其悱恻自喻之至性,有非贾生所知者。……谊所为致惜者也,其哀屈子至矣,其为屈子谋周矣,然以为知屈子,则未也。⑥

王夫之以自身的经历推论屈原的内心情感,他认为屈"悱恻自喻之至性,有非贾

---

① 王夫之:《楚辞通释》,上海:上海人民出版社,1978年版,第2页。
② 朱贻庭:《中国传统伦理思想史》,上海:华东师范大学出版社,1994年版。
③ 王夫之:《楚辞通释》,上海:上海人民出版社,1978年版,第3页。
④ 王夫之:《楚辞通释》,上海:上海人民出版社,1978年版,第4页。
⑤ 王夫之:《楚辞通释》,上海:上海人民出版社,1978年版,第12页。
⑥ 王夫之:《楚辞通释》,上海:上海人民出版社,1978年版,第159页。

生所知者",并强调"受怀王非常之宠任",岂能为了远离诽谤而自已全身而退?出于"同生"与"君臣"之身份,迫使屈原不得不"诚有所不能忍"。对自己的故国怀有着深厚情感的屈原不忍背弃宗国,不忍绝君臣之义,忧国忧君的情思,正如王夫之对《离骚》:"陟升皇之赫戏兮,忽临睨夫旧乡。仆夫悲余马怀兮,蜷局顾而不行。"的注解为:

> 盖其忠孝之性,植根深固,超然于生死之外,虽复百计捐忘,而终不能遏。即巫咸之告,于道无损,抑无以平其不已之情,而况比匪奸邪以求容,背去宗邦而外仕,曾足以动其孤贞哉?①

王夫之认为屈原可以在自己的国家隐遁,以达到远游求仙以安顿孤寂心灵,但是他基于宗臣的身份,感恩君王提拔,他在《楚辞通释》中反复强调屈原的"九死其犹未悔"的为楚国献身精神,所以屈原的忠爱之性早已冲破生死的樊篱,彭咸之志已决。不必待后期时不我予,国家的灭亡之日已屈指可数,才下此决心。因此我们可以看出屈原的与楚同姓之"忠"可超越生死,乃得与天地同其长久。

二、"余独好修"之"忠"

屈原十分注重自身品质的修养,在《离骚》中多处出现关于采撷各种香花芳草来修饰自己的外表,即象征了他努力培植自己各种美好的品德,于此同时,屈原还矢志不渝地坚持追求自己的美政理想,为了达到自身美好品格与美政理想的融合与统一,始终保持自己洁身自好的品格即"好修"之品格。屈原对"好修"奉行的准则是:"独好修以为常",意即,要毕生"好修",自始至终"好修",将"好修"视作人生的一种准则、一种难以移易的誓念。蒋骥在《山带阁注楚辞》中说得好:"始之事吾以修能,其遇谗以修姱,其见废而誓死则法前修。即欲退以相君亦修初服,固始终一好修也。"② 由于"好修",屈原遇到了难以预料的打击:"众女嫉余之蛾眉兮,谣诼谓余以善淫。"连他的亲人也加入了责难者的行列:"汝何博謇而好修兮,纷独有此姱节。"然他并没因此而变易初衷,他仍一如既往,坚持"好修"——"虽九死其犹未悔""虽体解吾犹未变",其精神之可敬可佩,达到了令人赞叹的地步。

在《离骚》中的"民生各有所乐兮,余独好修以为常"。朱熹《楚辞集注》对此句注曰:

---

① 王夫之:《楚辞通释》,上海:上海人民出版社,1978年版,第114页。
② 蒋骥:《山带阁注楚辞》,上海:上海古籍出版社,1984年版,第126页。

言人生各随气习有所好乐，或邪或正，或清或浊，种种不同，而我独好修洁以为常。①

王夫之在为注释为：

情由中发，仰溯古人，君臣之遇合，身膺其荣、志极其展者，功名表见，繁饰弥章，各以乐行其道。则好修之常，岂其独不能遂？②

王夫之认为屈原在面对楚国统治阶级互相勾结，营私取容，楚国上下一片昏暗的社会环境下，屈原所表现出决不与世俗同流合污的高贵品质。

王夫之在《离骚》中"余既滋兰之九畹兮，又树蕙之百亩。畦留夷与揭车兮，杂杜衡与芳芷。冀枝叶之峻茂兮，愿俟时乎吾将刈。虽萎绝其亦何伤兮，哀众芳之芜秽。""老冉冉其将至兮，恐修名之不立。朝饮木兰之坠露兮，夕餐秋菊之落英。苟余情其信姱以练要兮，长颇颔亦何伤！"注曰：

己欲匡君立政，博求贤才，置之君侧，冀其大用，俟时之可为，以张大楚国，己既不得于君，谗人指为朋贤坐绌，此周公鸱鸮取子之悲，所不能已。李杜戮而党锢兴，赵朱斥而道学禁，盖古今之通恨也。

己之秉忠贞而树贤于国，唯以国力寖衰，将有危亡之忧，而君有丧邦之耻，骧其命名，是以愿俟时以有为。初非欲与鸡鹜争食，故虽见放废、饮坠露、餐落英、食贫不饱，且恬然安之，虽哀众芳之无废，然愿与同志者安守义合，终不与小人争得失。③

王夫之认为屈原身为三闾大夫，不仅自己以"好修"来求自己，同样也以"好修"的标准来衡量和要求他人。他在任左徒及三闾大夫时曾教育、培养过一批学生，他殷切期望这些弟子能够成为楚国的人才。他对楚国君主也同样希望以"好修"来治国，他对前代的贤君，如三后、尧、舜、汤、禹、武丁、周文、齐桓，都称之为"前修"，而对怀王称之为"灵修"，黄文焕《楚辞听直》云："其曰灵修者，原自矢以好修、望君以同修也。"④ 所以也就是说，屈原要希望楚怀王能像"好修"的"前修"们一样去

---

① 朱熹：《楚辞集注》，上海：上海古籍出版社，1979年版，第81页。
② 王夫之：《楚辞通释》，上海：上海人民出版社，1978年版，第10页。
③ 王夫之：《楚辞通释》，上海：上海人民出版社，1978年版，第10页。
④ 黄文焕：《楚辞听直》，《续修四库全书》第1301册，上海：上海古籍出版社，2002年版。

修明法度，举贤授能，使楚国强盛。但是昏庸的楚怀王没有像屈原所期望的那样去做，这对屈原无疑是一个沉重的打击。为了国家培养贤才，希望其俟时而有大用；心里面担忧着国家即将要危亡，所以虽然遭到小人的摧折，但为了楚国，为了保持自己美好的品格而不与小人之争，卓然独立。

《离骚》说："纷吾既有此内美兮，又重之以修能。扈江离与辟芷兮，纫秋兰以为佩。"修能就是修态，是内美的外现。内美与修态相统一，乃是屈原追求的目标。屈原在自己的作品中多次描写自己的服饰，他采来各种香花芳草，做成衣裳和佩饰，象征在自己身上培植各种美好的品德。《离骚》说：

> 擥木根以结茝兮，贯薜荔之落蕊。矫菌桂以纫蕙兮，索胡绳之纚纚。
> 制芰荷以为衣兮，集芙蓉以为裳。不吾知其亦已兮，苟余情其信芳。

《涉江》中也说：

> 余幼好此奇服兮，年既老而不衰。带长铗之陆离兮，冠切云之崔嵬。

这里描写的香花芳草、高冠长铗，都是象征着屈原完美、崇高的人格。

屈原是一个严于律己的人，为了保全自己的完美人格品质，常常内心展开激烈的斗争。女媭的责备，灵氛和巫咸的劝告，思想上都曾经产生矛盾与斗争。《离骚》说：

> 余虽好修姱以鞿羁兮，謇朝谇而夕替。既替余以蕙纕兮，又申之以揽茝。
> 亦余心之所善兮，虽九死其犹未悔。

他明白"好修"就如自己给自己的所加的"鞿羁"，即招来小人的嫉妒，又会招来不解之人的诽谤，但他宁死也不肯改变这"好修"的品质，一心为楚国与君王着想。好修以为常的屈原不能容忍丑恶与庸俗，他是一个无情的揭发者与批判者，对腐朽势力的贪婪、嫉妒、偷乐、荏弱、鄙固、追曲、周容，作了大胆的揭露与批判。他说兰芷和荃蕙的蜕变，就是不好修的缘故：兰芷变而不芳兮，荃蕙化而为茅。

> 何昔日之芳草兮，今直为此萧艾也？岂其有他故兮，莫好修之害也！

王夫之注曰："好修、君志正而乐贤也。群臣一旦靡然从邪佞而为党。唯君德不修之故。"王夫之赞赏屈原的"好修"品质，他认为屈原时刻反省与修养，将生命置于崇高的境界,毅然地杜绝一切世俗的诱惑,不愿与奸佞小人为党,认为唯诸贤被谗邪指为朋党而驱逐净尽,也是王夫之所为憾恨的,故他举汉代党锢之祸及宋代道学遭禁为例,认为是古往今来正人君子之通恨的。

例如在《庄子·人间世》中仲尼所言:"天下有大戒二:其一,命也;其一,义也,子之爱亲,命也,不可解于心;臣之事君,义也,无适而非君也,无所逃于天地之间。"① 屈原既是楚国之宗臣,在道义上不愿也不舍离开楚国去他仕,他的爱国之情在内心牢结深固。所以只有等待时机,安守义命,萎绝不伤,依旧怀忠贞之志,始终保持自己"好修"之完美人格。

三、"岂有过乎"之"忠"

王夫之非常尊崇屈原的忠贞不二的人格,他既继承历代学者屈原研究的成果,又不乏自己的真知灼见,因此对朱熹的"过于忠"论颇有微词。

朱熹在《楚辞后语·反离骚》中借用洪兴祖之论并对其评论的评价为:

> 夫屈原之忠,忠而过者也。屈原之过,过而忠者也。故论原者,论其大节,则其他可以一切置之而不问。论其细行,而必其合乎圣贤之矩度,则吾固已言其不能皆合于中庸矣。②

朱熹在充分肯定屈原的"忠清洁白"之心的同时,也给以屈原之"忠"的人格品质很高的评价。他认为屈原对楚王是"忠"的,但以儒家中庸之道的价值标准来判断时,屈原虽大节不失但细小行为有一定的微瑕。他认为屈原不能正确掌握"忠"的限度,操之过急,说了一些气愤的、过激的话,使他的"'忠'超过的限度"。③ 认为屈原《离骚》之作"其辞旨虽或流于跌宕怪神、怨怼激发而不可以为训",并且认为屈原"不知学于北方,以求周公、仲尼之道",因而"故醇儒庄士或羞称之"。所以如此评价屈原"志行虽或过于中庸而不可以为法"④ 而推出"过于忠"论。

《楚辞通释·离骚》篇首曰:

> 夫以怀王之不聪不信,内为艳妻佞幸之所惑,外为横人之所劫,沉溺瞀

---

① 郭广藩撰、王孝鱼校:《庄子集释》,北京:中华书局,1982年版,第131页。
② 朱熹:《楚辞集注》,上海:上海古籍出版社,2001年版,第4页。
③ 罗敏中:《论朱熹的尊屈倾向》,中国屈原学会编:《中国楚辞学》,第三辑,北京:学苑出版社,2002年版,第38页。
④ 朱熹:《楚辞集注》,上海:上海古籍出版社,2001年版,第2页。

乱，终拒药石，犹且低回而不遽舍，斯以为千古独绝之忠。而往复图维于去留之际，非不审于全身之善术，则朱子谓其过于忠，又岂过乎?①

王夫之在《楚辞通释·离骚》篇尾曰：

> 得修性养命之术，与天为徒，精光内彻，可以忘物忘己矣。乃倏尔一念，不忘君国之情，欲禁抑而不能，则生非可乐，和不可久，魂离魄惨，若仆悲马怀，而远游之志顿息。盖其忠爱之性，植根深固，超然于生死之外，虽复非计捐忘，而终不能遏。即以巫咸之告，于道无损，抑无以平其不已之情，而况比匪奸邪以求容，背去宗邦而外仕，曾足以动其孤贞哉? 抑考郭景纯不屈于王敦，颜清臣不容于卢杞，皆尝学仙以求远于险阻，而其究皆以身殉白刃，则远游之旨，固贞士所尝问津，而既达生死之理，则益不昧其忠孝之心。是知养性立命之旨，非秦皇、汉武所得有事。而君子从容就义，固非慷慨轻生、奋不顾身之气矜决裂者所得与也。审乎进退者裕而志必伸，原之忠，岂忠而过乎!②

《楚辞通释·九昭》评《扃志》曰：

> 孤情自怵，不与古人同调，而举国无同心之侣，缄闭幽贞之志。千古而下，犹有谓其忠而过者，谁与发屈子扃乎!③

对此论并不赞同，他反对朱熹的对屈原之作《离骚》："其辞旨虽或流于跌宕怪神、怨怼激发而不可以为训"的说法。他认为屈原与《离骚》的精神是"弥天亘地之忧"，④虽然当楚王被奸佞小人迷惑，良臣遭斥疏，但屈原仍然一心以楚王为念，以楚国为念，不顾及个人安危而秉忠直言而谏。王夫之从屈原的作品中分析，认为屈原的强谏行为并非强于求伸，即使有些怨怼激愤之语，但也是"隐伏自处，而一念忽从中志，思古悲倔，孤愤不能自已"的言论，是"欲反复效中，再国思维，知其不可，而情难自抑"，这是屈原真实情感的表达。再者说，屈原抒发怨怼是没有特定对象的。屈原之所

---

① 王夫之：《楚辞通释》，上海：上海人民出版社，1978年版，第2页。
② 王夫之：《楚辞通释》，上海：上海人民出版社，1978年版，第10页。
③ 王夫之：《楚辞通释》，上海：上海人民出版社，1978年版，第181页。
④ 王夫之：《楚辞通释》，上海：上海人民出版社，1978年版，第3页。

以发出怨怼之词，是出于"君之不明，奸邪误国"①的悲愤之情，王夫之认为屈原的目的是为了君王继承前代盛业而振作自强，他一心为楚国的安危着想，并无一己之私："君虽薾怒，犹必固争，指天不明，不避祸谪，非己强于求伸，亦为君之故耳。乃君亟信谗邪，取己所定之成谋而弃之，疑其人并废其道。非己之辱，而实国之灾也。"②"虽党人险昧，必将忮害，而不敢畏祸，惟一意忧君之倾覆，故秉忠以谏，道君以坦行于夷庚，践前王之迹，则殃且及而不辞。自述其违众忧国以强谏之情，宜为君所见谅，以信己不疑，而前王可继也。"③王夫之从屈原的处境出发，强调屈原"于去留之际，非不审于全身之善术"，认为屈原在个人的去就，明哲保身时的诸多选择之下，还是希望能够感君一悟，但他的忠贞之心并没有唤醒昏昧的楚王，眼看着楚国的政治日渐腐朽，因此他的满腔忠贞化为怨愤之词，流露于其作品的字里行间中。所以王夫之在《楚辞通释》中，针对于屈子之"怨"作了深入分析，他认为屈原所怨并不是个人被疏远流放的境遇之怨，而是担忧楚国即要覆亡的命运之怨，并进而论证其怨之词的精神主旨是"忠"："明己非以黜辱故而生怨，所怨者，君昏国危"；"而终之以君之不明，奸邪误国。此虽欲强自宽抑而有所不能。所怨者，非一己之困穷也"；"惜君之不王不伯，岂以身之不遇为愤怒"；"原之被谗，盖以不欲迁都而见憎益甚；然且不自哀，而为楚之社稷人民哀，怨悱而不伤，忠臣之极致也"。④王夫之还义正词严地批判了前人对屈子之"怨"的误解："刘向、王逸之流，惟不知此故，但以不用见逐为怨，使其然，则原亦患失之小丈夫而已，恶足与日月争光哉"；"而或以此诬骚经九章，弥天亘地之忧，为患失尤人之恨，何其陋也"。⑤《楚辞通释》中的屈原，爱国已胜于忠君，其所忠的是圣明之主，而非庸君、昏君。其所忧的是一国一族，而非一君一姓。其怨一以君国为心，其哀一以民生为念。这就是王夫之对屈原精神的阐释，诚可谓"千古独绝之忠"，"忠臣之极致也"。⑥

　　王夫之不仅以一位学识渊博、严谨考证的学者来注释《楚辞》，更以一个文学家的情感和一位思想家的深度来解读屈原，他将个人的境遇、思想和情感融入其中。于是，"达屈子之情"与"写本人积郁"在《通释》中不断交织，因此其契合点之"忠"是贯穿于《楚辞通释》的精神线索和道德评价标准。

---

① 王夫之：《楚辞通释》，上海：上海人民出版社，1978年版，第100页。
② 王夫之：《楚辞通释》，上海：上海人民出版社，1978年版，第5页。
③ 王夫之：《楚辞通释》，上海：上海人民出版社，1978年版，第4页。
④ 王夫之：《楚辞通释》，上海：上海人民出版社，1978年版，第72、73、91、77页。
⑤ 王夫之：《楚辞通释》，上海：上海人民出版社，1978年版，第3页。
⑥ 赵明玉：《朱熹王夫之对屈原精神的阐释》，《武夷学院学报》，2012年第3期。

方绩《屈子正音》及其用韵研究

香港恒生大学　陈鸿图

【摘　要】　清代前期古音研究大多集中于《诗经》韵，较少论及《楚辞》。乾隆年间，方绩编撰《屈子正音》，充分吸收古音学的成果，开启了以古音专研《楚辞》的风气。《屈子正音》是清代前期通过古音研究《楚辞》的代表之作，过去却鲜为研究者提及，本文介绍《屈子正音》的音注特色，继而考察其用韵得失，以见其在《楚辞》音韵史的地位。

【关键词】　楚辞　用韵　屈子正音

一、引言

　　《楚辞》历来重义理而轻音韵，音韵之作寥寥无几。宋代朱熹《楚辞集注》以叶音改读字音，又本之吴棫《韵补》，对当时影响最大。至明代陈第撰《屈宋古音义》，对朱熹叶音之说加以驳斥，可谓是"古音"研究《楚辞》的先声。唯其后如毛晋、屠畯等诸家皆不用古音，[①] 清代前期古音研究又大多转向《诗经》用韵，《楚辞》音韵备受冷落。乾隆年间，方绩编撰《屈子正音》（下简称《正音》），充分吸收古音学成果，开启了以古音专研《楚辞》的风气。《正音》是清代前期利用古音研究《楚辞》的代表之作，过去却鲜为研究者提及。本文介绍《正音》的音注特色，继而考察其用韵得失，以见其在《楚辞》音韵史的地位。

二、方绩生平及其著述

　　方绩，字展卿，号牧青，桐城人，乾隆丁卯戊辰以优行贡，入成均。方氏少有异禀，博学工诗文，有诗文集行世，其诗出入杜甫、黄庭坚间，其文则高古雄迈，造语奇崛。方氏一生在举业上不得志，居家后以校正史传诸子百家为务。其著述颇丰，计

---

① 邓廷桢：《屈子正音序》，《屈子正音》，光绪六年（1880）网旧闻斋本，第1—2页。

有《经史札记》十二卷,《牧青诗钞》六卷,《古文》一卷及《屈子正音》三卷等。①据邓廷桢所述,《屈子正音》成书于乾隆壬寅(1782),②道光七年其子方东树将稿本交付邓氏始得以刊刻。现存最早之刊印本为清道光七年丁亥(1827)江宁邓廷桢精刊本,③此本前有邓廷桢《屈子正音序》,文末附方东树致邓氏之数札书函。光绪六年(1880)网旧闻斋予以重印,本文所用即以此为据。

三、《屈子正音》的编写体例

《正音》分上中下三卷,题称"屈子"而不作"楚辞",因以《汉志》所收"屈原"之作由《离骚》至《招魂》而止。④是书先列《广韵》韵部和反切,如《离骚》"彼尧舜之耿介兮,既遵道而得路。""路",音注作"《广韵》十一暮,洛故切"⑤。此外,《正音》提到"以古音正之",凡今音与古音不同处,皆注出古音读,并引各种韵文辅以说明。如《九歌·湘夫人》"缭之兮杜衡"之"衡"字:

> 古音"杭",宋玉《风赋》与"阳""芳""堂""房"韵。《韵补》收入十阳,《广韵》十二庚误。⑥

《远游》"漱正阳而含朝霞"之"霞"字:

> 古音胡,司马相如《大人赋》与都、华韵,古音敷。《黄庭经》与枯、华、苏、驱、舆、书韵。《韵补》收入九鱼,《广韵》九麻误。⑦

"衡"字古音读为"杭","霞"字古音读为"胡",实际上均钞自顾炎武《唐韵正》

---

① 以上生平资料见方宗诚:《方展卿先生传》,《柏堂集补全》卷二,第15a—17b页,总第654—655页,收入《清代诗文集汇编》编纂委员会编:《清代诗文集汇编》(六七二),上海:上海古籍出版社,2010年版。
② 邓廷桢:《屈子正音序》,《屈子正音》,第1—2页。
③ 有关版本内容可参姜亮夫:《楚辞书目五种》,《姜亮夫全集》(五),昆明:云南人民出版社,2002年版,第310—311页。
④ 本文所引称《楚辞》以《正音》所论为限,不包括宋玉等人及汉以后等作品。
⑤ 方绩:《屈子正音》,光绪六年(1880)网旧闻斋本,第3a页。
⑥ 方绩:《屈子正音》,光绪六年(1880)网旧闻斋本,第21a页。
⑦ 方绩:《屈子正音》,光绪六年(1880)网旧闻斋本,第3a页。

一书，可见其古音说主要依据顾炎武音说。①

《正音》除方绩注外，还收录邓廷桢和方东树的注释。邓廷桢本精于音韵之学，其注以"墨圈"和"今按"附于方绩注后。因当时"顾氏书虽行，而江氏、戴氏之书犹未盛"②，故邓氏每能利用段玉裁等人之古音说以驳《正音》之误。后来，方绩之子方东树对邓注加以辩驳，但每每曲从父说，于古音说亦无所发明，无怪乎姜亮夫批评其"博而寡要。徒见枝蔓矣"。③

四、《屈子正音》的音注特色

《正音》研究《楚辞》古韵，大体依从顾炎武古韵十部，这表现在古韵分部和音读两方面。如《九歌·东君》"长太息兮将上，心低佪兮顾怀。羌声色兮娱人，观者憺兮忘归。""怀""归"两字相韵，《广韵》属皆、微韵，《正音》谓："古支、脂、之、微、齐、佳、皆、灰"同，④就是根据顾炎武的古韵十部。至于《正音》所注之古音，如《天问》"何勤子屠母而死分竟地"，"地"，古音"沱"；《远游》"餐六气而饮沆瀣兮，漱正阳而含朝霞。""霞"字古读为"敷"等，⑤亦是本于顾炎武之说。

此外，顾炎武提倡古人四声一贯，谓古人诗歌不拘于四声之限，也对《正音》影响甚深。例如《离骚》"众皆竞进以贪婪兮，凭不厌乎求索"，"索"字，《广韵》十九铎，转去声音素，⑥亦是本于顾炎武四声一贯说。又如《离骚》："忳郁邑余侘傺兮，吾独穷困乎此时也。""时"字的音读顾炎武未释，《正音》则谓："《广韵》七之，古四声转用……与下'态'字韵"⑦，按"态"字本读去声，《正音》因"四声转用"认为当由平转读去声，实际也是应用了顾炎武四声一贯的原理。

方绩研究《楚辞》古韵，在观念上虽力主顾炎武古音说，但在实际应用上却有所不同。首先在韵部方面，例如《离骚》"民生各有所乐兮，余独好修以为常。虽体解吾犹未变兮，岂余心之可惩"。"常""惩"两字相协，但顾炎武古音十部"阳"隶第七部，"蒸"第九部，两部不通押。然《正音》改从吴棫《韵补》"惩"字入"阳"

---

① 值得注意的是《正音》考证"古音"几乎都隐去顾氏之名，此或与顾炎武的遗民身分和当时学术环境有关，详参张民权《清代前期古音学研究》（上），北京：北京广播学院出版社，2002年版，第61—62页。
② 《屈子正音·自叙》，目录，光绪六年（1880）网旧闻斋本，第2页。
③ 姜亮夫：《楚辞书目五种》，昆明：云南人民出版社，2002年版，第311页。
④ 方绩：《屈子正音》，光绪六年（1880）网旧闻斋本，第24a页。
⑤ 方绩：《屈子正音》，光绪六年（1880）网旧闻斋本，第5b页。
⑥ 方绩：《屈子正音》，光绪六年（1880）网旧闻斋本，第4a页。
⑦ 方绩：《屈子正音》，光绪六年（1880）网旧闻斋本，第7a页。

部,① 与上句通押。如依王力《韵读》,以上当作"阳蒸"合韵,而不应改入同部。②

其次,两人对一些入韵字的理解亦不同。如《天问》"禹之力献功,降省下土四方",按顾炎武古音十部"功"与"方"入东、阳部,分隶第一和第七部,其中"功"字可不入韵,王力《韵读》亦同。《正音》不从顾炎武,据《韵补》以"功"入阳部,与"方"字协韵。③

由是可见,《正音》的音注虽然因循顾炎武古音十部,但在实际运用上没有严格遵从顾炎武的分部。④ 下面将会说明《正音》对古韵部的分合,主要是受到古人韵缓说的影响。

五、《屈子正音》的用韵研究

《楚辞》用韵研究一般包括韵式和合韵两方面,孔广森提到:"欲审古音,必先求乎古人用韵之例"⑤,可见分析用韵尤为重要。据王显的研究,《楚辞》韵式没有《诗经》的纷繁,归纳起来大约有十种韵式,其中《离骚》韵式整齐,纯粹由四句两韵所组成。⑥

今检之《正音》,《离骚》韵式一般四句两韵,如"怨灵修之浩荡兮,终不察夫民心。众女疾余之蛾眉兮,谣诼谓余以善淫"。"心"入"侵"部,与下句"淫"字同押。⑦ 然也有四句三韵例,如"惟草木之零落兮,恐美人之迟暮。不抚壮而弃秽兮,何不改乎此度?乘骐骥以驰骋兮,来吾导夫先路"。"暮""度""路"三字同押暮部,⑧构成四句三韵式,与一般韵式不合。⑨ 至于其他篇章如《天问》"雄虺九首,倏忽焉在。何所不死,长人何守"⑩。江有诰、王力已指出"死"字不入韵,"首""在"

---

① 方绩:《屈子正音》,光绪六年(1880)网旧闻斋本,第8b页。
② 王力:《楚辞韵读》,收入《王力文集》(第六卷),济南:山东教育出版社,1986年版,第482页。
③ 方绩:《屈子正音》,光绪六年(1880)网旧闻斋本,第4b页。
④ 此外,顾炎武有用谐声偏旁分析《诗》韵,《正音》亦受其影响。如《九歌·大司命》:"吾与君兮斋速,导帝之兮九坑。""坑"字,《正音》谓:"《说文》'坑'从亢声。《韵补》收入十阳,《广韵》十二庚、四十二宕俱误。"方绩:《屈子正音》,光绪六年(1880)网旧闻斋本,第22a页。
⑤ 转引自王显:《屈赋的韵例》,《语文研究》,1984年第1期(总第6期),第43页。
⑥ 王显:《屈赋的韵例》,《语文研究》,1984年第1期(总第6期),第61页。
⑦ 方绩:《屈子正音》,光绪六年(1880)网旧闻斋本,第7a页。
⑧ 方绩:《屈子正音》,光绪六年(1880)网旧闻斋本,第3a页。
⑨ 关于韵式,可参陈耀基:《楚辞体式探论》,《汉学研究》第22卷第2期,2014年12月,第473—475页。
⑩ 方绩:《屈子正音》,光绪六年(1880)网旧闻斋本,第4a页。

"守"幽之合韵,① 但《正音》却将"守"与"首"视作交韵。

韵式规律对于分辨韵与非韵有着重要的作用,只有了解韵式才能深入分析韵部,然而《正音》不重视韵式规律,只根据韵中位置分别韵句,就难免将非韵字看作韵字,造成错误,此是《正音》的局限。

合韵方面,《正音》受当时音韵水平的限制,对合韵现象采取了不同的处理方法,简而言之共有以下四种方式:

(一) 归入同一韵部

《离骚》:"帝高阳之苗裔兮,朕皇考曰伯庸,摄提贞于孟陬兮,惟庚寅吾以降。"②顾炎武"庸""降"两字分入第一部与第十部,不入韵。王力《楚辞韵读》作"东冬"合韵,③《正音》不知合韵之理,以"古音东、冬、钟、江、阳,唐本为一韵"④,将合韵理解为同一韵部。又如,《离骚》"勉升降以上下兮,求矩矱之所同。汤禹严而求合兮,挚咎繇而能调。""调"字,《广韵》入三萧,《正音》改从《韵补》入一东读为"同"。⑤ 王力以"同""调"作"东""幽"合韵。⑥

(二) 利用异文改字

《离骚》:"百神翳其备降兮,九疑缤其并迎。皇剡剡其扬灵兮,告余以吉故。"《正音》根据汉儒读"御"为"迓","迓""御"一字,⑦指"迎"字必是"讶"字之误。《正音》改"迎"作"讶"入"御"部,与下"故"字入"暮"部协。王力"迎"字不作"讶",上下两句属"阳鱼"通韵。⑧

(三) 改易音切

《卜居》:"宁诛锄草茅,以力耕乎？将游大人,以成名乎？宁正言不讳,以危身乎？将从俗富贵,以偷生乎？""生",《广韵》入"十二庚,所庚切",《正音》改从"所争切",入"耕"部,以与上句同押,⑨王力作"耕真"合韵。⑩

(四) 避开合韵字,以交韵视之

《九章·惜诵》:"捣木兰以矫蕙兮,鑿申椒以为粮。播江离与滋菊兮,愿春日以为

---

① 江有诰:《楚辞韵读》,《续修四库全书》据南京图书馆藏清嘉庆道光间江氏刻本影印,第12页,总第131页。王力:《楚辞韵读》,济南:山东教育出版社,1986年版,第504页。
② 方绩:《屈子正音》,光绪六年 (1880) 网旧闻斋本,第1b页。
③ 王力:《楚辞韵读》,济南:山东教育出版社,1986年版,478页。
④ 方绩:《屈子正音》,光绪六年 (1880) 网旧闻斋本,第1b页。
⑤ 方绩:《屈子正音》,光绪六年 (1880) 网旧闻斋本,第15a页。
⑥ 王力:《楚辞韵读》,济南:山东教育出版社,1986年版,第487页。
⑦ 方绩:《屈子正音》,光绪六年 (1880) 网旧闻斋本,第14b页。
⑧ 王力:《楚辞韵读》,济南:山东教育出版社,1986年版,第487页。
⑨ 方绩:《屈子正音》,光绪六年 (1880) 网旧闻斋本,第7a页。
⑩ 王力:《楚辞韵读》,济南:山东教育出版社,1986年版,第540页。

糗芳。恐情质之不信兮,故重著以自明。矫兹媚以私处兮,愿曾思而远身。"《正音》"身"与上"信"字韵,以交韵视之,① 王力不以交韵看待,"粮、芳"入阳部,"明、身"属阳真合韵。②

总的来说,《正音》本之顾炎武正十部,但对合韵的处理却以改易韵部来就韵。一方面顾炎武的韵部所分虽宽,仍然不免出韵,另一方面方绩极力反对用方音解释合韵现象,他认为顾炎武将耕、清、青三韵读入真、谆、臻韵是不明白古韵的谐协:

> 如以为夫子生于周季世,变风移为方音所限,则"临"与"躬"韵,《荡》首章"谌"与"终"韵,下至屈原《天问》亦后人所协之音,谓古人之有异抑亦过矣。③

又由于古人韵缓,不必改字,随其音读之而自协,④ 所以凡遇合韵字,《正音》不是改易字音,避开合韵,便是以通韵视之。然而《正音》已注意到音变的现象,又能够利用音切和异文校正合韵字,虽然当中错误难免,也没有加以规范化,但以当时的音韵水平而言亦属难得。

六、总 结

清代前期古音研究多从《诗》韵出发,较少论及《楚辞》音注。毛先舒曾将《楚辞》与《诗经》并举,谓:"《毛诗》音通,古韵半功;《楚辞》上口,韵学什九。盖《诗》《骚》诚韵家之宗也。"⑤ 实际上清人治古音甚少本之于《楚辞》音,至于当时为《楚辞》音注,如丘仰文的《楚辞韵解》仍囿于毛先舒五部三声两界两合说,未能摆脱叶通转说的束缚。因此,《正音》通过古音订正《楚辞》音读,无疑开启了古音专研《楚辞》的风气。《正音》对古音学研究虽不多,错误阙漏亦不少,然其取韵大体依循顾炎武古韵分部说,也能够利用一些谐声字分析字音,在当时古音说未流行之际,对《楚辞》音韵的研究无疑具有重要的意义。

---

① 方绩:《屈子正音》,光绪六年(1880)网旧闻斋本,第14b页。
② 王力:《楚辞韵读》,济南:山东教育出版社,1986年版,第515页。
③ 方绩:《屈子正音》,光绪六年(1880)网旧闻斋本,第9a页。
④ 方绩:《屈子正音》,光绪六年(1880)网旧闻斋本,第19a页。
⑤ 转引自张民权:《清代古音学研究》(下),北京:北京广播学院出版社,2002年版,第74页。

望江鲁笔《楚辞达》研究

贵州师范学院 陈 欣

【摘 要】 鲁笔的《楚辞达》是清代较有特色的楚辞注本。对于鲁笔的里籍,很长一段时间,学界误认为鲁笔是广东雷州人,实际上他是安徽望江人。《楚辞达》名曰"楚辞达",实仅注《离骚》一篇。《见南斋读骚指略》末附识云:"《离骚》一篇,包举《楚辞》全部,全义全神,最是难看。看透此一篇,以后各篇自可迎刃而解。则一达,无不毕达者矣。故直以《楚辞达》标之。全部论释嗣刻。"从著作的命名,即可看出鲁笔对文脉蝉联而贯通的目的和要求。鲁笔《楚辞达》由剖析结构、文理血脉进而阐释大义,并深入至字法、句法等细部批评,表现出对楚辞艺术审美特征认识的精微细化的趋势。

【关键词】 鲁笔 楚辞达 艺术手法

一、鲁笔里籍生平考略

鲁笔,字雁门,号蘸青,一号榆谷。关于其里籍,《楚辞书目五种》《中国楚辞学史》《楚辞要籍解题》《楚辞著作提要》等误作"雷州(今广东海康县)人"。实际上,鲁笔是安徽望江人。袁枚《随园诗话》卷九云:"相传江宁南城外瑞相院后丛竹中,为马湘兰墓。望江鲁雁门题诗云……"[①]袁枚明确指出"望江鲁雁门",而部分楚辞研究者之所以误认为鲁笔是雷州人,应与其所见《楚辞达》之版本有一定的关系。

据相关书目类文献著录,《楚辞达》现存主要有三种版本:第一种是乾隆三十一年(1766)见南斋刻本。一册,每半页九行,行二十二字,白口,左右双边,单鱼尾。写刻本,无行格。首乾隆三十一年梁同书《序》和《见南斋读离骚指略》,末为方城《跋》。其扉页镌"望江鲁雁门论释楚辞达见南斋藏版"(见下页图),卷端题"楚辞达雷川鲁笔雁门氏论释",卷末镌"杭城后市街汤调元刊印"。此本流传甚稀,现仅见清

---

① 袁枚:《随园诗话》,南京:凤凰出版社,2009年版,第160页。

华大学图书馆有藏。第二种是嘉庆九年（1804）师范辑《二余堂丛书》小停云馆刊本。

一册，每半页九行，行二十二字，白口，四周双边，单鱼尾。首嘉庆九年师范《序》，卷端题"楚辞达雷川鲁笔雁门氏论释赵州师范荔扉氏校刊"，卷末附梁同书序和《读骚指略》。此本安徽省图书馆和国家图书馆古籍馆有藏。第三种是光绪九年（1883）章世臣重印见南斋活字本。前有师范序、梁同书序，后无方城序，有章世臣《重印楚辞达序》。

最早误认为鲁笔是雷州人的，应是1961年出版的姜亮夫《楚辞书目五种》，书中仅提及上述第二种版本即《二余堂丛书》本，此本没有"望江"字样，而只有"雷川"，故产生了误会。至1993年出版的崔富章《楚辞书目五种续编》始解开误会，改鲁笔为望江人。然而，此后出版的《中国楚辞学史》《楚辞要籍解题》《楚辞著作提要》等著作仍作雷州人。至于"雷川"之称，武夷山水帘洞岩壁有明嘉靖年间崇安县令胡文翰的楷书题刻："水帘洞今古晴檐终日雨，春秋花月一联珠嘉靖乙巳夏六月六日知崇安雷川胡文翰书"，而胡文翰正是望江人（《乾隆望江县志》卷七有传）。另，《乾隆望江县志》卷八载有龙燮《雷川四先生赞》，分别赞唐代孝子徐仲源、宋元之际文人学者龙仁夫和王幼学、明代成化年间谏官王瑞，四位均为望江先贤。因望江是古雷池所在地，各朝代行政区划名称不尽同一，产生了一些别称，如大雷戍、大雷郡、雷邑、雷阳、大雷、雷港等，故雷川亦应是望江的别称之一。

《乾隆望江县志》卷七"人物上儒林"卷首列有鲁笔之名，在陈心昆与檀易二人之间，但不知缘何至卷中却没有鲁笔之传，在陈、檀二人之间是约四行格的空白。在卷八"艺文"载有鲁笔五言律诗，本应是两首而只能看到"其二"，第一首的位置又是四行格左右的空白。由于文献资料的缺失，鲁笔生平很难考索，可据者仅方城《〈楚辞达〉跋》：

> （鲁笔）于学无所不窥，弱冠既名籍江邦，好游历佳山水间，近远争延礼之。强仕年乃与余同附学，屡踬举场，故倦游，日坐破屋后山斋，闭户著述等身。先有《见南斋诗文集》行世，其于星纬皇极数及轩歧郭廖等书，靡不切究。尤邃六书韵律，诸内典并诠释精辟，识解超妙，又工真草名家书法。先生为人美丰仪，善谈谐，介直和易。至与人剖辩古今人是非事时，或抗议厉色不可夺。长余廿余龄，为忘年交，余特师事之。常晨夕过从，得聆绪论，

要无能窥其涯矣。丁卯，余倖售，而先生老；馀谒选，而先生死矣。有子典，能读父书。

方城，字引薇，《乾隆望江县志》卷七有传，据其中"戊子春返里，一月卒，年七十二"，戊子为乾隆三十三年（1768），可推知其生于康熙三十六年（1697）。又据《跋》中"长余廿余龄"和"丁卯"数语，可推知鲁笔生年大约在康熙十四年（1675）前后，卒年在乾隆十二年（1747）之后不久。《续修四库全书总目》提要云："笔盖负才不遇，终其生未获一饫于黉宫，惟专心著述，终老牖下。是编（笔者按：指《楚辞达》）盖雍、乾间鲁氏所作。"① 与笔者推测其生卒年之大致时段正相吻合。《楚辞达》的初刊是在鲁笔去世之后近二十年，其具体成书时间尚不确定，但书中多征引和驳斥朱冀《离骚辩》，《离骚辩》初刊于康熙四十五年（1706），由此可知《楚辞达》的成书时间大致是在康熙四十五年（1706）之后，乾隆十二年（1747）之前。

二、文脉与神韵：《楚辞达》析评

清代楚辞学者已经把楚辞作品的结构和脉络，作为其艺术成就予以关注。从汤伟《离骚经贯》、张诗《屈子贯》和董国英《楚辞贯》等著作的命名，即可看出清代楚辞学者们对文脉蝉联而贯通的目的和要求。王邦采《离骚汇订序》曰："所贵乎能读者，非徒诵习其词章声调已也，必审其结构焉，寻其脉络焉，必考其性情焉。结构定而后段落清，脉络通而后词义贯，性情得而后心气平。"② 一些楚辞学者颇为注重剖析《楚辞》的文理脉络，并在分析文脉进而阐释大义方面走出了新路。鲁笔《楚辞达》十分重视《离骚》文脉的梳理，剖析其间起承转合的内在联系，以此透视屈骚精严的结构。

八股时文作为科举应试之文，士子文人自幼习之，其起承转合的严密组织形式和结构方式，久而久之自然会渗透到他们的思维之中去，而对其思维方式产生影响。在楚辞研究中这种思维方式会发生潜在的作用，使得他们对于屈骚语意的承接转合的所谓气脉十分敏感。鲁笔在《楚辞达》之《见南斋读骚指略》之"气脉"部分云："历代注骚者总是章章气脉，不能打通贯注，纵有接卸不是平钝直衍，则是勉强牵合。须要章章一气相通，又要章章转变不测，在人人意中，又在人人意外，方见奇妙。"如"女嬃之婵媛兮"以下八句，鲁笔注云：

---

① 中国科学院图书馆整理：《续修四库全书总目提要》（稿本）第19册，济南：齐鲁书社，1996年版，第723—724页。
② 王邦采：《离骚汇订》，《四库未收书辑刊》第五辑第十六册，北京：北京出版社，2000年版，第98—99页。

二章合一为波澜，上势已完，忽生出女嬃一番训斥，为上半篇收足，为下半篇转关。所谓舟行已穷，忽又无际，绝妙过文。原不过借女嬃之言为引起下文之端，乃文章开一步起一峰之法。西仲不必横加贬责，悔广不必极力推尊，即就其词玩之，亦只识全身远害之情，尚未知清白死直之道，遽以为知几之神，金石不刊之至论，何其谬也。

鲁笔体会到女嬃詈原一段在结构上的作用，从文脉走向角度切入，反驳林云铭和朱冀，指出二人对此段的理解皆求之过深，不符合《离骚》的文脉特点和创作情境。

从《楚辞达》和其中的《见南斋读骚指略》来看，鲁笔论骚明显受到"神韵"说的影响。鲁笔于《离骚》乱词眉端评曰："乱词收结完密，意义无穷，神韵不尽。"已明确点出"神韵"二字。鲁笔生在康熙之世。作为康熙诗坛最负盛名的王士禛的"神韵"说，已成为当时主流诗学理论之一，上承钟嵘的"滋味"说、司空图的"韵外之致"以及严羽的诗歌理论发展而来，以"不着一字，尽得风流"为最高境界，要求诗歌具有含蓄深蕴、言尽意不尽的风格特点，对清幽淡远、不可凑泊的风神韵致特别推崇。

"神韵"说所涵摄的几个重要的范畴，如"妙""神""风致""玲珑""镜花水月"等，在《楚辞达》中均有出现。《楚辞达》中"妙"字俯仰皆是，不管是眉批、句右小字评，还是在注文中，"精妙""奇妙""妙绝"等字眼不绝如缕。鲁笔《自序》云："间尝独往深山空谷中，四顾无人，划然一啸，忽心关震动，如乐出虚。然则此书之成，要亦当其划然一啸时欤？"鲁笔此语描述的是灵感顿悟之机，由此亦可见其受到严羽"妙悟"说及以禅喻诗的影响，强调在欣赏体味的过程中虚静沉思，讲求瞬间的心领神会，把握神髓。严羽指出"诗之极致有一，曰入神"，作为其诗歌审美理想境界的概括，"神"主要侧重诗歌的风韵内涵，包括既有诗境中的人，同时含蕴着渗透诗人情性、风度和气质的境外之味。鲁笔《指略·总论》云："看《离骚》，先须得其篇法、段法、章法、句法、字法，识其轻重主要之所在，然后玩其词调，审其音节，按其气骨，讨其神味，挹其风韵，能事毕矣。若徒究义理，斯为钝根。"鲁氏所说的"神味""风韵"正是"神韵"说的主要内涵和主张。鲁笔于"众女嫉余之蛾眉兮"句右评："绝妙风致。""忽驰骋以追逐兮"句右评："突出有神。"此"神"正是严羽所谓"入神"之意。

严羽《沧浪诗话·诗辨》云："诗者，吟咏情性也。盛唐诸人惟在兴趣，羚羊挂角，无迹可求。故其妙处透彻玲珑，不可凑泊，如空中之音，相中之色，水中之月，镜中之象，言有尽而意无穷。"① 鲁笔《指略·总论》曰："人止知《离骚》以敷陈涂泽为工，不知《离骚》句句玲珑、字字玲珑，如一座琉璃屏，无不实在，无不空灵，所以与汉赋不同。"鲁笔此处所描述的《离骚》"玲珑""空灵"的艺术境界，亦渊源于"神韵"说。

与"神韵"说强调言外之意、味外之旨相应，鲁笔在《楚辞达》中亦多次指出并分析《离骚》部分诗句所蕴含的言外之意。如鲁笔在"怨灵修之浩荡兮"四句眉批云："'浩荡'二字，妙于立言，似止谓其君心之侈大，粗而不细，浮而不实；浮而不实，自然昏昧，意俱在言外。"强调只可神到意会，不可言传实指。又如"览察草木其犹未得兮"四句注云："见故国人心愈趋愈下，是非之本念日亡，不可与同处，意自在言外。"文本有多种层面，有言内之事，亦有言外之意。《指略·总论》云："《离骚》乃风雅之文，非传记之文。传记可以直指，风雅必用曲传，言在此旨在彼，无端中起端，无绪中抽绪，或旁见，或侧出，或泛演，愈借愈奇，愈流荡淫佚，以为愈远。若质言之，则索然矣。"

鲁笔在《指略》"总论"中云："看《离骚》须如镜花水月，看之可象而不可着，若着象以求，无有是处。看《离骚》须如天上风云，看之顷刻变化万状，初无定形，若执定法以求，无有是处。""镜花水月"是明清楚辞评点的常用词语。李陈玉《楚辞笺注》云："且夫骚本诗类，诗人之意，镜花水月，岂可作实事实解会？"② 陈本礼《屈辞精义》卷一于《离骚》"哀高丘之无女"句眉批云："求女之端，一篇水月镜花文字，读者勿认为实有其事，则痴人说梦矣。"③ 林云铭《楚辞灯》卷三评《橘颂》云："但见原与橘，分不得是一是二，彼此互映，有镜花水月之妙。"④ 朱冀《离骚辩》注《离骚》后段之"忽吾行此流沙兮"四句云："原任人取携而不禁，谓是游戏神通也可，谓是镜花水月也亦可，凡篇中一切寓言，皆当作如是观。"⑤ 以上各家均以"镜花水月"来形容楚辞空灵虚幻、难以捉摸的艺术境界，由此可看出"神韵"说对明清楚辞学的影响。

---

① 严羽：《沧浪诗话》，北京：人民文学出版社，1961年版，第26页。
② 李陈玉：《楚辞笺注》，《续修四库全书》集部第1302册，上海：上海古籍出版社，2002年版，第2页。
③ 陈本礼：《屈辞精义》，《续修四库全书》集部第1302册，上海：上海古籍出版社，2002年版，第474页。
④ 林云铭：《楚辞灯》，《四库全书存目丛书》集部第二册，济南：齐鲁书社，1997年版，第212页。
⑤ 朱冀：《离骚辩》，杜松柏主编《楚辞汇编》第九册，台北：新文丰出版股份有限公司，1986年版，第208页。

三、《见南斋读骚指略》:《离骚》的细部批评

鲁笔一方面赞叹屈骚之神妙不测、强调体验感悟之重要,另一方面又热衷于文本的细部批评。《见南斋读骚指略》即是其对《离骚》文本细部批评的集中体现。《见南斋读骚指略》(以下简称《指略》)"为研究《离骚》艺术特色之重要文献,为前代及清代所独有之文"。① 分总论、篇章、段落、气脉、神吻、章法、笔法、句法、字法、骨法、辞法、补法、过文法、倒掉法、隔类相照法、移步换形法、兮字法、虚字法、从古韵十九项论说。

"总论"涉及《离骚》的总体特征、风格结构、文体特质、情感特征和意境特点等诸多方面。其中,补法、过文法、倒掉法、隔类相照法、移步换形法属于艺术技巧方面。试举两例,如"隔类相照法",《指略》云:"左史中有类叙法,凡同类之事物,皆附带一处以类相从,独《离骚》不然,明明一类者偏从中割开以他类间之,断成文,隔类相生,隔类相顾,不类者搀而和之,本类者越而别之,最为参稽莫测,古文中另一径。"如鲁笔对"汩余若将不及兮,恐年岁之不吾与。朝搴阰之木兰兮,夕揽洲之宿莽"一章作眉批云:"就一章言为隔类相顾法,上二句本属下章一类,下二句本属上章一类,偏相间错出,楼外山山外楼重重间映奇妙。"

又如"移步换形法",《指略》云:"读骚者苦其重复繁杂,林西仲第举马迁'一篇中三致其意'语混过,遂为得而不疑,不知《离骚》全在移步换形之妙。同一鸟兽草木,略分部位,意义迥殊。在前有在前之故,在后有在后之故,知其解者一线穿去,彼此分明,不仅在浅深虚实而已,何处容其复杂之疑?"朱冀《离骚辩》中有两段话正与鲁笔此言互为注脚:"其所引用兰芷芳草类,或再三见,或数数见,要之立言各有取义,寄托各有深情。一纵一操,忽离忽合,处处移步换影,引人入胜,并未尝此章重出也。""自兰芷不芳至此,虽一意反复,而章法何等次第,意思何等曲折,结构何等谨严,运笔何等纵横出没,处处移步换形,令人应接不暇。"② 鲁笔与朱冀所说的"移步换形"或"移步换影",均是针对王世贞"总杂重复"之论,指出《离骚》中不同位置所出现的同一事物有着不同的含义,而并非简单的"重复"。

鲁笔《指略》显然已经涉及文本的语言学分析层面,其中章法、笔法、句法、字法、辞法、骨法几项,在今天看来即是从语言学角度切入的。试举几例,如其"字法",《指略》云:"《离骚》字法第一以倒贯者为奇,有生眼字,有伏脉字;有典隽

---

① 潘啸龙、毛庆主编:《楚辞著作提要》,武汉:湖北教育出版社,2003年版,第217页。
② 朱冀:《离骚辩》,杜松柏主编《楚辞汇编》第九册,台北:新文丰出版股份有限公司,1986年版,第61、192—193页。

字,有生造字;有翻活字,有抵死字;有呼字,有应字;有转关字,有贯珠字;有雀起字,有坠落字;有击鼓鸣钟字,有转声下气字。不错字法,方不错句法。"鲁笔对字法的说明多于原文右侧以小字"字法"二字标出,有时于眉批略作分析。鲁笔所云"倒贯者"即倒字法,如在"纷吾既有此内美兮"章之眉端,鲁笔云:"纷字本属句尾,却倒冠在首,《离骚》每善用倒字法,妙。"又如在"耿吾既得此中正"句"耿吾"一词的右侧标出"倒字法"。上引《指略》中列举的大多数字法的名称,很少能与《楚辞达》的注文、句右评及眉批能对应上。如评"谣诼"云"二字刻画",评"轨羁"云"二字曲尽"。又如鲁笔在"彼尧舜之耿介兮"之"耿介"右评曰:"二字简当",在"何桀纣之昌被兮"之"昌被"右评云:"二字隽妙",均很难与《指略》所列出的十五种句法对应上。

又如其"笔法",《指略》云:"《离骚》用笔之妙,一笔常作数笔用,止写反面而正面自到,止写宾位而主位自到,止写对面而本面自到,皆一笔作两笔用,已为妙笔。有时写一面而三面俱到,如写侧面而正面反面皆到,写中一面而前面后面皆到,此则一笔作三笔用,更为奇妙笔法。"鲁笔所云之"正面""反面""本面""对面"及"侧面",是其从文章学角度总结出的用笔之法。朱冀《离骚辩》中有段话可以帮助我们理解鲁笔所说的各种"笔法",朱冀云:"无限深情微意在文章反面,无字句处更有对面一层也。注骚家眼光但觑正面,而不顾反面,又孰信反面之更有对面耶!"① 鲁笔对于笔法多在眉批作评,如"忽驰骛以追逐兮"四句眉批云:"起二句以进为退,笔法奇妙。"又,"怨灵修之浩荡兮"四句眉批云:"不悔而怨,以转笔为起笔,有忽然举头天外之意,奇绝"。

再如其"骨法"。《指略》云:"《离骚》神逸而远,气峻而遒,总由于秀骨天成,秀骨藏于坚骨中,而化其锻炼之迹。是以浅学读之,不甚契慕,非关昧于意理,先不识其骨法之尊贵,琢之不开,研之不入,味之不出,自倦而思去耳。此皆读古不深,洗练不精之故,得其骨法,斯无难事。""骨法"本是书法术语,是指书写点画中蕴蓄的笔力。刘熙载《艺概·书概》云:"字有果敢之力,骨也。"《指略》中的"秀骨""坚骨"似乎有些玄妙,但实际上,鲁笔所云骨法即是指文学批评范畴中的气骨、风骨或骨力。

鲁笔《指略》所论十九项虽未能深入并贯彻全篇,但作为立足于作品的文本研究,能细化到这种程度,在我国古代楚辞学史上是十分罕见的。然而,不得不指出的是,鲁笔尽管在理论上力图揭示字法、句法、章法、笔法、辞法之间的差别,但在实际品

---

① 朱冀:《离骚辩》,杜松柏主编《楚辞汇编》第九册,台北:新文丰出版股份有限公司,1986年版,第212—213页。

评中的界限又常常是模糊不清的。鲁笔对于《离骚》之组织结构和层次条理的论析确有其详审之处，但以过于细化的文法对应到《离骚》之中则是不可取的做法。或因鲁笔受"神韵"说影响较大，《指略》中有些论说确实过于玄妙而让人难以理解。

四、虚实、寓言与幻境：对《离骚》艺术手法的探寻

《楚辞》文学艺术研究在明清两代达到了相当的高度，作为艺术思维和创作手法的"虚实""寓言"，已成为探讨楚辞艺术性的重要范畴。鲁笔在《指略·总论》中指出："《离骚》多寓言，以比兴为工，人皆知之。但寓言固属假装，人情物理必须真切，若因其假而假之，并正意亦流于诬妄无味。"鲁笔突出强调"寓言"的首要前提是"人情物理必须真切"。鲁笔在《总论》中又云："《离骚》以情为妙，识其情真则味永，一一如从人心所欲出。"此观点与汪瑗"寓言"寄情之说相类似，二人都指明了情之真切的重要性，强调了文学艺术自身的特点而不同于经学和理学的特殊意义。

鲁笔对《离骚》的结构划分，将其分为上下两篇，即是着眼于写法之虚实。上下两篇共十二段，上半篇五段，下半篇七段，他在《指略》"篇章"部分说：

上半篇前三段自叙抱道不得于君，而不能自已，后二段论断前文以自解，是实叙法。下半篇纯是无中生有，一派幻境突出。女媭见责因而就重华，因就重华不闻而叩帝阍，因叩阍不答而求女，因求女不遇而问卜求神，因问卜不合而去国，因去国怀乡不堪而尽命，一路赶出，都作空中楼阁，是虚写法。一实一虚，相为经纬，如风云顷刻万变而不穷，而两界河山自分明有立而不乱。看此汪洋大格局，总不离虚实二字。

这一段论述包含以下三方面的内容：首先，鲁笔谓《离骚》下半篇"纯是无中生有"，此"无中生有"似陆机《文赋》所云"课虚无以责有"之意，"无"是指作家取材并不是现实生活中的真人真事，而是进行的艺术虚构和想象。"生有"则是指作品所创造的艺术形象反映出了现实生活的本质。屈原是借助于超现实描写来抒写其现实的政治理想，以及对现实生活中美丑的爱憎态度。鲁笔的"无中生有"一语，不仅道出了超现实的想象在情感表现上所起的作用，亦指陈了屈骚作品富于创造性的特点。

其次，与"虚实""寓言"相联系，鲁笔提出了"幻境突出"说。鲁笔用"幻境突出"来概括《离骚》下半篇的艺术表现特点，他认为"女媭见责""就重华""叩帝阍""求女""去国怀乡"等一系列情节，"都作空中楼阁"，是幻境的呈现。文艺学范畴内的"幻境"主要有两层含义：一是虚幻神异之境况，二是幻想或梦境中出现的理想境界，具体到创作中，则是指作家所描写的想象中的艺术境界。鲁笔认为屈原欲通过呈示幻境的方式反映现实生活的本质，表现其理想与现实冲突之剧烈。与此同时，屈原借助充满象征意味的虚幻之境，正是为了在更大的程度上，用更加动人的诗境表

现情感。

最后,实叙与虚写相结合。鲁笔在"既替余以蕙纕兮"章后云"篇首至此三大段为上半篇,实叙立案,以下层层翻新弄虚。"《指略·总论》云:"《离骚》以境为奇,识其境异则耳目一新,处处如从海外飞来,人间得未曾有。"又如其在"陟升皇之赫戏兮,忽临睨夫旧乡。仆夫悲余马怀兮,蜷局顾而不行"一章的眉端云:"本因远逝不闻,反成近忧在目,如此收回,正意出人思议之外,回视前文,绝是一片虚景,反衬来生当真远逝乎哉! 后来相如《子虚》《上林》,想亦窥此秘妙。"自明人陈第开始,虚构被看作是为了艺术的目的而采用的艺术形式,不再被当作"谲诡""怪妄"而遭受非议;鲁笔进而从《离骚》艺术手法的辩证性入手,探讨实叙与虚写相结合产生的艺术效果。这是文学的虚实论在楚辞学领域的发展和深化。鲁笔所云之"无中生有""一派幻境突出",正揭示了《离骚》抒情的主要特征,及结构上因情生幻、随情变化的方式。

鲁笔(约1675—1747)和蒋骥(1678—1745)是"幻境说"主要代表,但孰先孰后很难论定。据笔者考察,二人几乎是同时之人,生卒年均极为相近。虽然蒋骥《山带阁注楚辞》之初刊早鲁笔《楚辞达》近四十年,但因《楚辞达》的初刊是在鲁笔去世之后近二十年,其具体成书时间并不知晓,故从现有材料来看,很难论定孰先孰后。蒋骥《山带阁注楚辞·楚辞余论》卷上云:

> 《楚辞》章法绝奇处,如《离骚》本意只注"从彭咸之所居"句,却用"将往观乎四荒"开下半篇之局,临末以"蜷局顾而不行"跌转;与《思美人》本意只注"思彭咸之故"句,却用"聊假日以须时"开下半篇,临末以"愿及日之未暮"跌转;《悲回风》本意未欲遽死,却用"托彭咸之所居"开下半篇,临末以"任重石之何益"跌转;《招魂》本意只注"魂兮归来哀江南"句,却全篇用巫咸口中,侈陈入修门之乐,临末以乱词发春南征跌转。机法并同,纯用客意飞舞腾那,写来如火如锦,使人目迷心眩,杳不知町畦所在,此千古未有之格,亦说骚者千年未揭之秘也。故于骚经以求君他国为疑,于《招魂》以谲怪荒淫为诮,而不知皆幻境也。观云霞之变态,而以为天体在是,可谓知天者乎?①

蒋骥在此提出了"本意"和"客意"之说。揣摩蒋氏之语,可知其所谓"本意"是指作者的主旨和意图,"客意"是指为表现作者的主旨和意图所生发出的艺术想象。

---

① 蒋骥:《山带阁注楚辞》,上海:上海古籍出版社,1984年版,第184页。

而对应到上引末句的比喻来看，本意即如天之本体，而客意则为天上的云霞。如《离骚》之本意在"从彭咸之所居"，却用"往观乎四荒"为客意而驰骋想象，作为诗人内心自我矛盾与挣扎的艺术表现，临末又用"蜷局顾而不行"跌转至本意上来。其他诸篇"机法并同"，即"纯用客意飞舞腾那，写来如火如锦，使人目迷心眩，杳不知町畦所在"，而这就是"幻境"。前人因不知其所写为幻境、客意，"故于《骚经》以求君他国为疑，于《招魂》以谲怪荒淫为诮"。从蒋骥所云"说骚者千年未揭之秘"之语可知，蒋氏应是未看到鲁笔之说。但鲁笔是不是承蒋骥之说则未敢遽断，抑或是二人的不谋而合。

《楚辞》虚实的问题自汉代已经开始了讨论，在楚辞学史上产生影响的主要有班固的"虚无说"，刘勰和朱熹的"怪妄说"，晁补之、汪瑗和林云铭的"寓言说"，以及鲁笔、蒋骥的"幻境说"。需要指出的是，班固、朱熹的着眼点主要在屈辞内容的虚构性，而后世楚辞研究者如汪瑗、蒋骥、鲁笔等，侧重屈辞的思维手法和意境的艺术性方面。鲁笔的"幻境"说虽未有蒋骥所论深入细致，然亦自具特色。鲁笔《指略·总论》指出《离骚》"以情为妙""以境为奇"，其"幻境"说正是从"情""境"两个面向展开，幻境是由情感化生而来，又随着情感的变化而不断幻变。可贵的是，鲁笔把涉及屈骚艺术特征的寓言、虚实与幻境结合起来进行论述，说明其对文学艺术中的虚构和幻想的美学意义，有了相当程度的认识，由此展示了屈骚文本所独具的文学之审美特性，推动了楚辞的艺术批评理论的发展。

综上所述，鲁笔《楚辞达》十分重视《离骚》文脉的梳理，剖析其间起承转合的内在联系，以此透视屈骚精严的结构。同时，鲁笔论骚明显受到"神韵"说的影响，重视心领神会，强调言外之意。此外，鲁笔把涉及屈骚艺术特征的寓言、虚实与幻境结合起来进行论述，说明其对文学艺术中的虚构和幻想的美学意义有了相当程度的认识，由此推动了楚辞的艺术批评理论的发展。

论王闿运《楚辞释》的政治化阐释及其影响

湖南大学 郭建勋 罗 璐

【摘　要】 王闿运《楚辞释》着重于从时世政治的角度解读《楚辞》，围绕屈原"兴楚返王"的愿望、"荐列众贤"的举措和所谓"款秦误国"的罪名三个重要政治节点展开。这种政治化阐释的背后有其纵横思想的主导和深刻的政治寄寓，并在客观上打上了求新尚奇的烙印，对其弟子廖平的楚辞研究产生了深远影响，在楚辞学史上掀起一股尚奇疑古之风，并推动楚辞研究朝求新求变的方向发展。

【关键词】 王闿运　《楚辞释》　政治化阐释　影响

一

　　王闿运的楚辞研究主要集中在《楚辞释》一书中。根据《清王湘绮先生闿运年谱》（以下简称《年谱》）[①] 和《湘绮楼日记》（以下简称《日记》）[②] 的记载，《楚辞释》大概撰述于1882年至1886年。《年谱》载："光绪八年（1882）二月，读《楚词》，注《九歌》。光绪十年（1884）二月，读《楚词》，作《九章》注，四月注《离骚》，五月钞《九章》新注，十一月注《楚词·天问》篇。光绪十一年（1885）五月，注《离骚》毕。"《日记》载："光绪八年二月七日，释《离骚》至'灵氛'章止。二月八日，读《楚词》，评释《九歌》。光绪十年三月十四日，重定《九章》注，五月十日《离骚》毕注。"《年谱》又曰："光绪六年（1880）十二月，注《高唐赋》。光绪十三年（1887）三月十日，往湘潭校蜀刻《楚词释》，补入《高唐赋》新注。"清光绪十二年丙戌（1886）仲秋成都尊经书院精刊本《楚辞释》已收入《高唐赋》，说明后来王闿运对《高唐赋》的注释有所修改。王闿运在《日记》中并未明确提到《楚辞释》的

---

　　① 王代功：《清王湘绮先生闿运年谱》，台北：台湾商务印书馆，1978年版。此段凡引用《年谱》内容皆出自此版本，不再注释。

　　② 王闿运著、马积高主编、吴容甫点校：《湘绮楼日记》，长沙：岳麓书社，1997年版。此段凡引用《日记》内容皆出自此版本，不再注释。

创作完成时间，且各本《楚辞释》无序、跋、凡例，故迄今无法精确判断此书作于何年，何时完成。

据姜亮夫《楚辞书目五种》，《楚辞释》最早的版本是清光绪十二年丙戌（1886）仲秋成都尊经书院精刊本，由其弟子成都方守道校刊。另有清光绪二十一年乙未（1895）仪征李氏所刊《崇惠堂丛书》本、清光绪二十七年辛丑（1901）衡阳刊《湘绮楼全书》本、民国12年（1923）刊《湘绮全集》本、《湘潭王氏所著书》本。①2013年岳麓书社出版了吴广平校点本。吴氏以成都尊经书院精刊本为底本，同时参考其他版本点校整理此书。②另外，2008年由广陵书社出版的《楚辞文献集成》和2014年由国家图书馆出版社出版的《楚辞文献丛刊》都收录了《楚辞释》，两者均采用清光绪二十七年《湘绮楼全书》本。

《楚辞释》凡十一卷，目次为：卷一屈原《离骚经》，卷二屈原《九歌》，卷三屈原《天问》，卷四屈原《九章》，卷五屈原《远游》，卷六屈原《卜居》，卷七屈原《渔父》，卷八宋玉《九辩》，卷九宋玉《招魂》，卷十景差《大招》，卷十一宋玉《高唐赋》。

吴广平校点本《楚辞释》的注释体例为：前十卷每卷之首皆署"王逸章句，王闿运注"，每卷先列王逸序，后列王闿运自己的题解；各篇正文先列原文，次列王逸章句，最后列王闿运新释。和王逸《楚辞章句》一样，《离骚》和《天问》后序一并附在正文最后。卷十一宋玉《高唐赋》作为附卷收入，卷首署"李善注，王闿运释"，先列李善题解，后列王氏题解；正文则先列原文，再列李注，最后列王氏新释。与吴广平校点本相比，成都尊经书院精刊本的不同之处在于：每卷末都署"弟子成都方守道校刊"，且未附《离骚》和《天问》的后序；部分篇章如《远游》《渔父》《九辩》《招魂》《大招》等新释内容较少者，则改分句注释为分段注释，先列一段原文，再列王逸章句，最后列王闿运新注。仪征李氏所刊《崇惠堂丛书》本前十卷每卷之首署"王逸章句，湘潭王闿运释"，《高唐赋》卷首署"李善注，湘潭王闿运释"，正文未引王逸、李善注，原文后直接是王闿运的注释。衡阳刻《湘绮楼全书》本与《崇惠堂丛书》本大体类似，但每卷之首只署"王闿运注"，《天问》篇还附有陈兆奎的补注。

王闿运《楚辞释》在选目上可谓别具特色。王逸《楚辞章句》除选录屈原、宋玉、景差的作品外，还收录了贾谊、淮南小山、东方朔、王褒、刘向等两汉作家的作品。朱熹《楚辞集注》卷一至卷五，定屈原二十五篇为《离骚》类，卷六至卷八以宋玉、

---

① 姜亮夫：《楚辞书目五种》，见《姜亮夫全集》第五册，昆明：云南人民出版社，2002年版，第266—267页。

② 王闿运撰、吴广平校点：《楚辞释》，长沙：岳麓书社，2013年版。（以下引此书只注书名和页码）

景差、贾谊、庄忌、淮南小山等十六篇为《续离骚》类。王夫之《楚辞通释》前十二卷选目同于《楚辞章句》，后增加了江文通《山中楚辞》四篇、《爱远山》以及自己所作《九昭》。此外如汪瑗《楚辞集解》、蒋骥《山带阁注楚辞》及戴震《屈原赋注》都只取屈原作品。与传统的《楚辞》注本不同，《楚辞释》的选目严格限制在战国楚人之作的范围之内，包括屈原、宋玉、景差三位楚人。《高唐赋》作为"附卷"辑录，体现了王氏"辞""赋"异体的文体观，也表明了他有意揭示由"辞"到"赋"之文学演进的良苦用心。《楚辞释》选目注重时代和地域，则凸显出王闿运纵横家的政治史观和根深蒂固的湖湘本土情结。而这种政治史观和湖湘情结，同时也贯彻于全书的阐释与研究之中。

二

从时世政治的角度解读辞作，是《楚辞释》坚守的一个基本原则。王闿运将屈原与怀、襄二王的历史重新演绎，且多虚构。而这些虚实相杂的政治史，便构成其解说作品的起点和依据。例如《离骚经》"题解"中曰："离，别也；骚，动也。父子离别，骚动不宁，天之经也。"① 所谓"父子离别"是指楚怀王与襄王的离别。王氏以怀、襄二王的离别为关纽，重新建构了一个政治历史体系，而屈原一生所有活动都被置于这个体系之中。"题解"中又云：怀王疏远屈原之后，因为秦所困，复用屈原之谋，"秦楚通和，太子出质"，故对屈原怨恨不已。后怀王留秦不归，顷襄即位，当时屈原四十六岁，名高德盛，顷襄不得不倚重他，他却"结齐款秦，荐列众贤，诋毁用事者"，而所荐者又皆为"趣时易节，附和阿俗"之辈，屈原招致顷襄及众大臣的忌恨，被放逐江南。屈原"忠愤悲郁，无所诉语，故行吟湖皋，作为此篇"（即《离骚》），后来令尹子兰"得见此词，乃始大怒原，使靳尚诬以款秦误国，复徙之于沅"，于是屈原"乃悉舒其愤而作《九章》焉"，"凡楚辞二十五篇皆作于怀王客秦之后"。② 相对于传统史实，王氏一改屈原"抗秦"为"款秦"，二改屈原两次放逐之原因，三改《离骚》创作之时间，其目的便是要重构其主观性的政治生态体系，为解说屈原及其作品提供他所需要的环境和背景。而其中最为重要的三个政治节点，则是屈原"兴楚返王"的愿望、"荐列众贤"的举措和所谓"款秦误国"的罪名。

《史记·屈原贾生列传》言屈原"眷顾楚国，系心怀王，不忘欲反……其存君兴国而欲反覆之，一篇之中三致志焉"，③ 确曾提到"兴楚返王"的情况，而《楚辞释》却

---

① 王闿运撰、吴广平校点：《楚辞释》，长沙：岳麓书社，2013年版，第2页。
② 王闿运撰、吴广平校点：《楚辞释》，长沙：岳麓书社，2013年版，第2页。
③ 司马迁：《史记》，上海：上海古籍出版社，2011年版，第1902—1903页。

在此基础上大加发挥，全书注解中涉及此问题的内容俯拾即是，几乎到了不厌其烦的地步。如释《离骚》"汩余若将不及兮"句曰："汩，疾也。不及，送丧之貌。怀王客秦，旦夕不忘欲返，故若不及，而常恐老死。"① 释"指九天以为正兮"句曰："已欲返王，乃被诬忘雠，故指天正之也。"② 释"初既与余成言兮"句曰："成言，顷襄约原返王之谋也。"③ 又如释《九歌·湘君》"驾飞龙"云："顷襄初立，召原谋返怀王，故驾飞龙也。"④ 释《湘夫人》"夕张"云："所谓'指嚆黄以为期'，言密谋返怀王。"⑤ 释《九章·惜诵》"惜诵以致愍兮，发愤以抒情"两句曰："本与顷襄谋反怀王，忽背之而以为罪。欲诵言自明，王怒，益祸。又使王负不孝之罪，国事愈不可为。故惜之而自致愍也。今卒不存楚，亡郢失巫，己竟殉之，而志终不白，故悉发其愤，抒情而作《九章》也。"⑥ 释《悲回风》"刻著志之无适"句曰："志之所著，言己志在兴楚返王也。"⑦

在王闿运看来，无论是《离骚》《九章》等纪实性作品，还是《天问》《远游》等表达困惑的虚设之作，乃至《九歌》这样被屈原润色加工的民间祭歌，都蕴含着屈原"兴楚返王"的殷切期盼与强烈愿望。他将此内容反复、具体地落实在对屈原作品的注解中，甚至使"返王"这一主题成了某些篇章的中心和主旨。王氏在《楚辞释》中一方面强调怀王在楚国政治格局中的重要地位，另一方面渲染屈原与怀王的密切关系和一往情深，主要是为了突出屈原对君主的忠诚，以及他认定"必返怀王，乃可定国"⑧的政治远见。遗憾的是，由于存在太多对史实的改造和虚构，这些解说很难经得起反诘，暴露出阐释碎片化的缺陷，也消损了屈原这一文学形象的人格魅力。

为达到"兴楚返王"的政治目标，王闿运阐释屈原谋划了一系列政治举措，其中在楚国内部便是要"荐列众贤"。"荐列众贤"一方面在于有志之士希望得到屈原的举荐，屈原视"荐贤"为自己的职责，认为自己年岁已老，"恐己死而志不遂，故朝夕进贤"。⑨ 王氏释"挚咎繇而能调"句曰："以喻大臣有进贤之职者，原自谓也。"⑩ 释

---

① 王闿运撰、吴广平校点：《楚辞释》，长沙：岳麓书社，2013年版，第4页。
② 王闿运撰、吴广平校点：《楚辞释》，长沙：岳麓书社，2013年版，第7页。
③ 王闿运撰、吴广平校点：《楚辞释》，长沙：岳麓书社，2013年版，第8页。
④ 王闿运撰、吴广平校点：《楚辞释》，长沙：岳麓书社，2013年版，第39页。
⑤ 王闿运撰、吴广平校点：《楚辞释》，长沙：岳麓书社，2013年版，第42页。
⑥ 王闿运撰、吴广平校点：《楚辞释》，长沙：岳麓书社，2013年版，第77页。
⑦ 王闿运撰、吴广平校点：《楚辞释》，长沙：岳麓书社，2013年版，第115页。
⑧ 王闿运撰、吴广平校点：《楚辞释》，长沙：岳麓书社，2013年版，第48页。
⑨ 王闿运撰、吴广平校点：《楚辞释》，长沙：岳麓书社，2013年版，第5页。
⑩ 王闿运撰、吴广平校点：《楚辞释》，长沙：岳麓书社，2013年版，第27页。

"芷葺兮荷屋，缭之兮杜衡"曰："言葺荷屋，则用此众芳，喻任己则当荐众贤也。"①另一方面，主要是为"兴楚返王"而做的人才储备。屈原深知贤材对楚国的重要性，谋返怀王、中兴楚国必须招纳一批具备卓越政治才能的贤士。所以王氏释"惟草木之零落兮，恐美人之迟暮"两句曰："草木，喻群臣也。草，喻新进者；木，喻在位者。零落，无贤材也。国无贤材，恐王久客而不返。"②释"幽兰"曰："新进贤士也。已知王望归，故谋令阊开出之，而志不得遂，故更结贤人，少须时日也。"③释"及少康之未家兮，留有虞之二姚"两句则曰："少康未家，楚后王贤明能中兴者也。欲留身待之，以荐进贤材。"④然而"荐贤"的道路充满曲折。不仅楚国用事者嫉妒、诽谤屈原引进贤才为一己私用，而且众贤士因受摧残纷纷变节。王氏释"世溷浊而不分兮，好蔽美而嫉妒"曰："蔽其返王之美，妒其荐贤也。"⑤"时缤纷其变易兮……莫好修之害也"曰："所荐者皆惧祸改行，靡然成风也。"⑥屈原虽因荐贤而遭诽谤，但对于合己志的贤士仍寄予厚望，而当众贤士变节随俗时，屈原不能不感到万分失落、痛苦。

"荐列众贤"的举措使得屈原走向政治的边缘，他得不到楚国当政者的信任，反而引来诸多猜忌和诽谤，即便如此，屈原一刻未改营救怀王、中兴楚国的初心。王闿运认为屈原展开的对外政治措施，即"结齐谋秦"。"结齐"主要是为了"抗秦"，要对付强大的秦国，如果不结成政治联盟，对楚国来说是极其危险的。齐国作为东方大国，自然成为楚国最合适的政治盟友。王氏阐释与齐国的联结主要是通过政治联姻来实现的，《楚辞释》中有多处注释比附齐、秦或"结齐谋秦"。《离骚》中释"鹥"云："总后饰车者，喻婚齐女也。"⑦释"咸池""扶桑"云："皆在东方，以喻齐也。饮马、总辔，言欲结齐为援。"⑧释"县圃"云："昆仑山上地，西极所届，以喻谋秦也。"⑨释"若木"云："日入所拂木，以喻秦也。"⑩但此时怀王未返，屈原不敢轻举妄动，所以对待秦国的态度暂时只能是委屈求和，以待时机。顷襄初立，虽召屈原谋返怀王，实际上并不希望怀王得返，再加上党人进谗言，他们以绝秦、力战为由，诬陷屈原畏死求和，也即把"款秦误国"的罪名加在屈原身上。事实上，屈原是力主"抗秦"的，

---

① 王闿运撰、吴广平校点：《楚辞释》，长沙：岳麓书社，2013年版，第44页。
② 王闿运撰、吴广平校点：《楚辞释》，长沙：岳麓书社，2013年版，第5页。
③ 王闿运撰、吴广平校点：《楚辞释》，长沙：岳麓书社，2013年版，第21页。
④ 王闿运撰、吴广平校点：《楚辞释》，长沙：岳麓书社，2013年版，第24页。
⑤ 王闿运撰、吴广平校点：《楚辞释》，长沙：岳麓书社，2013年版，第21页。
⑥ 王闿运撰、吴广平校点：《楚辞释》，长沙：岳麓书社，2013年版，第28页。
⑦ 王闿运撰、吴广平校点：《楚辞释》，长沙：岳麓书社，2013年版，第19页。
⑧ 王闿运撰、吴广平校点：《楚辞释》，长沙：岳麓书社，2013年版，第20页。
⑨ 王闿运撰、吴广平校点：《楚辞释》，长沙：岳麓书社，2013年版，第19页。
⑩ 王闿运撰、吴广平校点：《楚辞释》，长沙：岳麓书社，2013年版，第20页。

这在文本中多有反映。《离骚》中"愿俟时乎吾将刈"云："俟秦可伐之时,乃决用兵。言非主款秦也。"①《少司命》中"咸池"云："东地,亦喻齐也。晞发自新,以结交于齐,结齐以攻秦也。"②王闿运阐释屈原"制秦"还有具体实施的路线。如《悲回风》谈及"欲还都夔、巫,控蜀以制秦也"③。《天问》释"黑水玄趾,三危安在"云："黑水,交趾,楚属地。三危,秦、蜀地。楚自巫夔通巴蜀,出三危以袭秦西边。黑水、交趾声势相接,此制秦一奇。"④

无论是结齐谋秦、等待时机攻秦还是制定缜密的路线制秦,屈原在谋返怀王的事件上展示了自己的政治才能。本意在于返王以成新君之功业,反被诬忘仇,因"款秦误国"的罪名再次遭到流放,这不仅是对屈原政治谋略的否定,更是对其耿耿忠心的玷污。这莫须有的罪名是屈原走向自我毁灭道路的导火索,王闿运在这里正是有意突出屈原的冤屈。楚怀王客死秦国,对屈原来说是致命的打击。王薨国破,"兴楚返王"的愿望彻底破灭。王闿运对屈原此时的心路历程及选择死亡的道路进行了政治化的虚构性还原。称《思美人》作于"将死,重思怀王客死之悲,因及己谋国忠诚之本末";⑤称《惜往日》之作,"既决《怀沙》,深思祸本由楚俗谗谀专成,娼疾始于怀王,极于顷襄。已当任用时,亦未能挽其波靡之俗,虽无秦兵,国亦必亡。故惜往日孤忠之无补也"⑥。屈原在反思自己政治生涯的终结时,终于明白"款秦误国"的罪名不过是让其远离政治权力中心的箭垛,即使没有怀王客秦的事件,自己迟早也会被流俗所谗。亡国是必然,屈原建构的政治理想根本无法实施,复兴楚国的愿望也不过是屈原一己之忠的孤立挣扎。为表白自己的忠心,屈原别无选择。王闿运解《招魂》是宋玉"托以招原,实劝其死,自洁以遗世,不得已之行",⑦看似毫无理由,实则是王氏对屈原遭受不白之冤、不得已死的理解和同情。

《楚辞释》的内容多比附时世,屈原一生政治活动的基点即围绕"兴楚返王"展开,"荐列众贤"的政治举措没能培养一批志同道合的贤士,极力营救怀王反被披上"款秦误国"的罪名。眼看楚国危在旦夕,政治理想的破灭使屈原不得不做出自我毁灭的抉择。王闿运对《楚辞》进行如此政治化阐释,背后有他的主导思想和政治寄托。

---

① 王闿运撰、吴广平校点:《楚辞释》,长沙:岳麓书社,2013年版,第8页。
② 王闿运撰、吴广平校点:《楚辞释》,长沙:岳麓书社,2013年版,第48页。
③ 王闿运撰、吴广平校点:《楚辞释》,长沙:岳麓书社,2013年版,第113页。
④ 王闿运撰、吴广平校点:《楚辞释》,长沙:岳麓书社,2013年版,第61页。
⑤ 王闿运撰、吴广平校点:《楚辞释》,长沙:岳麓书社,2013年版,第101页。
⑥ 王闿运撰、吴广平校点:《楚辞释》,长沙:岳麓书社,2013年版,第104页。
⑦ 王闿运撰、吴广平校点:《楚辞释》,长沙:岳麓书社,2013年版,第147页。

三

　　王闿运选择《楚辞》来进行政治化阐释，首先与其湖湘本土情结不无关系。《楚辞》是楚地最重要的文学作品，身为湖南人的王闿运，自幼喜读《楚辞》，在文学创作上常表现对《楚辞》的热爱和兴寄。他的长篇组诗《独行谣》最后以"侧闻《离骚》义，尚恨莫我知。余风肆且硕，为君诒世规"①作结，借《楚辞》寓现实于褒贬，体现他的政治倾向。学术与政治取向标准的结合熔铸成经世之学，正是近代湖湘文化的精髓。钱基博称湖南人"罔不有独立自由之思想，有坚强不磨之志节，湛深古学而能自辟蹊径，不为古学所囿"②的开创精神，深得楚文化的熏陶，王闿运表现出对楚地、楚人、楚文化的偏爱。他用独立开创的湖湘文化精神诠释自己的经世之学，无论是《楚辞释》选篇注重时代和地域，还是政治化阐释的内容，都凸显了其根深蒂固的湖湘本土情结。

　　其次，经今文学家的身份使得王闿运阐释《楚辞》注重寻求微言大义。受清末今文学派的影响，王闿运喜《公羊》之学，希冀通过《公羊》之学褒贬时政，挽救民族危亡。梁启超在《清代学术概论》中言："今文学之中心在《公羊》，而公羊家言，则真所谓'其中有非常异议可怪之论'（何休《公羊传注自序》）。"③王闿运对《楚辞》进行政治化阐释，看似"有非常异议可怪之论"，实则蕴含其对社会、政治、文化的多重反思。清道光年间，内忧外患纷至沓来，经世致用的风尚又开始流行，在湖南以魏源、龚自珍、贺长龄、曾国藩等为代表，强调躬行实践，期于致用。王闿运承风气而兴起，又因为不喜理学，虽重经术，而好纵横之计。在历史环境作用下，在通经致用的湖湘文化精神的大背景下，王闿运借《楚辞》施展自己的帝王学。

　　再者，《楚辞释》政治化阐释的背后正是纵横思想的主导和演绎。李斯"从荀卿学帝王之术"，④走上游说诸侯的道路，"帝王术"也成了纵横思想的代名词。王闿运借屈原的政治谋略传一己帝王之学，纵横思想渗透于整个文本。"谋返怀王""结齐""制秦"的政治谋划本就是纵横思想的外在表现，《楚辞释》中还有多处注释直接比附"合纵""连横"。如《离骚》中释"及前王之踵武"云："原欲合纵摈秦，以及其踵迹。"⑤释"望舒""飞廉"曰："喻诸侯也。欲合纵摈秦，故曰前驱后属。"⑥《湘君》

---

① 王闿运著、马积高主编：《湘绮楼诗文集》，长沙：岳麓书社，1996年版，第1447页。
② 钱基博：《近百年湖南学风》，长沙：岳麓书社，2009年版，第1页。
③ 梁启超：《清代学术概论》，上海：上海古籍出版社，2005年版，第62页。
④ 司马迁：《史记》，上海：上海古籍出版社，2011年版，第1941页。
⑤ 王闿运撰、吴广平校点：《楚辞释》，长沙：岳麓书社，2013年版，第7页。
⑥ 王闿运撰、吴广平校点：《楚辞释》，长沙：岳麓书社，2013年版，第20页。

中释"采杜若者"云:"欲且连横也。"①《湘夫人》中释"腾驾""偕逝"曰:"六国合谋也。"②《招魂》中"六博"喻"六国也"。③合纵主要是抗秦,连横则是暂时与秦国交好,希冀怀王得返,积聚力量再一举制秦。实际上,合纵并没能改变楚国的形势,在与齐国反复无常的离合中,楚国失去了齐国的外援。楚国内部政治的腐败,更是加剧了亡国的危机。此外,纵横思想的演绎同样表现在对《高唐赋》的选录与阐释上。

王闿运注《高唐赋》以唐代李善《文选》注为基础。李善认为"此赋盖假设其事,风谏淫惑也"。王闿运认为这篇赋首先是为屈原的忠谋奇计代言,此奇计为"据夔巫以谒巴蜀,使秦舟师不下,后夷陵可安官,五渚不被暴兵。东结强齐,争衡中原,分秦兵力,楚乃得以其暇,招故民,收旧地,扼长江,专峡险",所以"首陈齐楚婚姻之交,中述巴蜀出峡之危,末陈还都夔巫之本"。④其次这篇赋的旨意在于"追思远谟","明楚之所以削,秦之所以霸,然后服达士之远见,申沉湘之孤愤矣",⑤也即追思屈原,探究楚国之祸原委,哀楚之自亡,情不能已,表明心志。在正文阐释中,王闿运延续《离骚》等篇中的"结齐""制秦"主题,处处以纵横家的眼光为中兴楚国、抵抗强秦出谋划策。释"游云梦,望高唐"曰:"楚当求齐也。齐楚从亲,怀王惑张仪之间,折符闭关,是其曲在楚。"⑥释"进枕席"曰:"女御之职,言齐楚复通,当结婚姻。"⑦在"制秦"方面,主要是利用险要的地理环境来克制秦国,这也就把原本赋中陈述巫山的壮观景象比附成克制秦国的天然屏障。如认为"据巫之利可自固","据险待敌,可隔拒之,可横逆之,可背穴之,以偃仆其所蹠蹈,则我兵闲暇日有加增,可砥柱支强秦也"。⑧这样的政治军事密谋,在王闿运这里是有现实依托的。

王闿运的纵横思想有着深刻的政治寄寓。他一生与众多达官政要都有结交,但并没能得到这些人的举荐提拔。空怀满腔热情,像屈原心中谋划着"兴楚返王"的志向一样,王闿运也想通过与权力中心产生联结来施展自己的才能。屈原的"荐贤"在王闿运身上成了"自荐",但结果都是一样无望。王闿运曾在祁门向曾国藩献策,又于1861年咸丰帝死后致书曾国藩,认为应亲贤并用以辅幼主,由恭亲王执政,并建议曾国藩自请入觐,申明祖制,庶母后不得临朝。曾国藩为人谨慎,恐蹈权臣干政之嫌,

---

① 王闿运撰、吴广平校点:《楚辞释》,长沙:岳麓书社,2013年版,第41页。
② 王闿运撰、吴广平校点:《楚辞释》,长沙:岳麓书社,2013年版,第43页。
③ 王闿运撰、吴广平校点:《楚辞释》,长沙:岳麓书社,2013年版,第160页。
④ 王闿运撰、吴广平校点:《楚辞释》,长沙:岳麓书社,2013年版,第174—175页。
⑤ 王闿运撰、吴广平校点:《楚辞释》,长沙:岳麓书社,2013年版,第175页。
⑥ 王闿运撰、吴广平校点:《楚辞释》,长沙:岳麓书社,2013年版,第175页。
⑦ 王闿运撰、吴广平校点:《楚辞释》,长沙:岳麓书社,2013年版,第176页。
⑧ 王闿运撰、吴广平校点:《楚辞释》,长沙:岳麓书社,2013年版,第180—181页。

得书不报。后朝局变乱，王闿运常太息痛恨其言之不用。① 在光绪八年的《日记》中，王闿运读《楚辞》，评《九歌》有这样的自白："楚弃夔、巫而弱亡，屈子独欲复夔以通巴蜀，宋玉传其说。此自古智士秘计奇谋，至余乃始发之，虽或未屈、宋所不到，而此策自是弱秦复楚立奇未经人道者也。余今日亦有弱夷强华之策，无由陈于朝廷，用事大臣闻者尚不及子兰能大怒，其情悲于屈原，而遇则亨矣。古之伤心人别有怀抱，渔父、詹尹岂能笑之乎？"② 这段日记与《楚辞释》互补，揭示了王闿运政治化阐释形成的深层原因。即借助屈原的秘计奇谋施展自己的帝王术，以弱秦复楚之计谋弱夷强华之策，希冀得到朝廷的重任，建功立业，使一己之政治目的得以实现。这是历史条件下的出位之思，是纵横思想与经世致用相融合的产物。弱夷强华之策在《湘绮楼诗文集》中有专门陈述，《陈夷务疏》《御夷论》即是代表。王闿运曾向丁宝桢建言经营西藏、抵御外国侵略的策略，这在《楚辞释》中也有映射。《离骚》中释"驾八龙之蜿蜒兮，载云旗之委蛇"曰："秦之弱楚在据巴蜀取夔巫，以压夷陵。今更欲从黔滇通缅藏，包雍凉，窥蜀通巴，以复夔巫。此原平生壮谋，有志而未得试者，故其词夸壮。"③ 王闿运把平生的壮谋借屈原之口说出，对时世多加比附，无非是一个纵横家待时而用的渴望与心声。弱夷强华借弱秦强楚得以恰当呈现，可以说，时世政治直接影响了《楚辞释》对原作的阐释。

王闿运并没能实现这样的政治理想。无由陈于朝廷，是其游历大半个中国后游说不得的写照。他在《〈思归引〉并序》中称："游半天下，未尝困厄，然皆无一岁之留，望望而辄去，虑一牵挂，为智者笑。"④ 光绪十年，王闿运在《日记》中说："重读《九章》，知屈子再谗而知己非，深悟释阶登天之必败，余近岁沉思乃觉焉……既恨屈原不见我，又恨我不见屈原。"⑤ 王闿运深悟屈原释阶登天之必败，也是对自己人生的反思。此时他是一个失意的纵横家，所志不遂的悲凉感与屈原的心情如出一辙。陈子展《楚辞直解》在分析《九章·悲回风》时也说："王闿运释'登石峦以远望'一句云：'登夷陵以上夔巫诸山，望蜀忧秦也。'释'托彭咸之所居'一句云：'欲还都夔巫，控蜀以制秦也。今彭水在涪万间，其大彭旧国乎？'凡所云云，则近凿矣。彼盖自伤其一生纵横计不就，而有托焉者也。"⑥ 王闿运以纵横自许，纵横家的悲剧无不打

---

① 王代功：《清王湘绮先生闿运年谱》，台北：台湾商务印书馆，1978年版，第37页。
② 王闿运著、马积高主编、吴容甫点校：《湘绮楼日记》，长沙：岳麓书社，1997年版，第1078—1079页。
③ 王闿运撰、吴广平点校：《楚辞释》，长沙：岳麓书社，2013年版，第32页。
④ 王闿运著、马积高主编：《湘绮楼诗文集》，长沙：岳麓书社，1996年版，第1339页。
⑤ 王闿运著、马积高主编、吴容甫点校：《湘绮楼日记》，长沙：岳麓书社，1997年版，第1314页。
⑥ 陈子展：《楚辞直解》，南京：江苏古籍出版社，1988年版，第239页。

上时代的烙印。身份的限制，使得他必须借助权贵来施展自己的才识谋略，但时局的变化以及历史潮流的发展并未给予他改造现实的机会。当他阐释《楚辞》时，也就无不把现实种种纳入他的思想体系，借屈原、宋玉等之口，抒一己不得时、不得遇的感慨。王闿运在《与李提督》中说："自来曾、胡、左、丁、肃、潘、阎、李诸公相知者多，其或有许其经济，从无赏其纵横。尝有自挽联云：'《春秋表》仅传，正有佳儿学诗礼；纵横志不就，空留高咏满江山。'盖其自负别有在也。"① 因为"无赏其纵横"，王闿运报国无门，只能借著书传递自己的帝王学，自负奇才，所遇多不合，这是志不平的无可奈何，也是作为知识分子对自己思想和精神最后的坚守。其弟子杨度作《湖南少年歌》称"更有湘潭王先生，少年击剑学纵横。游说诸侯成割据，东南带甲为连横。曾胡相顾咸相谢，先生笑起披衣下。北入燕京肃顺家，自请轮船探欧亚，事变谋空返湘渚，专注春秋说民主……"② 即道出王闿运施展帝王术不得后改为著书立说的过程。

四

《楚辞释》的政治化阐释因为多比附时世，客观打上了求新尚奇的烙印，这种阐释风格对其弟子廖平的楚辞研究产生了深远影响。师徒两人的楚辞研究皆求新求变，在楚辞学史上别树一帜，自成流派。据《楚辞文献集成》所载，廖平的楚辞著作有《楚辞新解》一卷，《离骚释例》一卷，《楚词讲义》一卷，《高唐赋新释》一卷。③

廖平楚辞研究的求新尚奇，首先表现在对《楚辞》各篇作者的重新界定上。他在《楚辞新解》中认为《离骚》是屈原所传，并非屈原所撰，《渔父》《卜居》才是屈子自作。在《楚辞讲义》中又言："《秦本纪》始皇三十六年使博士为《仙真人诗》，即楚辞也。"他以"词意重复，工拙不一"为由说《楚辞》"非屈子一人所作，当日始皇有博士七十人，命题之后，各有呈撰"。④《楚辞讲义》释《卜居》《渔父》时，认为秦博士借屈子之名作，非屈子作。释《大招》《招魂》则言"或以为屈子作，或以为宋玉作，皆误。此为道家神游说，与屈子全无关系"，⑤ "《招魂》一博士作，《大招》又一博士作"。⑥ 释《九章》曰："《九章》文最冗长，以其非一人之作。汇集九篇而加以

---

① 王闿运著、马积高主编：《湘绮楼诗文集》，长沙：岳麓书社，1996年版，第863页。
② 梁启超：《饮冰室诗话》，北京：人民文学出版社，1959年版，第68页。
③ 吴平、回达强主编：《楚辞文献集成》第十八册，扬州：广陵书社，2008年版。
④ 吴平、回达强主编：《楚辞文献集成》第十八册，扬州：广陵书社，2008年版，第12529页。
⑤ 吴平、回达强主编：《楚辞文献集成》第十八册，扬州：广陵书社，2008年版，第12534页。
⑥ 吴平、回达强主编：《楚辞文献集成》第十八册，扬州：广陵书社，2008年版，第12536页。

九章之名，旧以为屈原、宋玉所作者误也。"① 廖平这些观点是对既定《楚辞》作者的全面颠覆，阐释过程并无依据，全凭主观判断刻意求新，几乎达到令人瞠目结舌的地步。其次，在文本阐释中，廖平以《诗》《易》和道家言解《楚辞》。《离骚释例》中言："旧以《离骚》为忧愁疾愤之书，为世间至不满意恨事，读者皆愁苦悲愤。今以《诗》《易》、道家说之，则为人生第一至乐世界。"释"周游"即"《周南》，周，遍也"。释"召魂"即"《召南》，召，招也"。释"魂兮归来"即"之子于归"。② 廖平又说："《楚辞》即道家之神游形化，庄子所谓游于六合以外。故《楚辞》全与道家同旨，典故全用《山海经》。"③ 凡此种种，多比附想象之词，与《楚辞》本旨相去甚远。师徒两人阐释《楚辞》喜求微言大义，王闿运是有自己的政治寄托，廖平比其师更尚奇而多妄议。廖平一生经学六变，越变越离奇，改从今文经学，受王闿运影响极大。由经学影响到文学，师徒两人在楚辞学史上掀起一股尚奇疑古之风，带来诸多弊病，也推动楚辞研究朝求新求变的方向发展。

在楚辞学史上，廖平否定屈原对《楚辞》的著作权，曾引起轩然大波。对廖平楚辞研究的观点，学界多持批判的声音，但对其师王闿运的评价却大有不同。姜亮夫先生曾说："清人《楚辞》之作，以戴东原之平允，王闿运之奇邃，独步当时，突过前人，为不可多得云。"④ 清代是楚辞学的大盛时期，这一时期，楚辞学专著之多，是以往任何一个时代所无法比拟的，且成就在王闿运之上的大有人在，姜亮夫先生何以只选取戴震和王闿运作为代表对其高度赞扬，这是值得深思的问题。

清代楚辞研究呈现阶段化的特征，以清初、乾嘉、道咸三个阶段为代表，表现出不同的学术倾向和风尚。清初遗民学者的楚辞学著作以王夫之《楚辞通释》和钱澄之《屈诂》为代表，他们将家国时局与个人身世寄寓熔铸在《楚辞》注释中，带有强烈的社会责任感。故国之思与激愤之情的融合，使得清初《楚辞》研究带有鲜明的时代特色。乾隆、嘉庆时期，是清代朴学登峰造极的时期，也是楚辞学极为辉煌的时期，以蒋骥的《山带阁注楚辞》和戴震的《屈原赋注》为代表，楚辞研究呈现严谨朴实的风格。以戴震为代表的乾嘉诸老由训诂以寻义理，反对空言与臆断，在楚辞研究方面成果丰硕。到道光、咸丰时期，楚辞研究进入了求新求变的时代，王闿运《楚辞释》开

---

① 吴平、回达强主编：《楚辞文献集成》第十八册，扬州：广陵书社，2008年版，第12548页。
② 吴平、回达强主编：《楚辞文献集成》第十八册，扬州：广陵书社，2008年版，第12528—12530页。
③ 吴平、回达强主编：《楚辞文献集成》第十八册，扬州：广陵书社，2008年版，第12531—12532页。
④ 姜亮夫：《楚辞书目五种》，见《姜亮夫全集》第五册，昆明：云南人民出版社，2002年版，第265页。

其先，廖平承其续。在这一新旧思想更替的转捩点上，求新求变与传统朴学本就大异其趣，姜亮夫选取戴震、王闿运这两个时代的代表人物进行评价，称赞王闿运楚辞研究"独步当时，突过前人"的创新性，同时也批评其"不无附会因缘之失"，"篇篇求与时世相应，句句关切怀、襄两世，遂至附会过多，不足以服人"的缺点。即便如此，姜亮夫先生仍称其"虽多不中，而可谓好古敏求者矣"，① 肯定了王闿运的楚辞研究在清代楚辞学史上的地位和影响。

---

① 姜亮夫：《楚辞书目五种》，见《姜亮夫全集》第五册，昆明：云南人民出版社，2002年版，第265页。

《屈原赋注·音义》作者初探

光明日报社 刘 剑

【摘 要】 《屈原赋注》是戴震的代表性著作之一。其书分《屈原赋注》七卷、《通释》二卷、《音义》三卷,而《音义》作者历来存在争议,有汪梧凤作、戴震作、假托汪梧凤名、汪、戴合著、成书于汪氏之手三种说法。本文拟根据《音义》后附《通释》与《通释》二卷对比,试图证明《音义·通释》为汪梧凤所作,而绝非段玉裁所谓"假名汪君";再通过戴震、汪梧凤二人背景解读、《屈原赋注》的成书过程和内容对比,说明《音义》三卷确实成书于汪梧凤之手。

【关键词】 戴震 汪梧凤 屈原赋注 音义通释

戴震的《屈原赋注》在楚辞学术史中颇有影响。李详《致马通伯先生书》称赞马其昶《屈赋微》:"国(清)朝注屈者,蒲城屈悔翁,休宁戴东原,并此而三。"[①] 洪湛侯《楚辞要籍解题》在评论蒋骥《山带阁注楚辞》时说"蒋氏此书,论其造诣,在清代《楚辞》研究著作中,可与王夫之《楚辞通释》、戴震《屈原赋注》鼎足而三",并归纳三书的特点为"王氏多发明屈赋微旨,戴氏以简明见长,而蒋氏特为翔实"。[②] 因此,《屈原赋注》可说是清代楚辞研究的代表作品之一。

一、《音义》的作者争议

《屈原赋注》全书分《屈原赋注》七卷、《通释》二卷、《音义》三卷,而《音义》三卷一般署名"汪梧凤",如《续修四库全书》。

汪梧凤(1726—1771),字在湘,号松溪,自号不疏园主人。先后师从江永、刘大櫆,著有《诗学汝为》《松溪文集》。曾与戴震、洪榜、王肇龙、金榜、程瑶田、方矩、郑牧等同集不疏园,师从江永,专研经学,尤攻《诗经》,合称"江门七子"。《屈原

---

① 洪湛侯:《楚辞要籍解题》,武汉:湖北人民出版社,1984年版,第258页。
② 洪湛侯:《楚辞要籍解题》,武汉:湖北人民出版社,1984年版,第161页。

赋注》就是由他出资刊刻，也因此造成学术上的一场误会。

汪梧凤注《音义》说，主要是据汪氏《音义》后的自叙：

> 右据戴君注本为《音义》三卷。自乾隆壬申秋，得《屈原赋戴氏注》九卷读之，常置案头，少有所疑，检古文旧籍详加研核，兼考各本异同，其有阙然不注者，大致文辞旁涉，无关考证。然幼学之士，期在成诵，未喻理要，虽鄙浅肤末，无妨俾按文通晓，乃后语以阙疑之指，用是稍为埤益。又昔人叶韵之谬，陈季立作《屈宋古音义》为之是正，惜陈氏于切韵之学殊疏，未可承用。兹一一考订，积时录之，记在上端，越今九载矣。爰就上端钞出，删其繁碎，次成《音义》，体例略拟陆德明《经典释文》也。庚辰仲春歙汪梧凤。①

汪梧凤为《音义》作者，在戴震生前并无争论。直到段玉裁在《戴东原先生年谱》中推翻了这一说法：

> 是年注《屈原赋》成，歙汪君梧凤庚辰仲春跋云："自壬申秋得《屈原赋戴氏注》九卷读之"可证也。先生尝语玉裁云："其年家中乏食，与面铺相约，日取面为饔飧，闭户成《屈原赋注》。"盖先生之处困而亨如此。此书《音义》三卷，亦先生所自为，假名汪君。②

段玉裁是赫赫有名的学者，又是戴震的弟子，所著《说文解字注》名满天下，此言一出，立刻引起了许多人的赞同，纷纷表示《音义》为戴震亲笔无疑。卢弼原本认为《音义》为汪氏所作，因此批评广雅书局重雕本"误以《音义》为戴氏所撰，又将《序》文《通释》之《音义》及汪跋删去，致汪氏苦心注疏全淹没"，③而阅读了段编戴氏《年谱》以后，便倾向于《音义》为戴震代笔，他说：

> 余前跋方为汪氏申辩，然东原极贫，汪为歙巨族，嫁名于彼刻书以传，或亦意中事。抱经《序》亦言有为之梓行者，当系指汪氏而言。严铁桥之稿多托名他人，事矣相类。

---

① 戴震著、褚斌杰、吴贤哲校点：《屈原赋注》，北京：中华书局，1999年版，第127—128页。
② 戴震著、杨应芹编：《东原文集（增编）》，合肥：黄山书社，2008年版，第517页。
③ 戴震著、褚斌杰、吴贤哲校点：《屈原赋注》，北京：中华书局，1999年版，第129页。

本来段玉裁所述只是说《音义》是戴震亲笔，托名汪君，并不关涉人品，而卢跋出来以后，不少人就怀疑是汪氏是出资得以冠名。不过，卢氏也说"但广雅翻本全抹杀，未免无识耳"，这说明他也并不肯定托名之事。

今人褚斌杰、吴贤哲在他们校点的《屈原赋注》前言中说：大概戴震也曾有过将《初稿》中的《音义》析出的计划，或戴震也曾做过一些《音义》的撰写工作，后来汪梧凤便根据戴震的意图，经他之手，最后完成了《音义》三卷，并由汪梧凤出资，于乾隆二十五年（1760）冬，首次将戴震的《屈原赋注》七卷、《通释》二卷及最后由他完成的《音义》三卷合并刊行于世。① 褚先生折中汪跋与段说，认为《音义》为汪氏、戴氏合作的作品，但肯定《音义》最后成书于汪氏之手，可说最接近于事实。

历来《音义》作者争议，大致是此三家观点。学者们各自分采一说，据理力争。如游国恩《屈原》以胡绍煐《文选笺证》引《屈原赋注》称"汪梧凤《离骚音义》"为证断定《音义》为汪氏所作。② 汤炳正《楚辞类稿》则提出《音义》"既为屈赋作音释义，亦为戴氏的《序》《注》《通释》作音释义"，戴氏绝不会"为自己的注文作《音义》"。③ 崔富章《楚辞书目五种续编》也不同意段玉裁"先生所自为"的说法，认为"考汪跋明言据戴君注本为《音义》三卷"。④ 马茂元《楚辞要籍解题》在介绍《屈原赋注》时，既引汪跋，又引段说，依违二者之间⑤。许承尧得到湖田草堂写本，题为"屈原赋注初稿三卷"，并说"此本《音义》《通释》尚未析出，知段说不谬。汪跋殆亦先生所自作，检《松溪文集》无之也"。⑥ 蒋立甫⑦、徐道彬⑧从其说。蔡锦芳⑨对汪梧凤和戴震的学行进行考察，并将《音义》与戴震的其他小学研究著作进行对比分析，考证《音义》中的确含有戴震的学术成果，因此肯定《屈原赋注》确实为戴氏所作。

二、《音义·通释》作者释疑

《音义》的作者争议由来已久，也并非一时能够解决。上述诸家中，不乏智识过

---

① 戴震著、褚斌杰、吴贤哲校点：《屈原赋注》，北京：中华书局，1999年版，前言第4页。
② 游国恩：《屈原》，北京：中华书局，1963年版，第128页。
③ 汤炳正：《楚辞类稿》，成都：巴蜀书社，1988年版，第116—117页。
④ 崔富章：《楚辞书目五种续编》，上海：上海古籍出版社，1993年版。
⑤ 洪湛侯：《楚辞要籍解题》，武汉：湖北人民出版社，1984年版，第180页。
⑥ 戴震著，褚斌杰、吴贤哲校点：《屈原赋注》，北京：中华书局，1999年版，第194页。
⑦ 蒋立甫：《关于〈屈原赋注〉的三个问题》，《古籍整理研究学刊》，1994年第1期，第1—3页。
⑧ 徐道彬：《戴震〈屈原赋注·音义〉析疑》，《文献季刊》，2001年第3期，第206—284页。
⑨ 蔡锦芳：《戴震生平与作品考论·戴震〈屈原赋注〉后所附〈音义〉作者考》，桂林：广西师范大学出版社，2006年版，第171—210页。

人、学养丰富的大家，如游国恩、汤炳正等，其论证精致细密，有理有据，而仍未能使后学完全信服。究其原因，不外乎《音义》中掺杂了《屈原赋注初稿》的内容。因此自许承尧至蒋立甫、徐道彬等，无不以为《音义》出自戴氏之手。

然而《音义》后还附录有一份《通释》。按，戴氏既然自作《通释》，断无于《音义》后再作《通释》的道理；即便戴氏真的要再作《通释》，亦应改换头面，不该照搬旧名重复其辞，使读者容易混淆。《音义·通释》仿照《通释》二卷体例，明显地分为"山川地名"（《通释上》）和"草木鸟兽虫鱼"（《通释下》）两部分。考察《音义·通释》，共有词条36条，其中《通释上》含词条7条，与《通释》二卷一致的词条有2条；《通释下》含词条29条，与《通释》二卷一致的词条有13条。

蒋立甫认为《音义·通释》是对《通释》二卷中出现的山川名物的再申释。如"穷石"，《通释》二卷说"《说文》谓之䃜石"，《音义·通释上》则申述说"䃜山，《隋志》作'祀山'"；犀，《通释》二卷释作"似沈牛"，《音义·通释下》则申述为"沈牛，今之水牛"。有趣的是，蒋氏以为《音义》出自戴震亲笔，而他的观点恰好佐证了汤炳正《音义》"既为屈赋作音释义，亦为戴氏的《序》《注》《通释》作音释义"观点的正确性。可以推测，蒋氏大概认同了戴震为自己的注释、《通释》再作《音义》的说法。但这种可能性确实不大，诚如汤炳正先生所说不仅"于古无征，于今亦罕见其例""以戴氏精赅博雅之士，决不至如此轻率。况且，《音义》之释戴注，其繁琐之处，多肤浅无深意；若谓出于戴氏之手，则跟戴氏《自序》所谓反对'皮傅'之言完全背道而驰"。

除了蒋立甫所引条目外，《音义·通释》中还有一些对前书注释比较精彩的地方。比如冀州，《通释》二卷谓"古帝都，因以为王畿之通称。《春秋传》曰'郑同姓之国也，在乎冀州'是也。又以为中土之通称，《九歌》'览冀州兮有余'是也"，《音义·通释》引《淮南·坠形训》申述云"正中冀州曰中土"。兰，《通释》二卷讲"《诗》谓之兰，或谓之大泽香，今之都梁香。《夏小正》：'正月蓄兰，为沐浴也'"，《音义·通释》释"都梁香"说"俗呼孩儿菊，又名千金草。《水经注·资水篇》云：'都梁县西有小山，山上有淳水，既清且浅，其中悉生兰草，绿叶紫茎，芳风藻川，兰馨远馥。俗谓兰为'都梁山'，因以号县受名焉'"。

但也有与《通释》二卷解释重复的地方。如江离，《通释》二卷曰"大叶芎䓖也。芎䓖似蒿本，《春秋传》谓之山鞠穷。其苗谓之江离。小叶者谓之蘼芜，似蛇床"，《音义·通释》则申述"蘼芜"，其言曰："《淮南·泛论训》曰：'夫乱人者，芎䓖之于蒿本也，蛇床之于蘼芜也。此皆相似者。'《说林训》：'白蛇床似蘼芜，而不能香。'"

卢文弨序评《屈原赋注》说"微言奥旨，见具疏抉，其本显者不复赘焉。指博而辞约，义创而理确",① 全书三次提到蘼芜似蛇床的论述,如果说《说林训》重复还是为了说明它们的差别,则《泛论训》重复颇不可取,不仅十分累赘,而且与全书注释简约理确的风格不符。

也有与《通释》二卷引书重复的地方。杜衡,《通释》二卷谓"似细辛,俗所呼马蹄香者也。盖以其状名之。《尔雅》谓之土卤。《广雅》谓之楚衡",《音义·通释》说"《尔雅》单言杜,相如《赋》单言衡。《博物志》曰:'杜衡乱细辛'"。二者同样引用《尔雅》,前者谓"土卤",后者说"单言杜",虽然角度不同,但前后矛盾,似不应该为一人所注。

还有注释烦琐、与《通释》二卷有重合的地方。辛夷,《通释》二卷称"今之木笔。或谓之辛薙,或谓之房木";留夷,《通释》二卷说"《诗》谓之勺药。《广雅》谓之挛夷。留、挛语之转。世俗音讹,殊字异称,大致然也",《音义·通释》谓"又名余容。郭景纯注《山海经》,以勺药为辛夷。辛夷俗呼木笔,郭因留夷误之耳。张揖注《上林赋》,以辛夷为留夷。颜师古已辨其非。近世阎百诗又疑江离为勺药。《古今注》:'勺药,一名可离。'因之傅会可离之名,起于鄙近,非古也"。辛夷、留夷明为两不同之物,从《通释》二卷即可知,而《音义·通释》以冗长的四句话反复申述,与《戴震自序》所谓"考识精核"②之语并不相符;又《通释》二卷已称辛夷为"木笔",而留夷的《音义·通释》注解中竟出现"辛夷俗呼木笔"之说,不仅与《通释》二卷重合,且十分多余。

综上,《音义·通释》与《通释》二卷或解释重复,或引书重复,或注释烦琐、有所重合,断不能为戴震所为;而戴震亦不至于为《通释》二卷再作注释,并重复《通释》其名,使人混淆。故《音义·通释》作者为汪梧凤无疑矣。

三、《音义》的内容、成书过程及其与作者的关联

《音义·通释》作者既然为汪梧凤,其附于《音义》之后,则《音义》作者亦当为汪梧凤。但鉴于诸家多有认同《音义》作于戴震之论,姑且从《音义》内容入手试作探析。

褚先生《屈原赋注·前言》谓《音义》"所证文义,一为《屈原赋注》七卷中未出注者;一为对原注的补充;一为对旧注的驳正或对戴震注的说明。"③ 如《音义》为戴震所自为,则万不至于与《屈原赋注》七卷的注释相悖。今比较《音义》与《屈原

---

① 戴震著、褚斌杰、吴贤哲校点:《屈原赋注》,北京:中华书局,1999年版,第3页。
② 戴震著、褚斌杰、吴贤哲校点:《屈原赋注》,北京:中华书局,1999年版,第4页。
③ 戴震著、褚斌杰、吴贤哲校点:《屈原赋注》,北京:中华书局,1999年版,前言第4—5页。

赋注》七卷注释所不同者，兹列数条于下：

（一）《离骚》卷

1. 虽不周于今之人兮，愿依彭咸之遗则。

《屈原赋注》七卷说："彭咸，未闻，盖前修之足为师法者，书阙不可考矣。"《音义》曰："王（逸）云：'殷贤大夫，谏其君不听，自投水而死。'颜师古云：'殷之介士，不得其志，投江而死。'一说即《论语》所称老彭，'依彭咸'亦窃此之意耳。"（按，《屈原赋注》七卷本着严谨的治学态度，认为彭咸事迹不可靠，故阙如；而《音义》引王逸与颜师古论，又赞同即为老彭的观点，与《屈原赋注》七卷注释自相矛盾。）

2. 固时俗之工巧兮，偭规矩而改错。

《屈原赋注》七卷云："偭，说文云：'乡也'。"《音义》说："偭，音面。王（逸）云：'背也。'"

3. 抑志而弭节兮，神高驰之邈邈。

《屈原赋注》七卷注："《尔雅》：'邈邈，闷也。'盖神驰而无所终极，逾增烦悒。颜师古曰：'此言遭遇幽厄，中心愁闷，假延日月，苟为娱乐耳'。"《音义》云："莫角切。王云：'远也。'"

（二）《九歌》卷

《湘夫人》：帝子降兮北渚，目眇眇兮愁予。

《屈原赋注》七卷曰："眇眇，远视貌。"《音义》说："王（逸）云：'好貌。'"

（三）《天问》卷

1. 斡维焉系？天极焉加？

《屈原赋注》七卷作："持于侧者曰维。"《音义》云："维，《淮安·天文训》：'东北为报德之维也，西南为背阳之维，东南为常羊之维，西北为蹄通之维'注云：'报，复也。自阴复阳，故曰报德之维。常羊，不进不退之貌。'按常羊，犹徜徉。"

2. 地方九则，何以坟之？

《屈原赋注》七卷说："《方言》：'坟，地大也。'"《音义》曰："王（逸）云：'分也。'"

（四）《九章》卷

《悲回风》：鸟兽鸣以号群兮，草苴比而不芳。

《屈原赋注》七卷云："草枯为苴。"《音义》作："七如切。《毛诗》云：'水中浮草也。'郑笺云：'树上之栖苴。'"（按，《音义》"苴"无枯之意。）

（五）《卜居》卷

将突梯滑稽，如脂如韦，以絜楹乎？

《屈原赋注》七卷曰："絜者，旋绕之称。凡度直曰度，围度曰絜，庄周书所谓

'挈之百围'，贾谊所谓'度长挈大'是也。"《音义》云："户结切。陆德明云：'约束也。'一作潔，非。"

以上诸例散见于《屈原赋注》七卷的五卷之中，只有篇幅较短的《远游》与《渔父》中没有出现。如果戴震作《音义》，则《音义》内容应与《屈原赋注》七卷注释一致，至少不相违背。而以上诸例恰好证明《音义》不可能出自戴氏之手，也不可能为戴氏与汪梧凤所合著。按，如《音义》为戴氏与汪梧凤所作，即便二人观点可有不同、并表现为注释上的互相矛盾，这种相悖性也应该是见于某卷或某几卷，也不至于诸卷卷卷如此。

汪梧凤死后，汪中曾为他撰《大清故贡生汪君墓志铭并序》，叙述了汪氏与戴氏交游的事迹，其文曰：

> 国初以来，学士陋有明之习，潜心大业、通于六艺者数家，故于儒学为盛。迨乾隆初纪，老师略尽，而处士江慎修崛起于婺源，休宁戴东原继之，经籍之道复明。始此两人自奋于末流，常为乡俗所怪，又孤介少所合，而地僻陋无从得书。是时歙西溪汪君独礼而致诸其家，饮食供具惟所欲，又斥千金置书，益招好学之士日夜诵习讲贯其中，久者十数年，近者七八年、四五年，业成散去。其后江君没，大兴朱学士来视学，遂尽取其书上于朝，又使配食于朱子。戴君游京师，当世推为儒宗，后数岁，天子修《四库全书》征领局事，是时天下之士益彬彬然向于学矣。益自二人始也，抑左右而成之者，君信有力焉。而君不幸死矣。然君亦以是自力于学，所著文二百余篇，咸清畅有法。著《楚词音义》三卷，又治"毛诗义编"未成。以乾隆三十八年十二月卒，年四十七，明年某月葬于县之某原。君讳梧凤，字在湘，曾祖某、祖某、父某，其先与中同出唐越国公后。子四：辉、灼、灯、照。灼好学，世其家。铭曰："有哕其鸣，天下文明，其道大光。西溪，实为丹穴，我铭载之，表君幽域。"①

汪中在《墓志铭》里称引的"《楚辞音义》三卷"，应该与胡绍煐《文选笺证》称引"汪梧凤《离骚音义》"一致，说的就是《屈原赋注》的《音义》三卷。因此，虽然《松溪文集》没有涵括《音义》三卷，但《音义》作者确为汪梧凤君。那么，为什么《音义》中又会有许多《屈原赋注初稿》本的内容呢？

---

① 汪中撰、田汉云点校：《新编汪中集·文集（第八辑）》，扬州：广陵书社，2005年版，第483页。

戴震的著作大都是经历了由初稿到定稿不断完善的过程。杨应芹说,《戴震全书》"首刊著作以初稿居多",① 与定本相比,初稿篇幅较大。许子滨《戴震〈屈原赋注〉成书考——兼论〈安徽丛书〉本〈屈原赋注初稿三卷〉为伪书说》② 考证《屈原赋注》成书经历了《初稿》《壬申稿本》到《刻本》的过程。

《初稿》即许承尧得自湖田草堂的三卷本。《壬申稿本》就是汪梧凤在乾隆壬申秋天以前得到的《屈原赋戴氏注》九卷本。按九卷者,指《屈原赋注》七卷及《通释》二卷。《壬申稿本》已经经过了戴氏的修改,从原书中析出了《通释》并修订增补。汪氏自谓"右据戴君注本为《音义》三卷",戴君注本指的就是《壬申稿本》。《刻本》即乾隆二十五年(1760)的庚辰刻本,是现在的通行本。《壬申稿本》经由汪梧凤析出原注,并对《屈原赋注》七卷本和《通释》注文加以解释成《音义》三卷。许承尧说"此本《音义》《通释》尚未析出,知段说不谬",但他不知道汪氏所据《壬申稿本》《通释》早已析出,也没有对汪氏自叙根据戴震的注疏与自己的笔记写成《音义》有足够的重视。因此,《音义》中出现戴氏的注文也就不足为奇了。

结　语

《屈原赋注·音义》的作者问题缠绕了已经将近一个世纪。厘清《音义》作者的问题,有益于解决《屈原赋注》七卷、《通释》与《音义》自相矛盾的注释,还原戴震本义,有益于认识戴震《屈原赋注》在楚辞学史中的地位。汪梧凤著《音义》虽有烦琐、重复等等毛病,并混杂了大量的戴氏原注,但是他的注述,有些纠正了戴震的说法,有些提供了新的视角,对"幼学之士"大有裨益。因此,《音义》虽非戴震所作,但《音义》兼有戴、汪心血,亦具有很高的学术价值。

---

① 杨应芹:《戴震全书·序四》,见(清)戴震撰:《戴震全书(第一册)》,合肥:黄山书社,2010年版,第16页。

② 许子滨:《戴震〈屈原赋注〉成书考——兼论〈安徽丛书〉本〈屈原赋注初稿三卷〉为伪书说》,《古籍文献研究(第十六辑)》,2013年7月,第309—334页。

独出机杼　不拘格套

——《屈子章句》评介

南通大学　胡　彦

【摘　要】　《屈子章句》是清人刘孟鹏楚辞研究专著。其注释楚辞自成体例，脉络清晰，运用知人论世之法，阐发义理，考订字义，发掘史实，卓然融通。虽因次第混乱等瑕疵饱受诟病，然不掩注本精读之价值。

【关键词】　刘孟鹏　屈子章句　价值

楚辞自问世以来，注家注本代有其人。有清一代，注疏之风尤盛。清人刘孟鹏楚辞研究专著《屈子章句》（以下简称《章句》）应时而生，虽历来多受诟病，但其注释楚辞独出机杼，不拘格套，有考据，有创见，实可精读。

刘孟鹏，字云翼，号海亭，湖北蕲水县人，赠文林郎文选之第三子，乾隆十六年（1751）辛未科进士。官直隶饶阳县知县。《章句》自序作于乾隆二十五年庚辰（1760）八月，时孟鹏正在直隶深州饶阳官署。饶故多奸猾，孟鹏缉之力，案无留牍。缓徭役，免浮税，兴学赈饥，循声卓著。后以丁艰归，留心著述，寻卒。强年遽逝，未竟其才。所著尚有《春秋解义》十二卷，与《屈子章句》同录于《四库全书总目存目》。

《章句》版本，有清乾隆二十五年（1760）藜青堂刊本；清乾隆二十五年（1760）务本源藏版，题为"楚辞灯章句"，误，（《四库全书总目存目》之收录名"楚辞章句"，亦误）；清乾隆三十年（1765）刻本；清乾隆五十四年（1789）刊本；清嘉庆五年（1800）藜青堂刊本。当代另有《楚辞汇编》影印本，《四库全书存目丛书》影印本，《楚辞文献集成》影印本。虽几番重刊，然与原刊无大异。流传亦不广。

自成体例，脉络清晰，是《章句》的第一个特点。《章句》卷首有刘孟鹏《屈子序》，次谢锡位《序》，次目录（凡七卷。第一卷《离骚》，第二卷《九歌》，第三卷《卜居》，第四卷《天问》，第五卷《招魂》，第六卷《哀郢九章》，第七卷《怀沙》。）次《屈子纪略》。次注文。先总述撰写背景，再列出目次，继而考述屈子生平，最后作注，条理明了。目录虽异于传统次第而颇受抑词，然亦是刘氏释骚之思，自成体系。

其自序云："是书各本异同颇多，而序次亦复凌乱无纪，窃不自揣，考其沿误，订其编次，务求其安。"其调整后的篇次亦有启迪后人之功。如第二卷《九歌》，孟鹏以《东君》与《东皇太一》大旨略同，移为第二，即为姜亮夫所采。

知人论世，义理阐发，是《章句》的第二个特点。《章句》每篇先总论，后分段注释；各段原文后加释音校文。合若干段为一节，章有章旨，节有节义，前后呼应，词气贯通。《章句》卷首《屈子序》曰："孟子曰：'以意逆志'。又曰：'不知其人可乎？是以论其世也。'不逆其志，其人不可得而知也。不论其世，其志不可得而逆也。"故《章句》注骚，运用"知人论世"之法，重在屈子生平、思想、情感、创作等方面的阐发，同时，融入孟鹏个人的情感体悟。《章句》自序云："'孤子吟而拉泪'，'放子出而不还'，屈子盖万不得已于中，聊寄托以起兴，每反复而抒情……予于是书，反复抽绎，晦明风雨，性情相深，歌泣与俱，匪一朝一夕之故。"如《屈子纪略》，考证屈原生平及各期楚辞创作情况，以屈姓从屈瑕受姓开始，垂二三百年至伯庸，生于楚宣王四年（前366），年方二十，得侍宣王。四十余岁，为怀王左徒，遭谗废。年五十，张仪来相。六十余岁作《离骚》怀王。六十四岁怀王客死武关。七十六岁，顷襄王十二年（前287年），被放。作《九歌》。八十岁，作《卜居》《天问》。八十五岁，顷襄王二十一年癸未（前278年）二月，秦拔郢，作《哀郢》《九章》。四月，赋《怀沙》。五月五日自沉汨罗，死时年八十有五。其断屈原卒年被郭沫若等所采，然其定屈原生年则过早。再如卷五《招魂》篇注释"魂兮归来，东方不可以托些"一节，曰"屈子之书所称或有不经，人每讥其谲幻荒诞，盖未深观屈子者也"。故注释曰《招魂》之荒诞语"其有无固不及辨，亦不必辨也"。可知《章句》释义并非拘泥于字词本身，而是结合屈子遭遇通体来论。这在考据学甚盛的乾嘉时代独树一帜。而且，在阐释过程中，注重屈原作品的整体性，篇章释义前后呼应，如释《思美人》"情与志信可保兮，羌居蔽而闻章"，联系《离骚》"芬至今犹未沫"，更能凸显屈原情志。

考订字义，翔实融通，是《章句》的第三个特点。如释《离骚》"不抚壮而弃秽兮"，曰："'壮'则犹未零落者，及下'余饰方壮'之'壮'。"闻一多《离骚解诂》辨"壮"子之义便本乎此。再如释《湘君前后篇》"扬灵兮未极，女婵媛兮为余太息。横流涕兮潺湲，隐思君兮陫侧。"之"为余太息"，曰："君不自悲而悲我思君陫侧，己不自悲而悲湘君，沦落之感，彼此同之者也。"情感回环往复，释义通达畅快。又如释《怀沙》"文质疏内兮，众不知吾之异采"，《章句》曰："文，道德之华。质，忠信之实。疏，豁达。内，木讷。有此四者，由中发外，彬彬可观，故曰'异采'。"将"文质疏内"四字并列释义，不同于旧注以"文质""疏内"注释分开释义，如宋洪兴祖《楚辞补注》"言己能文能质，内以疏达"，体现出《章句》独特的释义视角。

发掘史实，超然卓荦，是《章句》的第四个特点。尤其是《章句》考证《天问》

史实，卓然物外，具有开山之功。如释《天问》"简狄在台，礜何宜？玄鸟致贻，女何喜？"《章句》曰："自此至'后嗣逢长'以商先世问也。'该秉'以下二十四句旧注所指多误"，此说甚确。又，释"该秉季德，厥父是臧。胡终弊于有扈，牧夫牛羊"，刘孟鹏依据《左传》《竹书纪年》《山海经》考之，"'该'乃'亥'字之误，'有扈'当作'有易'，有易、有扈，并夏时诸侯……弊，败也。牧牛羊者，有易拘留子亥，困辱之，使为牧竖也"。百年之后，王国维《殷卜辞中所见先王先公考》引《山海经》《竹书纪年》证成其说，后人始得确解。然刘孟鹏仅据地上文献，即可出确解，《章句》之开山之功，更显可贵。

《章句》不足方面，主要在于篇章次第混乱。如将第二卷《九歌》之《湘君》《湘夫人》合为《湘君前后篇》，将《大司命》《少司命》合为《司命前后篇》，而删除《湘夫人》《少司命》篇名。将《东君》移为第二。故第二卷《九歌》篇目，依次为：《东皇太一》《东君》《云中君》《湘君前后篇》《司命前后篇》《河伯》《山鬼》《国殇》《礼魂》。又，《九章》出《怀沙》，入《远游》，并删去各篇篇目，总题为《哀郢九章》，以"第一章"至"第九章"标目，故第六卷《哀郢九章》篇目依次为：《哀郢》《抽思》《橘颂》《思美人》《悲回风》《涉江》《惜往日》《惜诵》《远游》。第七卷，合《渔父》《怀沙》为一篇，删渔父歌而依据《史记》增"乃作《怀沙》之赋，其辞曰"九字。又，以《大招》不类于屈赋诸篇而删去不录。变乱次第，窜乱尤多。

其次，《章句》在释义过程中，虽引用古书，列诸本参互考订，但不注出处，与刘孟鹏所处的乾隆时代诸子重考据的严谨之风相左。如释《天问》"伯林雉经，维其何故？感天抑坠，夫谁畏惧？"列出：纣乃缢死，或曰二女缢，纣自燔，非也。或曰武王禽纣而杀之，亦非也。均未出出处。

再次，《章句》释义有时为求旨归，而有大胆臆测或儒家说教，失之偏颇。如释《天问》"该秉季德"一段，以"亥"为"上甲微"的儿子，属空凿之说。又释《湘君前后篇》之"麋何食兮庭中？蛟何为兮水裔？朝驰余马兮江皋，夕济兮西澨。"曰："麋在中庭比小人在朝"，"蛟在水裔比君子失所"，"朝驰夕济即行吟泽畔之意"。这里其实是用反常现象来抒发情感，虽可与政治失意相联系来解读，但非显在因素。释《天问》"焉得彼涂山女而通之于台桑"，曰"盖天作之合将开有夏，非苟而已也。"乃附会之说。

综上所述，《章句》虽有瑕疵，但仍是一本有价值的楚辞研究专著，可重刊出版，精读研究。

陈本礼《屈辞精义》对屈原其人的解读

陕西师范大学 周思含

【摘 要】 陈本礼作为清代楚辞研究"章句派"的代表人物,其著作《屈辞精义》对于屈辞中涉及的屈原生平,从出身高贵、富有内美,品行高洁、忠君爱国和效法彭咸、自沉汨罗三方面进行了解读,对于屈原的现实境遇,从楚王不悟、党人谄谀、人才变节和亲人不解四方面作了解读,从而突现出屈原的伟大人格。这对我们通过作品了解屈原其人是很有意义的,在楚辞学史上也不无价值。

【关键词】 陈本礼 《屈辞精义》 屈原生平 现实境遇

战国后期,以伟大诗人屈原为代表的楚国作家创作了一批体制独特、风格奇异、成就辉煌的楚辞作品,后经汉人刘向整理编成了《楚辞》一书。自汉代开始,历代都有学者对楚辞作品进行品评、笺注和诠释,形成了蔚为大观的"楚辞学"。乾嘉时期杰出的文学家、诗人和藏书家陈本礼,慕屈子之才气,撰写了《屈辞精义》一书,为楚辞研究做出了一定贡献。该书收录屈原作品27篇,从文脉大义入手,采用分章分节笺注等方法阐发屈辞精义,被称为清代楚辞研究"章句派"的代表,其笺释体例等对清代马其昶的《屈赋微》也产生了一定影响。目前学界对《屈辞精义》的研究不是很多,而且大都是关于作者生平、著述体例、主要价值和不足等方面的提要或概述,而关于陈氏对屈辞的具体阐释,则较少涉及,或语焉不详。本文将以《屈辞精义》中的注解为据,谈谈陈本礼对屈原生平及其现实境遇的解读,以期使读者对《屈辞精义》有更深入的了解。

一、关于屈原生平

屈原品行高贵,忠君爱国,却遭小人谗害,被君王疏远以至流放,所以他将自己一生的遭际都再现在其作品当中。欲论其文,须知其人。陈本礼在阐释《屈辞精义》的同时,对屈原的悲剧人生也作了较全面的解读。这主要有以下几点:

(一) 出身高贵,富有内美

司马迁《史记·屈原列传》最早也最完整地记载了屈原的生平事迹,是我们研究屈原最重要的依据。该篇一开始就指明屈原是与楚王同姓的贵族："屈原者，名平，楚之同姓也。"① 陈本礼在《屈辞精义》正文之前，列有《史记列传》，这表明陈氏是在赞同司马迁记载的前提下阐解屈原及其作品的，完全认同屈原与楚王同姓的贵族出身。

屈辞是屈原个人的抒情作品，其中不少内容涉及其身世问题。如《离骚》开篇就说："帝高阳之苗裔兮，朕皇考曰伯庸。摄提贞于孟陬兮，惟庚寅吾以降。"陈氏释"高阳"为帝颛顼，楚之先，认为屈原是颛顼帝的后代。在"笺"中指出："开首标一'贞'字，便见生时已得乾刚四德之一。叙祖考，见世德之美。纪年日，见生时之美。皆所谓内美也。"又在"节解"中说："首溯与楚同源共本，世为宗臣，便有不能传舍其国而行路其君之意。"② 陈氏的"笺"和"节解"相互印证发明，明确告诉读者：屈原出身高贵，与楚同宗；而这"世德之美"，再加上"生时之美"，便使其具有与生俱来的天赋。天赐的诸多内美，亦决定了他必然具有忠君爱国的美好天性和品行。一言以蔽之，陈氏认为屈原天生富有众多内美。这样的认识，与前人相比，是有其高明之处的。

（二）品行高洁，忠君爱国

屈原在《离骚》中多次言及自己的高洁品行，陈氏对此多有阐发。如："纷吾既有此内美兮，又重之以修能。扈江离与辟芷兮，纫秋兰以为佩。"陈氏认为，屈原在天生具备众多内美的同时，又"博采众善以为修饰"，非常注重自己美德和才能的培育和修养。屈辞中所采以佩饰的"江离""辟芷""秋兰"等许多香草，大都与其高洁的品行相关。陈氏在此处"节解"中即指出："兰芳秋而弥烈，君子佩之，所以象德。篇中香草取譬甚烦，各有所指。"又如："汨余若将不及兮，恐年岁之不吾与。朝搴阰之木兰兮，夕揽洲之宿莽。"陈氏引用李安溪《离骚解义》之言曰："若将弗及，修之勤也。木兰去皮不死，则德行亦贞；宿莽经冬不枯，则才能弥茂。"③ 可见无论是佩戴的"秋兰"，还是采摘的"木兰""宿莽"，都和屈原的"德行""才能"息息相关，都是以香草之特性，喻自身之德行。

屈原不仅品行高洁，而且忠君爱国，对此陈氏也多有阐发。《离骚》云："恐美人之迟暮。"陈氏释"美人"为君，而在"笺"中曰："君子进德修业，既自强不息，尤欲君之及时用贤图治也。"此处所言之意，又是屈原希望楚王能及时任用贤才使楚国强盛，"美人"则为屈原自喻，和前释似有矛盾。但无论是喻君还是自喻，陈氏皆意在阐

---

① 司马迁撰、韩兆琦评注：《史记》，长沙：岳麓书社，2011 年版，第 1177 页。
② 陈本礼：《屈辞精义》，杜松柏主编：《楚辞汇编》，台北：新文丰出版股份有限公司，1986年版，第 50 页。
③ 陈本礼：《屈辞精义》，杜松柏主编：《楚辞汇编》，台北：新文丰出版股份有限公司，1986年版，第 52 页。

发屈子的忠君爱国之心。屈子又云:"不抚壮而弃秽兮,何不改乎此度?乘骐骥以驰骋兮,来吾道夫先路。"陈氏"笺"曰:"此原欲以师保自任。"并引方灵皋《离骚正义》之言曰:"秽谓小人,骐骥喻贤人,欲君去秽。"这是再次强调屈原希望楚王近贤臣、远小人之心意。下文又云:"惟夫党人之偷乐兮,路幽昧以险隘。岂余身之殚殃兮,恐皇舆之败绩!"陈氏"笺"曰:"屈子宗臣,与国休戚相关,目不忍视,故大书特书,以重著其罪也。"① 陈氏阐明了屈原身为楚国宗臣,其揭露党人的罪行,全都是为君为国着想。

(三)效法彭咸,自沉汨罗

关于屈原的归宿问题,学界大都认为屈原是自投汨罗江而死。汉初贾谊的《吊屈原赋》,当是关于屈子自沉汨罗的最早记载;之后司马迁结合自己的实际考察,在《史记·屈原列传》中明确写道:"于是怀石,遂自投汨罗而死。"② 此后一千多年人们都坚信此说,从无异议。可是明代汪瑗在《楚辞集解》中否定"屈子水死"说,认为屈原实乃"去楚归隐"。③

陈本礼和绝大多数学者一样,坚信"屈子水死"说。首先,《屈辞精义》一开始就郑重列出司马迁《史记列传》和沈亚之《屈原外传》,这两篇传记中都明载屈子水死,这就间接表明了陈本礼的态度和观点。其次,屈辞中多次出现"死""死直""溘死"等字眼,陈氏认为这些都是屈原内心想法的真实表露,是其最终归宿的预言。再者,屈原所推崇的人物是彭咸,在屈辞中多次提到。其一曰:"虽不周于今之人兮,愿依彭咸之遗则。"(《离骚》)陈氏承王逸之说,释"彭咸"为"殷贤大夫,谏君不听,投水死。"并且"笺"曰:"依彭咸遗则,盖预为自处地步。"④ 其二曰:"既莫足与为美政兮,吾将从彭咸之所居。"(《离骚》)陈氏在"节解"中说:"末仍归于'遗则'之一语,以为绝笔也。"⑤ 其三曰:"望三五以为像兮,指彭咸以为仪。"(《九章·抽思》)陈氏引用蒋骥《山带阁注楚辞》之言曰:"望君以三五为模,自矢以彭咸为法,君能希贤,臣能竭忠,以相砥于其极也。"⑥ 其四曰:"夫何彭咸之造思兮,暨志介而不

---

① 陈本礼:《屈辞精义》,杜松柏主编:《楚辞汇编》,台北:新文丰出版股份有限公司,1986年版,第53—56页。
② 司马迁撰、韩兆琦评注:《史记》,长沙:岳麓书社,2011年版,第1181页。
③ 汪瑗撰、董洪利点校:《楚辞集解》,北京:北京古籍出版社,1994年版,第231页。
④ 陈本礼:《屈辞精义》,杜松柏主编:《楚辞汇编》,台北:新文丰出版股份有限公司,1986年版,第64页。
⑤ 陈本礼:《屈辞精义》,杜松柏主编:《楚辞汇编》,台北:新文丰出版股份有限公司,1986年版,第110页。
⑥ 陈本礼:《屈辞精义》,杜松柏主编:《楚辞汇编》,台北:新文丰出版股份有限公司,1986年版,第228页。

忘。"（《九章·悲回风》）陈氏在此句下注曰："以彭咸喻己。"其五曰："孰能思而不隐兮，昭彭咸之所闻。"（同上）陈氏"笺"曰："昭彭咸所闻，欲以自明其志也。"其六曰："临大波而流风兮，托彭咸之所居。"（同上）陈氏释曰："与其生而魂游，不若早从地下之为妙也！"并在"笺"中说："临大波而流风者，此直欲以身殉国矣。……至彭咸为归宿之地。不曰'死'而曰'托'者，盖未瘗彭咸而先为拟托之词。"① 其七曰："独茕茕而南行兮，思彭咸之故也。"（《九章·思美人》）陈氏对此句中的彭咸未作解释。从以上六句的解释中，我们可以看出陈本礼认为屈原与殷大夫彭咸的遭际相同，故以彭咸为榜样，预言投水而死。陈氏以屈原作品作为为本，通过对"死"等相关字眼和"彭咸"的诠释，申言屈子水死之说，其做法和结论都是合理的。

二、关于现实境遇

屈原生活在楚怀王和顷襄王两朝，怀王时期，楚国在战国七雄中，疆域最大，人口最多，兵力也最盛，因而有"横则秦帝，纵则楚王"的说法。然由于怀王后期在内政外交上的一系列失误，尤其是听信谗言疏远屈原，致使国力大衰，怀王自身亦客死秦国，为天下笑。顷襄王即位后，更是昏庸，放逐屈原，结果被秦人攻陷，仓皇东迁。屈原在疏放期间以愤激的感情和赤子之心，写下了许多诗篇，其中一些篇章揭露了楚国当时的现实，反映了他所处的困境。陈本礼从屈原作品入手，主要从楚王不悟、党人诡谀、人才变节和亲友不解四方面，全面解读了屈原的现实境遇。

（一）楚王不悟

屈原一生经历了怀襄两代，其作品对两王的不悟，都有所涉及。其中怀王与屈原的关系更加密切，屈原也用了大量的笔墨来写与怀王之间的关系。陈本礼认为怀王是由于党人进谗言，最终从明君变成了庸君。

《惜往日》云："惜往日之曾信兮，受命诏以昭时。"陈本礼释"往日"为任左徒时，并进一步指出："奉命造宪令，为昭者；为之申明，已昭者。益从而广之也。"该篇又云："国富强而法立兮，属贞臣而日娭。"陈氏释"贞臣"为自喻，并说："日娭者，君无猜下之嫌，朝无贝锦之萋，故的日娭以乐也。"屈子又云："秘密事之载心兮，虽过失犹弗治。"陈氏"笺"曰："己上述怀之宠遇于己独厚。"陈本礼认为楚怀王刚开始信任屈原，任用贤才，算是一位明君。关于《惜往日》下文所言"心纯庬而不泄兮，遭谗人而嫉之"，陈氏释"不泄"为不敢以机密妄泄于人。又曰："即指草创宪令，属稿未定，上官大夫欲夺之而不与，遂以自伐其功而谗之也。"对"君含怒而待臣兮，

---

① 陈本礼：《屈辞精义》，杜松柏主编：《楚辞汇编》，台北：新文丰出版股份有限公司，1986年版，第260—268页。

不清澄其然否",陈氏曰:"此中之虚实、然否、清澄立见,无如含怒在先,一切不为之省察矣。"对于"蔽晦君之聪明兮,虚惑误又以欺",陈氏曰:"见君本聪明,奈为虚、惑、误、欺四者所蔽。"在此指明了怀王不悟的原因。对于怀王不悟的表现,陈氏也就诗句作了阐释,谓"弗参验以考实兮"为"不以谗言,参互考验,而遽信以为实",认为怀王不辨是非黑白,唯小人是信。对"信谗谀之溷浊兮,盛气志而过之"。陈氏曰:"盛气志,含怒也,过督责之也。见前虽有过,尚蒙弗治,今则有意督责之矣。"① 陈氏通过对《惜往日》中关于怀王前后态度对比的阐释,说明怀王从明君变成了庸君。

怀王不悟,造成最严重的后果就是自己客死他乡。陈氏在《悲回风》的"发明"中有如下阐述:

> 按《史》称,怀王三十年,秦复伐楚,取八城,遗书与楚会武关结盟。昭睢谏"无往",王稚子子兰劝王行。秦诈令一将军号为秦王,伏兵武关。俟怀王至闭之,遂与西至咸阳。朝章台,如蕃臣,不予亢礼,要其割巫、黔中郡。怀王怒,不许,因留秦。时太子横质于齐未归,人心惶惶。屈子以疏放之臣,当此败亡之际,为人臣子者,虽极疏远,能寂无一言以吊其君乎?

陈氏认为怀王不听信贤臣昭睢之言,而轻信子兰,看不清秦人真面目,以致不能返国,最终"竟死于秦而归葬"。面对楚怀王的不悟,屈原虽内心悲痛,但得知怀王被扣于秦时,仍然心系怀王。《悲回风》:"惟佳人之独怀兮,折芳椒以自处。曾歔欷之嗟嗟兮,独隐伏而思虑。"陈本礼曰:"玩两'独'字,则知当时臣民恫心而思怀王者,惟屈子一人而已。"② 陈氏此说有些太主观,但却道出了屈原对怀王的深厚感情。另外,陈本礼认为《大招》是屈原的作品,在"发明"中指明此篇是怀王灵车未临时,屈子为招怀王之魂而作。在陈氏看来,怀王虽然听信谗言,疏放屈原,但是屈原仍然心系楚国,忠于怀王,不忘君臣之义。

怀王入秦不返,其子顷襄王立,听信上官大夫和子兰之谗言,更是不悟。《惜往日》云:"宁溘死而流亡兮,恐祸殃之有再。不毕辞而赴渊兮,惜雍君之不识。"陈本礼"笺"曰:"当怀王受欺于秦,武关之入,卒死于秦。顷襄嗣位,忘不共之譬,辄与

---

① 陈本礼:《屈辞精义》,杜松柏主编:《楚辞汇编》,台北:新文丰出版股份有限公司,1986年版,第273—275页。

② 陈本礼:《屈辞精义》,杜松柏主编:《楚辞汇编》,台北:新文丰出版股份有限公司,1986年版,第262页。

结婚姻和好。"① 陈氏谴责顷襄王忘记不共戴天之仇，言其昏庸至极。

（二）党人诋谀

何为党人？陈本礼认为是"一人倾之，十人下石"之小人。楚国当时的党人主要有上官大夫靳尚和子兰等人，屈原将其诋谀行为揭露得淋漓尽致。陈氏在解读屈辞时，也很好地把握了屈原的情感心理。

对于当时朝堂上的党人，陈本礼从两方面来解读其丑恶嘴脸。一方面，阐明其进谗的内容。《惜往日》云："心纯庞而不泄兮，遭谗人而嫉之。"陈氏释曰："指草创宪令，属稿未定，上官大夫欲夺之而不与，遂以自伐其功而谗之也。"② 这就指出了党人进谗的内容之一，即诬屈子自矜功伐。《离骚》云："众女嫉余之蛾眉兮，谣诼谓余以善淫。"陈本礼引用朱冀《离骚辩》曰："大夫见忌于群小，如娥眉之入宫见妒。大夫修姱为立名，群小即指修姱为炫俗；大夫以謇直为法前修，群小即指謇直为暴君过。娥眉而诬以善淫，何患无辞？彼有其具，君子其奈此小人何哉？"③ 这又阐明了党人进谗的内容之二，即诬屈子炫美惑君。《离骚》云："忽驰骛以追逐兮，非余心之所急。老冉冉其将至兮，恐修名之不立。"陈本礼"笺"曰："此追溯未疏时，党人见王之任我忠，谋日进得毋，谓我亦同若辈，驰骛追逐于功名之场，故益加排挤。然反之予心，实非所急，君子没世而名不称，固在此而不在彼。老冉冉，托为自勉之辞，以释妒者之疑也。"④ 这是揭露了党人进谗的内容之三，即诬屈子求名逐利。另一方面，陈氏还阐明其进谗手段。《怀沙》云："变白而为黑，倒上以为下。凤凰在笯兮，鸡鹜翔舞。"陈氏"笺"曰："此甚形其簧言謷说，能变白为黑，倒上为下，不仅不察不见而已也。凤凰鸡鹜，喻君子被困，小人得志。皆由其黑白不分，致令冠履倒置也。"⑤ 这是揭露党人进谗的手段之一，即颠倒黑白。《惜往日》云："谅聪不明而蔽壅兮，使谗谀而日得。"陈氏引用朱晦庵《离骚集注》曰："此自伤身之被放，皆因君受小人雍蔽以致不聪不明。谅不聪明者，是谅其聪本不明，故使小人日益自得也。此推原之辞。"⑥ 屈子

---

① 陈本礼：《屈辞精义》，杜松柏主编：《楚辞汇编》，台北：新文丰出版股份有限公司，1986年版，第280页。

② 陈本礼：《屈辞精义》，杜松柏主编：《楚辞汇编》，台北：新文丰出版股份有限公司，1986年版，第274页。

③ 陈本礼：《屈辞精义》，杜松柏主编：《楚辞汇编》，台北：新文丰出版股份有限公司，1986年版，第65页。

④ 陈本礼：《屈辞精义》，杜松柏主编：《楚辞汇编》，台北：新文丰出版股份有限公司，1986年版，第61页。

⑤ 陈本礼：《屈辞精义》，杜松柏主编：《楚辞汇编》，台北：新文丰出版股份有限公司，1986年版，第284页。

⑥ 陈本礼：《屈辞精义》，杜松柏主编：《楚辞汇编》，台北：新文丰出版股份有限公司，1986年版，第278页。

又云"不毕辞而赴渊兮,惜壅君之不识。"陈本礼"笺"曰:"壅君不识,正痛恨此等庸愚,妄参朝谟,不识秦人之诈之计,覆亡之祸应在指日,故不辞而赴渊也。"① 这是揭露党人进谗的手段之二,即壅君王之聪。《思美人》云:"媒绝路阻兮,言不可结而诒。"陈氏"笺"曰:"此因汉北有放回之命,而先言媒绝路阻者,惧到郢无荐达之人,故先与结言以诒美人也。"② 这是揭露党人进谗的手段之三,即绝谏君之路。《哀郢》云:"外承欢之汋约兮,谌荏弱而难持。"陈氏释曰:"小人外饰媚态以承君欢,内若荏弱难持,使人视以为柔软,而不知笑中有刀,活画出小人情状。"③ 这是揭露党人进谗的手段之四,即笑里藏刀。

在陈本礼看来,正是党人谄谀,使怀王和屈原恩断义绝,最终导致屈原被逐。所以,陈氏对党人的进谗内容和手段都作了深刻揭露,为屈子洗尽不白之冤。

(三) 人才变节

屈原一生为了楚国的安危,可谓竭忠尽智。他认识到人才对于国家的重要性,故精心培育各种人才,希望他们能为楚国的强盛做贡献。《离骚》中云:"余既滋兰之九畹兮,又树蕙之百亩。畦留夷与揭车兮,杂杜衡与芳芷。"陈本礼释此段为屈原平昔鞠躬尽瘁处。其"笺"曰:"此言我既广植兰蕙,以备纫佩之用,又复多种香草,为国家培植人才,亦有旨蓄御冬之计。讵一朝斋怒,竟不念昔者伊余来塈之时矣。"引奚苏岭《楚辞详解》曰:"上二语喻己之修身不倦,下二语喻己之收罗贤才,以待备用,是两层。"最后引用朱冀《离骚辩》曰:"此见疏后追溯为左徒时,培植善类,期与共为美政也。兰为国士之香,蕙似兰而香不逮,殆质美而学未充者。留夷、揭车,香而有次于蕙,皆可以备治繁剧之才,作应对之选。杜衡、芳芷,小草之微香者,以此一技之长,无不兼收而并采也。"④ 陈氏不仅解读出广植香草实为培植人才,而且赞同朱冀的观点,以每种香草的特性来把握各种人才在朝中应起的作用,进一步表明屈原对于人才兼收并蓄的态度。他还就《离骚》"冀枝叶之峻茂兮,愿俟时乎吾将刈"二句作解,阐明屈原希望人才茁壮成长,以便自己能及时进荐使之为国所用之意。

屈原对自己培植的人才抱有很大的希望,可是这些人才最终却变节了。《离骚》中云:"虽萎绝其亦何伤兮,哀众芳之芜秽。"陈氏"笺"曰:"特恐己去之后,群芳无

---

① 陈本礼:《屈辞精义》,杜松柏主编:《楚辞汇编》,台北:新文丰出版股份有限公司,1986年版,第280页。

② 陈本礼:《屈辞精义》,杜松柏主编:《楚辞汇编》,台北:新文丰出版股份有限公司,1986年版,第235页。

③ 陈本礼:《屈辞精义》,杜松柏主编:《楚辞汇编》,台北:新文丰出版股份有限公司,1986年版,第256页。

④ 陈本礼:《屈辞精义》,杜松柏主编:《楚辞汇编》,台北:新文丰出版股份有限公司,1986年版,第59—60页。

主,士气沮丧,必致变而为秽矣。人之云:'亡邦国殄瘁。'岂不哀哉?"引奚苏岭《楚辞详解》曰:"可哀者众贤皆废也。愀然有一君子退,众君子皆退;一小人进,众小人接进之感。"又引李安溪《离骚解义》曰:"萎绝则将化而萧艾,是乃重可哀已。"① 陈氏认为,屈原对于自己辛苦培植的人才变节非常惋惜。《离骚》又云:"余以兰为可恃兮,羌无实而容长。委厥美以从俗兮,苟得列乎众芳。椒专佞以慢慆兮,樧又欲充夫佩帏。既干进而务入兮,又何芳之能祗?"陈氏认为"兰""椒""樧"都是屈原认为可以依靠的君子,可是这些君子一旦失身为小人,就不再顾惜自己以前的声名。陈氏对于人才变节的解读,使我们进一步认识到屈原内心的痛苦和面临的困境,也更加突出了屈原不与世俗同流合污、忠贞不渝的高贵品行,同时也使我们深切体会到做人应守正不迁的重要性。

(四) 亲人不解

陈本礼认为《离骚》在由现实转向浪漫的过程中,出现了一位关键人物,即女媭。"此借女媭为中锋,起顶以下陈词。"② 可以说,女媭在《离骚》上下文,亦即屈原从悲剧的现实世界进入求女的虚幻世界的转接中具有重要作用,所以女媭的身份也引起了学界的关注。目前主要有三种说法:王逸的"原姊"说,汪瑗的"贱妾"说和周拱辰的"女巫"说。陈氏赞同王逸之说,释"女媭"为"原姊"。

关于《离骚》中"女媭"一段文字,从"鲧婞直以亡身兮"到"夫何茕独而不余听",共有十句。王逸认为后四句应为屈原自述,陈本礼不同意王逸的观点,认为全是女媭所言。陈氏释第一个"余"为"姊代言",第二个"余"为"媭自谓",见解比较独特,也较恰切。作为屈原的姐姐,面对自己的弟弟遭谗被弃,女媭说出此番话语,是亲亲之言还是责骂之言?陈本礼在"笺"中曰:"其姊眼见乃弟如此情状,将来祸必杀身,故不得不痛加劝戒,以冀少贬其志而保其身也。"并引洪兴祖《楚辞补注》曰:"女媭之意,盖欲原为宁武子之愚,不欲为史鱼之直耳,非责其不能为上官椒兰也。"③ 可见陈氏认为女媭之言是希望屈原能够学会全身自保,是亲亲之言。

屈原生性高洁,独立不迁,所以面对女媭的劝诫,虽知为亲亲之言,但感觉连姐姐这唯一的亲人都不可能理解自己,于是才转而向重华陈词和上下求索。

综上所述,陈本礼作为清代楚辞研究"章句派"的代表人物,其著作《屈辞精义》

---

① 陈本礼:《屈辞精义》,杜松柏主编:《楚辞汇编》,台北:新文丰出版股份有限公司,1986年版,第60页。
② 陈本礼:《屈辞精义》,杜松柏主编:《楚辞汇编》,台北:新文丰出版股份有限公司,1986年版,第72页。
③ 陈本礼:《屈辞精义》,杜松柏主编:《楚辞汇编》,台北:新文丰出版股份有限公司,1986年版,第72页。

以阐发大意为主，对于屈辞中涉及的屈原生平，从出身高贵、富有内美，品行高洁、忠君爱国和效法彭咸、自沉汨罗三方面进行了解读，对于屈原的现实境遇，从楚王不悟、党人诡谖、人才变节和亲人不解四方面作了解读，从而突现出屈原的伟大人格。这对我们通过作品了解屈原其人是很有意义的，在楚辞学史上也不无价值。

哈佛燕京图书馆所藏马其昶稿本《屈赋晢微》

浙江大学　林家骊

【摘　要】　美国哈佛大学哈佛燕京图书馆藏有马其昶先生《屈赋微》的手稿本《屈赋晢微》，是我们研究马氏的楚辞学思想形成的一部重要文献。笔者将《屈赋微》定本与手稿本《屈赋晢微》进行了仔细的比对，发现两者不同可以分为三类：稿本、定本两异者；稿本无，而定本有者；稿本有，定本无者。其次，对于屈原赋二十五篇，马氏采取王夫之说法，定《九歌·礼魂》为前十篇之送神曲，即每篇完后均奏《礼魂》，由此加《招魂》正好二十五篇，认为不存在有《远游》则多《招魂》，有《招魂》则多《远游》的问题。再次，从稿本可以探究本书的题目从《屈赋晢微》改为《屈赋微》的原因，以及定本、稿本一些具体词语解释的优劣。另外，从稿本的修改处我们还可以看出马氏十分重视楚辞注解者最早的发明权。

【关键词】　屈赋晢微　马其昶　稿本

　　哈佛大学哈佛燕京图书馆是欧美国家收藏中国典籍最为丰富的图书馆之一。2005年秋至2006年夏，我在哈佛大学做访问学者期间，阅读其所藏中国典籍甚多，包括阅读了该馆特藏部收藏的多种名人手稿，其中最吸引我注意的是马其昶先生的稿本《屈赋晢微》。马其昶先生是楚辞名家，其治楚辞之专著最后定名为《屈赋微》，在楚辞学界影响甚巨，而此本即是《屈赋微》的手稿本。经过对校，发现两本存在不少差异，这些异文证明，稿本《屈赋晢微》是我们探讨马其昶先生楚辞学研究成就和研究历程的第一手珍贵资料。

　　关于《屈赋微》，姜亮夫先生的《楚辞书目五种》著录曰："凡古今释屈文之重要可采者，大抵略遍，由博而返之于约，可为清代说屈赋者之殿。"郭在贻先生的《楚辞要籍述评》予以高度评价："《屈赋微》二卷，近人马其昶撰。……本书体例：每篇首行小题，下有'释题'，次行起每句或数句加注释，引各家之说，皆予标明；自立之说，则加'其昶按'。此书特点，在于广引博采清人注屈专著及文集笔记中语，约略计之，凡得三十六家。尤以引其桐城乡前辈方苞、姚鼐、吴汝纶之说为多，但又能由博返约，无繁碎丛脞之病。凡清人说之精核者，大抵荟萃于此书。至于自立新说，虽为数不多，却有独到之处。如《离骚》'凭不厌乎求索'，旧注训凭为满，马氏则谓：'凭与冯同，《汉书》注："冯，贪也。"言其贪求不知厌足。'又该书卷首自序试图从个人和国家民族的关系方面阐发屈子的思想和精神，认为'宗国者，人之祖气也'，屈原不忍离开楚国，终于一死以明志，乃是'返其气于太虚'；太虚不毁，则浩气长存，因此屈原虽死而精神永存云云。虽语涉玄虚，但较'忠君爱国'之类的老调似稍新颖。"并将其列为研习楚辞者必读书目之一。马茂元先生主编的《楚辞研究集成》中的《楚辞要籍解题》（分册主编洪湛侯先生）有专文介绍。崔富章先生任总主编的《楚辞学文库》中的《楚辞著作提要》（分册主编潘啸龙、毛庆先生）分卷中所收毛庆先生的《〈屈赋微〉提要》尤详可参。

马其昶（1855—1930），字通伯，晚号抱润翁，安徽桐城人。清末民初著名学者，桐城派著名作家，少时从著名学者吴汝纶学习古文，后又从张裕钊游。15岁为诸生，多次应乡试，均不获举。30岁后，绝弃功名利禄，专治经学，兼及子史，数十年如一日，成就斐然。先后主教庐江、潜川书院，任教桐城中学、师范学堂，声望日隆，地方官相继荐举，皆不应。至光绪末方应学部聘，任编纂，宣统元年，任学部主事。1916年后，参与纂修《清史稿》，1930年卒于家乡桐城。马氏一生著述颇丰，除该著外，尚有《诗毛氏学》《中庸篇义》《周易费氏学》《三经谊诂》《老子故》《庄子故》《桐城耆旧传》《抱润轩文集》《金刚经次诂》。另有未刊稿《尚书谊诂》《桐城文录》《抱润轩续集》《抱润轩尺牍》《抱润轩选读诗钞》等，约300余卷。

关于稿本《屈赋晢微》，沈津先生所作题解曰："《屈赋晢微》二卷，清马其昶撰。稿本。一册。半叶九行二十一字，无框格。前有光绪三十一年（1905）马其昶序。序云："'屈子书，人之读之者，无不歔欷感泣，然真知其文者盖寡，自王逸已见，谓文义不次。今颇发其旨趣，务使节次了如秩如，分上下卷，名曰《屈赋晢微》，人之读之者，其益可兴起而决然袪其疑惑乎？又非徒区区文字得失间也。""书中文字改动甚多。此本已印入《马氏家刻集》《集虚草堂丛书甲集》。2005年12月13日。"

此稿名《屈赋晢微》，比定本书名多一"晢"字，"晢"字何意？《说文》曰："晢，昭晢，明也。"晢亦作晰，光亮、亮光之意。《文选·宋玉·高唐赋》："其少进也，晰兮若姣姬，扬袂鄣日，而望所思。"李善注："晰，昭晰，谓有光明美色。"南朝梁江淹《杂体诗·效谢灵运游山》："桐林带晨霞，石壁映初晰。"引申作明察之意。《书·洪范》："明作晢。"孔颖达疏："视能清审，则照了物情，故视明至照晢也。""晢微"就是"明察幽微"之意。

今将稿本《屈赋晢微》（以下简称"稿本"）和集虚草堂本《屈赋微》（以下简称"定本"）相较，发现其异文甚多。有些地方是多次修改，黑笔红笔相间，又贴纸条。

从中我们可以窥见马氏研究楚辞，对于书稿精益求精的谨慎态度和艰苦历程。两本不同之处约可分为三种情况：一是稿本、定本相异，即稿本有些内容已被定本取代者；二是有些内容稿本无，定本有，即后来为马氏所加者；三是有些内容稿本中有，定本无，即稿本中内容后来为马氏所删除者。今试述之。

一、稿本、定本两异者

这一部分内容甚多，比如"叙"中就就两处有异。其一，定本："九者，数之极也，故凡甚多之数，皆可以九限之，文不限于九也。"稿本有过两次改动，原作："九者，数之极，故以九节歌，文不限于九也。"后改为："九者，数之极，故凡举甚多之数，皆以九约之，文不限于九也。"其二，定本："事不可为，则返其气于太虚，太虚不毁，彼其浩然者，自磅礴而长存，吾又未见屈子之果为死也。"稿本原作："事不可为，则返其气于太虚，吾又未见屈子之果为死也。太虚不毁，彼其浩然者，自与之长存。"正文中之两异者约可分成九类。

（一）稿本只有音注，而定本删音注引前人说来诠释文句者。如：

1.《离骚》："纷吾既有此内美兮，又重之以修能。扈江离与辟芷兮，纫秋兰以为佩。"

稿本：方绩曰："《广韵》能十九代，佩十八队，古队、代同韵。"

定本：龚景瀚曰："喻博采众善以自约束也。"

2.《离骚》："朝搴阰之木兰兮，夕揽洲之宿莽。日月忽其不淹兮，春与秋其代序。"

稿本：方绩曰："古语莽、姥同韵，《广韵》莽十姥，序八语。"

定本：李详曰："代序，代谢也，古人读序为谢。"

3.《离骚》："溘吾游此春宫兮，折琼枝以继佩。及荣华之未落兮，相下女之可诒。"

稿本：羊吏切。方绩曰："佩，《广韵》十八队，诒，《韵补》并入五置，古置、队同韵。"

定本：李光地曰："高丘无女，则高位者无人矣。下女可诒，犹望其有处于下位而备进用者，乃求女如宓妃者，而不可得相与骄傲淫游而已。"

（二）稿本引古人说，而定本改用己说诠释文句者。如：

1.《离骚》："昔三后之纯粹兮。"

稿本：王夫之曰："三后，鬻熊、熊绎、庄王也。"

定本：其昶案："熊绎为楚始封君，若敖、蚡冒为楚人之所常诵，三后当指此。将溯皇舆之启，故述先君以戒后王。栾武子曰：楚自克庸以来，其君无日不讨国人，而训之于民生之不易，祸至之无日，戒惧之不可以怠，训之以若敖、蚡冒，筚路蓝缕以启山林。文十六年，楚灭庸。杜注云：《传》言楚有谋臣所以兴，即此所云'固众芳之所在'也。"

2.《九歌·湘夫人》:"朝驰余马兮江皋,夕济兮西澨。闻佳人兮召予,将腾驾兮偕逝。"

稿本:王夫之曰:"此代神言,感其诚而来降也。湘水北流,汉在其西,故曰西澨。逝,行也,夫人与湘君偕行。下言修饰祠宫,极其芳洁以候神。"

定本:五臣曰:"冀闻夫人召我,将腾驰车马与使者俱往。"其昶案:"此言己之驰马江皋,冀闻夫人之召而不可得。亦犹麋处庭中,蛟居水裔,既失其所,安能有获,故以下复言修饰祠宫以候神。"

3.《离骚》:"心犹豫而狐疑兮,欲自适而不可。凤皇既受诒兮,恐高辛之先我。"

稿本:李光地曰:"于是思遗佚之士,乃为媒者。鸩毒鸠巧,隐逸之贤,安能以自通凤皇。既受他人诒而不为吾国媒,则有娀之佚女必为高辛有,非高阳有矣。"

定本:王逸曰:"《帝系》云高辛氏为帝喾,帝喾次妃有娀氏女生契。"其昶案:"高辛氏有荐贤之人,而高阳之后无有,此伤怀王时之多谗佞也。"

(三)稿本、定本均引前人说,但定本所引前人说与稿本所引前人说不同者。如:

1.《离骚》:"畦留夷与揭车兮,杂杜衡与芳芷。"

稿本:其昶案:"王逸称原仕怀王为三闾大夫,三闾之职,掌王族三姓,曰昭屈景。原序其谱属,率其贤良以厉国士,此言'广植众芳'即此也。"

定本:方苞曰:"此喻己所培养滋植之众贤也。原序其谱属,率其贤良,以厉国士,则以长育人材为己任可知矣。"

2.《离骚》:"理弱而媒拙兮,恐导言之不固。"

稿本:李光地曰:"望犹未绝也,使少康而有贤配,倘所谓祀夏配天不失旧物者乎,奈何媒理之妒蔽,无异于前时,而原之望绝矣。盖怀昏而不悟,襄淫而失道,原固灼见之而惓惓之,诚不能自已。他日《天问》之作,反复于鲧、禹、启、少康之事,亦此志也。"

定本:李光地曰:"浮游观望,欲及少康之未室,为之定有虞之二姚,盖寓意于嗣君,欲为之求贤以辅导。庶几异日如少康之赫然中兴,不失旧物也。理弱媒拙,原自道也,我欲为君求贤而力弱拙,无以取信,其余则嫉贤蔽美之徒而已。"

3.《九歌·云中君》:"览冀州兮有余。"

稿本:王夫之曰:"冀州见《淮南子》,九州之一,谓中土也。"

定本:洪兴祖曰:"《淮南子·正中》:冀州曰中土。注云:冀,大也,四方之主。"

4.《九歌·河伯》:"鱼鳞屋兮龙堂,紫贝阙兮朱宫。"

稿本:王夫之曰:"朱与珠通。"

定本：王逸曰："《文苑》作珠宫。"

5.《九歌·国殇》："凌余陈兮躐余行，左骖殪兮右刃伤。"

稿本：王夫之曰："左右骖。"

定本：王逸曰："殪，死也。言己所乘左骖马死，右骓马被刃创也。"

6.《天问》："永遏在羽山，夫何三年不施？"

稿本：古音式。王逸曰："施，舍也。"王夫之曰："施与弛同释也。"

定本：古音拕，李详曰："施读若《左传》'乃施刑侯'之施，谓行罪也。"

7.《天问》："南北顺，其衍几何？"

稿本：王夫之曰："作圆椭而长也。"

定本：洪兴祖曰："与椭同。《淮南子》：阖四海之内，东西二万八千里，南北两万六千里。注云：子午为经，卯酉为纬，言经短纬长也。"

8.《天问》："延年不死，寿何所止？"

稿本：洪兴祖曰："《素问》云：真人寿敝天地，至人益其寿命而强者也，亦归于真人；圣人精神不散，亦可以百数。"

定本：蒋骥曰："《穆天子传》：黑水之阿，爰有木禾，食者得上寿。《淮南》云：三危之国，石城金室，饮气之民，不死之野。"

9.《天问》："帝降夷羿，革孽夏民。"

稿本：王夫之曰："革夏祚，孽夏民。"

定本：姚永朴曰："《高宗肜日》以民指高宗，《酒诰》以民指纣。'革孽夏民'，言夏本宗子，易之使为庶孽。"

10.《九章·涉江》："燕雀乌鹊，巢堂坛兮。露申辛夷，死林薄兮。"

稿本：王夫之曰："露申或即申椒，草木丛生曰薄。"

定本：王逸曰："露，暴也。申，重也。言重积辛夷，露而暴之，使死于林薄之中。"

11.《九章·怀沙》："惩违改忿兮。"

稿本：朱子曰："违，过也。"

定本：王念孙曰："违，恨也。"

12.《九章·惜往日》："使谗谀而日得。"

稿本：音戴。朱子曰："得，得志也。"

定本：姚永朴曰："得如《左传》'得太子适郢'之得，言日见亲说于君也。"

13.《九章·橘颂》："廓其无求兮，苏世独立。"

稿本：陈本礼曰："苏与疏同。"

定本：王逸曰："苏，寤也。"洪兴祖曰："《魏都赋》云：'非苏世而居正。'"

14.《招魂》:"旋入雷渊。"

稿本:蒋骥曰:"雷渊,即西域河源所注之蒲海。"

定本:王逸曰:"渊,《文选》作泉。"洪兴祖曰:"唐人避讳,以渊为泉。"

15.《招魂》:"文异豹饰,侍陂陁些。"

稿本:王夫之曰:"水堰侧岸曰陂陁,与池同。

定本:李详曰:"陂陁,侍者邪偎不齐貌。"

16.《招魂》:"酎饮尽欢,乐先故些。"

稿本:王夫之曰:"先故,故旧也。"

定本:五臣曰:"乐君先祖及故旧。"

(四)稿本引前人音注,而定本改为反切者。如:

《天问》:"覆舟斟寻,何道取之。"

稿本:邓廷桢曰:"取之声,当以为緅掫为正。"

定本:七庚反。

(五)稿本用反切,而定本改为音注者。如:

《天问》:"简狄在台誉何宜?"

稿本:"古音鱼何反。"

定本:戚学标曰:"宜,古音俄,然'俄'音微敛,即同泥。"

(六)稿本引古文献,定本则引更早更可靠的古文献。如:

《天问》:"受礼天下,又使至代之?"

稿本:其昶案:"《史记》:太甲居桐宫三年,悔过自责反善,伊尹乃迎而授之政,诸侯咸归殷,故曰'受礼天下'。"

定本:其昶案:"《书》:伊尹奉嗣王,只见厥祖侯甸,群后咸在,故曰'受礼天下'。《史记》:太甲既立,不遵汤德,伊尹放之于桐宫三年,伊尹摄行政当国,故曰'又使至代之'。承前段。"

(七)稿本、定本均引前人说,但定本所引前人说与稿本所引前人说不同,并加上自己按语的。如:

1.《九歌·湘夫人》:"朝驰余马兮江皋,夕济兮西澨。闻佳人兮召予,将腾驾兮偕逝。"

稿本:王夫之曰:"此代神言感其诚而来降也。湘水北流,汉在其西,故曰西澨。逝,行也,夫人与湘君偕行。下言修饰祠宫,极其芳洁以候神。"

定本:五臣曰:"冀闻夫人召我,将腾驰车马与使者俱往。"其昶案:"此言己之驰马江澨,冀闻夫人之召而不可得。亦犹麋处庭中,蛟居水裔,既失其所,安能有获,故以下复言修饰祠宫以候神。"

2.《离骚》:"心犹豫而狐疑兮,欲自适而不可。凤皇既受诒兮,恐高辛之先我。"

稿本:李光地曰:"于是思遗佚之士,乃为媒者。鸩毒鸠巧,隐逸之贤,安能以自通凤皇。既受他人诒而不为吾国媒,则有娀之佚女必为高辛有,非高阳有矣。"

定本:王逸曰:"《帝系》云高辛氏为帝喾,帝喾次妃有娀氏女生契。"其昶案:"高辛氏有荐贤之人,而高阳之后无有,此伤怀王时之多谗佞也。"

(八)稿本用文字训诂,定本改用注古音的。如:

《九章·抽思》:"歷兹情以陈辞兮,荪详聋而不闻。"

稿本:洪兴祖曰:"详与佯同。"

定本:古音烟。

(九)稿本作"××反",现定本已改为"古音×"或"音×"或"同×"例:

1.《离骚》

"惟庚寅吾以降"的"降"字,稿本作"户工反",定本作"古音洪"。

"又重之以修能"的"能"字,稿本作"古音奴代反",定本作"古音泥"。

"夕揽洲之宿莽"的"莽"字,稿本作"莫补反",定本作"古音姥"。

"岂维纫夫蕙茝"的"茝"字,稿本作"昌改反",定本作"同芷"。

"又申之以揽茝"的"茝"字,稿本作"诸市反",定本作"音止"。

"惟昭质其犹未亏"的"亏"字,稿本作"古音去禾反",定本作"古音羲"。

"夫何茕独而不予听"的"茕"字,稿本作"渠营反",定本作"音琼"。

"周论道而莫差"的"差"字,稿本作"初沙反",定本作"音蹉"。

"求宓妃之所在"的"在"字,稿本作"昨宰反",定本作"古音止"。

2.《九歌》

《九歌·大司命》:"愿若今兮无亏"的"亏"字,稿本作"古音去禾反",定本作"古音科"。

《九歌·山鬼》:"石磊磊兮葛蔓蔓"的"蔓"字,稿本作"母官反",定本作"莫干反"。

《九歌·国殇》:"霾两轮兮絷四马"的"马"字,稿本作"莫补反",定本作"古音姥"。

3.《天问》

"冯翼惟像"的"冯"字,稿本作"皮冰反",定本作"同凭"。

"阴阳三合,何本何化"的"化"字,稿本作"毁禾反",定本作"古音讹"。

"八柱何当,东南何亏"的"亏"字,稿本作"古音去禾反",定本作"古音羲"。

"伯强何处,惠气安在"的"在"字,稿本作"昨宰反",定本作"古音止"。

"何阖而晦,何开而明"的"明"字,稿本作"古音弥朗反",定本作"古音芒"

"伯禹腹鲧，夫何以变化"的"化"字，稿本作"古音毁禾反"，定本作"古音讹"。

"昆仑县圃，其尻安在"的"在"字，稿本作"昨宰反"，定本作"古音止"。

"雄虺九首，倏忽焉在"的"在"字，稿本作"昨宰反"，定本作"古音止"。

"黑水玄趾，三危安在"的"趾"字，稿本作"昨宰反"，定本作"古音止"。

"汤出重泉，夫何罪尤"的"尤"字，稿本作"古音羽其反"，定本作"古音怡"。

"叔旦不嘉"的"嘉"字，稿本作"古音居沙反"，定本作"古音姬"。

"足周之命以咨嗟"的"嗟"字，稿本作"古音子些反"，定本作"古音咨"。

"授殷天下，其位安施"的"施"字，稿本作"古音式禾反"，定本作"古音佗"。

"师望在肆昌何识"的"识"字，稿本作"职吏反"，定本作"音志"。

4.《九章·抽思》

"指彭咸以为仪"的"仪"字，稿本作"古音鱼何反"，定本作"古音俄"。

"既茕独而不群兮"的"茕"，稿本作"渠荣反"，定本作"音琼"。

5.《招魂》

"和酸若苦，陈吴羹些"的"羹"字，稿本作"古郎反"，定本作"古音郎"。

"揳梓瑟些"的"揳"字，稿本作"音甲，舌八反"，定本作"音甲"。

二、稿本无，而定本有者

这一部分内容，定本有而稿本无，应该是马其昶先生最后在抄录稿上所加，内容大约又可分为四种情况。

（一）标题下加注释。如：

1.《离骚》题下

定本：《史记》曰："怀王使屈原造为宪令。屈平属草稿，未定，上官大夫见而欲夺之。屈平不与，因谗之，曰：'王使屈平为令，众莫不知，每一令出，平伐其功，曰以为非我莫能为也。'王怒而疏屈平，屈平疾王听之不聪也，谗谄之蔽明也，邪曲之害公也，方正之不容也，乃忧愁而作《离骚》。离骚者，犹离忧也。"

2.《九章·怀沙》："右怀沙。"

定本：《史记》曰："上官大夫短屈原于顷襄王，王怒而迁之，乃作《怀沙》之赋。"

（二）引用前人音注。如：

1.《离骚》："长太息以掩涕兮，哀民生之多艰。"

定本：戚学标曰："艰，籀文作囏。故艰有喜音，与涕、替、茝、悔为韵。"

2.《离骚》:"告余以吉故,曰勉升降以上下兮,求榘镬之所同。汤禹俨而求合兮,挚咎繇而能调。"

定本:戚学标曰:"《诗》及《韩非子》调皆叶同,调从周声,或周之本体,从用兼有用音。"

3.《离骚》:"路修远以多艰兮,腾众车使径待。"

定本:戚学标曰:"待,从寺声,古读同侍,此与期叶,又为侍轻声。"

4.《离骚》:"乱曰:已矣哉,国无人莫我知兮,又何怀乎故都。"

定本:古音猪。戚学标曰:"都,从者声者,古读渚,轻音则同诸。"

5.《九歌·湘君》:"沛吾乘兮桂舟,令沅湘兮无波。"

定本:古音疲。戚学标曰:"凡谐皮声者,从阳读婆,从阴读疲,《说文》于皱字下发例。"

6.《九歌·大司命》:"玉佩兮陆离,壹阴兮壹阳,从莫知兮余所为。"

定本:戚学标曰:"为古读乎,敛音则如曳。"

7.《天问》:"雷开何顺,而赐封之?"

定本:戚学标曰:"封从丰声,移音如汾。"

8.《九章·惜诵》:"兹媚以私处兮,愿曾思而远身。"

定本:方绩曰:"身当与上信字韵。"

(三)引前人训诂。如:

1.《离骚》:"指九天以为正兮。"

定本:龚景瀚曰:"九天,九重天也,《天问》云'圜则九重'。正,证也。"

2.《离骚》:"夕餐秋菊之落英。"

定本:吴仁杰曰:"《尔雅》:落,始也。落英谓始华之时。"

3.《离骚》:"伏清白以死直兮,固前圣之所厚。"

定本:方苞曰:"前言九死未悔,问之己心而以为安也。此则质诸前圣而无所疑,其所以处死者,盖审矣。"

4.《离骚》:"女须之婵媛兮,申申其詈予。"

定本:上声。王逸曰:"申申,重也。"

5.《离骚》:"济沅湘以南征兮,就重华而陈词。"

定本:龚景瀚曰:"必就重华者,舜崩于苍梧、葬于九疑者,皆楚之边地,亦诗人歌土风之意也。"

6.《离骚》:"夏桀之常违兮,乃遂焉而逢殃。"

定本:龚景瀚曰:"遂,《玉篇》安也。"

7.《离骚》:"吾令羲和弭节兮,望崦嵫而勿迫。"

定本:方苞曰:"原既疏之后,尚未与君绝,故使齐而反,复谏释张仪。悬圃灵琐,皆喻君所自明。依依于君侧之故,非有他也。念日之将暮,仍冀辅君,及时以图治耳。"

8.《离骚》:"世浑浊而不分兮,好蔽美而嫉妒。"

定本:方苞曰:"以上云云皆自喻,遭谗见疏,陈志无路。"

9.《离骚》:"保厥美以骄傲兮,日康娱以淫游。虽信美而无礼兮,来违弃而改求。"

定本:龚景瀚曰:"'保厥美以骄傲兮,日康娱以淫游',独乐其身而已'。'信美无礼',所谓洁身乱伦也。"其昶案:"夕次穷石,朝濯洧盘,所见皆无君国之忧者,此申言相下女而亦无可诒。"

10.《离骚》:"及少康之未家兮,留有虞之二姚。"

定本:王逸曰:"有虞,国名。姚姓,舜后也。昔寒浞使浇杀夏后相,少康逃奔有虞,虞因妻以二女,而邑于纶。有田一成,有众一旅,能布其德,以收夏众,遂诛灭浇,复禹之旧绩。"

11.《离骚》:"两美其必合兮,孰信修而慕之。"

定本:龚景瀚曰:"两美必合,则必有信能好修者,而后慕汝之好修,而楚其谁乎?"

12.《离骚》:"勉远逝而无狐疑兮,孰求美而释女。何所独无芳草兮,尔何怀乎故宇。"

定本:王逸曰:"此皆灵氛之辞。"

13.《离骚》:"朝发轫于天津兮,夕余至乎西极。"

定本:李光地曰:"是时,山东诸国政之昏乱无异南荆,惟秦强于刑政,收纳列国贤士。士之欲急功名,舍是莫适归者,是以所过山川悉表西路。然父母之邦可去,而仇雠之国不可依,况贵戚之卿,义与国共者哉!卒之死而靡他。《淮南》所谓'日月争光'者,此也。"

14.《离骚》:"遵赤水而容与。"

定本:"容与,游戏貌。"

15.《离骚》:"麾蛟龙使梁津兮。"

定本:"以蛟龙为桥,乘之以渡。"

16.《离骚》:"既莫足与为美政兮,吾将从彭咸之所居。"

定本:龚景瀚曰:"'莫我知',为一身言之也;'莫足与为美政',为宗社言之也。世臣与国同休戚,苟己身有万一之望,则爱身正所以爱国,可以不死也。不然,其国有万一之望,国不亡,身亦可以不死也。至'莫足与为美政',而望始绝矣。既不可去,又不可留,计无复出,而后出于死。一篇大要,乱之数语尽之。太史公于其本传终之曰：'其后，楚日以削。数十年，竟为秦所灭。'言屈子之死得其所。是能知屈子之心者也。"

17.《九歌·湘君》："驾飞龙兮北征，邅吾道兮洞庭。"

定本：王逸曰："邅，转也。"

18.《天问》："曰遂古之初，谁传道之？"

定本：姚永朴曰："曰，如'曰若稽古'之曰词也。"

19.《九章·惜诵》："同极而异路兮，又何以为此援。"

定本：姚永朴曰："《太玄》注：极，出也。"

20.《九章·怀沙》："伯乐既没，骥焉程兮。"

定本：戚学标曰："《史记》便程即平秩。"

21.《九章·怀沙》："余何畏惧兮，曾伤爰哀。"

定本：王念孙曰："《方言》凡哀泣而不止曰咺曰爰。爰哀与曾伤对文。"

22.《渔父》："屈原曰：'举世皆浊我独清，众人皆醉我独醒，是以见放。'渔父曰：'圣人不凝滞于物而能与世推移，世人皆浊，何不淈其泥而扬其波。'"

定本：李详曰："《尔雅》：淈，治也。治有掘、汩两义。"

23.《渔父》："安能以身之察察，受物之汶汶者乎！"

定本：李详曰："汶古与昏通。《淮南》注：涽读汶水之汶。《史记索隐》汶汶犹昏暗。"

（四）加上自己按语。如：

1.《离骚》："惟庚寅吾以降。"

定本：其昶案："凡古音一本《说文》，谐声依宋吴才老，明陈季立，国朝顾亭林、戚崔泉、姚秋农、安古琴、苗先丽诸家所订。"

2.《离骚》："惟昭质其犹未亏。"

定本：其昶案："《汉学谐声》云：亏读科，此从阳声也，从音则读'戏'。《集韵》亏与戏通，虑亏即伏牺。"

3.《离骚》："吾令帝阍开关兮，倚阊阖而望予。"

定本：其昶案："……以待己之至。……"

4.《离骚》："纷总总其离合兮，忽纬𦈡其难迁。"

定本：其昶案："乘云以求宓妃，乃乖刺难合，此申言高丘之无女。"

5.《九歌·湘君》："横流涕兮潺湲，隐思君兮陫侧。"

定本：其昶案："望神未来，而民情愤怨之端，迫欲自陈也。"

6.《九歌·大司命》："壹阴兮壹阳，众莫知其所为。……固人命兮有当，孰离合兮可为。"

定本：其昶案："一篇之中，两用为字，分阴阳舒敛，以为声韵。……"

7.《天问》："何颠易厥首，而亲以逢殆？"

定本：其昶案："殆从台声，台从以声，以轻读入怡，重读入胎。《诗经》三用殆字，皆叶仕，止韵于此同，自当读如音。"

8.《九章·涉江》："接舆髡首兮，桑扈裸行。"

定本：其昶案："首与下以醢韵，行与下殃韵。"

9.《远游》："其小无内兮，其大无垠。"

定本：其昶案：垠从艮声。安古琴说："艮，古音艰。枚乘《七发》以圻谐先门韵，圻、垠同字。"

10.《渔父》题下

定本：其昶案："渔父之言，正叔通所谓知时变者。世俗之见类然，不必果无其人。原感其言，因述己志，而成斯篇。史公以事载之，不为过，若《庄子·渔父》伪篇，殆后人仿此而作，则诚空语无事实矣。"

三、稿本有，定本无者

这一部分内容稿本中有而定本已经删除，其内容又可分为三种情况。

（一）原有音注，现已删除的。如：

1.《离骚》："謇朝谇而夕替。"

稿本：方东树曰："《广韵》十二霁并出替、僭，《说文》：赞，诉也。屈子此所用替字，或是字之省，音同义近皆可通。"邓廷桢曰："替当与涕韵，《天问》之'雄虺九首'与'长人何守'为韵，中间二句则屈子自有此例。"

2.《离骚》："余不忍为此态也。"

稿本：方绩曰："古四声转用，时，《韵补》收入五置，正与下态字韵。"

3.《招魂》："被文服纤，丽而不奇些。"

稿本：古音渠禾反。戚学标曰："亦可声从可，一变为奇，凡从可从奇之字有此两者。"

（二）原有前人训诂，现已删除的。如：

1.《离骚》："佩缤纷其繁饰兮，芳菲菲其弥章。"

稿本：方苞曰："忽反顾昭质之未亏，而不忍坐视滔滔天下，故往观四荒，或有重我之佩饰，好我之芳菲者乎？"

2.《九歌·湘夫人》："沅有芷兮澧有兰，思公子兮未敢言。"

稿本：朱子曰："韩子以为娥皇正妃故称君，女英自宜降称夫人也。"

3.《九歌·少司命》:"秋兰兮麋芜,罗生兮堂下。"

稿本:王夫之曰:"此喻人之有佳子孙,晋人言芝兰玉树欲其生于庭砌,语本于此。"

4.《九歌·东君》:"夜皎皎兮既明,驾龙辀兮乘雷。"

稿本:洪兴祖曰:"震东方为雷,为龙,日出东方,故曰驾龙乘雷。"

5.《天问》:"曰遂古之初,谁传道之?"

稿本:王夫之曰:"统一篇而系以曰,则原所自撰成章句可知。"

6.《天问》:"焉有石林。"

稿本:钱澄之曰:"石林疑即珊瑚之类。"

7.《天问》:"又何言吴光争国,久余是胜?"

稿本:洪兴祖曰:"怀王为秦所败,亡其六郡,入秦不返,故征吴光争国事讽之。"

8.《九章·涉江》:"接舆髡首兮,桑扈裸行。"

稿本:姚文田曰:"行字从庚转入东韵。"

9.《九章·哀郢》:"心婵媛而伤怀兮。"

稿本:王逸曰:"婵媛,犹牵引也。"

10.《九章·抽思》:"悲秋风之动容兮,何回极之浮浮。"

稿本:钱澄之曰:"杜甫诗云'风连西极',犹此义也。"

11.《九章·怀沙》:"伤怀永哀兮,汩徂南土。"

稿本:洪兴祖曰:"原以仲春去国,以孟夏适南土。"

12.《九章·怀沙》:"眴兮杳杳,孔静幽默。"

稿本:洪兴祖曰:"眴同瞬。"

13.《九章·怀沙》:"岂知其何故也。"

稿本:洪兴祖曰:"言圣贤有不并时而生者。"

14.《九章·惜往日》:"辟与此其无异。"

稿本:洪兴祖曰:"辟与譬同。"

15.《九章·橘颂》:"纷缊宜修,姱而不丑兮。"

稿本:洪兴祖曰:"姱,好也。"

16.《九章·橘颂》:"闭心自慎,终不失过兮。"

稿本:姚鼐曰:"'闭心自慎'之语,义若以辩释上官所云'每一令出,平伐其功'之为诬也。

17.《九章·悲回风》:"上高岩之峭岸兮,处雌蜺之标颠。"

稿本:王夫之曰:"此下言沉湘以后,精神不泯,游翱天宇之内,脱浊世之污卑,释离愁之菀结,以一死自靖于先君,迫然自得也。"

18.《九章·悲回风》："求介子之所存兮。"

稿本：王逸曰："介子推也。"

19.《远游》："闻至贵而遂徂兮。"

稿本：洪兴祖曰："《庄子》云：'独有之人，是之谓至贵'。"

20.《远游》："朝濯发于汤谷兮。"

稿本：王逸曰："《淮南》言日出汤谷。"王夫之曰："汤与旸同。"

21.《远游》："意恣睢以担挢。"

稿本：方东树曰："《韵书》躇字四收，挢亦当有入声。"

22.《招魂》："朕幼清以廉洁兮。"

稿本：吴汝纶曰："朕，怀王也。"

23.《招魂》："上无所考此盛德兮。"

稿本：吴汝纶曰："上，与尚同。考，成也。"

24.《招魂》："长离殃而愁苦。"

稿本：吴汝纶曰："言怀王本有盛德，为俗所牵，曾不能成此盛德而罹祸也。"

25.《招魂》："肴羞未通。"

稿本：洪兴祖曰："肴，骨体，又菹也。致滋味为羞。"

26.《招魂》："铿钟摇簴。"

稿本：五臣曰；"簴悬钟格。"

（三）原有马氏按语，现已删除的。如：

1.《九歌·湘君》："扬灵兮未极，女婵媛兮为余太息。"

稿本：其昶案："始欲驾龙北征以迎神，扬灵未届，旁观皆为之太息。以迎神未来，忧思隐约，无可与陈，故下遂极言之，而冀神之一鉴也。"

2.《九歌·少司命》："夕宿兮帝郊，君谁须兮云之际。"

稿本：其昶案："……也即少司命。楚君事神，神亦须君于云中之际。曰女曰美人，皆神目君之辞。"

3.《天问》："何所冬暖？何所夏寒？"

稿本：其昶案："距赤道近则冬暖，距赤道远则夏寒。"

4.《远游》："意荒忽而流荡兮。"

稿本：其昶案："荒忽，犹恍惚。"

（四）稿本的注释比定本的注释有增加，但不知道因何原因定本中却没有的。如：

1.《离骚》："汤禹俨而求合兮，挚咎繇而能调。"

稿本：在"王逸曰：'挚，伊尹名'"的注下，还有"汤臣；咎繇，禹臣"。

2.《九章·惜诵》:"同极而异路兮,又何以为此援也。"

稿本:洪兴祖曰:"言众人见己所为如此,皆惊骇遑遽,离心而异志也。"

将稿本和定本进行对比研究,笔者注意到了:

(1)此书稿本的天头有许多眉批,有许多补写粘贴的纸条,还有许多增删处,原稿的字迹工整端正,增改的字迹稍显扁平,但字体基本一致,似是同一个人书写。因此,基本上可认定此稿本是马其昶先生本人手迹。

(2)无论是稿本,还是定本,该书都分上下两卷。首自序,次上卷,次下卷。上卷篇次为:《离骚》《九歌》《天问》;下卷篇次为:《九章》《远游》《卜居》《渔父》《招魂》。对于屈原赋二十五篇,马氏采取王夫之之说法,定《九歌·礼魂》为前十篇之送神曲,即每篇完后均奏《礼魂》,由此加《招魂》正好二十五篇,不存在有《远游》则多《招魂》,有《招魂》则多《远游》的问题。

(3)此稿本作于何时,定稿于何时?我们应注意到稿本序言中的日期与定本序言中的日期是一致的,都是光绪三十一年(1905)夏五月。另我们在马氏稿本中发现天头除修改的文字外,还时有提醒抄写者注意的话,如《九歌》《九章》的分篇题目下都有"低一格"字样,又,全稿多处有"洪注移写上句之下""王注移自案前""洪注移王注前""连写后稿""低一格,下同""题目在文后者低一格写,下同""题目低一格""顶""洪注移蒋注前"等,还有《天问》"胡为嗜不同味,而快鼌饱"句有注曰:"王夫之注移毛(奇龄)注前",本句又注明将"马瑞辰曰"改为"家元伯先生谓"。结合此书最后是由李国松收入《集虚草堂丛书》,光绪三十二年(1906)刻版,定本扉页有"屈赋微二卷",下有"光绪丙午集虚草堂校刊合肥张文运检"字样,我们可以推想出此书的成书经过:马氏《屈赋暂微》基本定稿后,曾由抄写者抄录,抄录稿交李国松刊刻,稿本存马其昶自己处。哈佛燕京图书馆收藏的就是马先生自己保存的手稿。而抄录稿在交李国松以前,马先生再在上面做了若干修改。抄录稿有待发现。

(4)定本一定都优于稿本吗?不一定。在校勘时,笔者发现几例,如《招魂》"和酸若苦,陈吴羹些"的"羹"字,稿本作"古郎反",定本作"古音郎"。笔者认为,稿本正确而定本误,可能就是抄录者或刊刻的笔误。又如《离骚》"朝发轫于天津兮,夕余至乎西极"句下引李光地、姚永朴注后,原稿上尚有"原求君将远逝于秦,然而临睨旧乡,卒不行。此原之所以为忠也"。而定本删此句,语意显得不完整。不知是漏抄还是有意删去,恐不合马氏原意。

(5)本书的题目原为《屈赋暂微》,后来才改为《屈赋微》的。为什么改为《屈赋微》呢?是否想与马先生的其他两本著作《老子故》《庄子故》保持一致的体例呢?

(6)哈佛燕京图书馆所收藏的马其昶稿本《屈赋暂微》是马其昶先生之手稿本,从稿本上琳琅满目的修改字迹、繁多的纸条粘贴等情况来看,马氏所下功夫甚深,而且态度是十分严谨的，真正是精益求精。

（7）从马氏在稿本《远游》篇"意荒忽而流荡兮"句下本有"其昶案：荒忽，犹恍惚"，然定本已删，可见马其昶删掉了他认为是一般性的注释，而只是留下高难的解释。

（8）马氏稿本上与定本相异的文字，稿本上有而定本无即已删去的文字，有些是很有价值的，仍然值得引起我们注意。

（9）从稿本上马氏之批语看，马氏十分重视楚辞注解者最早的发明权，如有些注释原用王夫之说，后改洪兴祖；原用洪兴祖说，后改王逸；并且马氏十分注意一些当时还不十分出名的人的注解，如戚学标等。

综上所述，马其昶先生的手稿本《屈赋晢微》同样反映了马其昶先生的楚辞学思想，虽然我们已经有了《屈赋微》，但要全面研究马其昶先生的楚辞学思想，还要把《屈赋微》和《屈赋晢微》对照起来通读，参考《屈赋晢微》中的内容，因为马其昶先生的《屈赋微》并没有否定《屈赋晢微》中的内容，尤其是其删除的部分，仍有它的研究价值。《屈赋晢微》是研究马其昶先生的楚辞学思想形成的一部重要文献，虽然流落异国，但仍应引起我们充分的重视。

近现代楚辞学研究

胪列异文，订正讹误

——刘师培《楚辞考异》研究

南通大学 李 文

【摘 要】 《楚辞考异》是刘师培校雠楚辞的代表作，对楚辞异文整理搜罗，显示出刘氏卓然的朴学功力。一方面订正楚辞版本中的脱漏舛误，既引据详洽，务必将古籍中所见异文搜罗殆尽。另一方面又辨析精核，考订洪本及所引古籍的舛误。刘师培以卓越的考订功力校订楚辞，对后世许维遹、闻一多、姜亮夫等对楚辞文字的校订提供了文献参考，在校雠楚辞方面功不可没。

【关键词】 刘师培 楚辞考异 楚辞

刘师培（1884—1919），字申叔，号左盦，江苏仪征人。其曾祖刘文淇、祖父刘毓崧、伯父刘寿曾均以治左氏春秋闻名，父亲刘贵曾亦以经术发名乡里。刘师培出生于如此经学世家，耳濡目染，年少即秉承先业，"未冠即沉思著述，服膺汉学，以绍述先业，昌洋扬州学派自任"①。刘师培治学并未囿于经学，于史学、文学均有著述遗世。钱玄同总结刘氏学术成就时，因其前后见解之不同，大致将其学术生涯分为两期：癸卯至戊申（1903—1908）凡六年，为前期；己酉至己未（1909—1919）凡十一年，为后期。相较言之，前期以实事求是为鹄，近于戴学；后期以笃信古义为鹄，近于惠学。又前期趋于革新，后期趋于循旧。② 刘师培的楚辞研究亦可以此为准的分为两期。前期以1905—1906年发表在《国粹学报》的两篇系列论文为代表，即《南北文学不同论》（1905）、《文说·宗骚篇》（1905—1906）。既条析楚辞源流，又深赅宏博，以经学、史学观照楚辞，时有创见。后期以1911年著成的《楚辞考异》为代表，主要胪列宋以

---

① 尹炎武：《刘师培外传》，见《刘师培全集》（第一册），北京：中共中央党校出版社，1997年版，第16页下。

② 钱玄同：《刘申叔先生遗书序》，见《刘师培全集》（第一册），北京：中共中央党校出版社，1997年版，第27页下。

前《楚辞》版本的异文，弗议章句是非，刘氏在《凡例》中自述其著述目的"以胪列异文为主，余惟订正误字，章句是非概弗议及。"① 可见《楚辞考异》的重点在于订正楚辞版本中的脱漏舛误，治学方法不脱乾嘉学风，既引据详洽，务必将古籍中所见异文搜罗殆尽。又辨析精核，考订洪本及所引古籍的舛误，是一部校雠性质的楚辞研究著作。

一、广搜博采，纤细靡遗

《楚辞考异》以洪氏补注本为据，校订宋以前楚辞版本异文，遂《楚辞考异》十七篇全依王逸《楚辞章句》次序。所列异文主要以《楚辞》正文为主，亦兼及王逸序文及章句，并于原文上侧标注"注"和"序"以相区别。洪本已列举出的异文足以与其他版本互证者，以双行夹注的形式置于本文之下，然后提行低一字加上案语以胪列其他古籍异文。《楚辞考异》所列异文纤细靡遗，自《离骚》王逸序"王乃疏屈原"始，至《九思》"实孔鸾兮所居"止，共计罗列675条异文。所引宋及宋以前古籍三十多种，有《北堂书钞》《艺文类聚》《白氏六帖》《初学记》《太平御览》《事类赋》《事文类聚》等类书；亦有《文选》李善注、《汉书》颜师古注、《山海经》郭璞注、《后汉书》注、《史记集解》《史记索隐》等注书；更有《渚宫旧事》《玉烛宝典》《路史》《学林》《懒真子》《高士传》等杂史、杂记；还有《尔雅》、原本《玉篇》《广韵》《集韵》、慧琳《一切经音义》等辞书、字书、韵书。刘氏不仅在搜罗古籍上用力至勤，而且注重运用新发现的文献资料。《楚辞考异》中搜集了唐写本类书及李若立《籯金》中的楚辞异文，二者均为敦煌新出唐写本，刘氏于1910年研究敦煌新出文献，在《敦煌新出唐写本提要》中提到："法人伯希和于敦煌所得唐写本，其数至多，近阅其印片若干种。"② 《楚辞考异》中亦是运用新出的敦煌文献校勘楚辞，虽文中只是罗列其中异文，但亦可见刘氏搜罗异文力求详赅。另外，刘氏《楚辞考异》中大量罗列原本《玉篇》残卷中的楚辞异文，原本《玉篇》残卷原藏于日本，光绪初年黎庶昌、杨守敬出使日本在东京时发现，并核定为"顾氏原本"。由于原本《玉篇》散于日本各寺院和个人手中，并非一时一地所得，黎氏遂将其陆续刊刻成书，题为《影旧钞卷子原本玉篇零卷》收入《古逸丛书》。刘氏在校勘楚辞时选取原本《玉篇》，而并非经孙强、陈彭年等增订重修的《大广益会玉篇》，目的是以南朝顾氏原本为依据，对南朝楚辞异文进行梳理，从中窥见楚辞版本的流传，例如"桀又欲重夫佩帏"一句案语："《文选·

---

① 刘师培：《楚辞考异》，台北：广文书局，1970年版，第3页。
② 刘师培：《敦煌新出唐写本提要》，见《刘师培全集》（第四册），北京：中共中央党校出版社，1997年版，第101页。

祭屈原文》注引'帏'作'纬',原本《玉篇》糸部纬字注云:'《楚辞》或以此为帷字'则古有作'纬'之本。① 从文献选择上可以看出刘氏治学之严谨。

二、审订异文,颇见精义

刘氏《楚辞考异》在详尽搜罗异文的基础上,对所列异文加以考订,指出其中的误字、脱字、衍字。误字如"望崦嵫而勿迫"案语云:"慧琳《音义》七十四引'迫'作'迨',误。"①P13-14 "君欣欣兮乐康"案语云:"《文选·舞赋》注引'君'误'吾'。"①P21等;脱字如"常以春分鸣也"案语云:"《事类赋注》二十四引注作'常以春秋分鸣',此脱'秋'字。"①P18 "斡,转也"案语云:"《御览》二引作'转轴也',此脱'轴'字"①P35等;衍字如"孔盖兮翠旍"案语云:"《御览》九百二十四引作'孔雀盖兮翠旌',涉注而衍。"①P29 "遂有憘喜也"案语云:"'喜'字疑衍"①P43等。对于异体字、古今字,如"壄"作"野""攬"作"擥""歑"作"嘑""陞"作"升""倡"作"唱""回"作"迴"等,此外对于虚词的混用如"以"作"而""以"作"乃""兮"作"之""乎"作"于"等,只是罗列异文,不加以考订。如上种种对异文的考订,可以看出刘氏对楚辞异文的搜罗不求有无意义务求胪列详尽,对洪本或者其他古籍中讹夺衍倒,仅加断语以订正,多不求精深,但亦可见刘氏考订之功力。

除对洪本和其他版本楚辞中的脱漏舛误的考订不求精深以外,刘氏对其他异文的考订,力求论证详该,时见精义。如"恐鹈鴂之先鸣兮",刘氏案语:

> 鴂当作鵙,《史记·历书》:"秭鵙先滜",《索隐》本作"鹈鵙",云"鹈音弟,鵙音圭。《楚辞》云:'虑鹈鵙之先鸣,使夫百草为之不芳,'解者以鹈鵙为杜鹃也。"是《索隐》所据《楚词》"鴂"字作"鵙"。《后汉书·张衡传》注、《汉书·扬雄传》颜注、罗愿《尔雅翼》引此亦作"鹈鵙"。颜注云:"鵙音桂",又云"鹈字或作鶗,亦音题。鵙又音决"据颜说似作鵙为本字,鴂即鵙字假文。王以买鶀为训,鶀、鵙、鵙并音近字也。惟隋唐已有作鴂之本,《玉烛宝典》五引作"题鴂",又云:"其音鴂,故以音自名",始以题鴂即鶗鸟。故《文选·思玄赋》注、《咏怀诗》注并引作"题鴂",任渊《山谷诗内集》注卷十二引作"鹈鵙",卷六及《事类赋注》二十四亦均引作"题鴂"。《广韵》因之,遂列题鴂于十六屑鴂字注,洪氏《补注》亦因之,以音决为本音,并以子规、题鴂为二物,误之甚矣。②

---

① 刘师培:《楚辞考异》,台北:广文书局,1970年版,第18页。
② 刘师培:《楚辞考异》,台北:广文书局,1970年版,第17页。

此条案语,详尽考证了"鹈"字当作"鹖","鹖"为"鹖"字的假文,是由"鹈字或作鹖,亦音题。鹖又音决",与"题鹖"音近而逐渐演化成"鹈鹖""题鹖"。纠正了洪兴祖将子规、题鹖视为二物的错误,见解新颖,辨析详洽。再如"桂棹兮兰枻"案语云:"《类聚》七十一、《初学记》七、《白帖》十一、王观国《学林》八,并引'枻'作'栧'。《书钞》百三十八、《类聚》八十九、《事类赋注》八,仍引作'兰枻','兰'与'栏'同。《说文》'栾'字下云:'木似栏',《系传》云:'兰,木兰也,是木兰二字合称则为栏'。《学林》云:'以桂木为棹,以木兰为栧'。其说是也。"①P24 关于桂棹、兰枻,五臣注云:"桂兰,取其香也。"而刘氏肯定王观国将兰释为木兰,认为这里是用桂木做桨,用木兰做舷,实发前人所未发,于意亦通,可备一说。

在考订楚辞异文的同时,亦从异文中发现了楚辞其他版本流传的端倪。如"女媭之婵媛兮"案语云:"《诗·桑扈》郑笺云:'胥,有才智之名也。'疏云:'《易》归妹以须,注亦云胥有才智之称。《天文》有须女,屈原之妹以为名,是胥为才智之称……(孔颖达疏)胥、须,古今字耳。'据《诗》疏所云,似郑君所见之本,'媭'字作'须'。"①P11 "女媭"王逸释为"屈原姊也",贾逵认为:楚人谓女曰媭。而郑玄认为屈原妹是以"须女"中的"须"命名,并非为"楚人谓女曰媭",显然郑君所见的版本"媭"作"须"。须,既有才智的意思,又用于女子,与"媭"音同义近,实有混用的可能性。清代学者李陈玉《楚辞笺注》中云:"按天上有须女星,主管布帛嫁娶,人间使女谓之须,须者,有意则须之谓,故《易》曰:'归妹以须,反归以娣',言须乃贱,及其归也,反以作娣,娣者,正妃之次,故国君一娶九女,娣淫从之,后人加女于须下,犹娣之文。本不从女,后人加女于事旁也。"① 李陈玉更是认为"须"与"媭"为古今字,刘氏通过郑玄对"胥"的解释,得出郑玄所见版本"媭"字作"须",不无道理。再如:

> "萍号起雨"其案语云:《周礼·萍氏》先郑注云"萍读为軿,或为萍号起雨之萍"后郑云"《天问》萍号作泙(段玉裁云:当为洴。其说是也。盖先郑所据为作萍之本,后郑所据则作泙)"是汉有作萍之本。②

刘氏通过梳理异文,对汉代除王逸《楚辞章句》外流传的其他楚辞版本做出了大

---

① 李陈玉:《楚辞笺注》,见吴平、回达强主编:《楚辞文献集成》,2008年版,第5189—5190页。

② 刘师培:《楚辞考异》,台北:广文书局,1970年版,第40页。

胆的判断，汤炳正先生曾说："《楚辞》一书的纂成，既非出于一人之手，也不出于一个时代，它是不同的时代和不同的人们逐渐纂辑增补而成的。"① 刘师培在对楚辞异文的整理过程中，发现楚辞汉代其他版本的端倪。

要而论之，刘师培自幼就受家学熏陶，并时以扬州学派自视，扬州学派作为乾嘉学派的一支，素以经学、校勘、小学蜚声海内，刘师培治学受到扬州学派的浸染，注骚以订正讹误为鹄。《楚辞考异》为其治学后期楚辞研究的代表作，刘师培在治学后期笃信古义，开始校释群书，《楚辞考异》即是其校勘楚辞的代表作，显示出其卓然的朴学功力，对楚辞异文考辨精详，条理密察。总之，刘师培对《楚辞》异文纤细靡遗的搜罗，对《楚辞》文字的校订功不可没，其对楚辞异文的整理为后世进一步研究提供了资料参考，对其后许维遹的《楚辞考异补》、闻一多的《楚辞校补》、姜亮夫的《屈原赋校注》等产生了影响。

---

① 汤炳正：《〈楚辞〉编纂者及其成书年代的探索》，《江汉学报》，1963年第10期。

游国恩楚辞学思想探源

河北大学 李金善 赵 然

【摘 要】 游国恩的楚辞学思想吸收了古代学术思想的精华，借用了中国思想史上"天道""人事""天算"等的概念，并在楚辞学语境中使用，来构建其楚辞学体系，阐明其学术思想。游国恩继承了中国楚辞学的传统，中国学术的传统特征，如经世思想和批判精神潜隐于他的楚辞学研究中。

【关键词】 游国恩 楚辞学 思想 学术特征

游国恩作为现代楚辞学的奠基人和集大成者，从学术史的发展角度来说，游国恩的楚辞学包容、吸纳了两方面的内容：一是中国古代学术思想的精华，这使游国恩的楚辞学具备了思想的品格，形成了完整的楚辞学体系，从而区别于零散的楚辞研究。二是中国楚辞学的传统观念，使游国恩的学术研究成为中国楚辞学史上的一个丰碑，他不但延续了中国楚辞学的学术思想，而且为它增添了新的血液。

第一，游国恩借用了中国思想史上的概念，并在楚辞学语境中使用，来构建其楚辞学体系，阐明其学术思想。

在历史发展的长河中，各个思想学派都会把有利于本身发展的思想元素进行整合和吸收，体现出中国文化的融合特性。在中国学术思想史上，中国儒、道并存且深深影响学术研究，已经是一个不争的事实。游国恩生长于中国文化环境中，因而他能够广泛地吸收中国思想的精华，应用在楚辞学的研究中。

一、道家观念的渗入

尽管目前关于屈原的里籍学术界并无定论，但是有一点可以确定，屈原生于荆楚大地。道家学派的创始人老子也是楚国人。据司马迁《史记·老子韩非列传》记载：

> 老子者，楚苦县厉乡曲仁里人也。姓李氏，名耳，字聃，周守藏室之史也。……老子修道德，其学以自隐无名为务。居周久之。见周之衰，乃遂去，

至关，关令尹喜曰："子将隐矣！强为我著书。"于是老子乃著书上下篇，言道德之意五千余言而去，莫之所终。①

游国恩，江西临川湖南乡洪塘游家村人。临川是中国著名的才子之乡，自古文风很盛。王安石、曾巩、晏殊、晏几道、陆九渊、汤显祖等人都是临川人。游国恩生于江西临川一个封建知识分子家庭。"族祖游东升是清顺治年间进士第五名，以下祖辈多是读书人。"②祖父是位前清的秀才，古文功力很深，成为了游国恩的启蒙老师。先生在一则笔记中曾云："'先大父元次公惧我先世著述日渐散亡，尝手辑会魁公以下诗文集数十卷，题曰《临川游氏诗古文词存合编》。犹忆少时见先大父之挥毫也，年已逾七十矣，日之不足，夜以继之。一高擎瓦灯下，目不停视，手不停抄，常旦抄旦校，中夜忘倦。如此数易寒暑始毕功焉。"③1929年8月，应闻一多先生的邀请到武汉大学任讲师，讲授中国文学史和楚辞。武汉地处荆楚大地，这里的楚文化和风俗不仅孕育了伟大的诗人屈原和瑰丽的文学作品楚辞，也孕育了道家学术风格的清奇和灵巧。这些潜移默化地影响到游国恩的楚辞研究。

丹纳在《艺术哲学》中提到影响艺术创作的"精神的气候"，就是"风俗习惯与时代精神，和自然界的气候起着同样的作用。"④事实上，丹纳所说的"精神气候"不仅影响到艺术创作，而且也影响到了艺术研究。于是，在游国恩的楚辞学中出现带有明显道家色彩的哲学概念就不足为奇了。

这里有必要先解释两个重要的术语"天""道"。"天"是道家哲学的重要概念，"道"是道家哲学的最高范畴。有人曾经做过统计，在《道德经》中"天"字出现过676次，"道"字出现过367次，"德"字出现过204次，可见"天"与"道"在道家学说中的重要地位。⑤为道家哲学中的一个重要范畴，"天"具有形而上的本体的意义，是自然界的总体或者整体，有时也指"道德定命""理性"。"道"，是一切事物生成、演变的根源。"道"蕴含着生命的体验理论，带有东方神秘主义的成分。张岱年先生认为"道"不少于三种意思，即始义、究竟所待义、统摄义，即宇宙的起源或万物的起源；万物的全体所对待和依止的根据；包赅会通的统一体。⑥游国恩在楚辞学研究中借

---

① 司马迁：《史记·老子韩非列传》，北京：中华书局，1999年版，第1701页。
② 游宝谅：《游国恩先生年谱》，《淮阴师范学院学报》，2002年第1期，第57页。
③ 游宝谅：《游国恩先生年谱》，《淮阴师范学院学报》，2002年第1期，第57页。
④ ［法］丹纳：《艺术哲学》，天津：天津社会科学院出版社，2004年版，第66页。
⑤ 王焱：《庄子天论——破解天人关系与天道关系的难题》，《思想战线》，2010年第1期。转自张尚仁：《道家哲学》，北京：人民出版社，2011年版，第92页。
⑥ 张岱年：《中国哲学大纲》，北京：中国社会科学出版社，1982年版，第8—9页。

鉴了这两个重要的道家哲学概念。

（一）天事——自然界之现象

"屈子以天问题篇，意若曰，宇宙间一切事物之繁之不可推者，欲从而究其理耳。故篇内首问两仪未分，洪荒未辟之事，次问天地既行，阴阳变化之理，以及造物化神功，八柱九天，日月星辰之位，四时昼夜开合晦明之原；乃至河海川谷之深广，地形四方之径度，昆仑增城之高，冬暖夏寒之所，皆天事也。"①游国恩把道家哲学意义的"天"与"事"组合，统指自然界之一切现象。

（二）天道——理乱兴衰之故

游国恩在《天问题解》中说"天问者举凡天地间一切现象实力以为问，犹今人曰自然界一切之问题云尔"②。"天事之外，旁及动珍怪之产，往古圣贤凶顽之事，理乱兴衰之故，又天道也。盖天统万物，凡一切人事之纷纭错综，变幻无端者，皆得摄于天道之中，而与夫天体、天象、天算等广大精微，不可思议者，同其问焉。"③ 道家哲学的观念，"不出户知天下，不窥牖见天道。其出弥远，其知弥少。是以圣人不行而知。不见而明。不为而成。"（《老子》第47章）"和大怨必有馀怨，安可以为善。是以圣人执左契，而不责于人。有德司契，无德司彻。天道无亲常与善人。"（《老子》第79章）"天道"在道家的哲学中是关于世界总体性的理论，"天道"是关于世界的最高的、总体的规定，是不可违抗的，如果违背天道，必然要遭到惩罚。

游国恩以"天道"解释《天问》所涉及的自然界与人事之问题，这里的"天道"也可以理解为一种超自然的力量或者说是一种规律，自然界无法违背，社会兴衰变化也要遵循其，即"天统万物，凡一切人事之纷纭错综，变幻无端者，皆得摄于天道之中"。

（三）天体、天象、天算——事物运行之法则

"屈原若仅仅认得几个星宿，或者略略知道几个天文学上的名词，还不能说他具有怎样的宇宙观念。这种极可注意的宇宙观念全在他的《天问》里面那些关于天体、天象、天算和地理上许多极有价值的问题。例如他问道：'明明暗暗，惟时何为？阴阳三合，何本何化？'这是要考究宇宙之内，日月相推，或明或暗，昼夜相代，而运行不

---

① 游国恩著、游宝谅编：《游国恩楚辞论著集·天问题解》，北京：中华书局，2012年版，第377页。又见游国恩：《读骚论微初集·天问题解》，上海：商务印书馆，1947年版，第176页。
② 游国恩著、游宝谅编：《游国恩楚辞论著集·天问题解》，北京：中华书局，2012年版，第377页。又见游国恩：《读骚论微初集·天问题解》，上海：商务印书馆，1947年版，第176页。
③ 游国恩著、游宝谅编：《游国恩楚辞论著集·天问题解》，北京：中华书局，2012年版，第377页。又见游国恩：《读骚论微初集·天问题解》，上海：商务印书馆，1947年版，第176页。

息，究竟是为什么呢？"①

这里游国恩涉及了三个关于"天"字的词语，"天体""天象""天算"。天体，可以理解为宇宙间的物质形体，天体的集聚，从而形成了各种天文状态的研究对象。

天象，是古代人对天空发生的各种自然现象的统称，现代通常指发生在地球大气层外的现象。当然，在古人看来，天空的各种自然现象是有表意形的，古人常用以占吉凶。如《易·系辞上》："天垂象，见吉凶，圣人象之。"《书·胤征》："羲和尸厥官，罔闻知，昏迷于天象，以干先王之诛。"唐刘知几《史通·书志》："必为志而论天象也，但载其时彗孛氛祲，薄食晦明，神灶、梓慎之所占，京房、李郃之所候。"清昭梿《啸亭杂录·年羹尧之骄》："年默然久之，夜观天象，浩然长叹曰：'事不谐矣。'"这些都是道家哲学的观念。在老子《道德经》中"象"字出现了5次，在第4章、14章、21章、35章、41章。

第4章：吾不知谁之子，象帝之先。

第14章：是谓无状之状，无物之象，是谓惚恍。

第21章：孔德之容惟道是从。道之为物惟恍惟惚。惚兮恍兮其中有象。恍兮惚兮其中有物。

第35章：执大象天下往。往而不害安平太。

第41章：大音希声，大象无形。

这里的象，有"似乎"之意；还有的是"症候"之意；还有"景象"之意。游国恩在《屈赋考源》和《天问题解》中，借用道家的"象"的概念来论述屈原在《天问》中提到的各种自然奇观。这些景象不是无端存在于自然界，它们与人类社会存在着某种联系，甚至与某种超自然的力量有关。

天算，犹言天数，亦作"天筭"。《后汉书·张纯传论》："孝章永言前王，明发兴作，专命礼臣，撰定国宪，洋洋乎盛德之事焉。而业绝天筭，议黜异端，斯道竟复坠矣。"②李贤注："业绝天筭谓章帝晏驾也。"③天算在游国恩看来是人类无法了解的超自然的力量在控制人类社会，也就遵循了道家所谓的"天道"。

（四）神仙——出世之思想

游国恩在《屈赋考源》中说"神仙思想就是出世之思想"。"本来出世的思想就是

---

① 游国恩：《游国恩文选·屈赋考源》，北京：北京大学出版社，2010年版，第8页。
② 范晔著、李贤注：《后汉书·张曹郑列传》，北京：中华书局，1999年版，第809页。
③ 范晔著、李贤注：《后汉书·张曹郑列传》，北京：中华书局，1999年版，第810页。

道家的思想。""神仙思想的出发点,只是俗语一句'长生不老'。长生和不死的话,老子《道德经》里面早就说过了的。至于庄子书中说及长寿的地方更不知多少;他虽然说'不道引而寿',然而一讲到这里都不免带点神仙的意味。"① 在《道德经》中"神"出现了7次,第6章、第29章、第39章、第60章。第39和60章,重点论述了"神"的特性。

第39章:
神得一以灵。谷得一以盈。万物得一以生。
神无以灵将恐歇。谷无以盈将恐竭。万物无以生将恐灭。
第60章:
治大国若烹小鲜。以道莅天下,其鬼不神。非其鬼不神,其神不伤人。非其神不伤人,圣人亦不伤人。夫两不相伤,故德交归焉。

老子的理论具有泛神论的色彩,老子神学主张"道"生万物,却不对万物行使权力。时至东汉末"黄老"一词与神仙崇拜这样的概念结合起来,道教尊老子为宗,追求长生不死。游国恩的立足于道家哲学,分析屈原作品渗透着浓厚的"神仙思想"。他举出《天问》中言"延年不死,寿何所指"。又言彭祖"受寿永多,夫何久长?""看他列举许多仙人的姓名,可见屈子的确是羡慕他们出世的快乐了。"② 为什么屈原眷恋家国,热衷政治的人会想到腾云驾雾、白日飞升的快乐。接着游国恩从道家思想的源流入手考察:

《汉志》云:"道家者流,盖出于史官。"古代的史官本是兼掌天文历数的,所以与阴阳家互有密切的关系。屈子的思想既与邹衍同,而道家的鼻祖老子又是他的同乡,所以我说屈子的出世观念一方面与道家有关,另一方面又与阴阳家有关。与道家的关系,是庄周的恬漠虚静,道引养生的功夫,与阴阳家的关系,便是邹衍的"深观阴阳的消息"。③

(五)神怪——无端崖之辞
游国恩认为屈原的神怪观念与"宇宙观念"和"神仙观念"是互为因果的。"他

---

① 游国恩:《游国恩文选·屈赋考源》,北京:北京大学出版社,2010年版,第14页。
② 游国恩:《游国恩文选·屈赋考源》,北京:北京大学出版社,2010年版,第14页。
③ 游国恩:《游国恩文选·屈赋考源》,北京:北京大学出版社,2010年版,第14页。

与道家和阴阳家也有密切的关系。"这类观念最主要在《招魂》中,其次便是《天问》的一部分。他列举了《招魂》中陈四方之恶,叫魂不要乱跑,赶快回来,说的四方狰狞可怕,是一篇怪诞之文。他认为屈原辞赋中的奇怪的理想与《庄子》的《逍遥游》中的北冥之鱼、《外物》中的任公子钓鱼、《则阳》中的蜗角之战,虽然都属于"谬悠之说,荒唐之言,无端崖之辞",但是其怪诞的性质与招魂并无分别。

二、儒家思想的传承

儒家学说在中国文化史上占有重要地位,是中国传统社会人文思想的基础。在绵延两千多年的历史长河中,儒家思想和文化已经成为中国文明的内核,渗透进中国人生活的方方面面。

游国恩生长于江西临川一个普通家庭,从小接受了儒家的正统教育,祖父是一位前清的秀才,古文功底很深,他担当了游国恩的启蒙老师。在祖父严厉的旧式教育下,游国恩修完了全部课程,对《四书》《五经》熟记于心。在其多年的楚辞学研究中,无不渗透着儒家的思想观念。

(一) 天道、人事——天意向背的指针

游国恩认为"儒家的天道观,完全建筑在人事的基础上。换言之,就是建筑在人们的行为上,德与不德,善与不善,就是天意向背的指针。"① 他研究屈原的学术思想部分使用了"天道"与"人事"的概念。在儒家看来天道是一种道德的形上学,道德是内在心性的基础,天道、命与人的本心是相通的。也就是说,自然和人类社会存在吉凶福祸的关系。子贡叹曰:"夫子之言性与天道,不可得而闻也。"② 《孟子·离娄上》"诚者,天之道也;思诚者,人之道也。至诚而不动者,未之有也。""尽其心者,知其性也。知其性,则知天矣。存其心,养其性,所以事天也。"孟子所言的天道即为诚,也就是道德。人的行为,即人事,以道德的标准来判断是否符合自然的规律。

游国恩引用了《孟子·万章上》:"天不言,以行与事示之而已矣。"《周书》:"民之所欲,天必从之。""天视,自我民视;天听,自我民听。""皇天无亲,惟德是辅;民心无常,惟惠之怀。为善不同,之归与治;为恶不同,之归于乱。"《商书》:"天道福善祸淫。""惟上帝不常。作善,降之百祥;作不善,降之百殃。尔惟德,罔小,万邦惟庆;尔惟不德,罔大,坠厥宗。"他以这一系列的儒家关于"天道"与"人事"的理论为支点探求屈原的学术思想之源。《离骚》中的"皇天无私阿兮,览民德焉错辅。夫惟圣德以茂行兮,苟得用此下土。瞻前而顾后兮,相观民之计极;夫孰非义而

---

① 游国恩:《屈原》,上海:胜利出版公司,1945年版,第110页。
② 杨伯峻译注:《论语·公冶长》,北京:中华书局,1995年版,第46页。

可用兮,孰非善而可服?"在游国恩看来屈原强调的"天道和人事的关系"绝对是儒家的口吻。民德与圣德是心性的基础,这导致人的行为即"人事"的善或者不善,直接成为天意向背的指针。

(二)修身、律己——家齐国治天下平

儒家学说的一个重要历史贡献就是为中国乃至东亚地区的国家形态提供了一个成熟的政治伦理。"家国同构"是其宗法制的一个核心内容,这个理论的起点就是个人的修身与律己。国家的管理、政策的实施、家庭的和谐在很大程度上依赖于领导者和家庭成员的个人素质。修身与律己这两条原则在管理国家事务、调节家庭成员的关系上与儒家的"仁"与"礼"的心理基础是一致的。孔子说:"其身正,不令而行;其身不正,虽令不从。"① 朱熹在《四书章句集注·阳货》中说:"自天子以至于庶人,壹是皆以修身为本。"

游国恩把修身与律己的儒学观融入楚辞学研究中,他以此来衡量屈原的思想。他认为屈原的行为符合儒家的修身与律己观:

> 至于对他对于修身和律己方面,也很有儒家朝乾夕惕,欲寡其过而未能的态度。例如说:"汩余若将不及兮,恐年岁之不吾与;朝搴阰之木兰兮,夕揽洲之宿莽。"(《离骚》)又说:"闭心自慎,不终失过兮。秉德无私,参天地兮。"(《橘颂》)而其修身所系的目标,也离不了儒家常说的仁义;所以又说:"重仁袭义兮,谨厚以为丰。"(《怀沙》)②

这与儒家所说的:"物格而后知至,知至而后意诚,意诚而后心正,心正而后身修,身修而后家齐,家齐而后国治,国治而后天下平。"是一样的道理。

(三)"祖述尧舜,宪章文武"——明道德之广崇

"祖述尧舜,宪章文武"是儒家的重要主张。游国恩在分析屈原的学术思想时,认为屈原心目中的尧舜禹汤文武,甚至于一切的古先圣王,都认为是真善美的最高标准,应该汲取以为法的。③ 所以在屈原的作品中频频出现尧舜、文武、重华等古之圣贤就不足为怪了。"彼尧舜之耿介兮,既遵道而改路。""济沅湘以南征兮,就重华而陈词。"(《离骚》)"尧舜之抗行兮,瞭杳杳而薄天"(《哀郢》)。在游国恩看来屈原所企慕的尧舜与孔子的祖述、孟子的称道没有区别,都是儒家精神的显现。

---

① 杨伯峻译注:《论语·子路》,北京:中华书局,1995年版,第136页。
② 游国恩:《屈原》,上海:胜利出版公司,1946年版,第111—112页。
③ 游国恩:《屈原》,上海:胜利出版公司,1946年版,第104页。

>"昔三后之纯粹兮，过众芳之所在。"(《离骚》)
>
>"望三五以为像兮，指彭咸以为仪。"(《抽思》)

尽管人们对三后、三五到底是谁，没有定论，但是游国恩确定："屈子所以必须举出那些古先圣王的行事者，就是为了要'明道德之广崇'和'治乱之条贯'了。"① 与之相反的荒淫暴虐之君自然是要引以为戒的。在《天问》中，屈原也提到了大量乱亡借鉴的例子，如羿淫游、浞作乱、桀违常等，游国恩认为自古国家治乱兴亡，有其必然的因素，那就是是否能用德治，"循之则治而兴，违之则乱而亡"。② 进入文明社会后，明德之君对天下兴亡有着极大的影响。尧舜以后，"天命有德"的思想深入人心，在儒家看来是有德之君，对于国家存亡的价值。德的外在形式即为"礼"，它把德之内容外化为一种具有法的意味的形式。

《礼记·中庸》曰：

>仲尼祖述尧舜，宪章文武，上律天时，下袭水土。辟如天地之无不持载，无不覆帱，辟如四时之错行，如日月之代明。万物并育而不相害，道并行而不相悖。小德川流，大德敦化。此天地之所以为大也！

儒家的"礼"的根本出发点就是以"德"本，使贵贱、尊卑、长幼各有其特殊的行为规范。只有贵贱、尊卑、长幼、亲疏各有归其礼，才能达到儒家心目中的"大同社会"。国家的治乱，取决于秩序的稳定与否。这种具有法的意味的儒家之"礼"，一旦违反了，就必然遭到"天"之惩罚。

游国恩从中国传统的思想文化中撷取养分应用于楚辞学研究中，作为文学的研究主体，他在楚辞学研究中与中国传统的思想文化找到了一个结合点。从哲学与文学的角度看，游国恩的楚辞学是以中国传统文化观念为基础的，是中国思想文化在楚辞学领域的延伸。

第二，游国恩继承了中国楚辞学的传统，使他的楚辞学具备了中国传统学术的特征。

中国的学术传统已经积淀两千多年，作为一个学者，游国恩在不知不觉中进行传承。中国的学术传统的特征经世思想和批判精神潜隐于他的楚辞学研究中。

(一) 经世思想——以天下为己任之情怀

经世思想是儒家学说的一部分，就是所谓的"入世哲学"。经世思想就是关注社会

---

① 游国恩：《屈原》，上海：胜利出版公司，1946年版，第108页。
② 游国恩：《屈原》，上海：胜利出版公司，1946年版，第110页。

现实,并用所学知识解决社会问题,以求达到国治民安的实效。这实为知识分子的一种"忧患意识",一种"以天下为己任"的情怀。中国传统社会的知识分子,他们吸收了这种经世精神,作为自己的重要责任,自觉地担负起关心时政、针砭时弊、救国于危难之中的使命。

屈平疾王听之不聪也,谗谄之蔽明也,邪曲之害公也,方正之不容也,故忧愁幽思而《离骚》。"离骚"者,犹离忧也。……信而见疑,忠而被毁,能无怨乎?屈平之作《离骚》,盖自生怨也。①

作为游国恩研究对象,屈原的这种忧患意识与经世精神无疑会直接影响游国恩。在民国三十五年胜利出版公司出版的《屈原》题记中游国恩这样写道:

回忆十年前,在一个岛上教书,讲授《楚辞》。那时候正是日本加紧侵略华北的时候。平津不必说,我就亲眼看见日本浪人捣毁胶海关。他们公开地偷运白银和白面,种种不法行为,闹得不成样子。我真的在替国家担忧。我那时讲《楚辞》,的确是有意在做宣传工作,宣传"三户亡秦"的民族主义。记得在我所编的《楚辞讲疏长编》的序文里,最后有这么一段话:"凡亡人之国者,必亡其民之性。文字者,民性之所寄,其潜力终不可悔。故秦既灭六国,即用李斯之议,罢六国文字之不与秦合者,会同文书。又燔灭诗书,以愚黔首。其深刻惨酷,虽今世凶夷,何以远过?夫楚既仇秦,则秦之所以防楚者必周,而摧灭其人之性者亦必甚。屈子之文,最易激发人情,宜为秦人之所忌。度其时《楚辞》一书,非焚即禁,与诗书百家同例。其幸而获存者,则秦之速亡,讽诵犹在人口故也。嗟夫!国难深矣!世人倘亦有读屈子之文而兴起者乎?则庶乎三闾之孤愤为不虚;而区区之志,亦可与忠义之士相见于天下亦。"(见《读骚论微初集》)

在当时,我只深深感到国家民族前途之可虑,哪里料到十年之后,专以侵略我国为事的日本帝国主义者会有今天呢?现在,我这书的写成,恰在日本向我们"屈膝"之后,我是如何的兴奋与愉快啊!②

台湾学者徐复观曾经以"忧患意识"概述中国传统文化的精髓。游国恩面对当时

---

① 司马迁:《史记·屈原贾生列传》,北京:中华书局,1999年版,第1999页。
② 游国恩:《屈原》,上海:胜利出版公司,1946年版,第4页。

天下战乱、民不聊生的社会现状心忧如焚，从字里行间我们可以读到一位知识分子的高尚人格和道德情怀。一介书生，他没有投笔从戎，却把讲台变成了战场，以屈原的精神激发青年，以屈子之文感化学生，教室成了民族主义的宣传阵地。"凡亡人之国者，必亡其民之性。文字者，民性之所寄，其潜力终不可悔。"秦之所以灭六国文字，实为灭民之性。在抗战的硝烟与烽火中，游国恩没有在高校的象牙塔中陶醉，而是关注社会现实，以其倾注心血研究的楚辞与社会现实紧密联系，以求达到启发民性、国治民安的实效。游国恩这种价值观的实质是由文化学术价值向政治伦理价值的转换。

（二）批判精神——楚辞学之新气象

中国的传统学术几千年来得以传承的一个重要条件就是学人具有重历史反思的批判精神。这表现在不同的历史阶段，总会有学者出来做学术思想史的总结、批判工作，同时中国的学术又及时地融入了富于时代特征的新观念、新思想、新视野和新方法。尤其是在历史转折时期，往往会有学者通过回顾和反思学术发展，一方面做学术思想的总结、批判工作，另一方面又开启新的学术时代。

游国恩的楚辞学研究就具备了历史的批判精神，他既是中国传统楚辞学的集大成者，又是现代楚辞学的开拓者。

陆侃如在《楚辞概论》序言中评价："数万言的概论，可算是有《楚辞》以来一部空前的著作。不但可供文学史家的参考，且为了解楚辞的捷径了。""这书最大的特点，是把《楚辞》当作一个有机体，不但研究它本身，还研究它的来源和去路。这种历史的眼光，是前任人所没有的。"① 这是此书的第一大贡献。《楚辞概论》的第二个贡献就是"考据的精神"。游国恩对屈原的事迹、作品的时代做出了详细的考证。

罗庸在《楚辞纂义序》中说："泽承此编，承近世学风之变，兼前人累世之长。其于左右采获，巨细靡遗，则远喻蒋氏；别白异论，独抒卓识，则度越考亭；至于校正文字，疏通训故，考订史实则又东原所未逮焉。"② 罗庸还提出了游国恩楚辞学研究的八善：一、择善而从，备列众解，以己见折中，是非昭然，瑕瑜不掩；二、谥正脱误，识其错简，还厥本真，文例昭然，通读无误；三、校订文字，文义晓然；四、发明文例，绳尺既定，物则有归；五、核正训诂，厘然有当，远过前人；六、综理旧说，学问积累，非一手一足之烈；七、创通大义，美人香草，说者不同，求女以通君侧；八、不知盖阙，矜慎度之，足祛狂瞽。

罗庸和陆侃如的评价说明了游国恩楚辞学研究的批判精神。他既有对传统楚辞学研究方法、研究内容的继承，综理旧说，对两千多年的楚辞学作了一个全面的总结；

---

① 游国恩：《楚辞概论》，上海：商务印书馆，1939年版，第2页。
② 游国恩著、游宝谅编：《游国恩楚辞论著集》，北京：中华书局，2012年版，第2页。

又开创了现代研究楚辞学的新气象，发明纂义体例，提出"女性中心说"。

综上所述，游国恩的楚辞研究既吸取中国古代学术思想的精华，尤其是儒学、道家中的概念应用于楚辞研究中，构建了完整的楚辞学体系，从而区别于零散的楚辞研究；又继承了中国楚辞学的传统学术的特征，并且为它增添了新的血液。

钱钟书《楚辞洪兴祖补注》诠释视角、方法及价值论析

湖北大学 彭安湘

【摘　要】 钱钟书遵循传统四部分类法且集部以"楚辞"居首的体例，将《楚辞洪兴祖补注》作为诠释对象，采用由"诗心"而"人化"的独特诠释视角，展现出规律性的人文艺术现象以反映人生世相。在诠释过程中，运用传统经典诠释法和"循环"诠释法相结合的方式，使文本意义、作者情感、诠释者体验三者牵扯、融会，形成一个互动循环、圆足周匝的体系。《楚辞洪兴祖补注》因重视楚辞文章学、具有"文化再创造"的眼光以及文化学研究性质而成为20世纪楚辞研究史上的重要成果。

【关键词】　《楚辞洪兴祖补注》　《管锥编》　"人化"　"循环"诠释法　文章学

20世纪70年代，学界楚辞研究出现繁荣局面，研究队伍壮大，论著大量涌现。钱钟书《管锥编》（二）之《楚辞洪兴祖补注十八则》[①] 即是其中之一。书中18则（后又增订14条）对王逸、洪兴祖之楚辞训诂、释义的评论，对楚辞作品原义的抉发申述，到底是"不公正的贬斥"[②]，还是"形成了一种独特的研究方式"或"运用了研究新思维"，这些问题在21世纪很有重新审视及估量的必要。

一、四部分类法下的诠释对象：从目录学角度探论钱钟书对《楚辞》及《楚辞补注》的认识

《管锥编》是钱钟书的精心杰作。这部四巨册的传世之作，选择对中国文化影响极深广的十部经典为诠释对象，涵盖文史哲三大类别并按经、史、子、集的顺序以作"管窥""锥指"式的观照。

---

① 《管锥编》出版于1979年8—10月，何时开始创作以及何时写定，学界说者不一。
② 周秉高：《评钱钟书之楚辞观》，《职大学报》，2006年第3期。

从我国古代目录的分类沿革可知，唐初修《隋书·经籍志》，继承发展荀勖、李充以甲、乙、丙、丁为序的四部分类，正式用经、史、子、集类目名称概括各部类书籍的性质内容。从此，四部分类法便发展成为我国古典目录分类法的主流。而且，自《隋书·经籍志》集部下分"楚辞""别集""总集"三类以来，后世虽先后增设了"文史类"（即诗文评）和"词曲类"两种，但将《楚辞》置于集部之首的体例却一直沿袭了下来，行之已达一千数百年之久。

《管锥编》将《楚辞洪兴祖补注》列之于集部诠释对象《太平广记》《全上古三代秦汉六朝文》之前，显然是对传统四部分类法及集部以"楚辞"居首体例的遵循。

在这一点上，钱氏父子的意见是不同的。其父钱基博是一位律己甚严的儒家学者，国学造诣颇深。其重要著作有《经学通志》《韩愈志》《版本通义》《古籍举要》《国学文选类纂》等。在其目录学著作《版本通义》①和《古籍举要》中，却并无对《楚辞》的绍介。在《国学文选类纂·总叙》中钱基博将国学研究范围分为了六类："曰小学之部，曰经学之部，曰子学之部，曰史学之部，曰文学之部，曰校雠之部"，在编纂过程中，也完全遵循六分法进行分类。②钱基博的目录分类及对楚辞的忽视态度，基本上代表了20世纪30年代部分学者的观点。如章太炎《国学讲演录》、钱穆《国学概论》即如此。

受渊源深厚的家学影响，钱钟书从小就打下了扎实的古文基础。后在清华大学读外语系时，他自修古典文学，自述其治古典文学方法为："亲炙古人，不由师授。"③因此，在目录分类及对楚辞的态度上并不盲从父辈名流，而是有着自己独立的学术思考。

钱钟书对中国古典文学研究的设想，是有着一个完整的构架的。《管锥编》的四部分类不仅在横断面上展示了对中国文化影响极其深广的经典著作，而且从上古到隋代的时代排列又体现了经典要籍纵向的历史叙述。综观钱钟书平生的学术著作，从《宋诗选注》到《管锥编》再到《谈艺录》，宏观勾勒的意图是非常明显的。这恰如胡范铸所评论的："《管锥编》《管锥编增订》《管锥编续辑》由先秦而纵论至隋代，《谈艺录》与《谈艺录补订》由唐而纵论至清末。二者相接，表现为对中国传统文化要籍与文化思想的通观。"④

将《楚辞》放在这样一个宏通的文化构架中来考察，无疑体现了钱钟书对《楚辞》

---

① 《版本通义》之《读本第三》按经史子集的顺序择要介绍"版本易得者"，集部只选总集，举以李善注《文选》《唐文粹》和《古文辞类纂》分别条流。

② 钱基博于民国13年（1924年）四月出版《国学必读》一书，是按照通论、经学、小学、史学、子学、文学六部分进行分类编选的。类目虽有小异，但所以分类者则同。

③ 钱钟书：《谈艺录》（补订本），北京：中华书局，1998年版，第346页。

④ 胡范铸：《钱钟书学术思想研究》，上海：华东师范大学出版社，1993年版，第14页。

的看重。这不仅因为《楚辞》以其高妙的艺术手法开创了浪漫主义文学一途而在中国文学史上占有重要地位，而且在思想文化上对传统儒家思想也有新的发展和创造。如钱钟书清华大学同学、著名楚辞专家林庚说：

> 中国文化曾受三个力量的支配：一是儒家而近于法家的荀子，一是道家的庄子，一是楚辞。荀子支配了汉代，庄子支配了魏晋，《楚辞》则自"建安"以至"盛唐"莫不受它的支配。前两者只是固定的观点，而后者带来的却是一个真实思想的精神……唐代能于先秦之后，独成一个灿烂的文化时期，那正是楚辞的力量。①

因此，研究中国传统文化是无法绕开楚辞的。另外，楚辞的传扬与影响还与历代楚辞注家及研究者孜孜不倦的探究密切相关。

古代对楚辞进行较系统全面诠释的代表性著作有：汉王逸《楚辞章句》、宋洪兴祖《楚辞补注》、朱熹《楚辞集注》、明汪瑗《楚辞集解》、清王夫之《楚辞通释》以及蒋骥《山带阁注楚辞》等。其中《楚辞章句》17卷，内容包括训诂、校勘、释义、考史、评文等各个方面，是今存最早一部完整的《楚辞》研究专著。而《楚辞补注》是洪兴祖据当世所传近二十种楚辞注本以及古本《楚辞释文》并在王逸《楚辞章句》的基础上所作的补充注释。此书精于训诂、引书赅博、校勘精准，是楚辞诠释史上的第二座里程碑。《四库全书总目》对其评价甚高，曰："于楚辞诸注之中，特为善本。故陈振孙称其用力之勤，而朱子作《集注》，亦多取其说。"② 更为重要的是，《楚辞补注》打破了唐孔颖达主修《五经正义》时确立的"疏不破注"的诠释原则，首创补注。不仅补充王注的内容，而且对王注、五臣注进行了辨证或反驳，创立了"疏可破注"的新原则。在体例上，"兴祖是编，列逸注于前，而一一疏通证明补注于后，于逸注多所阐发，又皆以'补曰'二字别之，使与原文不乱。"③

钱钟书能于楚辞诸注当中，专取洪注，亦见其对洪注在楚辞学史上重要地位的准确把握。而且，洪著"疏可破注"的原则也为钱钟书所借鉴。《楚辞洪兴祖补注》的叙述单位是"则"。"每则开头取诗文或注释或篇名发端而申说之。姑且称'起兴句'。通常这个'起兴句'之后，接下来是用'按'字"，"'按'语在全文中起承转或判断作用，表明作者的基本观点"，接下来"对'按'语或演绎或归纳"。④

---

① 林庚：《诗人屈原及其作品研究》，上海：棠棣出版社，1952年版。
② 永瑢等：《四库全书总目》，北京：中华书局，1965年版，下册，第1268页。
③ 永瑢等：《四库全书总目》，北京：中华书局，1965年版，下册，第1268页。
④ 蔡田明：《〈管锥编〉述说》，北京：中国友谊出版公司，1991年版，第32—34页。

可见，在四部分类的总体框架下，将《楚辞补注》作为诠释对象，这是钱钟书慎择精选的结果。这种结果体现了钱钟书对楚辞及其注本的充分重视，说他对楚辞进行了"不公正的贬斥"，从目录学角度来说，是欠妥当的。

二、由"诗心"而"人化"：钱钟书《楚辞洪兴祖补注》的诠释角度

《楚辞洪兴祖补注》中各"则"虽长短不一，但这十八"则"叙述体例甚严，可分为"起兴"和"按语"两层叙述结构。

（一）"起兴"部分——诠释的引子

"起兴"部分涉及《楚辞》之屈原、宋玉作品中的30余条文句和24条王逸注、17条洪兴祖注及他注若干，大致可分为"篇名加注释发端""诗文加注释发端""诗文无注释发端"三类。

"篇名加注释发端"类，以《离骚经章句序》和《天问》为代表。现以《天问》为例，可窥一斑：

> 《天问》王逸解题："呵而问之，以泄愤懑，舒泻愁思"；《补注》："天地事物之忧，不可胜穷。……天固不可问，聊以寄吾之意耳。……'知我者其天乎！此《天问》所为作也。"

"诗文加注释发端"是运用最普遍的一种类型，其中有的是王、洪两注俱全，有的则是二者居一。前者如：

> 《大招》："青色直眉，美目嫭只"，《注》："复有美女，体色青白，颜眉平直"；《补注》："'青色'谓眉也。"

后者如：

> 《思美人》："因归鸟而致辞兮，羌宿高而难当。"《注》："思附鸿雁，达中情也。"

"诗文无注释发端"类，即取诗文发端，无注，直接以"按语"的形式进行诠释。这种例句不多，约3条左右。

在《楚辞洪兴祖补注》的"起兴"部分，钱钟书承继了洪注"疏可破注"的原

则,但并未对王、洪二注进行逐条检视,也未对楚辞各篇作品的内容作全面的、整体的解读。他是有针对性的,看似随意却又极具心思地选择具有谈艺价值的文段、句子和注释,以作为自己申发、补阙的引子。

(二)"按语"部分——诠释的主体

"按语"部分是"则"的主体内容。其叙述思路大体分两步:第一步是"破注"。分为两种情形,一种是用简洁之语对王、洪二注进行评价。如:

> 评《离骚经章句序》:"按《补注》驳'经'字甚允,于'离骚'两解,未置可否。"

> 评《离骚》"怨灵修之浩荡兮,终不察夫民心"句:"按'无思虑'之解(王逸注)甚佳。"

> 评《东皇太一》"灵偃蹇兮姣服,芳菲菲兮满堂"句:"按洪说甚当。"

王、洪二注,确实绝大部分有精到可取之处,但囿于时地等历史地理环境,其二者于《楚辞》的名物训诂、大义诠释,也有不能通贯乃至讹误之处。钱钟书以"甚允""甚佳""甚是""谬矣"等字眼,作了鲜明的褒贬判定。

另一种是对屈、宋作品原文进行评价。如评《天问》为"史而不玄""颇失伦脊";评《怀沙》"伯乐既没,骥焉程兮"句为"词冗味短";评《远游》"惟天地之无穷兮,哀人生之长勤"句"用词有匠心";评《九辩》"皇天淫溢而秋霖兮,后土何时而得干!块独守此无泽兮,仰浮云而永叹"句"语意矛盾",等等。

第二步是"自疏"。此部分钱钟书对王、洪二注及楚辞具体作品的论述涉及了文学研究的许多方面。诸如探求文句内容和行文方面的条理,揣摩作者为文的用心,探索文学流派或写作范式的衍化等等。这也是最体现钱钟书诠释特色的部分。其特色便是不粘滞于语言,打通了古今中外语言的藩篱,在语言文本与实际的人生之间致力,由"诗心"而"人化","把文章通盘的人化或生命化……把文章看成我们自己同类的活人"①。

如对屈原《离骚》标题含义的诠释。在"起兴"部分钱钟书列举了王逸"别愁"说、司马迁"离忧"说,班固"遭忧"说、颜师古"忧动"说后,又在"按语"部分,补充了唐赵冬曦、宋项世安、王应麟等不同解释。项、王二人认为《楚辞》用的楚语较多,"离骚"即"骚离"。

---

① 钱钟书:《中国固有的文学批评的一个特点》,参钱钟书:《钱钟书散文》,杭州:浙江文艺出版社,1997年版,第391页。

为了辩驳项、王观点，钱钟书首先从人情世态出发，认为："夫楚咻齐傅，乃方言之殊，非若胡汉华夷之语，了无共通。"① 认为官方话语比方言整齐划一，记载书写下来的官话又比说的官话整齐划一，书写训诂雅颂类的官话又比通俗低下的官话整齐划一，"故楚之乡谈必有存于记楚人事或出楚人手之著作，然记楚人事、出楚人手之著作，其中所有词句，未宜一见而概谓'楚人之语自古如此'"。

接着，钱钟书又举了大量古今日常生活中常见的词语为例，如"公相"与"相公""尊严"与"严尊""主客"与"客主"等，证明"骚离"和"离骚"的意义差别很大。并从"文理""诗心"的角度，认为以上诸注："单文孤证，好事者无妨撮合；切理厌心，则犹有待焉。"②

其后，钱钟书提出自己的主张："'离骚'一词，有类人名之'去疾''去病'或诗题之'遣愁''送穷'，盖'离者'，分阔之谓，欲摆脱忧愁而遁避之，与'愁'告'别'，非因'别'而生'愁'。"为了形象地、令人信服地说明"离骚"一词意义，钱钟书列举了大量"欲'离'弃己之'骚'愁"的诗句。包括《诗经·泉水》《庄子·山木》、庾信《愁赋》、李白《暮江春夏送张祖监丞之东都序》、韩愈《忽忽》以及辛弃疾《鹧鸪天》等作品中的句子。又从心理学的角度解释道："忧思难解而以为迁地可逃者，世人心理之大顺，亦词章抒情之常事，而屈子此作，其巍然首出者也。逃避苦闷，而浪迹远逝，乃西方浪漫诗歌中一大题材，足资参印。"③ 在一种心理运行的动态中，利用诗篇回旋着的同样情绪，来把握"离骚"题旨，已可谓准确。

接下来，钱钟书又贯串起《离骚》中的关键诗句，梳理出诗人的心路历程："弃置而复依恋，无可忍而又不忍，欲去还留，难留而亦不易去。即身离故都而去矣，一息尚存，此心安放？江湖魏阙，哀郢怀沙，'骚'终未'离'而愁将焉避！……宁流浪而犹流连，其唯以死亡为逃亡乎！故'从彭咸之所居'为归宿焉。思绪曲折，文澜往复；司空图《诗品·委曲》之'似往已回'，庶几得其悱恻缠绵之致。"④

这样层层探究，钩深抉微，既将《离骚》的题义意蕴阐发得淋漓尽致，又对《离骚》及相关诗文中表现的人心、人情、人性等关于人生的内容格外用心。类似的例子颇多，再胪列数例，以作说明。

如第二则论《离骚》"惟草木之零落兮，恐美人之迟暮"句从"表喻"和"里意"推出"后时之怅，志士有同心焉"⑤的世间共相；论《离骚》之"思九州之博大兮，

---

① 钱钟书：《管锥编》，北京：三联书店，2007年版，第889页。
② 钱钟书：《管锥编》，北京：三联书店，2007年版，第891页。
③ 钱钟书：《管锥编》，北京：三联书店，2007年版，第891页。
④ 钱钟书：《管锥编》，北京：三联书店，2007年版，第893页。
⑤ 钱钟书：《管锥编》，北京：三联书店，2007年版，第896页。

岂唯是有其女……何所独无芳草兮？尔独怀乎故宇"句，则由史、文、诗中他例的共同心理现象，分析出屈子舍生赴死的悲慨心理："盖屈子心中，'故都'之外，虽有世界，非其世界，背国不如舍生。眷念宗邦，生死以之，与为逋客，宁作累臣。"①

第十三则论《远游》之"惟天地之无穷兮，哀人生之长勤"句为独出机杼，"已出意外"，并对诗句作曲体人情的申发，使其中蕴含的人情事理坦露无遗："盖视天地则人生甚促，而就人论，生有限而身有待，形役心劳，仔肩难息，无时不在勤苦之中，自有长夜漫漫、长途仆仆之感，语含正反而观兼主客焉。"

第十则论《九章·哀郢》"心絓结而不解兮，思蹇产而不释"句，针对王逸"心肝悬结、思念诘屈而不可解也"的注释，钱钟书通过语义分析指出："人之情思，连绵相续，故常语径以类似绦索之物名之。"认为这是人与物之间一种异质同构的创作手法。在罗列了古今中外大量运用此手法的诗文后，又进一步揭示此类诗文普遍的创作动机在于："不平之善鸣，当哭之长歌，化一把心酸泪为满纸荒唐言，使无绪之缠结，为不紊之编结，因写忧而造艺是矣。"②

第十五则论《九辩》首段之写秋色，指出"盖宋玉此篇貌写秋而实写愁"。然后从创作主体的角度探究心境—外物—心境的交互感应过程，总结出人类普遍的情感规律："然物逐情移，境由心造，苟衷肠无闷，高秋气爽岂遽败兴丧气哉？""风景因心境而改观。"

由上可知，钱钟书在具体的诠释实践中虽运用了传统训诂学的方法，但实际致力的是"诗心""文心"的探讨，也就是，致力于寻找中西作者艺术构思的共同规律。而且，"他以古书为引子，梭穿轮转，慎选精研，最终目的并不是古籍之疏解，而在全部人类本性与观念的探究、抉发"。③ 这种由"诗心"而"人化"的独特诠释视角，是钱钟书一贯的治学理念。他在《宋诗选注序》中说："文学创作的真实不等于历史考订的事实，因此不能机械地把考据来测验文学作品的真实……而文学创作可以深挖事物的隐藏的本质，曲传人物的未吐露的心理，否则它就没有尽它的艺术的责任，抛弃了它的创作的职权。"④ 这也就是他为什么在"自疏"观点的过程中，总是罗列大量的原始具体的创作例子，展现出规律性的人文艺术现象以反映人生世相的主要原因。

---

① 钱钟书：《管锥编》，北京：三联书店，2007年版，第910—911页。
② 钱钟书：《管锥编》，北京：三联书店，2007年版，第940、943页。
③ 李洪岩：《智者的心路历程——钱钟书生平与学术》，石家庄：河北教育出版社，1995年版，第396页。
④ 钱钟书：《宋诗选注序》，北京：中华书局，1989年版，第3、5页。

三、"义解圆足"与"发凡张本":钱钟书《楚辞洪兴祖补注》的诠释方式及研究价值

关于《楚辞洪兴祖补注》诠释方式相关的探讨,学界已取得了一定的成果。如梅琼林认为其楚辞研究方法表现在比较视野的确立、美学感悟与哲理思辨的融会贯通、思维的高视点俯视等三个方面;① 梅桐生则认为其研究偏重于具体的文艺鉴赏、艺术范型的研究、大范围的比较、多学科的对照诸方面②。这些观点为我们继续探讨《楚辞洪兴祖补注》的诠释方式提供了很好的启示。

《管锥编》属于钱钟书学问四目中的第一目——经典诠释学。③ 中国传统经典(主要是经学)诠释学有三大流派且各具特色:属致治之说的今文学重"微言大义",属考证之说的古文学重"名物训诂",属载道之说的宋学重"心性理气"。其经典诠释体式为注、微、笺、训诂,其阐释方法主要有语言诠释方法、历史诠释方法、心理诠释方法三种。钱钟书《管锥编》则明显带有经典诠释的特点,既吸收了西方的理论范式,又直承中国传统传注义疏的诠释传统。④ 这可以钱钟书自己的一段话作为明证:

> 乾嘉"朴学"教人,必知字之诂,而后识句之意,识句之意,而后通全篇之义,进而窥全书之指。虽然,是特一边耳,亦祇初桄耳。复须解全篇之义乃至全书之指("志"),庶得以定某句之意("词"),解全句之意,庶得以定某字之诂("文");或并须晓会作者立言之宗尚、当时流行之文风、以及修辞异宜之著述体裁,方概知全篇或全书之指归。积大以明小,而又举大以贯小;推末以至本,而又探本以穷末;交互往复,庶几乎义解圆足而免于偏枯,所谓"阐释之循环"是也。⑤

可以看出,钱钟书意识到乾嘉"朴学"由"字"到"句"再到"义"这种顺向(由小到大,由末到本)诠释的不足,提出经由顺向诠释后,还需由"意"到"句"到"字"的逆向(由大到小,由本到末)诠释,甚至还需了解文本之外的"立言宗尚"

---

① 梅琼林:《论钱钟书的楚辞研究方法》,《湖北教育学院学报(哲社版)》,1994年第2期。
② 梅桐生:《钱钟书〈楚辞〉研究的特色》,《金筑大学学报》,1999年第1期。
③ 刘梦溪认为钱钟书的学问构成约略可分为四目:第一是经典阐释学;第二是学术思想史;第三是中国诗学;第四是文体修辞学。《钱钟书的学问方式》,见《中华读书报》,2015年5月3日。
④ 刘梦溪:《钱钟书的学问方式》,《中华读书报》,2015年5月3日。
⑤ 钱钟书:《管锥编》,北京:三联书店,2007年版,第281页。

"流行文风"及"著述体裁"。如此"交互往复",往返循环,从而达到"义解圆足而免于偏枯"的诠释效果,这就是"循环"阐释法。"阐释之循环"是西方诠释学的一个概念,原称为"诠释学循环"。其"循环"阐释的范围有三次演化:一、存在于文本的局部与整体之间;二、存在于文本(部分)与作者的心理(整体)之间;三、存在于文本(部分)与诠释者生命(整体)相联系的历史文化背景之间。①

以《楚辞洪兴祖补注》观之,钱钟书运用了传统经典诠释法,在《楚辞》昔注与文本中选择一部分注解和词句作辨析、比较和评价。如兰、椒考释、女嬃考证(第二则《离骚》)、雨露不均(第十六则《九辩》)等为语言诠释法,庚寅(第二则《离骚》)、招生魂(第十七则《招魂》)为历史诠释法中的"知人论世"法。

但传统经典诠释法在《楚辞洪兴祖补注》中只占小部分。钱钟书更多的是运用"循环"的诠释方式,对原义作引申、补充、连类,乃至离开《楚辞》原义,只是以其他作品中的某一个、甚至某一类表述(词语、句段)为引子论述他自己的见解。② 其中,大量的中外文献、经史子集、小说戏曲甚至训诂、俗语、童谣等纷繁复杂的词语、句段,构成一个个繁富扬厉的"现象群",在列举、分析、推论、升华、归结中体现出文化的引证广度。这当中现象罗列法、比较观照法的运用是比较普遍的。而使这些个别现象粘合在一起的,是文本(部分)与作者的心理(整体)以及文本(部分)与诠释者生命(整体)之间共同的情绪旋律和心理感受。在心理机制的运行中,文本意义、作者情感、诠释者体验三者牵扯、融会,形成一个互动循环、圆足周匝的体系。这种现象—(心理机制)—本质的"循环"阐释模式形成的原因,可用钱钟书自己的话来解释:"东海西海,心理攸同;南学北学,道术未裂"。③ 其中的"道术",是指文学的根本任务——解读人生。

钱钟书在给同学臧克和的一封信中曾谈到《管锥编》:"十年中忧患著书,聊以乱思遣日、发凡张本而已。"④《管锥编》虽为忧患之时的"避世之作",但并不掩其璨然的学术价值。在楚辞研究上,钱钟书无论在阐述视角、诠释方式,还是所得结论上,均显得独特而富有创见,对20世纪以后至今的楚辞鉴赏、楚辞批评、文学创作等仍有启迪作用,确实具有"发凡张本"的价值。具体表现在:

首先,采用了将楚辞进行"文化再创造"的理论视角。

楚辞流布2000余年,经汉、宋、清代及至近现代学人卓有成效的研究,已然成为

---

① 转引自何明星:《管锥篇诠释方法研究》,武汉:华中师范大学出版社,2006年版,第63页。
② 何明星:《管锥篇诠释方法研究》,武汉:华中师范大学出版社,2006年版,第138页。
③ 钱钟书:《谈艺录序》,《谈艺录》,北京:三联出版社,2007年版,第1页。
④ 臧克和:《同学琐记(一)》,参牟晓朋、范旭仑编:《记钱钟书先生》,大连:大连出版社,1995年版,第100页。

一种重要的文化现象和珍贵的文化遗产。对此,钱钟书采用了"文化再创造"的理论视角,对楚辞及其注解重新发现和创新。他搁置了20世纪50至70年代屈、宋作品真伪考辨及其著作权归属的争端,将这些作品都看成是古代留存下来的文化遗产,而进行符合文本意义、作者情感、诠释者体验三者合一的"再创性"诠释。他总是从一篇作品极具鉴赏价值的词句段落出发,通过征引大量的中外文献,探源溯流、异同比较、阐释说明,把纷繁复杂的文学现象条分缕析。这样,楚辞文本与诸多诠释文本便形成一个多维度、多层次、立体、有机、和谐的意义整体,从而使楚辞文本获得义解圆足的诠释而焕发出新的魅力与光彩。

这一理论视角的采用得到了中外学者的赞誉。如夏志清称"给'汉学'打开了一个比较研究的新局面"。① 德国汉学家莫尼克女士则称:"《管锥编》有双重用途,一方面它像一部电脑,储存了很多文学实例;另一方面它又提供了很多专门研究的题目。……它以全部中国经典为罗盘,利用西方文学指示接触点,为运用西学方法研究中国文学指出了道路。"② 这些评价都是甚为公允的。

其次,重视楚辞文章学的研究。

钱钟书《楚辞洪兴祖补注》采用从"诗心""文心"而"人化""生命化"的阐释视角,因此必须对楚辞进行文学阐述,以文学为本位,解决文章学的文学性问题。而这也是钱钟书所爱好和擅长的。他在《谈艺录》开篇首句就说:"余雅喜谈艺。"③并认为:"谈艺不可凭开宗明义之空言,亦必察裁文匠笔之实事。"④"裁文匠笔"当包括篇章结构、音韵声律、语言辞采、行文技法等内容。其中,钱钟书尤重行文技法类和篇章结构的研究。修辞、意象及结构体式是其着力探讨所在。

在《谈艺录》中,他说:"诗学(poetic)亦须取资于修辞学(rhetoric)耳。"⑤《楚辞洪兴祖补注》中典型的修辞手法有:混含(论述《离骚》"謇吾法夫前修兮,非世俗之所服"一句中提出的。他赞其"句法以两解为更入三昧""诗以虚涵两意见妙")、倒反(论述《九歌·湘君》《湘夫人》中"采薜荔兮水中,搴芙蓉兮木末""鸟萃兮蘋中,罾何为兮木上?"等句所提出来的,认为这些"错乱颠倒之象",具有内容上的荒诞性、逻辑上的反常性、语言上的离奇性、功能上的趣味性等特征)、比兴(如论《离骚》中"落英""美人"等)。钱钟书引用古代和西方文献中的大量材料来

---

① 夏志清:《新文学的传统》,北京:新星出版社,2010年版,第365页。
② 莫尼克:《〈管锥编〉:一座中国式的魔镜》,载陆文虎等编《钱钟书研究)》第二辑,北京:文化艺术出版社,第103页。
③ 钱钟书:《谈艺录》,北京:三联出版社,2007年版,第1页。
④ 钱钟书:《谈艺录》,北京:三联出版社,2007年版,第572页。
⑤ 钱钟书:《谈艺录》,北京:三联出版社,2007年版,第596页。

诠释、引证这些修辞手法，"疏凿钩连"使人"触类而观其汇通"，大开眼界。

从汉代王逸"依《诗》"之语始，至清代刘熙载《艺概》止，2000余年的楚辞意象研究取得了诸多成就，为历代解读楚辞者提供了借鉴。但古人此类探讨只点到为止，未为深究。在20世纪六七十年代楚辞意象研究者寥寥的现状中，钱钟书着力探究。他在论《九章·思美人》："因归鸟而致辞兮，羌宿高而难当"句中，拈出鸟意象，指出"因鸟致辞"为后世祖构且具有附庸蔚为大国的初始意义。自兹以后，楚辞意象研究得到长足发展。

在结构体式方面，钱钟书则指出"事物当对"及《天问》体的创作范型意义。钱钟书高度肯定《九辩》的写景价值，指出运用"事物当对"类诗文创作中的一个范式：以有形表现无形，注重形象思维，"行空而复点地，庶堪接引读者"。《天问》是屈原的杰作，但钱钟书对它的瑕疵并不讳言，且进一步考察了先秦之文"以问请谋篇者"以及作为艺术表达形式在诗歌发展史上的流布情况，指出这类一问到底的诗体不仅形式呆板，程式化严重，而且十分苍白、空洞无物，是自《天问》以来"问"的形式在文学史上的消极影响。①

最后，楚辞探讨具有文化学研究性质。

钱钟书知识渊博，涉及的问题遍及各个人文学科，如心理学、历史学、语言学、民俗学等等，其《楚辞洪兴祖补注》已然具有文化学研究性质。如在论及《离骚》"惟庚寅吾以降"时，他根据王逸、洪兴祖等注释，指出汉代可能已流行推命说法。在论及《楚辞·招魂》"巫阳对曰：'掌梦'"及《注》"巫阳对天帝言"时，钱钟书指出当时的信息分为招生魂和死魂，两种招魂方法各有所司不容混淆。《招魂》招的是楚王生魂而非死魂。这些均是民俗学内容，是继20世纪三四十年代闻一多之后民俗研究的重要论述。

可以说，在经过"文革"那种读书无用、知识有罪的特殊年代，钱钟书《楚辞洪兴祖补注》的出现，具有特别的意义。它独具只眼的诠释视角、中西合璧的诠释方法、充实丰富的诠释内容，值得在20世纪楚辞研究史上大书一笔。

---

① 梅琼林：《论钱钟书的楚辞研究方法》，《湖北教育学院学报（哲社版）》，1994年第2期。

论饶宗颐先生的《楚辞》研究

陕西师范大学 毛 蕊

【摘 要】 饶宗颐先生是著名的国学大师,他治学范围极广,涉及敦煌学、甲骨学、古文字学、考古学、地理学、宗教学等多个方面,《楚辞》亦是其研究的主要方面之一。他的《楚辞》研究专著有《楚辞地理考》《楚辞书录》《楚辞词曲音乐》三种,另学术论文数篇,具有较深远的学术影响力。本论文主要以其"五重证据法"为出发点,探讨饶宗颐先生的《楚辞》研究情况,并在此基础上揭示出饶先生《楚辞》研究对当今学术的重要启示。

【关键词】 饶宗颐 《楚辞》 研究 五重证据法

饶宗颐先生是一位百岁高龄的著名国学大师,他一直勤奋耕耘,为国学研究和传播中华优秀传统文化做出了杰出贡献。在80多年的漫长学术生涯中,他先后著有单行本学术专著50多种,书画集及书画展场刊10余种,诗词集20余种,论文370余篇,涵盖了敦煌学、甲骨学、古文字学、考古学、地理学、楚辞学、宗教学,还延伸到华侨史料学、文学艺术史、中外文化交流史等众多学科领域。有论者评价说:"饶氏治学所涉及的时代,从上古史前到明清,几乎没有一个时代是'交白卷'的。"事实上,饶氏治学,不仅范围广,时间跨度长,而且成就突出,影响很大。而饶氏对于楚辞学的研究,不仅是其国学研究中的重要组成部分,同时他的很多研究理念、研究方法也都曾用于此项研究,这便是我们今日探讨其《楚辞》研究的重大意义之所在。

一、饶宗颐《楚辞》研究论著概说

在饶宗颐先生的学术研究中,《楚辞》并不是贯穿始终的领域,但是其楚辞学研究却在其国学研究中占有非常重要的地位。他将其深厚的国学文化修养、丰富的域外文化知识、广阔的学术视野、敏锐的学术思维、独特的学术研究方法等,都曾应用于楚辞学研究,这便使其《楚辞》研究具有极大的学术开拓价值。

饶先生的《楚辞》研究著作主要有以下数种:

(一)《楚辞地理考》

《楚辞地理考》，1940年1月完成，1946年由上海商务印书馆出版，1978年台北九思出版有限公司重印。

饶氏早年醉心于《楚辞》研究，并钻研历史地理。他曾撰写过一系列历史地理方面的文章和著作，如《尚书地理辨证》《路史国名记疏证》（此二书皆佚）及拟收入《古史辨》（第八册）的《十二州解》《三苗考》等文。《楚辞地理考》一书的创作缘起是与钱穆的论辩。20世纪40年代，钱穆率先发表《楚辞地名考》一文，认为"屈原放居，地在漠北，《楚辞》所歌，洞庭沅、澧诸水，本在江北。"其理由有四：其一，《抽思》中"有鸟自南，来集汉北"，可证屈原居汉北；其二，《渔父》中"沧浪之水"是汉水的别名；其三，《湘君》"涔阳极浦"中的"涔阳"是汉水之阳；其四，三闾大夫的"三闾"是地名，指的就是丹水间的"三户"。① 方授楚不同意钱穆的意见，撰写《洞庭仍在江南屈原非死江北辨》一文与钱氏商榷。钱氏又作《再论楚辞地名答方君》，予以反驳。鉴于楚辞地名探讨的重要性，青年饶宗颐撰《楚辞地理考》一书，加入论战。饶氏在是书"题记"中写道："楚辞地名之讨论，为近年来文史界的一大事，拙作《楚辞地理考》三卷，即为解决此问题而作也。"他在书中对钱穆的四个观点一一驳斥：其一，"汉北"句是托怀王自汉水北入秦，非屈原的自称；② 其二，"沧浪"是《孺子歌》所出地域，不是屈原的迁居地；③ 其三，"涔阳"在澧阳，非汉水之阳，涔阳浦即澧浦；④ 其四，"三闾"为楚三大族名，三户地名早已有之，并不是因为三族而得名，三闾和三户不可等同。⑤ 是书不但有力批驳了屈原放居汉北的观点，而且对前人无法确定地望的地名作了考据，有许多前人未发之新观点，解决了《楚辞》中《离骚》《抽思》等篇目写作时间的疑难问题。

在此书中，饶先生还提出了研究历史地理的科学方法。他在《自序》中说："曾谓考古代地理，其方法有二，一曰辨地名，二曰审地望。前者为考原之事，所以穷其名

---

① 钱穆：《楚辞地名考》，《古史地理论丛》，台北：东大图书股份有限公司，1982年版，第96页。
② 饶宗颐：《楚辞地理考·涔阳考》，《饶宗颐二十世纪学术文集·文学》，台北：新文丰出版股份有限公司，2003年版，第106—114页。
③ 饶宗颐：《楚辞地理考·涔阳考》，《饶宗颐二十世纪学术文集·文学》，台北：新文丰出版股份有限公司，2003年版，第99—103页。
④ 饶宗颐：《楚辞地理考·说沧浪之水》，《饶宗颐二十世纪学术文集·文学》，台北：新文丰出版股份有限公司，2003年版，第90—98页。
⑤ 饶宗颐：《楚辞地理考·三闾辩》，《饶宗颐二十世纪学术文集·文学》，台北：新文丰出版股份有限公司，2003年版，第114—116页。

称之由来，与所指之范围也；后者为究流之事，即求其地之所在与迁徙沿革也。"① 在之后的《尚书地理辨证·自序》中，他又进一步总结为："爰树四例：曰稽名原，曰通异文，曰审辞例，曰订诡解。义古地名多取义于族号，氏族屡迁，往往以故居名新邑，故地名亦随之而他徙：故必溯其本原，通其异读，而后有轨辙可循，庶几如理乱丝而有庖丁解牛之乐焉。"在《楚辞地理考》中，饶先生便对这几大原则进行了很好的运用。《释鄢郢》中就楚国都城进行考据，即判地望。与钱穆新解商榷，即订诡解。指出"江南"既泛称长江以南一带地域，又是楚国邑名的专称；"鄢郢"是在宜城的鄢与在江陵的郢的合称，鄢陵与郢城又别称"鄢郢"，"郢"又是楚国国都的借称；"苍梧"混称出现在南方、东方、西方中，此即稽名原。② 在《高唐考》中，考订"唐"与"阳"古音通，高唐即高阳是观名并非地名；③《北姑考》中指出"北姑"其地在今山东博兴县东北，与"薄姑"或"蒲姑"同名异文，即通异文。④ 在《释沘》中，饶氏以《楚辞》偶句中存在着专名与通名，地名与非地名为对语的辞例，指出地名并非与地名对应的辞例，进而判定"沘"与"洲"（非地名）为对文，即审辞例。⑤ 饶氏此书是第一部探讨楚辞地理的专书，开辟了楚辞研究的新领域，一出版就在学界引起较大反响，至今仍有影响力。著名学者童书业欣然为之作序曰："考据之学，愈近愈精，读宗颐饶君之书，而益信也。君治古史地学，深入堂奥，精思所及，往往能发前人所未发，近著《楚辞地理考》，凡三卷二十篇，钩沉索隐，多所自得，乍闻其说，似讶其创，详考之，则皆信而有征；并（治）世治古地理者，未能或之先也。"⑥ 此实非夸语。此书在上海的出版，使得29岁的饶宗颐一举成名，从此他便专攻文史而一发不可收拾，同时又从乡邦文化拾级而上，最终成为汉学界的泰斗级人物。

（二）《楚辞书录》

《楚辞书录》，1956年由香港苏记书庄出版，是饶先生迁港之后的又一部《楚辞》著作，此书与《楚辞地理考》成书已相隔十年，但是二书在《楚辞》地理学以及目录

---

① 饶宗颐：《楚辞地理考·自序》，《饶宗颐二十世纪学术文集·文学》，台北：新文丰出版股份有限公司，2003年版，第77—79页。
② 饶宗颐：《楚辞地理考·释鄢郢》，《饶宗颐二十世纪学术文集·文学》，台北：新文丰出版股份有限公司，2003年版，第162—177页。
③ 饶宗颐：《楚辞地理考·高唐考》，《饶宗颐二十世纪学术文集·文学》，台北：新文丰出版股份有限公司，2003年版，第81页。
④ 饶宗颐：《楚辞地理考·北姑考》，《饶宗颐二十世纪学术文集·文学》，台北：新文丰出版股份有限公司，2003年版，第104页。
⑤ 饶宗颐：《楚辞地理考·释沘》，《饶宗颐二十世纪学术文集·文学》，台北：新文丰出版股份有限公司，2003年版，第89页。
⑥ 童书业：《楚辞地理考·序》，《饶宗颐二十世纪学术文集·文学》，台北：新文丰出版股份有限公司，2003年版，第75—76页。

学中，皆有首创之功。

《楚辞书录》一书乃目录学与楚辞学结合的产物，辑录《楚辞》书目之大成。是书分为书录、别录、外编三大部分。

1. 书录，包括五部分。

第一，知见《楚辞》书目，收《楚辞》书目118种，包括通行本、正文本、古写本、篆文本和日人著述等。这一部分不仅较详细地介绍了《楚辞》著作版本和馆藏情况，而且对其中重要的《楚辞》著作收录尤详，如王逸《楚辞章句》共收录13种版本；朱熹《楚辞集注》共收录27种版本。陈炜舜在《香港楚辞学著作举隅》中总结此部分有九个特点，分别是：备旧说（以期帮助读者尽快掌握该书的内容及研究情况），撮旨意（对作者的写作动机、方法、特色和评价皆有简明扼要的交代），发体例（阐发该书的体例，间有学术承继在其中），查亡佚（结合其他书目的著录，考核存亡），考版本（考核《楚辞》著作的版本，收录极为丰富），录馆藏（不仅详记内地、香港、台湾、日本各地的馆藏情况，而且还列出某些版本为哪些书家旧藏），记生平（附每书的著述者、刊印人的简传，供读者参考），述学术（对著者的学术好向有所论述），辨传承（对于不同著者之间相似或相近的论说，指出其间的传承关系）。[①] 陈氏对《楚辞书录》中知见《楚辞》书目部分的论述，可谓面面俱到，尽善尽美。第二，元以前《楚辞》佚籍，饶氏从各种古代书目中录得楚辞古代著作近30种，罗列出来，以期读者可以从中看到早期楚辞学的面貌。第三，拟《骚》，这部分收录了汉扬雄《反离骚》及以后共55篇作品，并做了简要题解。第四，图像，这部分记载了美术作品20余种，详细介绍了其绘者、绘画方式、尺寸大小、内容、题跋、著录等各项资料。第五，译本，这部分收录德、英、法、意、日五种语言翻译作品27种。

2. 别录，包括近人《楚辞》著述略，《楚辞》论文要目两部分。

其中第一部分收录刘师培《楚辞考异》等近人著述31种，第二部分收录论文要目113篇，分为屈原与《楚辞》《离骚》《九歌》《天问》等六个分类。

3. 外编，《楚辞》拾补，包括饶氏自撰六篇《楚辞》考据文章，其录日本所藏之旧刊秘籍，钩沉辑佚，提供了不少有益的资料。

如《"离骚"异文亦做"离㥦"》一文，依足本《史记索隐》考证"离骚"二字有的《史记》版本做作"离㥦"[②]。《晋郭璞〈楚辞〉遗说摭佚》一文，依据《尔雅》《方言》《山海经》《穆天子传》郭璞注中援引《楚辞》内容钩沉辑录郭氏《楚

---

① 陈炜舜：《香港楚辞学著作举隅》，《云梦学刊》，2004年第7期。
② 饶宗颐：《楚辞书录·"离骚"异文亦做"离㥦"》，《饶宗颐二十世纪学术文集·文学》，台北：新文丰出版股份有限公司，2003年版，第307—308页。

辞》遗说,并根据郭注《山海经》中将《离骚》称作《离骚经》,与王逸注本同,由此推出晋唐古本中有将《离骚》称为《离骚经》的。①《隋僧道骞〈楚辞音〉残卷校笺》一文,根据僧道骞《楚辞音》残卷指出"此卷有裨于《楚辞》之考证之八事"。②《唐本〈文选集注·离骚〉残卷校记》一文,据唐本《文选集注》中之《离骚》残卷"兹撷其要,撰为校记",其中有许多内容可以补充旧说,如"唐本无'曰黄昏从为期兮,羌中道而改路'二句,六臣本《文选》亦无之,洪兴祖疑后人误以《九章》二句增此。今唐本正无此二句,可为洪说佐证"。③《唐陆善经〈文选·离骚〉注辑要》一文,录唐陆善经《文选·离骚》注注文60余条,其中不乏独见,如将胡绳解释为冠缨,与王逸不同。《唐宋本扬雄〈反离骚〉合校》一文,比较唐宋本扬雄《反离骚》的异同,对唐本义长可证宋本之讹者,宋本可证唐本之误字者,异文且有关文义者,都加以校疏,对《楚辞》之校雠与训诂大有裨益。

饶氏此书开创了整理历代《楚辞》文献之先河,虽然继他而起研究《楚辞》文献者众多,成就也超出其外,但其对《楚辞》文献学的首创构建之功不可没。而且由于所处环境的特殊性,饶氏能更多地阅览海外、港台书籍,其学术眼光更具国际视野。

(三)《楚辞与词曲音乐》

《楚辞与词曲音乐》,1957年完成,1958年由香港中文大学出版社出版。该书主体分为四个部分。第一部分为《〈楚辞〉与中国文人生活》。文中指出《诗经》和《楚辞》是中国文学的木本水源,历代文人几乎皆受其影响,并且主要从文学创作和人生态度两个层面举例说明。第二部分详细论述五代两宋词与《楚辞》之间的关系。饶氏首先开宗明义地指出词与《楚辞》在作法与风格上有很多相似之处,如尚比兴、主含蓄等;其次他认为词的用意和用字,取材于《楚辞》者甚多;再次着重分析了南宋词家与《楚辞》的关系,主要代表有辛弃疾、高似孙、刘克庄及刘辰翁,主要表现有采用《楚辞》写出一些警句以及题咏草木时往往取材于骚,所论非常精彩透辟;最后总结宋词取材于《楚辞》的三类:隐括、剪裁和套语。第三部分为《楚辞》与戏曲,主要概括元小令、元杂剧、明清杂剧与《楚辞》的关系,它们或是间采《楚辞》词句,或是直接取材于屈原投江故事,并对其艺术特点加以分析,以尤侗的《读离骚》为代

---

① 饶宗颐:《楚辞书录·晋郭璞〈楚辞〉遗说摭佚》,《饶宗颐二十世纪学术文集·文学》,台北:新文丰出版股份有限公司,2003年版,第309—313页。
② 饶宗颐:《楚辞书录·隋僧道骞〈楚辞音〉残卷校笺》,《饶宗颐二十世纪学术文集·文学》,台北:新文丰出版股份有限公司,2003年版,第314—321页。
③ 饶宗颐:《楚辞书录·唐本〈文选集注·离骚〉残卷校记》,《饶宗颐二十世纪学术文集·文学》,台北:新文丰出版股份有限公司,2003年版,第322—324页。

表，称该传奇"直可与《天问》相伯仲"。① 第四部分《楚辞》与古琴曲，主要探讨《楚辞》对中国古琴曲的影响。饶氏认为许多古琴曲都是取材于《楚辞》的，自唐以后为数不止十操，将其系统分为《离骚》《泽畔吟》《搔首问天》《宋玉悲秋》以及附论《招隐》《屈原问渡》《远游》《渔父辞》《屈原》《吊屈原》《续离骚》。此书还有三篇附录，为《〈离骚〉劳商辨》《宋词采骚摘句图》《〈楚辞〉琴谱举例》。此书是较早讨论《楚辞》与词学关系的著作，也是论述文体与音乐之间关系的第一部著作。

饶先生关于《楚辞》的论文还有多篇，其中也有许多《楚辞》学之第一。如《楚辞与考古学》（1957）；最早提出《楚辞》应与各种出土资料相结合研究，《唐勒及其佚文——〈楚辞〉新资料》，最早利用地上地下文献互证研究唐勒佚文；《骚言志说（附录：楚辞学及其相关问题）》（1978），最早提出"骚言志"这一观点和"《楚辞》学"这一名称，《〈天问〉文体的源流——"发问"文学之探讨》（1976），第一次提出了"发问文学"这个概念。其余如《楚辞与古西南夷之故事画》，涉及艺术史、人类学、民族学；《长沙楚墓帛画山鬼图跋》及《山鬼图后记》（1957），体现了饶氏将文献与实物互证的方法。另有一些涉及《楚辞》研究的内容散见诸篇，此处不再赘述。

二、"五重证据法"观照下的《楚辞》研究

（一）"五重证据法"的由来

20世纪20年代间，王国维在《古史新证·总论》中提出"二重证据法"。他说："吾辈生于今日，幸于纸上之材料外，更得地下之新材料。由此种新材料，我辈因得据以补正纸上之材料，亦得证明古书之某部分全为实录，即百家不雅驯之言，亦不无表示一面之事实。此二重证据法，惟在今日始得行之。"② 王氏主张运用"地下之新材料"，来印证古代传世文献，着重以两重证据互证，此观念对20世纪史学研究产生了巨大影响。20世纪后半叶以来，随着地下文献的不断出土，学术界对王氏"两重证据法"有了越来越深刻的认识，并在实践中不断完善。

饶宗颐自幼饱读诗书，国学功底深厚，其学术底子是清代朴学，亦以考据见长。20世纪50年代，饶氏在研究甲骨文的过程中，意识到将甲骨文同其他出土文献相区分是非常必要的。1982年，饶宗颐在"香港夏文化探讨会"开幕式的致辞中首次提出用"三重证据法"来研究夏文化，他认为，"探索夏文化，必须将田野考古、文献记载和

---

① 饶宗颐：《楚辞与词曲音乐·〈楚辞〉与戏曲》，《饶宗颐二十世纪学术文集·文学》，台北：新文丰出版股份有限公司，2003年版，第389页。

② 王国维：《古史新证》，北京：清华大学出版社，2000年版，第2—3页。

甲骨文的研究方面结合起来进行研究，互相抉发和证明"，① 此考证法广受古史研究界的专家学者所认同。"三重证据法"可看作是对王国维"二重证据法"的完善与丰富，此后饶先生对"三重证据法"又进行了进一步总结："余所以提倡三重史料，较王静安增加一种者，因文物的器物本身，与文物之文字记录，宜分别处理；而出土物品之文字记录，其为直接史料，价值更高，尤应强调它的重要性"，并认为古史研究应从三种途径入手："一，尽量运用出土文物上的文字记录，作为我们所说的三重证据的主要依据；二，充分利用各地区新出土的文物，详细考察其历史背景，作深入的探究；三，在可能范围内，与同时代的其他古国的同时期事物进行比较研究，经过互相比勘之后，取得同样事物在不同空间的一种新的认识与理解。"② 饶氏在对"三重证据法"的说明中提到"比王国维的'二重证据法'多了一种甲骨文"，应是针对"夏文化"研究而言的。而普遍来讲，尤其是对殷商文化研究来说，王国维的"地下之新材料"是包括甲骨文的。后来饶先生又在《谈三重证据法》的"补记"中再次强调："我所以强调甲骨文应列为'一重'证据，由于它是殷代的直接而最可靠的记录，虽然它也是地下资料，但和其他器物只是实物而无文字，没有历史记录是不能同样看待的，它和纸上文献是有同等的史料价值，而且是更为直接的记载，而非间接的论述，所以应该给予一个适当的地位。"③ 对于杨向奎在《宗周社会与礼乐文字》中提出的"民族学的材料，更可以补文献、考古之不足，所以古史研究中的三重证，代替了过去的两重证"④这一观点，饶先生也提出了自己的看法："民族学的材料，和我所采用的异邦之同时、同例的古史材料，同样地作为帮助说明则可，欲作为正式证据，恐尚有讨论之余地。如果必要加入民族学材料，我的意见宜再增入异邦的古史资料，如是则成为五重证了。"⑤ 在这里饶先生并不排除将民族学材料作为研究古史的证据，只不过认为应该慎重运用此方法，将其作为间接的证据。这与他将地下有字材料与无字材料区分开来的思想是一致的，即细致化，而在王国维那里，地下材料是混淆的。民国以来一些学者提出"三重证据法"，将民俗学"以今证古"的方法引入文史研究中，但基本上未提出

---

① 饶宗颐：《谈三重证据法——十干与立主》，《饶宗颐二十世纪学术文集·史溯》，台北：新文丰出版股份有限公司，2003年版，第16页。
② 饶宗颐：《论古史的重建》，《饶宗颐二十世纪学术文集·史溯》，台北：新文丰出版股份有限公司，2003年版，第7—11页。
③ 饶宗颐：《谈三重证据法——十干与立主》，《饶宗颐二十世纪学术文集·史溯》，台北：新文丰出版股份有限公司，2003年版，第16页。
④ 饶宗颐：《谈三重证据法——十干与立主》，《饶宗颐二十世纪学术文集·史溯》，台北：新文丰出版股份有限公司，2003年版，第17页。
⑤ 饶宗颐：《谈三重证据法——十干与立主》，《饶宗颐二十世纪学术文集·史溯》，台北：新文丰出版股份有限公司，2003年版，第17页。

其使用的限度，也没有探讨过是否可以将其作为直接证据。由此可见，饶宗颐先生的"五重证据法"显然是更加细致、科学的方法。

关于"五重证据法"，郑炜明曾有很好的解释：饶师是先将有关史料证据分为直接、间接两种，再分成中国考古出土的实物资料、甲骨和金文等古文字材料、中国传统经典文献与新出土的古籍（例如简帛等）资料、中国域内外的民族学资料和异邦古史资料（包括考古出土的实物资料和传世的经典文献）等五大类。前三类为直接证据，后二类为间接证据。他最主要的方法是"通过比较研究各种证据中各科资料的关系（特别是传播关系）与异同，从而希望得出较为客观的论点"。①"五重证据法"是饶宗颐先生在20世纪新学术背景下，在前人理论基础上总结出的科学方法，现已被多数学者所接受。饶先生不但提出了这种方法，也在自己的学术研究中不断实践着这些方法，尤其是在《楚辞》研究领域。

(二) 五重证据法与《楚辞》研究

在《楚辞》研究中，饶宗颐先生很好地运用了五重证据法。兹做如下论析：

1. 利用传世典籍进行考据。

传世文献典籍是传统治中国文史者最基本的重要资料，当然运用得好也不容易。饶氏国学根底深厚，并受过目录学、训诂学训练，其运用传世典籍进行文史研究的能力非常人所能及，这在其《楚辞》研究中亦十分明显。如《屈原与经术》一文，饶氏引证《离骚章句叙》《汉书·淮南王传》《文心雕龙》《法言》等典籍，由"汉武爱骚、淮南作传、汉宣帝认为合于经术、及汉人以'事、辞相称则为经'的尺度推论"，得出《离骚》在西汉时已经被称作经，王逸继承了前人的说法。接着饶氏又将《离骚》的词句和儒家经典《论语》《易》《诗》《书》《春秋》中的词句作了对比，总结出《离骚》中"修能与内美""善与义""时""中正"的思想和经学息息相通，从而认为屈原的思想和儒家有相承关系。② 在《〈天问〉文体的源流——"发问"文学之探讨》一文中，饶氏引《楚语》中"昭王问观射父曰"，《庄子·逍遥游》中"天之苍苍其正色耶？其远而无所至极邪"，《庄子·天运篇》中"天其运乎？地其处乎？日月其争于所乎"以及《逸周书·周祝解》中"故万物之所生也，性于从；万物之所反也，性于同。故恶姑幽？恶姑明？恶姑阴阳……"等，来说明"此种对天地问题加以发问，在楚国

---

① 郑炜明：《卷一·史溯》，洪楚平、郑炜明主编：《造化心源：饶宗颐学术与艺术》，广州：广东万品文化艺术发展有限公司等，2004年版，第8页。
② 饶宗颐：《楚辞论丛·屈原与经术》，《饶宗颐二十世纪学术文集·文学》，台北：新文丰出版股份有限公司，2003年版，第5—13页。

文献颇为普遍";① 文章又列举了历代模拟《天问》的文学作品中的典型篇章，如晋傅玄《拟天问》、梁江淹《邃古篇》、北齐颜之推《归心篇》、唐杨炯《浑天赋》、唐柳宗元《天对》、刘禹锡《问大钧赋》以及明方孝孺《杂问》、王廷相《答天问》和黄道周《续天问》等，大量罗列材料，有力地证明了在中国文学史上的确存在一条发问文体的支流这一观点，令人信服。通过版本差异发现问题，是饶先生治学的另一特点。他在《楚辞学及其相关问题》的注中指出："明人如毛以阳疑朱熹《楚辞集注》为伪，姜亮夫辩之，称及庆元四年戊午刻本，谓在熹生前已有刊行本。查大正三年内阁文库目原书，实作庆安四年，非庆元四年。庆安乃日本年号，即顺治八年。……此庆安本乃据成化何乔新本刻刊。"② 又如在《唐宋本扬雄〈反离骚〉合校》一文中比较唐宋本扬雄《反离骚》的异同，对唐本义长可证宋本之讹者，对宋本可证唐本之误字者，对异文且有关文义者，皆加以校疏。此类例子不胜枚举，先生对于传统文献考证方法的运用可谓炉火纯青。

2. 利用有文字出土资料考证。

考据地下文物上的文字，古已有之，这就是传统金石学。早在汉代时，已有人对古铜器、竹简上的文字进行研究，但未形成专门学问。到了北宋，因朝廷鼓励经学，社会上出现了收集、整理和研究古物的热潮。研究古器物的《考古图》，研究铜器的《宣和博古图》及研究石刻的《集古录》《金石录》等著作出现，金石学正式形成。至清代，由于乾嘉考据学盛行，金石学一度达到鼎盛，出现了《斋集古录》《金石萃编》《古泉汇》《金石索》等著作。王国维提出的"二重证据法"其实就是西方近代考古学与传统金石学结合的产物。饶先生在文史研究中也十分注意运用地下文字资料。其于1974年所撰《从石刻论武后之宗教信仰》一文，就是充分利用陈寅恪未采用的碑刻材料，并结合其他资料，从多方面考察论证了武则天宗教信仰的复杂性。他后来提出的三重证据法，就是为了给地下文字资料争一席之位。在《楚辞》研究中，饶先生也十分善于利用地下出土文字进行论证。在《〈天问〉文体的源流——"发问"文学之探讨》一文中，饶氏引马王堆三号墓出土《老子》乙本卷前的古佚书《十大经》的段落，用来补充说明问答文体在战国末期的盛行。《唐勒及其佚文——〈楚辞〉新资料》一文中，饶氏将山东临沂出土的残简《唐革赋》（共九号，合130余字）与《淮南子·览冥训》互相比勘，对部分内容进行了解读，指出此文是一篇言御马驰骋之术的佚文，

---

① 饶宗颐：《〈天问〉文体的源流——"发问"文学之探讨》，《饶宗颐二十世纪学术文集·文学·楚辞书录》，台北：新文丰出版股份有限公司，2003年版，第35—53页。

② 饶宗颐：《楚辞学及相关问题》，《饶宗颐二十世纪学术文集·文学·楚辞论丛》，台北：新文丰出版股份有限公司，2003年版，第23页。

作者就是与宋玉、景差同时代的楚国人唐勒。在《重读〈离骚〉——谈〈离骚〉中的关键字"灵"》一文中，饶氏将传世文献与地下文字充分结合进行考证。先是以湖南四人面方鼎铭文"扬君灵，君以万年"说明"扬灵"一词见于楚国礼器，又以《诅楚文》和《离骚》相印证，得出"扬灵"训为"精诚"，接着以《楚帛书》《老子》（马王堆本）及《秦祠华山玉版》证"灵"可训为"神"，再以卜辞、石鼓文、上海博物馆竹简《缁衣》与传世文献结合，得出"灵"又可训为"善"。① 在《诅盟与文学》一文中，饶氏针对两周以来昭告神明的诅盟陈辞礼制，索隐发微，并对屈原《离骚》进行重新解读："文中再三敷辞，升降上下，冀天地之鉴临，昭大神以要言，明其忠贞之志气，事义与盟正相似。故《离骚》者，可谓屈子祈天神昭鉴之盟辞也。"② 此可谓真知灼见。

3. 利用无文字出土资料考证。

近代以来，随着我国考古学的发展，此方法颇受学者重视，饶先生在古史和《楚辞》研究中也常以无文字出土器物与典籍相印证。《招魂》③ 一文中，饶氏以长沙马王堆轪侯墓所处铭旌的绘画和《楚辞·招魂》中"挂曲琼些，结琦璜些"词句相印证，以佐证楚俗招魂制度。《金匮室旧藏楚戈图纹说略》④ 一文中，饶氏用陈家山帛画和《楚辞》中"驾八龙之婉婉兮，载云旗之逶迤"，"麾蛟龙使梁津兮"，"吾令凤皇飞腾兮"，"鸾皇为余先戒兮"，"驾龙辅兮乘雷"，"孔盖兮翠旍"等描述龙凤的词句与楚戈夔龙凤鸟图案相参证，以阐明龙、凤是楚人信仰之中心。《〈天问〉与图画》⑤ 中，饶氏用《招魂》中"像设君室，静闲安些"句和马王堆墓老妇像两重证据来证明楚俗招魂时亦置像。《长沙楚墓帛画山鬼图跋》⑥ 中，饶氏认为此画描摹山精，用以辟邪，凤鸟借以祈福，而女主人则系女巫所扮之山鬼。《塞种与Soma——不死药的来源探索》⑦ 中，饶氏以山东嘉祥武梁祠西王母两肩有翼，身边羽人围绕，又有玉兔之石像，证

---

① 饶宗颐：《重读〈离骚〉——谈〈离骚〉中的关键字"灵"》，《饶宗颐二十世纪学术文集·文学·楚辞论丛》，台北：新文丰出版股份有限公司，2003年版，第64—69页。

② 饶宗颐：《诅盟与文学》，饶宗颐著，胡晓明编：《澄心论萃》，上海：上海文艺出版社，1996年版，第6页。

③ 饶宗颐：《招魂》，饶宗颐著，胡晓明编：《澄心论萃》，上海：上海文艺出版社，1996年版，第35页。

④ 饶宗颐：《金匮室旧藏楚戈图纹说略》，饶宗颐著，胡晓明编：《澄心论萃》，上海：上海文艺出版社，1996年版，第268页。

⑤ 饶宗颐：《〈天问〉与图画》，饶宗颐著，胡晓明编：《澄心论萃》，上海：上海文艺出版社，1996年版，第286页。

⑥ 饶宗颐：《长沙楚墓帛画山鬼图跋》，饶宗颐著，胡晓明编：《澄心论萃》，上海：上海文艺出版社，1996年版，第271—274页。

⑦ 饶宗颐：《塞种与Soma——不死药的来源探索》，《中国学术》第十二辑，2002年，第2页。

《楚辞·远游》"仍羽人于丹丘,留不死之旧乡"之说。《随县曾侯乙墓钟磬铭辞研究》[①]中,饶氏结合曾侯乙编钟揭示了《劳商》和《离骚》的关系,提出了自己的看法。此皆体现了其以物证史的史学功力。

4. 运用民俗学材料印证。

民俗学方法的应用在中国源远流长,较早用民俗学、考古学方法研究《楚辞》的当推凌纯声。他利用民俗、民族学资料研究文学现象,又利用文学资料研究民俗、民族学现象,著有《钟鼓图文与楚辞九歌》《国殇礼魂与馘首祭枭》。在这两篇文章中,凌氏一反昔日学者寻章摘句的做法,用民族学、考古学与古籍相结合的方法,搜集材料进行比较。前者从《九歌》的时代、地理背景及民族从属着手考证,认为屈原《九歌》是记古代濮僚民族的祀神乐舞,乃记事之赋;十一章中的东皇太一、大司命、小司命是星神,东君是日神,云中君是云神,湘君、湘夫人、河伯是水神,山鬼是山神,既为天地山川之九神,故祀九神之歌舞即为九歌,这是东南亚古文化特质;而国殇、礼魂二章,则是附在后面的临时祭鬼大典。其方法与结论可谓独到。后者进一步运用民族学、考古学、民俗学的各种材料,用以今证古的方法,考证了古代僚越的馘首祭枭和今之华南及东南亚的猎头——祭首,并以此来解释国殇、礼魂。凌氏将国殇、礼魂分别命名为:出战、杀敌、祭枭、娱魂,这正好和东南亚原始战争与猎头历程最主要的四部分相对应。对于凌氏这一研究《楚辞》的新方法,饶先生颇为关注。他在《楚辞与古西南夷之故事画》一文中写道:"《楚辞》之学,至于晚近,如日中天,有极大的进展。一般利用神话学、民族学、考古学各方面的新观点和新资料,来考察《九歌》《天问》上的各种问题,都有卓著的成绩,如凌纯声从铜鼓的花纹来研究《九歌》,可谓极尽创辟的能事,给予我们以莫大的启发。他的意见已渐为学人所采取。关于这一方法应该如何去运用,才适当呢?譬如因为婆罗洲土人祀典有九个神,就拿他来比附《九歌》,如果从时空关系而论,婆罗洲与楚土相去悬隔甚远,只可从太平洋文化族系的范畴来作推测和比况,这种方法可说是旁证。如果是属于同一地区,或者楚国统辖的地区,在文化上为同一体系,则空间方面不成问题,所差只是时间先后的不同。这样则较宜于推证;倘若朝向这一轨辙来研究,这可说是逆推,可信性也许较大。所以我们说拿婆罗洲的九神来说明《九歌》上的九神,不过只是旁证而已,因为美洲印第安人同样亦有 Nine Lords of the Underworld,如果有人把他拿来和《九歌》比证,怎样拉得上关系?这很不容易让人信服。故此还是采取逆推方法,利用同一地区或其

---

① 饶宗颐、曾宪通:《随县曾侯乙墓钟磬铭辞研究》,香港:香港中文大学出版社,1985年版,第51页。

统辖下的地区的材料,来帮助研究,也许更近情理。"①饶氏不反对运用民俗学理论研究古代文史,但认为用此方法当需谨慎,要注意比较对象时间、空间的差异,并且只能作为间接证据。在他自己的《楚辞》研究中,也运用到民俗学方法。如他在《楚辞与古西南夷之故事画》中指出:"楚国壁画,现已没有直接资料可为佐证。可是从四川汉代文翁学堂的壁画,和现存云南霍承嗣晋墓的壁画,能够得到一些了解。蜀滇都是楚文化沾被的地方,借重这些材料来拟测屈原所见的先王祠庙中的壁画,自可提供重要线索。"② 其《招魂》③一文以蜀东招魂风俗来解释《楚辞·招魂》"篝缕绵络,永魂呼些"二句,又以蜀东招魂辞"妇人之鬼,奶子丁当;产后之鬼,血泪淋漓……灾兵之鬼,刀刀枪枪"和鲁东招魂辞"荡荡游魂,何处存留? 或在庙宇,或在山林;天神地神,门神灶君,招魂还家,复起精神"来推断《楚辞·招魂》是在战国楚地招魂巫辞基础上由宋玉等人润色而成。同时,饶氏还以苏门答腊土著招魂辞"魂啊!回来吧"和《楚辞》"魂兮归来,返故居些"相比较,并以广东东莞小孩因受惊吓,请老太太将刀尺掷地,膜拜招魂作参考,以加深对《楚辞·招魂》的理解。

5. 参照异邦史料考据。

李学勤曾说:"特别强调'异邦古史资料',也便是比较研究方法,乃是饶先生多年来倡导的,他的许多有关古代历史文化的论作,都具体应用了这样的方法。"④ 在《楚辞》研究中,饶氏的确非常关注"异邦史料"。在《〈天问〉文体的源流——"发问"文学之探讨》一文中,他将《天问》与域外古文献联系,通过将《天问》与古印度《吠陀经》《奥义书》与伊兰《火教经》《旧约圣经·约伯记》中的类似语句相比较,发现"发问"文学在不同文化中都有存在,进而提出文字人类学和文学人类学的新课题,主张把史学研究的视野扩展到全人类文化上来。⑤ 而对于苏雪林的异域典籍影响《天问》的说法,饶氏并不认同。他认为《吠陀》卷十、一二九《创造之歌》中的一元论思想与战国时期的神话的太一观念完全不同。此文中还推断屈原到过齐国,很可能受到邹衍的影响,屈原所获得的世界地理知识或许有域外知识因素。之所以如此

---

① 饶宗颐:《楚辞与古西南夷之故事画》,载《选堂集林·史林》,台北:明文书局,1982年版,第109—110页。
② 饶宗颐:《楚辞与古西南夷之故事画》,载《选堂集林·史林》,台北:明文书局,1982年版,第109—110页。
③ 饶宗颐:《招魂》,饶宗颐著,胡晓明编:《澄心论萃》,上海:上海文艺出版社,1996年版,第34—35页。
④ 李学勤:《"南饶北季"非偶然——读〈饶宗颐二十世纪学术文集〉》,《光明日报》,2010年5月29日。
⑤ 饶宗颐:《〈天问〉文体的源流——"发问"文学之探讨》,《饶宗颐二十世纪学术文集·文学·楚辞书录》,台北:新文丰出版股份有限公司,2003年版,第35—53页。

推断,是因为饶氏认为邹衍的一些思想和印度的思想有关联。"颇疑燕齐方士当日与印度思想内容有接触。以近日广州掘得船务观之,秦汉造船业已经非常发达。海外交通非如往日想象之困难。延命之方既为邹学之一端,邹书屡推及海外……"① 在《塞种与Soma——不死药的来源探索》一文中,饶氏较详细论述了这种观点:"屈原曾使齐,他的宇宙观可能受到齐学的影响。他说'与天地兮比寿,与日月兮齐光',他在《天问》中屡次提到不死的问题。'夜光何德?死则又育?何所不死,长人何守?黑水玄趾,三危安在?延年不死,寿何所止?'第一是言月有死生,问月何得而能死而复生。闻一多谓尝得不死之药。第二是言东方的不死之乡,第三是问西方黑水之间的不死地区。三危山三青鸟居之为西王母取食,见《西山经》。又《海内经》,流沙之中黑水之间,有山名三危之山,这即西王母所居的地方。屈原问三危在何处?何以有不死之方?正是《鎛》所言的寿老毋死的问题,所以我说屈原的思想与齐国有一些因缘。"② 在《印度三面神与三面不死之神》③一文中,饶氏将《天问》"故菟在腹"与《吠陀经》相比较,指出二者都有以兔代月的说法。又指出《天问》中"何所不死""延年不死,寿何所止"和《远游》中"仍羽人于丹丘,留不死之旧乡"之不死观念,印度谓之 amrta。不死树即 yuba,所谓宇宙树也。……所谓不死之乡,疑指印度。在《不死观念与齐学》一文中,饶氏以《远游》中"仍羽人于丹丘,留不死之旧乡"和《梨俱吠陀》相对比,指出其"辞意与《远游》相仿佛"。④ 在《印度多首神与共工》一文中,以《楚辞》所言之"雄虺九首"和周达观《真腊风土记》中"金塔中有九头蛇精,乃一国之土地主也,系女身"的记载及东南亚九头蛇精故事相证,推断古代扶南文化可能与楚文化有裙带关系。⑤ 对异域文字、史料的精通,使得饶先生在《楚辞》研究过程中看问题的视角更加广阔。

三、饶宗颐《楚辞》研究的启示

饶先生的《楚辞》研究成果颇丰,在很多层面都有开创性贡献,其学术研究影响

---

① 饶宗颐:《不死观念与齐学》,饶宗颐著,胡晓明编:《澄心论萃》,上海:上海文艺出版社,1996年版,第248页。
② 饶宗颐:《塞种与Soma——不死药的来源探索》,《中国学术》第十二辑,2002年,第5—7页。
③ 饶宗颐:《印度三面神与三面不死之神》,饶宗颐著,胡晓明编:《澄心论萃》,上海:上海文艺出版社,1996年版,第279—280页。
④ 饶宗颐:《不死观念与齐学》,饶宗颐著,胡晓明编:《澄心论萃》,上海:上海文艺出版社,1996年版,第248页。
⑤ 饶宗颐:《印度多首神与共工》,饶宗颐著,胡晓明编:《澄心论萃》,上海:上海文艺出版社,1996年版,第281页。

也非常之大。上文分析了他在《楚辞》研究中对"五重证据法"的运用，其之所以能将这些方法运用娴熟，这和自身的天赋、学养是分不开的，并非一般人所能复制。但笔者以为饶先生在《楚辞》研究中的一些思路还是值得我们借鉴的。这主要体现在两个方面：

（一）**拓展思路，留心各种资料。**

饶先生曾说："我的学问很杂，从上古到明清，从西亚到东亚，都有涉猎。这当中有一个好处，就是视野开阔了，联想层面就多，做比较也就客观、亲切了。"他之所以能娴熟的运用"五重证据法"进行考据，就是因为知识渊博、善于联想，能融会贯通。其实近代许多大学问家皆是如此，他们大都具有"通人"的色彩。也正是这样的知识结构，才使得他们能将不同材料联系起来，发常人之所未发。作为一般的《楚辞》学者，我们虽不可能像前辈大师那样博通中西、融汇古今，但至少要学习这种思维方式，其中最重要的一点就是要关注相关学科的成果，留心收集各种虽不属于本学科但又与之密切相关的材料，这样才能开阔思路。就《楚辞》研究而言，关注交通史、宗教史、艺术史研究成果就很重要，一些看似无多关联的资料，只要留心收集，联想思考，就可能启发新的思路。举例来说，像佛教东来年代及佛教是否对楚国文化产生过影响，先秦时楚地是否与印度有所往来等问题，就非常值得关注。这个问题，从20世纪初就引起了中外学者的注意。1918年，新郑出土了一件具有楚文化特征的莲鹤青铜方壶，造型奇特。郭沫若对这件青铜器的艺术风格进行了大胆猜想："此壶全身，均浓重奇诡之传统花纹，与人以无名之压迫，几可窒息。乃于壶盖之周围骈列莲瓣二层，以植物为图案，器在秦汉以前者，已为余所仅见之例……中国之小莲，与此夸张之着想不相应。余恐于春秋初年或其前已有印度艺术之输入，故中原艺术家即受其影响也。"①（郭沫若《青铜器铭文研究·新郑铜器》）近年来一些学者的研究又为楚文化受过印度文化的影响提供了新的证据。如张正明与院文清所作的《战国中期曾有佛教造像传入南楚》，文中即据湖北江陵天星观2号墓出土"羽人凤鸟"（妙音鸟）及"莲花豆"等文物，并结合楚地早期出土文物进行考证，指出"楚国有一幅《人物龙凤帛画》，1949年2月盗掘出土于长沙陈家大山一座战国时期的楚墓，后由湖南省博物馆征集、收藏，1953年公之于世，备受学术界、艺术界人士青睐。画上有一位娴雅雍容的贵妇，双手合掌，令人不胜惊诧，因是孤证，一时不宜遽断。现在又出了这只双手合掌的妙音鸟，疑云顿消，就可以肯定楚人曾见过来自印度的佛教信徒向他们合掌致敬，而且见过多

---

① 郭沫若：《郭沫若全集·殷周青铜器铭文研究·新郑古器之一二考核》，北京：科学出版社，1982年版，第100页。

次",因此可以肯定"佛教造像传入南楚的年代不会晚于战国中期"。① 李其霞《论〈庄子·至乐〉所见佛教文化因子》一文,以"髑髅"一词及其隐喻意义于先秦经书不见称引,而于先秦诸子中也只有《庄子·至乐》与《列子·天瑞》。《列子》乃伪书,故先秦典籍只有《庄子》一书提及"髑髅",而佛教"髑髅"之说屡见不鲜,佛教中"'寂灭为乐''乐处生死'之思想与《至乐》所显示之思想一致",并援引佛经证明;最后以此说明早在先秦佛教极有可能传到中土,并影响了《庄子》的思想。② 如果这些推断能成立,将改变我们对《楚辞》的很多认识。印度文化与楚辞的关联,将不再是假设。同时我们如果也能平日里留心收集这些间接材料,进行多角度思考,也有可能得出新的见解。利用其他领域成果,进行间接推理的方法,饶先生在楚辞研究中也较多应用。在《塞种与Soma——不死药的来源探索》一文中,他先根据齐景公墓环绕着超过600匹马的马阵排列齐整,其方式与高加索山Kostroraskajia的墓葬相似,再根据临淄郎家庄春秋墓出土有塞西亚式角形水晶佩饰,公元前6世纪已流行于秦晋地带的西亚带翼的半狮半鹫的畏兽金器,以及汉初临淄齐王墓的银器上泐刻有三十三年字样(饶宗颐判断应为秦始皇三十三年)等现象,来说明齐国与域外的某种关系,再以屈原诗中"不死"的观念及屈原到过齐国为依据,与之相联系,以推断屈原某些思想的源头。由此例即可看出,如果不留心各种知识,断不可能有如此丰富的联想。

(二) 正本清源,细察慎用。

饶先生虽然学贯中西,时常将中外文献进行比较研究,但对于西方理论从来不盲从套用。他主张对中西文化进行比较,但强调比较的宗旨是求异,而非求同,是要在比较中揭示中华文化特质,确立中华文明在世界文化史上的地位。对于随意用西方理论解释中国历史,乃至牵强附会的学风,他向来是反对的。在《道教与楚俗关系新证——楚文化的新认识》③ 一文中,他通过详细考证,指出西方学人采用萨满教的原理去了解《楚辞》的神话色彩,是无法获得真谛的。在《历史家对萨满主义应重新作反思与检讨——"巫"的新认识》④ 一文中,饶氏指出近年大陆学界流行的西方人类学中的"萨满"观念,是对中国古代精神生活的误读,是一些人弄不清"巫"字在中国古代的真相,用巫术遗存在民间宗教的陈迹来比附历史。他认为用萨满主义牵强地理

---

① 张正明、院文清:《战国中期曾有佛教造像传入南楚》,《江汉论坛》,2001年第8期。
② 李其霞:《论〈庄子·至乐〉所见佛教文化因子》,《学术交流》,2013年第8期。
③ 饶宗颐:《道教与楚俗关系新证——楚文化的新认识》,《饶宗颐文学论著选》,上海:上海古籍出版社,1993年版,第133页。
④ 饶宗颐:《历史家对萨满主义应重新作反思与检讨——"巫"的新认识》,《中华文化的过去、现在和将来》,北京:中华书局,1992年版,第269页。

解中国古代历史，会"把古人记录下来的典章制度，一笔抹杀，把整个中国古代史看成巫术世界，以'巫术宗教'作为中国文化的精神支柱"。他还认为随着不断出现的地下文物，已证明了古代制度的可靠性，提出应该用"礼"来理解殷周制度，替代"巫术宗教"的看法，从"从制度史的观念来整理古史"。他明确指出："魔法绝不等于宗教，殷周有他们立国的礼制，巫卜祇是其庞大典礼机构中负责神事的官吏。巫，从殷以来成为官名，复演变为神名……巫咸是殷的名臣……在屈原心目中，巫咸应是一位代表真理的古圣人。和巫术毫不相干。"饶先生的这些观点，无论是从结论而言，还是从背后的理念而言，都应当引发大家的深思。其实早在20世纪30年代，陈寅恪先生就对如何理解古人学说提出了自己的看法，他在《冯友兰〈哲学史〉审查报告》中说："凡著中国古代哲学史者，其对于古人之学说，应具了解之同情，方可下笔。……古代哲学家去今数千年，其时代之真相，极难推知。吾人今日可依据之材料，仅当时所遗存最小之一部；欲藉此残余断片，以窥测其全部结构，必须备艺术家欣赏古代绘画雕刻之眼光及精神，然后古人立说之用意与对象，始可以真了解。所谓真了解者，必神游冥想，与立说之古人，处于同一境界，而对于其持论所以不得不如是之苦心孤诣，表一种之同情，始能批评其学说之是非得失，而无隔阂肤廓之论。……今日之谈中国古代哲学者，大抵即谈其今日自身之哲学者也；所著之中国哲学史者，即其今日自身之哲学史者也。其言论愈有条理统系，则去古人学说之真相愈远；此弊至今日之谈墨学而极矣。"① 这段话指出理解古人学说的方法是"了解之同情""神游冥想"，其实就是合理的想象与历史主义的眼光，即不能以个人价值观代替历史分析，不能以今例古，以己例人，不能穿凿附会，这样才能真正做到理解古人之心，陈先生在自己的研究中就是这样实践的。在《元白诗笺证稿》中，陈氏对元稹抛弃崔莺莺并写《传奇》以"忍情"说为己辩护和巧宦热中两件事进行了理性分析。在《柳如是别传》中也用"了解之同情"的方法结合具体情况，设身处地给钱牧斋作出合适的评论。又如他把范缜、陶渊明的思想和家族的天师道信仰结合起来探讨，分析家族信仰对个人思想的影响，这都是很好的示范。陈先生的话是对当时学界提出的，可几十年来，这种流弊依然存在。史学研究中削足适履，以西方历史模式比附中国历史。哲学研究中以西方哲学框架解释中国哲学，只注重思想世界，而忽略历史世界。古代文学研究也是如此，简单地运用民俗学知识，类比推理，以今证古，就是最直接的表现（现在一些学者开始抛弃《诗经》为民歌的思维定式，结合礼乐文化，从当时的文化背景出发研究《诗经》，即是对先前理论的一种反思）。《楚辞》研究中，饶先生当年批判的滥用民俗学研

---

① 陈寅恪：《冯友兰〈哲学史〉审查报告》，《金明馆丛稿二编》，北京：生活·读书·新知三联书店，2001年版，第279—280页。

究的现象，如今依旧存在。上述的"萨满主义"即是其例。如何能在历史语境下，神游冥想，谨慎考证，得出相对真实的结果，应是每个《楚辞》学者思考的问题，那么陈、饶二先生之言则不可不察。

域外楚辞学研究

冈松瓮谷《楚辞考》析论

南通大学 孙金凤

【摘　要】　冈松瓮谷《楚辞考》是一部论说充分、重视考据、具有鲜明个性的日本楚辞注释本。校勘方面，博采众本，自成一家；考量楚辞音韵，系联韵字。文本解读方面，对王逸、朱熹、林云铭等的注说多有采录与继承，以前人观点为依托阐发新见，提出"《招魂》《大招》为屈原所作"说、"屈原投水否定论""屈原两次被贬江南"说等既有争议又有启发性的论说。其研究影响了西村硕园、冈松正之、竹治贞夫等日本学者的楚辞研究。

【关键词】　冈松瓮谷　楚辞考　屈原　校勘　考据

一、引　言

楚辞最迟在公元730年（日本天平二年）已经传入日本，[①] 甚为日本历代学人所珍视，因此日本的楚辞文献也极为丰富。楚辞在日本得到翻刻始于江户时代，[②] 最早刊行的是朱熹的《楚辞集注》，为藤原惺窝训读，以《注解楚辞全集》为名出版，其后依次刊行的是洪兴祖《楚辞补注》、王逸《楚辞章句》、林云铭《楚辞灯》等，并出现了利于日本人阅读学习的"和训本"。据日本学者石川三佐男统计，江户时期与楚辞相关的汉籍"重刊本"及"和刻本"达70多种。对楚辞的研究，约始于18世纪，近代以前首推日本人秦鼎（1761—1831）的《楚辞灯校读》，是日本第一部带有楚辞研究性质的著作；其次是龟井昭阳（1773—1836）的《楚辞玦》，是日本学者独立完成的第一部楚

[①] 周建忠：《东亚楚辞文献研究的历史和前景——国家社科基金重大项目开题报告》，《南通大学学报（社会科学版）》，2014年第1期。

[②] ［日］稻畑耕一：《日本楚辞研究前史述评》，《江汉论坛》，1986年第7期，第56页。

辞注本；再次是冈松瓮谷（1820—1895）的《楚辞考》，西村硕园（1865—1924）的《屈原赋说》。

冈松瓮谷（1820—1895），名辰，字君盈，号瓮谷，日本丰后人，师承番足万里。曾出仕熊本藩，后东游，任昌平瓮教授，明治时期任日本东京大学教授。著有《庄子考》四卷、《楚辞考》四卷、《汉译常山纪谈》若干卷（有俞樾序）等。据《楚辞考·弁言四则》可知冈松氏近60岁（约1880）时始治楚辞，而《楚辞考》一书最迟在1894年已经完稿。冈松氏治骚，一是为"遣怀"，二是为挽日本"汉学衰废"的局势。该书由其子参太郎、匡四郎整理，于明治庚戌一月整理完成，于明治四十三年一月二十四日发行。冈松瓮谷的楚辞研究直接影响了西村时彦和冈松正之，两人均是楚辞专家，并在他们的楚辞著作中体现了这方面的师承关系。① 冈松氏的生平事迹见于崔富章《楚辞书录解题》《楚辞书目五种续编》、竹治贞夫《楚辞的日本刻本及日本学者的楚辞研究》。

《楚辞考》采录了《楚辞灯》所收屈原赋27篇，以及宋玉《九辩》、淮南小山《招隐士》。注释交替王逸、朱熹、林云铭、洪兴祖、段玉裁、日本楚辞学者等诸家说，以"某某曰"的形式引用，并以"考曰"的形式发表己见，补正旧说。该书版本有明治四十三年一月（1911）冈松参太郎印本，金港堂书籍株式会社发售；大正五年（1916）富山房印行《汉文大系》第二十二卷《楚辞》中收载本书"考曰"全文。笔者参阅的是冈松参太郎明治四十三年一月本。

该书分四卷四册，体例上，右列原文，左列王逸、洪兴祖、朱熹、林云铭等诸家训释，再以"考曰"下按语。校勘时以王逸本、朱熹本为主，交替两家说，偶采林云铭本、洪兴祖本、黄文焕本、屈复本训释。以"考曰"的方式评点诸本，或是依从，或是驳斥，观点鲜明，自成一家。按语中博引众家说，除了王逸、朱熹、洪兴祖、林云铭等楚辞学者的观点，同时还引用段玉裁等音韵学家、文字学家的理论和方法，并引证《诗经》《论语》《史记》《尚书》《山海经》《名物考》《春秋左传》《战国策》《庄子》《竹书纪年》等诸多文献，是一本见解鲜明、论说稳健、颇重考据的日本楚辞注释本。日本著名楚辞研究者竹治贞夫评价是书作为出于日本学者之手的正式的楚辞注释，"几乎是独一无二的，可取的见解也不少"，是"进入明治时期后，真正以汉文进行的楚辞研究"。②

---

① 周建忠：《大阪大学藏"楚辞百种"考论——关于西村时彦·读骚庐·怀德堂》，《职大学报》，2008年第1期，第18—30页。

② ［日］竹治贞夫：《楚辞的日本刻本及日本学者的楚辞研究》，《楚辞资料海外编》，武汉：湖北人民出版社，1986年版，第406、385、401、406页。

本文将从选文体例、校勘特色、文本解读三个方面对冈松瓮谷《楚辞考》进行评论，考察其贡献，并发微其不足之处。

二、篇第目次

江户时期刊刻的楚辞注本，主要有：《王注楚辞》三册（王逸单注本），庄允益校，宽延三年（清乾隆十五年，1750）江户前川六左卫门刊；《楚辞笺注》五册（洪兴祖补注本），柳美启跋，宽延二年（清乾隆十四年，1749）京都中村治郎兵卫等刊；《注解楚辞全集》十一册（朱子集注本），庆安四年（清顺治八年，1651）京都村上平乐寺刊①。江户后期（1798），出现了附有"训读"的林云铭《楚辞灯》刻本，并"广为流行"②。其中，对冈松瓮谷《楚辞考》篇第目次影响最大的是林云铭的《楚辞灯》。

冈松氏《楚辞考》在篇第目次方面参考了《楚辞灯》的体例，将《楚辞灯》所收二十七篇全部采录，并收宋玉《九辩》、淮南小山《招隐士》与前面27篇屈赋做对照，突出屈赋独有的创作特点，以论证林氏所持《招魂》《大招》为屈原所作观点的正确性。考《楚辞考》目次依次为：第一卷《离骚》《九歌》；第二卷《天问》；第三卷《九章》；第四卷《远游》《卜居》《渔父》《招魂》《大招》《九辩》《招隐士》。与《楚辞灯》对照，可发现二书前27篇除《九章》目次顺序不同，其余诸篇目次、篇目完全一致。此外，《楚辞考》将每篇题目置于篇前，这种做法也是仿效的《楚辞灯》。

《楚辞考》中《九章》的篇第目次参考的是王逸《楚辞章句》。考王逸《楚辞章句》中《九章》的目次为《惜诵》《涉江》《哀郢》《抽思》《怀沙》《思美人》《惜往日》《橘颂》《悲回风》，《楚辞考》与之完全一致。现列"《楚辞》篇第异同表""《九章》目次异同表"于下，以备参考。

---

① ［日］竹治贞夫：《楚辞的日本刻本及日本学者的楚辞研究》，《楚辞资料海外编》，武汉：湖北人民出版社，1986年版，第406、385、401、406页。
② ［日］竹治贞夫：《楚辞的日本刻本及日本学者的楚辞研究》，《楚辞资料海外编》，武汉：湖北人民出版社，1986年版，第406、385、401、406页。

《楚辞》篇第异同表

王氏 楚辞章句	洪氏 楚辞释文	朱氏 楚辞集注	林氏 楚辞灯	楚辞考
离骚经	离骚	离骚经	离骚	离骚
九歌	九辩	九歌	九歌	九歌
天问	九歌	天问	天问	天问
九章	天问	九章	九章	九章
远游	九章	远游	远游	远游
卜居	远游	卜居	卜居	卜居
渔父	卜居	渔父	渔父	渔父
九辩	渔父	九辩	招魂	招魂
招魂	招隐士	招魂	大招	大招
大招	招魂	大招		九辩
惜誓	九怀	惜誓		招隐士
招隐	七谏	吊屈原		
七谏	九叹	服赋		
哀时命	哀时命	哀时命		
九怀	惜誓	招隐士		
九叹	大招			
九思	九思			

《九章》目次异同表

王逸章句	楚辞集注	楚辞听直	楚辞灯	楚辞考
惜诵	惜诵	惜诵	惜诵	惜诵
涉江	涉江	思美人	思美人	涉江
哀郢	哀郢	抽思	抽思	哀郢
抽思	抽思	涉江	涉江	抽思
怀沙	怀沙	橘颂	橘颂	怀沙
思美人	思美人	悲回风	悲回风	思美人
惜往日	惜往日	哀郢	惜往日	惜往日
橘颂	橘颂	惜往日	哀郢	橘颂
悲回风	悲回风	怀沙	怀沙	悲回风

西村时彦在《屈原赋说》卷上《篇第第三》中论述《九章》篇次："《汉书·扬雄传》所谓《惜诵》以下至《怀沙》一卷确指《九章》，而扬雄所见《九章》虽中间目次未可知其详，然其首《惜诵》、终《怀沙》也明矣。则可知今本《九章》目次非刘向之旧，而黄氏更定尤近于古矣。"这段话中的"今"指的是王逸《楚辞章句》今本，"古"指的是古本《楚辞释文》。西村时彦依据《楚辞释文》定《九章》首、尾二篇，

从而认为黄氏《楚辞听直》目次更为合理。冈松氏十分推崇王逸、朱熹论说，因此在《九章》篇次的确定上仍选择依从王、朱二家说。他在《九章》开篇解释道：

> 考曰：三闾平生所历之迹，就《九章》寻绎，庶几得其仿佛，于是每篇考定为之说，大抵异于诸家所见，未知果得其实否尔。

冈松氏认为《九章》是屈原平生的记录，因此从其生平轨迹来考定诸篇次序。虽然其《九章》目次并没有"异于诸家所见"，但是他对每一篇创作时地、思想感情的考定诠释确有"异于诸家所见"之处，如其"屈原两次被贬江南"说，"屈原投水否定论"等观点，为《九章》诸篇的解读提供了新颖独特的思路。《楚辞考》的这一贡献将在后文继续论述。

三、校勘特色

竹治贞夫概括《楚辞考》的校勘特色为"着眼于补旧说之不足，并纠正旧说的错误之处，而避免陷入烦琐的注解之中，行文简洁，所说稳健"，① 对《楚辞考》手批目验后，可知竹治贞夫的概括是准确的，但不够全面。笔者通过对《楚辞考》的仔细阅读，现将发现的该书校勘特色略作介绍。

（一）对校诸家训释　自成一家

《楚辞考》体例上，右列原文，左列王逸、洪兴祖、朱熹、林云铭等诸家训释，再以"考曰"下按语。校勘时以王逸本、朱熹本为主，交替两家说，偶采林云铭本、洪兴祖本、黄文焕本、屈复本训释。按语中评点诸本，或是依从，或是驳斥，观点鲜明，自成一家。如，《离骚》篇，"又申之以修态"句，考曰："态，诸本作'能'，朱子一言作'态'，今从之。"又，"不抚壮而弃秽兮，何不改乎此度"句，考曰："王氏本'度'下有'也'字，非是。"又，"谣诼谓余之善淫"句，考曰："诸本作'谓余以善淫'，朱子言'以'一作'之'，今从之。"又，"夫何茕独而不予听"句，考曰："朱子疑下句'不'字为衍，王氏本亦有'不'字，今详王氏注，王氏为注时，盖未有'不'字，至后乃误衍也，宜删去。"又，"纵欲而不忍"句，考曰："王氏本'欲'下有'杀'字，注以为杀夏后相，然终不免误衍。朱氏本删之，为是。"又，"沾余身而死节兮，览余初其犹未悔"句，考曰："死节，王氏本作'危死节'，朱子本作'危死'，皆不可从，今因王氏本，删一'危'字。"又，"曰勉远逝而无疑兮"句，考曰：

---

① ［日］竹治贞夫：《楚辞的日本刻本及日本学者的楚辞研究》，《楚辞资料海外编》，武汉：湖北人民出版社，1986年版，第406、385、401、406页。

"'疑'上，诸本有'狐'字，朱子言一无'狐'字，为是，今从之。"又，"惟兹佩之可贵兮，委厥美而历兹。芳菲菲其难亏兮，芬至今犹未沫"，考曰："'佩'下'之'字，王氏本作'其'，'菲'下'其'字，诸本作'而'，朱子言一作'其'，今从之。"如，《九歌·山鬼》，"采三秀兮山间"句，考曰："王逸、朱子二本，皆作'采三秀兮于山间'，据前后例，'于'字盖衍，今删去。"如，《天问》篇，"永遏在羽山，夫何三年不施"句，考曰："朱子以为'施'一作'弛'，盖古'弛''施'通，《左传》'弛舍'多作'施舍'。朱子又言一无'山'字，为是。"又，"鲧何所营？禹何所成？康回冯怒，坠何故以东南倾"句，考曰："朱子本'冯'作'凭'，故下诸本有'以'字，朱子言一无'以'字，为是，今从之。"又，"蓱号起雨，何以兴之？撰体胁鹿，何以膺之"句，考曰："王氏本作'撰体协胁，鹿何膺之'，朱子言'体'下一有'协'字，而'鹿'属下句，又无'以'字，是朱子指王氏本而言也。王氏本'协''胁'二字相属，盖'胁'字衍也，宜作'撰体胁鹿'。"又，"到击纣躬，叔旦不嘉。何亲揆发定周之命以咨嗟"句，考曰："朱子本'到'作'列'，非是。王氏本'定'作'足'，亦非是。'发'盖与'揆'字形相似，而误衍也。"

（二）考量楚辞音韵 系联韵脚

冈松氏《楚辞考》在校勘上适时征引段玉裁等音韵学者的理论，系联韵脚字，从音韵角度对文本进行校勘，并博引《诗经》等作为音韵材料。如，《离骚》，"皇览揆余于初度兮，肇锡余以嘉名。名余曰正则兮，字余曰灵均"句，考曰："此章'名'、'均'为韵，段玉裁以为'均'在古韵第十二部，'名'在十一部，与'均'为合韵，盖诗定'之方中零'与'人田渊千'韵，'车辚令'与'邻颠'韵，《惜诵》'明'与'身'韵，《哀郢》'名'与'天'韵，古固有此例也。"又，"惟夫党人之偷乐兮，路幽昧以险隘。岂余身之惮殃兮，恐皇舆之败绩"句，考曰："此章'隘''绩'为韵，段玉裁以为，二字皆古韵第十六部本音。"又，"众皆竞进以贪婪兮，凭不厌乎求索。羌内恕己以量人兮，各兴心而嫉妒"句，考曰："此章'索'与'妒'韵，段玉裁以为，二字皆古韵第五部本音。"又，"长太息以掩涕兮，哀民生之多艰。余虽好修姱以鞿羁兮，謇朝谇而夕替"句，考曰："此章'替'与'艰'韵，段玉裁以为二字皆古韵第二十部本音，盖诗召旻'亦替'与'引频'韵，古固有此例。"

因为对音韵的重视，冈松氏在校勘过程中往往会凭借语感和句势来判断上下文以及是否存在衍生的字词句。如，《天问》，"眩弟并淫，危害厥兄。何变化以作诈，后嗣而逢长"句，考曰："'眩弟并淫'，谓父母为象所眩惑，与为淫虐也。'何变化以作诈'，谓使舜治廪浚井等事也。'后嗣而逢长'，犹言'而后嗣逢长'，与《左传》'公喜而后可知也'语势正同，朱子本'而'字在'后嗣'上，非是。"诸如此类，例子很多，此处不再一一赘述。

四、文本解读

发明篇题旨意，冈松氏除了依据王逸、朱熹二家说，此外也对林云铭《楚辞灯》的注说多有采录与继承。

《楚辞考》对《楚辞灯》观点的引用，主要集中在《九歌》《九章》《招魂》《大招》几篇。《九歌》引用林氏说13条，其中《东君》《国殇》二篇均用林氏说释题。《九章》引用林氏说25条，其中《橘颂》一篇用林氏说释题；冈松氏对《九章》的考释是全书的亮点，包括屈原沉水否定说便是出自此部分；在这一部分，冈松氏对林氏的观点评论颇多，既有肯定亦有驳斥。《卜居》一篇基本全取林氏说。林氏对《招魂》和《大招》的解释最得冈松氏认可，除了极力证明林氏《招魂》《大招》为屈原所作说等观点的正确性，并在注解原文时多处引用林氏观点，足见冈松氏对林氏《楚辞灯》的欣赏。冈松氏以林氏说为基础阐发的观点可总结出这样几点：一是《招魂》《大招》为屈原所作，定屈原作品为《离骚》《九歌》《天问》《九章》《远游》《卜居》《渔父》《招魂》《大招》；二是否定屈原投水，认为屈原投水死谏是"齐东野人之言"，不可信；三是屈原曾两次被贬江南，怀襄二王时各一次，定《抽思》《涉江》《哀郢》三篇是屈原在怀王时被贬江南所作。

（一）《招魂》《大招》为屈原所作

在注解《招魂》《大招》时，冈松氏对林氏"二招为屈原所作，并且《招魂》为屈原自招、《大招》为招楚怀王的观点"十分赞同，并全盘接受林氏所定屈作。

冈松氏在《招魂》篇首观点鲜明地阐述道：

> ……盖太史公作《屈原传》赞云："余读《离骚》《天问》《招魂》《哀郢》，悲其志"，是太史公以《招魂》与《天问》《哀郢》同为原所作。西仲原诸此，以为《招魂》《大招》，皆屈原所作。王逸以下诸家，以为宋玉、景差等所作，盖由不审传赞故也。今试举《招魂》《大招》二篇，较之《九辩》，其文词自有不相同，则《招魂》《大招》为屈原所作，盖无疑矣。

在《大招》篇中更是直接引用林氏说解题，认为二招在25篇之内，并在注解二招时多处引用林氏说，将林氏论述二招为屈原所作、《招魂》为自招、《大招》为招楚怀王的思路方法原原本本地再现出来。

除了二招，冈松氏也非常认同林氏对《国殇》《橘颂》的看法，因此在注解时大量引用《楚辞灯》原文。

（二）屈原投水否定论

冈松氏坚持"屈原投水否定论"，而对林氏"屈原投水死谏"说的驳斥是其例证之一。

> ……据《哀郢》，三闾在贬，方经九年，于是更发奋赴水而死，是不过为病狂者之为，安在其为死谏也？且《悲回风》篇末曰"骤谏君而不听兮，任重石之何益？"是虽因申徒狄为言，抑三闾亦以自况，则固知死于水之无益也，苟知其无益复何汲汲于求死之有？果然，《惜往日》曰："虽自忍而沉流，曰宁溘死而流亡"，又曰"不毕辞以赴渊兮，惜壅君之不识"，《渔父》辞曰"宁赴湘流葬于江鱼之腹中"，凡此其言皆出于忧愤之余，其实非欲必死于水。而《怀沙》亦与此同耳。但此篇情隘辞戚，比之他篇，尤为哀痛切至，此其裁赋时，构思自如此，亦不得据此以为绝命之辞也。余故曰三闾死水于汨罗，盖伊尹负鼎，百里奚饭牛之类，要之齐东野人之言，不足信也。

冈松氏"屈原投水否定论"的依据主要有四点：一是屈原投水没有文献记载；二是屈原投水不符合"贫与贱，是人之所恶也，不以其道得之，不去也""夭寿无二，修身以俟命"的传统儒教观念；三是冈松氏认为屈原在怀襄二王时均被贬，但是所贬路途却不一样，只有在怀王时贬谪途中经过沅、湘，因此《怀沙》当是作于怀王时，此时屈原根本不可能死；四是从《悲回风》《惜往日》《渔父》等篇中，得出屈原认为投水死谏无益，因此更不会这样做，之所以数次言投水死只不过是悲愤语。由此冈松氏得出屈原投水只是像伊尹负鼎、百里奚饭牛一类为"齐东野人之言"，不可信。乍看之下，冈松氏所言似乎非常有道理，仔细分析后会发现他的论说漏洞颇多。首先，《怀沙》作于何时何地，论者的见解各异，冈松氏认为《怀沙》作于怀王时期，不免于独断。从《怀沙》许多句子中，如"舒忧娱哀兮，限之以大故，知死不可让，愿勿爱兮"等，可知纵使这篇不是绝命辞，也是作者决意要死之时的作品无疑。其次，冈松氏所言《怀沙》《悲回风》《惜往日》《渔父》等篇多次提到赴水而死只是忧愤语，更加难免臆测之嫌。而且，屈原在多篇文章中多次提到投水死，不仅不是冈松氏"屈原投水否定论"的支持论据，反而是证明其观点错误的有力证据。再次，以孔孟之道来考量屈原行径是非常不合适的，因为屈原奉行的并不是儒家思想。最后，说屈原投水死缺乏文献记载也是不恰当的，不仅屈原作品中就有多处明证，而且即使这些文章是屈原的学生或者同时代的人如宋玉、景差所作，也是基于屈原投水死这一既有事实基础上的。总之，冈松氏"屈原投水否定论"不过是其主观性的论述。至于对林氏的"屈原投水死谏"说，冈松氏只是论证了屈原不是投水死，并没有对屈原是不是"死谏"进行辩论。

(三) 屈原两次被贬江南

冈松氏与林氏观点相左最多的是《九章》诸篇，几乎每篇都有分歧，尤其是各篇的创作时地方面，争论最大。林氏认为屈原在怀王时被贬汉北，襄王时被贬江南，只一过江，因而以《抽思》作于汉北，《涉江》《哀郢》作于江南。而冈松氏则认为屈原曾两过江，在怀襄二王时各一次，"盖怀王时，三闾固因谗得拘，一迁于江南也"，因此《抽思》《涉江》《哀郢》是屈原在怀王时被贬江南所作。

首先，冈松氏论证了《抽思》作于江南。他的出发点是论证朱熹"夔峡为楚故都""屈原生于夔峡，仕于鄢郢"观点的正确性，论证过程中博引《水经注》《舆地志》《括地志》《史记·楚世家》等文献，以驳斥林氏《抽思》作于汉北说。他的辨证层次可概括如下：

1. 屈原初放不是在汉北。

"然望北山而流涕，及南指月与列星等语，若以为在汉北，意义颇乖，西仲虽极力辩之，终不可从也。"

2. 屈原生于夔峡。

"余观《最能行》云：'若道土无英俊才，何得山有屈原宅?'《注引水经》注：'秭归故归乡县，北有屈原故宅，垒石为屋基，今曰乐平里，宅之东有女媭庙。'杜又咏宋玉，曰：'江山故宅空文藻'，注：'归州、荆州皆有宋玉宅，此言归州宅也。'是知屈原与宋玉其初皆居于归。归为古夔子国故地，其属荆州府当远在其后。昔时统夔归二州谓之夔，则朱子言屈原生于夔峡，亦不为无谓也。"

3. 郢都在汉南郡，屈原为了谐韵而说成"汉北"。

"襄王十九年割上庸汉北地予秦，西仲据此，以为上庸即石泉县。汉北与此接壤，然世家亦不过言割上庸，并汉水以北之地予秦，汉北之名，非局于一境。且郢都实在汉南郡，屈原乃言集汉北，要取谐韵耳。"

4. "有鸟自南兮，来集汉北"指的是屈原家族从夔峡迁到郢都。

"《世家》：'楚始祖熊绎始封于楚，蛮居于丹阳，经十余世徙都于郢。'《舆地志》：'秭归县有丹阳城周回八里，熊绎始封也。'《括地志》：'归州巴东县东南四里归故城，楚子熊绎墓在归州秭归县，并夔归二州名曰夔。'是知朱子所谓夔峡为楚故都，犹晋有曲沃，则世家旧族如屈氏，或有奠居于夔峡，而屈原亦生于此，固不足怪也。"

夔峡为楚故都，后楚迁郢都（在汉南郡），夔峡在郢都南，因此"有鸟自南兮，来集汉北"句指的是屈原"生于夔峡，仕于鄢郢"的实事，此处"汉北"冈松氏认为是屈原为了取谐韵，将"汉南"写作"汉北"，从而推翻了林氏《抽思》作于汉北说。屈原作为楚旧族，在忧愤之际追忆楚国的发源地，数说楚国的变迁，是可以为人理解的。冈松氏所说可成一家之言。

其次，冈松氏在论证《抽思》作于江南的同时，又进一步驳斥了林氏《涉江》《哀郢》作于襄王时的观点：

> 林西仲以此篇（指《涉江》）及《哀郢》，皆作于襄王时，盖西仲意怀王时，屈原初获罪，徙于汉北，至襄王放之江南，故屈原特一过江而已，于是篇中欸秋冬之绪风一句，虽极力辩措，终不得解也。

冈松氏认为依林氏所言，《涉江》及《哀郢》作于襄王时，则时间季节上不通，唯有认为屈原曾两过江，方解释得通，因此《抽思》《涉江》《哀郢》是屈原在怀王时被贬江南所作。

对《九章》诸篇的创作时地，研究者的观点历来不同，冈松氏能够联系各篇的内在逻辑，将各篇系连考察，形成一家之言，这是非常值得肯定的。

除了对林氏说多有征引，《楚辞考》同时还引用段玉裁等音韵学家、文字学家的观点和方法，并引证《诗经》《论语》《史记》《尚书》《山海经》《名物考》《春秋左传》《战国策》《庄子》《竹书纪年》等诸多文献，是一本见解颇多、资料翔实的日本楚辞注释本。竹治贞夫评价是书作为出于日本学者之手的正式的楚辞注释，"几乎是独一无二的，可取的见解也不少"，是"进入明治时期后，真正以汉文进行的楚辞研究"①，此评价并无夸张。

五、问题讨论

《楚辞考》博引众家，于训诂、音韵上用力颇多；抉微发隐，不遗余力，时有新论；注重证据，偏重考据，"是一部相当出色的论考性著作"。②但是细阅其书，可发现其中也存在粗疏荒谬之处。

校雠方面，时有不精处。一是时有例证不足处：如，《天问》，"眩弟并淫，危害厥兄。何变化以作诈，后嗣而逢长"句，考曰："'眩弟并淫'，谓父母为象所眩惑，与为淫虐也。'何变化以作诈'，谓使舜治廪浚井等事也。'后嗣而逢长'，犹言'而后嗣逢长'，与《左传》'公喜而后可知也'语势正同，朱子本'而'字在'后嗣'上，非

---

① [日]竹治贞夫：《楚辞的日本刻本及日本学者的楚辞研究》，《楚辞资料海外编》，武汉：湖北人民出版社，1986年版，第406、385、401、406页。

② 徐公持、周发祥、尹锡康：《楚辞研究在国外》，《楚辞资料海外编》，武汉：湖北人民出版社，1986年版，第448页。

是"。仅举《左传》中的一句便以"语势正同"的理由否定朱子说，未免轻率。二是时有有论无据处：如，《天问》，"焉有龙虬，负熊以游"句，考曰："是亦当时自有此言，要龙马负图之类，且下脱二句，今不可得考。"又，"化为黄熊，巫何活焉"句，考曰："王氏本'化'下有'而'字，非是。"又，"何肆犬豕，而厥身不为败"句，考曰："王氏本'犬豕'作'犬体'，'为'作'危'，皆非是。"竹治贞夫称其"任己所好地改动文本"，可知不虚。冈松氏的这种校勘方法，一方面使《楚辞考》成为一本独特的版本，另一方面也造成了校雠不精的缺憾。

解读文本方面，时有臆测处。《楚辞考》着眼于补旧说之不足，并纠正旧说讹误，避免陷入烦琐的注解窠臼，因而具有"行文简洁，所说稳健"的特点，但也难免臆测之嫌。如，冈松氏认为《九歌》中屡次出现的"公子"是指子兰，便无法解释"思公子兮徒离忧"等句是何道理，且与他所持"《九歌》每篇托言鬼神以述君臣遇合之慨"的论调不合。再如，《天问》，释"何后益作革，而禹播其功"句，考曰："下二句有误，疑当作'何益作革，嗣禹播降'，盖'后'字因上文误衍，而'又'与'嗣'字形相似而讹也。言启既败有扈之后，何益更革弊事，嗣禹播其治功，而降之下民也。益，增进也，作革，犹言作新。"与诸家说不同，但是虽新却解释不通。

六、结　论

冈松瓮谷于晚年创作《楚辞考》，一是为"遣怀"，二是为挽日本"汉学衰废"的局势。该书分四卷四册，体例上，右列原文，左列王逸、洪兴祖、朱熹、林云铭等诸家训释，再以"考曰"下按语。校勘时以王逸本、朱熹本为主，交替两家说，偶采林云铭本、洪兴祖本、黄文焕本、屈复本训释。以"考曰"的方式评点诸本，或是依从，或是驳斥，观点鲜明，自成一家。按语中博引众家说，除了王逸、朱熹、洪兴祖、林云铭等楚辞学者的观点，同时还引用段玉裁等音韵学家、文字学家的理论和方法，并引证《诗经》《论语》《史记》《尚书》《山海经》《名物考》《春秋左传》《战国策》《庄子》《竹书纪年》等诸多文献，是一本见解鲜明、论说稳健、颇重考据的日本楚辞注释本。选文方面，冈松氏参考《楚辞灯》选文体例，将《楚辞灯》所收27篇全部采录，并收宋玉《九辩》、淮南小山《招隐士》与前面27篇屈赋做对照，以突出屈赋创作风格的独特性；《九章》篇第、目次则参考王逸《楚辞章句》、朱熹《楚辞集注》；此外，仿效《楚辞灯》将每篇题目置于篇前，以便读者阅读。文本解读方面，冈松氏除了交替王逸、朱熹旧说，此外也对林云铭《楚辞灯》的注说多有采录与继承，主要集中在《九歌》《九章》《招魂》《大招》几篇，对林氏的观点既有肯定亦有驳斥，以其观点为依托阐发新见，如"《招魂》《大招》为屈原所作"说，"屈原投水否定论"，

"屈原两次被贬江南"说等。虽然《楚辞考》在校雠方面时有不精处，解读文本方面时有臆测处，但是瑕不掩瑜，《楚辞考》仍不失为一部论说充分、重视考据、具有鲜明个性的日本楚辞注释本。

日本江户、明治时期①的楚辞学

"日本楚辞学的基础研究"小组

矢田尚子 野田雄史 田宫昌子 荒木雪叶
大野圭介 矢羽野隆男 前川正名 谷口洋

【摘 要】 日本江户时期的芦东山的《楚辞评园》、北越董鸥洲《王注楚辞翼》和龟井昭阳（1773—1836）的《楚辞玦》；明治时期的西村天囚的《屈原赋说》上下卷、《楚辞纂说》等著作，由于大部分仅以抄本和草稿流传于世，现今闲置于日本各地的研究机关，难以系统研究，江户、明治时期的日本楚辞学，不论是在楚辞研究领域抑或日本汉学研究领域，都一直被等闲视之。为改变这种状况，有必要对江户、明治时期的日本楚辞学著作作一介绍。

【关键词】 日本楚辞学 江户时期 明治时期

日本楚辞学的黎明期是江户时期，其代表性的楚辞研究，首先有浅见絅斋（1652—1711）的《楚辞师说》，以及发展《楚辞师说》研究的芦东山（1696—1776）的《楚辞评园》、北越董鸥洲《王注楚辞翼》和龟井昭阳（1773—1836）的《楚辞玦》。

继承以上江户时期楚辞学研究的是明治时期的西村天囚（1865—1924）。他曾任京都大学的兼课讲师，在教授与《楚辞》相关课程的同时，完成了《屈原赋说》上下卷、《楚辞纂说》《楚辞集释》等著作。然而，这些江户、明治时期的楚辞学成果，尽管是出自具有丰沛汉学知识的学者之手，由于其大部分仅以抄本和草稿流传于世，现今闲置于日本各地的研究机关，中国自不待言，就是日本的研究者亦难以阅读到，因此陷入了难以系统研究的状况。

此外，日本大部分的楚辞研究者，一向只关注中国的楚辞研究，并不知上述书籍就存在于本国。而且，大多数的日本汉学研究者，仅以中国和日本的思想为专门研究

---

① 江户时期：1603—1868 年，德川幕府统治日本的时代。明治时期：1868—1912 年。

对象，对于文学作品《楚辞》则不纳入研究对象中，敬而远之。所以江户、明治时期的日本楚辞学，不论是在楚辞研究领域抑或日本汉学研究领域，都一直被等闲视之。

鉴于以上状况，我们组成了"日本楚辞学的基础研究小组"，以综合性系统性地研究江户、明治时期日本汉学者的楚辞学、明确其学术价值为目的，开展研究活动。

研究对象为芦野东山的《楚辞评园》、龟井昭阳的《楚辞玦》、北越董鸥洲《王注楚辞翼》、西村天囚的《屈原赋说》上下卷和《楚辞纂说》。这些数据基本上为抄本及草稿，所以我们研究这些数据的同时，也进行活字数据化，将来予以印刷出版，便于作为研究资料加以利用。

一、关于芦东山《楚辞评园》

盛冈大学　矢田尚子

芦东山（1696—1776）是江户时代中期仙台藩[①]的儒学者，出生于仙台藩领地的陆奥国盘井郡东山涉民村（今岩手县一关市大东町涉民）。名胤保、德林，字世辅、茂仲、仲坰。号则有多个，如东山、涉民、玩易斋、东峤、梅隐翁、赤虫、贵明山下幽叟等，其中东山、涉民是由其故乡地名而命名。原姓"岩渊"，之后因祖先移居于下野国芦野（今栃木县那须町芦野）而改作"芦野"。然通常多以中国式的姓氏"芦"称呼。[②]

享保六年（1721），26岁时，东山被五代藩主伊达吉村提拔为儒员，因其个性耿直，翌年提交了由七个项目组成的意见书。此意见书因内容严厉，故被称作"七谏言"。在此意见书中，东山主张，作为君主应当学习儒学经典以修身，并重用人才、容纳家臣谏言且改过，因此对惩罚敢于谏言家臣之藩主，责备了其不是。

此外，为了能够实践儒学的德治主义，须重用以学问修养的有德之人，因此学校是不可欠缺的，故于享保二十年（1735），拟定大规模设立学问所之议案并提出建言。然而东山的议案并未获得采纳，取而代之的是采用其他人的意见，由藩设立了小规模学问所（养贤堂）。

之后元文二年（1737），东山向藩内提交了关于养贤堂座列的意见书。当时在养贤堂，学生是先依据家世地位高低，再遵照长幼顺序就坐。东山却主张应不论家世高低，而仅以长幼顺序列坐。此外，当藩中重要人物来访时，这些人是坐于讲师席的最上位，

[①] 日本江户时期的"藩"相当于中国的诸侯国。
[②] ［日］稻畑耕一郎：《芦东山与楚辞——关于〈楚辞评园〉》，《中国文学研究》，1983年第9期。

东山亦反对，其认为当日负责授课的讲师应坐在最上位。但东山这般主张，有违当时严格的身份秩序，因此元文三年（1738），东山被传唤至评定所，宣判惩处。据此处分，东山至此之后，被迫在加美郡宫崎（今宫城县加美郡加美町）过着24年的幽禁生活。①

在长期的幽禁生活中，东山撰著了集中国自古以来有关刑制纪录之大成的《无刑录》十八卷。此是曾为其师的室鸠巢所委托之事。《无刑录》在江户时期并未出版，而是以抄本形式流通。至明治时期，明治政府在拟定近代刑法之际参考了此书，进而出版了元老院版《无刑录》。

被幽禁时，除了执笔撰写《无刑录》之外，东山亦研究《楚辞》，其成果整理于《楚辞评园》一书中。此书，是于《批注楚辞全集》（朱熹《楚辞集注》八卷）中，以手写方式加入了许多注，在卷首夹有记《楚辞总评》（抄录四十九家楚辞评之物）、《各家楚辞书目》（王逸楚辞十七卷、楚辞释文一卷、补注楚辞十七卷等之题解）、司马迁《屈原传》与沈亚之《屈原外传》的纸张。且在本文版匡外，记有许多前贤诸家的注与评，在这之中，见有为数不多的"德林按"，此是东山自己补充前贤诸家注及评之处。

芦东山会这般研究《楚辞》，应当是饱尝因谏言而被幽禁之痛苦，此自身境遇与屈原相似而产生同感。东山有这样的情绪显露，可见于其作了如下所示将自己与屈原相拟之诗。

《仲春东迁》
严谴投荒二十年，今春此去转凄然。
谁知孤客东迁日，哀郢吟成最可怜。②
自注云：楚国凶荒之后、仲春屈原东迁、作哀郢词。与余同怀者、千古惟有屈大夫耳。

《人日涩溪吟谵》
东山人日涩溪民，白首思君比楚臣。
谁识今朝穷谷里，远游赋就欲寻真。
自注云：楚辞惜诵云、思君其莫吾忠兮、忽忘身之贱贫。杜甫同谷歌云、我生胡为在穷谷。③

---

① [日] 大藤修：《仙台藩儒学者芦东山的生涯与关系史料的伝来・构成：付〈芦东山纪念馆所藏史料目录〉》，《东北文化研究室纪要》2012年，第53页。
② [日] 东山芦野德林：《玩易斋遗稿》，东京：信山社，1998年版。
③ [日] 芦东山：《芦东山日记》，东京：平凡社，1998年版。

二、日本江户期九州岛学者对楚辞的态度

长崎外国语大学　野田雄史

在2013年的西峡大会上我报告过，我们几个日本学者现在正在共同研究日本江户时代到明治时代学者的楚辞学。其中我本人主要从事对江户末期福冈儒者龟井昭阳的研究。昭阳有一本叫《楚辞玦》的注本，而且昭阳在日记里也言及到自己研究楚辞的情况。那么同期的其他学者和楚辞有怎样的关联呢？我调查了当时其他日本学者的日记，先看一下广濑淡窗的日记。

广濑淡窗是日田（现在九州岛大分县山间部）的学者，他开的私塾咸宜园很有名。龟井昭阳生于1773年死于1836年，广濑淡窗生于1782年死于1856年。两人几乎是同一世代的人。而且淡窗年青时候去福冈跟龟井昭阳和其父龟井南冥学习过，也善于吟诗作文，文化背景和立场很相似，所以容易进行对比。

在本人所看完的从1831年到1847年的17年间的广濑日记中，有很多讲课的内容涉及如下的汉籍：

（一）经

周易　孟子　论语　大学新注　古大学　大学　中庸　诗经　礼记　左传　尚书　小雅　孝经

（二）史

史记　汉书　国语　宋名臣言行录

（三）子

庄子　老子　家语　世说　蒙求　王阳明文录　伤寒论　朱子家训　近思录　汇善编　阴骘录

（四）集

苏文　赵云松诗　陶诗　杜律　唐宋诗　文选　唐诗选　高青邱诗　古文真宝　苏诗　白诗　文章轨范　李白诗　杜甫诗　韦苏州　柳々州　韩诗　黄山谷诗　杨诚斋诗　陆放翁诗　盛明百家诗　沈德潜诗　赵瓯北诗　张船山诗　随园诗　百家诗　白香山诗　柳诗　古诗十九首　古今诗抄　古今杂抄　赤壁赋　琉球佛兰西往复书

（五）其他

远思楼诗集　约言　析玄　义府　小学　诗触　无逸　自监录　五种遗规　诗醇

讲课的内容基本上跟我们所认同的经典古籍是差不多的，而令人印象颇深的是其中有不少明清时代的文学作品。我们知道在江户时代，明清时代的诗文作为"当代文

学"随时流传进来，很受大家的欢迎。而在咸宜园成为讲义的内容，这表明江户时代的文人对明清诗文有抱有广泛而深厚的兴趣。另外，领主、富豪等也会邀请讲义，并选择他们自己感兴趣的书。另一方面，我们能注意到淡窗没有把楚辞作为讲义的对象。讲授唐诗和明清诗文，却没讲重要的文学作品楚辞，就也许跟江户时代的人们不重视楚辞的情况有关。

淡窗在日记中除了讲课的内容以外，很少言及到汉籍，十七年中只有如下几处：

"亲作论语会头。"（天保七年四月晦日）
"作老子第二章国字解。"
"陶诗抄写成。"
"尚书卒业。自注：今文中数篇。愈读而愈不可通。晦庵作楚辞参同契解。而不及尚书。有故哉。"（天保九年二月二十九日）
"质迂言。"

这些记载尽管不是讲课的内容，但也跟讲课有关。比如说所写的老子、陶诗，都为讲课的课本或为讲课而准备的。其中我最感兴趣的是有关楚辞的部分。这部分的日记本文是"尚书卒业"。意思是讲完尚书了。后面有自注说，尚书只看几篇。但是艰涩难懂。朱熹注过楚辞和参同契，从来没有注过尚书，原因如此。也就是说，楚辞和参同契虽然很难也可以附注，但尚书难解连朱熹也不能附注的。淡窗想说明尚书特别难，比楚辞、参同契更难。就是说楚辞也十分难，所以跟楚辞来加以比较。朱熹除了楚辞集注以外，还有诗集传很有名。而且诗书同为从西周初期流传下来的文献。但这里用以比较的不是诗经，而是楚辞。由此可见淡窗认为楚辞比诗经还要难解得多。

尚书如此难懂，但由于是五经之一，所以再难也要讲。那么楚辞呢？没五经不重要，所以淡窗可能不列入讲课内容。而且这种情况可能是江户时代的人不重视楚辞的主要原因。

那么昭阳呢？从讲课到附注，再加上创作了辞赋体的东游赋，由此名声大作。可以说他的楚辞能力是相当高的。

三、关于大阪大学怀德堂文库藏本《王注楚辞翼》及其作者

富山大学　大野圭介

大阪大学怀德堂文库里边有一本书叫《王注楚辞翼》，它是西村时彦（号天囚，一号硕园）旧藏书之一，此书分为三卷，卷一为《离骚》《九歌》《天问》，卷二《九章》

《远游》《卜居》《渔父》《九辩》《招魂》《大招》《惜誓》，卷三《招隐士》《七谏》。对于《楚辞》本文以及王注，把在它背后的历史故事征引于经书、诸子、《史记》与《文选》等，间有训诂与音注。本论对此书的内容与作者进行初步考察。

（一）作者"董鸥洲"不是清人

此书卷首写着"北越董鸥洲撰"，饶宗颐《楚辞书录》曰："清北越董瓯洲撰日本西村硕园藏手稿本"①，崔富章《楚辞书录解题》也沿用此而曰："清董鸥洲撰"②，其实不然，董鸥洲是日本江户时代的汉学者。其证据之一是，董氏引用"春台先生"的文字，他注《离骚》"恐修名之不立"而曰：

《论语·卫灵公》"子曰：'君子疾没世而名不称。'"何晏曰："疾，犹病也。"春台先生曰："《礼记》云：'此以没世不忘也。'没世义同谓死也。"

"春台先生"的这条文字，其实见于江户时代著名的汉学者太宰春台（1680—1747，名纯，字德夫）之著作《论语古训》（参看下页图1、2）。③

 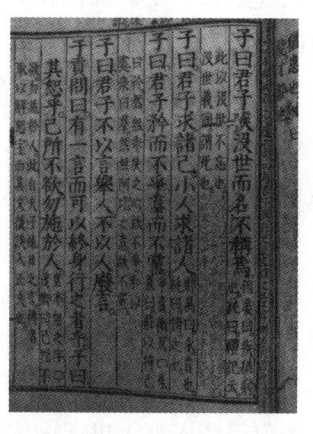

图1 富山县立图书馆所藏太宰纯（春台）《论语古训》书影

图2 《楚辞翼》所引的《论语古训》卷八。第一排到第二排有该文。

春台出生在饭田（今饭田市，位于长野县南部），"信阳"是长野县的旧称"信浓"的中式名称。

---

① 饶宗颐：《楚辞书录》，香港：Tong Nam Printers & Publishers，苏记书庄代售，1956年版，第37页。此条中董"瓯"洲当是"鸥"字之讹。
② 崔富章：《楚辞书录解题》，北京：高等教育出版社，2010年版，第186页。
③ ［日］太宰春台：《论语古训》，江户：嵩山房，1739年版，富山县立图书馆藏本，卷八第5页。

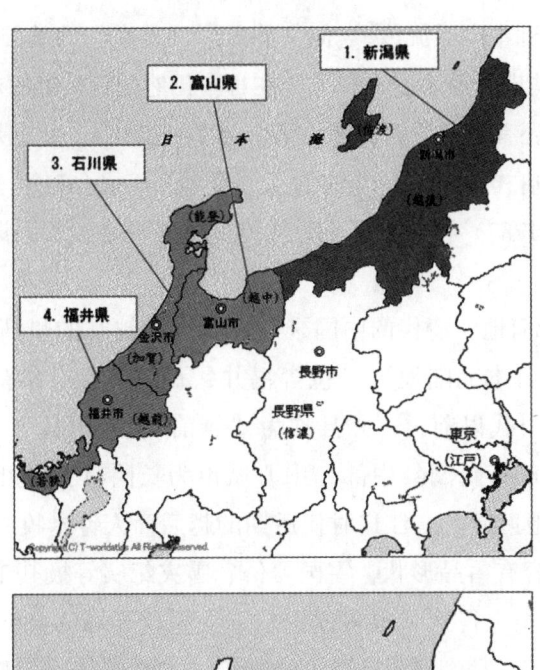

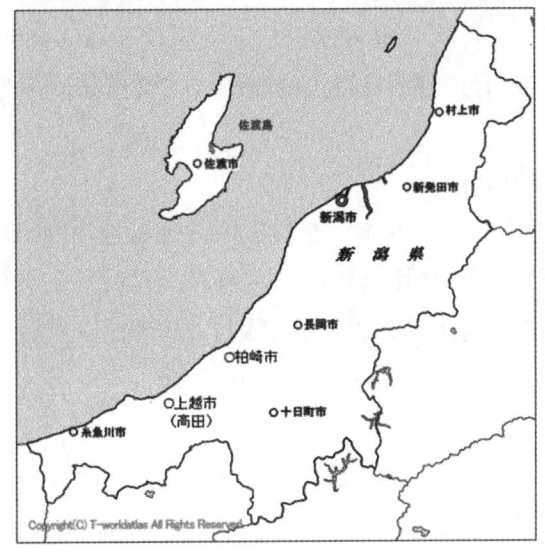

图3　日本北陆地区（上）与新潟县（下）示意图

其证据之二是，董氏屡引《历史纲鉴》《五车韵瑞》等书。《历史纲鉴》原称为《鼎锲赵田了凡袁先生编纂古本历史大方纲鉴补》，明末袁了凡撰，由福建的书坊余象斗出版。袁了凡，原名表，后改名黄，号了凡，万历年间人，有很多著作，特别是《立命篇》《阴骘录》等善书受到广泛读书人的欢迎，到日本也流传，出版了各种翻印版本。《历史纲鉴》在《四库全书》编辑时遭到禁毁，现收入《四库禁毁书丛刊》史部第67、68册，在日本却作为藩学（江户时代旨在培养武士子弟汉学素养的藩立学校）的副教材广泛流传，现存的版本也很多。《五车韵瑞》是明人凌稚隆所撰的韵书，在每一韵之下，先列出一小篆字，后以韵隶事。此书很早就带给日本来，菊地东匀校点万治二年（1659）刊本广泛流传。《佩文韵府》又是在它的基础上成立的，《佩文韵府》完成后，《五车韵瑞》就不受重视了，在日本仍然受到学者的欢迎。此二书都是清朝学者不会征引的。还有确凿证据，董氏又引《字汇增注》，此书是日人笠原简室（生卒年未详）对明人梅膺祚《字汇》加注的，宽文十一年（1671）初版本与宽文十二年（1672）、天明七年（1787）再版本都广泛流传。由此观之，董鸥洲确是江户时代的日本人。

那么"北越"指何地？清代的中国未有过叫"北越"的州县，日本就有此地名。"北越"的"越"是日本北陆地区（包含福井、石川、富山和新潟等县，参看上页图3）的旧称，江户时代以前，福井县称为"越前"，富山县为"越中"，新潟县为"越后"。"北越"一般指新潟县中部（中心城市为长冈市）及北部（中心城市为新潟市）。北越以大雪地区闻名，江户时代后期的越后商人铃木牧之（1770—1842）写了《北越雪谱》，内容有雪晶形状、雪国习俗、雪灾纪实等极其丰富，是民俗学、科学方面的珍贵资料，至今得到了很多读者。近人阪口五峰（1859—1923）撰了《北越诗话》，此书汇集江户时代越后汉诗人的略传与主要作品。董鸥洲当是江户时代越后人。

（二）《楚辞翼》的内容

下面看《楚辞翼》的内容。它举《楚辞》本文或王逸注的一段而加注，对王注的注解比对本文的多一些。王注屡用《诗经》来解释《楚辞》的词汇，《翼》对王注所引的《诗经》诗句加详细的注解。如：《离骚》"忽奔走以先后兮，及前王之踵武"。王逸曰"踵，继也。武，迹也。《诗》曰：履帝武敏歆。"董氏《翼》：

《诗经·大雅·生民》篇"履帝武敏歆，攸介攸止，载震载夙，载生载育，时维后稷。"毛公《传》曰："履，践也。帝，高辛氏之帝也。武，迹；敏，疾也。从于帝而见于天，将事齐敏也。歆，飨；介，大；攸止，福禄所止也。震，动；夙，早；育，长也。后稷播百谷以利民。"郑氏《笺》云："帝，上帝也。敏，拇也。介，左右也。夙之言肃也。祀郊禖之时，时则有大神之迹，姜嫄履之，足不能满履其拇指之虚，心体歆歆然，其左右所止住，如有人道感己者也。于是遂有身，而肃戒不履御，后则生子而养，长之名之曰弃。舜臣尧而举之，是为后稷。"

同"謇朝谇而夕替。"王逸曰："谇，谏也。《诗》曰：谇予不顾。"董氏《翼》：

《诗经·墓门》篇"夫也不良，歌以讯之。讯予不顾，颠倒思予。"毛公

《传》曰："讯，告也。"郑玄《笺》云："予，我也。歌以告之汝，不顾念我言，至于破灭颠倒之急，乃思我之言。言其晚也。"《字汇增注》①曰："讯，又作谇，音信，徐告也。"

至于《离骚》末尾的王逸《叙》，甚至对它用于典故的《诗经》诗句也加以注解，如：王曰："直若砥矢"，董氏《翼》：

> 《诗经·小雅·大东》篇："周道如砥，直如矢。"毛公《传》曰："如砥贡职平均也，如矢赏罚不偏也。"又刘向《说丛》曰："直如矢者死，曲如绳者称。"

《说丛》就是《说苑》，这条见于卷十六《谈丛》篇。这些注解显然不是旨在提出新见解的，而是用于初学者了解《楚辞》及王注的"羽翼"。

除《诗经》以外，《翼》还用《易经》《尚书》《左传》、三《礼》《尔雅》等经书，《论语》，《老子》，《庄子》《列子》《吕氏春秋》，《淮南子》等诸子，《史记》《汉书》《后汉书》等史书，《文选》及《六臣注》等古籍，而解释《楚辞》以及王注的文字。董氏为了理解《楚辞》本文以及王注，最用力于引用可以参考的历史故事，如：《离骚》"曰鲧婞直以亡身兮。"王逸曰："尧使鲧治洪水"。董氏《翼》：

> 鲧与鯀同，《尚书》作鯀。《史记·五帝本纪》曰："四岳举鲧治鸿水，尧以为不可，岳强请试之，试之而无功，故百姓不便云云，殛鲧于羽山。"吕延济曰："鲧禹父也"。

《天问》"简狄在台，喾何宜？"王逸曰："简狄，帝喾之妃也。"董氏《翼》：

> 《史记·殷本纪》曰："殷契母曰简狄，有娀氏之女，帝喾次妃。三人行浴，见玄鸟，堕其卵，简狄取吞之，因孕生契。契长而佐禹，治水有功。"

这些故事是中国人谁都所知，不必加注的，董氏却引用古籍缕述情节，然而毫无创见。引用的方法也有点粗糙，比如引《历史纲鉴》等难以信赖的文献是其实例之一。董氏

---

① 此条引用见于《字汇增注》酉集·言部"谇"字的增注部分。参见〔明〕梅膺祚：〔日〕笠原简室增注：《增注头书字汇》，大坂：芳野屋五兵卫，1672年版，富山县立图书馆藏本。

有时从多种文献中重复地引用同一的故事，如《离骚》"见有娀之佚女。"王逸曰："《诗》曰：有娀方将，帝立子生商。"董氏《翼》曰：

  《诗经·商颂·长发》篇："有娀方将，帝立子生商。"毛公《传》曰："有娀，契母也。将，大也。契生商也。"郑氏《笺》云："帝，黑帝也。禹敷下土之时，有娀氏之国亦始广大。有女简狄吞鳦卵而生契，尧封之于商。后汤王因以为天下号，故云帝立子生商。"

在《天问》中也有简狄吞卵的故事，曰："简狄在台，喾何宜？"董氏却引《史记·殷本纪》，此已上述。因为《长发》中未涉及帝喾，《殷本纪》中有"帝喾次妃"的记述，所以董氏选择了《殷本纪》，尽管如此，要是清朝学者，准会把有关简狄吞卵的古籍记述汇集在一起研究一下，董氏《翼》中却窥不出这样态度。

  《楚辞翼》中还有训诂，间有独特的见解，如：《离骚》"聊逍遥以相羊"，董氏《翼》细说王注而曰："常羊，犹逍遥也。又相羊，犹翱翔也。"《离骚》"心犹豫而狐疑兮。"王逸曰："故中心狐疑犹豫。"董氏《翼》曰：

  狐善为妖魅，性淫多疑。犹，兽名，多疑虑，每闻人声辄登木，久之无人，然后下又上。如是非一，故不决曰犹豫。《五车韵》曰："犹豫，兽名也。《礼记》作犹与。《前汉书·蒯通传》猛虎之犹与不如蜂虿之致蠚，孟贲之狐疑不如童子之必至。"

但董氏的训诂，也有面向初学者的，如："纔，音才，暂也，亦作才。""逡巡，却退皃，又行不进皃。"等。综上所述，董氏撰此书的目的非在提出新见解，而是在用于初学者学习《楚辞》。

（三）董鸥洲是何人？

  那么，董鸥洲究竟是何人？他既然引用"春台先生"之说，则当属于太宰春台的学派。太宰春台跟随以创始古文辞学派（又称蘐园学派、徂徕学派）闻名的荻生徂徕（1666—1728，名双松，字茂卿）学习儒学。1603 年江户幕府成立之后，就将南宋朱熹的儒学定为官学，1630 年幕府大学头（担任文教政策的官职）林罗山（1583—1657）建立孔子庙举行释奠，并创办旨在专门教武士子弟朱子学的私塾（此塾后来改为直属幕府的学校"昌平黌"），鼓励读四书五经，结果不仅武士，连老百姓也喜爱读书吟诗的人增多了。儒学者愈多，学派也愈多了，也出了不满足于官学的学者，有的信奉阳明学①，有的开拓了独特的学问。荻生徂徕也当初学朱子学，到了50岁后，受明朝李攀龙、王世贞等古文辞派的影响，思想发生大的变化。他认为，要正确地理解六经而学"先王之道"，必须直接读经文而通晓汉语古文辞，所以开始批判朱子学，仿效李攀龙举着"文主秦汉"之旗号，呼吁不依赖汉儒、宋儒等后人之注疏②。古文辞学派的汉学者非常尊崇中国文化，名字也模仿汉姓，将复姓改为单姓。如荻生徂徕自称为"物徂徕"，"物"取于他的本姓"物部"；服部南郭称为"服南郭""服元乔"。董鸥洲的"董"也不像日本人的姓，此不是他的本姓，而是他自称的汉姓。

荻生徂徕为实现自己的主张，定"六经十三家"③，让他的门生精读了。他的文章中没有具体地规定"十三家"内容的记述，他的高弟服部南郭（1683—1759，名元乔，字子迁）、山县周南（1687—1752，名孝孺，字次公）都说"十三家"即《左传》《国语》《战国策》《史记》《汉书》《荀子》《吕氏春秋》《老子》《列子》《庄子》《楚辞》《淮南子》与《文选》④。

太宰春台也继承师说，但他认为，只读书就不够，不会作文则难以造其奥妙⑤。他还说明初学者的学习步骤，其说如下⑥：

(1)《孝经》（用孔安国传注）、《论语》（用《十三经》抄写）、《毛诗》《尚书》（均用《十三经》抄写，包括《小序》，用《注疏》解释）

(2) 三《礼》《周易》《春秋》三传、《国语》（均用古注）

(3)《文选》

(4)《史记》（除《律书》《历书》《天官书》）

(5)《汉书》（除《律历志》《天文志》等）

(6)《资治通鉴》（不用《通鉴纲目》）

我们再看一看董鸥洲《楚辞翼》所引的古籍，就发现大都不出"六经十三家"。董

---

① 阳明学派的著名学者有中江藤树（1608—1648，名原，字惟命）、熊泽蕃山（1619—1691，名伯继，字了介），大盐中斋（1793—1837，通称平八郎，名正高，字子起）等。

② 除了古文辞学派之外，伊藤仁斋（1627—1705，名维祯）也创始古义学，虽然与荻生徂徕思想的立场有不同之处，但不依赖注疏而直接读经文的研究方法是一样的。

③ ［日］荻生徂徕：《四家隽·隽例六则》第一则，内阁文库藏本，1761年版，此书为汉文。

④ ［日］服部南郭：《灯下书》，早稻田大学藏写本，书写年未详，第12页；［日］山县周南：《作文初问》第四条，东京：稻垣常三郎，国立国会图书馆藏本，1890年版，第3—4页。此二书均为日文。

⑤ ［日］太宰春台：《倭读要领·下卷·学则》第九则，江户：嵩山房，1728年版，早稻田大学藏本，第38—39页，此书为日文。

⑥ ［日］太宰春台：《倭读要领·下卷·学则》第一到第九则，江户：嵩山房，1728年版，早稻田大学藏本。并参［日］白石真子：《太宰春臺の詩文論（太宰春台的诗文论）》，东京：笠间书院，2012年版，131—132页。

氏引《诗经》时，并引用《毛传》与《郑笺》，这也是按照春台《学则》的态度。可见董氏确实继承太宰春台的学风。

但董氏也有与春台不同之处。至于《楚辞》的文学价值，春台的评价却不高。他说：

> 迨至周季，楚人屈平始作骚辞，而四诗之体一变矣。其辞重复冗长，稍使人厌。后又一变为赋，其辞专务夸大，多言繁缛，虚语文饰，读之使人生奢汰淫佚之心，实文章之一大厄也。①

他不但对《楚辞》与汉赋的文体评为"重复冗长"，而且对它的思想内涵更严厉地批评。他说：

> ……若徒从事华辞以钩名誉而已，则是一曲之士，不足贵也。客难之曰："如子之论，则屈原相如，其人其言，皆不足取，而太史公乃特为二子立传，何也。"对曰："亦爱其文辞耳。然太史直笔，其于屈子之从容辞令，莫敢直谏；长卿之穷而淫行无耻，达而阿谀逢迎以蕲利泽，则皆具其事而不护其短，所以见意也。……②

又说：

> ……尝试论之，屈原《离骚》，愁诉自白，辞多重复；宋玉为襄王弄臣，其赋滑稽戏谑，诲人淫佚，使名教之罪人也。③

太宰春台总之不是文学家而是经世家，著作有《经济录》，"经济"之词始于此。对他来说，屈赋只有用于学习古文辞，无用于学习儒学而实现"先王之道"，至于宋玉赋，岂止无用，简直有害。董鸥洲当然不赞成这样的看法，否则不会特意对《楚辞》加以注释。

荻生徂徕的高弟之中，太宰春台以经世为主，服部南郭则以诗文为主，许多弟子

---

① ［日］太宰春台：《诗论》，江户：文英阁，1748年版，早稻田大学藏本，第2—3页，此书为汉文。
② ［日］太宰春台：《文论》第一篇，江户：文英阁，1748年版，早稻田大学藏本，第8页，此书为汉文。
③ ［日］太宰春台：《文论》第七篇，江户：文英阁，1748年版，早稻田大学藏本，第23页。

从他学诗。他虽然属于古文辞学派，并不固执古文辞。他的门生也继承其姿势，特别著名的是片山兼山（1730—1782，名世璠，字叔瑟），他反对徂徕学派重视修辞的姿势，取唐宋诸儒之说而进行重视经义的研究。如此兴起了折衷学派，他们大都当初学习古文辞学，之后为了回避陷入派系之争，兼修朱子学与汉唐古注，以折中长处为宗旨。又兴起了古注学派①，他们以汉唐古注为中心，并参考古文辞学派等的注释。

那么，董鸥洲的籍贯"北越"的汉学情况如何？北越也有许多继承古文辞学派的汉学者。如天领（江户幕府直辖地）柏崎（今柏崎市，位于新潟县中部）有寺泽石城（1728—1802，名成宪，字子鉴），曾在江户跟随服部南郭学经史，回到柏崎后开设私塾"沧浪馆"，培养许多弟子，他们大都是当地商人或地主的子弟。主要门生如下：

　　蓝泽北溟（1755—1797，名仲明，字子晋）先跟石城学后去江户，跟随片山兼山学折衷学，兼山去世后继承他的遗著而回到北越，被聘为片贝（在今小千谷市，位于新潟县中部）的私塾"朝阳馆"馆主。

　　今井镜洲（？—1809，名子履，字元吉）跟石城学后去江户，在昌平黉学习朱子学，回到柏崎后开设私塾"申申楼"，从学者数百人。

　　植木仲宁（1770—1838，名子惠，字仲宁，号无穷，一号新好斋）先跟石城学后去江户，跟随折衷学派的大家大田锦城（1765—1825，名元贞，字公干）学习，擅长于诗。

　　蓝泽南城（1792—1860，名祇，字子敬）蓝泽北溟子，六岁时死了父亲，之后去江户跟随北溟的同学葛葵冈（1748—1823）学习，回乡后开了私塾"三余堂"，培养700多名的弟子。有很多著作，以折中学为宗旨，主要依靠片山兼山之说，也提出自己的新见解。②

他们一边从服部南郭与寺泽石城继承古文辞学，一边都有折中学的倾向。除了柏崎以外，高田藩（今上越市，位于新潟县南部）还有村松芦溪（1715—1787，名贞吉，字子永），他也曾跟随服部南郭学习，回乡后被聘为高田藩文学（担任文教政策的官

---

① 古注学派的汉学者有宇野明霞（1698—1745，名鼎，字士新）、中井履轩（1732—1817，名积德，字处叔）、久保筑水（1759—1835，名爱，字君节）等。但古注学派也采取一些折中的研究方法，与折中学派的界线不必分明。

② 关于这些汉学者们，可参考［日］内山知也：《越後柏崎の漢学者たち（越后柏崎的汉学者们）》，《新しい漢文教育（新的汉文教育）》，1987年。

职），高田藩的藩学原来教朱子学，他任文学之后以古文辞学为主了①。

再看董鸥洲《楚辞翼》，它的态度基本是按照太宰春台的古文辞学，可是虽然寥寥数条，也引用朱子之说，并不固执古文辞。董鸥洲与柏崎或高田等地的汉学者之间有什么关系，目前尚未清楚，但可以推测为他可能是当初跟太宰春台或他的门生学习古文辞学，回到北越后，受到当地流行的折中学的影响，以王逸《章句》读《楚辞》。虽然如此，董氏的《翼》作为注释来说并不细致，几乎没有创见，是初学者就有用的。他屡引用的《历史纲鉴》《五车韵瑞》等书都是用于藩学副教材的，由此观之，董氏撰此书的目的，大概在用于藩学或私塾的讲义蓝本。

董鸥洲《王注楚辞翼》虽然并不是清朝学者的著作，但可看出日本江户时代的古文辞学传播到远离江户的"北越"地区而盛行的情况。对于日本汉学研究方面，此书无疑是非常珍贵的资料。

四、关于西村天囚《屈原赋说》的研究情况简介

四天王寺大学　矢羽野隆男　高雄餐旅大学　前川正名

西村天囚（1865—1924）的《屈原赋说》（上下二卷，下卷未刊），是日本大正时期出版的有关《楚辞》的概论性研究著作，作为具有当时最高水平的《楚辞》研究书现在仍受到很高的评价。

西村天囚（原名时彦，别号硕园）于大正五年九月至十年八月作为京都帝国大学讲师作了关于《楚辞》的特殊授课，《屈原赋说》上卷十二篇便是当时在京都帝大所讲《楚辞》课的汉语文言整理稿，从后述的刊本自序可知，其成稿时间在大正九年五月。

《屈原赋说》上卷，天囚自身将其翻译成日语，从大正十一年（1922）六月至九月，分别四次在京都文学会发行的学术杂志《艺文》上发表。据前川正名《西村天囚的楚辞学》（《国学院杂志》第106卷、第11号、通卷1183号、2005年），《屈原赋说》上卷的发表情况如下。但是，题目中（一）到（四）的数字是由笔者权宜添上的。

《屈原赋说（一）》：《艺文》11-6、1922年6月。
《屈原赋说（二）》：《艺文》11-7、1922年7月。
《屈原赋说（三）》：《艺文》11-8、1922年8月。
《屈原赋说（四）》：《艺文》11-9、1922年9月。

---

① ［日］阪口五峰：《北越诗话·上卷》卷二"村松贞吉"条，东京：国书刊行会，1990年版（原版东京：目黑甚七，1918年版），第174—176页。

另外，在天囚殁后十二年忌辰的昭和十一年（1936），怀德堂纪念会出版了《硕园先生文集》全五册，《屈原赋说》保存着汉语文言的表现形式而用活字翻印，收录在其第五册中。（以下称此为"活字本"。）

另一方面，这时候《屈原赋说》的下卷却被出版。《屈原赋说》活字本的编辑者对此有如下说明："下卷，先生立十篇，名字、放流、自沉、生卒、扬灵、骚传、宋玉、拟骚、骚学、注家，属稿自《名字》至《拟骚》止，说述并非既讫。而又繕写删润之迹，驳杂不可次第。《骚学》《注家》，仅乃举目耳。故不收此集。编者附识。"总之，下卷还没写完，而且已经写完的部分也删改痕迹杂乱得看不清楚，所以未用活字翻刻收录在《硕园先生文集》。

在此，为了把握《屈原赋说》的规模，把上下卷的篇目列举以下。

上卷

名目第一　篇数第二　篇第第三　篇义第四　原赋第五　体制第六　乱辞第七　句法第八　韵例第九　辞采第十　风骚第十一　道述第十二

下卷

名字第一　放流第二　自沉第三　生卒第四　扬灵第五　骚传第六　宋玉第七　拟骚第八　骚学第九　注家第十（第九、第十，只有篇目，没有正文）

关于《屈原赋说》的学术价值，已出版的上卷向来广为研究者所知并受到高度评价，如日本《楚辞》研究家竹治贞夫在其毕生大著《楚辞研究》（风间书房、1978年）的"第五章楚辞日本刻本和日本儒学家的楚辞研究"中，认为："作为《楚辞》概述书，至今仍占有最高的地位"，不仅承认其价值，而且相当详细地介绍了上卷十二篇的内容。

关于下卷，竹治贞夫则认为："《屈原赋说》一书，只有其上卷留在现在，全体上是未完的，实在可惜"，只对其下卷未完成表示遗憾。

但是，大阪大学附属图书馆怀德堂文库所藏的《怀德堂文库图书目录》载有"屈原赋说二卷日本西村时彦撰大正九年手稿本二册"，《屈原赋说》二卷现仍藏于该文库，现在可以了解下卷的全貌。

前如所述，下卷的手稿本由于删改痕迹杂乱，难以判读，可是解读仍充分可能。其实，根据这下卷手稿本所作的先行研究，件数虽然不多，但是确实存在。例如：崔富章、石川三佐男《西村时彦对楚辞学的贡献——兼述中国人心目中的屈原形象》

（《秋田大学教育文化学部教育实践研究纪要》第 25 号、2003 年），简单地介绍了下卷各篇的要旨。另外上述的前川论文是把下卷作为主要对象进行考察，指出《屈原赋说》的特征。

现在，获到日本学术振兴会的科学研究费补助金（基盘研究（C））的资助，以矢田尚子为代表的共同研究"日本楚辞学的基础性研究——以江户、明治期为对象"正在进行。作为这系列研究的一部分，对于西村天囚的《屈原赋说》也进行解读。迄今为止，上下卷的解读基本上完成，今后有待对其内容进行详细考察。

以下，介绍《屈原赋说》上下卷各篇的要旨。上卷要旨主要把竹治贞夫论文的日文要旨作简略介绍，下卷要旨则原文引用了崔、石川论文的中文要旨（字体亦未作改动）。

《屈原赋说》上卷要旨

[名目第一] 此篇考证"楚辞""屈原赋""骚"的名称的意思和来历，西村下结论认为："'楚辞'是统名。汉以后诸作、亦得其名。'屈原赋'是专名，唯屈子诸作得称。其名'离骚'是篇名，非诸篇统名。而自晋以来，借以为统名。'骚'则离骚之省，亦不可统言各篇。但沿习已久，字面亦雅，从旧用之，亦无妨耳。"

[篇数第二] 这是与《汉书艺文志》中"屈原赋二十五篇"有关的考察。依王逸的说法，除了屈原所作得《离骚》一篇外，《九歌》十一篇、《天问》一篇、《远游》一篇、《卜居》一篇、《渔父》一篇，共计有二十五篇。但是，西村却以"可知《国·礼》二首本一篇之文，后人取以附属《九歌》之末耳"，提出《九歌》为十篇；甚至将记载于《史记》中的《招魂》作为《大招》，加进里面成为二十五篇。

[篇第第三] 此篇考察今本《楚辞》和古本《楚辞》之间的篇次异同（古本就是佚书《楚辞释文》。存于南宋洪兴祖《楚辞补注·考异》）。今本的篇次是《九歌》次于《离骚》，而古本《九辩》次于《离骚》。洪兴祖以为古本的篇次保留旧态，与此相反，西村则认为古本篇次不是旧态，而是今本保留唐以前的旧态。

[篇义第四] 考察各篇题的意思。对于《离骚》《九歌》《天问》《九章》和《怀沙》《远游》《卜居》《渔夫》做叙述。还有，关于《卜居》，西村是这么说的："《卜居》之居，谓所以居心处身，《孟子》以仁为人之安宅"。而且对于西村的这个说法，竹治贞夫给予了很高的评价。

[原赋第五] 此篇说明"赋"字的原义和其语义演变。西村以为："赋"字原义是征收租税的意思，后有敷布税法的意思，又出现敷陈文辞的意思。而且更进一步把创作诗和朗诵诗叫作"赋诗"，至屈原时成了文体的名称。荀子去楚国在屈原殁后，他的赋作"孙卿赋十篇"（《汉书·艺文志》）是对屈原的继承。

[**体制第六**] 针对屈赋的体制特色做阐述。注重于"兮"这一字；便会发现在《诗经》中，《国风》的兮字多，而《雅颂》的兮字少。因此而说："可知兮字是民间歌词、助语，盖带野调，非大雅之音矣"。还有，对于"不歌而颂"，则是"然曲高则和寡，他人或不能，况汉以后人乎"。

[**乱辞第七**] 此篇考察"乱（在辞赋编末总结一编趣旨的较短章节）"的名称起源，西村以为：其起源与古代音乐把最终乐章叫作"乱"有关。另外，西村支持鹿持雅澄《万叶集古义》的学说，即日本《万叶集》所收的"长歌（长篇和歌）"是模拟"赋"，而"反歌（放在长歌末尾的短和歌）"是模拟"乱"。

[**句法第八**] 对《离骚》《九歌》《九章》《远游》《天问》《卜居》《渔夫》的句法做叙述。针对各篇的句法做详细的记述；最后叙述"要之屈赋二十五篇虽云古诗之流然其体制则创造于屈子以启后世辞赋之法门矣"。

[**韵例第九**] 此篇对照《诗经》押韵法以探讨屈原赋的押韵法。《九歌·东皇太一》的押韵是只有一韵贯通全篇十五句的一韵到底，而这种押韵法于《诗经》中并无用例，起源于《九歌》。屈原赋使用古音和楚音，西村以不太熟悉音韵学为由，他未对音韵方面作详细论述。

[**辞采第十**] 阐述西村所说的："屈子之文匪惟其体制奇创其造语措辞"；并针对各篇的修辞法做细微分析。再接续上"学者不读屈赋则曷知诗叁百之变又曷知两汉以后辞赋之渊源哉"。

[**风骚第十一**] 此篇探讨《诗经》和《楚辞》合称为"风骚"的理由。淮南王刘安的《屈原传》云："《国风》好色而不淫，《小雅》怨诽而不乱，若《离骚》者，可谓兼之矣。"西村以为刘安的这一评论非常恰当。另外，西村支持王逸的"《离骚》之文，依托五经以立义焉"这个评价，指出《楚辞》和儒家经典的共同之处。

[**道述第十二**] 说明屈赋的思想属于儒家，特别是与孟子的想法较为接近。

而根据就是，在屈赋中写有许多关于尧舜的事，这点与孔子、孟子相同；用语（正、修、义、善、忠君、直、贞、清、命、正气等）与儒家的经传和旨趣相同等。

《屈原赋说》下卷要旨

[**名字第一**] 西村认为："司马迁父子相继成《史记》，而定原为字，定平为名。刘向校秘书，博览多识，不减于司马氏，而亦从《史记》而不疑，可以知其必有的据矣。"宋绍兴三十一年建阳陈八郎崇化书坊刊《文选》卷十六"离骚经一首屈平"，张铣注："《史记》云，屈原字平，仕楚为三闾大夫。"后世学者，好异标奇，盖本于此。西村断言：《史记》"虽多异本，无书'字平'者。则知张注'字平'是'名平'之误。否则臆改《史记》，牵附选例也。"

[**放流第二**] 西村叹云:"屈子其如神龙乎？其尾见贾谊《吊文》，而其首古书不一及。《史记》掇拾传闻，以描首尾，其文夭矫变幻，不可端倪，犹片甲残鳞隐现于云间。是以群疑百出，无一定说。善读书者，与屈子之文互相参稽，则用舍死生，大略可以仿佛耳。"西村的具体结论是：怀王之世，屈原被疏，绌（或言自疏、自退），罢左徒，犹不失为同姓大夫，"而《史记》书'虽放流'者何也？以虽疏绌非放流，而其迹犹放流也。"（按：《史记》"虽放流，眷顾楚国"一段，实刘安《离骚传》中语窜入者，西村为能识破）"《史记·屈原传》以《离骚》为骨子，故先叙屈子所以作《离骚》，而其初疏在何年，不可知也。后叙其系心怀王，以明作《离骚》在怀王入秦之后也。"又谓"因谏'不如无行'，王不听而入秦被囚，于是作《离骚》"。令尹子兰闻之大怒，曾国藩云："闻屈原作《离骚》。"西村谓："此说得之矣。《离骚》迫切，乃又作《远游》以申远逝自疏之意。"

[**自沉第三**] 屈子之死，宋以前未有疑其自沉者。至南宋林应辰始有屈子不沉汨罗之说。著《龙冈楚辞》五卷。明汪瑗剿袭其说，作《屈原投水辨》，不通训诂，不知文理，安得破西汉诸儒所传之旧说哉！

[**生平第四**] 崔、石川论文可能认为这篇论旨太烦琐而省略要旨，拙论也依此省略。

[**扬灵第五**] 汇集屈原传说有关之地理古迹，民俗故事，"我国每至五月五日，亦作粽，浴菖蒲汤者，盖屈子之遗风"。称颂屈原"离愍于一时，扬灵于百世"。愚读其书而思其人，未尝不眷眷于明月之被，宝璐之佩也。故集录古传以备参考如此。

[**骚传第六**] 楚辞之传，其故有二：其一高祖乐楚声，楚声存于楚辞，于是屈原诸赋，得掇拾而流传焉。其二楚辞之传，楚元王刘交（刘邦少弟）之力也。"矧方高祖乐楚声之日，封屈子吟泽畔之国，昭、屈、景三姓尚未迁徙，而左右有穆（生）、白（生）、申（公）、韦（孟）诸儒，访流风于坠简，求余韵于残篇，遍搜而广采，珍重而传诵，是虽（无）记载可证，而愚依情与理而推断之，知其不太谬矣。其孙辟强、曾孙德，并承家学，至元孙刘向，典校秘书，裒辑《楚辞》，分为十六卷。盖《鲁诗》与《楚辞》并为元王所传家学，绵延至向有斯编，而其子歆作《七略》，录屈原所作，盖仍向《别录》，《汉志》所谓屈原赋二十五篇，尚沿向、歆之旧，则所谓二十五篇，亦焉知无非元王与诸儒论定耶？"《楚辞》成书之过程，向无定说，西村氏之考论，可备一说也。

[**宋玉第七**] 屈子《招魂》以祭怀王；后屈子自沉，宋玉亦作《招魂》。屈作称"大招魂"，后人省魂字曰《大招》；宋玉所作称"小招魂"，后人省小字曰《招魂》，二招皆为死者作。"以旨而言，则《大招》醇古，如朱子说：以辞而言，则汪洋恢诡不可端倪为古辞赋中第一奇文，玉之富于辞采，殆过于其师。"《九辩》亦宋玉所作，其

成于原迁江南之日。

[拟骚第八] 拟骚之文，大抵皆为代言之体，《九辩》《招魂》实作之俑矣。《惜誓》之义，惜屈子之誓死而不知变计也。《招隐士》"文气似《九歌》，汉以来拟骚之文，学者皆以此篇为第一矣"。庄忌《哀时命》通篇多排偶之语，前联下句与后联上句相对，盖为一种创格，以启六朝骈俪之体，只憾其气魄不足耳。《谏》《叹》二篇规摹《九章》，《怀》《思》二篇体制《九歌》，自朱子有"无病呻吟"语，元、明以后人并不好读拟骚诸篇。"予耽读楚辞，群疑百出，因取《楚辞》十七卷，精读毕业，而后知拟骚诸篇之必不可不一读也。何以言之？以拟骚诸作是二十五篇注脚也。汉人读骚之法，存于拟骚诸作之中，屈子事迹，往往有可征者。其辞气虽平缓，而其造法之炼，结撰之工，亦皆可以为法，后世文章，渊源于此，不可不知也。"西村此论，盖经验之谈，楚辞学人，应予重视云。

[骚学第九] [注家第十] 两篇只有篇目，没有正文。

五、西村时彦《楚辞纂说》

东京大学　谷口洋

不分卷，四册，手稿本。大阪大学《怀德堂文库》藏。

本书摘录历代典籍中关于屈原和《楚辞》的记载，间附按语。其博搜远出前人，堪称为20世纪大型楚辞资料集成的滥觞。崔富章《楚辞书目五种续编》有著录，已为中国学人所周知。但由于是未刊稿本，不易目睹。近来黄灵庚教授主编《楚辞文献丛刊》收录其影印，实为快事。但其《总目录》云："《楚辞纂说》四卷，日·西村时彦撰，钞本。"今检大阪大学藏本，确有四册，第一册卷端明写"楚辞纂说卷一"。其实四册并非是四卷，第一册中竟出现"卷二"字样，第二册以下却未标卷次。今按：该本有不少眉批和朱批，均与本文同手，当是著者手批。可见其为未定稿，卷二以下似乎未遑分卷。大阪大学文学部《怀德堂文库图书目录[①]》云："楚辞纂说不分卷，日本西村时彦撰，手稿本"，就反映着如上的情况。

本书虽是稿本，但其编次自有条例。第一册"卷一"集录屈原的传记、评论屈原的文章、屈原生平和其坟墓的考证、各代各地关于屈原的碑记等，均为研究屈原的资料。"卷二"以贾谊《吊屈原赋》为首，结集历代文人吊屈原或拟屈赋的作品。第二册采录《汉书》以下历代各种文献中言及《楚辞》的文字。第三册从《朱子语类·论

[①] 该目录今有电子版，网址为：http：//kaitokudo.jp/Kaitokudo2_ cgi-bin/Simple.exe? StyleSheet=Top。

文》开始,搜集关于《楚辞》的考证性文章。第四册抄录祝尧《古赋辨体》、徐师曾《文体明辨》、姚鼐《古文辞类纂》等关于骚、辞、赋的文体论著作。第二册以下尽管不分卷,但是各册编辑方针相当明显,可见著者在比较成熟的构想之下进行工作。崔富章、石川三佐男两位教授就此书而云:"随手辑录,依文稿厚度,分装四册。第一册内含'卷一''卷二',亦非分类编次①",未免欠妥。

所采资料,范围甚广。值得注意的是,其中包含不少清代著作与地方性文献。仅以第一册卷一为例,有梁玉绳《清白士集·人表考》、蔡仲光②《谦斋遗集》卷九《书屈原传后》、黄本骥《嵝山甜雪·屈贾像说》等。其他严如熤《论屈原》、向曾贤《屈原论》、邹汉勋《屈子生卒年月考》、周韫祥《屈子疑冢辨》、以及明人罗奎《三闾行祠碑记》等文章都摘自《湖南文征》,又引用《湖南通志》《湘阴县图志》《湖北通志》等地方志。

江户时代,由于历史原因,日本汉学以宋明学为主;而且由于地理原因,日本学者很难接触到中国地方性文献。西村生于庆应元年(1865),后三年就是明治元年了。他早年于东京帝国大学就读,后来在《大阪朝日新闻》工作,与狩野直喜、内藤虎次郎(号湖南)结识。时值日本明治,中国清末,虽然国运不同,可是同处于西方文明的奔流之中,来往日趋频繁。中日学人也多有直接交流,沟通信息,学术风气于此大变。明治末期在京都设立了第二座帝国大学时,狩野担任第一代中文教授,开创了基于清代考证学、加以西方近代科学精神的新汉学。由于狩野的聘任,西村自大正五年(1916)开始在京都帝大讲《楚辞》,此时撰写了《屈原赋说》。《楚辞纂说》撰写年代不得而知,但应与《楚辞》讲学有关,其内容也反映出当时京都帝大的学风。《湖南文征》有同治十年(1871)曾国藩序,此年在日本值明治四年,江户时代的日儒根本看不到的,对西村来说就是现代的资料。他运用此书,正表现出其"明治精神"。

本书以摘录资料为主,间有按语。著者有时在按语中展示自己的见解,如第一册卷二扬雄《反离骚》之后云:"雄不死汉室,甘为莽大夫,此文毋乃豫作以为地?宋司马文正以宋代大贤,而心醉扬雄之学,《通鉴》亦不载屈子之事,予所不解也。"又云:"至引孔子以攻湘渊,其误后世亦甚矣。"可是这种例子为数不多,大部分的按语是补充文献记载,以资考证与评论的。如《史记·屈原贾生列传》后引方望溪(苞)、张廉卿(裕钊)等话,《汉书·古今人表》后引杨用修《古今人表论》等,可见其谨慎与周到。沈亚之《屈原外传》条云:"《屈原外传》亦是小说,而《提要》不说及,为集

---

① 崔富章、石川三佐男:《西村时彦对楚辞学的贡献》,《浙江大学学报(人文社会科学版)》,2003年第5期,第34页。但该文又云:"《楚辞纂说》四卷,手稿本,四册。"其云"四卷",不知所据。

② 按:蔡仲光为明末秀才,明亡后未仕清朝,然西村标为"清蔡仲光"。

中所无。吾友狩野子温（直喜）亦云：'尝检《下贤集》，无此文。'则其出小说类可知也。"可窥两人学术交流之一斑。

　　本书第四册抄录文体论著作，每条引文明显比其他三册长得多，几乎是转录。其内容也超出《楚辞》，包括整个辞赋。看起来其体例与前三册不合，未免有芜杂之嫌。其实这一点也反映出其时代精神。明治三十年（1897）古城贞吉写出《支那文学史》，此为日本第一部中国文学史。新学问的兴起促进历史思考，因此文学史著作在明治时代后期涌现而出。西村抄录几部文体论时，其头脑中或有辞赋文学史的构想。当时尚未有分体文学史，直到大正十四年（1925），京都帝国大学下一代教授铃木虎雄的《支那文学研究》一书中收录《论骚赋之成立》一文。与此相比，西村只是搜集资料而已，可是其意识同样是先进的。

　　本书为资料性工作，看来无所发明。其文字纯用"汉文"（中国文言），不用当时日本通用的通俗日语文言，体例似乎陈旧。而且未能刊出，对后代的学人没有直接影响。尽管如此，其内容明显地展示着日本明治新汉学的黎明，仍不失为20世纪《楚辞》研究的一个基点。

《续文章轨范》注评著作盛行与日本《楚辞》学文献拓展[①]

南通大学 张祝平

关于日本研究《楚辞》的情况，人们比较关注的是一些专门研究《楚辞》的学者以及他们的一些论著，这是必须应予注意的，但仅研究这些专家及论著，是不能反映日本学界对《楚辞》传播、研习全貌的。笔者最近去东瀛开会期间，接触到在近代日本非常热门的中国明代邹守益编选的文章学著作《续文章轨范》及数十部日本学者对之译校注评类著作，因《续文章轨范》选编了司马迁《屈原传》、屈原的《怀沙》《卜居》《渔父》等篇目，因此也带动了许多日人对屈原及其作品的关注和研读。本文仅对现存的这些著作的文献情况做一些梳理，至于它们的译校注评《楚辞》的内容，我想另外撰文再做些研讨。

一、《文章轨范》与《续文章轨范》

（一）宋谢枋得与《文章轨范》

谢枋得（1226—1289），字君直，号叠山，信州弋阳（今属江西）人。聪明过人，文章奇绝；学通"六经"，淹贯百家，宋理宗宝庆进士，担任六部侍郎，带领义军在江东抗元，被俘不屈，在北京殉国，作品收录在《叠山集》。《宋史》卷四二五有传。他所著《文章轨范》七卷，以"侯王将相有种乎"七字分别标示卷次，一共选录汉晋唐宋之文共六十九篇。前两卷（侯集、王集）题为"放胆文"，后五卷（将集、相集、有集、种集、乎集）。题为"小心文"。持论"凡学文，初要胆大，终要心小。由粗入细，由雅入俗，由繁入简，由豪荡入纯粹"。

（二）明邹守益与《续文章轨范》

邹守益（1491—1562）字谦之，号东廓。江西安福县北乡澈源人。理学家、教育家。父邹贤，字恢才，明弘治九年进士，授南京大理评事，历福建金事。守益9岁随父去南京。少年博览群书，以理学气节自命。17岁时，中江西乡试。正德六年（1511）参加会试、、王守仁（人称阳明先生）为同考官，见邹守益考卷非凡，将他擢为第一（会元），参加廷试又名列进士第三（探花），被授为翰林院编修。任职仅一年，便辞职回乡，专心研究程朱理学，正德十三年（1518），王守仁在赣州任地方官，邹守益前往

[①] 江苏省高校哲学社会科学重点研究基地重大项目，批号：2010JDXM036。

谒见，拜王守仁为师，潜心钻研阳明心学。嘉靖六年（1527），邹守益升为南京礼部郎中，嘉靖十七年（1538），邹守益任南京吏部考功郎中，次年为司经局洗马，充经筵官，为皇帝讲解经传史鉴。不久又改任太常少卿兼侍读学士，执掌南京审林院。隆庆初（1567），赠南京礼部右侍郎，谥文庄。邹守益一生尤其重视教育，崇尚简易明白、朴实无华、直指本心。他认为，教育是人后天赖以长进的最根本的途径。守益教人，把王守仁的"致良知"学说作为道德教育的根本，并对"致良知"作了充分的发挥。邹守益著作有《东廓文集》《诗集》《学豚遗集》等。今有《东廓邹先生遗稿》传世。

邹守益编选《续文章轨范》，顾名思义，是谢枋得《文章轨范》的续编。相对正编主要以唐宋作家的古文作品为主，续编则作为正编的补缺，增选了上至先秦下至明代的一些名篇，不仅有年代相对久远的《战国策》《史记》《汉书》《文选》等原典中的古文，还有骈俪之文，甚至还有篇幅较长的且较难理解的文章。它的体例全仿正编，全七卷共收48位作者的文章68篇，前三卷为"放胆文"，后四卷为"小心文"，各卷按"昭代文运自天开"七字分别标示卷次，因后来各种笺注本很多，另有一类注本是据杜甫"文章一小技，于道未为尊"诗句，按"文章于道不小技"七字来分别标示卷次的。

值得注意的是他在第一卷放胆文中选了司马迁的《屈原传》与屈平的《卜居》《渔父辞》，加上《屈原传》中的《怀沙》，实际上与屈原《楚辞》密切相关的作品有四篇。

二、日本宽政、明治、昭和年间《续文章轨范》译校注评著作的盛行

《续文章轨范》通常是与正编《文章轨范》连在一起刻印的，日本宽政、明治、昭和年间这些译校注评著作刻印的盛行，是与日本历代向中国学习文章的写作风气密切相关的，研究这个现象可以作为另一个专题。它的盛行使得日本学人更关注《续文章轨范》其中的《楚辞》作品。现存和刻《续文章轨范》除日本藏有一部分以外，还有相当大一部分流入中国，在北京、天津、沈阳、大连等地私人书店里。这是因为《续文章轨范》在中国刻印极少，而和刻本汉籍却有大量印制，所以反流回中国。现按刻印年代的顺序将笔者已经搜寻到的书目列于下面：

（一）书目

1. 增纂评注续文章轨范　松井罗州评注　宽政八年（1796）

2. 补刻续文章轨范评林　嘉永四年（1851）日本群玉堂刻本

3. 续文章轨范评林注释　蓝田东龟年补订　嘉永四年（1851）浪华书林群玉堂刻本

4. 续文章轨范评林注释　蓝田东龟年补订　明治五年（1872）、九年（1876）鹿儿岛县刻本

5. 补注续文章轨范校本　奥田遵补注　明治十年（1877）、十二年（1879）京万青堂刻本

6. 增评续文章轨范　大竹政正纂评。明治十年（1877）、明治十三年（1880）、明治二十三年（1890）东京三盛馆藏板

7. 续文章轨范纂评　明治十年（1877）

8. 续文章轨范评林　明治十一年（1878）寅年再刻

9. 鳌头增注续文章轨范　森立之增注　日本明治十一年（1878）刻

10. 增注鳌头续文章轨范评林　森立之增注　明治十二年（1879）出版人：目黑十郎

11. 补注续文章轨范校本　奥田遵补注　明治十二年（1879）春日井康四旧藏

12. 补注续文章轨范　奥田龙湫　明治十二年（1879）

13. 标笺续文章轨范　原田由已　明治十三年（1880）、明治十四年（1881）

14. 纂评增注续文章轨范　草场船山　明治十三年（1880）

15. 评注续文章轨范　五十川讱堂　明治十五年（1882）

16. 增订评注续文章轨范　木山鸿吉　明治十六年（1883）

17. 续文章轨范评林　蓝田东龟年　明治十六年（1883）出版人：冈田茂兵衞

18. 增补续文章轨范评林　伊东蓝田补订、高见照阳增补　明治十六年（1883）

19. 增评续文章轨范　关遂轩　明治十七年（1884）

20. 续文章轨范评林大成　冈三庆　明治十七年（1884）出版社：相生社

21. 续文章轨范评林注释　福井药圃　明治十九年（1886）

22. 评注续文章轨范独学　淡堂土田泰注评　明治十九年（1886）

23. 续文章轨范字引大全　祖下孝镇明治二十一年（1888）　出版人：迁本秀五郎

24. 点注续文章轨范　日本明治二十二年（1889）刊

25. 精注正续文章轨范　十四卷　日本明治二十四年（1891）松荣堂刊

26. 续文章轨范注释　明治二十四年（1891）和刻

27. 精注续文章轨范　石川鸿斋　明治二十四年（1891）

28. 续文章轨范纂评　近藤瓶城　明治二十六年（1893）

29. 标注续文章轨范读本　铃木贞次郎　明治二十六年（1893）

30. 续文章轨范讲义　石川鸿斋　支那文学全书·明治二十六年（1893）

31. 增订续文章轨范讲义　下森山阴、林商岭　少年汉文丛书·明治三十六年（1903）

32. 详解全译续文章轨范　友田宜刚　汉文丛书·昭和二年（1927）

33. 续文章轨范国字解　松平天行　汉籍国字解全书·昭和三年（1928）

（二）部分书影

1. 增评续文章轨范　大竹政正纂评。明治十年（1877）、明治二十三年（1890）东京三盛馆藏板

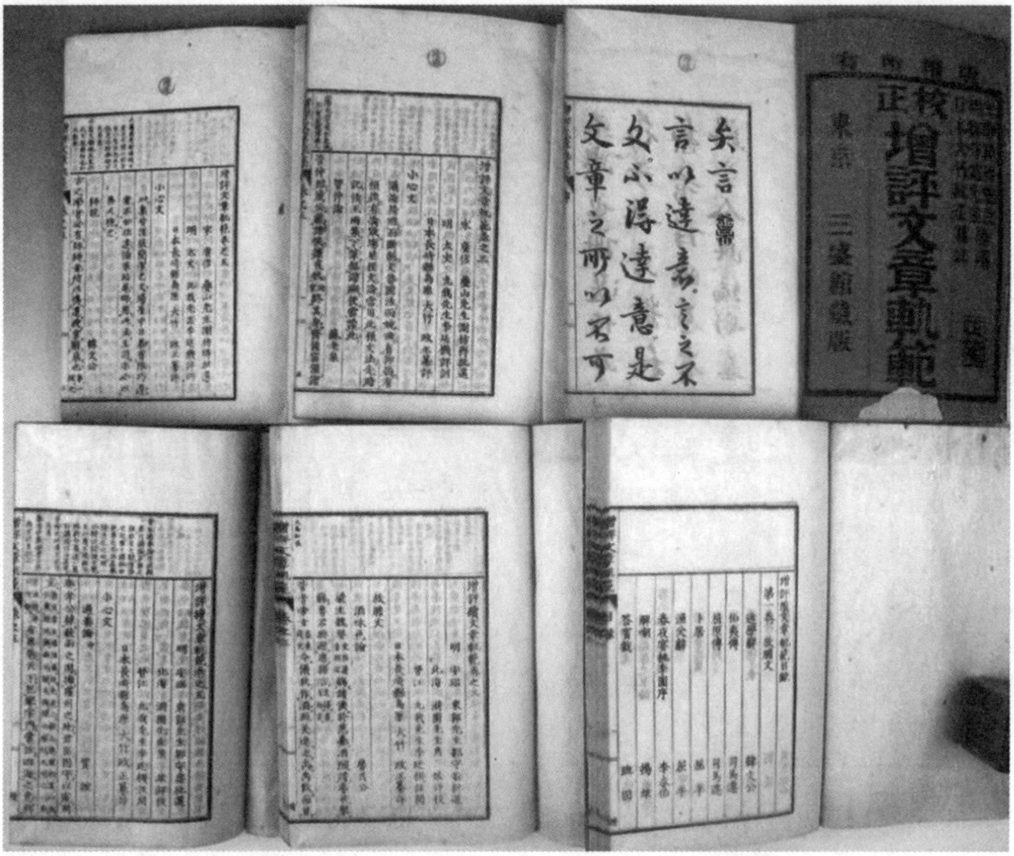

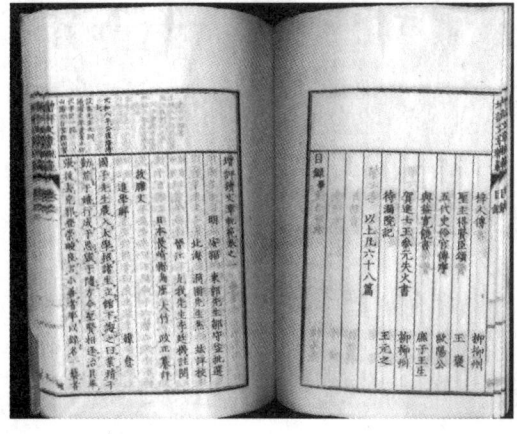

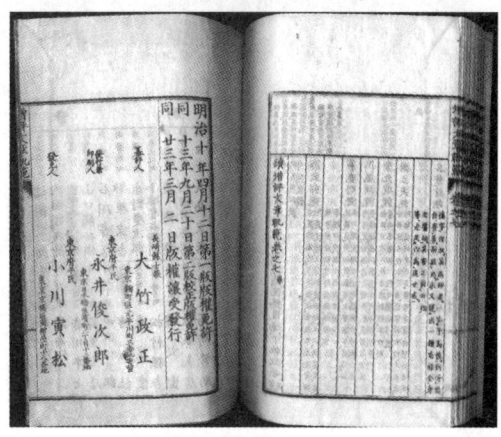

2. 续文章轨范评林　明治十一年（1878）寅再刻

3. 增注鳌头续文章轨范评林　森立之增注　明治十二年（1879）出版人：目黑十郎

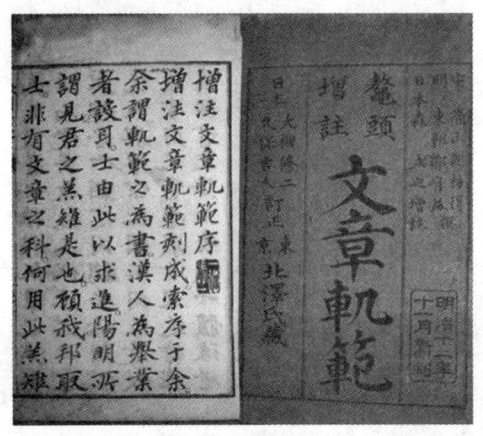 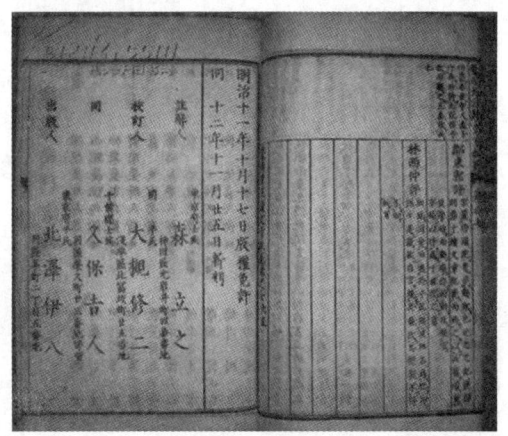

4. 标笺续文章轨范七卷　原田由己标笺　日本明治十四年（1881）刊

 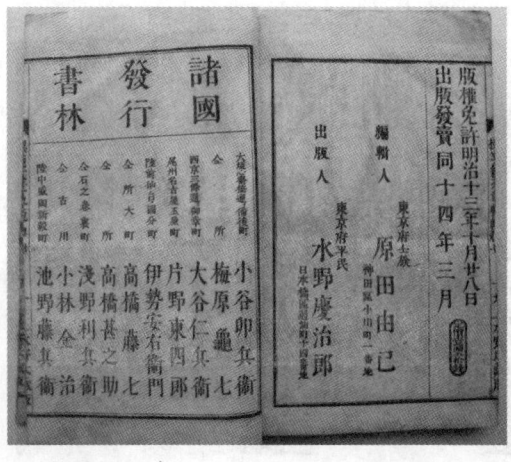

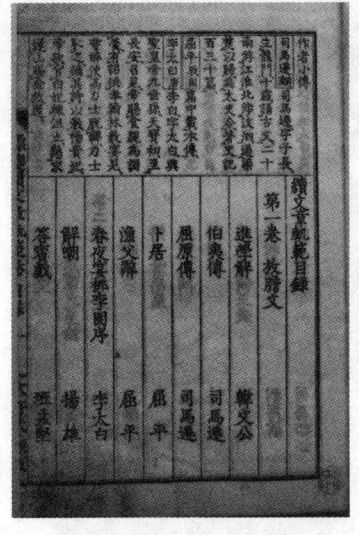 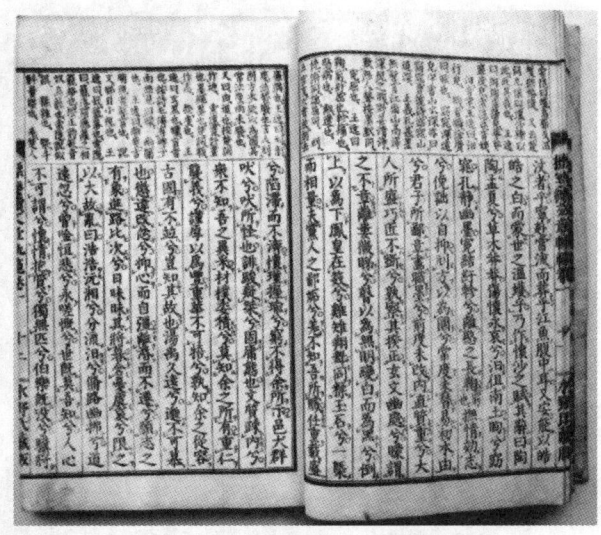

《怀沙》

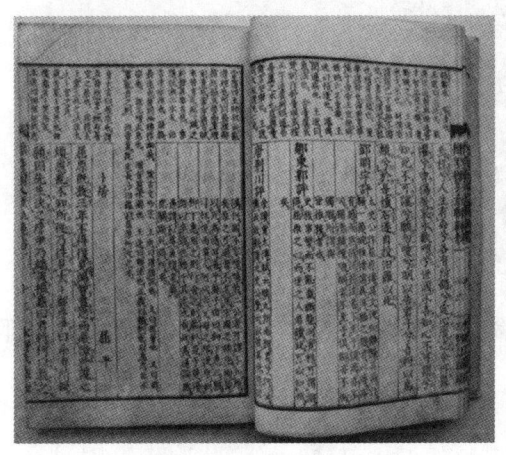 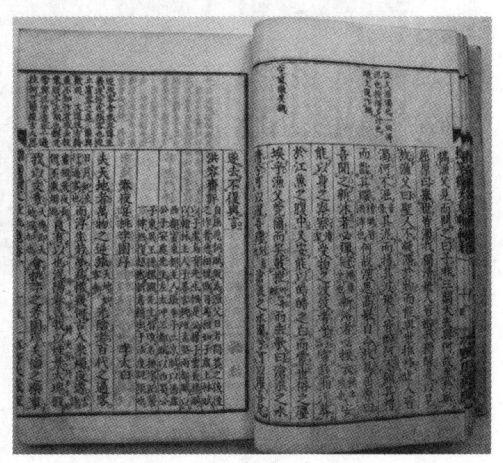

《屈原传》与《卜居》　　　　　　　　　　　《渔父》

原田由己是东京府士族，汉学功底深湛，他注过《文选》、编过《历史揽要》等书：

（1）历史揽要　原田由己（编），1877—1878年东京万蕴堂刊。

（2）唐宋八大家文读本钞解四卷　原田由己纂述　明治十二年（1879）刻本

（3）标注文选十二卷序目一册（梁萧统）编　原田由己注明治十五年（1882）刊（东京，水野幸）

（4）历史文章字引　原田由己编

（5）续文章轨范评林　蓝田东龟年　明治十六年（1883）出版人：冈田茂兵衞

6. 评注续文章轨范独学　淡堂土田泰注评　明治十九年（1886）

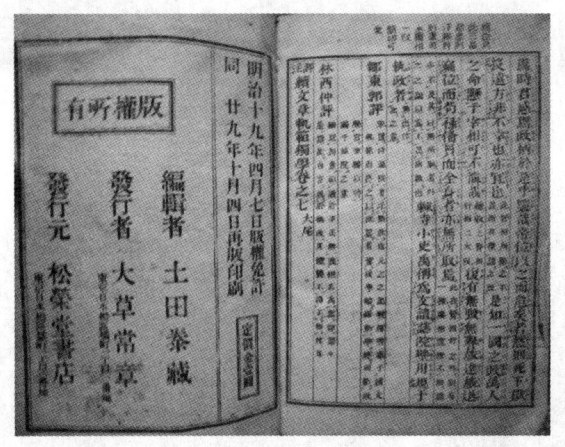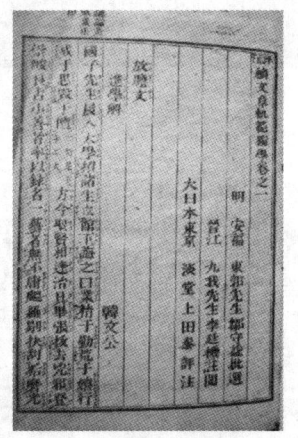

7. 续文章轨范字引大全　祖下孝镇明治二十一年（1888）　出版人：迁本秀五郎

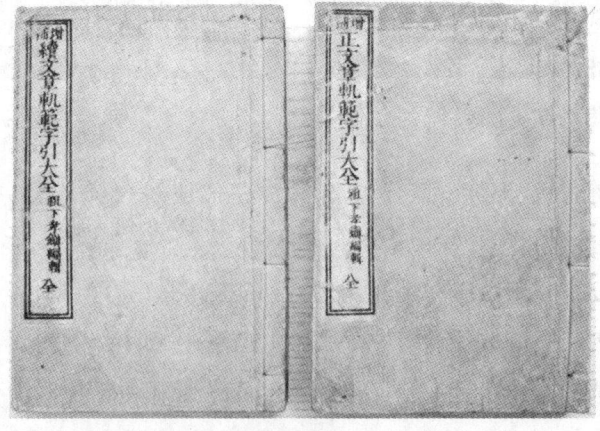

8. 续文章轨范　猪口笃志著　明治书院昭和五十二年（1977）版

猪口笃志，日本大东文化大学教授，据其在《续文章轨范·序说》中言，他编著

《续文章轨范》参考了不少书籍,现将他所列与《楚辞》有关的参考文献例举如下:

增纂评注续文章轨范	松井罗州	宽政八年(1796)
补注续文章轨范	奥田龙湫	明治十二年(1879)
标笺续文章轨范	原田由已	明治十三年(1880)
纂评增注续文章轨范	草场船山	明治十三年(1880)
评注续文章轨范	五十川讱堂	明治十五年(1882)
增订评注续文章轨范	木山鸿吉	明治十六年(1883)
增补续文章轨范评林	伊东蓝田补订、高见照阳增补	明治十六年(1883)
增评续文章轨范	关遂轩	明治十七年(1884)
续文章轨范评林注释	福井药圃	明治十九年(1886)
精注续文章轨范	石川鸿斋	明治二十四年(1891)
续文章轨范纂评	近藤瓶城	明治二十六年(1893)
标注续文章轨范读本	铃木贞次郎	明治二十六年(1893)
百家评注续文章轨范	王世贞训注、李廷机集评	上海扫叶山房民国15年
续文章轨范讲义	石川鸿斋	支那文学全书·明治二十六年(1893)
增订续文章轨范讲义	下森山阴、林商岭	少年汉文丛书·明治三十六年(1903)
详解全译续文章轨范	友田宜刚	汉文丛书·昭和二年(1927)
续文章轨范国字解	松平天行	汉籍国字解全书·昭和三年(1928)
史记会注考证	龙川君山	东方文化学院·昭和九年(1934)
六臣注文选	京都	野田·八尾刊·宽文二年(1662)
楚辞章句补注	王逸	洪兴祖
山带阁注楚辞	蒋骥	
楚辞考	冈松瓮谷	汉文大系·大正五年(1916)

猪口笃志著《续文章轨范》

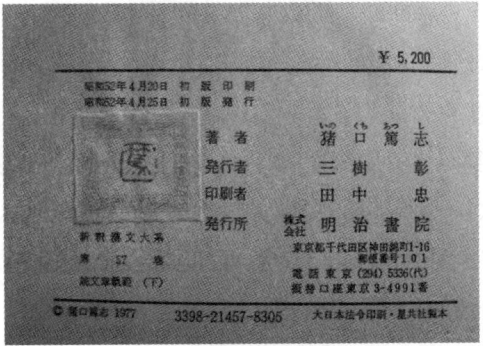

《续文章轨范》版权页

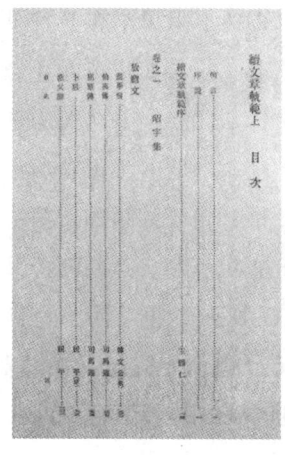

目次

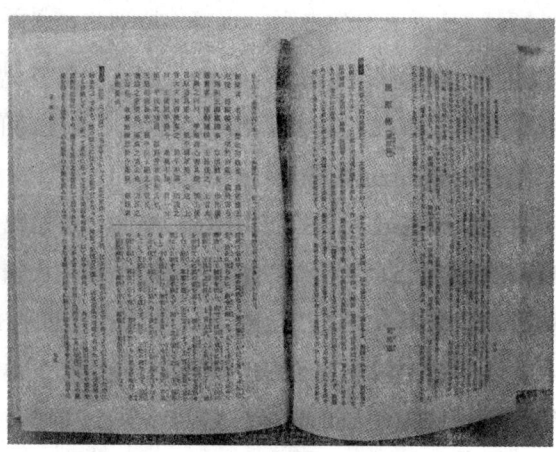

《屈原传》

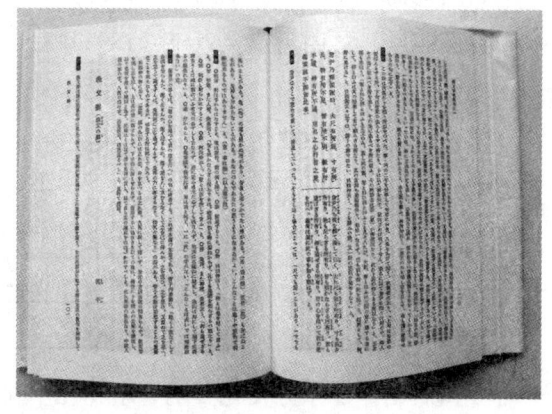

《卜居》与《渔父》

结　语

　　从上举例的书目和书影看来，自明代以后，《续文章轨范》传入日本，特别是在近代日本宽政、明治、昭和年间，随着《续文章轨范》的译校注评类著作的大量印行，对屈原和作品关注和解读也形成了相当的人众和规模。据笔者仅对原田由己、猪口笃志的著作做了粗浅的阅读看来，他们引证的观点和证据来自中日学者的就有数十人之多，他们从历史（历史地理、方志）、文化（习俗、风俗、礼俗）、语言（文字、音韵、训诂、）、文学（诗歌、文章、文理、叙事）、诸子经学（儒、道）等许多方面对《楚辞》进行了解读，都有自己的研究观点和方法。因此对《续文章轨范》系列著作的研究能拓展日本《楚辞》学的作者和文献领域。

东国文人拟骚赋的基本类型与文体特征

南通大学 张 佳

【摘 要】 楚辞文字很早便传入朝鲜半岛，并不断受到东国文人的青睐。拟骚是其接受楚辞文学的一种重要方式。为更直捷地说明东国赋家对楚辞的学习与阐释情况，今剔除朝鲜辞赋中借用、衍化楚辞句式，以及以骚体写新事的作品，而将纯粹以《楚辞》或汉代骚赋为摹写模板的赋作为对象，探讨东国文人拟骚赋的基本类型与文体特征。

【关键词】 东国 拟骚 类型 文体

文人拟骚，基本出于借屈骚寄寓己怀的目的，姜亮夫曾言拟骚的上乘之作乃"探灵均孤忠之核，以得其慨感幽深之志，多出于贤人失志之所为。"[①] 朝鲜时期的文人读骚、评骚，善体屈子之志，感慨一己之身，其拟骚亦不外如是。金养根（1734—1799）《次九歌赋》序云："屈子此篇，即因荆俗事神之心，以寓吾爱君忧国之义者也。事神不答而巫自不能忘其敬爱，事君不答而原自不能忘其忠赤。嗟乎！千载之下有余悲矣。落拓多年，无以自遣，有时曼声吟讽。复此步韵，如曰至方不能加矩，则岂足为知我也！"道出了其读、评、拟骚系列活动的一贯性。

一、拟骚赋的探讨范围

朝鲜时期受楚辞沾溉的辞赋很多，为了更直捷地说明东国赋家对楚辞的学习与阐释情况，使论述更具针对性，本文所谓"拟骚赋"，仍取其狭义的界定，即剔除朝鲜辞赋中借用、衍化楚辞句式，以及以骚体写新事的作品，而将纯粹以《楚辞》或汉代骚赋为摹写范本的赋作，或用骚体写屈原故事以咏怀的作品称之为拟骚赋。如成三问（1418—1456）《梅竹轩赋》[②] 赞赏梅竹不畏严霜、傲然独立的高洁品质云："服萧艾以盈腰兮，世并举而异芳。苟余情之信姱兮，虽壅蔽其何伤。謇淡泊之至美兮，固不周

---

① 姜亮夫：《楚辞书目五种》，《姜亮夫全集》第五册，昆明：云南人民出版社，2002年版，第438页。

② 成三问：《成谨甫集》卷一，《韩国文集丛刊》第10册。

于时俗。伏清白以不易兮，乃君子之所服。"仿《离骚》句式和语意，合理贴切。但就整体而言，此赋与《离骚》并无对应关系，不具备模拟的性质。徐居正（1420—1488）写《悲义冢辞》①，所谓"义冢"，乃元至正戊戌间，战乱频仍，又值大疫，死亡枕藉，当时有仕于元朝的高丽人捐献义财，作坑葬尸，时人号曰万人坑，作者称其"义冢"。赋中吊念逝者，哀其不幸，取具有宗教祭祀意味的《九歌》语句来配合主题的渲染，像"謇将憺兮寿宫，将以娱兮国殇。羌灵氛兮传芭，奠桂酒兮椒浆。灵之徕兮连蜷，芳菲菲兮弥章"一段中，"謇将憺兮寿宫"袭自《云中君》，"国殇"一词径取《国殇》题名，"奠桂酒兮椒浆"源自《东皇太一》。而"忽焉吊此游魂兮，沾予襟之涕挥。宋玉已逝兮，景差非些。招魂无路兮，赋无词些。魂兮有知，宜归徕些。归来兮归来，上下四方，无可依些。"更是借用《招魂》特有的"些"字句式，从形式上凑合内容书写。虽然其有意地仿用楚辞中的语句体式，但就整篇而言，它并不以楚辞为模仿对象，在内容上也无承袭的关系，所以并仍不构成拟赋。

通观韩国景仁文化社影印的《韩国文集丛刊》及其续编，符合本文所取狭义标准的朝鲜拟骚赋计有26篇，详见下表：

表1 徐昂《楚辞音》注音材料声纽比较分析表

原 作		拟 赋			
题目	作者	题目	作者	别集	册数
《离骚》	屈原	《拟离骚》	金时习（1435—1493）	《梅月堂集》卷二二	13
		《和离骚经》	申光汉（1484—1555）	《企斋集》卷一	22
《九歌》	屈原	《拟楚辞九歌》四首	金时习	《梅月堂集》卷九	13
		《次九歌赋》	金养根（1734—1799）	《东野集》卷一	续94
《天问》	屈原	《续天问》	张维（1587—1638）	《溪谷集》卷一	92
		《对续天问》	崔锡鼎（1646—1715）	《明谷集》卷七	153
		《天朔篇》	徐宗泰（1652—1719）	《晚静堂集》卷一	163
《九辩》	宋玉	《拟九辩》	李玄锡（1647—1703）	《游斋集》卷二一	156
《招魂》	宋玉	《续招》	郑弘溟（1582—1650）	《畸庵集》卷九	87
		《拟招哀睦尚书》	蔡彭胤（1669—1731）	《希庵集》卷一	182
		《拟招魂赋》	沈之汉（1596—1657）	《沧州集》卷一	续26
		《招魂辞》	李胤永（1714—1759）	《丹陵遗稿》卷十三	续82
		《拟招》	洪敬谟（1774—1851）	《冠岩全书》册一	续113

---

① 徐居正：《四佳集》卷一，《韩国文集丛刊》第10册。

续　表

原　作		拟　赋			
题目	作者	题目	作者	别集	册数
《招隐士》	淮南小山	《拟招隐士》	申光汉	《企斋集》卷一	22
		《反招隐酬李仲玉衡祥》	权斗经（1654—1725）	《苍雪斋集》卷一	169
		《续招隐》	李种徽（1731—1797）	《修山集》卷一	247
		《招隐士赋》	洪奭周（1774—1842）	《渊泉集》卷一	293
		《招隐》	金八元（1524—1569）	《芝山集》卷一	续3
《七谏》	东方朔	《七怀赋》	慎天翊（1592—1661）	《素隐遗稿·赋》	续25
《吊屈原赋》	贾谊	《次贾谊吊屈原赋》	洪裕孙（1452—1529）	《筱丛遗稿》卷上	12
《反离骚》	扬雄	《反反离骚》	慎天翊	《素隐遗稿·赋》	续25
吊屈及与屈原事迹、作品相关诸作		《拟吊湘累》《汨罗渊赋》	金时习	《梅月堂集》卷二二	13
		《二妃祠赋》	申光汉	《企斋集》卷一	22
		《吊楚三闾大夫屈灵均》	金平默（1819—1891）	《重庵集》卷一	319
		《竹筒祭汨罗》	朴泰淳（1653—1704）	《东溪集》卷一	续51

（注：原作只录篇名与作者；韩国辞赋均列出赋名、作者、别集名、卷数及其所在《韩国文集丛刊》或《续编》册数）

二、拟骚赋的三种类型

根据模拟对象的区别和咏屈形式的多样性，以上拟骚赋大致可分为三类：

第一，模拟屈原作品或屈作以外的《楚辞》名篇，基本仿造原篇形式，借鉴楚辞的句式、语词，赋名标以"拟""和""次""续"等显示性质。主要集中于对屈原《离骚》《九歌》《天问》，宋玉《九辩》《招魂》，淮南小山《招隐士》的拟作。这些拟赋主题接近原作，在作者身上通常可以找到屈原式的伤怨。

第二，仍以某一骚赋为模板进行摹写，但主旨或有延伸，或反意而作，表现出对原作的突破。如洪裕孙《次贾谊吊屈原赋》、申光汉《拟招隐士》分别在叙述内容和文章题材上有所扩展；权斗经《反招隐酬李仲玉衡祥》、慎天翊《反反离骚》都是对原作意旨的反拨。《次贾谊吊屈原赋》从"顾余眇末，后千载生"的角度叙说了作者读"二十五年之离骚兮，愤伊郁兮不得语"的感情。赋文由情入理，分析了屈、贾罹祸的原因："畏途当前，胡莫折车。众轫并辙，势无持久。出身当先，畴任厥咎。"并确切地指出世道昏蔽贤人失志的必然性："机不可兮不知，宜夫子之罹此辜也。世蔽美而夸蛩兮，于何矜子之都也。世忘高而处卑，子胡不能而下之。事有固然而或不可兮，箕子为奴微子去之。"《反招隐酬李仲玉衡祥》一篇，据作者所说是有意"依汉小山之词而反其意"，故其与《招隐士》所述内容相对。《招隐士》通过山中幽深险仄环境的描写，使人顿生怖惧之情，以此劝诱王孙"不可以久留"。《反招隐酬李仲玉衡祥》则写居于幽山，以芳草为食，与山禽游戏，乐享其中而澹然忘归；与之相衬，山之外乃恶草满盈、枭鸟鸣世、风雨飘摇；于是，宁作山中人，自洁自娱，优游终生："山中人兮聊淹留，饮石泉兮代流觞。"这类拟骚赋还包括蔡彭胤《拟招哀睦尚书》、洪奭周《招隐士赋》等借原赋结构写个人目的的作品。

　　第三，无具体模拟范作，但辞赋的主旨为咏屈、吊屈，内容通常都涉及屈原事迹或作品。如金时习《拟吊湘累》《汨罗渊赋》，一目了然皆为吊屈之作，"湘累"是后人对屈原的一种称呼，扬雄《反离骚》："因江潭而往记兮，钦吊楚之湘累"，颜师古《汉书》注引李奇云："屈原赴湘死，故曰湘累也"①。汨罗，为屈原自沉之水名，《史记·屈原列传》载其"怀石遂自投汨罗以死"②。申光汉《二妃祠赋》，谓"二妃祠"，所祠即尧之二女、舜之二妃，古代学者基本认为屈原《九歌》中的《湘君》《湘夫人》所述为舜二妃故实。朴泰淳（1653—1704）《竹筒祭汨罗》将民俗与悼屈、怀屈结合起来，说明了祭屈的广泛性。梁代吴均《续齐谐记》："屈原五月五日投汨罗水。楚人哀之，至此日，以竹筒子贮米，投水以祭之。"③该赋则假设贾谊、渔父之问答，借渔父之口道出汨罗当地端午节以竹筒贮米投水祭屈原习俗的由来，高度赞扬了屈原忠君爱国的政治品德和坚贞不屈的人格魅力。此类拟赋虽不以"拟""和"某篇为写作手段，但赋文无不关涉拟骚的主体——屈原，与其他二类赋一起，体现了朝鲜时代拟骚形式的多样化。

三、拟骚赋的文体特征

　　和中国拟骚赋性质相似，东国文人拟骚赋主要从情感表现、文辞体式两方面对屈骚进行追拟，而同时寄寓自身之遭际。就文体言，主要表现于意象选择和段落结构，而这两点恰是楚辞主要的艺术特征，尤其是《离骚》，其象征意象和结构层次向来为人所称述。

---

① 班固：《汉书·扬雄传》，北京：中华书局，1962年版，第3516页。
② 司马迁：《史记》，北京：中华书局，1982年版，第2490页。
③ 吴均：《续齐谐记》，《景印文渊阁四库全书》第1042册，台北：台湾商务印书馆，1986年版，第558页。

以《离骚》为代表，楚辞的意象包括宗教神话意象、历史意象、香草意象等，共同构成一个象征体系。首先，屈原在《离骚》中编织了许多神话传说，如其邀游求索，用阊阖、春宫、瑶台三处神话建筑体现叩阍求女的过程；求女失败后，他又转而问卜灵氛，通过巫咸降神的描写祈求神灵为自己解脱愁闷、实现理想。而《九歌》更是在楚地祭歌基础上润饰而成，《天问》《远游》《卜居》诸篇也含有神巫的描述，"文学家采用神话，不能不推屈原为首"①。朝鲜文人拟骚，也避免不了类似的书写。金时习《拟楚辞九歌》借用九歌句式和形式歌咏民间祭祀祀主。申光汉《和离骚经》模仿《离骚》飞行场面，沿袭了其宗教意味。此赋写周流四方，上下求索，每到一方，均造访司职该方之神，如到东方："见青帝乎鸿蒙之野兮，将以语夫吾心"；南方："谒炎帝于明都兮，焕烂烨其文章"；西方："白帝俨其高居兮，集众义以为辅"；北方："纷前一而后六兮，拱黑帝而侍御"。青帝、炎帝、白帝、黑帝在古代神话里分别是掌管东、南、西、北四方之神。可见朝鲜学者虽然对楚辞的神怪之辞有所保留，但作为一种艺术手段，神话意象仍在拟骚赋中延续下来。

其次，楚辞还经常性地引用历史人物和事迹进行贤愚、忠奸对比，以此展示历史上的君臣遇合之事，比喻作者的政治立场和抱负。如《离骚》："汤禹俨而求合兮，挚咎繇而能调。苟中情其好修兮，又何必用夫行媒？说操筑于傅岩兮，武丁用而不疑。吕望之鼓刀兮，遭周文而得举。宁戚之讴歌兮，齐桓闻以该辅。"《九章·涉江》："接舆髡首兮，桑扈裸行。忠不必用兮，贤不必以。伍子逢殃兮，比干菹醢。与前世而皆然兮，吾又何怨乎今之人！"这些历史审思，都是作者经历的参照，展现了忠君爱国、刚直忘身的屈子精神。在拟骚赋中，这些意象同样不可或缺。金时习《汨罗渊赋》分辨正义与谲诈之徒云："知忠臣义士之大节兮，迹愈久而名愈芳。想夫周纲不振，战国争攘。坎轲丘轲，横行苏、张。背仁义之宅路兮，行谲诈之富强。"朴泰淳《竹筒祭汨罗》抨击忠贤愚错置的现实云："忠佞莫辨，好恶多错。比干之忠，剖心罹祸。子胥之忠，衔冤独鹿。嗟夫子之信修，亦不幸而遭斯。"洪奭周《招隐士赋》将原作不着姓名的"隐士"具体化，上溯千祀而遍寻古昔之隐士，希冀招之而有所作为，赋中写道：

箕之山礉而薄夫兮，下清颖之流水。丁唐虞之盛代兮，君不来乎何俟。舆何为而狂歌兮，溺何为乎耦耜。得圣人以依归兮，何枯槁之足喜。眺商颜之缥缈兮，想皓眉之园绮。既一出而定储兮，胡不留而共理。逢梅矫而洁身兮，遘汉祚之中否。诚贲然于四七兮，讵卓邓之专美。庞采药而不返兮，徽皷琴而忘死。

---

① 茅盾：《茅盾说神话》，上海：上海古籍出版社，1999年版，第5页。

这里作者提及的古代隐士有：隐居箕山的许由、楚狂接舆、耦耕的长沮桀溺、秦末避乱的商山四皓和东汉末拒绝刘表礼请而隐居鹿门山的庞德公。并由此引出对汉末纷乱，诸侯争雄的思考，认为"洵全身而违难兮，匪景升之所饵。哀生灵之横流兮，孰怀宝而坐视。忍诸葛之独悴兮，佽鞠躬而靡悖"。遭遇乱世，一旦身处其中便很难全身而退，但为生民计，具有济世之能的贤士应当积极入世、鞠躬尽瘁。当然，作者在赋末假托青城山高士于山野中出处自由的形象，依然表达了其功成身退的愿望："行吾荣以黻佩兮，息吾愉以经史。""苟进退其若兹兮，愿回轸而齐轨。"在一定程度上反映了作者的历史观。

再次，屈骚善用香草意象，这是历来学者的共识。据统计，《离骚》提到的植物（香草珍木）共有24种①，用以表现自己的高洁品格，表现楚国政治的黑暗，表现所树人才的变质和对美好理想的追求，总之，香草是诗人情感的表达手段，赋有象征意义。这一点朝鲜文人也了然于胸。蔡之洪（1683—1741）在其《观物赋》序言里指出：

> 昔屈原作《离骚》，举天下之草木而取舍之，以寓春秋褒贬之意。今观其辞，嘉卉美木，尚多有见漏者，不独梅花一树而已。兹敢采摭平日闻见之所及者，作为此赋。②

序文充分肯定了屈原对香草的广泛使用，赞扬《离骚》香草意象合乎经传的褒贬之意；同时注意到屈原取用香草虽尽善尽美，但不能尽揽天下众多嘉卉美木，而其所阙者不只众人念及的梅花一种，于是作者采摭平日所见之物撰为一赋。此赋可称是楚辞香草意象的延伸和赋化。相较于一般辞赋，拟骚赋对香草植物的使用与原作更加接近。金时习《拟离骚》："衣艾荷之婥妠兮，怀茝兰之芳馨。寔余心之所善兮，虽九死其难抛。纷贯佩以薜荔兮，又重之以兰苞。"衍化自《离骚》"擥木根以结茝兮，贯薜荔之落蕊""制芰荷以为衣兮，集芙蓉以为裳""高余冠之岌岌兮，长余佩之陆离"等句。申光汉《和离骚经》："观庭草之萋萋兮，棘何为乎兰茞。闷萧艾之壅篱兮，日勤树夫芳芷。诚有冀于峻茂兮，亦何俟乎将刈。块独守此中圃兮，矢抚壮而弃秽。"一段与《离骚》哀众芳变质芜秽的香草之喻相似，《离骚》有云："余既滋兰之九畹兮，又树蕙之百亩。畦留夷与揭车兮，杂杜衡与芳芷。冀枝叶之峻茂兮，愿俟时乎吾将刈。

---

① 周建忠：《〈离骚〉香草论》，载《楚辞论稿》，郑州：中州古籍出版社，1994年版，第116—139页。
② 蔡之洪：《凤岩集》卷一，《韩国文集丛刊》第205册，第214页。

虽萎绝其亦何伤兮,哀众芳之芜秽。"以上诸例说明,在对屈骚作品的模拟过程中,原作主要意象的使用不可避免。

除了意象驱使,结构层次的有条不紊也是楚辞的一大特点。《离骚》虽然篇幅宏伟,屈原似乎"总是反复地诉说着、分辩着、表白着",但全文却形成"特有的一种感情的旋律"①,即司马迁所云:"其存君兴国而欲反复之,一篇之中三致志焉。"② 从情感发展历程看,《离骚》可分为三大段落:第一段,自"帝高阳之苗裔兮"至"岂余心之可惩",写对以往经历的回顾,直抒胸臆,以劝其君;第二段,自"女媭之婵媛兮"至"余焉能忍而与此终古",叙述上下求索的历程;第三段,自"索琼茅以筳篿兮"至"蜷局顾而不行",言己虽获离国可仕的吉兆,但终不忍去。所有段落仍以忠怨之情为线索,紧密连接。与《离骚》相比,《远游》《招魂》的层次更加清晰。明代汪瑗揭示《远游》的篇式言:

> 此篇之作,矩度森严,条理明白。首叙其远游之意,中叙其远游之方。始于南,转于东,又转于西,又转于北,又自北而转归于南,又总以结之。有间架,有照应,非苟作者。③

而《招魂》在民间招魂行为的基础上加工而成,全文截然分为自叙、招魂设想和乱词三大层次,主体"招魂设想"以招魂词为核心,"外陈四方之恶,内崇楚国之美",④井然有序。在朝鲜时代的拟骚赋里,这种结构的布局也被继承下来,但不同于程序化的套用,拟骚作者通常会在原有层次的内部进行适度的改变和掺揉。

金时习《拟离骚》篇长较之原作大幅度缩短。《离骚》全文 372 句、2400 余字,此赋仅 74 句、500 余字,但其陈述内容仍与《离骚》各段落大意保持一致。其开篇 20 句历数内美,抨击群小的诋毁,劝导君王;接着远征陈词,用概括性的语言叙写上下四方求索的过程;最后以"路修远以夐邈兮,羌不知吾所之"一句总结探征的结果,表示不忍另择、重返故都的心迹,并结之以乱辞。整篇看上去似《离骚》的精缩本,借助原作的结构铺陈了骚赋的怨悱感伤。另需注意的是,金时习在模拟《离骚》的同时也借鉴了其他骚作的构篇特点,在飞征求索一段中移植《远游》四方游息的方位指称,摒弃了求女的经过,使拟作更为简括,如:

---

① 袁行霈:《中国诗歌艺术研究》,北京:北京大学出版社,1987 年版,第 168 页。
② 司马迁:《史记》,北京:中华书局,1982 年版,第 2485 页。
③ 汪瑗著、董洪利点校:《楚辞集解》,北京:北京古籍出版社,1994 年版,第 276 页。
④ 关于《招魂》的结构分析详见周秉高《〈招魂〉层次》一文,《职大学刊》,1996 年第 1 期。

> 欲远游而无所止兮，穷迢递之山河。东抟桑之无际兮，西阆风之嵌峨。南炎州之烜烋兮，北冰凌之咃呵。上九重之沆寥兮，下八柱之义摩。

这种楚辞各作品间结构的互掺利用在申光汉《和离骚经》中也存在。如前文所述，《和离骚经》次韵原作，表现手法上也吸收了《离骚》的主要意象。但是在结构上，该赋不以《离骚》一唱三叹、回还反复的层次推进情绪，而在前半篇用《远游》远征东西南北四方的方式来表现《离骚》上征陈词这一桥段，以拜谒掌管四方之神的青帝、炎帝、白帝、黑帝代表远游之方；后半篇则借用《招魂》的形式，写作者希望用招魂的方法来召唤神话中拥有至上地位的五帝，以此寻求至纯至真的性命之道：

> 余将超乘理气入于太极兮，会五帝而谋之。东招高辛曰来些，翠旄纷其相迎。启明煜煜而前导兮，昴报余以无故。西招少昊曰来些，亦白马而来同。望参差之剑佩兮，声摇曳而和调。南招放勋曰来些，使夔龙以为媒。扬赫赫之赤帜兮，祝融先告以勿疑。北招颛顼曰来些，黝节翼其高举。驱玄冥俾清道兮，正黎执策而挟辅。招轩辕以咸集兮，弭余节乎中央。黄烨烨其发挥兮，五彩缤其芬芳。

这一段不仅将句尾语气词改为《招魂》篇中有代表性的"些"字，而且仿照《招魂》"下招"的动作向各方招神。而略显不同的是，《招魂》中四方、上下均是险恶之地，用以劝阻魂魄离散；此段的四方、中央则为帝神之所。

《招魂》是楚辞中独具特色的一篇作品。"招魂"本身是一种神秘观念的体现，它从一开始就存在两种形式：一是招死者之魂；二是招生者之魂。后经过时代演变，招魂一度被当做"礼"而固定下来，进入文明社会，风俗的残迹依然保留。但任何一种礼仪，其原始状态一定带有浓厚的感情成分，凝结着先民们最真挚的祈愿。所以后人写招魂辞，为死者追魂，往往寄托了对逝者的纪念以及希冀他们在阴间实现生前未偿之愿的美好愿望。《招魂》的前身就是楚国民间的招魂辞。而在朝鲜时代的辞作里，也有很多类似的作品，如李胤永（1714—1759）《招魂辞》、李明焕（1718—1764）《广招》《短招三章》、李森焕（1729—1813）《许胜庵（晚）招魂辞》等，其中，蔡彭胤《拟招哀睦尚书》是为数不多的一篇套用《招魂》结构的招魂辞。此篇先写睦尚书之魂飘离王都而彷徨无依，述说招魂之由；接着是文章主体部分的招词，分别描述东、南、北、西四方之险恶，唤阻魂灵流窜偏地；又历陈故国之美，引诱魂灵归来；最后是乱辞"绎曰"。其序曲、正文和乱辞三部分与《招魂》的层次基本应和，且在正文招诱魂灵的具体方式上也仿照了《招魂》的思路。同样，洪敬谟（1774—1851）《拟招》临摹《招魂》词的形式,为抗击胡兵而被害的金景瑞招魂,结构、内容均取自《招魂》,只不过其铺陈力度更甚,如陈述四方之恶一段,《拟招》不仅叙四方之物,更增加四荒、四海的描写,令魂主"无四荒无四海无四方而",足见其哀婉之情尤深。

如果说在现实的应用层面上,写作招魂辞可以套拟《招魂》的构篇模式,那么在文学、学术层面上,拟作者确有必要打破固有的定式,追求继承中的创新。郑弘溟《续招》虽然在文意上接续《招魂》《大招》招屈原之魂的主题(作者的观点),但在形式上却摒弃了原作招魂辞四方上下之险与现实生活之美的二元对立结构,重新构建魂灵的存在形态和召唤方式。他想象屈原之魂向四极飘扬,分别化作高山、大海、金铁、山木、列星、群芳,每一段末皆以"吾悲尔魂"作结,对屈原魂魄离散表示痛惜,并试图以现实政治清明、君民和谐的理想景象劝导屈原魂归来,而魂以绝世出尘、弃名忘物、自得其乐为态度,否定了归来的可能性,招魂归之于失败:"招楚些兮歌不成。魂无归兮空彷徨。"郑弘溟此作进行充分的联想,解构了《招魂》的一般程序,但他的这一续写又合乎情理,与题意紧密相粘。如在以何种方式劝诱魂灵归来的问题上,《招魂》极写楚国宫室、饮食、歌舞之奢华艳丽,而《续招》则以国富民安的治世社会劝归屈魂云:

> 故都恬愉兮,物阜民娱。兵戈怙息兮,朝野无虞。洗瑕荡垢兮,与昔殊涂。朋游胶漆兮,接袂摩肤。投诗命酌兮,诡辩欢呼。累请交迎兮,信宿忘趋。

显然,作者所勾勒的图景是屈原一生为之奋斗的目标,他以此招屈比《招魂》中物质享乐更符合魂主的形象,这可以看成作者善体屈子之心的表现,很好地诠释了"招屈原之义"的赋旨。

以上从拟骚赋的考虑范畴、基本类型和辞体拟构三方面介绍了朝鲜文人拟骚的大致情况。楚辞很早便与海东文学产生关联,这是东亚文学史的共识。而拟骚赋无疑是关联度最高、最直接的一种文学联系。当然,楚辞对于朝鲜辞赋的影响绝不限于拟骚一端,在朝鲜文人的辞赋作品里,化用楚辞句式、延展屈子用意、以骚体写怨悱、用香草美人引喻的不在少数,其沾溉楚辞之润露可谓甚矣。如何在更广义的范畴深入探讨楚辞文学在东亚文学史上的地位与影响将是下一阶段的重点。

楚文化研究

《鄂君启舟节》地理密码

郧阳屈原文化研究会　凌智民

【摘　要】　本文通过对《鄂君启舟节》的地理逻辑分析，推导出该节中所载鄂君启船队的出发地"鄂"指南阳市市区。所载河流"江"指丹水流过的河道，"夏"指襄阳到汉口的汉江河段。"滩"指汉江支流唐河。"沽"指唐河支流白河。"湘"指旬阳县到丹江口的汉江江段。"灊"指汉江支流金钱河，"滔"指丹江支流滔河。"沅"指丹江支流淅水，"澧"指丹江支流淇河。所载关邑"厉"在新野县境内白河边，"芑阳"在唐河县境内的唐河边，"邶"在襄阳市以北的唐白河边，"郧阳"和"牒"在十堰市境内的汉江边，"鄯"在山阳县境内金钱河边，"木关"和"郢"在淅川县境内的丹江边。这些地点的所在位置与过去学者的研究结果大相径庭，这些地名的正确破译，对研究古代历史特别是楚国历史有着重大的意义。

【关键词】　鄂君启节　湘　沅　澧　鄂　江

　　1957 年 4 月，安徽寿县八公山乡一位农民发现四块铜制如竹节般的物品，由此使得考古工作者对该地区进行了一系列的发掘考古，发现该处原是战国末期的楚国都城，而这些节状物就是楚国当时陆路和水路运输的通关文书。因为该文书是公元前 323 年楚怀王颁发给其子鄂君启的，所以叫《鄂君启节》。其中水路运输通关文书被命名为《鄂君启舟节》，陆路运输通关文书被命名为《鄂君启车节》。

　　《鄂君启节》共出土 5 件，舟节 2 件，车节 3 件，合在一起则呈圆筒状。节面文字错金，其中《鄂君启舟节》长 31 厘米，宽 7.2 厘米，厚 0.7 厘米，弧宽 8.0 厘米。从形制上看，一共有铭文 9 列，每列都是 18 字，形为 162 字。但实际字数为 165 字。

　　《鄂君启节》用铜铸成，因形似劈开的竹节，故名"节"。这种"节"迄今为止仅此一见，因而极为珍贵。《鄂君启节》在制作时为防奸杜伪，在镶嵌工艺的基础上进行了"错金银"再创作，故又称《错金鄂君启金节》。其方法是在青铜器铸造时铸出腰槽，将金银片、丝放入槽内，锤打后错实磨平。这一工艺产生于在春秋时期，应用至今。《鄂君启节》铭文挺拔秀丽，圆润秀劲，庄严肃穆，是错金铭文中的精品。鄂君启金节现藏于中国国家博物馆和安徽省博物馆，是安徽省博物馆的"镇馆之宝"。

一、《鄂君启舟节》对学术界的影响

《鄂君启舟节》出土前，学术界对《楚辞》研究存在分歧，这些分歧导致了学者在研究楚国历史乃至中国历史时的重大分歧。以王船山、钱穆为首的学者认为《楚辞》中提到的"湘""沅""澧"水不在湖南而在湖北，屈原根本就没有流放到湖南，沉江地亦不在湖南。特别是民国后期，钱穆等人的观点在学术界占主导地位。

《鄂君启舟节》的出土，为解决《楚辞》研究中出现的分歧提供了可能。因为《鄂君启舟节》是与屈原同年代的文物，且载有"湘""沅""澧"等河流，因此一大批著名专家学者如郭沫若、谭其骧、商承祚、黄盛璋、殷涤非等都对其进行了深入的研究。这使得《鄂君启舟节》成了研究人数最多、研究规格最高、研究目标最明确的单件文物。

诸家共同认为：鄂君启的船队从今湖北的鄂城出发，可以航行于湖北境内的汉水流域，湖北、安徽境内的长江流域，湖南至广西境内的湘、资、沅、澧流域。

诸家的这一结论，实际上彻底否定了钱穆等人的观点。结果使《楚辞》的研究回到了传统的老路上。著名地理学家石泉先生因始终坚持钱穆的观点而成了学术界的话柄。

二、《鄂君启舟节》研究方法剖析

虽然诸家对《鄂君启舟节》的研究已有结论，但是近60年来，人们仍然对《鄂君启舟节》的研究兴趣不减，研究的论文有近千篇之多，这些论文中除少数是研究《鄂君启舟节》的政治、军事、税收、关邑、交通价值外，绝大部分仍是研究《鄂君启舟节》地理与《楚辞》、屈原流放路线关系的文章。甚至有许多学者根据自己的研究绘出了屈原的流放路线。以进一步证实屈原的流放地和投江地在湖南而不是汉水流域。

为了研究诸家对《鄂君启舟节》解读的异同，我们对诸多研究中对《鄂君启舟节》的译读进行了汇总，其汇总结果如下：

《鄂君启舟节》诸家翻译异同一览表

大			亥			集		
司			之			尹		
马			日			○	怊	
昭			王			○		
阳			处	居		缄		
败			于			尹		
晋			茂	○	栽	逆		
师			郢			缄		
于			之			令		
襄			游			○		
陵			宫			为		
之			大			鄂		
岁			工	攻		君		
夏			尹			启		
○			○	睢		之		
之			以			府		
月			王			○	就	
乙			命			铸		

金			涉	上		彭		
节			汉			逆	射	○
屯			就	庚		就	庚	
三			邔	谷		松	枞	
舟			就	庚		阳	昜	
为			云	郧	芑			
舸	舫	艕	阳	昜		泸	浍	
五			逾			江		
十			汉			就	庚	
舸	舫	艕	就	庚		爰		
岁			郢	襄		陵		
一	赢	能	逾			涉	上	
返			夏			江		
自			内	入		内	入	
鄂			邳	涢	郧	湘		
往	市		逾			就	庚	
逾	余		江			暂	蝶	赎
油	淯	湖	就	庚		就	庚	

○	郴	郯	见			如		
阳	昜		其			载		
内	入		金			马		
耒	○		节			牛		
就	庚		则			羊		
郴	鄙		毋			以		
内	入		政			出		
澬	资	○	毋			内	入	
沅			舍	予		关		
澧			馔	桴		则		
油	○		飤	食	饲	征		
涉	上		不			于		
江			见			大		
就	庚		其			府		
木			金			毋		
关			节			征		
就	庚		则			于		
郢			政			关		

在这张汇总表中，我们不难看出，与地名无关的文字诸家的翻译意见较一致。与地名有关的文字中，“鄂、湘、沅、澧”翻译一致，理解也一致。“爰陵、彭逆、松阳、浍江”几个字翻译差距较小，但理解一致。而其他 15 个地名或辨认或理解分歧较大。而这些分歧很多并不是因通假关系所造成的，也不是对字形的理解的误差造成的。这就说明，诸家在对《鄂君启舟节》的翻译过程中，存在着不正确的翻译。如许多专家将《鄂君启舟节》中第七列第四行之字译为“耒”就是一种音译，只因为湖南的湘水有一条叫耒的支流。将第七列第八行之字译为“资”就是一种臆译。只因为该字位于“湘”和“沅”字中间，被理所当然地翻译成“资”字。而恰恰使用这种译法的都是一些大家。明显地诸家对《鄂君启舟节》的文字翻译带有一种倾向，这种倾向就是将《鄂君启舟节》中出现的地名尽量往现在存在的“江”“鄂”“湘”“沅”“澧”地名上靠，以求得在两者之间建立起一种地理上的逻辑关系。其结果，却是诸家反认为《鄂君启舟节》地理逻辑表述混乱。

到底是《鄂君启舟节》地理逻辑混乱，还是诸家没有正确理解《鄂君启舟节》的逻辑关系。这需要认真审视。

不带偏见地按照文字的演变规律对《鄂君启舟节》中的文字进行重新辨认，是重新审视《鄂君启舟节》研究方法的基础。下图是我们对《鄂君启舟节》重新辨认的结果，在图中，列用数字标示其顺序，行用字母标示其顺序，如 9B 表示第 9 列第 B 行。

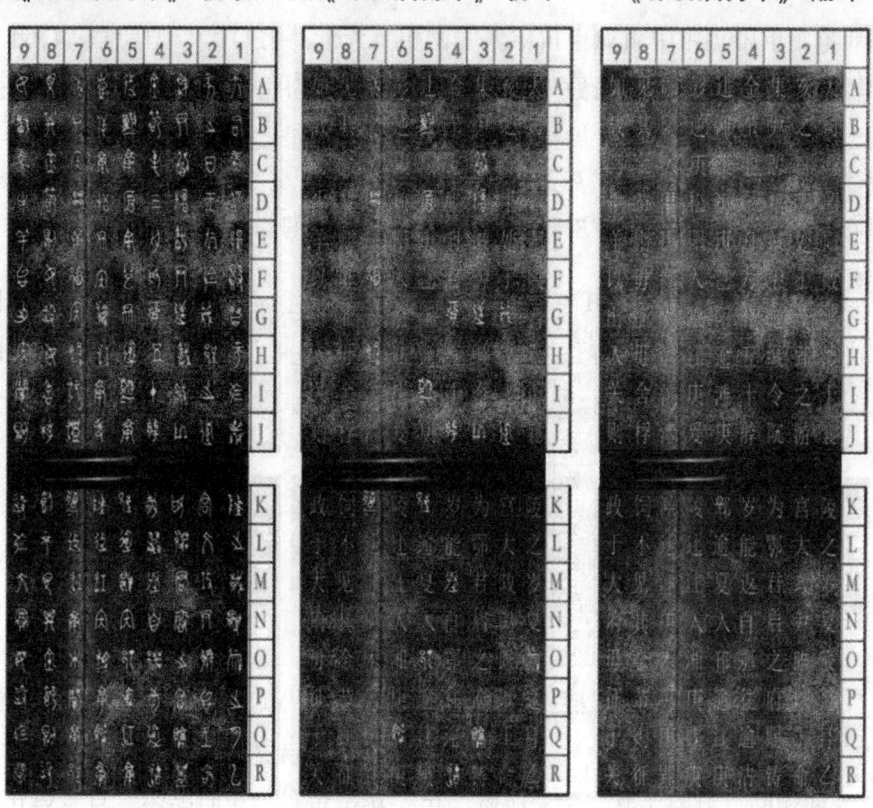

通过对《鄂君启舟节》的初步译读，我们认为其文字可分为两大类，第一类属于与鄂君启船队航线无关的文字；第二类则是直接影响我们判断鄂君启船队航行路线的文字。

对于第一类文字，由于不影响我们对《鄂君启舟节》地理密码的破译，因此我们不作深入的研究，只对两处提出自己的看法。

一处为是 4J，大家的一致意见是水上的一种船只，有的学者将其辩认为"舿"，有的学者将其辨认为"舸"，有的学着将其辨认为"舫"。我个人认为，这个字是楚国人创造的一个专用字，这个字由一个"舟"字加两个"人"字加一个"二"字加一个"十"字组成，其意思是由 40 个水手驱动的，将三条舟拼合而成的船。

《战国策集注汇考》中《楚策一》云："秦西有巴、蜀，方船积粟起于汶山，循江而下，至郢三千馀里。方船载卒，一方载五十人，与三月之粮，下水而浮，一日行三百馀里，里数虽多，不费马汗之劳，不至十日而距扞关；扞关惊，则从竟陵已东尽城守矣，黔中、巫郡非王之有已。"

这里所说的"方船"，可能就是《鄂君启舟节》中所说的将三只船合在一起的大船，因为楚国有这样的船，秦国当然可以仿造，这种船抗风浪能力大，载重约 10—14

吨，可乘50名士兵及三个月的供给。如果将这种船拆开，就变成了轻舟，轻舟快捷，能在较浅较窄的河道内航行，载重3—4吨，乘20名士兵及10天的供给，亦可在战争中快速突袭。

显然，"舿""舸""舫"都没有三只船合在一起组成大船的意思。

另一处就是对"岁能返"的解释。诸家的解释是："一年往返一次。"但这种解释有值得商榷的地方。因为鄂君启的船队不论到什么地方，都不可能只一年往返一次。这里最有可能的意思是，楚怀王限定鄂君启建造船只的时间，也就是说，鄂君启必须在一年内将船只建造完毕复命。

与鄂君启船队航行路线有关的文字

	7J	6J	5J	4J		替换字	
澧	郎	爰	彭	庚	辻 5A		
漨 7K	阳 6K	陵 6K	逆 5K	鄞 5B	滩	辻 ➡ 徙	
辻 7L	入 6L	辻 5L	庚 4L	逾 5C	庚	鄞 ➡ 邺	
江 7M	潘 6M	江 5M	松 4M	夏 5D	厉	赕 ➡ 碟	
庚 7N	庚 6N	入 5N	阳 4N	入 5E	庚	自	
木 7O	鄙 6O	湘 5O	入 4O	邢 5F	芭	鄂	潘 ➡ 潛
关 7P	入 6P	庚 5P	洽 4P	逾 5G	阳	往	漨 ➡ 嘻
庚 7Q	滔 6Q	赕 5Q	江 4Q	江 5H	逾	逾	
郢 7R	沅 6R	庚 5R	庚 4R	庚 5I	滩	沽	

与鄂君启船队航行路线有关的文字为4N到7R共59字。为了能简捷地研究这些文字。我们将图二中6L及相同文字用"徙"代替，5K用"邺"代替，6Q用"碟"代替，7D用"潛"代替，7K用"嘻"代替。

在《鄂君启舟节》中，"逾""徙""入"动词的出现很有规律，表示船只的运动方向，因此他们的解释也应是统一的。但是阅读诸家的文章，没有一家能将这几个动词统一解释。这意味着要么以上动词确不能统一解释，要么就是诸家的解读结果有错。

诸家的解读可能错在什么地方，经过分析，我们发现，诸家在对《鄂君启舟节》的研究中都使用了基准地名，而这些地名一旦有错，将导致整个研究的失败。

三、《鄂君启舟节》研究新思路

其实，采用基准地名方法来研究文物的相关地名是考古研究中最基本的方法，但用这个方法来研究《鄂君启舟节》似乎行不通。这可能是我们使用的基准地名本身就不基准。

要解决基准地名的不基准给研究带来的问题，我们就应该将基准地名变为未知地名，然后通过逻辑分析来对所有地名求解。有幸的是《鄂君启舟节》中为我们提供了丰富的地理逻辑信息。

《鄂君启舟节》中隐含地理逻辑关系的动词"逾"出现了4次，"徣"出现了3次。"入"出现了6次。"庚"出现了11次。过去在研究这些动词时认为这些动词是没有方向性的。但是我认为，这些动词在鄂君启船队航行路线有关的文字中其表述应该是一致的，经过分析，我们将这几个动词作如下解释。

"逾"：解释为船只顺流而下。"逾"后紧跟河流名。逾××，就是船只顺××航行。

"徣"：解释为船只逆流而上。"徣"后紧跟河流名。徣××，就是船只逆××航行。

"入"：解释为船只往返于某一支流。"入"后紧跟河流名。入××就是船只在××中航行。

"庚"：解释为通关。"庚"后紧跟关邑名。庚××，就是在××通关。

因为"逾""徣""入"三字均为指明船只行进方向的动词，所以在这里我们将其称为"舟行动词"。紧跟在"舟行动词"后面都是河流，也就是说河流与河流之间的关系是通过"舟行动词"联系起来的。而在"庚"字后面的地名都是关名或邑名。这些关邑都是建在"庚"字前面所涉及的河流边的。也就是说"庚"字是河流与关邑联系的纽带。在水名和关名之间，只要知道了河流名，关邑的大概位置可以认定，知道了关邑所处的位置，河流的名称自然就清楚了。我们称这些关邑为"庚"这一事件的发生地，简称"通关地"。《鄂君启舟节》中的河流名和"舟行动词"之间是有逻辑关系的。河流名与关邑名之间也是有逻辑关系的。因此我们可以根据《鄂君启舟节》中的这种关邑名与河流名之间的逻辑及它们与"舟行动词"之间的方向指示来分析《鄂君启舟节》中的地名。并根据这些关系绘制水道与水道之间、水道与关邑之间的逻辑关系图。

鄂君启船队航行水道逻辑图

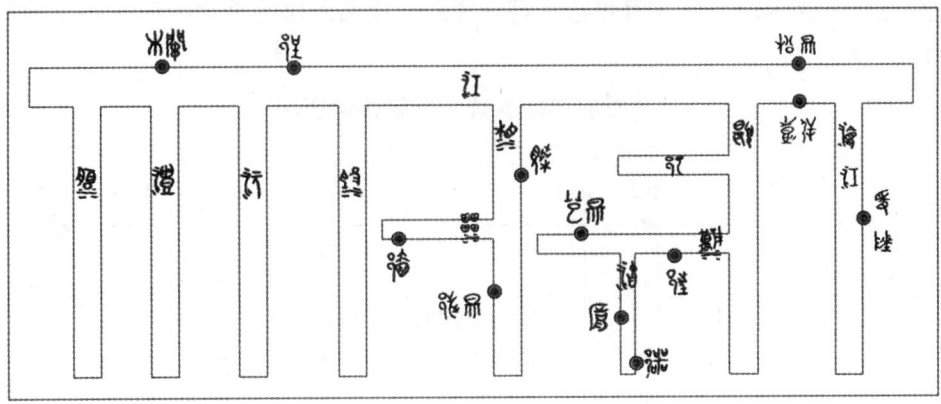

这张逻辑图表述了水道与水道之间的逻辑关系，也表述了水道与关邑之间的逻辑关系。这种逻辑关系虽然不能与我们现实形成唯一的对应，但其用来检验我们研究的结果是有效的。经过以上逻辑关系对过去的研究成果的检验，发现过去对《鄂君启舟节》的地理研究结果均不符合这一逻辑关系。

在以上的逻辑关系中，我们没有考虑支流是处于主流的左岸还是处于主流的右岸，也没有考虑关邑在河流的左右岸问题和同一河流上出现的关邑的顺序问题。这些问题将留到具体分析时处理。

这一逻辑图可以等价转换为离散数学上的二叉树。其转换方法是，将两河交汇处作为二叉树的结点，结点的左子树为主流上游，结点的右子树为支流。《鄂君启舟节》中的"舟行动词"可看成对二叉树的遍历方向。其中，"逾"为从子结点回溯到父节点，"徙"为从父节点到左子节点，"入"为从父节点遍历右子树的左路径。根据以上规则，《鄂君启舟节》中的"舟行动词"对鄂君启舟节船队的逻辑遍历关系如下：

鄂君启船队航道二叉树自发地遍历

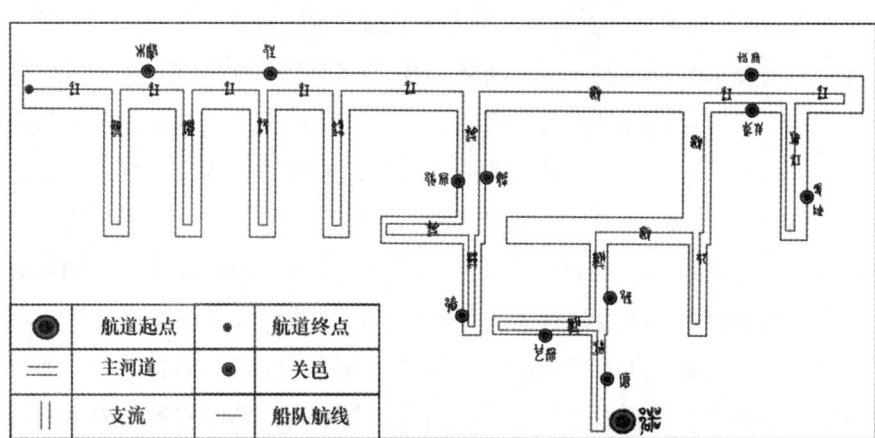

这种遍历虽然是从"鄂"这一结点开始遍历的，但是这种遍历我们还是可以用等价的标准的二叉树的遍历来简化这一逻辑关系。我们采用的是"根右左"的遍历法，其遍历结果如下图。

鄂君启船队航行水道等价遍历图

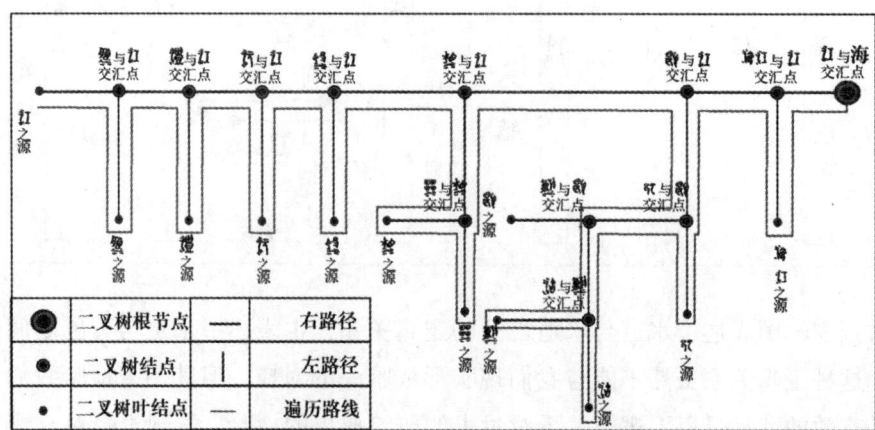

这一遍历的路径从江与海的交汇点开始，通过"徙→内→徙→内→内→内→徙→内→内→徙→内→徙→内→徙→内→徙→内→徙"完成对整个二叉树的遍历，而《鄂君启舟节》中的遍历是通过"逾→徙→逾→逾→内→逾→内→（逾→徙→徙→徙）→内→内→（徙→）→内→（徙→）→内→（徙→）→内→（徙→）内→徙"完成对整个二叉树的遍历。二者的遍历顺序虽不同，但二者所对应的逻辑关系却是一致的和唯一的。但这种"根右左"的遍历法去掉了"逾"这一"舟行动词"，并使得《鄂君启舟节》中的所有地名只有相对逻辑关系，而无基准地址。这为《鄂君启舟节》的逻辑研究创造了条件。

四、《鄂君启舟节》中"江"的定位

对二叉树的遍历有多种方法，每种遍历的方法可能导致二叉树的某种特征的显现。我们按"根左右"的关系对鄂君启船队航行水道二叉树遍历时，其遍历顺序为"徙→徙→徙→徙→徙→徙→逾→内→逾→内→逾→内→逾→内→内→逾→内→内→内→逾→内"在这一关系中，连续出现了八个"徙"，这说明在鄂君启船队的航线中有一条主航道，这条主航道就叫"江"。

根据战国时期楚国所统治区域的主要水路交通情况及"江"在先秦文献中的记载，对"江"的入海口就是长江的入海口是没有异议的。至于这条水道的发源地在什么地方古人是不知道的，今人直到新中国成立后，经过多次探测才真正找到这一水道的源头。

古人认为"江"就是发源于自己家乡与大海联通的河流是合乎情理的。秦人认为"江"发源于汉江，楚人认为"江"发源于丹水。其他国家的文献则有从秦说和从楚说。

楚国认为"江"发源于丹水，说明楚国起源于丹江流域。过去人们猜测楚国的发源地在丹水流域，但无实物证据。2008年，清华大学收藏到了2388枚战国竹简，整理出了63篇文章，其中有一篇文章，记载了楚国自季连开始到楚悼王为止的楚君居处，被学者命名为《楚居》，通过对这篇文章的解读，确定了楚国的发源地确为丹水流域。因为《鄂君启舟节》是楚国文书，所以文中所载之"江"只能是丹水入海的河道。

我们将"江"及联通的水道称为"江树"，"江"的入海处就是"江树"的根，"江"就是"江树"的主干，流入"江"的河道就是"江树"的枝干。

当《鄂君启舟节》中"江"确定后，我们就会发现《鄂君启舟节》中的"夏"与"江"出现了重叠。如果说"夏"是"江"的子集，"江"和"夏"在逻辑上是可以合并的。但是，所有史学家只认为"夏"在秦以前是汉江的子集。也就是说夏可能延伸到丹江口以上，这样"夏"就不是"江"的子集，而只与"江"有交集。如果真是这种情况，那么"夏"是否还可以与"江"合并呢？这就要分两种情况，如果在

"夏"与"滩"的交汇处要"徙夏",则在"夏"与"滩"的交汇处将产生一个左子树,这是肯定不能合并的,但是如果在此处不用"徙夏"也就是在"夏"与"滩"的交汇处没有左子树,则"夏"与"滩"的交汇节点与"夏"与"江"的交汇节点是可以合并的。而在《鄂君启舟节》中,确实没有"徙夏"这样的表述,也没有与"徙夏"这样的表述等价的表述。因此"夏"与"滩"的交汇节点可与"夏"与"江"的交汇节点合并为"夏"与"江"的交汇节。以下就是"夏"与"江"合并后的二叉树。

舟节二叉树

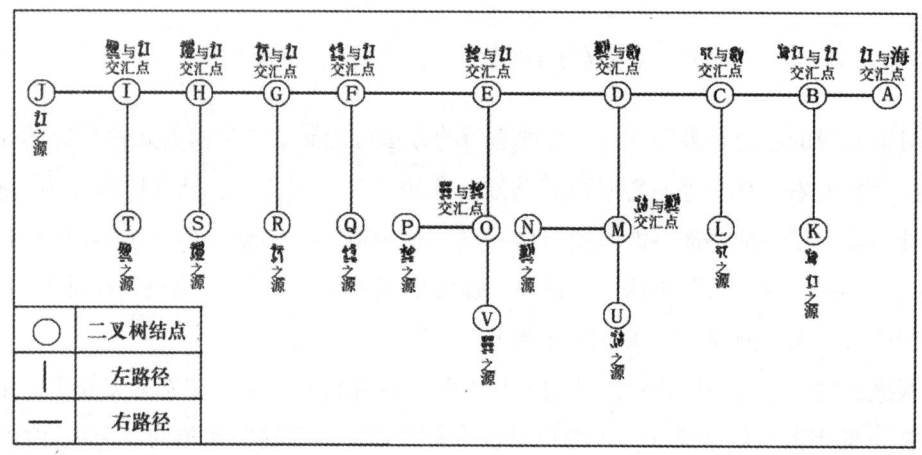

以上就是我们进行归并后的二叉树,我们将其称为"舟树"。

通过对"舟树"和"江树"的定义,我们不难看出"江树"的主干就是"舟树"的主干,只要找出"舟树"主干节点在"江树"的主干节点上的对应位置,鄂君启船队的航线就能定位。

五、鄂君启船队出发地定位

我们通过对"江"的定位,理出了鄂君启船队的主航线,现在我们的任务是找出鄂君启船队支航线的具体位置。这种查找可以对舟节二叉树进行后序遍历,也可以对舟节二叉树进行先序遍历。但是我们注意到,实际中的"江"有几十条支流,是一个十分庞大的二叉树。而舟节二叉树只是其中的子树之一。因此对比难度较大。如果我们能够找出有特点的子树进行遍历和定位。则可加快查找速度。

舟节二叉树的右子树的深度为一和二,对于深度为一的右子树,节点过分简单,信息量小,在实际的"江"的支流中数量多,不易确定实际位置。而对于深度为二的子树,除结构较复杂以外,在这些结点的路径上还有事件发生,这些事件就是"庚",

"庚"××就是在河流沿岸的××关邑进行登记。我们将这种事件融入二叉树的分析中,将加大我们分析的信息量,对我们的分析起到辅助作用。

当我们把事件信息加入到我们的分析之中后,我们发现子树D的右子树,信息量非常丰富。

第一个特点,M的父节点为D,D既可以理解为"江"与"夏"的交汇处,搜索范围可以缩小。第二个特点,D的右子树有4个事件(其中一个是"自鄂往"),因此"滩"一定是一条大河。第三个特点,M的右子树上有两个事件,所以M的右子树也是一条大河流。第四个特点,M的右子树上的一个事件是"自鄂往"这表明M的右子树是鄂君启船队的出发地。第五个特点,在"夏"这段江上,"滩"的下游还有一条叫"邗"的河流。

根据D的右子树的这些特点,我们的搜索范围缩小到了汉江的汉口至旬阳段。因为汉江旬阳以上在《鄂君启舟节》颁发的年代为秦所有,即使"夏"延续到了旬阳以上,但旬阳以上不可能成为鄂君启的封地的。经过这一逻辑判断,我们所要分析的河流就要少很多。在汉口至旬阳的汉江段,较大的支流有府河、天门河、东荆河、蛮河、唐白河、南河、堵河、金钱河。而其他河流要么不能通航,要么其支流不能通航,所以亦不在我们的分析之列。

在这些大河中,首先府河可以排除,因为府河是汉江从下游上溯时的第一条河,如果将这条河定义为"滩",则D的右子树的第五个特点不成立。

另外天门河、东荆河、蛮河、南河、金钱河虽然符合第一个特点,但绝对不能同时满足第二、三、四、五特点。剩下的河流就只有堵河和唐白河了。在战国时期,堵河流域是著名的庸地,并有史为证,其绝对不是"鄂"地。因此,"滩"就被唯一地确定为唐白河。

既然"滩"被唯一地确定为唐白河,那么我们就可以根据唐白河的实际情况来对结点D的右子树进行分析。下图是唐白河流域的实际地形图。

该图与《鄂君启舟节》中的4N到5M文字中出现的河流和关邑相对应。也与舟节二叉树中的节点相对应。我们对4N到5M这一段文字与舟节二叉树中的逻辑结合进行分析,不难得出"滩"就是图中的唐河,"沽"就是图中的白河。"夏"就是图中的汉水的结论。

"沽"和"滩"确定后,关邑就好确定了,"鄂"是鄂君启的船队的起航地,所以鄂一定在"沽"岸边,也就是说"鄂"一定是白河沿岸的一个关邑。鄂君启的船队顺"沽"而下,可以到达一条叫"滩"的河流,也就是说鄂君启的船队顺白河而下,到达唐河后,再溯唐河而上。这时要在"厉""芑阳"登记。根据逻辑分析,"厉""芑阳"只可能在"逾沽徒滩"这条航线的沿岸,也就是只可能在白河的沿岸和唐河自白河以

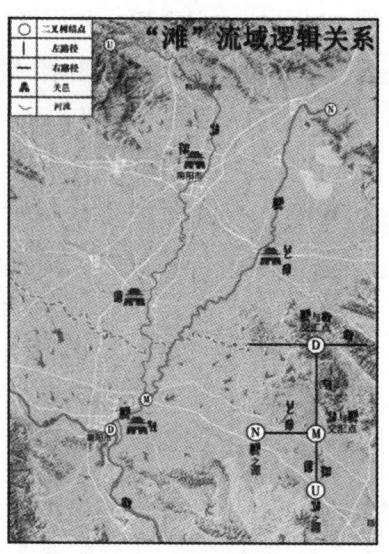

"滩"流域逻辑关系

上的河道的沿岸。再根据"逾滩庚邶"的表述,"邶"只可能在唐河自白河交汇处的下游沿岸。如果这三个关邑不是这样分布,《鄂君启舟节》中文字 4N 到 5K 中的文字就会出现逻辑错误。因此我们初步估计"厉"的位置应在今新野县境内的白河边。"芑阳"的位置应在现在的唐河县境内的唐河边。"邶"的位置应在现在的襄阳以北的唐白河边。

"厉"的位置确定后,"鄂"的位置就容易确定了,"鄂"一定在白河沿岸"厉"的上游。通过查阅古姓氏源流,有鄂姓起源于南阳一说,而南阳就在白河流域,因此我们将"鄂"定为南阳符合《鄂君启舟节》的行文逻辑。

六、鄂君启船队"逾江"路线

在《鄂君启舟节》中,文字 5L 到 6K 是鄂君启的船队"逾江"的航线。鄂君启的船队从"滩"进入夏水,开始顺"江"而行。在这一段江上,可以说是河流密布,而鄂君启的船队进入的河流只有两条,信息量非常少,因此判断鄂君启的船队究竟是进入的哪一条河流非常困难,在数学上叫多解。因此我们只能求出解的集合。

在夏水段,鄂君启的船队被允许进入一条叫"邗"的支流。从《鄂君启舟节》的行文逻辑来看,夏水至少包括从唐白河到长江段的汉水。在这一段河流中,可以通航的河流有很多,究竟是哪一条支流没法考证,诸家也有不同的说法。有的学者认为是蛮河,也有的学者认为是天门河,有的学者认为是府河。不管将"邗"定义为以上河流中的哪一条,都不违反《鄂君启舟节》的行文逻辑。但是有一条必须指出,府河和蛮河上都应有关邑，而鄂君启船队"内邘"时并没有在河流的关邑上登记。因此"邘"是府河或蛮河的可能性较小。但按大多数学者的意见，我们还是将"邘"定为府河，也就是过去的溳水。

再顺"江"而下，要经过两个关邑，即"松阳"和"彭逆"。可以进入"江"的一条支流"浍江"，并在这一条支流沿岸的"爰陵"验关。对于这几个地名，诸家意见较一致，认为"彭逆"位于今江西省彭泽县境内，"松阳"位于今安徽宿松县境内，"浍江"就是现在的青弋江，"爰陵"位于今宣城县境内。其理由是诸家对"爰陵"这个地方有较一致的认同。

鄂君启船队"逾江"路线图

诸家考证的自 5L 开始直到 6K 所记载的地名，均为鄂君启的船只从出发地顺水而下就可到达的地方，并且地点的顺序没有错乱，顺流而下全部用的都是"逾"。在"江"的支流上航行全部都用"入"，与《鄂君启舟节》中行文逻辑一致。学者对这几个地名的考证一致的原因，可能是诸家对汉口以下的长江江段在古代被称为"江"没有歧义。

这里有一点应该注意的是，鄂君启的船队在"逾江"时是有许多河流可以进入的，为什么在《鄂君启舟节》中没有记载呢？这就说明鄂君启的船队可进入的河流是有限制的。

七、鄂君启船队"徙江"路线

在约定了鄂君启船只"逾江"的下行路线后,《鄂君启舟节》中紧接着规定鄂君启船队的"徙江"路线。鄂君启的船队是在"灘"入"夏"处开始"逾江"的。所以鄂君启的船队也只能从"灘"入"江"的地方开始"徙江"。这也间接说明了自"灘"到长江口的这一段汉水称为"夏",也就是说从襄阳到汉口的这一段汉江在秦以前称为夏水。

《鄂君启舟节》中 6L 到 7R 的文字,则是鄂君启船队"徙灘"以上"江"的航线。鄂君启的船队在这段航线上可以进入"湘、滔、沅、澧、嘻"五条支流。还可以在进入"湘"后再进入其支流"澶"。并要在"湘"沿岸的"鄘阳"和"碟"登记,在"澶"沿岸的"鄙"登记,在进入"滔、沅、澧、嘻"这四条河流后,还要在位于"江"沿岸的"木关"和"郢"登记。这些地名构成了地名集合。

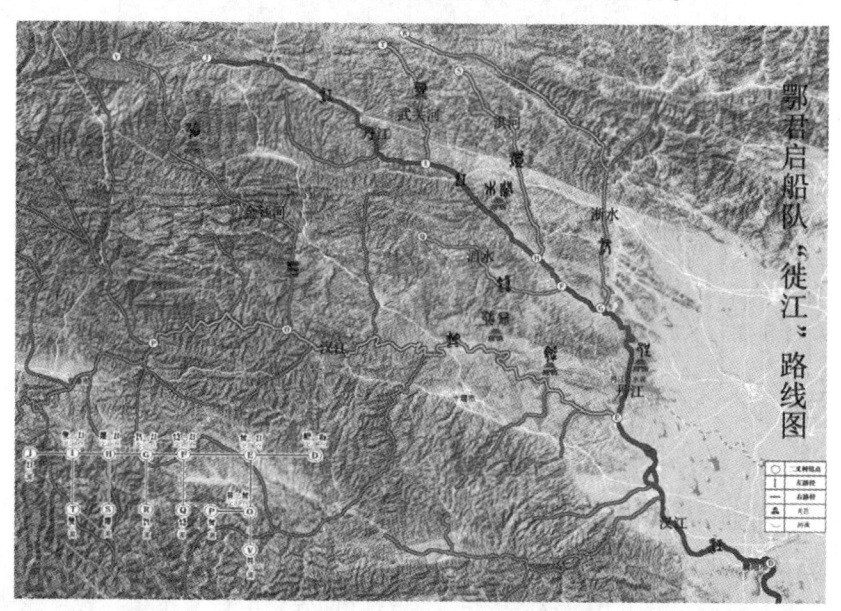

鄂君启船队"徙江"路线图

由于"江"自"灘"以上的河流很少,可以采用遍历法对这些河流进行逻辑分析。按照古代排列河流名的一般方法。我们采用从"江"的右岸到左岸,从"江"的下游到上游的排列方法进行筛选。这也是古代常用的排列河流顺序的方法。

采用以上方法来进行筛选。可能在二叉树的逻辑顺序上出现问题,因为我们的二叉树中对河流的排列没有分左右岸,因此在我们排列的二叉树中处于父节点上的右路径在实际结果中反而处于子节点右路径的上游。这种同种逻辑关系的不同表述实际上是一种同构，并不影响我们的遍历。

"湘"是鄂君启船队"徙江"时首先可以进入的河流。从地图上看，南河是一条备选的河流，这条河流发源于现在的房县，经谷城流入汉江，处于"楚江"的右岸，古代叫彭水。澎水是可以通航的，但是澎水的支流不通航。我们在没有找到确切证据前，不能否认它就是"湘"的可能性。只能将其作为备选之一。

再溯"江"而上，右岸可以通航的河流就是与丹江交汇的汉水上游。这一段汉水是"湘"的可能性最大。根据舟节的文字逻辑，"湘"的沿岸有两个关邑，一叫"郧阳"，一叫"碟"，"碟"这个关邑已无历史记载，但"郧阳"这个关在诸多的历史书籍中都有记载。

《水经注·沔水》云："有郧关。李奇以为郧子国。"根据《水经注》给出的地址，郧关的位置就在今郧县县城东4公里处的刘湾。过去，这里是荆州和梁州的分界线。既然郧关与"湘"联系了起来，丹江交汇的汉水上游是"湘"的可能性大大增强。

我们再接着往下分析，在"湘"上有一条叫"灃"的支流，当"湘"上溯到旬阳后，已到达了秦国的边界，鄂君启的船队是不可能进入秦的境内的。所以"灃"的可选河流只有曾水、泗水、堵河、白河（不是流入唐河的白河）、天河、金钱河。但是在"灃"这条河流上，有一个叫"鄙"的关邑，对"灃"的定位非常重要。《史记·秦本纪》载："百里奚亡秦走宛，楚鄙人执之"。在教科书上释"鄙人"为"乡下人"，也就是说，百里奚从秦国的咸阳逃往楚国的宛城（今南阳市宛城区），被楚国的乡下人抓住了。但从《鄂君启舟节》上看，鄙是战国时楚国的一个重要关口，所谓鄙人，是指鄙这个地方的人，鄙这个地方一定在咸阳到南阳的必经之道上。

《史记·六国年表》载："楚人伐我南鄙，至于上洛。"根据这两处记载分析。"鄙"一定在汉江的北面。这就排除了曾水、泗水、堵河、白河是"灃"的可能性。剩下的可能为"灃"的河道为天河和金钱河。从百里奚走宛的路线看，百里奚要到达天河必须先经过金钱河，所以，"鄙"应在金钱河上。

在现在的金钱河上，有两个大型古关邑遗址。这两个遗址现在还保留较完整，在历史书籍上也有记载，一个是上津关，一个是漫川关。上津关因秦始皇东巡乘船至此回咸阳而得名。因此"鄙"就是漫川关的可能性很大。随着"鄙"的确定，"灃"也随之确定，现在的金钱河就是"灃"。随着"郧阳""鄙""灃"的确定，"湘"的位置就能唯一确定，春秋战国时的"湘"就是现丹江口以上到旬阳的汉水。

在舟节中，紧跟在"湘"流域后面的字为"滔"，自"湘"沿"江"右岸上溯。现在的滔水就成了选择对象，该河流与舟节中的"滔"同名。再沿"江"右岸上溯，就没有可以通航的河流了。

按照河流排序规律，右岸的河流排列完以后，就应该排列左岸的河流，从"滩"

溯"江"而上，左岸的第一条可以通航的河流是淅水（又名老灌河）。淅水是楚国一条重要的河流。因为可以达晋，具有非常重要的战略地位。这条河流就是《鄂君启舟节》中的"沅"。

再沿"江"上溯，左岸可以通航的河流有淇河和武关河，因此我们有理由将淇河认定为"澧"，将武关河认定为"嘻"。

鄂君启的船队溯"滩"以上"江"而上，要在两个关登记。根据逻辑判断，"木关"就是荆紫关，"邔"应是今淅川县境内的龙城，春秋时为楚国的都城。

八、《鄂君启舟节》解读

根据以上分析，我们可以对《鄂君启舟节》进行全面解读。

大司马昭阳败晋师于襄陵之岁（前323）夏辰之月乙亥之日，楚怀王在茂郢游宫召大攻尹睢以怀王之命，命召集尹◎◎及尹逆及令◎为鄂君启府赐以铸金之节：令置办三舟合为一组的方船50组，在一年之内建造完毕。

船只从南阳出发，沿白河顺流而下转向沿唐河逆流而上，在厉关和芑阳关进行登记。沿唐河、唐白河顺流而下，在邔关登记，从襄阳顺汉江到武汉，可进入府河，自武汉顺长江而下，在彭逆关和松阳关登记。往返于青弋江，在爱陵关登记。船只在襄阳以上的丹水流过的河道上航行，往返于丹江口以上的汉水，在碟关、郧阳关登记。往返于金钱河，在漫川关登记。往返于滔河、淅水、淇河、武关河，溯丹水而上，在荆紫关和邔关登记。

各关见到该金节不得征收税赋，不得免费提供食宿。如未见到该金节则应收税，如载马牛羊出入关，则由大府征收税费，关上不得征收。

本文所研究的《鄂君启舟节》中地名的具体位置，以及由此带来的与诸家研究结论异同之处一并如下：

江：丹江流入大海所经河道。不包含长江汉口以上段。
鄂：河南南阳。而不是湖北鄂州或武昌。
滩：汉江支流唐白河和唐河。而不是汉口。
沽：汇入唐白河的白河。而不是汉口到鄂城间的某一湖泊。
厉：新野县境内的古关邑。诸家对此无定论。
芑阳：唐河县境内的古关邑。诸家有襄阳、棘阳、邵阳、旬阳等说。
邔：襄阳以北的古关邑。而不是天门附近的西黄。

夏：襄阳到汉口间的汉江段。而不是襄阳以下汉水的支流。

邗：襄阳到汉口间的汉江支流。诸家认为是涢水。

彭逆：彭泽县境内的古关邑。诸家意见较一致。

松阳：宿松县境内的古关邑。诸家意见较一致。

浍江：青弋江。诸家意见较一致。

爰陵：宣城县境内的古关邑。诸家意见较一致。

湘：自旬阳县到丹江口的汉江段。不是湖南的湘江。

郧阳：郧县境内的古关邑。而不在湖南郴州境内。

碟：十堰市境内的古关邑。而不在长沙以北。

潭：汉江支流金钱河。不是湘江支流耒水。

鄙：山阳县境内古关邑。不在湖南郴州一带。

滔：丹江支流滔河。不是湖南的资水。

沅：丹江支流淅水。不是湖南的沅水。

澧：丹江支流淇河。不是湖南的澧水。

暗：可能是丹江支流武关河。诸家对此无定论。

木关：淅川境内荆紫关。不是荆州境内的古关邑。

郢：淅川境内的仓房一带。不是纪南城。

本文通过对《鄂君启舟节》的逻辑解读，解开了《鄂君启舟节》的地理密码。舟节地理位置的重新定位，对研究楚国的历史有着重大的意义。特别是对"湘""沅""澧"水的重新定位，将对《楚辞》学的研究产生颠覆性影响。

参考书籍

郭沫若：《关于鄂君启节的研究》，《文物参考资料》1958年第4期。

殷涤非：《寿县出土的"鄂君启金节"》，《文物参考数据》1958年第4期。

殷涤非：《鄂君启节两个地名简说》，《中华文史论丛》第6辑，中华书局1965年。

谭其骧：《鄂君启节铭文释地》，《中华文史论丛》第2辑，中华书局1962年。

谭其骧：《再论鄂君启节地理答黄盛璋同志》，《中华文史论丛》第5辑，中华书局1964年。

商承祚：《鄂君启节考》，《文物精华》第2集，文物出版社1963年。

商承祚：《谈鄂君启节铭文中几个文字和几个地名等问题》，《中华文史论丛》第6辑，中华书局1965年。

黄盛璋：《关于鄂君启节交通路线的复原问题》，《中华文史论丛》第5辑，中华书局1964年。

楚简《太一生水》与屈原宇宙生成论新探

淮阴师范学院　张　强　秦龙泉

【摘　要】　本文试图从宇宙如何生成，宇宙间各个事物间的发展变化和相互联系，宇宙间事物变化的循环三个方面比较《太一生水》和《天问》宇宙生成论的异同。从而可以更好地理解先秦时期的宇宙生成论，进一步理解先秦哲学及楚国哲学运动的轨迹，《太一生水》宇宙生成和《天问》的宇宙生成是先秦哲学思想的重要组成部分，《太一生水》宇宙生成论中"水"处于一个非常重要的层次上，然而《天问》却没有将水这一元素上升到一个重要高度。

【关键词】　《太一生水》　楚简　《天问》　宇宙生成　楚人　屈原　哲学思想

《太一生水》是一篇关于宇宙生成的先秦楚简文，它是一篇阐释宇宙生成论的重要著作，就这篇文章而言可以表明战国时期楚人已经对宇宙生成有了初步的认识和探讨，它把天地、神明、阴阳、四时、冷热、湿燥和一年等有机地联系起来。《太一生水》也从《老子》中等著作中继承了部分宇宙生成的哲学思想。屈原在《天问》一文里，不仅探讨了宇宙的生成，而且还用较多的篇幅探索远古人类的历史，屈原根据楚人当时保存的远古人类的神话传说问及夏代的兴亡，后羿的成败，顺及于楚与吴民族的来源；接着又问及殷商的兴亡，周代的兴衰至五霸之初；吴楚之事，秦人的兴起；最后问及楚国之事令人颇生感慨。本文试图通过分析《太一生水》和《天问》的宇宙生成论，研究两者之间的关系，以求进一步探索先秦哲学及楚国哲学运动的轨迹，这不仅涉及先秦时期楚地的文化，也会涉及楚人的哲学思想。

一、《太一生水》的宇宙生成论及楚人的哲学思想

在先秦时期的哲学著作中，楚简《太一生水》第一次关注了"水"这一重要元素，将水上升到一个非常关键的地位，"水"成为了宇宙生成论中的非常重要的一个环节。因此《太一生水》的宇宙生成论在先秦哲学思想上占有重要地位，深刻地体现了楚人

的哲学思想。先看一下《太一生水》的原文:

> 太一生水,水反辅太一,是以成天。天反辅太一,是以成地。天地[复相辅]也,是以成神明。神明复相辅也,是以成阴阳。阴阳复相辅也,是以成四时。四时复相辅也,是以成冷热。冷热复相辅也,是以成湿燥。湿燥复相辅也,成岁而止。
>
> 故岁者,湿燥之所生也。湿燥者,冷热之所生也。冷热者,四时之所生也。四时者,阴阳之所生也。阴阳者,神明之所生也。神明者,天地之所生也。天地者,太一之所生也。
>
> 是故太一藏于水,行于时。周而又始,以已为万物母;一缺一盈,以已为万物经。此天之所不能杀,地之所不能埋,阴阳之所不能成。君子知此之谓圣人。
>
> 天道贵弱,削成者以益生者,伐于强,责于下,土也,而谓之地。上,气也,而谓之天。道以其字也。清昏其名。以道从事者必托其名,故事成而身长。圣人之从事也,亦托其名,故功成而身不伤。天地名字并立,故过其方,不思相当。天不足于西北,其下高以强。地不足于东南,其上不足于上者,有余于下。不足于下者,有余于上。①

自"太一生水,水反辅太一"至"湿燥复相辅也,成岁而止"。主要说明了一年的形成。太一创生了水,水反过来辅助太一,继而又创生了天。天反过来辅助太一,就创生了地。天和地相互辅助,也就产生了神明。神和明互相辅助,就创生了阴和阳。阴和阳互相辅助就产生了一年四季。一年四季之间相互辅助便产生了寒冷和炎热。寒冷和炎热互相辅助就产生了湿润和干燥。湿润和干燥互相辅助就形成了一年。

在这个宇宙生成论中,我们不难发现,宇宙万物可以分为八个层次,第一个层次是太一,他是万物之始,没有它就没有水、天、地等等。水、天、地则处于第二个层次,第三层次至第八层次分别是神明、阴阳、四时、冷热、湿燥和成岁。

自"故岁者,湿燥之所生也"至"君子知此之谓圣人"主要讲了这也就是说,一年是由湿润和干燥创生出来的,湿润和干燥是由寒冷和炎热创生出来的,四季是由阴和阳创生出来的,阴阳是由神明创生出来的,神明是由天和地创生出来的,天和地是由太一创生出来的。这一段是从逆向推论宇宙生成的。

自"是故太一藏于水,行于时"至"君子知此之谓圣人"的大致意思是:因此,

---

① 邢文:《郭店老子与太一生水》,北京:学苑出版社,2005年版,第223—229页。

太一隐藏在水中,并且在时间的长河里运行。他周而复始,循环不已,把自己当作天下万物的母亲;它一盈一缺,无穷无尽,就是宇宙的典范。这是一个永恒不变的规律,天不能使之减损,地不能使之改变,阴阳不能使其终结。如果能够懂得这个道理,那么就能够懂得这个规律的人就能够称作圣人。

自"天道贵弱,削成者以益生者"至"不足于下者,有余于上"的意思主要是:天道以弱为贵。它削弱旺盛的事物来增长新生事物。它侵伐强大的事物,责备刚强的事物,我们把泥土称作为地,我们把头顶上的气叫作天。道也是天地的名字。既然这样,那么它的名字有什么作用?依据道做事的一定要依托天地的名字,所以能够事业有成,健康长寿。即便是圣人做事情,也要依托天地之名,因此能够建立功业,不会伤及身体。天地的名和字并立,只不过是给予托名之方而已,不要以为天和地是一样的。天在西北部低而且不足,然而在东南部则高且强;地在东南部薄而不足,但是在西北部却高而强。这样也就是说,在西北部不足的,则在东南部有余;在东南部不足的,在西北部有余。

在先秦时期,由于楚人知识所限,缺乏对事物的认识,人们总是积极地去探索宇宙的奥秘,通过观察水、天地、神明、阴阳、寒热等去寻找宇宙的本原,中国古代人们对于宇宙的认识主要经过三个阶段,一是盖天说,二是宣夜说,三是浑天说。盖天说就类似于天圆地方的学说①。《太一生水》已经用道家的理论和观点对宇宙生成进行解释。它把"太一"作为宇宙的本原,并且不仅仅纯粹地探讨天和地,它的视野更为开阔,还讨论了水、寒热、湿燥、阴阳、神明等其他宇宙现象。《太一生水》将"太一"作为宇宙的最高级的存在事物,构造了一个较为完整的宇宙生成体系,表现了当时楚人对于宇宙的探寻就有了比较复杂,高级的思想深度。同时还表明了楚人具有双重宇宙观,即:太一的形上宇宙观与天地万物的形下宇宙观是上下贯通、和谐并存的。

《太一生水》在阴阳变化等宇宙生成论方面可以说与《老子》有着一脉相承的关系。《老子》"万物负阴而抱阳,冲气以为和"就很好地阐释了阴阳的变化。《老子》中的"无名天地之始,有名万物之母"与《太一生水》中的"周而或始,以己为万物母"有着相似之处。《老子》中多处提及"一"如:"道生一,一生二,二生三,三生万物。"《太一生水》虽然没有像《老子》那样多处涉及"一"的概念,但是它将"太一"置于宇宙中的最高层次。这也可以说明《太一生水》对《老子》哲学思想的继承。《老子》对于水也非常钟情。如"上善若水",在《太一生水》中,水的作用就显得至关重要了,没有水太一就不能够创生"天地""神明"等。因此,《太一生水》是对《老子》的继承与发展。

---

① 丁四新:《郭店楚墓竹简思想研究》,北京:东方出版社,2000年版,第118页。

《太一生水》之所以在中国哲学史上显得非常重要，主要是因为其第一次关注了"水"这一元素，根据冯友兰先生在《中国哲学史》一书中对先秦时期的宇宙生成论的阐述，我们不难发现"水"这一元素在中国古代宇宙生成论中占据很重要的地位。葛兆光先生在《中国思想史》中也对先秦时期的宇宙生成论作了相关阐述，可见《太一生水》这篇郭店楚简文在中国哲学史上的重要作用。

二、《天问》内容及其哲学思想之探讨

屈原关于宇宙本体和宇宙生成，他用诗歌的语言将其对宇宙生成的认识表达出来，继承和发展了老子"道生一，一生二，二生三，三生万物"的哲学思想。根据林庚先生在《天问注解的困难及其整理的线索》对《天问》内容的分析，可将其分为八段：

第一段：自"遂古之初，谁传道之"至"角宿未旦，曜灵安藏"是问天体事。

第二段：自"不任汩鸿，师何以尚之"至"西北辟启，何气通焉"问大地河山之初及洪水事。

第三段：自"日安不到，烛龙何照"至"羿焉彃日，乌焉解羽"问大地之物，十日并出及射日事。

第四段：自"禹之力献功，降省下土四方"至"熟期去斯，得两男子"问夏代之兴亡，后羿之成败，顺及于楚与吴之民族来源。

第五段：自"缘鹄饰玉，后帝是飨"至"梅伯受醢，箕子详狂"问殷商之兴亡。

第六段：自"稷维元子，帝何竺之"至"齐桓九会，卒然身杀"问周室之兴衰，乃至五霸之初。

第七段：自"勋阖、梦生，少离散亡"至"易之以百两，卒无禄"问吴楚之事，以及秦人之起。

第八段：自"薄暮雷电，归何忧"至"何试上自予，忠名弥彰"问楚国之事，予以感慨。

《天问》一文开篇就对宇宙是不是由物质创生的提出了疑问，如果把这些问题的底提出来，就是先秦学术思想中最完整的宇宙发生论。这个宇宙生成的理论在先秦的许多著作中都有阐释，比如说《淮南子》和《谷梁传》中都有涉及。屈原在前人的理论基础上对此提出问题，他希望能够探讨究竟，屈原对前人现成的理论有些方面是承认的，只不过想知道原因，比如说"明明暗暗"就是屈原所承认的客观事实，"惟时何为"是屈原对"明明暗暗"这个客观事实的进一步追问，"阴阳三合"一句已经表明屈原已经把阴阳当作宇宙的本原，然后他只不过是追问阴阳是如何成为宇宙的本原的。从"圜则九重，孰营度之"至"厥利维何，而顾菟在腹"这一段是对宇宙天体等问题

进行提问，屈原对日月神话，太阳运行的方位、里程，月亮形状的变化等问题进行提问和质疑。当时的人们为了能够在自然界当中好好生存、生活下来，对这些宇宙中的自然现象的规律进行了探索。"《天问》的前一部分就围绕自然界是如何形成的，以及它的发展和演变过程进行了质疑。"① 我们可以得出这样一个结论：自然界的矛盾变化就是天地，天地不是由人创造的，同时人也不受天地的支配，日月是如何运行的，昼夜是怎样交替的，星辰的排列也都是有规律的。我们应该去探索，去认识尚未被认识的宇宙。

从"不任汩鸿，师何以尚之？佥曰何忧，何不课而行之？"表明屈原开始问及洪水神话了，鲧是当时各个部落的首领所相信和拥护的一个人，所以才会有"师何以尚之""何不课而行之"之问。"顺欲成功，帝何刑焉？永遏在羽山，夫何三年不施？"表明尧对鲧不太信任，不想将治水的重任交给他。因此屈原也表露出对鲧不幸遭遇的慨叹和同情。"鲧何所营，禹何所成？"鲧在治水过程中也起到了一定的作用，如果没有鲧做了治水的前期工作，那么禹又怎么能够取得成功呢？从这句话中我们可以看出屈原在某种程度上还是肯定鲧在治水过程中所起的作用，屈原认为鲧治水虽然失败了并不意味着他的治水方法就是完全错误的，筑堤以埋洪水的方法也并非完全不可行，如果坚持用这种方法也会有成功的一天。舜虽然采用的是疏浚的方法治水，但是舜在治理水患的整个过程中也并不是完全运用疏浚的方法。舜治水成功也吸取了鲧的经验教训，如果没有鲧的经验教训舜不一定能够取得成功。在鲧和禹治水的神话中，屈原并没有将洪水当做天神发怒来惩罚人类的，而是把洪水当作一种自然现象自然灾害。这在当时是非常了不起的是非常进步的思想。

"屈原在《天问》中所提出的问题很大一部分是有关远古人类历史方面的问题。"② 屈原认为一个朝代的统治者要想国家长治久安，国泰民安，受到老百姓的支持与爱戴就必须要做到顺从民心，顺应民意，治理国家需要任用贤才，节制自己。每个朝代开国时，君王几乎都能够为老百姓着想，深受百姓们的爱戴，但是等到国家渐渐强大起来，有的君王就开始追求自己享乐而不顾老百姓的死活了。"昭后成游，南土爰底，厥利惟何，逢彼白雉？""穆王巧梅，何为周流？环理天下，夫何索求？"就可以表明周昭王、周穆王开始不理朝政，贪图享乐，最终导致国力衰弱，百姓怨声载道。又比如说周幽王的事例："周幽谁诛，焉得夫褒姒？"周幽王完全不顾百姓的安危，一味地骄奢淫逸，荒淫无道，贪图享受，最终被犬戎部落攻打。我们从许多的历史文献当中，都能看出人们对待国家兴亡、王朝的更替等事情往往都认为这是上天决定的。然而屈原

---

① 游国恩：《天问纂义》，北京：中华书局，1982年版，第120页。
② 林庚：《天问论笺》，北京：人民文学出版社，1983年版，第45页。

却很清醒，他认为王朝的更替，国家兴亡当然与君王本人是否关心百姓，是否为老百姓着想有关。

屈原又认为一个明君需要听信贤臣的意见，需要积极采纳大臣们正确的建议。"帝乃降观，下逢伊挚，何条放致罚，而黎服大说？""成汤东巡，有莘爰极；何乞彼小臣，而吉妃是德？""师望在肆，昌何识？鼓刀扬声，后何喜？"这些句子就充分说明了君主依靠贤臣，好好听取贤臣的建议才会将国家治理好。如果君主不听贤士之言，不任用贤能，那么只能导致国家灭亡。"比干何逆，而抑沉之？""梅伯受醢，箕子详狂。""从这些句子中就能看出。"①

以上体现了屈原通过提出问题，以严肃的态度来探求历史问题，正体现了屈原的上下求索的精神。

屈原的哲学思想尤其是他的宇宙生成论，最为突出地表现在《天问》当中。屈原提出了关于宇宙生成论的问题最为鲜明的就体现在文章的开头，屈原通过对宇宙万物的仔细观察与深层思考，以层层问难的方式提出。

第一段文字屈原以凝练的语言提出了宇宙本体和宇宙生成论的问题。大部分专家学者认为屈原在探索"天"的起源、发展变化，然而著名楚辞研究专家姜亮夫先生认为，这段文字主要是讲宇宙生成问题，而不是去追溯认识天的历史，"谁"应该解释为"如何"的意思，也就是说，那远古的开头是如何变化、生发变迁的。"传道"应该解释为生发、生成的意思。正好印证了下文"上下未形，何由考之？"因此，我们认为这段文字主要是阐述了宇宙本原和生成的问题。在中国古人尤其是先秦时期人们的心目中，宇宙的生成问题其实就是宇宙本体的演化问题。

屈原对宇宙万物的探索，并不是带有神秘主义色彩的，而是一种科学的认识和哲学的思考，屈原的宇宙生成论与商周以来人们固有的上帝创造天地万物的神学观念完全不一样，毫无疑问，屈原的宇宙生成论在当时来说是最为先进的、科学的，他的朴素唯物主义哲学观在中国哲学史上显得相当重要。屈原的宇宙生成论的形成，与特定的楚国文化、风俗有着千丝万缕的联系，屈原的哲学思想的形成也源于其对道家文化的借鉴、吸收和传承。老子曾提出"道生一，一生二，二生三，三生万物"的宇宙生成理论，我们可以认为屈原的宇宙生成论正是在老子宇宙生成论的基础之上，通过深刻的思考以及哲学的思辨从而产生的。《老子》《黄帝书》《庄子》以及《鹖冠子》等著作中有关宇宙生成的阐述也能够与屈原的宇宙生成论相互印证，《淮南子》则全面而深刻地总结了先秦时期道家的哲学思想，其中也总结了屈原的哲学思想主要继承了道家哲学，屈原的宇宙生成论产生于楚地文化与楚国风俗，可以说它代表了楚国文化的

---

① 闻一多：《天问疏证》，上海：三联书店，1980年版，第68页。

核心。

三、《太一生水》与《天问》哲学思想比较之异同

　　《太一生水》和《天问》都探讨了宇宙的生成，《太一生水》将"太一"作为宇宙的最高级的存在事物，构造了一个较为完整的宇宙生成体系，表现了当时楚人对于宇宙的探寻就有了比较复杂，高级的思想深度。《天问》一文开篇就对宇宙是不是由物质创生的提出了疑问，有所不同的是《天问》不仅探讨了宇宙是怎样形成的，而且还涉及远古人类社会的诸多问题。《天问》在文章的开头几句主要讲天地日夜的创造，包括讲上下、明暗、阴阳这些自然现象，屈原试图从混沌状态探讨出宇宙的起源。这与《太一生水》探讨水、天地、神明、阴阳、寒热、湿燥等等在很大程度上具有一致性。由于天体结构属于空间，时间其实就是空间的旋转运行。因而接下来屈原就开始对日月神话提出质疑，质疑太阳运行的方位、里程，月亮形状的变化、异相。这些对自然现象的探索其实都是为了寻求宇宙的本原，《太一生水》将"太一"作为宇宙的最高级别的事物，通过"太一"创生了水、天地、神明、阴阳、寒热、湿燥等自然界的其他事物，屈原在《天问》里面也谈到了宇宙的初创是一种自然现象。非常重要的一点就是：《太一生水》和《天问》的哲学思想都继承和发展了先秦时期诸多思想家们的哲学思想。

　　《太一生水》的宇宙生成论的许多思想来源于先秦时期的哲学思想。在《尚书·洪范》当中有这么一句："五行：一曰水，二曰火，三曰木，四曰金，五曰土。"这里的水位于五行之首，我们不难发现在《太一生水》中，水所起到的重要作用。简本《老子》甲："有状混成，先天地生，寂寥独立不改，可以为天下母，未知其名，字之曰道，吾强为之名曰大。"我们认为《太一生水》中的"太一"很可能就来源于《老子》中的"道"。在《老子》当中我们可以发现已经谈论到"道""天地""万物"等。这可以说明《老子》中的宇宙生成对《太一生水》宇宙生成理论的产生是起促进作用的。《系辞》上："是故易有太极，是生两仪，两仪生四象，四象生八卦，八卦定吉凶，吉凶生大业。是故法象莫大乎天地，变通莫大乎四时，县象著明，莫大乎日月。"我们认为，"易"是《系辞》的最高层次的一级，"太极"相当于是"易"当中具有创生作用的部分。《太一生水》中的"太一藏于水"与"易有太极"很相似。《吕氏春秋·大乐》云："太一出两仪，两仪出阴阳……天地车轮，终则复始，极则复反，莫不咸当……"这里的"太一""阴阳""天地""四时"等与《太一生水》中的"太一""阴阳""天地""四时"等；有一致部分。"太一出两仪，两仪生阴阳""万物所出，造于太一，化于阴阳"的宇宙生成过程亦与《太一生水》中的宇宙生成几乎一致。

屈原《天问》中有关宇宙生成的思想也很大程度是在前人的基础之上提出来的。

战国时期，楚人对于宇宙自然的探索充满了热情，《庄子·天下》记载："南方有一个叫黄缭的人，曾经发出感慨："天为什么不坠落，地为什么不塌陷呢？这是因为宇宙当中有风雨雷霆的原因。"屈原进一步继承和发展了先秦哲学家们的宇宙生成论。

《太一生水》和《天问》在哲学思想上也存在一些不同的地方。

(一)《太一生水》一文体现了辩证的哲学思想。

文中不仅说明了万物的本原——太一，创生出水、天地、阴阳、冷热等生成物，而且还说明了太一与这些创生物之间除了单方面的创生与被创生的关系外，还表明了"水"和"天"对"太一"有着反辅作用，如果水不反辅太一，那么天就无法创生。如果天不反辅太一，那么就不会产生地。天和地，阴和阳等等它们之间存在着相辅的关系。如果神和明不相辅就不能产生阴阳，如果阴阳不相辅，四时就不能创生……反辅和相辅体现出辩证的哲学思想。

《天问》开篇提出的问题，我们可以认为具有哲理思辨水平，但是它并没有体现出辩证关系，然而它却涉及了宇宙本体论或宇宙本体观念。

(二)《太一生水》宇宙生成论中"水"处于一个非常重要的层次上。

太一是首先生出水来，然后在水反辅的作用下才生出天，以至于又生成其他层次的生成物。《老子》第七十八章所云："天下莫柔弱于水，而攻坚强者莫之能先，以其无以易之也。因此，其第八章云：上善若水。水善利万物而不争，……故几于道。"《管子·水地》中也有"水者何也？万物之本原，诸生之宗室也"。在《天问》当中，却没有把水作为宇宙生成的一个重要元素。或者说《天问》中几乎就没有提到水在宇宙生成中的作用。

吴楚之争与春秋后期政治格局的变化和文化交流

信阳师范学院 金荣权

【摘 要】 春秋中期以来,楚人沿淮河流域向东扩展,与吴人相遇,从公元前584年吴楚首次交战开始,至公元前473年吴国灭亡结束,两国在110多年里,频繁交战。吴楚之争使春秋后期政治与战争中心逐渐向南方转移;各诸侯国纷纷加入吴、楚两大阵营,导致了诸侯联盟的分化与重组;吴楚相争主要在江淮间展开,大国争夺的结果也带来了这一地区林业的诸侯国历史的终结,为江淮地区的统一与文化交流奠定了基础。

【关键词】 楚国 吴国 吴楚之争 文化融合

吴之先祖吴太伯与周王室本为一脉。据《史记·吴太伯世家》载:"吴太伯,太伯弟仲雍,皆周太王之子,而王季历之兄也。季历贤,而有圣子昌,太王欲立季历以及昌,于是太伯、仲雍二人乃奔荆蛮,文身断发,示不可用,以避季历。季历果立,是为王季,而昌为文王。太伯之奔荆蛮,自号句吴。荆蛮义之,从而归之千余家,立为吴太伯。"① 当武王克商之后,大封诸侯,正式册封太伯之后周章为吴君。楚之先祖鬻熊事文王,在克商之役中建功立业,克商之后封其后熊绎于楚,爵之以"子"。楚国初封之时,"辟在荆山,筚路蓝缕,以处草莽"。(《左传·昭公十二年》)从熊绎开始,历代君王励精图治,使楚逐渐壮大,公元前741年,熊通杀蚡冒子而自立,即楚武王,于是楚国在春秋历史上第一个著名的君主诞生了,从而也揭开了楚国在春秋时代的辉煌篇章。

当西周时期,吴居中原之东南,楚居中原之西南,本风马牛不相及也。至春秋时期,由于楚日益强大,北入中原,并沿淮河由西向东推进;吴国也日强,逐渐向西北发展。在春秋中期吴、楚在安徽与江苏一带相遇,开始了长达100多年的拼杀、争夺。吴、楚之争不仅改变了春秋中期之后周王室的政治格局,同时也催化了楚文化、吴文化与中原文化的大融合。

---

① 司马迁:《史记·吴太伯世家》,上海:上海古籍出版社,1997年版,第1175页。

关于吴楚之争的历史和由此带来的春秋后期政治格局的变化及文化融合问题，当前学术界关注尚不够，本人就此发表一些看法。

一、吴楚之争与春秋后期政治格局的变化

楚武王继位之后，向中原经营成为楚国战略发展的重点；至楚成王、楚穆王时，楚人在巩固征伐中原战果的同时，将主要军事力量放在了淮河流域，沿淮河上游向中游发展，先后灭了淮河上游的弦、黄、江、蒋、蓼和淮河中游的英、六。公元前615年群舒反楚，楚穆王执舒子平，围巢。至此，楚人已完全控制了淮河上游，并将其前沿阵地延伸至淮河中游地区，且向南进至安徽境内的长江北岸。

鲁宣公八年（前601），"楚为众舒叛，故伐舒蓼，灭之。楚子疆之，及滑汭，盟吴、越而还"。（《左传·鲁宣公八年》）。滑汭"在今合肥市、庐江县之东，而在巢县、无为之间"。①。这是吴、越两国第一次出现在《左传》之中。

从成公七年（前584）吴楚开始正式交战开始，至哀公二十二年（前473）吴国灭亡结束，两国在100多年内，频繁交战。吴国与楚国的前期争夺主要在安徽省淮河流域和江淮之间展开。楚人的势力深入吴地，曾经南至安徽芜湖，东至江苏镇江。至后期，吴人开始主动向楚人发动进攻，将战火引向楚人控制区，于是安徽西部和河南东部就成了两国争夺的焦点地带。在吴人强盛时，曾一度远途奔袭楚国，攻占楚人的郢都，成为楚国历史上的奇耻大辱。

由于吴楚之争，不仅使当时中原诸侯将注意力转向东南和南方，同时，也使北方诸侯不由自主地加入到这场百年争战之中。因此，吴楚两国的斗争，使春秋后期政治与战争中心逐渐向南方转移；各诸侯国从维护自身利益出发，纷纷加入吴、楚两大阵营，即使如秦、晋、齐、鲁这样的大国也不例外，从而导致了诸侯联盟的分化与重组；吴楚相争主要在江淮间展开，大国争取的结果也带来了这一地区林业的诸小国历史的终结，使这一地区渐趋统一，为战国格局的形成奠定了基础。

（一）政治与军事中心南移

在春秋前期与中期，楚人经过武王、文王、庄敖、成王、穆王等五代君主的努力，楚国已经发展成南方最有实力的强国，与秦、晋、齐、鲁抗衡。公元前606年楚庄王问鼎中原（《左传·宣公三年》），公元前597年在邲之战中楚人大败晋军（《左传·宣公十六年》），这一系列的行动使周王室和中原诸侯感到了来自楚国的前所未有的巨大压力。此后，晋、齐、鲁等大国对中原诸侯的号令力大大削弱，再也不能发动大规模的对楚战争。而淮河流域和中原腹地的许多诸侯国纷纷投向楚国，居于南国的楚人

---

① 杨伯峻：《春秋左传注》，北京：中华书局，1981年版，第696页。

得到了霸主地位。当楚人稳定了北方之后，转而沿淮河向东经营，与吴人的冲突开始，吴人也正式登上了春秋后期的历史舞台。随着吴楚争夺的加剧，北方大国晋、鲁、齐、秦和南方新崛起的越国都以各自不同的方式加入到斗争中来，有些甚至成为吴楚争霸中重要的政治和军事力量。在这种情况下，春秋时代的政治中心逐渐由北方转向南方。

随着政治中心南移，诸侯争战的中心也跟着南移至吴楚两国。春秋后期的100多年来，见于《左传》记载的吴楚交战有24次。尤其在春秋晚期，"楚自昭王即位，无岁不有吴师"（《左传·定公四年》）。

（二）诸侯联盟的分化与重组

在春秋中期，中原诸侯包括晋、齐、鲁、秦等大国尚能够结成有效的军事与政治联盟以对付楚人，楚人也携随、许、陈、蔡等小国逐鹿中原。至春秋后期，随着楚人深入中原，中原诸侯或为其所灭，或纷纷依附之，晋人已没有力量与之争胜。为了牵制楚人，晋人便与吴人达成同盟，以助吴人与楚争战。成公七年晋人帮助吴人，不仅送给吴人战车，还教给吴人先进的射御之术、车战之术和摆兵布阵之法。成公十五年（前576），鲁、吴两国在钟离（今安徽凤阳县东北）相会，自此鲁、吴建立了初步的外交关系。襄公二十九年（前544）：吴公子札出使中原鲁、齐、郑、卫、晋等5国。吴公子札凭借其博学、儒雅，赢得了出访各国要员的好感，从而也进一步加强了吴与中原大国的沟通。在春秋后期的前段与中段，北方的晋、鲁、齐等成了吴人实际上的稳固联盟。

在晋人的帮助下，吴人果然与楚人反目，并向楚人控制地进犯。由于楚人部署在淮河中游的军事力量不足，再加上这一带为楚人灭亡的方国并没有完全真心归顺楚人，至使淮河中游地区楚人的占领地几乎全部到了吴人手中。

楚人为对付吴国，也建立起了另一个阵线。首先是将西北强国秦国拉到自己的阵营之中，《左传·襄公二十六年》载，楚与秦联军入侵吴，"及零娄，闻吴人有备而还。遂侵郑"。定公四年（前506）吴人攻入楚之郢都，次年秦人以子蒲、子虎为帅，以五百乘救楚，大败吴军，收复郢都。同时，楚人也收服淮河流域的一些小诸侯国，用其人力、物力为其征战。《春秋·成公四年》载："楚子、蔡侯、陈侯、郑伯、许男、徐子、滕子、顿子、胡子、沈子、小邾子、宋世子佐、淮夷会于申。……秋七月，楚子、蔡侯、陈侯、许男、顿子、胡子、沈子、淮夷伐吴。"次年，蔡侯、陈侯、许男、顿子、沈子、徐人、越人和楚王一起再次伐吴。昭公二十三年（前519），"吴人伐州来，楚薳越帅师及诸侯之师奔命救州来"（《左传·昭公二十三年》）。据《春秋·昭公二十三年》载，诸侯之师包括顿、胡、沈、蔡、陈、许之师。在楚的联盟中，顿、胡、沈、许、陈、蔡等国力量虽不强大，但却能大张楚人之势。

（三）江淮流域由方国林立至渐趋统一

由于吴楚之争，界于吴楚之间的淮河流域的小国逐渐为楚人所清除。在此之前，淮河上游的弦、黄、江、蒋、蓼和淮河中游的英、六等已先后为楚所灭，从《左传》记载来看，宣公八年（前601）楚人灭舒蓼，成公十七（前574）灭舒庸，襄公二十五年（前548）灭舒鸠，昭公四年（前538）楚"以诸侯灭赖"。由于唐侯参加了吴人的入郢之役，定公五年（前505）楚、秦联军灭唐。尽管胡人很早就归属于楚，但是由于当吴人入楚之时，胡人趁火打劫，楚于定公十五年（前495）灭胡。陈、蔡均为楚国忠实的盟国，哀公十七年（前478）"楚公孙朝帅师灭陈"。蔡人不堪楚人的驱使，蔡昭侯于公元前493年迁于州来（今安徽凤台县）而归于吴，最终至战国时期也为楚所灭。

吴人也同时展开剪除异己的行动，昭公二十四年（前518）吴人为报复楚，灭了楚的与国巢（今安徽巢县东北）及钟离（今安徽凤阳县东北）（《左传·昭公二十四年》）。昭公三十年（前512）吴人灭徐。（《左传·昭公三十年》）

随着一系列生活在淮河上游与中游的诸侯国的灭亡，楚、吴直接与中原接壤，为后来江淮地区的统一与文化交流奠定了基础。

二、吴楚之争与文化的交融

在西周时代，无论是楚国、吴国还是越国，都处于长江流域，它与淮河流域很多异姓诸侯国一样，除偶尔与其他方国通婚之外，几乎很少参加中原方国的朝、聘、会盟。整个江淮流域的诸侯国处于文化的独立发展时期。

楚民族在其文化形成过程中，首先吸纳苗蛮文化，兼融百越文化、夷濮文化、巴蜀文化和氐羌文化，从而形成了独具特色的民族文化。在楚民族的文化心理上表现出的崇火尚凤、亲鬼好巫、追求浪漫的文化特征，与中原文化中崇拜神龙、敬鬼神而远之、关照现实形成鲜明对照。也许是因为云绕雾罩，使南楚文人多了些许妙想，楚文化向来具有追求一种华丽、纤巧之美倾向，无论是楚人的文学创作，还是音乐、舞蹈和绘画艺术都透出一个"丽"字。

吴文化则是由太伯从西北迁徙至长江三角洲地区所带来的古老的中原文化与江浙土著文化融合而产生的，由于其地理因素等，吴文化"古朴而不失精美，温柔而不失刚劲，刚柔相济，向善求美。……吴人的人性纤巧，文秀雅儒"。①

西周时期的淮河流域文化成分就比较复杂，这里既有周王室的姬姓之国，也有嬴姓、偃姓、姜姓、己姓、风姓、妫姓、子姓等历史悠久的古老部族的后裔。其重要组成部分是所谓的东夷与淮夷集团。当春秋时期，中原文化、秦文化、燕赵文化、齐鲁

---

① 谢忠凤：《长江文化生态与民族精神形态》，《湖北师范学院学报》，2008年第6期。

文化、巴蜀文化、吴越文化与楚文化业已形成的时候，而淮河流域仍是小国林立、多种文化并存，过着群族分居的生活。

由于楚国的北伐与东进、吴人的北征与西来，加强了江淮流域与中原的沟通，从而也实现了楚文化、吴文化、淮河流域土著文化与中原文化的大融合。所以程有为在其《先秦时期吴楚地区与中原的经济文化交流》一文中总结说："春秋时期，吴、楚通过政治上的北上争霸、盟会、聘问，军事上的战争、征服、灭国，经济上的战争掠夺、馈赠、贡献、商业往来，以及人才和技术的交流和引进，文化方面的互相通婚、吸收等，与中原诸国进行多种渠道的交流，使两地在经济发展水平上逐渐接近，文化上也出现了融合趋同的趋势。战国时期，吴楚地区和中原地区在经济、文化方面的区别已不明显。"[①]

（一）楚文化与中原文化的大融合

楚国北进中原，在占有汉水和淮河流域方国的土地的同时，将楚文化渗透入这一带，"中原南部诸国文化在西周晚期均属中原文化范畴。约从春秋早期开始，渐渐受到楚文化的影响，从器物的形制和花纹来看，出现了一些楚文化的因素。楚灭中原诸小国以后，使得当地原有的文化发生深刻的变化，并被纳入了楚文化的范畴"[②]。这是侧重于楚文化对汉、淮流域土著文化的影响，但同时，中原文化也正是在这一带反过来也影响着楚文化，从而实现了南北文化的大融合。

随着湖北随州曾侯乙墓的出土，大量的铜器、漆器、玉器及绘画呈现在世人面前。由于曾国为北方姬姓之国，而很早就归附楚国，所以曾的文化充分体现了楚文化与中原文化的融合。谭维四曾经说过："曾钟在科学文化上的成就，正是周、曾、楚多种文化交融的结晶，是就曾侯乙编钟而言。其实曾侯乙墓整个文物在艺术上之所以成就辉煌，其原因亦如此，是这一个时代列国文化大交流、大融合的结晶。其在文化艺术上的整体风格，显然是在继承中周文化基础上吸收了楚文化因素而形成的具有时代特性、地域特点的周、曾、楚文化的交融体。只是在若干年后，随着曾国在政治上的灭亡，其文化才全部被融于楚文化之中，再过若干年后，融于整个中华民族文化共同体之内了。"[③] 这种评价是客观的，也说明曾国文化见证和呈现了南北文化的大融合。同时，楚文化同样影响了处于中原腹地的许国、蔡国、陈国文化。

（二）楚文化与淮夷、东夷文化的融合

黄国是周代位于豫南的一个小诸侯国，嬴姓，东夷之裔。早在西周以前便沿淮河

---

① 程有为：《先秦时期吴楚地区与中原的经济文化交流》，《鄂州大学学报》，2008 年第 5 期。
② 马世之：《中原楚文化研究》，武汉：湖北教育出版社，1995 年版，第 169 页。
③ 谭维四：《试论曾侯乙墓文物的辉煌艺术成就》，《东南文化》，2005 年第 3 期。

西迁至淮河上游地区，最后在潢川县境立国。"由于黄国所处的特殊地理位置，其文化既有东夷或淮夷的文化因子，又具有显著的中原文化的特征，同时也在一定程度上受到楚文化影响。黄国文化在融合多元文化因子之后，形成了自己独特的文化传统，展示出不同凡响的文化成就。"①

随着考古文物的不断发现，从出土的黄国青铜器、墓制等，展现出东夷文化、中原文化与楚文化的融合。黄君墓中其双鼎同出，这是在东夷、淮夷墓中常见现象，它与中原地区"鼎俎奇而笾豆偶"、诸侯用九鼎或七鼎的礼制有别，黄夫人墓随葬的两件曲銎盉常见于安徽、江淮地区西部的群舒故地。这种淮夷式的盉多呈瓠形、束腰，很有地方特色；黄国贵族流行土坑竖穴木椁墓，显然是采用了中原文化中的丧葬习俗，黄君墓出土的鼎，从形制到配套组合也为周式，器物风格总体上与中原接近，承袭了周文化的质朴与厚重；黄君墓使用青膏泥填封墓室，是南方江汉地区的文化习俗，黄国墓葬地面高大封冢和以青膏泥填充墓室、庞大的椁室结构和设置边箱分放器物的诸多制度，为以后的楚人多所继承和发展，成为楚文化的特色因素。

在古代楚地，采用的是平地起坟的土墩墓制；而我国古代中原地区一般遵循着"墓而不坟"的文化传统。这南北两种文化在淮河流域交流，从而在黄国文化中得到融合。这种墓制最终成为后代中国最典型的墓葬方式。

（三）吴楚交争促进了楚、吴、中原文化的融合

《左传·成公七年》载："巫臣请使于吴，晋侯许之。吴子寿梦说之。乃通吴于晋。以两之一卒适吴，舍偏两之一焉。与其射御，教吴乘车，教之战陈，教之叛楚。……蛮夷属于楚者，吴尽取之，是以始大，通吴于上国。"这当是吴与中原正式实现官方交往的开始。春秋后期，楚国与吴国反复争夺，促进了吴、楚文化与中原文化又互相吸收和影响。在长江下游地区所发现的西周春秋时期的青铜器大体上可分为四类：一是中原青铜器；二是越人和楚人的青铜器；三是吴人模仿中原样式铸造的青铜器；四是吴人铜器。②这些器物的发现，充分说明了吴、楚、中原文化的相互交流。

在中原诸侯国中，蔡国与楚国是交往最为频繁的两个国家，也是恩怨纠缠不清的国家。受中原诸侯的压力，蔡平侯在楚人的帮助下，由上蔡迁都新蔡，"所制货币是用金块、青铜铸的郢爰、蚁鼻。币厚四毫米，边长十三毫米，呈正方形，币面铸有'郢爰'字样"。③

随后蔡人与楚人反目而投入吴的怀抱，蔡昭侯将都城徙至近吴的州来（今安徽凤

---

① 金荣权：《古黄国历史变迁与文化特征综论》，《中州学刊》，2009年第1期。
② 程有为：《先秦时期吴楚地区与中原的经济文化交流》，《鄂州大学学报》，2008年第5期。
③ 陈昌远：《有关古蔡国的几个历史地理问题》，《中国历史地理论丛》，1998年第3期。

台），后天在淮南蔡家岗2号墓中出土的文物中有三件"蔡侯产"的用剑，表明那是蔡声侯之墓。"出土铜器的铭文，生动地反映了蔡侯当时的境遇，既要虔诚'左右楚王'，又要嫁姊以'敬配吴王'。蔡昭侯墓中的吴王光鉴，蔡声侯墓中的吴王夫差戈和吴太子剑，更是蔡、吴两国关系的物证。……"①

最能体现楚、吴、越文化交流的就是鸟书的流传。

鸟书字体颀长，笔划纤细匀称，大多曲折连卷。最早出现在春秋、战国时期的青铜礼器和兵器上，如楚王子午鼎、楚王酓肯盘、王子于戈、楚王孙渔戈、子赐之用戈、攻吴王光剑、越王州句剑、越王州句矛等。汉代，鸟书又称虫书、鸟虫书、鸟篆，十分盛行。

从考古来看，鸟书在先秦流传的范围十分广泛，包括长江中下游地区、汉水流域、淮河流域等，如楚、蔡、申、越、吴、曾等国。春秋、战国时代众多的鸟虫书作品中，最早的应属楚王子午鼎（前558），最晚的为战国晚期楚考烈王（前262—238）的楚王酓肯盘；从数量说则以越为最（属于越国器者就多达60多件）。所以学者较为普遍地认为：鸟虫书创于楚国的可能性比创于越国的可能性要大。②

鸟书的产生与楚文化有着密不可分的关系：楚文化中尊凤尚巫的文化习俗，以瘦为美的审美倾向，对自由境界的崇尚等都是滋生鸟书的文化基础。鸟书在楚国出现之后，随着楚人的北伐与东征，这种书法也被带到了汉水流域、淮河流域和长江下游地区。

楚文王在公元前688年后灭掉位于南阳的姜姓申国，在申地置县，镇守申县的最高行政与军事长官称为"申公"，但这个申公并不是申国的姜姓贵族，而是彭氏家族。1975年3月在南阳市西关发现的一座古墓，发掘出随葬的青铜器等遗物，其中有一件铭文为"申公彭宇"的铜簠，引起了学者们的关注，研究者认为这是一座春秋中期前段的墓葬，③ 这个"申公彭宇"为申县的最高行政长官。2008年7月在南阳市中心城区八一路与工业路交叉口西北角一施工工地发现了一大型古墓群，除出土大量的礼器、乐器、兵器、玉器外，考古人员还清理出720件皮甲，并从一件青铜戈上发现了几个十分精美的凤凰一样的图案，经过辨认，这种凤凰图案是鸟虫篆，为"彭所之戈"四字，表明墓主人是申公彭宇的后代。这是我们可以确定的楚鸟书首次向北方流传。

至春秋后期，鸟书从汉水流域东传至淮河流域，为当时楚国的同盟国蔡国人所欣赏，并随着楚人军事势力的扩张而流传至长江下游的吴、越之地，春秋晚期和战国时

---

① 中国社会科学院考古研究所：《新中国的考古发现与研究》，北京：文物出版社，1984年版，第303页。

② 张传旭：《楚文字形体研究》，北京：中国文史出版社，2003年版，第19页。

③ 高明：《中原地区东周时代青铜器研究》（中），《考古与文物》，1981年第3期。

代鸟书淮河下游和长江下游地区得到发扬光大。

1959年安徽淮南市蔡家岗发掘的蔡侯产墓，出有三件《蔡侯产剑》、……一对《越王者旨于赐戈》。……《越王者旨于赐戈》制作精良，铭文错金鸟篆，是越国赠蔡的贵重礼物。戈铭自称为："徐侯之皇、越王者旨于赐。"[①]

鸟书在长江下游的流行，是楚文化东传的结果，也是吴越文化与楚文化交流的结果。

---

① 董楚平：《六件"蔡仲戈"铭文汇释——兼谈蔡国的鸟篆书问题》，《考古》，1996年第8期。

"独尊儒术"背景下的汉代楚文学新变

杭州师范大学 叶志衡[①]

【摘　要】 鉴于秦"严而少恩",致使国祚短薄,故汉初统治者采取黄老"无为而治"的治国韬略。以至于儒学式微。儒学虽在民间以私学形式仍有流传,却一直未被纳入官方正统思想系统。此状态至武帝时期才有所改观,官方思想从黄老之学向儒学转变,这种思想上的转变必然对风靡汉初文坛的楚文学带来重大影响。这种影响表现在文学主题上,是反映儒学积极入世的价值取向逐渐占据上风;反映在文学形式上,是反映散体赋巨丽之美的审美追求渐渐成为文人的共识;同时,儒道互补局面渐成,从而推动了汉代南北文风交融的进程。

【关键词】 独尊儒术　楚文学　新变

秦灭六国,楚国最怨。楚亡不久,楚南公就预言:"楚虽三户,亡秦必楚。"果然,秦统一没多久,公元前209年就爆发了陈胜、吴广起义,二者均是楚人。起初,秦末农民起义军拥立"楚怀王",所用官职如令尹、司马、莫敖皆为楚国旧有,陈胜建立的政权称"张楚"。后来击败秦军主力的项羽是楚人。最后取代秦王朝,建立大汉帝国的刘邦是楚人,刘邦所用重臣萧何、曹参、周勃、陈平等皆为楚人。就连汉初推行的"黄老无为之治",也是楚地的思想传统:"亡秦必楚"算是应验了。政治上的胜利导致文学领域的楚风北袭、楚文学行天下呈不可遏制之势。诚如刘勰所言:"爰至有汉,运接燔书,高祖尚武,戏儒简学,虽礼律草创,《诗》《书》未遑。"[②] 这种态势直至汉武帝以后才出现改变。

一、"独尊儒术"局面的形成

人们总习惯于将"罢黜百家、独尊儒术"系在汉武帝一人身上,"罢黜百家、独尊

[①] 叶志衡,男,杭州师范大学人文学院教师。主要从事中国古代文学研究。本文为教育部社科规划项目《周季两汉南北文风兴替嬗变研究》阶段性成果,项目编号:11YJA751087。

[②] 刘勰著、范文澜注:《文心雕龙注》,北京:人民文学出版社,1958年版,第672页。

儒术"成了汉武帝文化政策的标志。其实"罢黜百家，独尊儒术"局面的形成，经历了武、昭、宣、元、成五君百余年的时间。

汉初统治者总结历史经验教训，采取休养生息、清静无为的黄老思想作为基本国策，恢复生产，文景之世，国家太平，社会富足，百姓安宁，《史记·律书》载此时"百姓无内外之徭，得息肩于田亩。天下殷富，粟至十余钱。鸡鸣犬吠，烟火万里"①。按照政治经济学原理，此时国家经济的高度发达，经济基础的巨大变化必然会引起上层建筑的变化，为了适应大一统的现实需要，统治者必定要寻找新的治国方略，加上此时封建专制政权已日渐稳固，黄老之学便日渐不适应这种政体需求。就如刘松来所说的："汉初政治上推行黄老之学的'无为而治'，相对宽松，思想文化上也就呈现出一种多元化发展的态势；到了汉武帝时代，随着政治专制局面的逐渐形成，思想文化多元化的格局与政治体制一元化的矛盾日渐尖锐。"②就是在这种背景下，黄老告退，儒学登台。

建元元年（前140）十月，汉武帝大胆改革，大举任用儒生主持朝政，"延文学儒者以百数"③。"汉之得人，于兹为盛，儒雅则公孙弘、董仲舒、儿宽；笃行则石建、石庆，质直则汲黯、卜式，推贤则韩安国、郑当时；定令则赵禹、张汤；文章则司马迁、相如；滑稽则东方朔、枚皋；应对则严助、朱买臣；历数则唐都、洛下闳；协律则李延年；运筹则桑弘羊；奉使则张骞、苏武；将率则卫青、霍去病；受遗则霍光、金日䃅；其余不可胜纪。是以兴造功业，制度遗文，后世莫及。"④裴可谓群贤毕集，人才济济。二是下诏策问，令诸侯举贤良方正直言极谏之士。元光元年（前134）夏五月，武帝复诏贤良，命曰："于古今王事之体，受策察问，咸以书对，著之于篇，朕亲览焉。"于时，董仲舒、公孙弘等颇获重用。董仲舒提出了著名的"天人三策"，其主要内容包括：政治上主张天人感应，君权神授，尊王攘夷，春秋一统；思想文化上主张抑黜百家，独尊孔氏，建立太学，拔擢人才，二者互相促进，以君权巩固儒学，以儒学治国安邦。董仲舒认为：

> 《春秋》大一统者，天地之常经，古今之通谊也。今师异道，人异论，百家殊方，指意不同，是以上亡以持一统；法制数变，下不知所守。臣愚以为诸不在六艺之科孔子之术者，皆绝其道，勿使并进。邪辟之说灭息，然后统

---

① 司马迁：《史记·律书》，北京：中华书局，1982年版，第1242页。
② 刘松来：《两汉经学与中国文学》，南昌：百花洲文艺出版社，2001年版，第183页。
③ 班固：《汉书·儒林传》卷八八，北京：中华书局，2005年版，第2666页。
④ 班固：《汉书·公孙弘卜式儿宽传》卷五八，北京：中华书局，2005年版，第1999页。

纪可一而法度可明，民知所从矣。①

提出思想文化上以"孔子之术"取代"百家殊方"，则国家政权上"法度可明""统纪可一"。但严格地讲，武帝只是观念上喜好和接纳董仲舒"天人三策"，导致尊儒之风渐长，但并未能取黄老思想而代之。学术思想上的"独尊儒术"局面的形成并非一朝一夕所能做到的，它需要一个渐进的过程。考察武帝统治后期政策，更是儒中有法，穷兵黩武，导致内外忧患。所以，"独尊儒术"其实并未在武帝生前实现。延至昭帝，盐铁会议上围绕崇儒复古还是尊法合世，各路思想还在激烈交锋。宣帝统治时期，仍然"霸、王道杂之"。

直到汉元帝时期，"独尊儒术"的举措才迈出实质性步伐。《汉书·元帝纪》载元帝为太子时便以"仁而好儒"著称，即位伊始便批法崇儒，并在朝中重用儒士；汉成帝时，实行"三代选举之法"②，实则以儒家经术取士，并接受著名儒士匡衡以儒家经典《礼》变革汉初"汉承秦制"的郊祀制度。因而有学者认为："从汉成帝时起，始'罢黜百家，独尊儒术'。"③ 从武帝至成帝时期，朝廷所设五经博士弟子规模的变化，也可看出这种态势。据《汉书》载，汉武帝元朔四年（前125）下诏书为博士置弟子50人。昭帝时博士弟子增加到100人，宣帝时增为200人，元帝时1000人，成帝时3000人。从"独尊儒术"思想的提出直至确立，历经了一个多世纪。这种官方主导思想的重构势必驱动文学的变革。

二、经学兴盛对楚文学的影响

关于"经"的定义各家不同：班固《白虎通》训"经"为常，即伦常，通常指仁、义、礼、智、信，以五常配五经；刘熙《释名》训"经"为"径"，比喻达到目的的方法路径，言下之意，以儒家经典读本为门径，则无所不通；许慎《说文解字》云："经，织也。从系巠声。"此说乃"经"之本义，即古时织布，纵线为经线，横线为纬线，引申为组织之义。近人刘师培言："六经为上古之书，故经书之文，奇偶相生，声韵相协，以便记诵，而藻汇成章有参伍错综之。观古人见经文之多文言也，于是假治丝之义，而赐以六经之名。"④ 而一般概念上的"经"，乃指儒家推崇的几部古代典籍，如孔子说的"六经"：《诗》《书》《礼》《乐》《易》《春秋》。其中，《乐经》

---

① 班固：《汉书·董仲舒传》卷五六，北京：中华书局，2005年版，第1918页。
② 参见班固撰、颜师古注：《汉书·楚元王传》卷三六，北京：中华书局，2005年版。
③ 王葆玹：《今古文经学新论》，北京：中国社会科学出版社，1997年版，第221页。
④ 刘师培：《中国中古文学史讲义》，北京：中国人民大学出版社，2004年版，第170页。

至汉初已失传,故武帝只设"五经"博士。此后,儒家经典又经历了七经、九经、十二经、十三经、十四经、十七经、二十一经等整合阶段①。所谓"经学"即研究"经"的学问,包括对经文原典的整理校注、内容阐释等内容。自武帝在思想文化上实行"独尊儒术",设立经学博士后,宗经成为社会风气,"公卿大夫士吏彬彬多文学之士矣"②。汉代多数作家受过经学教育,宗经之风必然影响到楚文学的流传、接受和创新。

从审美标准看,经学的兴盛促使依经释骚的雅正标准的确立。"雅"一直是中国古代文学一重要的审美范畴。雅与音乐有关,原指西周王畿的乐调。"雅"即正,指朝廷正乐。《毛诗序》言:"雅者,正也,言王政之所由废兴也。"③ 又《白虎通·礼乐》言:"雅者,古正也。"④ 西周王畿为政治文化中心,其言为正言,即"雅"言,其乐为正乐,即"雅"乐。由此看来,"雅""正"实为一体,与治世之乐有关,有典雅中正之意。《礼记·乐记》言"治世之音安以乐,其政和",正体现了"雅正"之中正平和、温柔敦厚的诗教准则。张树国认为:"'正雅'产生于王朝上升期……从格调来说,诗主美刺,'正大雅'的风歌以颂美为主……从用乐方式来看,'正雅'应用在典礼仪式之中,是仪式用歌。"⑤ 西汉至武帝时,国力强盛,儒学经统治者扶持,渐日成为官方学术,治世之音便成为时代必然。汉代文学处于先秦和魏晋之间的过渡阶段,还未从混沌状态杂文学中独立出来,论文以政教为中心,在浓厚的经学氛围中,"独尊儒术"后,文人论《骚》也"经"味十足,把儒家经典作为衡量作家和文学作品的标准,其重点往往着眼于作家的人格品质和作品的讽谏作用,虽然也涉及文学艺术特色,但并非真正意义上的文学批评。其后,汉人评文的实质是评人,武帝以后,汉人对楚辞的接收实质是对屈原人格的发现和认同。西汉文人在楚辞学领域大力开拓,做出了很多成绩。特别是淮南王刘安、司马迁、刘向等先后曾对屈宋作品做出了褒贬不同的评价,影响深远。

从文学创作形式上看,经学的兴盛促使骚体赋向散体大赋的转变。汉初,屈原精神和骚体作品深深影响汉初文人,继而绍骚作品风行天下,时至武帝,国力日增,如此盛世正需要大量文学作品以"润色鸿业";同时,儒学官方化,烦琐解经蔚然成风,大汉强盛的国运,丰富的物产,奢侈的生活,自信的心态,需要文学作品淋漓尽致地

---

① 参见周予同:《群经概论》,北京:中国书籍出版社,2006年版。
② 班固撰、颜师古注:《汉书·儒林传》卷八八,北京:中华书局,2005年版,第2668页。
③ 中华书局编辑部:《汉魏古注十三经》之《毛诗》卷,北京:中华书局,1998年版,第1页。
④ 陈立撰、吴则虞点校:《白虎通疏证》,北京:中华书局,1994年版,第96页。
⑤ 张树国:《变雅:庙堂雅乐的生命张力》,《浙江学刊》,2009年第5期。

铺陈展示。于是,骚体赋便不能担当"经国之大业,不朽之盛世"① 的重任。骚体赋向散体大赋转变,便顺势而行。

三、楚文学在新变中求生存

王国维在《宋元戏曲史》"自序"中提出:"凡一代有一代之文学:楚之骚,汉之赋,六代之骈语,唐之诗,宋之词,元之曲,皆所谓一代之文学,而后世莫能继焉者也。"② 汉赋是继楚骚后第二个具有时代特色的文学之盛事。汉初楚风行天下。毫无疑问,楚文学对汉初文学的建构有着不可忽视的作用。楚文学放在大一统的汉文学中,只能算是地域文学。对此,任继愈先生认为:"地区文化不仅在春秋战国存在,秦汉统一以后也仍然存在。全国统一后,由于封建经济是自给自足的自然经济,由于中国地域广大,有千山万水相隔,各地文化传统具有保守性,思想文化上的地区差异依然存在。"③ 汉武帝在"独尊儒术"的政策下,对全国思想文化进行整合,楚文学虽有其独特的存在方式,然而此时的文学更多表现出南北文学的整合与交融。汉以赋为典型,汉赋又以骚体赋最先盛行,而骚体赋发展到散体大赋的过程,很能说明楚文学在新的政治文化背景下的生存和发展状况。

(一) 从抒情到体物的变化

楚文学是以怨愤抒情为主体风格的,骚体赋亦如此。从骚体赋过渡到散体大赋,其显著特点是从抒情为主到体物为主的变化。先看赋的概念、历史和特点。

班固说:"赋者,古诗之流也。"④ 其说根据《周礼》而来,《周礼》说大师"教六诗:曰风,曰赋,曰比,曰兴,曰雅,曰颂"⑤。《毛诗序》把这六个名目称作《诗》的"六义"。孔颖达《毛诗正义》认为风、雅、颂是诗的分类,而赋、比、兴是诗的写作手法,此说影响很大。班固《汉书·艺文志》引传又说:"不歌而诵谓之赋。"⑥ 按照班固的说法,赋源于诗,只是赋不能合乐而歌唱,便区别于诗。此说有根据,《国语·周语上》载召公对周厉王说:"故天子听政,使公卿至于列士献诗,瞽献曲,史献书,师箴,瞍赋,矇诵。"⑦ 此处"赋"指朗诵诗歌。晋代陆机说:"诗缘情而绮靡,

---

① 李春青主编:《中国古代文论新编》,北京:北京师范大学出版社,2010年版,第75页。
② 王国维:《宋元戏曲史》,北京:中华书局,2010年版,第1页。
③ 参见任继愈:《中国哲学思想发展史》(一),北京:人民出版社,1983年版,第23—27页。
④ 费振刚、胡双宝、宗明华辑校:《全汉赋》,北京:北京大学出版社,1993年版,第311页。
⑤ 孙诒让撰、王文锦、陈玉霞点校:《周礼正义》,北京:中华书局,1987年版,第1842页。
⑥ 班固撰、颜师古注:《汉书·艺文志》卷三十,北京:中华书局,2005年版,第1383页。
⑦ 徐元诰撰、王树民、沈长云点校:《国语集解》,北京:中华书局,2002年版,第11页。

赋体物而浏亮。"① 此说比较明确地道出了赋不同于诗的特点,即赋着重描摹客观事物。刘勰综合两家意见,认为:"赋者,铺也,铺采摛文,体物写志也。"② 认为赋乃铺陈之意,赋作为一种文体,要细致体察描绘事物,抒发情志,并且要铺陈华采,舒布文辞。在此定义基础上,刘勰又说:"然赋也者,受命于诗人,拓宇于《楚辞》也……六义附庸,蔚为大国。遂客主以首引,极声貌以穷文,斯盖别诗之原始,命赋之厥初也。"③ 即赋是发端于《诗经》,发展于楚辞,并从六义的附庸地位发展成为一种独立的文体,赋以主客问答开端,极力描绘事物的声音状貌,追求文采。刘勰之说比较全面地概括了赋的发展历史和风格特征。

骚体赋很好地表现了西汉初文人个体精神的失落状况。汉初文人在一个稳定的国度里,虽然可以从政做官,但是儒士群体地位弱化,在日益完善的封建集权制下,却失去了像战国策士那样"一怒而诸侯惧,安居而天下熄"④ 的高度自信和可以尽情张扬个性的条件。于是,感叹生不逢时,士之不遇就成为骚体赋的基本主题。贾谊、邹阳、刘安、淮南小山、司马迁等人的部分赋作是这方面的典型作品。逮至武帝之时,经济繁荣,国力强盛,疆域扩展,这种盛世荣光需要大量的歌颂性作品,加之儒生地位提高,文人情怀豪迈。怨刺为主的骚体赋显然已无法承担载示时代的重大任务。于是,散体大赋自然成为这个时期最好的文学表现形式。

散体大赋是在对楚辞的扬弃过程中确立的。散体大赋继承和发扬了楚辞"放射性"的思维方式,却突破了楚辞香草美人式的楚文化区域局限,把古往今来、天上人间的万事万物都加以艺术地再现。诚如司马相如所言:"赋家之心,苞括宇宙,总揽人物。"⑤ 同样,散体大赋被纳入政治教化之内,具有鲜明的时代特色。大赋"铺采""体物"的文体本色和统治者对歌功颂德的需求,二者互为因果,左右了一代文学之汉赋的审美风范,即追求广大容量、恢宏气势的崇高巨丽之美。

儒学积极"入世"的思想激励着封建士子积极干预国家政治和社会民生:"学而优则仕","士不可以不弘毅,任重而道远;仁以为己任,不亦重乎?死而后已,不亦远乎?"⑥ 此种理念根深蒂固,为此刻苦读书,忍辱负重,尽管"知其不可",也极力"为之",以"修身、齐家、治国平天下"的人生信条勉励自己。因而,文人对自己的

---

① 陆机著、张少康集释:《文赋集释》,北京:人民文学出版社,2002年版,第99页。
② 刘勰著、范文澜注:《文心雕龙注》,北京:人民文学出版社,1958年版,第134页。
③ 刘勰著、范文澜注:《文心雕龙注》,北京:人民文学出版社,1958年版,第134页。
④ 杨伯峻译注:《孟子译注·滕文公下》,北京:中华书局,1960年版,第140页。
⑤ 葛洪撰、周天游校注:《西京杂记》,西安:三秦出版社,2006年版,第93页。
⑥ 程树德撰、程俊英、蒋见元点校:《论语集释》,北京:中华书局,1990年版,第1324、527页。

使命有一种崇高感。汉初，黄老之术为官方思想，儒学受到打压，儒生地位也低下，武帝之时，儒学回归正统，儒生地位随之提高，因赋得位，士人趋之。《汉书·艺文志》引传曰："登高能赋可以为大夫"①，想通过赋获取功名利禄，其心昭然若揭。同时，赋家自觉承担起"文以载道"的使命。因此，散体大赋要以游说讽谏君王为目的。然而，逆圣上批龙鳞实乃忤逆，故士人注重讽谏技巧，采取比喻、寓言说理等多种表现形式，加上受解说儒家经典之繁缛之风的浸染，"铺采摛文"取骚体赋"怨愤抒情"而代之，逐渐成为新一代文风。

游说君王是儒家的传统。《汉书·艺文志》言："儒家者流，盖出于司徒之官，助人君，顺阴阳，明教化者也。"②《隋书·经籍志》亦言："圣人之教，非家至而户说，故有儒者宣而明之。"③ 帮助君王"明教化"是儒家义不容辞的责任。孔子周游列国，宣扬仁义礼乐，孟子仿效孔子，亦周游各国，宣扬仁政，司马相如、枚乘、东方朔等赋作都有游说君王的结果。

然而游说君王要特别讲究游说技巧和说话方式。孔子有言："可与言而不与之言，失人；不可与言而与之言，失言。知者不失人，亦不失言。"④ 即君子言语之前，要察言观色，要知人，与君王言则更需慎于言语。《韩诗外传》引孔子言"无类之说，不形之行，不赞之辞，君子慎之"，⑤ 即君子说话要谨慎，尽可能多说赞颂之辞。司马相如认为赋家语言应"合綦组以成文，列锦绣而为质，一经一纬，一宫一商"⑥ 即主张辞藻华丽、富有文采，文章要有精巧的构思、有条理、有韵律，即重视文章的建筑美和音乐美。司马相如代表作《子虚赋》《上林赋》便是最好的实践。《子虚赋》写楚臣子虚出使齐国，齐王隆重接待，但子虚以为齐王有炫耀之意，于是向乌有先生大肆铺陈楚王游猎云梦盛况：

> 其山则盘纡茀郁，隆崇律崒，岑崟参差，日月蔽亏，交错纠纷……其土则丹青赭垩，雌黄白坿，锡碧金银，众色炫耀，照烂龙鳞。其石则赤玉玫瑰，琳珉琨珸，瑊玏玄厉，碝石碔砆。其东则有蕙圃，衡兰芷若，芎䓖昌蒲，江蓠蘪芜，诸柘巴苴。其南则有平原广泽，登降陁靡，案衍坛曼，缘以大江，

---

① 班固撰、颜师古注：《汉书·艺文志》卷三十，北京：中华书局，2005年版，第1383页。
② 班固撰、颜师古注：《汉书·艺文志》卷三十，北京：中华书局，2005年版，第1367页。
③ 长孙无忌：《隋书·经籍志》，上海：商务印书馆，1955年版，第72页。
④ 程树德撰、程俊英、蒋见元点校：《论语集释·卫灵公上》，北京：中华书局，1990年版，第1073页。
⑤ 屈守元笺疏：《韩诗外传笺疏》，成都：巴蜀社，1996年版，第488页。
⑥ 葛洪撰、周天游校注：《西京杂记》，西安：三秦出版社，2006年版，第93页。

限以巫山。其高燥则生葴菥苞荔，薛莎青薠。其卑湿则生藏莨蒹葭，东蔷雕胡，莲藕觚卢，庵闾轩于。众物居之，不可胜图。其西则有涌泉清池，激水推移。外发芙蓉菱华，内隐巨石白沙。其中则有神龟蛟鼍，玳瑁鳖鼋。其北则有阴林；其树楩楠豫章，桂椒木兰，檗离朱杨，樝梨梬栗，橘柚芬芳。其上则有宛雏孔鸾，腾远射干。其下则有白虎玄豹，蟃蜒貙犴。①

子虚先生极言楚山川品物之盛，该回答有捍卫楚国尊严，不辱使命的成分。乌有先生听罢，批评子虚不夸楚王之德，却盛赞山川名物和奢靡生活，转而又极夸齐国疆域之辽阔，地理位置之优越，物产资源之丰，国势之强盛：

  且齐东者钜海，南有琅邪，观乎成山，射乎之罘，浮渤澥，游孟诸。邪与肃慎为邻，右以汤谷为界，秋田乎青丘，彷徨乎海外。吞若云梦者八九，其于胸中曾不蒂芥。若乃俶傥瑰玮，异方殊类，珍怪鸟兽，万端鳞崪，充牣其中者，不可胜记，禹不能名，卨不能计。然在诸侯之位，不敢言游戏之乐，苑囿之大；先生又见客，是以王辞不复，何为无以应哉！②

其旨在说明齐国不仅在物质上远高于楚国，更在精神道义上要高于楚国，齐国压倒楚国，不言而喻。《上林赋》紧承乌有先生的言论，亡是公对子虚、乌有进行了批评，认为齐、楚不明君臣之义，却田猎荒淫，侈靡无度，竞相夸耀，不过"贬君自损"而已。而后，一转笔锋，浓墨重彩，极力铺张天子上林苑的巨丽之美：

  于是乎游戏懈怠，置酒乎颢天之台，张乐乎胶葛之宇。撞千石之钟，立万石之虡。建翠华之旗，树灵鼍之鼓。奏陶唐氏之舞，听葛天氏之歌。千人唱，万人和。山陵为之震动，川谷为之荡波。巴、渝、宋、蔡，淮南干遮，文成颠歌，族居递奏，金鼓迭起，铿枪闛鞈，洞心骇耳。荆、吴、郑、卫之声，韶、濩、武、象之乐，阴淫案衍之音，鄢郢缤纷，激楚结风。俳优侏儒，狄鞮之倡，所以娱耳目乐心意者，丽靡烂漫于前，靡曼美色于后。③

---

① 费振刚、胡双宝、宗明华辑校：《全汉赋·子虚赋》，北京：北京大学出版社，1993年版，第47—48页。
② 费振刚、胡双宝、宗明华辑校：《全汉赋》，北京：北京大学出版社，1993年版，第49—50页。
③ 费振刚、胡双宝、宗明华辑校：《全汉赋》，北京：北京大学出版社，1993年版，第66页。

此段仅写乐舞,起写舞场的壮观,再写歌舞曲目及其效果。"葛天氏"之舞曲被后世称为"歌舞之祖",据史书载葛天氏有八阕,内容关乎天地万物,为大型祭祀之乐舞,故规模宏大,"千人唱,万人和",特别适合表达国家盛世之象。此段极写波澜壮阔的场面和气势充沛的乐舞效果。综合来看,《子虚赋》中写楚、齐之胜都是为《上林赋》中帝王气势作陪衬,该描写对象之广之胜之大之奇之艳远非骚体赋所可达到,故散体大赋把楚辞铺排的修辞手法发挥到了极致。陈春保认为:"赋作者感兴趣的是借助铺排粗线条地尽情罗列各地万物,远距离地历数尽可能多的事物,而较少对事物作细腻的刻画和近距离的体察。这是对楚辞把有限事物纳入象征系统的超越,深度上固有所不及,但它是内化和摆脱楚文化之后的产物。它对人们突破楚文化的域限,放眼更加广阔的地域,胸怀大汉王朝的江山一统,无疑有极其重要的心理暗示和潜移默化的意义。"①

讽谏既是游说君王的目的,也是游说君王的技巧。班固言赋:"或以抒下情而通讽喻,或以宣上德而尽忠孝。"② 此说点名了赋的讽谏功能,这与孔子的诗怨说一脉相承,讽谏即用含蓄委婉的话向君主进行规劝。讽谏也是儒生进谏君王最常用的方式,能让君王容易接受建议,同时也是礼仪标准,于己还能趋利避害。《史记·司马相如列传》载,武帝读《子虚赋》后,叹曰:"朕独不得与此人同时哉!"相如又为武帝作《上林赋》,武帝大悦,拜相如为郎。可见相如赋讽谏艺术之高妙。相如借子虚、乌有先生及亡是公三人之言,大力铺写大汉物产富饶,国泰民安,崇德尚义的盛世帝国之象,卒章以子虚、乌有先生变色之态、谦逊受命之语显相如本意,即对一统天下的大汉帝国的歌颂。这也是骚体赋独抒性灵向散体大赋"体物为主""以颂为讽""劝百讽一""曲终奏雅"的转变。

散体大赋"体物"特征的确立还与武帝以后盛行起来的繁缛的解经风尚有关,班固曾直言道:"博学者又不思多闻阙疑之义,而务碎义逃难,便辞巧说,破坏形体;说五字之文,至于二三万言。"③ 颇能道出解经之通病。然而儒者解经之手法,直接衍生出的"体物"手法就在于最大限度描写客观对象,文辞繁复,且多僻字,冗长晦涩,刘勰言其"极声貌以穷文""写物图貌,蔚似雕画","体物"铺陈之特色和缺陷尽在其中。

(二)从个性到共性的转变

汉初骚体赋以抒写个人哀怨离愁为主,这和屈骚抒发个人独特的情感、理想和追求一脉相承,也和汉初盛行的道家思想有关。道家主张贵己保真,并张扬自我个性。

---

① 傅璇琮、蒋寅主编:《中国古代文学通论》(先秦两汉卷),沈阳:辽宁人民出版社,1970年版,第384—385页。
② 费振刚、胡双宝、宗明华辑校:《全汉赋》,北京:北京大学出版社,1993年版,第311页。
③ 班固撰、颜师古注:《汉书·艺文志》卷三十,北京:中华书局,2005年版,第1365页。

庄子有言："且举世而誉之而不加劝，举世而非之而不加沮，定乎内外之分，辩乎荣辱之境。"① 足见道家对人之天性的重视。张岱年先生也认为："人惟当以自己为目的，以全我之性，保我之真，而不当追逐外物，不当为他人之工具。"② "全我之性"，"保我之真" 概括了道家个人主义主张。班固说赋是"古诗之流"，也包括赋把抒写个人哀怨作为重要的内容之一。

然而，对于武帝时期散体大赋来讲，此种个人哀怨已经是带有普泛化的社会哀怨，即国家声音。于是，小我之音走向大我之声，赋作的抒情言志意旨便从个性抒发向共性揭示转变。

散体大赋抒发共性特征最突出表现在对"大"的热情颂扬方面。李泽厚先生认为，"大"所体现的审美风范是"一种对认识、掌握和占有广大外部世界的强烈渴望，以及从中所体验到的欢乐感、自豪感"，③ 汉代赋家眼中之"大"，其外延甚广：汉帝国疆域之大、京都之大、楼宇之大、国势之大、物产之大，汉中央王朝之强大、人才之众多博大、军事之显赫、德政之卓越，汉朝天子气魄之大，汉朝百姓热情之高、信心之足，天下大治等等。于是大力讴歌汉帝国"大一统"的盛世伟业，"义尚广大"便成为汉大赋的主要审美特色。这从散体大赋代表作《七发》《子虚赋》《上林赋》中可窥见一斑。另外，这些赋在描写山川景物、宫殿建筑、田猎朝会场景时大多罗列众多新名词，堆砌辞藻，齐文齐字，富有同音相唱之感。在炼字造句方面的细致具体，则从另一个层面体现了散体大赋求一统、抒共性的显著特征。因而，与汉初抒写个人哀怨为主要内容的骚体赋在内容主旨和表现手法等方面都形成了鲜明对比。

概而言之，由于屈原其人其文的广泛影响，汉初文人自觉援引其文其精神为同调，汉初文坛楚风盛行。至武帝时，大一统的政治理念要求整合思想文化，骚体赋演变成为散体大赋，进而成为有汉"一代之文学"。这说明以"怨愤抒情"为主题的楚文学只能靠改变自己来避免寂灭的命运，在"独尊儒术"政治大潮的裹挟下，在"以经说骚"风气中，在"劝百讽一"大赋洪流中，顽强地争取一点生存空间，这是武帝之后楚文学的新变。

---

① 郭庆藩撰、王孝鱼点校：《庄子集释·逍遥游》，北京：中华书局，1961年版，第16—17页。
② 张岱年：《中国哲学大纲》，北京：中国社会科学出版社，1997年版，第282页。
③ 李泽厚、刘纲纪：《中国美学史》，合肥：安徽文艺出版社，1999年版，第434页。

试论陈楚地区思想与学术中心的形成

长江大学 徐文武

【摘 要】 陈楚地区位于黄淮平原中部，处于华夏文化、东夷文化与楚文化交汇的边缘地带。春秋晚期至战国前期，楚国为配合吴楚争霸的战争需要，加强了对陈楚地区的控制，使陈楚之地成为儒、道、墨各家思想文化的汇聚之地，陈楚地区成为这一时期我国思想文化与学术的中心

【关键词】 陈楚 思想 中心

一、楚国对陈楚地区的掌控

从春秋晚期至战国早期，在淮河以北的汝水、颍水流域，以陈城为中心东西走向的带状地区，因地处南北、东西交通的要津，同时又是楚国北与中原争霸、东与吴越争霸的兵家必争之地，因而成为了重要的政治与军事要冲。

春秋晚期，楚国为确保在江淮地区的霸主地位，在解除了来自晋国的主要威胁后，开始转入对吴国的军事行动，晋楚争霸自此转变为吴楚争霸。为了与吴国争夺在淮河流域的控制权，多位楚国君王长期驻留安徽乾溪（今安徽亳州东南），大大增加了楚国对这一地区的实际控制能力。

据史载，公元前530年（楚灵王十一年），在楚国包围了吴国的属国徐国（今安徽泗县一带）后，楚灵王"次于乾溪，以为之援"。自此以后，楚灵王离开楚国首都郢都，长期驻留乾溪，并在此大兴土木，建造行宫。"清华简"《楚居》记载："至灵王自为郢徙居秦溪之上，以为处于章华之台。"简文中的"秦溪"即"乾溪"。"清华简"《楚居》又记："景平王即位，犹居秦溪之上；至昭王自秦溪之上徙居美郢，美郢徙居鄂郢，鄂郢徙袭为郢。"可见，楚平王即位后一直留居"秦溪"（乾溪），至楚昭王时才回楚都为郢。灵、平、昭时期，乾溪之地实际上成为了楚国在楚都之外的一个新的政治与军事中心。

在乾溪以西100多公里的地方，就是楚国属国陈国的首都陈城（今安徽淮阳）。陈

国为妫姓国,周武王灭商后所封,但自春秋初以后便成为了楚国的附属国。春秋初期,楚文王任用彭仲爽为令尹,迫使陈国朝楚。齐桓公称霸时,陈为其盟国,桓公死后,陈即与楚修好。城濮之战后,陈国一度摇摆于晋、楚之间。自春秋中期开始,陈国表面上是一个国家,但实际上一直受楚国的辖制,先后3次被楚国废置为县。公元前598年,楚庄王以陈国国内动乱为由灭陈置县,其后听从申叔时的劝告恢复陈国。楚灵王时,楚国势力东进后更是加强了对陈国的实质性控制。公元前534年,楚灵王以陈国因争位发生大乱为由而灭陈为县,委派穿封戌为陈公。楚灵王还对陈城进行了大规模的修缮,在陈地收取赋税。《左传·昭公十二年》载楚灵王语曰:"今我大城陈、蔡、不羹,赋皆千乘",说明此时楚国已对陈地实施了实质性的管理。5年后,楚平王继位,楚国再次恢复陈国,但此后陈国一直受制于楚,直至楚惠王时最终被楚灭国置县。关于陈与楚的关系,崔述在《读风偶识》中作了一个较为明了的概括:"是以春秋之世,陈最不振。幸而齐桓一霸,得以少安。齐桓既亡,遂折而服役于楚。未久,遂为楚庄所灭。幸而复封,而楚灵复灭之。又幸而再封,而楚惠卒灭之。"①

因陈国被灭后归楚,后世遂将陈国所辖地区及其周边地区称为"陈楚"。汉扬雄《方言》即以"陈楚"连称。陈楚地区位于黄淮平原中部,处于华夏文化、东夷文化与楚文化交汇的边缘地带,贯通南北,融汇东西。《史记·货殖列传》说:"陈在楚、夏之交,通鱼盐之货,其民多贾。"陈楚之地不仅在经济上具有重要地位,而且也是各种思想文化汇集、交融之地。春秋晚期至战国前期,这一地区不仅是道家思想的发源地,也是儒、墨思想重要的传播地。

二、道家学派在陈楚地区的形成

早期道家学者,大多出于陈楚地区。据《史记·老子韩非列传》记载,道家学派的创始人老子是"楚苦县厉乡曲仁里人",可见司马迁以苦县为楚县。而文献中又有苦县为陈县说,如《集解》引《汉书·地理志》说:"苦县属陈国"。其实,不管苦县是陈县还是楚县,在老子在世时,其地都在楚国的实际控制区内。苦县在今河南鹿邑县,此地东距今安徽亳州极近,只相距30多公里。春秋晚期,楚王行宫所在的乾溪即在安徽亳州附近。《左传·昭公十二年》杜预注:"乾溪在谯国城父县南,楚东境",清顾祖禹《读史方舆纪要》(卷21)亳州"乾溪"条谓其地在今安徽亳县东南。老子故里苦县离楚王行宫所在地乾溪如此之近,当在楚人的实际控制区域内。因此,说老子是楚人,是没有问题的。

老子曾官至周朝征藏史,负责征集、保管周王朝及诸侯国的典籍。《庄子·天道》

---

① 崔述:《崔东壁遗书》,上海:上海古籍出版社,1988年版,第567页。

记载，孔子欲西藏书于周室，子路告曰："由闻周之征藏史有老聃者，免而归居，夫子欲藏书，则试往因焉。"子路的话中，提供了一些关于老子的非常重要的信息。其一，老子所任官职为周朝"征藏史"；其二，老子因故被"免"去官职。老子官职被免的原因，学者们相信与"王子朝奔楚"事件有关，可备一说；其三，老子免职后的去向是"归居"，即回到了苦县故里（今河南鹿邑）；其四，老子与孔子是同时代的人。

老子回归故里后，开始了收徒授业的私学教育生涯，培养了一批有成就的道家门徒，老子的这批门徒成为了早期老子学派的中坚。由此，陈楚地区一时成为道家学派最为活跃的地区。从《庄子》一书记载的情况来看，老子的受业弟子来自秦、陈、楚等国，但以陈、楚两国居多，如庚桑楚是陈人，关尹子、文子则是楚籍弟子。

与老子弟子庚桑楚有关的记载，见于《庄子》和《列子》等书。《庄子·庚桑楚》云："老聃之役有庚桑楚者，偏得老聃之道。"《庄子疏》注谓："役，门人之称，古人事师供其驱使，不惮艰危，故称役也。"所谓庚桑楚为"老聃之役者"即是说其是老子的"学徒弟子"（释文引司马彪说）。在老子诸弟子中，庚桑楚是学而有成的弟子之一，所谓"偏得老聃之道"，就是学老聃之道有大成者。成玄英《庄子疏》："门人之中，庚桑楚最胜，故称'偏得'也。""偏"通"遍"，"偏得老聃之道"即"遍得老聃之道"，由此可见，庚桑楚全面接受了老子的学术思想，是老子的得意门生。关于庚桑楚的国籍，说法不一。司马彪注《列子》说庚桑楚是"楚人"。而据《列子·仲尼》，庚桑楚应为"陈人"。《列子·仲尼》记：陈大夫聘于鲁时，称亢仓子为"吾国"之圣人。"亢仓子"即"庚桑子"，依陈大夫之说，庚桑楚应为陈国人。

关尹其人见于《列子》《庄子》和《吕氏春秋》，但这些先秦文献对于其生平事迹却没有只字提及，只是从《列子·力命》中"老聃语关尹曰"一语，可以略知关尹与老聃是同时代的人。关尹的生平事迹，始见于汉代文献，但也很简略。《汉书·艺文志》著录有"《关尹子》九篇"，班固注谓："名喜，为关吏，老子过关，喜去吏而从之。"从班固注中，可知"关尹"并非姓氏，而是关吏的官职名。楚有"左关尹"一职，见于包山楚简第138简①。关于关尹的事迹，《史记·老庄申韩列传》记载说关尹与老子相遇，并让老子为其著书，得到老子所著的"五千言"。按照史迁的说法，关尹应该是"承传老聃学说的第一代弟子"②；童书业甚至认为："关尹似乎是老子学派的建立者"③。关尹是老子学说的重要传人，在《庄子·天下》篇中，即将关尹与老子并提，并说："关尹、老聃乎，古之博大真人哉"。

---

① 滕壬生：《楚系简帛文字编》，武汉：湖北教育出版社，1995年版，第847页。
② 许地山著、胡蓉编：《许地山论道》，北京：九州出版社，2006年版，第39页。
③ 童书业：《先秦七子思想研究》，济南：齐鲁书社，1982年版，第111页。

文子，系老子嫡传弟子，楚平王的佐臣。《汉书·艺文志·诸子略》著录《文子》9篇，入道家类。班固自注说："老子弟子，与孔子并时，而称周平王问，似依托者也。"自班固"依托"说始，后世多有人认为《文子》是伪书。1973年，在湖南长沙马王堆汉墓出土《黄帝帛书》后，学者们将《黄帝帛书·经法》与《文子》进行对比考证后发现，《文子》与《经法》约有20余处相同，从而证明《文子》一书并非"伪书"，而是"先秦古籍之一"。① 今本《文子》虽经文子后学之手加工整理过，但河北定县出土的汉代竹简本《文子》已足能使我们窥见《文子》思想之真迹。竹简本《文子》与传世本《文子》有较大不同。传世本《文子》中仅《道德篇》有"平王问"的对话体一例，其他皆为文子和老子的问答，其基本形式是师生对答；竹简本《文子》无"老子曰"，而是平王和文子之间的问答，是君臣对答。今本和竹简本中问话者都只称"平王"，而没有冠上国名，这就提出了一个"平王"是何人的问题。学者们有两种说法，一种说法认为《文子》中的"平王"是指周平王，另一种说法则认为《文子》中的"平王"是指楚平王。班固《汉书·艺文志》说：《文子》"称周平王问，似依托者也"。他还十分肯定地指出文子是"与孔子并时"的人。周平王卒于公元前720年，孔子生年为公元前551年，前后相差将近170年。文子既与孔子"并时"，就不可能与周平王有君臣对答。与孔子"并时"的君王中只能是楚平王，所以马端临《文献通考·经籍考》引《周氏涉笔》认为："其称平王者，往往是楚平王，序者以为周平时人，非也。"楚平王于公元前528年至公元前516年在位，与孔子同时的文子同楚平王对答，在时间上是完全吻合的。正如清人孙星衍所说："文子师老子，亦或游乎楚，平王同时，无足怪者。"②

老子和以关尹、文子、庚桑楚为代表的老子门人，完成了以《老子》为代表的包括《关尹子》《文子》《庚桑楚》等一系列道家学术著述，标志着老子道家学派的形成。老子学派也是我国历史上最早的学术思想流派。老子学派中，关尹子、文子、庚桑楚等人都以老子的道家思想为指归，他们在传承老子思想的同时，也不断发展老子的思想，丰富老子的道家学说。因此，在老子学派形成之初，老子学派的内部就存在着学术观点的差异性，正是这些思想内部的差异性，导致了后来老子学派的分野。

陈楚地区是早期道家思想的发源地，道家思想在这一地区有着广泛的影响，早期的道家隐士也主要集中在这一地区以及与之相邻的蔡国、楚国边境。孔子在陈、蔡、楚等地游历时，遇到的老莱子、接舆、桀溺、长沮、荷蓧丈人等都是隐居于此的道家隐士。

---

① 唐兰：《马王堆出土〈老子〉乙本卷前古佚书的研究》，《考古学报》，1975年第1期。
② 孙星衍：《文子序》，见《问字堂集》，北京：中华书局，1985年版，第87页。

春秋末楚国隐士老莱子，居于蒙山，自耕而食，著书"言道家之用"①，《汉书·艺文志》著录有《老莱子》十六篇，班固注云："楚人，与孔子同时。"孔子游楚时，曾与隐居的老莱子相遇。《庄子·外物》记："老莱子之弟子出薪，遇仲尼，反以告。""老莱子曰：'是丘也，召而来。'仲尼至。"老莱子与孔子讨论"君子"之道，要孔子像"圣人"那样"蹴蹴以兴事，以每成功"。老莱子的戒除骄矜、淡泊名利、忘却好恶、顺乎自然等思想主张，与道家思想是一脉相承的。《史记·仲尼弟子列传》记："孔子之所严事：于周则老子；于卫蘧伯玉；于齐晏平仲；于楚老莱子；于郑子产，于鲁孟公绰。"可见，孔子是以老莱子为老师的。孔子经陈、蔡等国至楚，其在楚活动的范围限于楚国北境，则老莱子与孔子相见应在近陈、蔡之地的楚国北境。

接舆也是楚国的道家隐士，生活在楚昭王、惠王时期，没有著述传世，其思想主张在《庄子》的《逍遥游》《人间世》《应帝王》诸篇中有零星记载。孔子适楚时，也曾与接舆相遇。《论语·微子》记：孔子适楚，"楚狂接舆歌而过孔子"，"孔子下，欲与之言。趋而避之，不得与之言"。

三、儒、墨两家在陈楚地区的传播

陈楚地区不仅是道家学派的发源地，也是儒家思想的重要传播地。春秋晚期，孔子周游列国，在陈楚地区传播儒学多年，为儒家思想南播打下了坚实的基础。公元前497年到公元前484年，孔子为了传播和践行儒学思想，开始周游列国，通过讲学、游说来推行自己的学说与主张。在长达14年的时间里，孔子先后到过卫国、曹国、宋国、郑国、陈国、楚国等国。孔子周游列国的大部分时间留居在陈国，居蔡期间两度出入楚国。孔子留居陈、蔡以及孔子适楚，对儒学在楚国的传播有着重大的影响，在儒学传播史上具有重要意义。

春秋中期以降，陈国一直是楚国的附庸国，国力贫弱，并不是一个适合孔子施展宏图抱负的国家，何况孔子至陈时，陈国夹于楚国北与晋国争霸，东与吴国争强的焦点地区，在这种情形下，孔子为何先后两度入陈，并在陈国留居达4年之久，这是一个颇让人费解的问题。究其原因，首先是与孔子在陈国受到陈国君臣的礼遇有关。孔子投奔陈国大夫司城贞子，受到陈湣公的敬重，应该说这是孔子留居陈国的主要原因。另一个重要原因是，陈国都城距离这一时期楚国君王所居的城父（今安徽亳州）较近，陈国又是楚国的附庸国，孔子试图通过他在陈国的影响，能够进一步得到楚国君臣的信任，从而达到让楚国接纳他前往楚国实现政治理想的目的。

---

① 司马迁：《史记·老子韩非列传》，北京：中华书局，2011年版，第1345页。

公元前489年，吴国侵伐陈国，楚昭王出兵救陈，驻军于城父（今安徽亳州），闻孔子在陈、蔡之间，使人聘孔子。孔子于是前往城父去见楚昭王，途中经陈国与蔡国边境地区时，陈、蔡两国贵族因担心孔子见用于楚后，会使得楚国更加强大，于是将孔子围困在陈蔡之间，史称"陈蔡之厄"。经历"陈蔡之厄"后，孔子及其弟子一行终于来到了楚国。《孔子世家》记：孔子"使子贡至楚，楚昭王兴师迎孔子，然后得免"。孔子至楚后，楚昭王一度打算委孔子以重任，并计划"以书社地七百里封孔子"，然而遭到了来自朝内大臣的强烈反对。更为不巧的是，楚昭王因病卒于城父，孔子所有的希望全部破灭了。

孔子居陈、适楚，孔子及其弟子一行足迹所至，处处播撒儒家思想的种子，客观上将儒学从邹鲁带到了淮河流域的陈楚地区，形成了儒学第一次大规模的南渐之势，为儒学进一步南播到楚文化的核心地域创造了条件，对于儒家思想的传播和南北思想文化的交流产生了重要的影响，在儒学传播史上是具有里程碑意义的重要事件。

孔子居陈三岁，设帐授徒，收授了多位陈国籍弟子，如子张、公良儒、巫马期、陈亢等人均为陈籍。在诸多陈籍弟子中，子张是最有影响的一个。他在孔子卒后，收授弟子，传播儒家学说，开创了"子张氏之儒"这一儒家分支学派，为儒学的发展作出了突出的贡献。在"儒家八派"中，"子张氏之儒"列居首位，可见其影响之大。

战国早期，与儒家同为"显学"的墨家向南发展，并将楚国作为其思想传播和践行的基地。墨家学说的创始人墨子数度到楚国郢都，宣传其学说主张。墨子之后，墨家"巨子"孟胜率众弟子为楚国封君阳城君守城，以身践行墨家之义，壮烈战死阳城。阳城是战国时楚国封地，楚国诗人宋玉在《登徒子好色赋》中赞美"东家之子"的美貌"惑阳城，迷下蔡"，其地当距下蔡（今安徽凤台）不远。在谭其骧《中国历史地图集》第一册所绘战国时期楚国地图中，"阳城"标注在陈城（今河南淮阳）以西、颍水之南。阳城之地在春秋时期属陈国，战国时陈国被楚灭国后成为楚国阳城君的封地。从墨家弟子183人战死阳城这一悲壮事件可见，陈楚地区在战国早期也是墨家思想的重要传播地。

综上所述，从春秋晚期至战国早期，以拯救时弊为己任的诸子百家纷纷汇集陈楚地区传播各家学说主张，使得这一地区一时成为思想与学术中心。诸子百家主要学派儒、墨、道三家在同一时期汇集于一地，这一现象在先秦文化地理的版图上实不多见。

关于《史记》"一鸣惊人"故事的历史文化考察与文学研究

江苏师范大学 周苇风

【摘 要】 "一鸣惊人"故事中以鸟为隐进谏君王的历史人物既非淳于髡也非伍举,而是活跃于楚庄王前期政治舞台上的芮贾。《韩非子》和《吕氏春秋》在记载"一鸣惊人"故事时均有"有鸟止于南方之阜"这样的句子,《史记》丢掉了"南方"二字,使以鸟为隐进谏君王的故事发源地变得模糊不清。司马迁不顾前后矛盾,在《史记》中记载了两个版本的"一鸣惊人"故事,从中可见司马迁"实录"精神背后隐藏着强烈的"好奇"冲动。

【关键词】 史记 芮贾 楚庄王

《史记·楚世家》记载:"(楚)庄王即位三年,不出号令,日夜为乐,令国中曰:'有敢谏者死无赦!'伍举入谏。庄王左抱郑姬,右抱越女,坐钟鼓之间。伍举曰:'愿有进。'隐曰:'有鸟在于阜,三年不蜚不鸣,是何鸟也?'庄王曰:'三年不蜚,蜚将冲天;三年不鸣,鸣将惊人。举退矣,吾知之矣。'居数月,淫益甚。大夫苏从乃入谏。王曰:'若不闻令乎?'对曰:'杀身以明君,臣之愿也。'于是乃罢淫乐,听政,所诛者数百人,所进者数百人,任伍举、苏从以政,国人大说。是岁灭庸。六年,伐宋,获五百乘。"

然而在《史记·滑稽列传》中司马迁却是这样记载的:"淳于髡者,齐之赘婿也。长不满七尺,滑稽多辩,数使诸侯,未尝屈辱。齐威王之时喜隐,好为淫乐长夜之饮,沉湎不治,委政卿大夫。百官荒乱,诸侯并侵,国且危亡,在于旦暮,左右莫敢谏。淳于髡说之以隐,曰:'国中有大鸟,止于王之庭,三年不蜚又不鸣,王知此鸟何也?'王曰:'此鸟不飞则已,一飞冲天;不鸣则已,一鸣惊人。'于是乃朝诸县令长七十二人,赏一人,诛一人,奋兵而出。诸侯振惊,皆还齐侵地。威行三十六年。"

齐威王对齐国政治所抱的态度和楚庄王一模一样,淳于髡劝谏齐威王的隐语也正是伍举的隐语,而齐威王的回答也与楚庄王如出一辙。《史记》记载的两件事情如此雷同,而人物、发生的时间和地点却大相径庭,不能不让人疑惑:"一鸣惊人"的故事到底发生在楚国还是齐国？这其中又有着怎样的历史文化内涵呢？

一、历史上的芳贾与"一鸣惊人"故事

　　据《史记·楚世家》记载，伍举以鸟为隐进谏楚庄王的故事发生在楚庄王三年。楚庄王在位二十三年，死后，其子共王即位。共王在位三十一年卒，其子康王立。康王立十五年卒，其子员立，是为郏敖。"郏敖三年，以其季父康王弟公子围为令尹，主兵事。四年，围使郑，道闻王疾而还。十二月乙酉，围入问王疾，绞而杀之，遂杀其子莫及平夏。使使赴于郑。伍举问曰：'谁为后？'对曰：'寡大夫围。'伍举更曰：'共王之子围为长。'子比奔晋，而围立，是为灵王。"郏敖四年，郏敖的叔父、康王的弟弟子围绞杀郏敖。之前，伍举跟随子围攻打郑国，故有伍举与赴郑楚使的一番对话。灵王三年，诸侯会楚于申，灵王有骄色，伍举谏曰："桀为有仍之会，有缗叛之。纣为黎山之会，东夷叛之；幽王为太室之盟，戎、翟叛之。君其慎终！"另据《国语·楚语》，灵王为章华台，伍举曾批评道："夫美也者，上下、内外、小大、远近皆无害焉，故曰美。今君为此台也，国民罢焉，财用尽焉，年谷败焉，百官烦焉，举国留之，数年乃成。若于目观则美，缩于财用则匮，是聚民利以自封而瘠民也，胡美之为？"灵王章华台落成，据《史记·楚世家》在灵王七年。自庄王三年至灵王七年，前后长达七十七年的时间。假如伍举二十岁谏庄王，灵王七年后还生活了一段时间，则其寿命将达百岁。子围攻郑时伍举至少也有九十岁的高龄。九十岁高龄的老人，几乎不大可能随子围在郑。即此而言，《史记·楚世家》关于伍举谏庄王的记载让人颇为生疑。

　　早在司马迁之前，《韩非子·喻老篇》也有"一鸣惊人"故事的记载："楚庄王莅政三年，无令发，无政为也。右司马御座而与王隐曰：'有鸟止南方之阜，三年不翅，不飞不鸣，嘿然无声，此为何名？'王曰：'三年不翅，将以长羽翼；不飞不鸣，将以观民则。虽无飞，飞必冲天；虽无鸣，鸣必惊人。子释之，不谷知之矣。'处半年，乃自听政。所废者十，所起者九，诛大臣五，举处士六，而邦大治。"在韩非的笔下，进谏楚庄王的是右司马，而非伍举。《太平御览》卷二百九谓"司马，兵官也"。关于司马的职责，《左传·襄公二十五年》载："楚芳掩为司马，子木使庀赋，数甲兵。甲午，芳掩书土田，度山林，鸠薮泽，辨京陵，表淳卤，数疆潦，规偃猪，町原防，牧隰皋，井衍沃，量入修赋，赋车籍马，赋车兵徒卒甲楯之数，即成以授子木，礼也。"职位次于司马的有左司马和右司马，为司马的副手。司马属官还有工正一职，《左传·昭公四年》："夫子为司马，与工正书服。"孔颖达疏云："工正掌作车服，故与司马书服。"又《左传·襄公九年》："使皇郧命校正出马，工正出车。"杜注："工正主车。"孔颖达疏："昭四年传云：夫子为司马与工正书服，是诸侯之官司马之属有工正主车也。"

楚庄王初期，有个叫芳贾的工正在当时的楚国政治舞台上颇为活跃。芳贾，字伯嬴，其父芳吕臣曾接替城濮之战中战败自杀的子玉为令尹。芳贾的儿子孙叔敖辅佐楚庄王称霸诸侯，是中国历史上赫赫有名的贤相。《左传·宣公四年》记载："及令尹子文卒，斗般为令尹，子越为司马。芳贾为工正，谮子扬而杀之，子越为令尹，己为司马。子越又恶之，乃以若敖氏之族，圄伯嬴于轑而杀之。遂处烝野，将攻王。"子越杀芳贾，时在楚庄王九年。斗般，字子扬，楚庄王时为令尹。子扬何时为令尹，子越、芳贾何时谮杀子扬，具体时间不见载史书。《左传·文公十四年》："楚庄王立，子孔、潘崇将袭群舒，使公子燮与子仪守而伐舒蓼，二子作乱，城郢而使贼杀子孔，不克而还。"楚庄王元年的令尹为子孔，公子燮因"求令尹不得"，派人到军中暗杀子孔，结果未能成功。庄王九年之前，楚令尹为子越。在春秋时期楚令尹序列中，子扬在子孔之后，子越之前，也就是庄王元年至九年之间。顾栋高《春秋大事表·楚令尹》说子越在楚庄王三年为令尹。宋公文先生进一步认为，庄王三年子越伙同芳贾谮杀子扬后夺得令尹桂冠。① 考庄王三至九年间，子越和芳贾的政治活动异常活跃。《左传·文公十六年》："楚大饥，戎伐其西南，至于阜山，师于大临。又伐其东南，至于阳丘，以侵訾枝，庸人率群蛮叛楚。麇人率百濮聚于选，将伐楚。于是申息之北门不启，楚人谋徙于阪高，芳贾曰：'不可，我能往，寇亦能往，不如伐庸。夫麇与百濮谓我饥不能师，故伐我也。若我出师，必惧而归。百濮离居，将各走其邑，谁暇谋人。'乃出师。……楚子乘驲会师于临品，分为二队，子越自石溪，子贝自仞以伐庸，秦人、巴人从楚师，群蛮从楚子盟。遂灭庸。"楚庄王灭庸，事在庄王三年。在是否迁都一事上，芳贾一言九鼎，力排众议，显示了极大的政治影响力。在庄王亲督之下，子越和子贝担任"伐庸"主将，迅速将庸攻灭。庄王七年，晋合诸侯攻郑，子越率兵往救。庄王九年，子越杀芳贾后，以令尹叛乱被杀。庄王即位三年不出号令，据庄王自己说是为了"长羽翼"。所谓"长羽翼"，显然是指培养自己的势力。有文献记载庄王"喜隐"，所以才有以鸟为隐进谏楚庄王的故事发生，现在看来都是迫不得已的事，因为当时的政治斗争实在太险恶。庄王要想有所作为，必须将威胁自己的势力予以剪除。就在右司马以鸟为隐进谏楚庄王之后，又经过半年的精心准备，庄王才"所废者十，所起者九，诛大臣五，举处士六，而邦大治"。其中被诛的五大臣中，应该就有令尹子扬。也就是说，子扬接替子孔为令尹，芳贾谮杀子扬并由工正升为司马，这些事情都发生在庄王即位后短短的三年之内。

在楚庄王与令尹子扬的政治斗争中，子越和芳贾出力最多，得到的利益也最大。子扬被诛杀后，子越由司马转为令尹，芳贾则转为司马。在子扬专政的时候，子越任

---

① 宋公文：《春秋时期楚令尹序列辨误》，《江汉论坛》，1983年第8期。

司马一职，右司马一职为谁不得而知。《左传·宣公四年》记载蒍贾由工正而为司马。在潜杀子扬之前，蒍贾短期内由工正转为右司马，然后再升为司马，这种情况也是有可能的。从《左传》的记载可以看出，蒍贾在楚庄王初期的政治舞台上扮演了极为重要的角色，无论在内政还是对外军事活动中，都起到了中流砥柱的作用。蒍贾初登政治舞台，时在晋楚城濮之战前，《左传·僖公二十七年》："楚子将围宋。使子文治兵于睽，终朝而毕，不戮一人。子玉复治兵于蒍，终日而毕，鞭七人，贯三人耳。国老皆贺子文，子文饮之酒。蒍贾尚幼，后至不贺。子文问之，对曰：'不知所贺。子之传政于子玉，曰以靖国也。靖诸内而败诸外，所获几何？子玉之败，子之举也。举以败国，将何贺焉？子玉刚而无礼，不可以治民。过三百乘，其不能入矣？苟入而贺，何后之有？'"城濮之战前，蒍贾尚幼，已经表现出过人的政治洞察能力和巧于应对的不凡才干。城濮之战后十七年，太子商臣弑成王自立，是为楚穆王。穆王在位十二年卒，庄王立。庄王初年，蒍贾正年富力强，而且政治经验丰富。他先潜杀令尹子扬，为司马，后力主出师平百濮，灭庸。如果《韩非子》的记载属实的话，则以鸟为隐进谏楚庄王的人很有可能是蒍贾，而不是年纪轻轻的伍举。

《吕氏春秋·重言》的记载为以鸟为隐进谏楚庄王的人很有可能是蒍贾提供了佐证："荆庄王立三年，不听而好隐。成公贾入谏，王曰：'不谷禁谏者，今子谏，何故？'对曰：'臣非敢谏也，愿与君王隐也。'王曰：'胡不设（射）不谷矣。'对曰：'有鸟止于南方之阜，三年不动不飞不鸣，是何鸟也？'王射之曰：'有鸟止于南方之阜，其三年不动，将以定志意也；其不飞，将以长羽翼也；其不鸣，将以览民则也。是鸟虽无飞，飞将冲天；虽无鸣，鸣将骇人。贾出矣，不谷知之矣。'明日朝，所进者五人，所退者十人，群臣大悦，荆国之众相贺也。"《楚国历史文化大辞典》载："成公贾，春秋时楚县公，名贾，约活动于穆、庄之时。"①楚人常以封地为号，如楚平王之孙胜封于白（今河南息县），于是号为白公，史籍称作白公胜。楚国大臣公子高（沈诸梁）封于叶（今河南叶县），于是号为叶公，史籍称叶公子高。春秋时期，楚有成地，在顾久幸先生考证出的二十个楚县中即有成县。②《左传·定公五年》："（昭）王之奔随也，将涉于成臼。"《国语·楚语下》亦云："吴人入楚，昭王出奔，济于成臼。"韦昭注："成臼，津名。"正如白公名胜、叶公名子高一样，成公名贾。成公贾，是以封地为号，后加名。蒍贾或因封于成，故号为成公，依例称作成公贾。成公贾，右司马，自幼善说，在楚庄王初期力挽狂澜，种种的证据表明：以鸟为隐进谏楚庄王的人就是蒍贾。

---

① 石泉、何浩：《楚国历史文化大辞典》，武汉：武汉大学出版社，1996年版，第132页。
② 顾久幸：《春秋楚、晋、齐三国县制的比较》，见河南省考古学会《楚文化觅踪》，郑州：中州古籍出版社，1986年版，第218页。

二、"一鸣惊人"故事中"南方之阜"的文化内涵

近数十年来,楚文化考古和研究受到了国内外学术界的广泛关注。楚文化的载体,主要是出土文物,最为引人注目。在这些出土文物中,凤的雕像和图像的数量远非周代其他各国的文物可比。仅江陵雨台山楚墓出土的木胎漆绘凤雕像就有36件;虎座鸟架鼓15件,每座有凤两只;虎座飞鸟6件,每座有凤一只。① 楚地出土的战国丝织品和刺绣品的花纹,在动物纹类中,凤纹特别多。② 楚人对凤的崇拜,可以追溯到楚人的祖先祝融。《史记·楚世家》说:"楚之先祖出自帝颛顼高阳。……高阳生称,称生卷章,卷章生重黎。重黎为帝喾高辛居火正,甚有功,能光融天下,帝喾名曰祝融。"《白虎通·五行》说,南方之神祝融,"其精为鸟,离为鸾"。鸾为凤属。从考古资料来看,早在原始社会楚地先民就已经与凤结下了不解之缘。湖南省洪江市(原黔阳县)高庙遗址出土的陶器上即有"飞鸟载日"图,长沙南托遗址出土的一批陶器也有一些或具象或抽象的凤鸟纹,石家河文化遗址出土的数以千计的动物陶塑鸟占了绝大部分,罗家柏岭遗址属于石家河文化层中出土了一件环形玉雕凤,属于石家河文化遗存的澧县孙家岗14号墓中出土了一件佩形玉雕凤。③ 由此可见,楚地的凤崇拜由来已久。

《尔雅翼》云:"凤生南方。"传世文献也多记载凤生南方,如《山海经·南山经》:"又东五百里,曰丹穴之山,……丹水出焉,而南流注于渤海。有鸟焉,其状如鸡,五采而文,名曰凤凰。"《大荒北经》:"佐水出焉,而东南流注于海,有凤凰、鹓鶵。"《海内经》:"西南黑水之间,……鸾鸟自歌,凤鸟自舞。"从东、南、东南、西南等地理方位而言,显然是指南方的楚地。《艺文类聚》卷90《鸟部上》引《庄子》说"老子叹曰:'吾闻南方有鸟,其名为凤。'"又引《山海经》说:"南禺之山,有凤凰鹓鶵。"又引《焦氏易林》说:"凤生五雏,长于南郭。""南方""南禺""南郭",指的都是中原之南。④《庄子·秋水》亦云:"南方有鸟,其名为鹓鶵。子知之乎?夫鹓鶵,发于南海,而飞于北海。非梧桐不止,非练实不食,非醴泉不饮。"庄子称"南方有鸟",也表现了凤生南方的观念。庄子在《逍遥游》中称大鹏要从北冥徙南冥,大鹏为什么要从北冥徙南冥呢?因为南冥为其故乡。由于凤生南方,所以屈原在《抽思》中用"有鸟自南"指代凤凰:"有鸟自南兮,来集汉北。"那只来自南方的鸟实际就是凤鸟,屈原用以自喻。可以这样说,在楚人凤鸟崇拜的原始思维之上,中国

---

① 荆州博物馆:《江陵雨台山楚墓发掘简报》,《考古》,1980年第5期。
② 张正明:《楚文化史》,上海:上海人民出版社,1987年版,第176页。
③ 吴艳荣:《楚风》,《江汉考古》,2001年第1期。
④ 张正明、滕壬生、张胜琳:《凤斗龙虎图像考释》,《江汉考古》,1984年第1期。

文学史上逐渐形成了一个"有鸟自南"的经典意象。

楚地出土的凤形象极不固定,"又像雉,又像鹑,又像踆乌"①。因为凤之形象不固定,因此楚人对凤之形象的体认就比较混乱,《尹文子·大道上》就记载了楚人以雉为凤的故事:"楚人有担山雉者,路人问何鸟也,担雉者欺之曰:'凤凰。'路人曰:'我闻有凤凰,今直见之。汝贩之乎?'曰:'然。'则十金,弗与。请加倍,乃与之。将欲献楚王,经宿而鸟死。路人不遑惜金,惟恨不得以献楚王。国人传之,咸以为真凤凰,贵,欲以献之。遂闻楚王,王感其欲献于己,召而厚赐之,过于买鸟之金十倍。"屈原也感叹楚人不能区分凡鸟与凤凰,其《怀沙》云:"凤凰在笯兮,鸡鹜翔舞。"楚地出土的木胎漆绘凤雕像,"形体特征怪异,曾因颈足俱长而被误认为鹭鸶,因钩喙而被误认为鹰,在更多场合下则笼而统之称为鸟了。"② 江陵马山 1 号楚墓出土的一件绣绢锦袍上,凤的形态更为怪异,"凤首如枭,凤腹近圆,正面而曲腿,双翼齐举,两个翼端都内勾如凤首。由于形态怪异到了神秘的程度,有人名之为'三头凤',有人名之为'猫头鹰',也有人无以名之,只好称之为'怪鸟'。其实,它还是凤,而且可能是图腾遗痕尤为鲜明的凤"③。安徽寿县出土的《攫蛇铜鹰》,鹰作盘旋状,双翅张开,双腿粗壮,夸张地攫住一条盘曲的长蛇。其实,将此件出土文物命名为《攫蛇铜鹰》未必确切。蛇就是龙,鹰其实就是凤。

楚地出土的凤形象虽然不固定,但大都两翅张开,各部位夸张变形,从而显得高大魁伟,孔武有力,显得个性张扬。江陵马山 1 号墓出土的《凤斗龙虎纹绣》,以一凤斗二龙一虎为一个单元。凤的一足后登,腾跃欲飞;另一足前伸,足下之龙曲颈侧颈,作势逃窜;凤的一个翅膀击中上部一龙之腰,此龙仰首张口,作痛苦哀号之状;凤的另一翅击中前方一虎腰部,此虎亦仰首张口,作哀号状。整个画面,凤为主宰,它的花冠长大而美丽,张开的双翅,跃动的双足,尤其是通过二龙一虎痛苦的表情,传达出震人心魄的艺术感染力。④ 长沙陈家大山楚墓出土的《人物龙凤帛画》,凤在画面中也占了很大比例,凤尾高翘,一脚前扒,一脚后登,双腿细长,使凤的形象极富力度。江陵雨台山 166 号楚墓出土的《虎座立凤》,凤肋插鹿角,昂首展翅,作欲飞状,动态中显示出勃勃生机。在文人的笔下,凤体更加庞大。《庄子·逍遥游》:"北冥有鱼,其名为鲲。鲲之大,不知其几千里也。化而为鸟,其名为鹏,鹏之背不知其几千里也。怒而飞,其翼若垂天之云。是鸟也,海运则将徙于南冥。"据《说文》,鹏即古凤字,

---

① 张正明:《巫、道、骚与艺术》,《文艺研究》,1992 年第 2 期。
② 张正明、滕壬生、张胜琳:《凤斗龙虎图像考释》,《江汉考古》,1984 年第 1 期。
③ 张正明:《楚文化史》,上海:上海人民出版社,1987 年版,第 181 页。
④ 《凤斗龙虎纹绣纹样》,黄凤春据《江陵马山一号楚墓》插图摹绘,见张正明《楚文化史》,上海:上海人民出版社,1987 年版,第 182 页。

鹏之形象就是凤之形象。屈原常以凤凰自比,《哀郢》:"鸾鸟凤凰,日以远兮。燕雀乌雀,巢堂坛兮。"值得注意的是,屈原在《离骚》中以鸷鸟自比:"鸷鸟之不群兮,自前世而皆然。"《说文·鸟部》:"鸷,击杀鸟也。"《淮南子·览冥训》:"往古之时,四极废,九州裂,天不兼覆,地不周载。火爁炎而不灭,水浩洋而不息。猛兽食颛民,鸷鸟攫老弱。"正因为楚人之凤具有鸷鸟的特点,才使得楚人之凤具有了无与伦比的力量和勇气。在以鸟为隐进谏楚庄王的故事中,这只鸟"三年不飞,飞将冲天;三年不鸣,鸣将惊人",什么样的鸟能有如此气势?观出土的楚国文物,联系庄子笔下的大鹏和屈原以鸷鸟自比,是鸟非凤鸟莫属。

在以鸟为隐进谏君王的记载中,《史记·楚世家》说是"有鸟在于阜",《史记·滑稽列传》说是"国中有大鸟,止于王之庭"。而同样是记载以鸟为隐进谏君王,《韩非子·喻老篇》和《吕氏春秋·重言》都不约而同地说:"有鸟止南方之阜"。虽然只是些微的差别,因司马迁的记载丢掉了"南方"二字,不但使以鸟为隐进谏君王的故事发源地变得模糊不清,其中的文化内涵也几乎丧失殆尽。

三、《史记》的"实录"精神与"好奇"冲动

从《史记·滑稽列传》的记载可知,淳于髡以鸟为隐谏齐威王事在威王初年。《史记·孟子荀卿列传》载荀卿年 50 游学于齐,"淳于髡久与处,时有得善言","齐襄王时,而荀卿最为老师"。淳于髡能与活跃在齐襄王时代的荀子久处,虽然我们不能断定他与荀子久处的这段时间是否就在齐襄王时代,但就此推断齐襄王即位前后淳于髡仍在世恐怕还是合理的。因此,清汪中《荀卿子通论》谓荀子"年五十始来游学于齐,则当湣王之季"。① 按照《史记·田敬仲完世家》中的纪年,威王在位 36 年,宣王在位 19 年,湣王在位 40 年,襄王在位 19 年。抛开襄王不算,从威王三年到湣王末年,时间长达 92 年。若也以 20 岁作为淳于髡进谏齐威王的年纪,则淳于髡在齐襄王即位之前已寿至 110 岁。这与《史记》记载伍举寿过百岁一样,不由得令人生疑。

淳于髡出身贫贱,为齐之"赘婿"。《史记索隐》谓"赘婿":"女之夫也,比于子,如人疣赘,是余剩之物也。"淳于髡的"髡",在古代是一种剃发的刑罚,"淳于髡名叫髡,该即因被处髡刑而来,犹如孙膑因被处膑刑而叫膑"②。淳于髡后来虽为齐大夫,数使诸侯,但名字终其一生没有改变。人们称其为髡,显然不是尊称。对比一下古人对名字的珍重,淳于髡可谓是负污之名了。当时的齐国流行着"谈天衍,雕龙奭,炙毂过髡"(《史记·孟子荀卿列传》)的说法,《史记集解》引刘向《别录》云:

---

① 王先谦:《荀子集解》,北京:中华书局,1988 年版,第 32 页。
② 杨宽:《战国史》,上海:上海人民出版社,1980 年版,第 398 页。

"'过'字作'鞹'。鞹者,车之盛膏器也。炙之虽尽,犹有余流者。言淳于髡智不尽如炙鞹也。"这样一个出身贫贱、身材矮小、其貌不扬的人,凭着自己的博闻强识、滑稽多智受到齐国几代国君的赏识和器重,其人生的成功本身不能不说是一个奇迹。淳于髡不仅身材矮小,自己也不持威仪,《史记·滑稽列传》记载齐威王八年,楚侵齐,齐王决定派淳于髡以"金百斤,车马十驷"到赵国请救兵,淳于髡听后竟然"仰天大笑,冠缨索绝"。以夸张的形体语言动人视听本来是战国策士惯用的伎俩,但也是民间故事塑造人物常用的技巧。淳于髡不同寻常的出身,奇特的自身形象,滑稽多智的性格,这类人物最容易成为茶余饭后的谈资,为人们津津乐道。正如伏俊琏先生所说:"晏子和淳于髡都是箭垛式的人物,他们都是那个时候小到民间艺人,大到宫廷倡优讲演故事的题材之一。"①

《史记·滑稽列传》还记载,针对齐威王礼薄而望多,淳于髡为齐威王讲了一个民间故事:"今者臣从东方来,见道旁有禳田者,操一豚蹄,酒一盂,祝曰:瓯窭满篝,污邪满车,五谷蕃熟,穰穰满家。臣见其所持者狭,而所欲者奢侈,故笑之。"此事亦见于《说苑·尊贤篇》:淳于髡也是先仰天大笑,齐威王问了三遍,淳于髡才讲邻居祭田神,端了一碗饭,一壶酒,三条小鱼,祝祷曰:"蟹堁者宜禾,洿邪者百车,传之后世,洋洋有余。"值得注意的是,此处记载的祝词已和《史记·滑稽列传》有所不同。淳于髡笑礼薄而望多还有别的版本,《艺文类聚》卷96所引《说苑》则云:"齐遣淳于髡到楚。……(楚王)即与髡共饮酒,谓髡曰:'吾有仇在吴国,子宁为吾报之乎?'对曰:'臣来,见道旁野民,持一头鱼,上田祝曰:高得万束,下得千斛。臣窃笑之,以为礼薄望多也。王今与吾半日之乐,而委以吴王,非其计。'"不仅野人祝祷之词与前两处记载不同,礼薄望多者也由齐威王一变而为楚王。《晏子春秋·内篇杂下》记载:"晏子使楚。楚人以晏子短,为小门于大门之侧而延晏子。晏子不入,曰:'使狗国者,从狗门入,今臣使楚,不当从此门入。'傧者更道,从大门入。见楚王,王曰:'齐无人耶?使子为使。'晏子对曰:'齐之临淄三百闾,张袂成阴,挥汗成雨,比肩接踵而在,何为无人?'王曰:'然则何为使子?'晏子对曰:'齐命使,各有所主。其贤者使使贤主,不肖者使使不肖主,婴最不肖,故宜使楚矣。'"《艺文类聚》卷96所引《说苑》记载了一个类似的故事:"齐遣淳于髡到楚。髡为人短小,楚王甚薄之,谓曰:'齐无使耶,而使子来?子何长也?'对曰:'臣无所长,腰中七尺剑,欲斩无状王。'王曰:'止,吾但戏之耳!'"《史记·孟子荀卿列传》说淳于髡"慕晏婴之为人"。然而,即便淳于髡尽量模仿晏子,楚王也未必会效前王故技嘲笑淳于髡。其实,像这样的故事是很难考实的。

---

① 伏俊琏:《淳于髡及其论辩体杂赋》,《管子学刊》,2010年第2期。

司马贞在《史记索隐后序》中说："夫太史公纪事，上始轩辕，下讫天汉，虽博采古文及传记诸事，其间残阙盖多，或旁搜异闻以成其说，然其人好奇而辞省，故事覆而文微，是以后之学者，多所未究。""旁搜异闻"是《史记》显著特点之一，在《淮阴侯列传》中司马迁自言："吾如淮阴，淮阴人为余言，韩信虽为布衣时，其志与众异。其母死，贫无以葬，然乃行营高敞地，令其旁可置万家。余视其母冢，良然。"韩信乞食漂母、胯下之辱的故事，大约也是这样道听途说得来的。汉代应劭说司马迁"爱奇之甚"（《史记·孟子荀卿列传》司马贞《索隐》引），刘勰说司马迁"好奇反经"（《文心雕龙·史传》），金代学者王若虚批评司马迁"采摭异闻小说，习陋传疑，无所不有"（《滹南遗老集·史记辨惑》）。近代以来，很多学者主张把《史记》当作小说来阅读，如胡怀琛就认为："《史记》在文学界的位置，比在史学界的位置要高。我们拿它当史看，不如拿它当文看。不过，一面拿它当文学作品看，一面也可以知道一些史事，故我以为《史记》这部书，绝像是现在的历史小说。"① 我们自然不同意将《史记》与一般的历史小说相提并论。"一部历史作品应当做到言有所据，事有依托，字字句句，均有来历。"② 尤其是像《史记》这样的作品，"自刘向、扬雄，博极群书，皆称迁有良史之材，服其善序事理，辩而不华，质而不俚，其文直，其事核，不虚美，不隐恶，故谓之实录"（《汉书·司马迁传赞》）。因此，司马迁《史记·滑稽列传》对淳于髡的记载未必没有来源出处，但可以肯定的是，这些来源出处本身已与历史真实有了一定距离。李长之先生认为："司马迁爱一切奇，而尤爱人中之奇，人中之奇，就是才。司马迁最爱才。"③《韩非子·喻老篇》和《吕氏春秋·重言》都明明记载"一鸣惊人"的故事发生在楚庄王时，司马迁在《楚世家》中也大体上"实录"了这一历史事实，但却又不顾前后矛盾，在《滑稽列传》中记载了淳于髡以鸟为隐谏说齐威王，这不能不说在司马迁"实录"精神背后隐藏着强烈的"好奇"冲动。

---

① 杨燕起等编：《历代名家评史记》，北京：北京师范大学出版社，1986年版，第41页。
② 张大可：《史记研究》，兰州：甘肃人民出版社，1985年版，第230页。
③ 李长之：《司马迁之人格与风格》，上海：三联书店，1984年版，第93页。

《庄子》《九歌》兮、乎内置单句的结构形态及语体功能

扬州大学 贾学鸿①

【摘 要】 文言虚词兮、乎置于单句中间,是古汉语中的常见用法。兮字居中句式出现较多的最早典籍是《老子》。《庄子》继承了这种句法结构,却变兮为乎。内篇《逍遥游》和《大宗师》都出现乎字内置的句式,乎字前后两部分字数不等,构成非均衡对称关系,然而前后在意义上存在关联。这种句式的地位在《庄子》外篇有所削弱,但其表现功能得到强化。《九歌》基本是兮字内置单句构成的诗篇。由于兮字的间隔,前后两部分形成2+2、3+2、3+3三种形态,兮字前后基本整齐均衡对应。《九歌》和《庄子》对这种句式的变化运用,反映出诗歌和散文在句法上的差异,以及作者的不同审美取向。《九歌》兮字内置句式的三种形态,具有不同的功能;三类形态的兼用,使《九歌》的章句结构呈现错杂之美,这一点与《庄子》乎字居中句式的不均衡性相契,是古代"物相杂以成文"审美理念的体现。

【关键词】 庄子 九歌 乎 兮 句法结构

文言虚词乎、兮内置于单句中间,是古汉语中常见的句法结构。《诗经·小雅·谷风》曰:"父兮生我,母兮鞠我。"兮字后面"生我""鞠我"的行为主体是前面的父与母。不过,兮字内置句式在《诗经》中只有这一句。乎字内置句式,也仅在《尚书·夏书·五子之歌》中出现一例:"予临兆民,懔乎若朽索之驭六马。"乎字前后表现的都是"临民"的样态,前后两部分,呈互文关系。在先秦的中原文献中,这种句式只是星星点点地存在。而真正大量采用这种句式的作品,是战国时代的楚文学。《老子》《庄子》和《楚辞》,是楚文学的代表。最早较多运用这种句式的著作是《老子》,随后在《楚辞》作品中大量出现,《九歌》几乎完全由兮字内置句式构成。《庄子》在

---

① 贾学鸿,女,河北涿州人,文学博士,主要研究方向:先秦文学。现为扬州大学新闻与传媒学院副教授,硕士生导师。

采用这一句式时，变兮为乎，形成与《楚辞》同中有异的特点。因此，这种句式结构成为战国楚文学的重要特色之一。

从句式的整体结构看，虽然内置虚词有乎、兮之别，但二者属于同一句法类型。可是，如果对这类句式进行详细分析，就会发现具体案例之间的细微差异。于是，可以根据这些细小差别，在大的类别下划分出小的子类。《庄子》书中乎字内置的单句，在内篇和外篇有同有异。《九歌》所用的兮字居中单句，则存在三种不同的形态。详细剖析《庄子》《九歌》对这类句式的具体运用，把句式的各种形态与它们的功能联系起来进行考察，能够从一个侧面透视出战国中期楚文学的丰富面貌。同时，还有助于从句法结构层面，深入体察楚文学的文本属性和文学风格。

一、《庄子》内篇乎字内置句式的结构范型

《庄子》是先秦时期楚文学的代表作之一，虚词乎字置于单句之内，是这部书采用的表达方式之一。经过粗略统计，乎字前面的结构成分主要包括动词、样态形容词、属性形容词，其次是少量的名词、副词、疑问词和动宾短语。其中，乎字前为样态形容词的句式，常常是直接表述道的代表句式，更具有独特性。例如，首篇《逍遥游》的末章，就有这种句式出现：

> 今子有大树，患其无用，何不树之于无何有之乡、广漠之野。彷徨乎无为其侧，逍遥乎寝卧其下。

这段文字结尾两句，就是虚词乎字居中句式。乎字前面的彷徨与逍遥，是两个表示样态的连绵词。成玄英疏曰："彷徨，纵任之名。逍遥，自得之称。亦是异言一致，互其文耳。"[①] 成玄英的解释基本符合文意。彷徨、逍遥作为表示样态的词，分别与乎字后面的"无为其侧""寝卧其下"相对应。无为和寝卧，是对人的行为方式的具体描述；彷徨和逍遥，是对行为样态的形容；虚词乎字连缀于动作与其样态表述词之间，有控制节奏作用，也有辅助结构成句作用，一般译为"……的样子"。乎字前面两个字，乎字后面四个字，整个句子以乎字为中心前少后多，呈现不均衡的结构形态。

这种非均衡对应的句式，在《大宗师》中表现更加突出。请看其中有关"真人"的表述：

> 古之真人，……与乎其觚而不坚也，张乎其虚而不华也；邴邴乎其似喜

---

① 郭庆藩：《庄子集释》，北京：中华书局，2004年版，第41页。

乎！崔乎其不得已乎！滀乎进我色也，与乎止我德也；厉乎其似世乎！謷乎其未可制也；连乎其似好闭也，悗乎忘其言也。

这段文字描绘了"古之真人"的风貌。从"与乎其觚而不坚也"起，连用十个乎字居中的单句，形成乎字内置句式的集中排列结构。乎字前面，除"邴邴"外，其余九句都是单字。而乎字后面则变化多样：四字结构有四句，五字结构有四句，六字结构有两句。虚词乎字前后的文字量比，分别是1∶6、1∶5、1∶4和1∶2，与《逍遥游》篇单纯的1∶2关系相比，失衡状态明显加强。冠于乎字前面的文字，即与、张、邴邴、崔、滀、与、厉、謷、连、悗诸词，都用于表示真人的样态。对于这些单字或叠字，宣颖依次释为：丰整貌、恢宏貌、喜貌、动貌、水聚也、闲适也、严毅貌、远大貌、绵长貌、废忘貌①。可见，文章是从多个角度对真人的行为状态、精神风貌加以渲染，彰显出铺张色彩。

从句法结构的内在逻辑看，这种乎字内置单句所体现的不均衡对应性，在《逍遥游》和《大宗师》中是一致的，即虚词乎字前面都是表现样态的词语，乎字后面则是对前面样态的进一步说明，前后形成对应的逻辑关系。但在句式结构上，虚词前后相对应的两部分不均衡：前面具有概括性、笼统性，结构简短；后面所展现的样态具体、细致，结构较长。只是与《逍遥游》相比，《大宗师》中的乎字居中句式，结构的不均衡更加明显，而样态的对应关系却不甚明晰。这与文字语义的解读障碍不无关系。

对于"与乎其觚而不坚"中的"与"和"觚"，陆德明《经典释文》称："与乎如字，又音豫。向云：疑貌。崔云：觚，棱也。"② 向秀把与字释为疑，崔撰把觚字释为棱角。这样一来，两则古注就蒙蔽了与和觚在意义上的对应关系。有鉴于此，俞樾、李桢均以通假释之，即认为觚是孤的假借。其实，与字本身有齐整之态。与，有时叠用作与与。《诗经·小雅·楚茨》曰："我黍与与，我稷翼翼。"郑玄笺曰："黍与与，稷翼翼，蕃庑貌。"③ 郑玄把与与、翼翼都释为繁盛之貌，虽然大意不差，却有些笼统。其实，黍与稷同属于谷类，却有黏与不黏之别。黍有黏性，俗称糜子，稷则没有黏性。然而从外貌形态上看，二者又难以分辨。因此，用于修饰它们形貌的与与、翼翼二词，意义具有相通性，可以互换。《诗经》中还常出现"四牡翼翼""四骐翼翼"的句子，分别见于《小雅》的《采薇》《采芑》等篇，均是形容战马的整齐有序。既然与与、翼翼意义相通，那么与字也当有严整之义。《论语·乡党》曰："君在，踧踖如也，与

---

① 宣颖撰、曹础基校点：《南华经解》，广州：广东人民出版社，2008年版，第50页。
② 郭庆藩：《庄子集释》，北京：中华书局，2004年版，第235页。
③ 王先谦：《诗三家义集疏》，北京：中华书局，2009年版，第750页。

与如也。"朱熹注:"与与,威仪中适之貌。"① 朱熹把与与释为庄重有序,突出的就是与与的齐整威仪之义。因此,与字单用亦有表示整齐有序之义。宣颖释"与乎"为丰整貌,凸显的也是齐整之貌。齐整就必须遵守规则,不能变动不居,因此,与和觚的意义在一定程度上具有一致性。觚指多角的棱形器物,引申为棱角分明。《大宗师》中与和觚相对,正和与、觚二字的整齐有序之义相符,形成前后对应。通常情况下,有棱角的器物质地坚硬,而《大宗师》中的真人却是"与乎其觚而不坚"。意思是说,真人虽然棱角可见,具有稳定的原则性,可以和周围的人比肩同列,但其自身的棱角并不是锐利逼人,反映出做人的圆通性。这恰恰是道的理想境界。

对于上述《大宗师》中的这段文字,钟泰先生写道:"'邴邴乎其似喜乎?崔乎其不得已乎?'自此以下,并两句相对为义。"② 这个结论是正确的。可是,他没有把"与乎其觚而不坚也,张乎其虚而不华也"列入两句相对为义之列,于文不免有些疏漏。或许这是由于解读障碍造成的。对于"张乎其虚而不华也",郭象注:"旷然无怀,乃至于实。"成玄英疏:"张,广大貌也。灵府宽闲,与虚空等量,而智德真实,故不浮华。"③ 郭象、成玄英都把"虚而不华"释为冲虚而不浮华,确实无法与前句的"觚而不坚"构成相对关系。其实,这里的华字,是指裂开,用的是它的特殊含义。《礼记·曲礼上》:"为天子削瓜副之,……为国君者华之。"郑玄注:"副,析也。既削,又四析之,乃横断之。……华,中裂之,不四析也。"④ 此处的华字,指把瓜从中间断开,使之分为两半。华,本指花朵绽放,花朵开放是绽裂之象,故有开裂之义。"张乎其虚而不华也",意谓张开的样态是冲虚而不开裂。按照常识,冲虚之物因气体内充而膨胀张开,往往导致断裂,真人却可以做得恰到好处,避免这种后果。这正与上句"与乎其觚而不坚也"构成相对关系。与和张,一为齐整不凸显,一为外张不断裂。而且,觚有实义,与虚相对;不坚与不华,则是硬度上的相对。不坚,有柔韧之义;不华,有坚挺之义。觚而不坚、张而不华,都有适度之义。

《大宗师》这段密集排列的乎字内置结构系列,就每个单句而言,乎字前后形成不均衡对应结构。可是,由于每两句为一组,上下句相对,并呈现意义悖反的对应形态,因此,整段文字又显得井然有序,带有后代骈文的韵味。

《逍遥游》《大宗师》出现的虚词乎字内置于单句之内的句式,虚词两侧前短后长,形成非均衡性对应,而虚词前后的文字意义有阐释与被阐释的关联。这种句式结构在

---

① 朱熹:《四书章句集注》,上海:上海古籍出版社、合肥:安徽教育出版社,2001年版,第139页。
② 钟泰:《庄子发微》,上海:上海古籍出版社,2008年版,第137页。
③ 郭庆藩:《庄子集释》,北京:中华书局,2004年版,第236页。
④ 朱彬:《礼记训纂》,北京:中华书局,1996年版,第31页。

《庄子》中成为一种范型，书中凡是虚词置于单句之中的句式，多遵循这个原则。

二、《庄子》外篇乎字内置句式的嬗变

乎字内置单句，在《庄子》外篇也经常出现。对它们在文中所处的位置及句子的具体形态加以考察，可以看出外篇对内篇同类句式的继承、调整和超越。

《逍遥游》篇"彷徨乎""逍遥乎"的乎字居中句式，位于全文结尾处，是对"逍遥"意韵的总结，对全篇有点睛作用，因此，这类句式的地位显得相对重要。至于《大宗师》篇，按照陈鼓应先生所作的段落划分，全文共分十节，开头至"天与人不相胜，是之谓真人"为第一节。① 前面所论的"与乎其觚而不坚"的乎字居中结构系列，位于第一节的结尾处，即文章的开头部分，具有提领下文的作用。《庄子》内篇对虚词乎字居中句式的安排，反映出它在文章的表达逻辑中的重要地位。

《外篇》中，《天地》篇第三段开头写道："夫子曰：'夫道，渊乎其居也，潦乎其清也。'"这是把乎字居内句式置于段落的开头，与《大宗师》类似。《天道》篇第六段开头写道："夫子曰：'夫道，……广广乎其无为容也，渊渊乎其不可测也。'"这还是把乎字居内的单句置于段落开头，与《大宗师》《天地》的设置一致。

《秋水》篇第一段第五节对于大道有这样的描述："严严乎若国之有君，其无私德；繇繇乎若祭之有社，其无私福；泛泛乎其若四方之无穷，其无所畛域。"这段文字有三句是乎字居内句式，但是，它没有置于段落的首部或末尾，而是处于大段议论的中间部位。《至乐》篇第一段末尾一节写道："芒乎芴乎而无从出乎，芴乎芒乎而无有象乎。"这两个句子也是置于段落的中间部位，与《秋水》篇的处理相同。《山木》第三段引述北宫奢的话语："侗乎其无识，傥乎其怠疑，萃乎芒乎其送往而迎来。"这三个乎字居内的单句，也不是置于段落的开头，而是位于北宫奢较长话语的中间部位。《知北游》记载了老子的如下话语："渊渊乎其若海，魏魏乎其终则复始也。"该段假托老子的话语共五节，这两句是第三节的中间部分。

通过上述梳理可以看出，对于乎字居中句式在文章中的位置，《天地》《天道》篇所作的处理与内篇《大宗师》一致，把它放在段落的前面，起着引领和提示作用。而《秋水》《至乐》《山木》《知北游》诸篇，则把这类句式置于段落中间，不再起引领和总结作用，其在文中的地位有所削弱。对于《秋水》篇，王夫之称："此篇亦自《逍遥游》《齐物论》而衍之。"② 对于《知北游》，王氏又称："此篇亦自《大宗师》来，与

---

① 陈鼓应：《庄子今注今译》，北京：中华书局，1983年版，第176页。
② 王夫之：《庄子解》，北京：中华书局，2010年《老子衍 庄子通 庄子解》合刊本，第212页。

内篇相为发明，此则其显言也。"①《秋水》《知北游》虽然所论内容与《逍遥游》《大宗师》相呼应，但是，对于乎字居内单句的处理，并没有采用内篇突显其地位的做法，而是置于段落中间，与其他常见句式同样对待，不再彰显它的特殊性，从而把这种句式加以普泛化。不过，文章段落中由于重复运用这种句式，形成较强的表达气势，增强了说服效果。

《逍遥游》《大宗师》乎字居内的单句，乎字前面用的或是连绵词，或是单字，叠字只有一处。外篇的这类句式，乎字前面虽然也有单字，但更多的是叠字，如广广、渊渊、繇繇、泛泛、巍巍。还有的是连续运用两个表现样态的并列短语，如芒乎芴乎、芴乎芒乎、萃乎芒乎。外篇对于乎字前面成分所作的上述设置，既增加了乎字前面成分的意义内涵，也强化了语言的节奏感，从而使文章气韵贯通其中，表达功能明显增强。

《逍遥游》《大宗师》乎字居内的单句，乎字后面的词语通常采用的是直赋其事的笔法，见不到严格意义的比喻。外篇则不同，乎字前后的词语，往往运用了比喻。如："严乎若国之有君""繇繇乎若祭之有社""泛泛乎若四方之无穷""渊渊乎其若海"。这些比喻以若字领起，使前面的样态更加形象生动。

总而言之，外篇对这类句式所作的处理，虽然使它在段落中持位有所削弱，不再凸显它的特殊性。但是，叠字、比喻的运用，则强化了这类句式的表达功能，增强了文章的文学性。内篇这类句式是集中排列，每个单句乎字前后形成字数上非均衡的对应结构，前后两部分是阐释与被阐释的关联。所有这些均在外篇加以保留，作为传统而被继承下来。

《庄子》书中，内置乎字的句子，除了表现样态外，还有对动作、名物等的描述，适用范围大大拓宽。乎字可以用作感叹词、介词、疑问词等。即便是在这些情况下，《庄子》书中内置乎字的句子，乎字前后词语的数量，仍然以无序状态相对应者居多。如《齐物论》乎字内置的句子多达十个，乎字前后词语数量基本是无序对应。如："而游乎四海之外""予恶乎知说生之非祸也""予恶乎知恶死之非弱丧而不知归者邪"，乎字前后的字数变化无定，没有固定的比例。《德充符》篇乎字内置句子八例，也见不到乎字前后词语数量较为固定的比例。《庄子》内篇内置乎字的句子 50 例，绝大多数随意性较大，乎字前后的词语形成的是非均衡对应关系。即使有字数均衡对应的句子，也没有形成相对稳定的规则。

---

① 王夫之：《庄子解》，北京：中华书局，2010 年《老子衍 庄子通 庄子解》合刊本，第 258 页。

三、《老子》兮字内置句式的原型意义

运用虚词内置的句式，《庄子》不是先例，最早应出自《老子》。不过，《老子》所用的虚词是兮，而不是乎。《老子》第四章把道说成"渊兮似万物之宗"，"湛兮似或存"。第二十章描绘得道者的情态是"累累乎若无所归"，而世俗之人则是"荒兮其未央哉"。把这些文字与《庄子》的同类句式相比，二者之间的相通之处是显而易见的：虚词前后的文字，存在意义上的关联，后面的文字是对前面文字所作的具体描述。虚词前面用单字或叠字，虚词后面的文字多于前面构成的是非均衡对应关系。由此看来，《庄子》中的乎字居内句式，有对《老子》一书同类句式的借鉴。

虚词内置句内的句式结构，其发挥功能的领域相对集中。《庄子》密集排列乎字居内句式的段落是《大宗师》中对真人的描写。其他篇目出现这类句式的内容，也多是用于表现自然之道或体悟道性者。《老子》对这类句式的运用，同样与展示道的属性及体悟道性之人的情态有关，这在前面列举的例证已清楚看出。《老子》书中密集排列此类句式的段落是第十五章：

> 古之善为士者，微妙玄通，深不可识。夫唯不可识，故强为之容。犹兮若畏四邻，豫兮若冬涉川，俨兮其若客，涣兮若冰之将释，敦兮其若朴，旷兮其若谷，混兮其若浊。

这里连用七个排比句，来刻画古善为士者。《庄子·大宗师》则是连用十个排比，来渲染古之真人。二者不但所用句式属于同一类型，而且所表现的对象都锁定在体悟道性的角色。由此看来，《庄子》对这类句式的运用，不但在形式上借鉴《老子》，对这类句式表达内容的设定，也是对《老子》的继承。

不过，《老子》书中内置虚词的单句，与《庄子》中的同类句式仍然存在差异。除前面提到的内置虚词，《老子》用兮，《庄子》用乎外，还有以下两点：第一，同样都是前简后繁的不均衡对应句式，《老子》的句式前后变化相对较小。虚词前面，或用单字，或用叠字，显得简洁省练，这一点《老子》《庄子》差别不大。但虚词后面的部分，《老子》一般控制在三到五个字之内，《庄子》最长到六个字，总体长度大于《老子》。这种微小的差异，在于两部书的文体不同。《老子》是一部哲理诗，遵从的是诗的体制，用语显得精练，句子不宜过长，因此，其后半句的文字量受到限制，不能过分伸展。《庄子》是散文，尽管有些章节句尾押韵，但总体上不是诗体，语言表达的自由度相对较大，所以，句子的后半部分不受语体限制，可以充分表达。第二，《老子》

书中这类句式,有的地方虚词前面的文字不是用于表现事物的样态,而是具有其他功能。例如,第二十章"我独泊兮其未兆",其中"我独泊"是主谓结构的短语。第五十八章"祸兮福之所倚,福兮祸之所伏",虚词兮前后的文字构成的是因果关系,而不仅仅是意义上的解释与被解释的关系。《老子》书中这类句式的特点表明,其结构关系除了沿着不对称的方向,演变成《庄子》的形态之外,还有对称化的潜在倾向。一旦时机成熟,这类句式的形态和功能,就会出现趋向对称的整齐诗句。后来屈原的作品,不仅沿用了虚词兮字,就是对称化的一种表现。

四、《九歌》兮字内置句式的均衡、渐变与错杂

屈原的作品运用了大量的兮字,其中虚词兮字居于单句之内的典型代表作是《九歌》。对于《九歌》中的兮字,刘永济先生指出:"此虽亦句中用'兮'字,与《骚》又不同,盖用在每句两词之间也。"① 这种每句两词之间置入虚词兮字的做法,与《老子》《庄子》具有渊源关系,是先秦时期楚文学一脉相承的传统。

《九歌》十一篇255句,都是兮字内置单句。按照兮字前后的字数分布,对其句式的内部结构形态进行统计,列表如下:

《九歌》各篇单句内置虚词类型及分布

篇名	2+2	3+2	3+3	3+4	3+5	4+2	2+4	4+4	总计
东皇太一	3	12							15
东君	6	12	6						24
云中君	1	13							14
湘君	8	28		1	1				38
湘夫人	10	26	3			1			40
大司命	8	18	2						28
少司命	9	6	11			1	1		28
河伯		13	4			1			18
山鬼			26					1	27
国殇			18						18
礼魂	3	2							5
总计	48	130	70	1	1	3	1	1	255

通过上表可以看出,《九歌》诗句虚词兮字前后的字数分布,主要是2+2、3+2、

---

① 刘永济:《屈赋释词》,北京:中华书局,2007年《屈赋音注详解 屈赋释词》合刊本,第324页。

3+3这三种形态，在统计的255句中多达248句，占诗句总数的97%。其余各类情况总共只有七句，属于例外，可以忽略不计。这三组形态，又可归为两个亚组，一个是虚词前后的字数因一字之差稍显不均，可视为大体均衡。其中的3+2型属于这一类，总共130句，占《九歌》的二分之一以上。另一个是虚词前后字数相等，整齐对称，即其中的2+2型、3+3型，这类共118句，也接近《九歌》总句数的一半。

《九歌》大体均衡和整齐对称的虚词内置单句结构类型，体现出对先前这类句式的改造。具体改造方式主要有两种，一种是增加虚词前的字数。《老子》《庄子》中的这类句式，虚词前面或是单字，或是叠字，极少达到三个字。《九歌》这类句式虚词前面见不到单字，而是以不低于两个字、不多于三个字为限，是以增加字数的方式对原有句式进行改造。第二种方法是压缩虚词后面的字数。《老子》书中这类句式，虚词后面是三到五字。《庄子》书中这类句式的虚词后面是四到六字。《九歌》各句虚词后面的字数，则控制在三个字之内，不低于两个字，总体上低于《老子》和《庄子》的同类句式。经过上述的改造，使得各句虚词前后的字数有的达到大体均衡，有的则实现整齐对称。

如前所述，单句置入虚词，虚词前后字数在《庄子》书中是失衡状态、前轻而后重。《老子》书中这类句式的前后字数，虽然未能实现均衡，但其均衡程度高于《庄子》。这种差异反映的是散文和诗歌体制的不同。《老子》是哲理诗，但还不是严格意义的诗体，因此，它对虚词前后字数均衡程度的要求较高，以便符合诗的节奏及句式。屈原通过对这种句式的改造，使得诗歌体制的内在需求得到满足。从这个意义上可以说，单句中虚词前后的字数是否均衡，是区分诗歌和散文的标准之一。

《庄子·天下》篇论述庄子学派时写道："其书虽瑰玮而连犿无伤也，其辞虽参差而諔诡可观。"陆德明《经典释文》称："瑰玮，奇特也。"[①]《庄子》一书带有明显的尚奇倾向，而遣词造句的参差不齐，是造成奇异效果的重要手段。置入虚词乎字的单句，前后两部分文字比例失衡，是尚奇倾向在句式结构方面的体现。这种失衡给人造成倾斜和不协调的感受，这正是奇异风格所追求的。相反，如果虚词前后的字数均衡对称，体现的是规则、协调，在结构上也就呈现为常态，没有奇异可言。

《离骚》在叙述抒情主人公向重华陈词场面时写道："跪敷衽以陈辞兮，耿吾既得此中正。"洪兴祖补注："言己所以陈辞于重华者，以吾得中正之道，耿然甚明故也。"[②]屈原在政治上崇尚中正之道，在道德上同样如此，这种崇尚中正的理念，在文学创作中积淀为对诗体规则的遵循。具体落实到句式结构，就是对均衡、整齐对称的

---

① 郭庆藩：《庄子集释》，北京：中华书局，2004年版，第1101页。
② 洪兴祖：《楚辞补注》，北京：中华书局，2006年版，第25页。

追求。他对置入虚词单句所作的改造，体现的就是崇尚中正之美的理想。当然，屈原的审美理想是复杂的，也有尚奇的一面。但是，就这种句式的实际运用而言，它体现的不是尚奇，而是对以均衡结构为特征的中正之美的营造。

五、《九歌》兮字内置句式的错杂之美

《九歌》中虚词兮字内置句式的结构形态主要有大体均衡和整齐对称两个亚类，但是，在具体操作过程中，屈原对于这两个亚类的三种句式不是等同对待，而是有所区别地加以运用。由统计表可知，《国殇》18 句，采用的全是 3+3 句式，虚词居中，全诗是整齐的七言句。《山鬼》27 句，其中 26 句是整齐的 3+3 型，只有"余处幽篁兮终不见天"一句例外。3+3 模式可以独立成篇，3+2 模式也有与此相类者。《云中君》共计 14 句，其中采用 3+2 模式的共有 13 句，只有"龙驾兮帝服"一句例外，可视为这种模式的独立成篇者。除此之外，3+2 模式在《九歌》多篇作品中所占比例较高。《东皇太一》共 15 句，3+2 句式 12 句。《东君》24 句，3+2 句式 12 句。《湘君》38 句，3+2 句式 28 句。《湘夫人》40 句，3+2 句式 26 句。《大司命》28 句，3+3 句式 18 句。《河伯》18 句，3+2 句式 13 句。《九歌》共 11 篇，255 句，其中 7 篇作品 3+2 句式占一半或一半以上，这种句式总数达 130 例，超过《九歌》句数的一半。在三种类型的句式中，3+2 句式是作品的主要构成方式，3+3 句式次之。2+2 句式在《九歌》中只有 48 例，所占比例最低。2+2 句式在《九歌》中不但没有独立成篇者，也见不到纯用 2+2 句式写成的章节。由此可知，《九歌》中 3+2 句式的担当最重，3+3 次之，而 2+2 句式则是担当最轻。

兮字内置的三种句式结构在《九歌》中的总体担当不仅有轻重之分，同时，它们在作品中所起的作用也不尽相同，各有分工。

先看 2+2 句式在具体作品中的位置及功能。《礼魂》是《九歌》的末篇，是各种祭祀结尾阶段都要演唱的歌诗。王逸称："礼魂，谓以礼善终者。"① 这种解释是符合作品实际的。这首歌诗只有简短的五句："成礼兮会鼓，传芭兮代舞，姱女倡兮容与。春兰兮秋菊，长无绝兮终古。"五句中有三句采用 2+2 句式，就单篇作品而论，在《九歌》中是 2+2 句式所占的比例最高。《礼魂》中的 2+2 句式，有两句置于作品的开头，一句置于倒数第二的位置。那么，《礼魂》对 2+2 句式所作的位置安排，在《九歌》中是否具有普遍性呢？下面，以汤漳平先生对《九歌》篇章所作的划分为基本依据②，

---

① 洪兴祖：《楚辞补注》，北京：中华书局，2006 年版，第 84 页。

② 汤漳平注译：《楚辞》，郑州：中州古籍出版社，2007 年版。本文对《九歌》章节所做的划分，以此书为据。

对这种句式在作品中的位置加以辨析。

把2+2句式置于各章之首,这种做法在《九歌》经常可以见到。《东皇太一》是《九歌》首篇,共四章,其中前三章的首句依次为"吉日兮辰良""瑶席兮玉瑱""扬枹兮拊鼓",均是采用2+2句式。《大司命》共七章,八次出现2+2句式,依次是首章首句"广开兮天门"、第三章首句"高飞兮安翔"、第四章首句"灵衣兮被被"、第六章首句:"乘龙兮辚辚"、第七章首句"愁人兮奈何",全诗七章,其中五章首句是2+2句式。另外,第四章开头三句"灵衣兮被被,玉佩兮陆离,壹阴兮壹阳",是三个相同的句式并列。第六章开头"高飞兮辚辚,高驰兮冲天",也是两个相同的句式并列。《大司命》每章四句,如果从中间断开划分为前后两节,那么,这首诗所出现的八个2+2句式,其中七个置于每章的前部。《九歌》中2+2句式共48例,按照上述的统计,2+2句式置于作品各章前部的情况如下:《东皇太一》三例三句、《东君》两例四句、《湘君》三例五句、《湘夫人》二例五句、《大司命》五例七句、《少司命》四例六句、《礼魂》一例二句。2+2句式出现在各章前部共计20例32句,占《九歌》这类句式总数的三分之二。

再看2+2句式置于各章倒数第二句的情况:《东君》二例、《云中君》一例、《湘君》一例、《湘夫人》四例、《大司命》一例、《少司命》二例、《礼魂》一例,总计12例,每例一句,共12句,占《九歌》这类句式总数的四分之一。

《九歌》中2+2句式共48例,其中置于各章前部和置于章末倒数第二句者,共44句,占这类句式的绝大多数。在有些作品中,这种句式从开头起连续三次叠用,以致置于章的前部和倒数第二句的两种用法就合二为一。如《东君》第三、四章:

> 緪瑟兮交鼓,箫钟兮瑶簴,鸣篪兮吹竽。思灵保兮贤姱。
> 翾飞兮翠曾,展诗兮会舞,应律兮合节。灵之来兮蔽日。

类似情况还见于《大司命》第四章。这是2+2句式在同一章同时居于前部和倒数第二句。《礼魂》把2+2句型置于首章和章末倒数第二句,这种设置在《九歌》中具有普遍性,成为一种规则。

3+3句式与2+2句式同属虚词前后字数整齐对称类型,3+3型有的独立成章,有的独立成篇,作品中的篇或章纯用这种句式。除此之外,那些散见的3+3型在相关章中的位置,最常见的就置于2+2型后面,两种句式组成章中的一节。《湘夫人》首章:"帝子降兮北渚,目眇眇兮愁予。袅袅兮秋风,洞庭波兮木叶下。"这是把3+3句式置于章末,与前面的2+2句式组合成为一节。《大司命》第四章:"灵衣兮被被,玉佩兮陆离。壹阴兮壹阳,众莫知兮余所为。"这是把3+3句式与2+2句式组合成为一节,与

《湘夫人》首章的结构相同。《大司命》第三章开头："高飞兮安翔，乘清风兮御阴阳。导帝之兮九坑。"这是3+3句式与2+2句式相结合，置于章的前部成为一节，3+3句式居后。《少司命》第六章："孔盖兮翠旍，登九天兮抚彗星。竦长剑兮拥幼艾，荪独宜兮为民正。"还是2+2句式居前，3+3句式居后。这两种句式的组合规则，在《少司命》第四章体现得最为明显："荷衣兮蕙带，儵而来兮忽而逝。夕宿兮帝郊，君谁须兮云之际。"全章四句，由两节组成，每节都是2+2句式居前，3+3句式居后。

《九歌》中3+3句式共70句，其中未能独立成篇的只有13句。在这13句中，有六句是与2+2句式组合成一节。其余七句散见的3+3句式，有两句并列出现于《湘夫人》；有四句出现于《少司命》。《少司命》第五章有两句这类句式："与女游兮九河，冲风至兮水扬波。与女沫兮咸池，晞女发兮阳之阿。望美人兮未来，临风怳兮浩歌。"这是把3+3句式与3+2句式相组合，3+2句式居前，3+3句式居后。可视为3+3与2+2句式组合的变异。至于《少司命》另外两句散见的3+3句式，则是置于全诗末尾。《河伯》中有一句散见的3+3句式，与后面的3+2句式组合为一节，属于特例。

通过以上梳理可知，3+3句式与其他句式相组合的共的9例，其是八例中3+3句式在组合中居于后面，而2+2、3+2句式居于前面，成为比较稳定的规则。

《九歌》中3+2句式数量最多，达130句。这类句式在位置的安排上没有固定的规则。它可以位于章首，也可以居于章的中间或后部。《礼魂》共五句，其中3+2句式分别在第三、第五句。《礼魂》的这种处理，反映出3+2句式的普适性。这种普适性，与诗篇较长、诗句数量众多有直接关系。如果数量过少，就无法满足普适性的需求。

《九歌》中各类散见句式的所处位置，与句式的长短密切相关。在三类句式中，2+2句式字数最少，往往置于章的前部。3+3句式字数最多，这一类的散见句式多数置于章节的末尾，位于章首的只有一例，见于《湘夫人》第三章："沅有茝兮澧有兰，思公子兮未敢言。荒忽兮远望，观流水兮潺湲。"这是属于特殊情况，其他篇目中是见不到的。3+3句式与2+2、3+2句式进行组合，这种句式总是处在后部。究其原因，还是因为这种句式字数最多的缘故。另外，3+2句式与2+2句式相结合，遵循的也是短者居前、长者居后的原则，前面所引《湘夫人》第三章即是其例，类似的情况在《九歌》中还有许多。

《九歌》对各类句式所作的位置安排，遵循的是先短后长的原则，体现的是循序渐进的理念。《诗经》的表现手法有赋、比、兴之分，其中的兴通常置于章首。朱熹对于兴所作的界定是"先言他物以引起所咏之辞也"，兴与后面诗句所构成的是由彼到此、从远到近的结构关系，是循序渐进思维所起的作用。有的学者把它说成是接近联想。《九歌》对各类散见句式所作的安排与组合，与《诗经》的兴所体现的思维和理念有相通之处，是对《诗经》传统的继承。实际上，按照循序渐进原则安排作品的结构，是屈原一贯的做法，《离骚》《九章》《天问》，几部主要作品都是如此。《九歌》散见句式所形成的结构，同样遵循这种原则。

《九歌》各种句式被放置在章首的或是2+2句式，或是3+2句式，而见不到3+3句式。这样一来，相关章节的句式长度呈现的是由短到长、由轻到重的形态，给人以平缓起始的感觉，与作品叙事抒情的脉络相一致。这种起始的方式，与《诗经》兴的传统一脉相承，却与后代有些诗学理念相抵牾。元代元载《诗家法数》称："大抵诗之作法有八，曰起句要高远"；"要突兀高远，如狂风卷浪，势欲滔天"①。这里所说起，指的是诗的第一句，主要是从意象方面着眼。清翁方纲《说诗晬语》亦称："起手贵突兀。"② 同样是从意象切入立论。如果从结构角度考察，《九歌》把散见句式的字数少者置于章首，而字数多者置于其后，人们首先见到的是短句，而不是长句，这种结构形态给人的感觉是平缓，而不是突兀。这类章首短句所显示的意象，同样罕有突兀者，这从前面列举的2+2句式置于章首的诗句可以得到印证。《九歌》对散见句式所作的处理，反映出与后代起始贵突兀的诗学理念的差异。

《九歌》多数章由四句组成，四句诗有时构成起承转合的关系。在这种结构形态中，章的倒数第二句，亦即从前往后排列的第三句，应该是转折环节。2+2句式往往是在这个位置，那么，它是否具有转折功能呢？这要从具体章目加以考察。《云中君》第二章如下："蹇将憺兮寿宫，与日月兮齐光。龙驾兮帝服，聊翱翔兮周章。"前两句的主角是云中君，即将降落到寿宫享受祭祀。第三句的行动主体则是天帝，他驾龙车出游。这样看来，2+2句式所在的第三句，确实处在转折环节。再如《湘夫人》首章："帝子降兮北渚，目眇眇兮愁予。袅袅兮秋风，洞庭波兮木叶下。"前两句抒情，后两句写景，第三句确实是转折。类似情况还见于《大司命》《少司命》《礼魂》。位于章末倒数第二位的2+2句式确实具有转折功能，这种功能的获得，是由于它文字数量最少的缘故。所谓的转折，就是要使这句诗呈现出与前面诗句不同的风貌。《九歌》三类句式中，2+2句式数量最少，把它置于处于转折环节的倒数第二句，能够比较容易做到与前面的句式不相重复，实现句式的转折。反之，如果选择其他两类数量较多的句式，那么，要实现句式的变换就有较大的难度。清人吴乔《答方季野诗问》称："起承转合，唐诗之大凡耳，不可固也。"③ 诗歌的起承转合之法是在唐代成熟的，主要用于律诗及绝句。其实，起承转合的原型，在《诗经》四句成章的作品中已见雏形。《九歌》多是四句成章，起承转合的程式亦经常运用。它的独特之处在于，处于转折环节的第

---

① 何文焕：《历代诗话》，北京：中华书局，2001年版，第726、729页。
② 丁福保：《清诗话》，上海：上海古籍出版社，1978年版，第538页。
③ 丁福保：《清诗话》，上海：上海古籍出版社，1978年版，第32页。

三句，不但存在意脉上的转折，而且有时还通过句式的变换来实现，这在后代是罕见的。

《九歌》由兮字内置单句构成，这种单句有三种形态。其中3+2型、3+3型句式，可以独立成篇或成章，甚至有的篇目和章节就运用同一种句式，给人整齐一致之感。可是，《九歌》多数章节所用的不是单一的句式，而是两种或三种句式兼并。《九歌》共57章，其中兼用两种或两种以上句式的有32章，占总章的一半以上。从总体上看，《九歌》多数章的句式长短不一，参差不齐，从而与屈原其他多数作品呈现出的风貌相一致。《离骚》是把兮字置于奇数句末尾，如果不把它计算在内，全诗多是六言句。虽然也有变化，但是比例不大。《九章》多数作品也是这种样式，只是在乱辞部分作了句式的变换，乱辞本身的句式也比较整齐。《九章·橘颂》各章主要是四言与三言的上下组合，也显得比较整齐。至于《天问》，则是以四言为主。句式变化最多的是《怀沙》，这篇作品作为屈原的绝命辞，兼用四言、五言、六言、七言，有的章同时运用几种句式。在《九章》中，《怀沙》的这种情况属于例外，是在临终之前采用这种多变的句式，表现的是心灵的极度困扰。

《国语·郑语》称："声一无闻，物一无文。"韦昭注："五声杂，然后可听。五色杂，然后成文。"① 《郑语》所载的这段话出自西周王朝太史之口，他把所谓的"文"界定为各种色彩相错杂。《周易·系辞上》写道："参伍以变，错综其数，通其变，遂成天下之文。"高亨先生注："错，交错。综，综合。"② 这里的参和伍，亦即三和五，代表彼此不同的因素。不同的因素相错杂，就是所谓的天下之文。《系辞下》对于这种理念阐述得更加明确："道有变动，故曰爻；爻有等，故曰物；物相杂，故曰文。"高亨先生注："阴阳两类爻相杂以成《易》卦之文，乃象阴阳两类物相杂以成自然界和社会之文，故《易》卦亦称之文。"③ 在《系辞》作者看来，物相杂以成文是规律和法则，通过变化得以实现，并且是道的显现。《九歌》通过对三种句式的调遣，在变化中相互错杂，从而使得《九歌》多数章呈现出独特的结构形态，可以说是物相杂以成文理念的具体实践。《九歌》章节结构的错杂之美，得益于兮字居内单句的运用，是合乎文学创作规律的操作方式。

---

① 《国语》，上海：上海古籍出版社，1998年版，第518页。
② 高亨：《周易大传今注》，济南：齐鲁书社，2000年版，第400页。
③ 高亨：《周易大传今注》，济南：齐鲁书社，2000年版，第443页。

楚迁陈城时期的楚辞作家及作品证略

周口师范学院 李治中

【摘　要】 楚迁陈城时期，指公元前278—前241年，楚国以陈城作为都城的时期。根据学界的不同观点，屈原，尤其是宋玉，都曾生活在这一时期。屈原在此期间创作了《离骚》《哀郢》《招魂》等重要作品，宋玉创作了《登徒子好色赋》《钓赋》等作品。以楚迁陈城作为历史背景，赋予了屈原与宋玉的部分作品更为深刻的思想内容，以及更为真实的创作语境。

【关键词】 陈郢　楚辞　屈原　宋玉

一、楚迁陈城时期的楚辞作家

据《史记·楚世家》，楚襄王"二十一年（前278），秦将白起遂拔我郢，烧先王墓夷陵。楚襄王兵散，遂不复战，东北保于陈城（今淮阳县城）"，考烈王"二十二年（前241），与诸侯共伐秦，不利而去。楚东徙都寿春，命曰郢"。《荀子·强国》称此时的楚国形势："今楚父死焉，国举焉，负三王之庙而辟于陈蔡之间。"以背载物为"负"，"三王之庙"即楚先祖庙，逃难的楚王把先祖庙迁至陈城，并将陈城作为楚都长达38年。楚襄王三十六年（前263）秋，"顷襄王卒，太子熊元代立，是为考烈王"。楚襄王病卒于陈城，据河南淮阳马鞍冢楚墓发掘简报，"马鞍冢南冢是平面为'中'字形的墓葬，这种'中'字形墓在商代是仅次于殷王'亚'字形墓的墓葬规格"，"马鞍冢南冢的墓主人应当是楚王"①，葬于马鞍冢南墓的楚王应为顷襄王。

楚迁陈城时期，上距楚庄王八年（前606）问鼎320余年，下距楚王负刍五年（前223）秦灭楚只有50余年，这时，郢都已经失去，先王夷陵被烧，楚国处于抗秦与联秦的反复之中得以残喘，被秦国日渐逼迫，是楚国加速衰落的败亡时期。

屈原是楚辞的重要作家，屈原生年仍有异议，据王辉斌先生"屈原生卒年研究述

---

① 曹桂岑、马全、张玉石：《河南淮阳马鞍冢楚墓发掘简报》，《文物》，1984年第10期。

评"①，郭沫若认为是公元前340年正月初七，浦清江认为是公元前339年正月十四，胡念贻认为是公元前353年正月二十三，游国恩认为是公元前343年，林庚认为是公元前335年，汤炳正认为是公元前342年正月二十六等，从楚宣王十七年（前353）至楚威王五年（前335），最早至最晚相差18年，屈原大概出生在此期间。屈原卒年也有异议，姜亮夫认为是公元前283年，郭沫若认为是公元前278年，游国恩与金开诚认为是公元前277年。据上述卒年说，屈原基本没有生活在楚迁陈城时期，但屈原还可能卒于更晚些时间，王夫之《楚辞通释》认为屈原卒于楚襄王二十一年之后，其论《哀郢》主旨："哀故都之弃捐，宗社之丘墟，人民之离散，顷襄之不能效死以拒秦，而无可待也。"解释"方仲春而东迁"，称"东迁，顷襄畏秦。弃故都而迁于陈"；解释"忽若不信兮，至今九年而不复"，称"当始迁时，且谓秦难稍平，仍复归郢。至此作赋之时，九年不复，终不可复矣。赋作于九年之后"。② 由此可见，船山先生认为，屈原创作《哀郢》是在楚迁陈城的九年之后，即是公元前269年之后，这一年他仍健在。以承认《哀郢》的写作以楚迁陈城为背景，蒋天枢《屈原年表初稿》推断屈原卒于考烈王元年，即公元前262年，时年78岁。他认为"《怀沙》正文末以'限之以大故'句作结，为全篇主要意旨所在"③，所谓"大故"指考烈王元年秦攻取楚南郡的州陵县，《怀沙》所叙述的就是遭此突变后的心情。蒋天枢考证若为事实，屈原在楚迁陈城之后还生活了16年之久。

宋玉主要生活在屈原之后，按照司马迁的说法，也以"好辞而以赋见称"（《史记·屈原贾生列传》），是楚迁陈城之后另外一个重要作家，在楚迁陈城时期曾创作了许多作品，例如刘刚认为，"《文选》中所收的《高唐赋》《神女赋》《对楚王问》大约是顷襄王二十三年（前276）到顷襄王三十五年（前264）间所作"④。宋玉曾仕于顷襄王，1972年山东临沂银雀山汉墓出土的《唐勒赋》残简，其中有"唐勒与宋玉言御襄王前"，这篇文章，和有"楚襄王"的《风赋》《大言赋》《小言赋》《讽赋》《钓赋》《舞赋》诸篇一样，"表明这些赋不作于襄王之世，而是宋玉在考烈王之时回忆往事或借前朝旧事以讽今写成的"⑤。宋玉曾仕楚襄王应为事实，根据文本中宋玉随楚襄王游云梦一事，刘刚推算，"宋玉初事襄王的时间当在楚襄王二十六年（前273）前后，在襄王朝为官达九年"⑥，之后，又继续仕考烈王，写下大量回忆性散文。如果这

---

① 王辉斌：《屈原生卒年研究述评》，《云梦学刊》，2007年第1期。
② 王夫之：《楚辞通释》，北京：中华书局，1975年版，第73—77页。
③ 蒋天枢：《楚辞论文集》，西安：陕西人民出版社，1982年版，第48页。
④ 刘刚：《宋玉辞赋考》，沈阳：辽海出版社，2011年版，第35页。
⑤ 金荣全：《宋玉辞赋笺评》，郑州：中州古籍出版社，1991年版，第162页。
⑥ 刘刚：《宋玉辞赋考》，沈阳：辽海出版社，2011年版，第214页。

是事实,楚迁陈城之后,宋玉生活的陈城(或陈郢)长达31年,后随楚都迁往寿春。

屈原与宋玉均是楚辞的代表作家,他们当年寓居陈城之时,正值楚国深受内忧外患之际,那时的屈原已步入生命晚年,宋玉经受了从政的历练,心智也渐趋成熟,他们感于楚国政治的昏庸,哀叹楚国的败亡,为自己遭受谗毁内心如焚,为他们创作出优秀作品奠定了思想基础。有些辞赋作品由于涉及的事件、地名与人名,因此打上了地域文化的烙印,分析文本中的地域文化事象,对探究作品主题具有重要意义。

二、楚迁陈城时期的楚辞作品

这个时期的楚辞作品,主要指屈原与宋玉在楚都陈城时期创作的辞赋作品。根据历代楚辞研究成果,能够予以甄别的,主要包括屈原的《离骚》《哀郢》《招魂》,宋玉的《登徒子好色赋》《钓赋》诸篇,这些作品都是他们的代表作。先秦时期的陈国,都城位于河南省淮阳县城关一带,古属"楚夏之交","左挹嵩山,右控商丘,南襟淮蔡,北枕梁魏,是历史上的南北交通枢纽,实为舟车骈会的财赋之区"①。其经济与民俗方面,《史记·货殖列传》记载:"夫自淮北沛、陈、汝南、南郡,此西楚也。其俗剽轻,易发怒,地薄,寡于积聚。江陵故郢都,西通巫、巴,东有云梦之饶。陈在楚夏之交,通鱼盐之货,其民多贾。"又"陈、夏千亩漆"。陈国这个地方风俗剽悍,商业较发达,积聚较少,但地理位置异常重要,是强楚北上争霸的必由之途。由于陈国地处黄淮平原,境内没有山地,属于四战之地,又基本无险可守,因此史载的陈城,城墙极其高大,城池宽阔而水深,在这片平原上显得尤为孤零。除去陈国都城之外,陈国还有焦、夷、壶丘、辰陵、鸣鹿等城邑,这些城邑的位置有助于我们了解陈国疆域的大致范围。"春秋中期以前,陈国疆域东至今安徽亳县、涡阳一带,南达颍水与顿、项、养、胡等国为邻,西至今西华县以西与许国相望,北约在扶沟、太康一线与郑、宋相交"②,陈国的疆域主要是豫东南地区,大致和今天的周口市行政区域相当。陈湣公二十三年(前479年),楚惠王灭陈,陈国沦为楚国疆域,这一年,距离楚迁陈城的公元前278年,长达200年。那时,"秦白起拔楚西陵,或拔鄢郢夷陵,烧先王之墓,王徙东北,保于陈城,楚遂削弱,为秦所轻"(《战国策·楚策》)。遥想当年,沦为楚都的陈城,在强秦灭楚的时代强音下苟延残喘,这应是楚都陈城时期作家们的真实感受,阅读他们的作品,这种末日到来般的感受是力透纸背的。

(一)《离骚》

郭沫若在阅读文本时发现,"《离骚》和《怀沙》《惜往日》等篇的辞意气韵多属

---

① 马世之:《中原古国历史与文化》,郑州:大象出版社,1998年版,第288页。
② 徐少华:《周代南土历史地理与文化》,武汉:武汉大学出版社,1994年版,第194页。

相同，而《离骚》的末尾一句'吾将从彭咸之所居'，也和《怀沙》的'知死不可让愿勿爱兮'，《惜往日》的'不毕辞而赴渊'的意趣别无二致，同是屈原所留下的绝命辞"，因此，认为《离骚》创作时期"是在到了江南之后，大约是在《怀沙》之前"①。既然《离骚》是屈原晚年的作品，结合上文船山先生推断，该作品应创作于楚迁陈城时期。蒋天枢《楚辞新注》导论称："《离骚》作于迁陈后，而篇中'老冉冉其将至'，'及年岁之未晏'，'又何怀乎故都'，亦可籍以索解。"并推算，"计其时当在顷襄三十年（前269），或稍后"。②如果这是事实，《离骚》为楚迁陈城之后作品应无异议。也有现代学者撰文持上述观点，例如张中一"试论《离骚》的写作地点与年代"（《岳阳师专学报》1985年第3期），冀凡"《离骚》与《九章》是否为同一时期的作品"（《黄石教育学院学报》2006年第3期）等。

（二）《哀郢》

继王夫之提出《哀郢》作于顷襄王二十一年的九年之后，蒋天枢《楚辞新注》导论明确指出"至今九年而不复"中的"今应指顷襄王三十年"。尚永亮"论《哀郢》的创作和屈原的放逐年代"（《陕西师大学报·哲学社会科学版》1980年第4期），认可王夫之关于《哀郢》是迁陈之作的见解，但困惑于"九年之后究有何事，使他感到要哀悼郢都"？因此认为"《哀郢》篇必定作于破郢的当年"。撇开《哀郢》创作背景的论争，对于"至今九年而不复"这句，郭沫若《屈赋今译》译为"未回郢都都足足已有九年"，金诚等《屈原集校注》"我离开郢都至今已经九年了，却仍然不得返回"，文本明白无误，因此，在既已承认王夫之《哀郢》为迁陈之作，应不便认为作于破郢的当年。据《史记·楚世家》，顷襄王"二十七年（前272），使三万人助三晋伐燕。复与秦平，而入太子为质于秦。楚使左徒侍太子于秦"。又《史记·秦本纪》：秦昭王"三十五年（前272），佐韩、魏、楚伐燕。初置南阳郡。三十六年，客卿灶攻齐，取刚、寿，予穰侯。三十八年（前269），中更胡阳攻赵阏与，不能取"。顷襄王二十七年，楚国以太子为人质与秦国交好，参与了讨伐燕国，在与楚结盟的背景下，秦国又先伐齐，后攻赵，攻赵就在顷襄王三十年，这段时期，秦国将燕、齐、赵视为战略对象，它们曾均为楚国合纵交好之国，秦、楚虽为盟国，实际上楚国是屈节苟安，有着无穷的祸患。以此为背景，屈原重提秦兵破郢旧事，"忽若不信兮，至今九年而不复"，"哀州土之平乐兮，悲江介之遗风"，指斥楚政昏庸，无疑是振聋发聩。

（三）《招魂》

该赋的作者为屈原，西汉司马迁、南朝梁代刘勰、陈代沈炯等均持此观点，到明

---

① 郭沫若：《屈原研究》，《郭沫若全集》历史编，第四卷，北京：人民出版社，1982年版，第24页。

② 蒋天枢：《楚辞论文集》，西安：陕西人民出版社，1982年版。

清时期，黄文焕、蒋骥、方东树、梁启超等也持此观点。《史记·屈原列传》云："余读《离骚》《天问》《招魂》《哀郢》，悲其志。"司马迁以屈原的志向而悲伤，由此可以窥测《招魂》的主题。前文讨论，蒋天枢推断屈原卒于考烈王元年（前262），并认为《怀沙》正文末"限之以大故"之"大故"，指考烈王元年秦攻取楚南郡的州陵县，笔者认为，"大故"还应指顷襄王三十六年（前263）的顷襄王去逝。次年考烈王继位，以黄歇为令尹，封春申君，赐淮北地十二县。黄歇曾为顷襄王左徒，公元前273年，他曾上秦王书说秦善楚。另据《战国策·楚策》，淮北之地先被顷襄王赐给庄辛，并封其为阳陵君。庄辛是主张抗秦的，淮北之地此番易主，表明抗秦的庄辛或已被排挤。屈原主张联齐抗秦，为黄歇的政敌，他在顷襄王去世之后，对楚国命运倍感绝望。

屈原作《招魂》的主旨有自招说、招怀王说、招国魂说等，冀凡提出招顷襄王说，他称"三十六年秋，顷襄王病，命在垂危，屈原于江南闻之，不胜其哀。宗亲之情、君臣之义激动着他，遂以招魂之俗，作《招魂》之辞，欲招其离散放佚之魂魄，返于故都、入于故居，以乐先故"①。冀凡认为，该作品创作于顷襄王病危时期，那时屈原仍然在世。阅读文本，其中有"像设君室，静闲安些。高堂邃宇，槛层轩些。层台累榭，临高山些"，这几句是说在清净宽闲的地方，模仿顷襄王的旧房子为他建造新房子，房子堂高而深邃，临着高山作有台榭；其中有"坐堂伏槛，临曲池些"，王逸注："言坐于堂上，前伏槛楯，下临曲水清池，可渔钓也。"又有"芙蓉始发，杂芰荷些。紫茎屏风，文缘波些"。这几句是说，顷襄王的房子前面临着曲水清池，水中种植着莲藕与水葵。淮阳马鞍冢楚墓西约200米，有一条河叫新蔡河，春秋战国时称鸿沟，是当时一条重要的水道，据《史记·河渠书》："荥阳下引河东南为鸿沟，以通宋、郑、陈、蔡、曹、卫，与济、汝、淮、泗会。于楚，西方则通渠汉水、云梦之野，东方则通沟江淮之间。"墓主顷襄王亡灵可以顺鸿沟径向西南，去向曾经游玩的云梦。该墓西北方向约1公里，有平粮台古城遗址，《诗经》中高大的"宛丘"就指这个地方，今天残高仍有3米以上。《招魂》文本中的描述，颇符合马鞍冢楚墓的环境，如果文本描述的真是马鞍冢楚墓及周遭的景物，那么，屈原必定是到过马鞍冢楚墓的，其所招之魂，只能是顷襄王的亡魂。

（四）《登徒子好色赋》

该文始见于《文选》，唐李善注："此赋假以为辞，讽于淫也。"文中宋玉描述"东家之子"的美貌，称"眉如翠羽，肌如白雪，腰如束素，齿如含贝。嫣然一笑，惑阳城，迷下蔡"。所谓"阳城"，据谭其骧主编《中国历史地图集》战国地图，在陈郢（今淮阳县城）西侧不足百里，为《汉书·地理志》记载的汝南郡阳城，遗址在今商水

---

① 冀凡：《〈招魂〉，招顷襄王说》，《黄石教育学院学报》，1987年第1期。

县舒庄乡扶苏村北。另，据包山楚简120—123号简，在一场诉讼官司里，被告从下蔡盗窃马匹，贩卖到阳城去，该阳城也应为汝南郡阳城，这时，颇有争议的颍川郡阳城尚属于韩国。黄盛璋援引《吕氏春秋·上德》中关于"阳城君"的记载，认为，"此城不仅是战国楚邑，而且在楚邑中具有相当政治地位与经济地位"①。

"下蔡"是蔡国迁都州来之后的称谓。《左传》哀公二年（前493），"蔡迁于州来"，之前的蔡都有上蔡、新蔡。公元前447年，楚灭蔡国，下蔡沦为楚国城邑，其名称仍为"下蔡"，可见于楚怀王六年（前323）铸造并颁发的《鄂君启节》铭文，以及同时期的包山楚简记载的一桩杀人案，直到考烈王元年（前262）。据《史记·春申君传》："考烈王元年，以黄歇为相，封为春申君，赐淮北地十二县。""下蔡"易名为"寿春"，应在这个时候，换言之，黄歇获封春申君之后，"下蔡"就易名"寿春"了。因为文本有"迷下蔡"，《登徒子好色赋》或作于考烈王元年之前，文本中宋玉所侍"楚王"为顷襄王。据文本中"登徒子"一词，也能推断该赋创作的大致时间，《战国策·齐三》有"郢之登徒"，赵逵夫先生考证，这里的"登徒"即为左徒，为《周礼·秋官》中的"大行人"，是负责外交的大臣。② 黄歇曾为顷襄王左徒，《史记·楚世家》有"楚使左徒侍太子于秦"，又有"考烈王以左徒为令尹，封以吴，号春申君"；《史记·春申君传》有"考烈王元年，以黄歇为相，封为春申君，赐淮北地十二县"。因此，黄歇在顷襄王时任左徒，在考烈王时已任令尹。文本中的"登徒子"，指顷襄王时任左徒的黄歇，鉴于宋玉与黄歇紧张的私人关系，这篇赋应作于黄歇出任令尹之前。

（五）《钓赋》

该赋篇目首见于《文心雕龙·诠赋》："于是荀况《礼》《智》，宋玉《风》《钓》，爰锡名号，与诗画境。"全文载于《古文苑》。文本有"宋玉与登徒子偕受钓于玄洲，止而并见于楚襄王"，这个登徒子还出现在《登徒子好色赋》，只是这篇文章作于顷襄王去世之后。刘刚考证，文本中的"玄洲"即为楚人环渊，曾为稷下先生。环渊为老子的弟子，《史记·孟子荀卿列传》有"环渊著上、下篇"，疑为今本《道德经》，在老子著作基础上修订。据《太平御览》引《符子》："太公涓钓于隐溪。"太公涓就是环渊，隐溪就是隐水，《水经注》卷三十一有记载，它发源于嵩山，向东南流经西华县与商水县后注入颍水，今天的西华县与商水县均与陈郢所在的淮阳毗邻。在这个意义上，刘刚认为，"受钓于玄洲"是宋玉在陈郢的证明。③ 是有道理的。

---

① 黄盛璋：《商水扶苏城出土陶文及其相关问题》，《中原文物》，1988年第1期。
② 赵逵夫：《屈原与他的时代》，北京：人民文学出版社，2002年版，第136—138页。
③ 刘刚：《宋玉辞赋考》，沈阳：辽海出版社，2011年版，第206—208页。

《楚辞》歌支合韵楚方言特点的再讨论

四川师范大学 牟 歆

【摘　要】　《楚辞》中《少司命》及《大招》均出现了歌支合韵的现象。歌支合韵在先秦文献中是普遍存在的，应该是一种共同语的演变，而并不具有明显的方言色彩。歌、支二部的界限则体现为歌部可与鱼部相通，而支部却不能与鱼部相通。

【关键词】　上古音　歌支合韵　共同语　界限

《楚辞》本为韵文，尤其是其中屈原、宋玉等人的作品更是可以用作研究上古音分部的重要参考材料。其中有歌支合韵的现象。如《九歌·少司命》云："悲莫悲兮生别离，乐莫乐兮新相知。"①"离"字属歌韵，"知"字属支部。又如《大招》云："姱修滂浩，丽以佳只。曾颊倚耳，曲眉规只。滂心绰态，姣丽施只。小腰秀颈，若鲜卑只。魂乎归徕！思怨移只。"②"佳""规""卑"三字属支部，"施""移"二字属歌部。

关于歌支合韵的问题，清儒已经提出，现代音韵学也已经解决。其原因在于歌部中可再分为三个元音，其中一个与支部原因-e相同，故而二部可以相通。但现在的问题是，由于《诗经》中并无歌支合韵之例，且自江永提出这一问题以来，所用例证均出自《楚辞》《老子》《庄子》等楚地文献③，包括后来用作佐证的出土文献也

---

① 洪兴祖：《楚辞补注》，北京：中华书局，1983年版，第72页。
② 洪兴祖：《楚辞补注》，北京：中华书局，1983年版，第222页。
③ 如《老子》上篇《十章》："载营魄抱一，能无离乎？专气致柔，能婴儿乎？涤除玄览，能无疵乎？爱民治国，能无知乎？天门开阖，能无雌乎？明白四达，能无为乎？"其中，"离""为"二字属歌部，"儿""疵""知"三字属支部。又，上篇《二十八章》："知其雄，守其雌，为天下溪。为天下溪，常德不离，复归于婴儿。""离"字属歌部，"雌""溪""儿"三字属支部。《庄子》外篇第九《马蹄》："同乎无知，其德不离。同乎无欲，是谓素朴。""知""离"为支歌合韵。又，外篇第十一《在宥》："万物云云，各复其根。各复其根而不知，浑浑沌沌终身不离。"亦是"支""离"二字构成支歌合韵。

出自楚地①，故而就出现了歌支合韵是否具有方言色彩的讨论。而当前学界似乎倾向于歌支合韵是带有楚方言色彩的，如中南民族大学谢荣娥教授即在其《秦汉时期楚方言区文献的语音研究》一书中就明言"歌支合韵带有楚方言的色彩"②。那么，歌支合韵是否真是上古楚方言的产物，或者其是否真带有明显的方音色彩，笔者不揣鄙陋，试对此问题作一探讨，以求教于方家。

一、先秦传世文献中歌支合韵的文化多样性

江永所举皆出自《老子》《庄子》，再加上《楚辞》。老子、屈原本就是楚人，而庄子虽为宋人，然亦受楚文化影响甚深。则《老子》《庄子》《楚辞》均是楚文化熏陶下的产物。这不得不使人怀疑，歌支合韵是否是由于楚地方音的缘故。然而，从对先秦文献材料的研究中，我们认为事实并非如此。因为先秦传世文献中歌支合韵的例证具有一定的普遍性，而并非仅出于楚地文献。

《礼记·月令》"掩骼埋胔"③，《吕氏春秋·孟春纪》引作"掩骼霾髊"④。其后西汉的《淮南子·时则训》又引作"掩骼薶骴"⑤。"胔""骴"均属支部，"髊"属歌部。又，《礼记·月令》："调竽笙竾簧。"⑥ 陆德明《经典释文》卷十一《礼记音义之一》云："竾音池，本又作篪。"⑦"竾"属歌部，"篪"属支部。《易》与《礼记》均是中原典籍，儒家经典，其必不出于楚地。《吕氏春秋》虽为吕不韦集合众多门客写成，然至少也应是出自受秦晋方言影响的咸阳，而非楚地。

又，《国语》卷一《周语上》："王其祇祓，监农不易。"⑧ 其中"祓"属月部，为歌部入声，"易"属锡部，为支部入声，月锡合韵与歌支合韵没有本质区别。《国语》

---

① 如上博简所存四篇楚辞类作品《李颂》《兰赋》《有皇将起》及《鶹鹠》中的"兮"字皆作"可"，"可"为"呵"之借字。"兮"为支部字，"可"为歌部字，"兮"与"可"通，即是支部与歌部相通的实证。又如上博简《孔子诗论》第二十二简："《鸤鸠》曰：'其仪一氏，心如结也。'吾信之。"今本《诗经·曹风·鸤鸠》作"其仪一兮，心如结兮"。"氏"字属支部，"兮"字属歌部，亦是支歌相通。上博简《周易》第十一简"氒服洨女"，今本《周易·大有》作"厥孚交如"。上博简《用曰》第六简"是其氒身"，第十一简"冒还氒璧"。其中"氒"都是"厥"。"氒"从"氏"得声，属支部，"厥"属月部，为歌部入声，故而也是歌支相通。其例甚多，兹不赘举。
② 谢荣娥：《秦汉时期楚方言区文献的语音研究》，北京：高等教育出版社，2011年版，第101页。
③ 孔颖达：《礼记正义》，《十三经注疏》，北京：中华书局，1980年版，第1357页。
④ 许维遹：《吕氏春秋集释》，北京：中华书局，2009年版，第11页。
⑤ 刘安著、高诱注：《淮南子》，《诸子集成》，北京：中华书局，1954年版，第70页。
⑥ 孔颖达：《礼记正义》，《十三经注疏》，北京：中华书局，1980年版，第1369页。
⑦ 陆德明：《经典释文》，北京：中华书局，1983年版，第176页。
⑧ 韦昭注：《国语》，上海：上海古籍出版社，1978年版，第17页。

的作者虽不能确定，然而《周语》当是记录的周天子王畿之内的史事，似乎也很难说受到过楚方言的影响。

又，《管子》卷十六《内业》："彼道不远，民得以产。彼道不离，民因以知。"① 其中"离"属歌部，"知"属支部。又卷二十三《轻重甲》："今寡人欲北举事孤竹、离枝。"②"离枝"，卷二十四《轻重戊》亦同③。《史记》卷三十二《齐太公世家》亦云："于是桓公称曰：'寡人南伐至召陵，望熊山；北伐离枝、孤竹；西伐大夏，涉流沙；束马悬车登太行，至卑耳山而还。'"④ 裴骃《集解》则言："《地理志》曰令支县有孤竹城，疑离枝即令支也，令离声相近。应劭曰：'令音铃。'铃离声亦相近。《管子》亦作离字。"⑤ 据《汉书·地理志》，令支县在辽西郡，秦置，属幽州⑥。则秦时离枝即名令支。"令"属耕部，为支部对应之阳声，所谓"离、令音相近"，当亦是指歌支相通。《管子》一书记录管仲治国理政之术。据《史记》卷六十二《管晏列传》："管仲夷吾者，颍上人也。"⑦ 则管仲乃春秋前期淮河流域人。春秋前期的淮河流域尚非楚国势力范围所及。管仲后入齐，亦未有入楚之经历。故《管子》一书应当也不是楚文化的产物。

又，《韩非子》卷二《扬权》："彼自离之，吾因以知之。是非辐凑，上不与构。"⑧ 其中也是"离""知"二字歌支合韵。《扬权》又云："欲为其地，必适其赐。不适其赐，乱人求益。"⑨ 其中"地"属歌部，"赐""益"皆属支部之入声锡部，此亦属于歌支合韵的范畴。据《史记》卷六十三《老子韩非列传》："韩非者，韩之诸公子也。"⑩ 则韩非仍是中原文化熏陶下的三晋人，其著作亦当受秦晋方言影响较大，而非楚方言。而谢荣娥教授却以为韩非求学于荀子，师传口授，可能受其语音影响，则韩非的著作也应受到楚方言的影响。⑪ 谢教授的推论乍看之下，似乎颇有道理，然而细绎之终觉不

---

① 佚名：《管子》，据1937年宋哲元影印明万历间凌汝亨刻本重印，杭州：浙江人民出版社，1987年版，卷十六，第1页。
② 佚名：《管子》，据1937年宋哲元影印明万历间凌汝亨刻本重印，杭州：浙江人民出版社，1987年版，卷二十三，第20页。
③ 佚名：《管子》，据1937年宋哲元影印明万历间凌汝亨刻本重印，杭州：浙江人民出版社，1987年版，卷二十四，第25页。
④ 司马迁：《史记》，北京：中华书局，1959年版，第1491页。
⑤ 司马迁：《史记》，北京：中华书局，1959年版，第1491页。
⑥ 参班固：《汉书》，北京：中华书局，1962年版，第1625页。
⑦ 司马迁：《史记》，北京：中华书局，1959年版，第2131页。
⑧ 王先慎：《韩非子集解》，《诸子集成》，北京：中华书局，1954年版，第32页。
⑨ 王先慎：《韩非子集解》，《诸子集成》，北京：中华书局，1954年版，第34页。
⑩ 司马迁：《史记》，北京：中华书局，1959年版，第2146页。
⑪ 参谢荣娥：《秦汉时期出方言区文献的语音研究》，北京：高等教育出版社，2011年版，第100页。

妥。《史记》卷七十四《孟子荀卿列传》云："荀卿，赵人。年五十始来游学于齐。……齐人或谗荀卿，荀卿乃适楚，而春申君以为兰陵令。"① 据此，荀子本为三晋之一的赵国人，50岁游学于齐国，后遭谗言，遂入楚。则荀子入楚之时已是暮年，传道授业之时，楚方言到底对荀子本人能有多大影响，本就值得怀疑，何况韩非子乎？且《荀子·不苟》引《渔父》"其谁能以己之潐潐，受人之掝掝者哉"② 即与《楚辞》作"安能以身之察察，受物之汶汶者乎"③ 有异。《楚辞》是带有楚方言色彩的，而《荀子》的用语却很显然与《楚辞》有异，这又作何解释？只能说明其实《荀子》一书并不具有明显的楚方言色彩。故而也就很难说《韩非子》会受到楚地方音的影响。

以上皆先秦经、史、诸子之书中歌、支二部字相通之例。地域除楚国外，遍及秦、晋、齐等国。

二、先秦出土文献中歌支合韵的地域广泛性

除开先秦传世文献，出土文献歌支合韵的例证也不仅仅存在于楚地文物之中。

虽上文所举诸例均出自楚简，然而秦石刻《诅楚文》中亦有例证。《诅楚文》"将之以自救殹"的"殹"字，《巫咸》《亚驼》文均为"殹"，而《大沉厥湫》文为"也"。④ "殹"为支部字，"也"为歌部字⑤此为秦地文物所保存的歌支相通实例。

而"殹"与"也"同，上博简《鲁邦大旱》第六简"公岂不饱粱食肉哉殹"⑥，亦此例。后西汉之新郪虎符铭文"行殹"⑦，及《马王堆简帛文字编·殳部》经○○一的"生法而弗敢犯殹"、经○○三的"无执殹"、胎○○二的"故人之产殹"、五二○五的"刚毅之方殹"⑧，皆同例。

---

① 司马迁：《史记》，北京：中华书局，1959年版，第2348页。
② 王先谦：《荀子集解》，《诸子集成》，北京：中华书局，1954年版，第28页。
③ 洪兴祖：《楚辞补注》，北京：中华书局，1983年版，第180页。
④ 参都穆：《金薤琳琅》卷二，《先秦秦汉魏晋南北朝石刻文献全编》，北京：北京图书馆出版社，2003年版，第二册，第303页。
⑤ 案：唐作藩《上古音手册》将"也"归为鱼部字。然地、池、施等字皆从也得声，而归歌部，古今将"也"字亦归为歌部。
⑥ 马承源主编：《上海博物馆藏战国楚竹书（二）》，上海：上海古籍出版社，2002年版，第210页。
⑦ 转引自马承源主编：《上海博物馆藏战国楚竹书（二）》，上海：上海古籍出版社，2002年版，第207页。
⑧ 以上三例皆见陈长松编著：《马王堆简帛文字编》，北京：文物出版社，2001年版，第122页。

三、西汉文献中歌支合韵的地域广泛性

西汉去战国未远,其语音应保留了大量先秦古音,故而也可以作为探讨歌支合韵是否具有方言色彩的参考。西汉文献中所存的歌支合韵实例,所涉及的地域依然十分广泛。

《淮南子》中有四次歌支合韵。《原道训》:"形性不可易,势居不可移。"①《俶真训》:"是故贵有以行令,贱有以忘卑。贫有以乐业,困有以处危。"②《主术训》:"若欲规之,乃是离之。"③"智员者,无不知也。行方者,有不为也。"④

扬雄《方言》也有不少例证。如卷六:"参、蠡,分也。齐曰参,楚曰蠡,秦、晋曰离。"⑤"蠡"属支部,"离"属歌部,"参"属元部,为歌部对应之阳声。又如卷七:"斯、播,离也。齐、陈曰斯,燕之外郊、朝鲜洌水之间曰播。"⑥"斯"属支部,"离"属歌部。而早于《方言》的《尔雅·释言》就已经有了"斯、诒,离也"⑦的记载。且郭璞《注》云:"齐、陈曰斯。"⑧《大雅·板》"无独斯畏"句下郑《笺》曰:"斯,离也。"⑨《列子》卷二《黄帝》"不知斯齐国几千万里"句下张湛《注》:"斯,离也。齐,中也。"⑩皆其比。又如《方言》卷十:"曾、訾,何也。湘潭之原、荆之南鄙谓何为曾,或谓之訾,若中夏言何也。"⑪"訾"属支部,"何"属歌部。以上皆歌支相通之例,且所涉地域遍及齐、楚、秦、晋、陈等地。

又,正如谢荣娥教授所说:"仔细分析西汉时期歌支相叶的韵例,我们发现这些韵语只局限于枚乘、司马相如、东方朔、刘向、扬雄、中山王刘胜、王褒等人的诗文中。从地域上来看,主要集中在汉时蜀郡、江淮汝颍及山东一带。"⑫谢教授依此认为是楚

---

① 刘安著、高诱注:《淮南子》,《诸子集成》,北京:中华书局,1954 年版,第 6 页。
② 刘安著、高诱注:《淮南子》,《诸子集成》,北京:中华书局,1954 年版,第 22 页。
③ 刘安著、高诱注:《淮南子》,《诸子集成》,北京:中华书局,1954 年版,第 127 页。
④ 刘安著、高诱注:《淮南子》,《诸子集成》,北京:中华书局,1954 年版,第 148 页。
⑤ 钱绎:《方言笺疏》,影印上海图书馆藏光绪十六年红蝠山房本,上海:上海古籍出版社,1984 年版,第 395 页。
⑥ 钱绎:《方言笺疏》,影印上海图书馆藏光绪十六年红蝠山房本,上海:上海古籍出版社,1984 年版,第 433 页。
⑦ 邢昺:《尔雅注疏》,《十三经注疏》,北京:中华书局,1980 年版,第 2581 页。
⑧ 邢昺:《尔雅注疏》,《十三经注疏》,北京:中华书局,1980 年版,第 2581 页。
⑨ 孔颖达:《毛诗正义》,《十三经注疏》,北京:中华书局,1980 年版,第 550 页。
⑩ 张湛:《列子注》,《诸子集成》,北京:中华书局,1954 年版,第 13 页。
⑪ 钱绎:《方言笺疏》,影印上海图书馆藏光绪十六年红蝠山房本,上海:上海古籍出版社,1984 年版,第 552 页。
⑫ 谢荣娥:《秦汉时期楚方言区文献的语音研究》,北京:高等教育出版社,2011 年版,第 99 页。

方言影响和发生区域的扩大。但我们认为，这恰好证明了歌支合韵在地域上的广泛性，涉及了长江上游的蜀地，江淮流域以及黄河流域的山东一带，而不应仅仅是归为楚方言的影响。

上举诸人中，枚乘为淮阴人，刘向、刘胜虽祖籍沛县，然而却久居长安、中山，东方朔为平原厌次人，司马相如、扬雄、王褒皆蜀人。则除枚乘而外，其余均不能算作地道的楚人。长安、中山、平原皆远离楚地。巴蜀虽临近楚地，然而其方言却似乎受楚方言的影响不大。从历史文献的记载来看，其受秦晋方言的影响或许更多。《华阳国志》卷三《蜀志》云：

> 周慎王五年秋，秦大夫张仪，司马错、都尉墨等从石牛道伐蜀。蜀王自于葭萌拒之，败绩。王遁走至武阳，为秦军所害。其傅相及太子退至逢乡，死于白鹿山。开明氏遂亡。凡王蜀十二世。冬十月，蜀平。司马错等因取苴与巴焉。周赧王元年，秦惠王封子通国为蜀侯，以陈壮为相。置巴、蜀郡，以张若为蜀守。戎伯尚强，乃移秦民万家实之。①

据此，则秦于战国中期灭蜀过后，将大量的秦国人移民到了蜀地，那么其对于蜀方言的影响应该是很大的。又，《汉书》卷九十一《货殖传》云："蜀卓氏之先，赵人也，用铁冶富。秦破赵，迁卓氏之蜀，夫妻推辇行。诸迁虏少有余财，争与吏，求近处，处葭萌。"② 又："程郑，山东迁虏也，亦冶铸，贾魋结民，富埒卓氏。"③ 则可知秦灭蜀后，不仅将秦人迁入蜀中，还从山东六国迁大户入蜀，且为数众多，那么后世蜀方言也必受其影响。

四、从楚言与夏言的关系看歌支合韵的共同语性质

前文分别从先秦传世文献、出土文献和西汉文献的角度来讨论歌支合韵的共同语性质，再联系楚言与夏言的关系和春秋战国时期楚人与北方人的交流及书籍的写作方式来看，歌支合韵的方言色彩就更不明显了。

正如张正明所说："精神文化方面，楚人受华夏的熏陶已久。他们向华夏学来的，首先是语言文字。春秋时代，楚人尽管还说着楚言，但懂得夏言的越来越多了。在国际交往中，楚国的贵族大抵操夏言，而且通常是相当流利的。至于文字，楚人所用的

---

① 任乃强：《华阳国志校补图注》，上海：上海古籍出版社，1987年版，第126、128页。
② 班固：《汉书》，北京：中华书局，1962年版，第3690页。
③ 班固：《汉书》，北京：中华书局，1962年版，第3690页。

只有一种——就是夏文。"① 楚人所说的夏言、所用的夏文都是来自于中原文化的，只不过又带上了楚地的某些特点，故而被张正明称为"夏化的楚言"和"楚式的夏字"。现在没有文献可以证明楚人与中原各国人进行交流的时候必须经过翻译，相反从《左传》的记载来看，楚人与北方人的交流是没有任何障碍的。当然，《左传·庄公二十八年》记载有楚令尹子元伐郑时"楚言而出"②，但这恰好说明子元不想让郑人在交战之前听懂他在说什么，而他自己本身是可以说夏言的。

应该说楚人或者整个楚国社会对于中原文化的大规模接受实则始自春秋后期的王子朝奔楚。《左传·昭公十六年》："十一月，辛酉，晋师克巩。召伯盈遂逐王子朝。王子朝及召氏之族、毛伯得、尹氏固、南宫嚚，奉周之典籍以奔楚。"③ 杜预《注》曰："尹、召二族皆奔，故称氏。"④ 周王室的世家大族携带大量文化典籍来到楚国，这对于楚国的文化发展是具有划时代的意义的。而这种文化发展主要又体现中原文化对楚国社会的强大影响。

"周之典籍"入楚，这可能从根本上改变楚文化与中原文化的交流模式。自周成王"封熊绎于楚蛮"⑤ 到楚成王拓土，再到楚庄王观兵周郊，问鼎轻重，甚至《商颂·殷武》所记的"挞彼殷武，奋伐荆楚"⑥，楚文化与中原文化之间的交流大多是通过相互征伐的方式实现的。这种情况下的交流往往带有极大的强迫性。然而作为文化典籍所带来的文化浸润和滋养却与战争条件下相对野蛮的影响大不相同，其应是潜移默化，意义深远。周夷王时熊渠曰"我蛮夷也，不与中国之号谥"⑦。楚武王三十五年，"楚伐随。随曰：'我无罪。'楚曰：'我蛮夷也。今诸侯皆为叛相侵，或相杀。我有敝甲，欲以观中国之政，请王室尊吾号'"⑧。可见西周时，不仅中原列国视楚为蛮夷，楚国自己也以蛮夷自居。或许"周之典籍"入楚一事的重大意义就在于彻底改变了楚国被视为蛮夷的地位。范文澜先生评价此事时说道："这是东周文化最大的一次迁移。周人和周典籍大量移入楚国，从此楚国代替东周王国，成为文化中心。"⑨

当然，这并不是说中原的文化典籍在这时方才传入楚国，也不是说这时的楚人才开始向中原学习。《左传》《国语》等书中都保留有许多在王子朝奔楚之前楚人学习运

---

① 张正明：《楚文化史》，上海：上海人民出版社，1987年版，第62页。
② 孔颖达：《春秋左传正义》，《十三经注疏》，北京：中华书局，1980年版。
③ 孔颖达：《春秋左传正义》，《十三经注疏》，北京：中华书局，1980年版，第2114页。
④ 孔颖达：《春秋左传正义》，《十三经注疏》，北京：中华书局，1980年版，第2114页。
⑤ 司马迁：《史记·楚世家》，北京：中华书局，1959年版，第1691页。
⑥ 孔颖达：《毛诗正义》，《十三经注疏》，北京：中华书局，1980年版，第627页。
⑦ 司马迁：《史记·楚世家》，北京：中华书局，1959年版，第1692页。
⑧ 司马迁：《史记·楚世家》，北京：中华书局，1959年版，第1694页。
⑨ 范文澜：《中国通史》，北京：北京人民出版社，2004年版，第一册，第116页。

用中原文化及中原典籍的例子。但这一切的意义是无法与周典籍入楚相比的。因为此前的这些例子只能说明楚国贵族对于中原文化的接受，而周典籍入楚却能从根本上将中原文化的传播推向整个楚国社会。语言恰恰可能是文化影响中最重要的一个方面。因为楚国既然能够成为文化中心，如果语言不与中原相通，恐怕也是很难办到的。

战国时代楚国的语言在经受了长时间的中原文化侵染之后，其实与中原的差别已经不大了。上文提到《方言》一书所记录的是西汉时期的方言，其与先秦语音相差应当不远，其中的一些记载，颇能说明一些问题。如《方言》卷十云："煤，火也，楚转语也。犹齐言烢，火也。"① "煤""烢"二字读音极近，则楚、齐之间的方言相差无几。且战国时代的诸子之学说及文学作品如果带有浓重的方言色彩，是不利于其思想传播的。也就是说，《老子》《庄子》《荀子》《楚辞》等等都不可能全是用方言写成的，只是说它们都会带有一些地域色彩而已。如果《楚辞》真是全由楚语写成，为何除去一些确属楚方言的词汇而外，并不影响阅读？《越人歌》的那种未经翻译就毫不能为鄂君理解的现象并没有发生在《楚辞》身上。这说明《楚辞》主要也是用夏言写成的，只不过保留了一定的楚方言词汇。《楚辞》如此，其他诸子之文就更不用说了。

当然，楚、夏文化之间的联系，是语言相通的基础，其演变规律是否一致还有待于音理上的论证，姑列出问题于此，以待博雅。

综上可知，涉及歌支合韵的语言已经包含了楚方言、巴蜀方言、秦晋方言、齐鲁方言等因素，地域包括当时中国的大部分地区。故而很难说是单单出自某一种方言的影响，或开始于某一种方言。其次综合传世文献和出土文献来看，"歌支合韵"作为春秋战国时代共同语或者说"雅言"发生音变的可能性更大，而不仅仅是带有明显的楚方言色彩。如果再联系楚文化与中原文化的交流及战国典籍的书写方式来讲，则歌支合韵的方言色彩就更加不明显了。

五、上古音歌部和支部的界限与演变

通过前文的探讨，可以看出，歌支合韵确实不应是某一种方言独有的现象，而应当是一种共同语的演变。那么，歌部与支部的界限到底在哪里呢？

从上文对歌支合韵的分析来看，上古音的歌部与支部确实联系很大。也正是因为如此，段玉裁才会说"第十七部与第十六部合用最近"②。段氏所谓的第十七部就是歌部，第十六部就是支部。而孔广森也曾言"但支、歌之界，其混最甚。周末人用韵即

---

① 钱绎：《方言笺疏》，影印上海图书馆藏光绪十六年红蝠山房本，上海：上海古籍出版社，1984年版。
② 段玉裁：《六书音韵表》，北京：中华书局，1983年版，第32页。

与《诗经》不同。"①

但这绝不是说明歌部和支部是没有界限,甚至可以归为一部的。歌部与支部相合,应该是语音逐渐演变的结果。

段玉裁《六书音韵表·表一·第十七部独用说》有云:

> (第十七部)古独用无异辞。汉以后多以鱼虞之字韵入于歌戈。郑氏以鱼虞歌麻合为一部,乃汉魏晋之韵,非《三百篇》之韵也。古第十七部之字多转入于支韵中。②

段氏这段话表达了三层意思。第一,上古音歌部应是一个独立的韵部。第二,汉代以来,歌部字常与鱼部字相通,所以才造成了后世将中古音的鱼虞歌麻与上古音歌部的混淆。第三,上古音歌部字常与支部字相通。

段玉裁的这三个观点应该说是比较科学的说法,王力先生亦表示赞同,并有所发明。其在《汉语语音史》中言道:

> 汉代韵部与先秦韵部基本相同,但是许多韵部包括的字与先秦韵部不尽相同,或大不相同。……支部范围扩大。先秦歌部"仪宜移施奇蠡披池离皮垂羆猗陂随议妫褵谊撝疲驰羲为迤丽蔿被靡弥箠攲崎醨雁地"等字转入支部。歌部范围改变。先秦鱼部"家华牙邪车葭瑕瓜芽野马下夏者雅寡"等字转入歌部;先秦"仪宜"等字转入支部。③

通过王力先生所举诸字例可以看出,先秦时代与支部字相通的歌部字大都均转入了支部,而与歌部字相通的鱼部字又大都转入了歌部。这当然不可能是在一时一地可以完成的,而应是一个渐变的过程。而这也恰好证明了上古音歌部、支部以及鱼部之间存在的音转关系。如前文所提到的楚简中,"可"当为"呵"之借字。今本《老子》上篇《四章》"渊兮似万物之宗"④,帛书甲、乙二本"兮"字并作"呵"⑤;《十五章》"犹兮若畏四邻,俨兮其若容,涣兮若冰之将释,敦兮其若朴,旷兮其若谷,混兮其若

---

① 孔广森:《诗声类》,北京:中华书局,1983年版,第21页。
② 段玉裁:《六书音韵表》,北京:中华书局,1983年版,第13页。
③ 王力:《汉语语音史》,北京:中国社会科学出版社,1985年版,第83页。
④ 王弼:《老子注》,《诸子集成》,北京:中华书局,1954年版,第3页。
⑤ 高明:《帛书老子校注》,北京:中华书局,1996年版,第239页。

浊"① 之"兮"字，帛书亦作"呵"②。但郭店楚简《老子》"兮"字写作"虖"③，当读为"呼"，在鱼部。《老子》各本中的"兮""呵""呼"相通，正是这种语音演进的体现。即"呵""兮"本为歌支合韵，而以"呼"代"呵"则是鱼歌合韵的结果。

事实上，不仅汉代歌部字可以与鱼部字相押，先秦时期也存在这两部之间相通的例证。《楚辞》中即有之。宋玉《九辩》云："彼日月之照明兮，尚暗黮而有瑕。何况一国之事兮，亦多端而胶加。"④ 其中"瑕"属鱼部，"加"属歌部，正为鱼歌合韵。

而先秦简文、铭文亦多有鱼部字与歌部字混用的情况。如上博简《周易》第一简"不利为寇"⑤。其中"寇"就是"寇"，"戈"与"攴"通。《说文》三篇下《攴部》："攴，小击也。从又，卜声。"⑥ "卜"属鱼部，则"攴"亦属鱼部，"戈"属歌部，此正为歌鱼相通之例。无独有偶，九店简（五六·三二）"必无堪寇"⑦ 及《古玺汇编》〇〇六八、〇〇六九中的"寇"字皆作"寇"⑧。又，故宫博物院藏春秋晚期的虢叔旅钟"启"作"[字]"⑨。"攵"就是"攴"，故亦与上述同例。

上古音鱼歌相通的例证虽多，然而鱼部字与支部字合韵或混用的情况却未发现。从这一点上来讲，这或许就是上古音中歌部与支部的界限。而上述例证囊括先秦文学作品、楚简、古玺、中原青铜器，地域亦不仅仅局限于楚地，故而这印证了鱼歌合韵的共同语性质。也就是说，将能否与鱼部合韵作为歌、支二部的界限，是具有普遍性的。

同时，也应看到，《楚辞》的时代距离《诗经》也有300年左右的差距。在如此长的一段时间里，语音是肯定会发生变化的。《楚辞》中的歌支合韵就与时代的变化所造成的音转有一定的关系。以往对古音历史阶段的划分虽然有其科学性，但并不代表在每一个时期内语音就不会变化。任何事物都有从量变到质变的过程。能体现上古音分部的一系列语音变化，这就是《楚辞》在上古音分部体系的建立，以及从《诗经》时

---

① 王弼：《老子注》，《诸子集成》，北京：中华书局，1954年版，第8页。
② 高明：《帛书老子校注》，北京：中华书局，1996年版，第291—294页。
③ 张守中、张小沧、郝建文：《郭店楚简文字编》，北京：文物出版社，2000年版，第16页。
④ 洪兴祖：《楚辞补注》，北京：中华书局，1983年版，第193—194页。
⑤ 马承源主编：《上海博物馆藏战国楚竹书（三）》，上海：上海古籍出版社，2003年版，第136页。
⑥ 段玉裁：《说文解字注》，上海：上海古籍出版社，1988年版，第122页。
⑦ 湖北省文物考古研究所、北京大学中文系编：《九店楚简》，北京：中华书局，2000年版，第49页。
⑧ 故宫博物院编：《古玺汇编》，北京：文物出版社，1981年版，第12页。
⑨ 中国社会科学院考古研究所编：《殷周金文集成》，北京：文物出版社，1989年版，第一册，第263页。

代到《楚辞》时代语音变化的规律中所体现出的最重要的价值。

综上可知，上古音的歌部和支部是可以合韵且经常相押的。而这种相通又是带有共同语性质的语音演变现象。歌部与支部虽然可以相通，但绝不代表这二部没有明确的界限。从歌部与鱼部的相通及鱼部与支部的绝不相通，即可看出歌、支二部的区别。而从《诗经》《楚辞》中所体现出的韵部和用韵规律的变化中，也能看出《楚辞》在我们认识先秦古音分部和用例上的独特价值。

由传承、模拟论赋之实体源出于楚地长诗

四川师范大学 邓 稳

【摘 要】 探讨赋体缘起关键在于对赋作形成初期体式来源的详实考察,由屈原、宋玉至枚乘、司马相如构建了一个模拟、创变楚人作品的体系。赋家所以模拟楚作既有楚地诗歌传播的影响,又有赋家"好辞"的内在驱动力,而赋作"(序)+韵诵正文+(乱)"的体式正是源于对楚地长诗的传承与创变。就此而言,赋之实体源出于楚地长诗。

【关键词】 赋体缘起 传承谱系 模拟 (序)+韵诵正文+(乱) 楚地长诗

赋体缘起有两种权威说法值得推敲,其中之一见于刘勰《诠赋》:

至如郑庄之赋大隧,士蒍之赋狐裘,结言短韵,词自己作,虽合赋体,明而未融。①

"郑庄之赋大隧"见于《左传·隐公元年》,指郑庄公与母亲突破"无相见"的誓言,与母亲在隧道相会时诵吟"大隧之中,其乐也融融"②,其母走出隧道感叹"大隧之外,其乐也洩洩"③一事。郑庄公母子所诵韵语只有一句,与《诗经》无关。考其所本实是郑庄公与母亲决裂后发的誓言:"不及黄泉,无相见也。"④古代誓言为求简便多用韵语,这与讲求篇章,使情感与修辞能较为艺术地展现出来的诗文不同。换言之,誓言是一种普通人的生活用语,不算文学语言。因为曾发过这样的誓言,在突破誓言后郑庄公便用与此类似的话语表达"及黄泉"后母子相见的快乐;郑庄公母亲被庄公的孝行感动,在离开"黄泉"后模仿庄公叹语表达心情,都只能算是生活用语。"士蒍

---

① 范文澜:《文心雕龙注·诠赋》,北京:人民文学出版社,1958年版,第134页。
② 杨伯峻:《春秋左传注·隐公元年》,北京:中华书局,2009年版,第15页。
③ 杨伯峻:《春秋左传注·隐公元年》,北京:中华书局,2009年版,第15页。
④ 杨伯峻:《春秋左传注·隐公元年》,北京:中华书局,2009年版,第14页。

之赋狐裘"见于《左传·僖公五年》"士蒍退而赋曰:'狐裘尨茸,一国三公,吾谁适从。'"① 刘勰称郑庄公母子、士蒍所赋的一句话已合"赋体",推其理由大概有三:三人说出了事件(或地点)、心情,符合"赋者,铺也,铺采摛文,体物写志"② 的特点;《左传》记三人感叹用了"赋"字,和"赋体"之"赋"用字相同;三人"词自己作"不同于春秋诸侯、士大夫赋《诗经》,而与屈原、宋玉、贾谊、司马相如等人自造篇相仿。刘勰注意到赋体形成应从"词自己作"开始非常正确,但忽略了三人未必自认为是在赋吟。因为三人感叹时都脱离了"聘问歌咏"的仪式现场,"赋"这一动作可能是《左传》编辑者褒扬三人言行合于儒家孝、慈、忠等观念所用的词语,表达的是《左传》编者的观点,与三人本意无关。如此,三人的片言只句便与赋体全无关系。陶秋英《汉赋之史的研究》从动词与名词的区别论及古代文人"以字而牵强假借"来探讨"赋的原始"的错误,很有说服力,此处不再赘述③。

刘师培有一种"赋体"观念可看作传统赋体认识的集大成者,其偏颇之处尚未被充分认识:

> 昔《文心雕龙》之论赋也,谓六艺附庸,蔚成大国。吾观《诗》有六义,赋之为体,与比兴殊。……赋之为体,皆指事类情,不涉虚象,语皆征实,辞必类物,故赋训为铺,义取铺张,循名责实,惟记事析理之文,可锡赋名。自战国之时,楚骚有作,词咸比兴,亦冒赋名,而赋体始淆,斯包函愈广,故六经之体,固不相兼。④

考刘师培立论之基石为《毛诗序》"《诗》有六义"及毛传、郑笺对"六义"的阐释,但刘师培忽略了两点:"六义"中的赋、比、兴是儒家诗教传统对孟子"以意逆志"比附说《诗》传统的继承与发展,它的形成实晚于"赋"体、"赋名"形成的时期;赋与比兴的二分源于《诗》在讽谏功能上的区别:比兴宜于比附,赋直陈事实,不便于比附,直至郑玄才发挥《毛传》"赋者,铺也"说"赋""直铺陈今之政教善恶",在此之前,"赋"自有它的本义与引申义,不必然为"指事类情"的铺陈义。由于没有考虑"赋"义演变的丰富性和赋体文学发展的具体历史,刘师培所论只能算作个人见解,而不是对赋体形成历史的客观考察。

---

① 杨伯峻:《春秋左传注·僖公五年》,北京:中华书局,2009年版,第304页。
② 范文澜:《文心雕龙注·诠赋》,北京:人民文学出版社,1958年版,第134页。
③ 陶秋英:《汉赋之史的研究》,北京:中华书局,1939年版,第8-10页。
④ 刘师培:《论文杂记》,《刘申叔先生遗书》,南京:凤凰出版社,1997年版,第722页。

历史地看待赋体形成的过程,除讨论"赋的名称的成立"外,自然应该探讨"赋的实体的产生"与传承,而传承才使一种文体得到定型并不断地发生改变。《汉书·艺文志》把后出的"大儒孙卿"强加于略早的屈原之前,经刘勰《诠赋》等历代赋论的阐发,汉代似乎形成一个"孙卿赋"的传承系统。上文言及刘师培以"指事类情,不涉虚象"作为"赋之为体"的本质特征,实则指认《荀子·赋篇》为赋之正宗、赋之主流,他在《汉书艺文志书后》中说:

  班《志》叙诗赋为五种,赋析四类。……盖屈平以下二十家,均缘情托兴之作也,体兼比兴,情为里而物为表;陆贾以下二十一家,均骋词之作也,聚事征材,指诡而词肆;荀卿以下二十五家,均指物类情之作也,侔物揣声,品物毕图,舍文而从质,此古赋区类之大略也。①

刘师培认为屈原赋的特点是"缘情托兴",所用手法为"体兼比兴";陆贾特点是"骋词",所用手法为"聚事征材";荀卿赋特点是"指物类情",其手法未明言是"赋",绾合"侔物揣声,品物毕图"与《论文杂记》"赋之为体,皆指事类情,不涉虚象,语皆征实,辞必类物"参看,可知这正是刘师培认为"可锡赋名"的赋体。刘师培以荀卿赋为赋体代表的观点可能源自王芑孙《读赋卮言·导源篇》:

  夫(赋)既与诗分体,则义兼比兴,用长箴颂矣。单行之始,椎轮晚周,别子为祖,荀况、屈平是也;继别为宗,宋玉是也。追其统系,三百篇其百世不迁之宗矣。下此则两家歧出,有由屈子分支者,有自荀卿别派者。……相如之徒,敷兴摘文,乃从荀法;贾傅以下,湛思邈虑,具有屈心。抑荀正而屈变,马愉而贾戚,虽云一毂,略已殊途。②

王芑孙论赋推尊《诗经》,以赋为"古诗之流",分赋为荀况、屈原两派。刘师培未注明是否受王芑孙观点启发,但所论多与之相合。

  王芑孙以为司马相如学习荀赋"敷兴摘文"的铺陈手法写赋,不仅汉、晋、隋、唐未闻此高论,就是王芑孙稍前及同时代的人也罕有此说。然则,刘师培以后,不少现当代学者一方面阐发荀况作为第一个以"赋"名篇的源头意义,另一方面又论述荀

---

  ① 刘师培:《左盦集·汉书艺文志书后》,《刘申叔遗书》,南京:凤凰出版社,1997年版,第1284页。
  ② 王芑孙:《读赋卮言·导源篇》,王冠辑《赋话广聚》,北京:北京图书馆出版社,2006年版,第302-303页。

卿赋对赋体创作的典范作用。《赋篇》篇名不为荀况自题,笔者已有考论。我们先看学者怎么论述荀卿赋的创作示范作用。陶秋英在《骚赋时期的一个非骚赋作者——荀卿》中说:

> 总之荀卿是把赋的动词的运用到名词上去的第一人,所以虽然他的《赋篇》不是纯熟的赋的系统里的东西,但名称是他开创的,我们不能不承认它是赋,何况它至少也含有一两个赋的因子:一、是应用隐语;二、是敷陈其辞。……一向大家都以为《成相篇》也是赋。照我看来是不对的。①

陶秋英认为《成相篇》不是赋,但因有篇名《赋篇》不能解释,故为《赋篇》所载文章找来两个是赋的理由"应用隐语""敷陈其辞",上文已讲"敷陈"之义兴起于以"赋"名篇后,不能作为草创时期赋的特点,而"隐语"中原流传甚多,如齐国即有"《齐谐》",为何这些都不名"赋",独荀卿所作几篇为赋?隐语不为赋体,把隐语著录于"赋略"实则是刘向著录皇家图书馆图书的特殊情况所致。在《汉赋的派别源流》中,陶秋英分汉赋为屈原赋、荀卿赋两类,认为屈原赋"重抒情",荀卿赋"重析理(赋物)"。② 这一分法显然受到上所论刘师培观点的影响。归入荀卿赋一派的有"淮南王安及孔臧、董仲舒等","到司马相如,乃集各体的大成,屈宋派的抒情;荀卿派的说理、寓言、讽谏;枚乘的散韵相间、问答体;一切都兼而有之"③。陶秋英先生的分类前人从未言过,唯有论司马相如吸取枚乘赋"散韵相间、问答体"一点找得到可靠文献依据——司马相如与枚乘、严忌、邹阳等"居数岁,始为子虚之赋"(《史记·司马相如列传》),姑不论其得失。

李曰刚《辞赋流变史》也专列"短赋(荀赋)"一章讨论荀卿的特点及影响,但认为《成相篇》也属赋。李曰刚认为汉赋体式来源于《赋篇》:"荀卿之五赋,藉分析事物,以阐陈义理,汉之辞人师之,即演成咏物赋与说理赋。"④ 咏物赋举了《西京杂记》梁孝王宾客诸赋为证,说理赋举了扬雄《太玄》、张衡《思玄》为证。然而考诸所有传世文献未见梁王宾客、扬雄、张衡读过《赋篇》,更别说评论、模拟《赋篇》的证据,这又怎么能说"辞人师之"作咏物赋、说理赋呢?夷考其实,元代陈仁子《文

---

① 陶秋英:《汉赋之史的研究》,北京:中华书局,1939年版,第85页。
② 陶秋英:《汉赋之史的研究》,北京:中华书局,1939年版,第114页。
③ 陶秋英:《汉赋之史的研究》,北京:中华书局,1939年版,第115页。
④ 李曰刚:《辞赋流变史》,台北:文津出版社,1987年版,第85页。

选补遗》"屈、宋之赋，家有人诵，独荀卿之赋人希诵"① 才符合西汉实情。

姜书阁《汉赋通义》与李曰刚《辞赋流变史》都出版于20世纪80年代，所论汉代荀卿的派别、传承相仿，不再赘述。唐代以前的学者多只论荀卿赋作为第一个赋体命名者及赋作讽谏价值的意义，至王芑孙、刘师培，特别是陶秋英、李曰刚、姜书阁以后学者，变本加厉，竟然曲意为汉代荀卿赋列出一个传承体系。这样的结论和做法当然都是出于对《赋篇》命名的误解，是没有文献根据的过度阐释。但这又给赋体实体形成的探讨开启了一个新的视界，即从文献记载的角度找到汉人作赋的学习、模拟体系。只要这个体系真实存在，汉人赋体的源流问题就能顺利解决。

一、赋家谱系：赋之体式探索的历史依据

拙文《赋体缘起的文学地理探源》列有汉武帝及以前的所有赋家、赋作的表格，据此表，赋的创始者屈原、宋玉、唐勒、景差皆为楚国鄢郢人。荀卿《赋篇》的命名权被剥夺尚不影响作品的归属权，但其创作也在楚王东迁、春申君为相以后，要晚于屈原四人。《战国策·楚策四》"客说春申君"条载：

（春申君）于是使人请孙子于赵。孙子为书谢曰："……"因为赋曰："宝珍隋珠，不知佩兮。祎布与丝，不知异兮。……呜呼上天，曷惟其同！"②

《韩诗外传》所载故事与《战国策》相同，记荀卿"为赋"情况如下：

因为赋曰："'璇玉瑶珠不知佩，杂布与锦不知异。……呜呼上天，曷维其同！'"《诗》曰："上帝甚慆，无自瘵焉。"③

两文记荀况"为赋"这两个字都是两书编撰者所加，与荀况无关。考《史记》载贾谊

---

① 陈仁子：《文选补遗》（《景印文渊阁四库全书》本），台北：台湾商务印书馆，1986年版，第1360册第495页。
② 刘向集录、范祥雍笺证、范邦瑾协校：《战国策笺证·楚策四》，上海：上海古籍出版社，2006年版，第894页。
③ 屈守元：《韩诗外传笺疏》，成都：巴蜀书社，1996年版，第414页。

"为赋以吊屈原""为赋以自广"皆司马迁的记述之语①,以此例之,荀况所作并未与"赋"字有任何关系,今所见《赋篇》实是刘向根据"不歌而诵谓之赋"的分类方法对某类韵诵作品的整理归纳。《战国策》所载荀况作品以"兮"字疏缓语气,与屈原代表的此阶段楚地歌诗句式相同,正好与荀况曾为楚兰陵令受楚诗影响,赠楚诗以劝谏楚相春申君的目的相呼应。《韩诗外传》用整齐的七言句把荀卿所作楚诗改头换面,可能受《诗经》句式整齐的影响,段末作者引《诗》"上帝甚慆,无自瘵焉"可以为证。要之,荀卿虽有《礼》《智》《云》《蚕》《箴》《佹诗》《成相》等韵文,但他并没有认为是"赋",也找不到荀况把它们与春秋"赋诗"行为相联系的动机与迹象。荀况作品在刘向之前不以"赋"名,也没有任何一个西汉赋家模拟、创作则是不争的事实。文献显示,西汉无一人作过与荀况七篇同题的作品,直至东汉初期班昭(49—约120)《针缕赋》才与荀况《箴(通针)》篇名略为相似。《针缕赋》云:

  镕金秋之刚精,形微妙而直端。性通远而渐进,博庶物而一贯。惟针缕之列迹,信广博而无原。退逶迤以补过,似素丝之《羔羊》。何斗筲之足算,咸勒石而升堂。②

荀况《箴》云:

  有物于此,生于山阜,处于室堂。无知无巧,善治衣裳。……臣愚不识,敢请之王。
  王曰:此夫始生钜,其成功小者邪?长其尾而锐其剽者邪?头铦达而尾赵缭者邪?一往一来,结尾以为事。……既以缝表,又以连里。夫是之谓箴理。——箴③

---

① 王芑孙:《读赋卮言·序例》:"西汉赋亦未尝有序,《文选》录赋凡五十一篇,其司马之《子虚》《上林》,班之《两都》,张之《二京》,左之《三都》,皆合两篇三篇为一章法,析而数之,计凡五十六篇中,间有序者凡二十四篇。西汉赋七篇中,间有序者五篇:《甘泉》《长门》《羽猎》《长杨》《鹏鸟》,其题作序者,皆后人加之,故即录史传以着其所由作,非序也。自序之作,始于东汉。"《鹏鸟》"间有序"不知何指,据《史记·贾生列传》,当与本传《吊屈原赋》小序相同,皆为司马迁对贾谊作赋题旨的揣摩、概括。
② 欧阳询撰、汪绍楹校:《艺文类聚》卷六十五《产业部上》,上海:上海古籍出版社,1999年版,第1169页。
③ 王先谦:《荀子集解·赋篇》(《诸子集成》本),北京:中华书局,1954年版,第317-318页。

班昭《针缕赋》每句中间皆用虚词"之""而"以疏缓语气,实是楚辞体语词"兮"字的变形。荀况《箴》用问答体结篇实是隐语体式的运用,整篇又以四言句为主,并未使用虚词。两文相校,句式、章法无一相似,哪能说班昭模拟荀况《赋篇》而作赋呢?笔者以为赋体的形成要考察早期作家的传承与学习的范本,而不是用几个指定的概念把本无任何关联的作家作品拉到一块儿来任意比较。没有任何文献可以证明西汉刘向之前的赋家阅读过荀况几篇似赋作品,因此赋在形成阶段受到荀况作品的影响一说不能成立。从荀况曾经在楚国兰陵居住较长时间以及劝谏楚相春申君而作的目的,绾合带"兮"字的疏缓句法倒可推定《佹诗》吸取了屈原作品,或楚地诗歌的形式。

贾谊20岁由洛阳到长安,至湖南长沙始传《吊屈原赋》,赋文从句式、内容、思想诸方面来看,都与屈原作品极为相似。我们可以从历代学者对二人作品具体关联上的评价来判断二者的关系:

  挚虞《文章流别论》:"贾谊之作,则屈原俦也。"①

  刘熙载《赋概》:"贾谊《惜誓》《吊屈原》《服赋》,俱有凿空乱道意。骚人情境,于斯犹见。"②

  张惠言《七十家赋钞·叙目》:"其趣不两,其于物无强,若枝叶之附其根本,则贾谊之为也,其源出于屈平。"③

  孙梅《四六丛话》:"《鵩鸟》……旷放沈挚:《怀沙》之遗响也。"④

古人评论文学作品常就某一点观察作家与作家、作品与作品之间的关系,如抒情、铺陈、志向、情致等,这些是全球所有民族、所有国家的作家都可能具有的特点,不能用来准确判断某一民族某一时段某一文体的"实体"特点。刘熙载以贾谊《惜誓》《吊屈原赋》皆以屈原作品的形式伤悼屈原,《鵩赋》以屈原作品的形式自我伤悼、自我释怀的缘故,得出"骚人情景,与斯犹见"的结论,确属信而可征。孙梅以作品本身言《鵩赋》为《怀沙》遗响;挚虞、张惠言或也本于贾谊三文和屈原作品的形式、内容关系,一言"屈原俦",一言"源出于屈平",都为信论。

---

① 挚虞:《文章流别论》,《太平御览》卷五百八十七《文部三》,北京:中华书局,1960年版,第2644页。
② 刘熙载撰、袁津琥校注:《艺概注稿·赋概》,北京:中华书局,2009年版,第428页。
③ 张惠言:《七十家赋钞·叙目》(《续修四库全书》本),上海:上海古籍出版社,2002年版,第1611册第3页。
④ 孙梅著、李金松校点:《四六丛话·骚二》,北京:人民文学出版社,2010年版,第45页。

董仲舒、司马迁作赋于武帝登基以后，楚辞、赋体传播已渐广，其作品以"兮"字为语词，为模拟楚辞无疑。东方朔与楚人枚皋等过从甚密，也可划入受楚地作家影响的范围。这样一一数来，屈原、宋玉、唐勒、景差、陆贾、朱建、枚乘、严忌、淮南王刘安、严助、朱买臣、枚皋、汉武帝刘彻等楚人为楚辞、汉赋传播主体，贾谊、邹阳、公孙诡、羊胜、路乔如、公孙乘、司马相如、董仲舒、东方朔、孔臧、司马迁等与楚人接触作赋的非楚作家为楚辞、汉赋扩散者的西汉早期赋体传播方式与路径清晰可见。如果读者能就汉代四家诗的传承关系参考，自然会发现作为一种特定文学形式必然要在作家、作品相互接触、研读中才能真正加以创作、改变的特点。平心而论，西汉武帝以前赋家相互传承的关系比四家诗若有若无的师承关系要紧密得多，这当然与赋作为一种新兴的文体着重文学的形式，而四家诗只是一种纯思想的阐发相关。

这两系的作家一方面学习以屈原为典范的楚辞语言，另一方面又如宋玉一样不断地突破楚辞的限制，创作出更适合时代的文体特征。如枚乘继宋玉《高唐》《神女》后，又作出新一代的典范——《七发》，引领一个新的模拟系统。刘勰《杂文》说：

  自《七发》以下，作者继踵。观枚氏首唱，信独拔而伟丽矣。及傅毅《七激》，会清要之工；崔骃《七依》……张衡《七辨》……崔瑗《七厉》……陈思《七启》……仲宣《七释》……自桓麟《七说》以下，左思《七讽》以上，枝附影从，十有余家。①

刘勰指出枚乘以后的"七体"作家"枝附影从"《七发》的现象，但没有举出作家创作时模仿《七发》的实例。傅玄《七谟序》云：

  昔枚乘作《七发》，而属文之士，若傅毅、刘广世、崔骃、李尤、桓麟、崔琦、刘梁桓彬之徒，承其流而作之者纷焉，《七激》《七兴》《七依》《七疑》《七说》《七蠲》《七举》之篇，通儒大才马季长、张平子亦引其源而广之……②

与评论家刘勰不同，傅玄以作家的身份追述了"七体"作者对枚乘《七发》的模拟，当属可信。这段话至少表明，傅玄自己是认真研读《七发》及其他"七体"作品以后

---

① 范文澜：《文心雕龙注·杂文》，北京：人民文学出版社，1958年版，第255页。
② 欧阳询撰、汪绍楹校：《艺文类聚·杂文部三》，上海：上海古籍出版社，1999年版，第1020页。

才进行《七谟》的创作。

当然,最成功的创作者是司马相如。拙文《赋体缘起的文学地理探源》与《由齐、楚设喻论析〈子虚上林赋〉的大一统主旨》对司马相如由蜀地至长安初识赋体,后因喜赋到梁国从楚人枚乘、严忌交游习得作赋技巧的过程作了比较详细的探讨,可参。王鏊"按相如志,独在词赋。梁者,词赋之薮,因病免,有志哉"①的述评可看成司马相如赋作渊源的一个简明概括。今再从作品本身及对后世影响的角度探讨司马相如的赋作源流。

  相如好书,师范屈、宋,洞入夸艳,致名辞宗。②(刘勰《文心雕龙·才略》)

  自屈原词赋假设为渔父、日者问答之后,后人作者悉相规仿。司马相如《子虚上林赋》以子虚、乌有先生、亡是公。扬子云《长扬赋》以翰林主人、子墨客卿;班孟坚《两都赋》以西都宾、东都主人;张平子《二京赋》以凭虚公子、安处先生……皆改名换字,蹈袭一律。③(洪迈《容斋随笔》)

  长卿《子虚》诸赋,本从《高唐》物色诸体,而辞胜之。《长门》从《骚》来,毋论胜屈,故高于宋也。④(王世贞《艺苑卮言》)

刘勰"相如好书,师范屈宋"指出司马相如写赋经验的积累源自屈原、宋玉的作品。洪迈认为赋体中的假设问对源自屈原《渔父》《卜居》中的问答,定型于司马相如的《子虚上林赋》,此后作者多受《子虚上林赋》的影响,由扬雄、杜笃、左思等的赋序来看确实如此。王世贞则进一步从对物的描写、辞藻的使用方面指出司马相如与屈原、宋玉的关系。因为有司马相如到梁国与楚地赋家交游几年的经历,以上学者从赋文本对司马相如赋作渊源的分析令人信服。

司马相如完成了对楚辞(包括此前楚人对楚辞的模拟创造,如宋玉《高唐》、枚乘《七发》)的学习与创变,汉赋至此以新的面貌屹立中国文学之林。但由楚辞演变而来的赋体,在西汉人对司马相如的模拟过程中得到更加广泛的传播。

---

① 凌稚隆辑校:《史记评林·司马相如列传》,《四库未收书辑刊》,北京:北京出版社,2000年版,一辑第12册第410页。
② 范文澜:《文心雕龙注·才略》,北京:人民文学出版社,1958年版,第698页。
③ 洪迈撰、孔凡礼点校:《容斋随笔·五笔》卷七,北京:中华书局,2005年版,第912页。
④ 王世贞:《新刻增补艺苑卮言》(《续修四库全书本》)附录卷八,上海:上海古籍出版社,2002年版,第1695册第525页。

(1) 长安有庆虬之亦善为赋，尝为《清思赋》，时人不之誉也，乃托以相如所作，遂大见重于世。①（《西京杂记》卷三）

(2) 及司马相如游宦京师诸侯，以文辞显于世。乡党慕循其迹。后有王褒、严遵、扬雄之徒，文章冠天下。相如为之师。②（《汉书·地理志下》）

(3) 先是时，蜀有司马相如，作赋甚弘丽温雅，雄心壮之，每作赋，常拟之以为式。又怪屈原文过相如，……作《离骚》，……悲其文，读之未尝不流涕也。……乃作书，往往摭《离骚》文而反之，……名曰《反离骚》；又旁《离骚》作重一篇，名曰《广骚》；又旁《惜诵》以下至《怀沙》一卷，名曰《畔牢愁》。③（《汉书·扬雄传上》）

(4) 孝成帝时，客有荐雄文似相如者，……召雄待诏承明之庭。④（《汉书·扬雄传上》）

(5) 赋莫深于《离骚》，反而广之；辞莫丽于相如，作四赋；皆斟酌其本，相与放依而驰骋云。⑤（《汉书·扬雄传下》）

《西京杂记》可能成书于隋唐之交，但"外家之语，汉以来已多有之，此书采缉所及，未必皆为西京所无耳"⑥。长安庆虬之借司马相如之名抬高自己赋作地位一事真假无考，但论司马相如在汉武帝时赋名之盛应与历史相符。《汉书·地理志》载蜀地民众因司马相如作赋成名，渐好读书，王褒、严遵、扬雄得以文章名世。由第3、4、5例可知，扬雄慕司马相如的赋才精研相如赋作并加以模拟，其模拟效果是"雄文似相如"。第4例载扬雄"又怪屈原文过相如"，因此研读、模拟屈原作品。从这几例可看出蜀地好赋皆因司马相如，而相如赋作实与屈原作品有极深渊源，所以扬雄才会由司马相如赋作的研习进而转到对屈原作品的模拟。郝敬认为："诗变为辞，辞变为赋……赋惟司马相如首唱，扬雄以下成习气矣。"⑦ 如果说《诗》变为《楚辞》没有文献证明其间的直接关联，我们则可以据现有文献断言：屈、宋赋作到汉赋定型是传承清晰、渊源有自！《王直方诗话》云："山谷尝谓余曰：'凡作赋要须以宋玉、贾谊、相如、子

---

① 刘歆撰、葛洪辑、向新阳、刘克任校注：《西京杂记校注》卷三"赋假相如"条，上海：上海古籍出版社，1991年版，第149页。
② 班固：《汉书·地理志下》，北京：中华书局，1962年版，第1645页。
③ 班固：《汉书·扬雄传上》，北京：中华书局，1962年版，第3515页。
④ 班固：《汉书·扬雄传上》，北京：中华书局，1962年版，第3522页。
⑤ 班固：《汉书·扬雄传下》，北京：中华书局，1962年版，第3583页。
⑥ 黄云眉《古今伪书考补正》，济南：齐鲁书社，1986年版，第105页。
⑦ 郝敬：《艺圃伧谈》，吴文治主编：《明诗话全编》（六），南京：江苏古籍出版社，1997年版，第5913页。

云为师〔格〕，略依放其步骤，乃有古风。'"① 宋玉为楚人，贾谊、司马相如、扬雄又皆深受屈原、宋玉及被楚辞影响的赋家熏染，因此黄山谷主张为有"古风"应以此四人为老师。究其实质，这是对西汉赋体与楚赋一脉相承关系的体认与实践。

二、模拟楚作：赋家好辞的实现途径

近代学者多认为汉赋可分为诗体赋、骚体赋、散体赋三种，这一分法当然是后世以赋体发展的眼光对汉赋作的归纳，与汉人，特别是赋体形成初期的作家自身看法相差很大。司马迁虽说"屈原既死之后，楚有宋玉、唐勒、景差之徒者，皆好辞而以赋见称"（《史记·屈原列传》），似乎以屈原所作为"辞"、宋玉等所作为"赋"，但在本传同时又称屈原"乃作《怀沙》之赋"，可见司马迁及武帝一朝人已经辞、赋混用。如果细加分辨，辞、赋二者的关系也可以略加辨析。

张伯伟《诗词曲志》"《楚辞》释名"条说："作为文体，屈原在其作品中提到的有诗、歌、颂（诵）。……但当时似未自称其作品为'辞'。屈原作品中的'辞'，均作言辞或辞令解，非文体之名。"② 屈原作品的"辞"确实不属于文体范畴，其中的"诗""歌""颂"也多为泛指，实则相兼，不算严格意义上的三种不同文体。"楚辞"有一个定名的过程。《汉书·地理志》说：

> 寿春、合肥……亦一都会也。始楚贤臣屈原被谗放流，作《离骚》诸赋以自伤悼。后有宋玉、唐勒之属慕而述之，皆以显名。汉兴，高祖王兄子濞于吴，招致天下之娱游子弟，枚乘、邹阳、严夫子之徒兴于文、景之际。而淮南王安亦都寿春，招宾客著书。而吴有严助、朱买臣，贵显汉朝，文辞并发，故世传《楚辞》。……本吴粤与楚接比，数相并兼，故民俗略同。③

《地理志》总结了屈原、宋玉作品流传的几个区域及其相互代兴的地理转换：屈原、宋玉、唐勒等创作于南楚鄢郢；吴王刘濞聚楚人枚乘、严忌等于吴国，屈、宋作品在吴地得到传播；刘安在寿春、合肥传播屈、宋作品；严助、朱买臣进入长安进一步刺激屈、宋作品在长安的传播。屈、宋作品由楚鄢郢传至淮南合肥、吴国与战国时楚国东迁、春申君都吴有关，三楚士人接受屈、宋作品又有"民俗略同"的风俗基础。

---

① 王直方：《王直方诗话》卷上"山谷论作赋"条，郭绍虞辑：《宋诗话辑佚》，北京：中华书局，1980年版，第40页。
② 张伯伟：《诗词曲志》，上海：上海人民出版社，1998年版，第44页。
③ 班固：《汉书·地理志下》，北京：中华书局，1962年版，第1668页。

据汤炳正先生《〈楚辞〉成书之探索》,《楚辞》编撰不始于刘向,应当是一个陆续编撰的过程:

  第一组的纂成时间,当在先秦;其纂辑者或即为宋玉。此为屈宋合集之始。(案,篇目为《离骚》第一、《九辩》第二)

  第二组作品的增辑时间,当在西汉武帝时;其增辑者为淮南王宾客淮南小山辈,或即为淮南王刘安本人。(案,篇目为《九歌》第三、《天问》第四、《九章》第五、《远游》第六、《卜居》第七、《渔父》第八、《招隐士》第九)

  第三组作品的增辑时间,当在西汉元、成之世;其增辑者即为刘向。(案,篇目为《招魂》第十、《九怀》第十一、《七谏》第十二、《九叹》第十三)

  (第四组)这一组作品的增辑,既不出于一人之手,也不在一个时期,而是在较长的时期里由不同的人一篇一篇地增辑起来的。(案,篇目为《哀时命》第十四、《惜誓》第十五、《大招》第十六)

  (第五组)这一组只有王逸的《九思》一卷。它跟以前的十六卷合并,就是后世流传的王逸《楚辞章句》十七卷。(案,篇目为《九思》第十七)①

汤先生的论证有宋人晁公武《郡斋读书志》、陈振孙《直斋书录解题》与洪兴祖《楚辞补注》所附《楚辞释文》的篇次为佐证,相当精辟,现已为学界共识。据汤先生所考,宋玉在南楚即有可能将《离骚》与《九辩》编辑到一块儿流传,但并不以"楚辞"相称。战国末年至汉初,这个合集本子与屈原、宋玉其他作品各自流行,到淮南王刘安因"好书"招宾客著书才把第二组传为屈原的作品及自作《招隐士》一篇附入宋玉编辑的本子,并题为"《楚辞》"。《诗》是西周王室以自己使用为目的编定的集子,没有区别地域的需要,故单称为"《诗》"即可。其中十五国风多来自各诸侯国,既统一于周王室又要保持其风格、风俗等特点,故仍需以国别区分。要之,但凡以国别、地域标目者,必定有一种与外界区别、交流的必要。宋玉在楚国故地编集屈原和自己的作品,未曾想到要与中原士人交流,故并未自题"楚辞"。淮南王刘安时七国割据局面已为大汉一统代替,刘安本人又兼有两重身份:一为楚地人,身在楚地;一为大汉臣子,有谐和东南西北的责任(观《淮南子·要略》可知)。因此,刘安有了把故楚国的作者屈原、宋玉的作品用地域加以区别的必要,"《楚辞》"得名便成为可能。

---

① 汤炳正:《楚辞成书之探索》,《屈赋新探》,北京:华龄出版社,2010年版,第68—85页。

当然,《楚辞》得名与汉代盛行楚风和此时已形成编定书籍并题书名的著书习惯也大有关系。因为此时《楚辞》传本虽有宋玉《九辩》、淮南小山《招隐士》两篇,但其余均为屈原作品,且这两篇无论形式还是思想又都全是模仿屈作,所以稍后的司马迁说"楚有宋玉、唐勒、景差之徒者,皆好辞而以赋见称",宋玉等所好之辞具体而言即指屈原作品,其名称正来自刘安及其宾客所辑的《楚辞》,"以赋见称"的"赋"则指宋玉《高唐赋》《神女赋》《登徒子好色赋》等作品。这些"赋"作思想、内容与屈原之辞有较大差别,但"皆祖屈原之从容辞令",即对屈原作品的形式、语言加以借鉴、改造。这可看成由辞到赋的第一个转变。

虽然由于文献的缺失,屈、宋以后至汉文帝、景帝这段时间楚辞流传不能得到详明叙述,但正如姜亮夫所说:"淮南都寿春,本楚之旧壤,屈子放江北,必曾流浪其地,则民间必多传屈子作品,(刘)安得与招致之宾客,从事搜集,故今传屈原作品,皆已在此事中矣。此可谓汉人所传屈子文集之最早传本云。"① 淮南王编定《楚辞》之前,有宋玉所编无总名的《离骚》《九辩》辑本流传,大抵如是。随着出土文献的增多,楚辞的流传情况又可得到更为清晰的勾勒。1983年第2期《文物》刊载的《阜阳汉简》说:

> 阜阳汉简中发现有两片《楚辞》,一为《离骚》残句,仅存四字;一为《涉江》句有《离骚》,仅存五字,令人惋惜不已。另有若干残片,亦为辞赋之体裁,未明作者。如"□橐猗(兮)北辰游。"②

阜阳双古堆1号汉墓的墓主为西汉第二代汝殷侯夏侯灶。据《高惠高后文功臣表》,夏侯灶卒于汉文帝十五年(前165)③。因此,阜阳汉简书写的下限不会晚于此年。阜阳汉简对楚辞的记载不仅比《史记》早了约半公世纪,而且还增添了《涉江》一篇,进一步印证了《汉书·地理志》对楚辞兴于文、景之际的记载。与楚辞流传相应,生活于汉代文、景之际的汉赋作家对楚辞进行模拟,如吴地赋家严忌《哀时命》就是其中之一。熊良智先生《楚辞作品的早期传本》通过句与句的对比,找出了《哀时命》对楚辞的具体模拟情况:

---

① 姜亮夫:《洪庆善〈楚辞补注〉所引释文考》,《楚辞学论文集》,上海:上海古籍出版社,1984年版,第398页。
② 阜阳汉简整理组:《阜阳汉简简介》,《文物》,1983年第2期。
③ 班固著,文物局古文献研究室、安徽省阜阳地区博物馆阜阳汉简整理组整理:《汉书·高惠高后文功臣表》,北京:中华书局,1962年版,第533页。

《哀时命》	《怀沙》
孰知余之从容。	孰知余之从容。
为凤凰作鸡笼兮。	凤凰在笯兮。
一斗斛而相量。	一概而相量。
	《抽思》
心郁郁而无告兮。	心郁郁之忧思兮。
	《远游》
往者不可扳援兮。	往者余弗及兮。
俫者不可与期。	来者吾不闻。
夜炯炯而不寐兮。	夜耿耿而不寐兮。
谁可与玩此遗芳。	谁可与玩斯遗芳兮。
	《九辩》
道壅塞而不通。	路壅绝而不通兮。
廓落寂而无友兮。	廓落兮，羁旅而无友生。
白日晼晚其将入兮。	白日晼晚其将入兮。
哀余寿之弗将。	恐余寿之弗将。
心纡轸而增伤。	中结轸而增伤。
愿一见阳春之白日兮，	恐溘死不得见于阳春。①
恐不终乎永年。	

由上述对比可以看出，严忌模拟楚辞的方式有以下几种：一为袭用原句，如"孰知余之从容"一字不差地袭用《怀沙》；二为以普通词代替楚地方言词汇，如"为凤凰作鸡笼兮"袭用"凤凰在笯"，《说文解字》释"笯"："笼也，南楚谓之笯。"② 可见严忌为求简明，用通行语"鸡笼"代替方言词汇"笯"；第三种最为普遍，即更换屈赋每句相同位置上的词语组成新的句子，如"夜炯炯而不寐"袭用"夜耿耿而不寐"，只把屈原"耿耿"换成"炯炯"，"谁可与玩此遗芳"只把屈赋的"斯"改成"此"，等等。当然，还有大量改写、化用的句子，比较典型的如"愿一见阳春之白日兮，恐不终乎永年"即对屈赋"恐溘死不得见于阳春"作了句式上的较大改动。这些对比非常形象、

---

① 熊良智：《楚辞作品的早期传播》，《中华文化论坛》，2011年第6期，第60页。
② 洪兴祖：《楚辞补注·怀沙》所引《说文》，北京：中华书局，1983年版，第143页。今本释"笯"：鸟笼鸟，从竹奴声。（徐铉校定：《说文解字》，北京：中华书局，1963年版影印本97页）。扬雄《方言》："笼，南楚江沔之间谓之篣，或谓之笯。"因此段玉裁认为："岂洪氏所见本异与。"（《说文解字注·五篇上》，上海：上海古籍出版社，1988年版，第194页）。

直观地展现了严忌对屈原大量作品的模拟，而不是像王逸、洪兴祖本着"文出六经"的观念对《楚辞》与《诗经》关系作出的比附。

由上文对比可知，严忌《哀时命》确系对屈原作品的学习、模拟，而且模拟范围广泛："从其中（指《哀时命》）因袭屈宋作品的诗句，使我们可以了解文、景之际，楚辞流传的篇什，有《离骚》《惜诵》《涉江》《怀沙》《抽思》《思美人》《远游》《九辩》，比起《九辩》新增了《抽思》《怀沙》《远游》，《九辩》也成了因袭的对象。"① 严忌模拟的屈、宋篇目全属于汤炳正先生所揭示的淮南王刘安编辑的《楚辞》文本，当时楚辞流传的大致形态应当如此。

这种模拟不是一个人的行为，而是整个西汉赋家的共同行为。据《楚辞补注》，汉人有如下模拟篇目：

《惜誓》者，不知谁所作也。或曰贾谊，疑不能明也。……言哀惜怀王，与己信约，而复背之也。……盖刺怀王有始而无终也。②（《惜誓·叙》）

《招隐士》者，淮南小山之所作也。……小山之徒，闵伤屈原，又怪其文升天乘云，……与隐处山泽无异，故作《招隐士》之赋，以章其志也。③（《招隐士·叙》）

《七谏》者，东方朔之所作也。……东方朔追悯屈原，故作此辞。④（《七谏·叙》）

《九怀》者，谏议大夫王褒之所作也。……褒读屈原之文，……追而悯之，故作《九怀》，以裨其词。⑤（《九怀·叙》）

《九叹》者，护左都水使者光禄大夫刘向之所作也。……（向）追念屈原忠信之节，故作《九叹》。⑥（《九叹·叙》）

加上严忌《哀时命》，《楚辞补注》共载六篇西汉不同时段辞人对屈原作品的模拟之作，这些作品都以屈作的章法、句式、辞藻借悼屈为名表达自己不遇于时的怨叹之情。《楚辞》一书皆录内容为悼念屈原的作品，像扬雄虽极力模仿屈原作品创作《反离

---

① 熊良智：《楚辞作品的早期传本》，《中华文化论坛》，2011年第6期。
② 洪兴祖：《楚辞补注·惜誓》，北京：中华书局，1983年版，第227页。
③ 洪兴祖：《楚辞补注·招隐士》，北京：中华书局，1983年版，第232页。
④ 洪兴祖：《楚辞补注·七谏》，北京：中华书局，1983年版，第235-236页。
⑤ 洪兴祖：《楚辞补注·九怀》，北京：中华书局，1983年版，第268-269页。
⑥ 洪兴祖：《楚辞补注·九叹》，北京：中华书局，1983年版，第282页。

骚》《广骚》《畔牢愁》，但因为《反离骚》具有"往往摭《离骚》文而反之"① 的用意，与从正面悼屈、悲屈的作品略有不同，故终未编入《楚辞》定本②。如果再考虑到司马相如与严忌交游数年，其《哀二世赋》也多有屈赋用语等因素，概言西汉一朝赋家无一不模拟屈原、宋玉作品，并不是夸大之辞。

  西汉赋家对《楚辞》的模拟有其深刻的原因。今见徐铉校定本《说文解字》释"辞"："讼也。"③ 段玉裁《说文解字注》认为："辞，说也。今本'说'为'讼'。《广韵七》之所引不误。今本此'说'伪'讼'。'讻'字下'讼'伪为'说'。其误正同。言部曰：'说者，释也。'"④《史记·货殖列传》有"南楚好辞，巧说少信"⑤ 把"辞"与"说"并立的用法，可知段玉裁以"说"释"辞"当与许慎原书接近，符合"辞"的本义，"楚辞"原意应指楚国的言辞。商周太过遥远，文献又略嫌不足，姑不论。春秋中后期孔子开启民间讲学之风，战国游说之士纵横捭阖，直至武帝时期汉赋的蔚然兴起，都属于一个尚辞的时代，即重口说、口诵的时代。然夷考此一时段，所尚之辞却有不同。《论语》载孔门弟子有德行、言语、政事、文学四科，其中文学偏指六经修养，与后世偏重辞藻相似的是言语一科，其代表为宰我、子贡。但通观《论语》所载子贡问答，大多是"问君子"（《为政》）、"孔文子何以谓之'文'"（《公冶长》）、"可谓仁乎"（《雍也》）、"问为仁"（《卫灵公》）等等，多与儒家修身及家国礼仪相关。孟子回答梁惠王问何以"利吾国"时说："王何必曰利？亦有仁义而已矣。"⑥ 又答公都子："予岂好辩哉？予不得已也。……我亦欲正人心，息邪说，距诐行，放淫辞，以承三圣者，岂好辩哉？予不得已也。能言距杨墨者，圣人之徒也。"⑦ 绾合二者可知，儒家之"言语"一门重在用言辞宣扬儒家教义，辨别是非，而不在于辞藻本身。战国策士亦好用言辞辩难，如《秦策二》载秦王问甘茂："楚客来使者多

---

  ① 班固：《汉书·扬雄传》，北京：中华书局，1962年版，第3515页。
  ② 黄伯思《校定楚辞》序云："按此书旧十有六篇，并王逸《九思》为十七。而伯思所见旧本，乃有扬雄《反骚》一篇，在《九叹》之后。此文亦见雄本传，与《九思》共十有八篇。"（《宋文鉴》卷九十二）《楚辞》旧本载《反离骚》在刘向《九叹》后，可能为刘向、王逸之间的汉人所附，但最终被王逸《楚辞章句》删除。
  ③ 徐铉校定：《说文解字》，北京：中华书局，1963年版影印本，第309页。
  ④ 段玉裁：《说文解字注》，上海：上海古籍出版社，1988年版，第742页。
  ⑤ 司马迁：《史记·货殖列传》，北京：中华书局，1982年版，第3268页。
  ⑥ 赵岐注、孙奭疏：《孟子注疏·梁惠王上》（《十三经注疏》本），上海：上海古籍出版社，1997年版，第2665页。
  ⑦ 赵岐注、孙奭疏：《孟子注疏·滕文公下》，上海：上海古籍出版社，1997年版，第2714-2715页。

健，与寡人争辞，寡人数穷焉，为之奈何？"① 但所争在利，《楚策一》载张仪论及说客辞辩的目的："夫从人者饰辩虚辞，高主之节行，言其利而不言其害，卒有楚祸，无及为已。"② 因此战国策士尚辞，但其辞辩的关键点在利害得失，而不在辞藻本身。屈原及楚辞作家反复陈辞（词），如"跪敷衽以陈辞"（《离骚》）、"兹历情以陈辞"（《抽思》）、"就重华而陈词"（《离骚》）、"结微情以陈词"（《抽思》）、"念三年之积思兮，愿一见而陈词"（《七谏》）、"灵皇其不寤知兮，焉陈词而效忠"（《哀时命》）、"就颛顼而陈词"（《九叹》）等等，这些陈辞的目的在于抒一己之怨情，即"发愤以抒情"（《抽思》）、"抒中情以属诗"（《哀时命》）。屈、宋诸辞家所抒发的情是隐微的个人情感，故又称"中情"，如《离骚》"荃不察余之中情""孰云察余之中情"，《惜诵》"又莫察余之中情"，《思美人》"申旦一抒中情"等。因此，先秦一直存在的尚辞传统至战国楚地时发生了极大的变化，即转化为用口诵的长篇韵语抒发个人心中的幽怨之情。这种辞的特点已经脱离了宰我、子贡、苏秦、张仪等中原士人的实际功利作用，走向了吟诵诗篇自慰的娱己道路。今所见屈原《离骚》等作品似乎都有一个君的倾听对象存在，但现有文献没有一处记载屈原曾把己作上呈楚王，也无楚王对屈作的评价，而只有屈原"行吟山泽"的创作形态记载，所以屈原作辞自解忧愤的可能性极大。

屈、宋辞人作辞消忧，所重在情深辞丽，故皇甫谧《三都赋序》认为赋辞必当美丽："引而申之，故文必极美；触类而长之，故辞必尽丽。然则美丽之文，赋之作也。"③ 刘熙载《赋概》认为赋必尚情："叙物以言情，谓之赋。"④ 这种对深情丽辞的追求在北方先秦传统的任何文学形式当中都不能找到，屈原以高尚的人格、伟大的悲剧精神，裹挟着席卷南北的楚风如春风化雨般由风俗大同小异的三楚迅速漫延全国。因此，赋家创作辞赋必向屈原、宋玉等楚辞作家借鉴、模仿。班固虽以经学的眼光批评屈原作品有"非法度之政，经义所载"等缺陷，也不得不承认："然其文弘博丽雅，为辞赋宗。后世莫不斟酌其英华，则象其从容。自宋玉、唐勒、景差之徒，汉兴，枚乘、司马相如、刘向、扬雄，骋极文辞，好而悲之，自谓不能及也。"⑤ 班固颇有史识，又身善辞赋，对作赋甘苦自知，其论赋家通过研习屈原作品而作赋必为事实。刘勰

---

① 刘向集录、范祥雍笺证、范邦瑾协校：《战国策笺证·秦策二》，上海：上海古籍出版社，2006年版，第265页。
② 刘向集录、范祥雍笺证、范邦瑾协校：《战国策笺证·楚策一》，上海：上海古籍出版社，2006年版，第793页。
③ 皇甫谧：《三都赋序》，《文选》卷四十五，上海：上海古籍出版社，1998年版，第383页。
④ 刘熙载：《艺概注稿·赋概》，第421页。刘熙载此语本自宋人胡寅《斐然集》卷十八《致李叔易》所引李仲蒙语"叙物以言情，谓之赋，情物尽也"。
⑤ 班固：《离骚叙》，《楚辞补注·离骚》，第49—59页。

《辨骚》也从辞赋创作角度提出屈原"文辞丽雅,为词赋之宗"的观点,其叙述汉赋作家对屈原、宋玉的模仿云:

> 自《九怀》以下,遽蹑其迹,而屈宋逸步,莫之能追。故其叙情怨……述离居,……论山水,……言节候……是以枚、贾追风以入丽,马、扬沿波而得奇,其衣被词人,非一代也。
>
> 故才高者苑其鸿裁,中巧者猎其艳辞,吟讽者衔其山川,童蒙者拾其香草。①

"《九怀》以下"不应只指今本《楚辞补注》所见《九怀》《九叹》《九思》三篇,应根据汤炳正先生所言,指王逸古本《楚辞章句》排列的王褒《九怀》、东方朔《七谏》、刘向《九叹》、严忌《哀时命》、贾谊《惜誓》、屈原或景差《大招》、王逸《九思》诸汉人所作悼屈作品②。但刘勰并没有将对屈、宋的模仿限制在楚辞类作家,而是通过归纳指出赋文本"叙情态""述离居""论山水""言节侯"四大类题材都有借鉴于屈原、宋玉的作品。所以,写大赋的枚乘、司马相如、扬雄都是从研习、模拟屈原、宋玉作品而创作汉赋。至于学习的方法和效果,刘勰又从才高者、中巧者、吟讽者、童蒙者四类人作了归纳。综观先唐文学批评,凡言及汉赋创作无不以为赋家宗尚、模拟屈原、宋玉、枚乘、司马相如、扬雄。原始要宗,赋名之成立与赋体之形成皆从战国楚人作品萌芽。

三、(序)+韵诵正文+(乱):赋体对楚作体式的承变

要说汉赋缘起于《楚辞》又将遇到一个不易解开的难题:今本《楚辞补注》所载楚辞以及今天所称的汉代骚体赋通篇皆为韵语,而汉代赋作的典型代表——今天所称的散体大赋有韵散相间,非诗非文的特点。郭绍虞在给陶秋英《汉赋之史的研究》所作序文中说:

> 很奇怪,中国文学中有赋这一种体裁,它界于情的文与知的文之间,它又界于有韵文与无韵文之间,无论从形成或性质方面视之,它总是文学中的两栖类。文的总集中可有赋,诗的总集中也可有赋,赋之为体,非诗非文,

---

① 范文澜:《文心雕龙注·辨骚》,北京:人民文学出版社,1958年版,第47-48页。
② 汤炳正:《〈楚辞〉成书之探索》,《屈赋新探》,《江汉论坛》,1963年第10期,第49—57页。

亦诗亦文，所以中国文学中之诸种文体，其性质最不明显者即是赋。①

郭绍虞先生准确地抓住赋的两大特点：知情并重、韵散相间。正是这两点，决定了赋体名称的成立和实体形式的形成。王逸《九辩·叙》说宋玉"闵惜其师，忠而放逐"，晋习凿齿《襄阳耆旧记》也说："宋玉者，楚之鄢人也，故宜城有宋玉冢，始事屈原，屈原既放逐，求事楚友景差，景差惧其胜己，言之于王，王以为小臣。……玉识音而善文，襄王好乐爱赋，既美其才，而憎之似屈原也。"②王逸、习凿齿都生于《楚辞》盛行于世的时候，宋玉师事屈原之说是否出于世人对《九辩》模拟屈原作品的揣测，没有更多文献为证应该存疑③，但可以进一步说明宋玉咀嚼英华于屈原作品的事实。屈原作品，除了《卜居》《渔父》以外都是长篇押韵诗歌，宋玉对屈原作品的模拟首先就是对这种押韵长诗的借用，除了《九辩》全篇有韵外，《高唐赋》《神女赋》《风赋》《登徒子好色赋》等数篇真伪较为肯定的宋玉作品也都大量用韵（特别是正文部分），其实质就是对屈原作品形式的借鉴。今摘举《高唐赋》为例：

惟高唐之大体兮，殊无物类之可仪比。巫山赫其无畴兮，道互折而曾累。……奔扬踊而相击兮，云兴声之霈霈。猛兽惊而跳骇兮，妄奔走而驰迈。虎豹豺兕，失气恐喙。雕鹗鹰鹞，飞扬伏窜。股战胁息，安敢妄挚。

于是水虫尽暴，乘渚之阳。鼋鼍鳣鲔，交积纵横。……进纯牺，祷璇室。醮诸神，礼太一。传祝已具，言辞已毕。王乃乘玉舆，驷苍螭。垂旒旌，旆合谐。紬弦而雅声流，冽风过而增悲哀。……思万方，忧国害。开贤圣，辅不逮。九窍通郁，精神察滞。延年益寿千万岁。④

据简宗梧《〈高唐赋〉撰成时代之分析》对《高唐赋》的用韵分析，该赋自"惟高唐之大体兮"以下至篇末"延年益寿千万岁"虽有频繁换韵的现象，但皆至少一韵通押两句以上。就传承关系而言，这种长篇押韵的情形显然直接来源于对屈原作品的模拟。自"惟高唐之大体兮，殊无物类之可仪比"至"猛兽惊而跳骇兮，妄奔走而驰迈"有十四句皆采用"□□……□□兮，□□……□□"句式，与屈原大多数作品句式一致，

---

① 陶秋英：《汉赋之史的研究》，北京：中华书局，1939年版，第1页。
② 习凿齿：《襄阳耆旧记》卷一，清乾隆任氏敏家塾刻心斋十种本。
③ 陶秋英：《汉赋之史的研究》，北京：中华书局，1939年版，第67-68页。"宋玉事略"部分怀疑宋玉和屈原有师生关系。
④ 宋玉：《文选·高唐赋》，《文选》卷第十九，上海：上海古籍出版社，1998年版，第133—135页。

承继关系清晰。《高唐赋》的四言句式全无联章复沓的形式，与《诗经》四言句式在篇章结构上全然不类，实应来自对屈原《天问》等作品中四言长诗的借鉴。三四言句式的交差运用，既是对屈原作品形式的突破、创新，又开启了汉代大赋节奏多变的先声。宋玉《高唐赋》《神女赋》等赋篇正表现出衔接屈原骚体与汉赋的承前启后作用。

宋玉《高唐赋》《神女赋》《登徒子好色赋》又表现了一定的散文成分，这部分集中表现在《文选》所称的"序"文部分。还以《高唐赋》为例：

> 昔者，楚襄王与宋玉游于云梦之台，望高唐之观。其上独有云气，崒兮直上，忽兮改容（A）；须臾之间，变化无穷（A）。王问玉曰："此何气也？"玉对曰："所谓朝云者也。"王曰："何谓朝云。"玉曰："昔者，先王尝游高唐，怠而昼寝，梦见一妇人曰：'妾巫山之女也，为高唐之客（B），闻君游高唐，愿荐枕席（B）。'王因幸之（C），去而辞（C），曰：'妾在巫山之阳，高丘之阻（D），旦为朝云，暮为行雨（D），朝朝暮暮，阳台之下（D）。'旦朝视之，如言。故立为庙，号曰朝云。"王曰："朝云始出，状若何也？"玉对曰："其始出也，䀀兮若松榯（E），其少进也，晰若姣姬（E），扬袂鄣日，而望所思（E），忽兮改容，偈兮若驾驷马，建羽旗（E）。湫兮如风，凄兮如雨（F），风止而霁，云无所处（F）。"王曰："寡人方今可以游乎？"玉曰："可。"王曰："其何如矣？"玉曰："高矣显（G）矣！临望远（G）矣！广矣普（H）矣！万物祖（H）矣！上属于天（I），下见于渊（I），珍怪奇伟，不可称论。"王曰："试为寡人赋之。"玉曰："唯！唯！"①

此为简宗梧所示《高唐赋》首段的押韵情况，文中相同的大写字母，表示共押一韵。这段话，萧统编《文选》时称为"序"，但王观国《学林》不这样认为，其"古赋序"一条云：

> 傅武仲《舞赋》，宋玉《高唐赋》《神女赋》《登徒子好色赋》，本皆无序。梁昭明太子编《文选》，各析其赋首一段为序。此四赋皆托楚襄王答问之语，盖借意也，故皆有"唯唯"之文。昭明误认"唯唯"之文以为赋序，遂析其辞。观国按：司马长卿《子虚赋》托乌有先生、亡是公为言，扬子云

---

① 简宗梧：《〈高唐赋〉撰成时代之商榷》，《汉赋史论》，台北：东大图书股份有限公司，1993年版，第79—80页。

《长扬赋》托翰林主人、子墨客卿为言，二赋皆有"唯唯"之文。是以知傅武仲、宋玉四赋本皆无序，昭明太子因其赋皆有"唯唯"之文，遂误析为序也。①

东汉傅毅《舞赋》是对宋玉《高唐赋》《神女赋》的模仿，因而篇章结构与之相似。王观国由"此四赋皆托楚襄王答问之语，盖借意，故皆有'唯唯'之文"判定"唯唯"一段应是赋文，而不是赋序，绾合该段多有韵语，与后世赋序差异颇大，可以确定决非序文。由此，我们可以归纳出《高唐赋》韵、散使用的规律：

（1）"试为寡人赋之""唯唯"以后皆为宋玉的"赋"语，全篇为韵语。这种韵语的形式告诉我们，"赋"即是诵，与屈原"同心赋些""投诗赋只"意思相同。

（2）第一段用对话问答的形式为"赋高唐"的情景作了简明介绍，其中叙述背景、衔接故事情节的句子为散语，如"昔者，楚襄王与宋玉游于云梦之台，望高唐之观"，介绍时间、人物、地点；"王问玉曰：'此何气也？'""王对曰：'所谓朝云者也。'""王曰：'何谓朝云？'""玉曰：'昔者……'"采用一问一答的形式推进故事的发展，为"赋高唐"作好铺垫；"王曰：'试为寡人赋之。'""玉曰：'唯唯。'"采用问答的形式引出最终"赋高唐"的行为。

《高唐赋》韵散结合的形式被《七发》《子虚上林赋》等汉代大赋继承、发扬，它的特点就是散语用于衔接、推动韵诵行为的展开。韵诵行为和春秋"赋诗"有些相似，即都为吟诵韵语，不过一个为"词自己作"的长篇韵语，另一个则多为摘吟《诗经》章句。春秋赋诗，是诸侯、士大夫"聘问歌咏"之际的仪式行为，单指即席吟诵《诗经》表达心志的一个过程，应当皆为韵语。就这一点而言，《高唐赋》的篇章结构和"赋诗"用语是很不一样的。如果仔细寻觅，这种韵散结合的形式与《左传》《国语》对春秋时"赋诗"行为过程的记载倒有几分相似：

（1）公入而赋："大隧之中，其乐也融。"姜出而赋："大隧之外，其乐也泄泄。"（《左传·隐公元年》）

（2）卫庄公娶于齐东宫得臣之妹，曰庄姜，美而无子，卫人所为赋《硕人》也。（《左传·隐公三年》）

（3）夏四月，郑六卿饯宣子于郊。宣子曰："二三君子请皆赋，起亦以知郑志。"子鬻赋《野有蔓草》。宣子曰："孺子善哉！吾有望矣。"子产赋郑之

---

① 王观国：《学林》（《景印文渊阁四库全书》本）卷七，台北：台湾商务印书馆，1986年版，第851册第168页。

《羔裘》。宣子曰:"起不堪也。"……宣子喜曰:"郑其庶乎!二三君子以君命贶起,赋不出郑志,皆昵燕好也。二三君子,数世之主也,可以无惧矣。"①(《左传·昭公十六年》)

第2例"卫庄公娶于齐东宫得臣之妹,曰庄姜,美而无子"是卫人赋《硕人》的原因,如果把《硕人》全篇录入,就构成了"散语+韵语"的形式,即如第1例。但因为士君子皆应该熟悉《诗经》三百篇,故《左传》编撰者只取《诗经》篇名,未曾录入所赋《诗》篇正文。《左传》赋诗记载都如第二例的形式:赋+《诗经》篇名(+章)。第3例"二三君子请皆赋"皆以在上位者令在下位的士君子赋《诗》,与宋玉《高唐赋》《神女赋》"试为寡人赋之"正同,似乎有些渊源。可否就此得出结论:赋体渊源于《左传》的赋《诗》记载呢?答案显然是否定的!

文体是一种语言艺术的综合表现,需要题材内容、表现形式等的完美结合。上列《左传》对"赋诗"不同情形的记载,虽然可以抽象成"散语+韵语"的形式,但本身只是陈述事实,并无任何艺术、美感,不可能由此诞生出纵横恣肆的赋体文学。而且在上位者令下位者赋《诗》在宋玉时只是一个已经过去的社会仪式,懂点历史、有点文化的士人都可能知道,赋体文学并不是在这一种仪式下创造出来的。《汉书·艺文志》"春秋之后,周道浸坏,聘问歌咏不行于列国,学《诗》之士逸在布衣,而贤人失志之赋作矣。大儒孙卿及楚臣屈原离谗忧国,皆作赋以风"显然只是一种对赋诗、作赋先后出现现象的一种概说,两者没有必然联系。请看《文选》所载宋玉的另一篇赋——《登徒子好色赋》:

大夫登徒子侍于楚王,短宋玉曰:"……"玉曰:"……"王曰:"子不好色,亦有说乎?有说则止,无说则退。"玉曰:"……"是时,秦章华大夫在侧,因进而称曰:"……"王曰:"试为寡人说之。"大夫曰:"唯唯……②"

《登徒子好色赋》的篇章结构与《高唐赋》《神女赋》完全一样,第一段采用问答体推进故事,被《文选》编者称为"序",段后为借章华大夫之口所作的赋诵,前一部分韵散相间,后一部分全为韵语,其为宋玉所作,较为肯定。如果说楚王让宋玉"有说则止,无说则退"的"说"字还有"解释"之意,那么楚王令旁观者章华大夫"试为寡人说之",无论从形式,还是目的(令章华大夫说"臣之陋目之所睹")都与《高唐》

---

① 杨伯峻:《春秋左传注·昭公十六年》,北京:中华书局,2009年版,第1380-1381页。
② 宋玉:《登徒子》,《文选》卷十九,上海:上海古籍出版社,1998年版,第136—137页。

二赋"试为寡人赋之"完全相同。因此,"赋高唐""说高唐""诵高唐"三者的意思相差无几。这就说明:

(1)"赋"是吟诵的意思;

(2)"赋"并不是直接来源于对《左传》记载"赋诗"的模拟。

实际的情况可能是,宋玉以屈原诵吟的方式造作篇章(屈原、宋玉都只是用自己的特定方式创作篇章,心中并没有想着写赋,还是写诗,即没有后代作者面临的文体形式限制),因为宋玉作品更多的涉及国王与士君子间的问答、韵诵,所以偶然想到用春秋"赋诗"的"赋"字来雅化自己的诵吟行为。一会儿用"说",一会用"赋",可证当时并没有一个固定的词语,其为诵吟则相同;《左传》《国语》所载赋《诗》都是诸侯、士君子的庄重仪式行为,就此意而言,宋玉后来改"说"为"赋"显然更为符合楚王与大臣的身份。要之,战国中后期没有任何文献有"赋《诗》"记载,楚国屈原所用"赋"字皆指诵吟,宋玉延续其义,又因作品题材内容的转变,才使"赋"字获得一种新的意义,成为一种固定的文体名称。刘向"不歌而诵谓之赋"正是对赋体产生的一种历史的、客观的描述,班固"或曰,赋者古诗之流"则反映对赋的另一种性质的认识。

四、赋体源出于楚地长诗正名

现在学者多已认为,"诗"名的产生大约在西周中晚期,西周早期的"颂"并不称为"诗"。《诗》三百文本形成以后,先秦典籍凡言"诗"者,多指《诗经》。《左传》《国语》赋诗有部分篇目不见于今本《诗经》,如僖公二十三年晋公子"赋《河水》"、襄公二十六年国景子"赋《辔之柔矣》"、《晋语四》晋公子重耳"赋《河水》",但两书载赋《诗》74次,只有两篇不载于《诗经》,由"赋"的韵诵性质可知,这两首诗的形式应与《诗经》十五《国风》相似。但到了战国有些逸"诗"似乎不为《诗经》的体式,如《战国策》:

> 《秦三》"范雎至秦":"诗曰:'木实繁者披其枝,披其枝者伤其心。大其都者危其国,尊其臣者卑其主。'"①
>
> 《秦四》"顷襄王二十年":秦伐楚,楚人黄歇说秦昭王曰:"诗云:'大

---

① 刘向集录、范祥雍笺证、范邦瑾协校:《战国策笺证·秦策三》,上海:上海古籍出版社,2006年版,第314页。

武远宅不涉。'"①

《秦五》"谓秦王"："诗云：'行百里者，半于九十。'此言末路之难。"②

《赵二》"王立周绍为傅"："诗云：'服难以勇，治乱以知，事之计也。立傅以行，教少以学，义之经也。循计之事，佚而不累；访议之行，穷而不忧。'故寡人欲子之胡服以傅王乎！"③

《秦三》"秦客卿造谓穰侯"有"《书》云：'树德莫如滋，除害莫如尽'"④，黄丕烈《战国策札记》认为："策文当本作'诗'，后人误依古文，改作'书'也。"⑤现已为马王堆汉墓出土帛书《战国策》释文证实。这五例虽称"诗"却均不见于《诗经》，其形式也与《诗经》颇有差异，因此鲍彪注"木实繁者披其枝"四句说："恐此四语皆诗，非必逸《诗》，古有此语耳。"⑥其中有的"诗"句可能是一些有警戒意义的谚语，如《吕氏春秋》引以为"诗"的"毋过乱门"⑦，《左传·昭公十九年》传文正作为"谚"语而被引用。因此，马银琴推论："先秦时代所谓之'诗'，除了指代以《诗》为名的文本之外，也包括那些具有规戒意义的格言警句。"⑧上列《战国策》所引"诗"极有可能属于有韵的谚语、警句，与《诗经》特别是十五《国风》相比，显然没有多少审美价值可言。与北方"诗"的冷落相反，南楚却兴起一股新的诗歌潮流：

《九歌·东君》："展诗兮会舞。"
《九章·惜往日》："受命诏以昭诗。"
《九章·悲回风》："窃赋诗之所明。"
《大招》："投诗赋只。"⑨

---

① 刘向集录、范祥雍笺证、范邦瑾协校：《战国策笺证·秦策四》，上海：上海古籍出版社，2006年版，第400—401页。
② 刘向集录、范祥雍笺证、范邦瑾协校：《战国策笺证·秦策五》，上海：上海古籍出版社，2006年版，第436页。
③ 刘向集录、范祥雍笺证、范邦瑾协校：《战国策笺证·赵策二》，上海：上海古籍出版社，2006年版，第1069页。
④ 刘向集录、范祥雍笺证、范邦瑾协校：《战国策笺证·秦策三》，上海：上海古籍出版社，2006年版，第285页。
⑤ 黄丕烈：《战国策札记》，《战国策笺证·秦策三》，读未见书斋，第290页。
⑥ 刘向集录、范祥雍笺证、范邦瑾协校：《战国策笺证·秦策三》，上海：上海古籍出版社，2006年版，第331页。
⑦ 许维遹撰、梁运华整理：《吕氏春秋集释·原乱》，北京：中华书局，2009年版，第638页。
⑧ 马银琴：《战国时代〈诗〉的传播与特点》，《文学遗产》，2006年第3期，第5页。
⑨ 洪兴祖：《楚辞补注》，北京：中华书局，1983年版，第75、149、157、221页。

王逸、洪兴祖皆以《诗经》注释上文中的"诗"字,笔者已在拙文《王逸、洪兴祖对屈赋之"诗"的误释及影响》一文中加以驳正。清代蒋骥《山带阁注楚辞》注"窃赋诗之所明"中"赋诗"云:

> "赋诗"指《离骚》与《抽思》《思美人》言,三篇皆作于怀王时,以彭咸自命者也。①

《悲回风》的"赋诗"是吟诵《悲回风》本身,还是如蒋骥指的《离骚》《抽思》《思美人》,可能略有分歧。总而言之,屈原作品的"诗"字应当指屈原自己的创作,换言之,屈原有自认作品为"诗"的主观意愿。先秦文体本无定型,要么根据目的称为"颂"(见《诗经》),要么根据功能称为"诰""命""誓"(见《尚书》),要么根据书写方式称为"铭",就是有了共名,如"诗",也同时保留着因创作方式得名的"诵"(《小雅·节南山》"家父作诵")、因表演方式得名的"歌"(《小雅·何人斯》"作此好歌")等等。这些由不同方式获得的名称,在此后士人的创作中得到检验、汰选,因此在不同的时期会有不同的文体分类法。当然,先唐文体大端为诗、赋、文三类,屈原作品或称骚、或称辞,皆为汉代及后人的称谓,且包括众多后人模拟作品,不宜作为战国楚人作品的专称。因此,依通篇押韵的诵吟方式而言,则应当从屈原自己所称的"诗"较为合适。题名为屈原的战国作品《卜居》《渔父》已开韵散结合、假设问对的赋体形式,《登徒子好色赋》《高唐赋》《神女赋》依承屈原作品的章法结构、语言形式,又略有变化,遂为赋名的最终确定奠定了基石,程廷祚"赋何始,始乎宋玉"是探得赋体形成历史的不二结论。因此,赋体缘起于楚地长诗是可以论定的。

---

① 蒋骥:《山带阁注楚辞》,北京:中华书局,1962年版,第140页。

台湾辞赋之历史意识

嘉南药理大学 欧天发

【摘　要】　近年《全台赋》《全台赋补遗》等及民间宗教文献复印件等陆续出版，提供台湾辞赋研究的新资源，研究渐次开展。大陆的鸾堂赋也略有发现，可提供对比之研究。本文就台湾辞赋所表现的历史意识作为分类归纳，提出：一、开辟经营，历数兴亡；二、故国情怀，黍离之悲；三、皇朝立场，胜王败寇；四、风喻劝励，溯史用典；五、护土有责，方志征史；六、咏史抒怀，道古鉴今；七、原民异俗，勖勉教化等类别，以窥见其所表现的文学时代意识。

【关键词】　台湾辞赋　台湾赋　历史意识　大陆鸾赋

　　台湾辞赋研究的领域日渐扩展，本篇谨据其中故史之厘述，旧典之借发，分析其形态，阐述作者之意志。其题目直曰"台湾赋"者，大抵咏史迹兴废，述地貌名产；或者以一地一景为名，剖析形势，牵涉国运。或怀古史，颂名家；或抒心自拟，或讽诵以刺。或凭宗教情绪，聚合丛典，以戒恶扬善。皆各具擅场。本文比类合义，列举数端，以呈现其一斑。概称为作家之"历史意识"，乃综合为七项分叙之，藉以侧窥台湾辞赋所表现之时代印记。

一、开辟经营，历数兴亡

　　以台湾赋为名之诸篇，多铺叙来台先民开启山林，历经外来政权之占领殖民，及郑延平驱逐荷人，建立南明基地，至其子孙终于土崩瓦解，清廷囊括其版图，以作朝政兴替之叙述。康熙朝任台厦道兼理学政的高拱干之《台湾赋》，铺咏台湾史始于荷人之侵占，终于清廷之一统。"乱曰"以下则用骚体咏赞山危水险之台地风光，以为总结：

　　……一自地借牛皮，谋成鬼伎。断发裸身，雕题黑齿。营赤嵌之孤城，筑安平之坚垒。隐楼橹于鲲身，藏火攻于鹿耳。贸易遍于三洲，资生凭乎一水。藉三保而标名兮，致怀一以不轨。哀商贾之何辜兮，聚魂魄于蒿里。嗣是荷兰煽虐，天赞成功；鹿门潮涨，瀹窟戍空。时移事去，兵尽矢穷。窜余生而归国兮，遂此地为蛟宫。非天心之助逆兮，益刬运之未终。不谓寇我疆场，焚我保聚。时乘无备而肆其鸱张，或因不虞而资其窃取。收亡命于淮南兮，聚无良于水浒。民不聊生，王赫斯怒。咨左右之夔龙，率东南之熊虎。定百计以安澜兮，果一战而纳土。……

乱曰：秋风起兮枫木丹，天地闭兮荷始摊。燠多寒少兮厥民析，雷轰海发兮响空山。为王尊兮应叱驭，为王阳兮心一酸。于山则见太行之险，于路则见蜀道之难。于海道之难上难，险上险，普天之下望洋兴叹者，吾知其无以过乎台湾。①

讲的是荷兰以诈术取得原民土地，建设赤嵌、安平二城，遂行国际贸易，殖民聚财。"天赞成功"谓郑氏得天时地利以击溃红毛，以后时时侵袭南疆，焚毁聚落。终于清室"定百计以安澜兮，果一战而纳土"，完成一统之业，此固以清朝官方之立场以咏颂国威者。更早的康熙中台湾府儒学教授林谦光所作《台湾赋》②，则以对话方式叙写地貌物产、原民风俗、儒学教化。

最早来台定居，从事教育、研究及创作的沈光文之《台湾赋》，原本已佚。《全台赋》所载系盛成之增补本。③《解题》云："……应非沈光文原作，亦非赋体，故收为附录。本篇多不押韵，宜属骈文。"④《台湾赋》云：

台湾遐岛，赤嵌孤城。门名鹿耳，镇号安平。未入九州岛分野，星应牛女同躔；不载中国舆图，地与琉球接境。自有天地，生此人民，粤若洪荒，扩斯世界。……爰有红毛，觊觎斯土，乃分族类，盘据为巢。扼要则雄建双

---

① 简宗梧、许俊雅主编：《全台赋校订》，台南：台湾文学馆，2014年版，第8—12页。
② 简宗梧、许俊雅主编：《全台赋校订》，台南：台湾文学馆筹备处，2006年版，第2—6页。又参《全台赋》第45—46页（作者及提要）。
③ 许俊雅等主编：《全台赋》，台南：台湾文学馆筹备处，2006年版，第527页，见《提要》。盛成系辛亥革命少年，以后成为国际之卓越学者。
④ 简宗梧、许俊雅主编：《全台赋校订》，台南：台湾文学馆筹备处，2006年版，第499页，见其注1。

台，御侮则高陈百炮。问渠出处，属咬留吧①之分枝；溯彼源流，实荷兰国之故种。既谋作窟，复构经商。土番懵懂，役使由人；通事夸悇，奸回凭己。编氓侨寓，初来不满千家；贾客私行，后至缘贪百货。俯嗟异域，声教难通；旷览殊方，性情各别。天念民瘼，沦身溟海；地随气转，假手延平。此固天时之将渐移而善也，乃俾郑氏之先为开其端耳。……当是时，断瓜洲则山东之师不下，据北固则两浙之势不通。延平若听甘辉之言，南都不待回师而定。奈何大势已去，望海兴悲；壮志未成，待机而动。金门寸土，不足养兵；厦岛丸城，奚堪生聚？②

此段专写红毛驻印度尼西亚雅加达为根据地，觊觎台土，设炮台以御外，私商横行，而"土番懵懂，役使由人"，有待郑氏之开拓。并惜其"延平若听甘辉之言，南都不待回师而定"，以致"壮志未成"，深为郑氏痛惜。其体裁运用骈句以资铺写，虽无设韵，然亦近于赋体。

乾隆时主纂《台湾县志》的王必昌亦有《台湾赋》。首叙台地始末，颂清廷，伪郑氏。内容主要是铺张山水物产及原民风俗。另有数小段表彰人物之刚廉，赞诵烈女之节义：

若乃僧衣作赋，沈文开萍踪坎坷。蝶梦名亭，李正青尘缘参破。景寓公之清标，足廉顽而立懦。况宁靖之阃室偕殒，陈丑之伤亲自沈。永华之女悬帛柩侧，续顺之配受带堂阴。当王化之将暨，忠孝节义已大着于人心。故前有谢灿之妻，矢死从一；继有方垄之妇，受迫不淫。自是以来，志载如林。宁止五妃之墓宜表，五忠之祠足钦。③

"僧衣作赋"言沈光文出家为僧，并曾作赋讽刺时政。"蝶梦名亭"谓郑经之时，遗老李茂春归隐，建宅于台南永康里，陈永华尝为之作《梦蝶园记》。④

---

① "咬留吧"，原文"留"字有口部。盛成原注："今印度尼西亚共和国都城雅加达，荷名'巴达维亚'。"台南市政府有《热兰遮城日志》，江树生译注，即当时荷人呈送巴达维亚之在台的贸易税收日志，2000年1月发行。
② 简宗梧、许俊雅主编：《全台赋校订》，台南：台湾文学馆筹备处，2006年版，第499页。
③ 简宗梧、许俊雅主编：《全台赋校订》，台南：台湾文学馆筹备处，2006年版，第42页。
④ 地址在今台南法华寺，其园内陈氏碑记为李茂春后人重立。

二、故国情怀，黍离之悲

南明鲁王监国朱以海，尝寓澎湖。清徐鼐《小腆纪传》卷第十载其事云：

> 王讳以海，太祖十世孙鲁肃王寿镛之第五子也。……（崇祯）十七年嗣鲁王位。（闰六月）十八日，遣举人张煌言奉笺赴台，请王监国。随与大学士沈宸荃、兵部侍郎张煌言再入闽，次厦门。……朱成功以宗人府宗正礼见王。……甲午，移南澳，己亥（一六五九）秋，永历帝手敕命王仍监国，而成功不欲，迁王澎湖。……"①

可见延平曾迁鲁王自南澳（广东汕头外海南澳岛）以至于澎湖。同治年来台的杨浚《澎湖吊古赋》即咏述其事，共二篇。其一云：

> 维彼澎湖，鲁王故府。监国仅及七年，明社犹存片土。载蓬壶之童女，一舸为家；泣零丁之戍兵，七哀未烬。……空致孝陵之祭，缟素六军；已回南澳之居，庙堂一水。维时永历仍赐敕相加，成功欲迁跸于此。盖其入于澎湖也，为己亥之年；其殂于台湾也，在壬寅之纪。桓世子既捧册而降，宁靖王亦投缳而死。小腆告终，海氛乃敉。……②

全文且叙且怀，足称咏史之作。《澎湖吊古赋》之二：

> 孱王半壁，水国危城。戈船鼖鼓，海市铜钲。遣中流之飞将，屯孤注之赢兵。士惭乌鲗，臣梦红鲸。童女三千，误乘舟于徐福；壮夫五百，痛穿冢之田横。有客告我，是为台澎。……爰泊东溟，称为天府。听草鸡之初鸣，驾沙鲲而欲舞。蕞尔朝廷，岿然门户。十七传剩水残山，卅六岛椰风榔雨。问苍生之薯叶，汉席虚前；收黑暗之珊枝，周纲好古。……请看降表几封，留作登高一赋。③

---

① 徐鼐：《小腆纪传》，台湾文献丛刊第 134 种，http://hanji.sinica.edu.tw/（2015.07.07）。《尚书·大诰》："殷小腆。"郑玄注："腆谓小国也"，小腆通指南明诸帝。
② 简宗梧、许俊雅主编：《全台赋校订》，台南：台湾文学馆筹备处，2006年版，第219页。
③ 简宗梧、许俊雅主编：《全台赋校订》，台南：台湾文学馆筹备处，2006年版，第221页。

视其流寓台澎犹徐福、田横，一方面是壮举，另一方面是不得不尔。历史的回顾令人唏嘘，但任谁都非独力可挽回。唯坚持初志，无害于名位，鲁王、宁靖王的末路都是历史的悲剧，但也是知其不可而为之的清流。

鲁王寓金门十余年，葬于金门，今尚遗有已崩塌其所手书之"汉影云根"石碣。其墓址曾遭误指，真实墓圹直至1959年才重新发现。刘占炎《发现皇明监国鲁王墓记（摘录）》云：

> 鲁王真冢，为余于八月二十二日十六时发现。……八月十九日，余奉命率部负责在旧金城东炸山采石工作。次日开工，发掘地皮，探取石块，俾钻孔爆炸。约入地五十公分，发现深埋地下之石碑一块露出……八月二十二日……偶立碑前瞻望，见此墓坐酉向卯，前有古岗大湖，右靠梁山；山顶多石，其顶一巨石似系人工所置，用为记号。左青龙、右白虎，天然形胜。右前大帽山麓倒塌巨石，刻有鲁王手书"汉影云根"四字。余顿觉有所悟。……获石碑一具长七十公分、宽四十公分，……亲自持该石碑往湖边清洁；几经洗制，始发现"皇明监国鲁王圹志"八字及鲁王毕生事迹之全文。……（载"中华日报"四十八年十一月十四日）①

当时发现的《皇明监国鲁王圹志》云：

> 监国鲁王，讳以海，字巨川，号恒山，别号常石子。始封先王讳檀，为高皇帝第九子，分藩山东兖州府；王，其十世孙也。……于崇祯十七年四月初四日册封为鲁王。方三月初旬，使臣持节甫出都，而京师旋告陷矣。……王集余众南来，闻永历皇上正位粤西，喜甚，遂疏谢监国，栖踪浯岛金门城。至丙申，徙南澳，居三年。己亥夏，复至金门。计自鲁而浙、而闽、而粤，首尾凡十八年。……王素有哮疾，壬寅十一月十三日中痰而薨。距生万历戊午五月十五日，年才四十有五。……岛上风鹤，不敢停榇；卜地于金城东门外之青山，穴坐酉向卯。其地前有巨湖、右有石峰，王屡游其地，题"汉影云根"四字于石。卜葬兹地，王顾而乐可知也！……永历十六年十二月廿二日，辽藩宁靖王宗臣术桂同文武官谨志。②

---

① 查继佐：《鲁春秋》，《台湾文献丛刊》第118种，见《附录二：新附》。http：//hanji. sinica. edu. tw/？ tdb＝%BBO%C6W%A4%E5%C4m%C2O%A5Z（2015.7.4）。
② 查继佐：《鲁春秋》，《台湾文献丛刊》第118种，见《附录二：新附》。

可见是宁静王朱术桂领衔所立的碑志。"王素有哮疾"一段还原了被误记的鲁王死因。《明史》卷116列传《诸王一》谓监国鲁王为成功所害："顺治三年六月，大兵克绍兴，以海遁入海。久之，居金门，郑成功礼待颇恭。既而懈，以海不能平，将往南澳，成功使人沈之海中"。其实鲁王乃死于哮疾，且在郑成功去世之后。胡适有《跋金门新发现"皇明监国鲁王圹志"》具论其事。①

光绪年曾参与康有为公车上书，反对《马关条约》割让台湾的易顺豫，作《哀台湾赋》哀甲午兵败，割弃台员之痛：

> 岁在阏逢摄提、旃蒙协洽之辰，朝鲜之役，于是始焉。于时天柱西掣，地维东弛。海波夜红，夷祲朝紫。高门来瞰室之妖，华轩走受甲之士。战逾三北，蹙越千里。九庙惊罢，三垣侧轨。天下无人，朝廷罪已。盖上相一麾，而全台遂委矣。……
>
> 已矣哉，城郭则是，人民非兮。风景不殊，山河异兮。鹑首赐秦，天胡此醉兮。鱼腹葬楚，民将无类兮。痛援手之末由，遇一哀而出涕。②

"高门来瞰室之妖，华轩走受甲之士。战逾三北，蹙越千里。"敌寇入室，战士出走，弃疆之势无何。"城郭则是，人民非兮。风景不殊，山河异兮"，国纲不振，民受其害，若尚不悟振作，直待后人之复哀后人也。

三、皇朝立场，胜王败寇

郑氏亡后，清修诸志所书，自然以海外寇视之。而辞章作者亦不能免，政治立场使然。清李钦文原有《红毛城赋》，其《赤嵌城赋》系据彼文而润饰者，崔成宗《解题》云：

> 本文署名"南靖训导李钦文（邑人）"，收录于《重修台湾县志》，时为清高宗乾隆十七年（1752）。其立意、结构与前篇作于清圣祖康熙五十七年（1718）之《红毛城赋》同一机杼，而其文辞之精要圆熟，则远胜于前篇。故知本文应是李钦文以《红毛城赋》为底本所润饰者。③

---

① 查继佐：《鲁春秋》，《台湾文献丛刊》第118种，见《附录二：新附》。
② 简宗梧、许俊雅主编：《全台赋校订》，台南：台湾文学馆筹备处，2006年版，第226—227页。
③ 简宗梧、许俊雅主编：《全台赋校订》，台南：台湾文学馆筹备处，2006年版，第19页。

于康熙至乾隆间所作之《赤嵌城赋》云:①

> 縶台阳之荒裔,实海国之神区。地属东南之极,星分牛女之墟。当洪蒙之未启,恣鹿豕之所居。三保经此而系缆,道干遁此以全躯。因港道之纡折,乃弗入于版图。则有绿林勾倭,红毛借地。剪一缕之牛皮,占砂碛而建置。埋砖运木,层积寸累。雉堞玲珑,楼阁闳邃。称铢两以结构,极佶曲而精致。瞭亭则左右环瞩,螺梯则高低互掎。暨风洞与机井,若鬼设而神施。天将假手以开创,故若不限其巧智。

> 迨夫成功窜迹,图霸异域。虎势转张,狐威顿息。鹊巢竟为鸠居,兔窟遂作鼋宅。于焉修营垒,缮金革。列市肆,分伪职。辟土地于榛芜,聚卒徒而稼穑。阡陌兮云连,舳舻兮山积。每犯顺而负嵎,肆跳梁于泽国。

> 尔乃天威震迭,命将专征。艨艟衔接,钲鼓喧铴。旌旗所指,海若效灵。澎湖奏捷,克塽输诚。水涨鹿门兮滂湃,航入台江兮纵横。信天意之有归,庆海宇之永清。……是盖皇风浩荡,圣泽汪洋。故尔春台共跻,海波不扬。歌赤嵌之规恢兮,连编莫罄;祝金瓯之永固兮,万寿无疆。②

文中对郑延平之叙述语皆以贬词,如谓"成功窜迹,图霸异域。虎势转张,狐威顿息。鹊巢竟为鸠居,兔窟遂作鼋宅","列市肆,分伪职","每犯顺而负嵎,肆跳梁于泽国"。逮"天威震迭,命将专征"以下尽以清廷之官自命,毫无汉满之辨矣。胜则称王,败则谓之寇,溥天之下实不容许异声异息矣。周澎《平南赋》:

> 縶帝德之光华,曰圣神而文武。耀化日于中天,扬仁风于率土。赓一廷之都俞,舞两阶之干羽。张百旅之熊罴,抶千屯之貙虎。六服率宾,万方安堵。……天子乃念南国之仳离,③每殷勤而宵旰。曰:"惟予股肱孰是?仗旄秉钺,为海邦剪此暴乱。厎四方于清晏。……帝曰:"都!自江以南,倚女为屏翰。其克奏肤功,以靖此多难。"

---

① 作品时间见《全台赋》第67页,《赤嵌城赋·提要》。
② 简宗梧、许俊雅主编:《全台赋校订》,台南:台湾文学馆筹备处,2006年版,第22—23页。
③ "离"原作人部。

乃歌曰：嗟沧海兮喷狂涛，蛟龙斗兮虎豹嗥。兵车络绎兮馈饷劳，悲中泽兮声嗷嗷。孰提师兮奋旌旄，麾霓虹兮掣宝刀。淬龙泉兮鹭鹚膏，入蛟宫兮斩毒鳌。斩毒鳌兮奠沧海，吁嗟伟烈兮斗汉争高。①

本篇盖效施琅《平南奏疏》（原文首段云）而作，其口吻视南明为叛离之地，清则是靖难之师，"斩毒鳌兮奠沧海，吁嗟伟烈兮斗汉争高"，完成了奠国大业。

四、护土有责，方志征史

以一地之历史事迹，印证其地理形势的重要，近乎方志之规模。吴德功《澎湖赋》用二人问答体"有天涯逸客问于澎岛主人"，② 依斑斑之史迹，表现澎湖与台地相辅之形势。澎岛主人论其轶事云：

旷观古时之轶事，恒见据险以战争。隋将陈棱略地，不遗荒服；元臣兀可探险，亦计水程。嗣逃窜乎流寇，感迁徙于前明。曾一本之负隅，旋被戚公扑灭；林道干之聚众，复劳俞帅徂征。迨红毛之季年，荒岛曾经设戍；及延平之建国，要隘更置重兵。所以李安溪奏留厥土，施靖海专闻请缨。先收西屿，后定东瀛。驾龙艘以破浪，统虎旅而鸣钲。从八卓以先登，刘国轩几乎披搋；订三冬而前进，冯锡范早已行成。向非狗沙驻旅，③ 虎井扬舲。鹿耳鲲身，无不哄称天险；龙舟鹢首，讵能直捣安平。始知众岛为全台之门户，诸湾亦合闽之干城也。④

最后天涯逸客亦认同主人之说谓其地位实与台阳相表里，并以琼岛、舟山之于广东、上海为喻，说明其关系云：

如广东之琼岛，互作辅车；若上海于舟山，依为唇齿。观法寇之凭陵，洵令人而发指。冀图福省，竟从马尾以兴师；欲噬台疆，先向澎洋以戾止。

---

① 简宗梧、许俊雅主编：《全台赋校订》，台南：台湾文学馆筹备处，2006年版，第13—18页。
② 《澎湖赋》为吴德功在光绪十一年6月24日以后所作，见《全台赋》第248页，《澎湖赋》王嘉弘《提要》。
③ 狗沙仔礁，澎湖之离岛，属望安乡将军村。或谓附近出狗鲨，岛才叫"狗鲨阿"（音同：狗沙仔），http://etcmis.blogspot.tw/2013/10/my64.html。
④ 简宗梧、许俊雅主编：《全台赋校订》，台南：台湾文学馆筹备处，2006年版，第229—230页。

讵知无形之险莫穷，有形之险难恃。有国者当修我戈矛，厉厥将士。扼重洋以严保障，建海国之屏藩；据要隘以善筹防，作中流之柱砥。……

澎湖也是进攻台湾的战略要地，所以需重视"无形之险"，亦即加强国防，安定百姓才是永恒之道。

丘逢甲亦有《澎湖赋·以"洗尽甲兵长不用"为韵》，借"有谈瀛客问于湖山主人"之对话，由谈瀛客提出疑问：

而何以地且视若雄藩，而何以官且设乎二尹。而何以运艘不惜其遥通，而何以设科亦动其汲引。岂不毛之地，要害攸关；岂足鱼之民，古风未泯。岂建牙于海岛，利也实多；岂投网于珊林，取之无尽。①

湖山主人所答也是历数史迹：

不观夫明当失鹿，郑奋长鲸。当金鹭之难守，值甲螺之远迎。② 门户已撤，风涛不生。留玄发之数茎，③ 宁靖王偕来此土；逐红毛之万队，荷兰国遽让其城。进夫克塽服款，国轩震惊。亦因首争此岛，遂夺先声。当六月而兴师，且看天妃效顺；喜六军之得水，又教师井留名。固宜设劲旅于千营，鲛人听令。又何论奏肤功于七日，鸭母称兵。④

"首争此岛，遂夺先声"，指澎湖为台湾之门户，施琅之能成功侵犯台湾，也是据此为基地。

高文渊《鼓山观海赋，以"大江流日驾夜"为韵》：

忆民族之英雄，曾海滨之图霸。一自鲸骑，千秋物化。感前朝之陵迟，怅今日之代谢。铜驼荆棘之丛，铁鸟云天之炸。巨涛岸际频轰，隙地山间难

---

① 简宗梧、许俊雅主编：《全台赋校订》，台南：台湾文学馆筹备处，2006年版，第241—243页。
② 颜思齐与郑芝龙结伙称雄于海上，自称日本甲螺。甲螺，头目之意。
③ 明宁靖王府第在今台南市之大天后宫；王墓在今高雄市湖内区东方设计学院附近；庙名华山殿，在路竹区竹沪里；五妃庙（墓）在台南市中西区台南大学附近。其绝命词云："艰辛避海外，总为几茎发；于今事毕矣，祖宗应容纳。"末句或作"不复采薇蕨"。
④ 康熙末年朱一贵"居母顶草地饲鸭为生"（清蓝鼎元《平台纪略》)，俗称为鸭母王。因不满台湾知府王珍之子聚敛，结合杜君英起义。

藉。不堪想象当时，已复河山诸夏。塩埕逐渐复兴，银座是其流亚。布帆烟水，橹摇前镇之船；芳草夕阳，鞭指苓洲之驾。……何时海见澄清，是处涛喧昼夜。①

以民族英雄郑成功为开辟之祖，慨恨清室之衰微，又叹"二战"时期高雄遭美机之轰炸。加上塩埕、银座、前镇、苓洲之名称，彰显鼓山之地缘关系。最终以海清人晏，商业繁荣为期许。

五、溯史用典，风喻劝励

宗教性质的鸾堂赋较少与时事结合，但仍热衷于用典风喻，以劝善戒恶。如《戒廉赋》（以"非义莫取"为韵）：

> 有心志道，何耻恶衣？不可以奸贪待世，那堪以妄取自肥。效原思之辞粟，凛清圣之采薇。怀洁履清，自是千金不受；见利思义，宁安三日之饥。……确确无仁，真真不义。是皆未尝奉教于君子。即有如是若也，独不思盗泉不饮，无虚志士之称；不受黄金，免贪夫之薄。受餐反璧，晋公子之特立可风；得玉思城，秦昭王之贪残失约。……②

列举善行或戒贪之历史故事，如"效原思之辞粟，凛清圣之采薇"，原宪字子思，《论语·雍也》："原思为之宰，与之粟九百，辞。"孔子给予原宪粟九百（单位不详），宪以为多而辞不受。清圣指伯夷，《孟子·万章下》："伯夷，圣之清者也。"与叔齐二人义不食周粟，采薇食之而饿死首阳山下，见《史记·伯夷列传》。"受餐反璧，晋公子之特立可风；得玉思城，秦昭王之贪残失约。"《左传·僖公二十三年》记晋公子重耳："（曹·僖负羁）乃馈盘飧，置璧焉，公子受飧反璧。"（《左传·僖公二十三年》）后以不受馈赠曰反璧。"得玉思城"为赵惠文王时蔺相如完璧归赵之故事（《史记·廉颇蔺相如列传》）。

又《劝廉赋，以"廉者洁不滥浊"为韵》云："质同雪白冰清，姿比霜明月湛。不必去国让位，千载美吴；顿觉有袴无襦，万民歌范。馈金可却，已非若贪得无厌。俸粟可辞，岂同于所取过滥。"③"去国让位"指吴公子季札让国，"弃其室而耕"，见

---

① 简宗梧、许俊雅主编：《全台赋补遗》，台南：台湾文学馆，2014年版，第165—166页。
② 简宗梧、许俊雅主编：《全台赋补遗》，台南：台湾文学馆，2014年版，第207页。
③ 简宗梧、许俊雅主编：《全台赋补遗》，台南：台湾文学馆，2014年版，第286页。

《左传·襄十四年》及《史记·吴太伯世家》。"有袴无襦"指后汉廉范对蜀郡百姓"厉以淳厚,不受偷薄之说",并禁民夜作之陋规,使之充裕。《后汉书·杜孔张廉王苏羊贾陆列传》《卷三十一》:

> 廉范字叔度,……赵将廉颇之后也。……建初中,迁蜀郡太守,其俗尚文辩,好相持短长,范每厉以淳厚,不受偷薄之说。成都民物丰盛,邑宇逼侧。旧制禁民夜作,以防火灾,而更相隐蔽,烧者日属。范乃毁削先令,但严使储水而已。百姓为便,乃歌之曰:"廉叔度,来何暮?不禁火,民安作。平生无襦今五袴。"

除弊更要兴利,掩耳盗铃,上下欺瞒才是污劣混浊的开端。

除了台湾的鸾赋,咸丰辛酉年(1861)及以后的抄本《救生船》也有多篇的赋作。其中有(孚佑帝君)《拟东方朔蟠桃会赋并序》借王母之口说出:

> 咨夫兹桃者,植之固不易,啖之亦甚难。为臣者非忠,为子者非孝,莫能啖此桃。为兄为弟者,非友非恭,莫能啖此桃。为夫妇为朋友者,非义非顺非信,莫能啖此桃。然则此桃者,所以饷忠臣,饷孝子,饷友兄,饷悌弟,饷节妇,饷义夫,饷良朋,饷好友也。否是,安得翘首而一企哉。①

借用传说中的人事物,模拟其事其文,拟用传说旧典,而又归之于劝励,洵属奇文。

台北行忠堂《删增忠孝集》"南宫孚佑帝君"之《劝孝赋,以"能竭其力"为韵》:

> 吾于是引古而证今,待世之智愚贤不肖,皆尽知之也。丁兰刻木,郭巨埋儿。王裒荒冢泣墓,孙荣入水求尸。蔡顺拾椹,免罗于难;仲由负米,不辞其疲。想孟宗之哭泣,学莱子之娱嬉。君羹请遗,截竹远遗。旋歌《南陔》之义,能忘泣杖之悲。卖身弃官,不外思亲而致;尝药尝粪,果是孝子所为。求鹿奉亲,其心亦异;打虎救父,斯品亦奇。孝感动天,行佣供母;衣藏芦絮,进鲤姜诗。不必兴望白云,徒嗟在此;切勿远游异国,致叹何其。②

---

① 王见川、车锡伦等编:《明清民间宗教经卷文献续编》第九册,台北:新文丰出版股份有限公司,2006年版,第21—23页。见上海宏大善书总发行所《救生船》卷一。
② 简宗梧、许俊雅主编:《全台赋补遗》,台南:台湾文学馆,2014年版,第281—283页。

"引古而证今"自是多举史实以为劝勉尽孝之资。《劝孝赋·以题为韵》(本赋各段末字递用"劝、孝、赋"三字,但内文不用韵①)第二段连续引用孝子的故事:

> 无如文明之华国,竟习恶俗之蛮邦。三纲既无,八字何有?嗟皋鱼之哭树无闻,叹曾元之口养孰继?独不思掘地见泉,郑庄公之誓言犹在;胡不察遗羹斥枭,颍考叔之纯孝长留。试思捐阶焚廪,都君尝存孝友之心;蔽体芦衣,闵子骞犹恐弗亲之意。讵料遁世波兴,恶风暴发。今人反此爱彼,存心尽是。晚辈背亲向疏,举目皆然。岂为父之不慈,实乃子之不孝。②

皋鱼哭树即《韩诗外传》卷九孔子见皋鱼哭于道傍而问之,皋鱼云:"树欲静而风不止,子欲养而亲不待也"之事。曾元口养指《孟子·离娄上》:"曾元养曾子,必有酒肉。将彻,不请所与"事。"掘地见泉""遗羹斥枭"指《左传·隐元年》"郑伯克段于鄢"郑庄公因母亲偏宠其弟故不孝于武姜,颍考叔藉请庄公之羹以遗母,劝庄公掘泉见武姜。"捐阶焚廪"谓舜的父母及其弟谋害舜,都君指舜③。"蔽体芦衣"谓闵子骞之后母衣之以麻絮,父知之而欲出后母,子骞云:"大人有一寒子,犹尚垂心。若遣母,有二寒子也。"父感其言,乃止。④("弗亲"即"拂亲")

对照光绪廿九年大陆出版的《苦海金堤》有(桂宫裴仙连捷)《孝赋》:

> 孝原天性共有,孝必古人为师。子骞孝能还母,郭巨孝不私儿。负米分劳,子路尽奔驰之苦;耘瓜受杖,曾参无疾怨之辞。哭竹卧冰,孝感苍天垂悯;温席扇枕,孝偏赤子能知。考叔请羹,庄公悔心不已;黄门送粥,樊倏

---

① 沈光文《台湾赋》亦不用韵,参本文之一及《全台赋校订》第499页之注脚。
② 许俊雅主编:《全台赋影像集》,《醒世玉磬》卷八,台南:台湾文学馆筹备处,2006年版,第741—744页。
③ 《孟子·万章上》:"万章曰:'父母使舜完廪,捐阶,瞽瞍焚廪。使浚井,出,从而掩之。'象曰:'谟盖都君,咸我绩。……'"赵《注》云"君,舜也",清顾炎武《日知录·君》引此云:"人臣称君,自三代以前有之。"黄汝成《日知录集释》引阎若璩曰:"是时舜已为诸侯,故曰都君,非人臣也。"
④ 《太平御览·卷四一三·人事部·孝中》引(南朝·宋)师觉授《孝子传》:"闵损,……早失母,后母遇之甚酷,损事之弥谨。损衣皆槁枲为絮,其子则绵纩重厚。父使损御,冬寒失辔,后母子御则不然。父怒诘之,损默然而已。后视二子衣,乃知其故。将欲遣妻,谏曰:'大人有一寒子,犹尚垂心。若遣母,有二寒子也。'父感其言,乃止。"则兄弟共三人。《艺文类聚·第二十卷·人部·孝》引《说苑》亦载此事,云:"闵子骞兄弟二人,母死,其父更娶,复有二子。"又:"子骞前曰:母在一子单,母去四子寒。"则兄弟共四人。惟文末复云:"故曰:孝哉闵子骞,一言其母还,再言三子温。"

病体难支。① 着彩衣兮戏舞，去卧具兮伤悲。分桑椹以辨味，进珍果而随时。……②

本段原注："此段言人当学古人之孝"，以下数段为"此言贫者孝"，"此言女子孝"，"此言贵者孝"，皆举孝子典故为文。末二段"反言不孝""总结劝人当孝"则又只说理不复用典矣。《苦海金堤》刻印于光绪廿九年（癸卯，1903），卷二"武圣帝君"序云："光绪庚子岁，京师多士复疏恳吕帝，飞鸾阐化并请辑书，……书成锡名，曰《苦海金堤》。"末署："……降笔于绿野堂"。可见此书或编成于北京之绿野堂（鸾堂名）。

六、咏史抒怀，道古鉴今

道光年间北台文学宿儒曹敬③《"渊明归隐赋·以"田园将芜胡不归"为韵》对靖节之行止结纳为"归""隐"二字，故其中之二段特全以"归""隐"字为主题，赋云：

乃归而寻故侣，乃归而访同徒。乃归而悦兹亲戚，乃归而乐尔妻孥。闻归而乡邻问讯，知归而朋友卬须。迎归而儿童狂喜，遄归而宗族疾趋。归于里不仕于朝，好把为官话野叟；归于家不立于国，定教遗世作耕夫。盍赋吾党归与，鞅掌劳筐书之责；报道先生归也，杖头携尊酒之胡。

人苦鸠藏，自甘蠖屈。谢绝簪缨，长违黼黻。如高隐之逸士，岂逃隐而绝物。人隐从竹坨经过，鸟隐向杨堤低拂。若隐泉石，不甚悬殊；类隐邱园，差堪髣髴。或隐东皋以舒啸，木自欣欣；或隐南亩以耘耔，草偏菲菲。无论大隐、中隐、小隐，志在赋闲；即属隐居、隐逸、隐沦，身无贬诎。尔田尔宅，退隐悠然；吾爱吾庐，怀归岂不。④

"闻归而乡邻问讯，知归而朋友卬须。迎归而儿童狂喜，遄归而宗族疾趋。""若隐泉

---

① 《后汉书·樊宏阴识列传》："樊儵（shu 去声）字长鱼，谨约有父风。事后母至孝，及母卒，哀思过礼，毁病不自支。世祖常遣中黄门朝暮送馆（zhan 阴平）粥。"
② 王见川、车锡伦等编：《明清民间宗教经卷文献续编》第五册，台北：新文丰出版股份有限公司，2006年版，第696—697页。见《苦海金堤》卷二。
③ 许俊雅等主编：《全台赋》《业精于勤赋》林淑慧撰作者栏注3，第182页。
④ 简宗梧、许俊雅主编：《全台赋校订》，台南：台湾文学馆筹备处，2006年版，第187—189页。

石，不甚悬殊；类隐邱园，差堪髣髴。或隐东皋以舒啸，木自欣欣；或隐南亩以耘耔，草偏莳莳。"可说对靖节先生简单而高明的人生境界的透彻描述。又其《淮阴背水出奇兵赋·以题为韵》第五段及末段云：

维时神智生，妙计起。未至平明，先呼将士。谓劲敌兮无虞，有长江兮可恃。遣一万人，离三十里。倚河干而待战，计必如斯；据江岸而为营，吾将有以。军令莫违，敌嗤非耻。相见诘朝，加遗一矢。列出排山之势，何须襟带江湖；布开倒海之形，恰好凭依川水。

……乃知豪杰多谋，机筹寡悟。置死能生，似危偏固。然而设背水则施谋太险，难作常经；善出兵乃黩武所归，当修文具。何如我圣朝，海宴河清，威行德布。海邦纳赆，咸怀脱剑之风；日月增光，试奏凌云之赋。①

《史记·淮阴侯列传》记韩信佯败以覆赵军，"置死能生，似危偏固"，所谓背水一战。本赋依之尽加铺演，然亦评之曰："施谋太险，难作常经"，盖古今异势，兵势无常，可以为鉴而不可胶守也。

七、原民异俗，勖勉教化

原住民风俗为台湾赋的描述特征之一，故郁永河《采硫日记》（《裨海记游》）有《土番竹枝词》24首。林谦光《台湾赋》：

则有文身番族，黑齿裔蛮。烂满头之花草，拖塞耳之木环。披短衣而抽藤作带，蒙鸟羽而编贝为繫。闻中国异人之戾止，乃跳石越涧以来观。馈波罗之清冽，献嘉橼之甘酸。蕉子剥来，几等木桃之赠；王梨摘落，用将葵藿之欢。翘首瞻依，幸彼俗之未陋；跂足蠕动，知大化之可颂。

又有蓬跣方除，胶庠初隶。载酒问奇，负经请谛。吟诵半杂于博劳，衣冠尚存其椎髻。拱手于都讲之庭，侧身于敷教之地。②

---

① 简宗梧、许俊雅主编：《全台赋校订》，台南：台湾文学馆筹备处，2006年版，第208—210页。
② 简宗梧、许俊雅主编：《全台赋校订》，台南：台湾文学馆筹备处，2006年版，第2—6页。

"蕉子剥来,几等木桃之赠;王梨摘落,用将葵藿之欢"叙述原民对官员的善意;"幸彼俗之未陋","知大化之可颂"肯定他们接受儒教的可能。周澎《平南赋》:

> 于是雕题贯胸之众,燋齿枭睻之伦。回首请吏,愿列编民。迁情反志,服教畏神。固绝徼荒陬,尽变为乐土;何殊方异类,共识乎尊亲。若乃威灵远暨,悉土悉臣。陆眘水栗,奔走来宾。琛币重译而交贡,梯航接踵以并臻。火齐木难之宝,珊瑚玳瑁之珍。乌集鳞萃,靡不咸陈。岂中朝特贵乎远物,乃遐方共闻有圣人。①

《平南赋》是庆赞平定郑氏之颂词(参本篇之三),一片王威讨逆之语。对原住民族要求交贡、陈宝。"回首请吏,愿列编民。迁情反志,服教畏神",以居高临下的态度,要求臣服王敕,接受教诲。

结　语

历史的记忆值得珍惜,它是文化的认同与信仰之凭借,台湾古典文学的模式与内容同样接续在我国文学史的轨道中前进。文学作品或显或隐,有意无意,常在铺排历史,彰扬史识,据古以视今。本文就台湾辞赋中历史意识之面貌作初步之疏整,借以见知台湾辞赋多层面的活跃表现。

---

① 简宗梧、许俊雅主编:《全台赋校订》,台南:台湾文学馆筹备处,2006年版,第17—18页。

试论曹植诗与赋之关系及其文学史意义

淮海工学院　袁　丁

【摘　要】　在曹植的心目中各种文体的地位是不同的，从曹植的赋论以及诗、赋与政治的关系来看，赋在曹植心中的地位可能高于诗。曹植诗、赋关系发展可以分为三个阶段，从表现功能、艺术等角度的比较来看，每个阶段表现有所不同。这种差别可能源于曹植的境遇变化与文体传统表现功能。由于曹植在诗、赋方面的造诣都很高，这两种文体艺术方面又存在着相互影响。其中赋对诗的影响较大，诗吸收了赋善于铺陈、夸张与描写的艺术特点，从而使得其诗表现出独特的个性。曹植诗、赋关系与前人表现不同，在诗、赋关系发展中有着特殊意义。

【关键词】　曹植　诗　赋　文体关系

众所周知，汉魏之际是中国文学的一个新变期。汉末文人五言诗产生，在魏代更加盛行。曾经繁盛一时的汉赋，在汉末也发生了艺术变异，散体大赋在作家中依然存在，同时抒情小赋渐渐兴起。更为重要的是，诗与赋的关系在此时也有了一些新的变化。对此一些学者已经予以关注，如林庚先生指出："随着建安时期寒士在文坛上的重振旗鼓，诗化的趋势重新抬头……于是七言诗崭露头角，而五言诗则一时成为最为活跃的诗体。……赋于是便也被带进了诗化的过程，成为诗歌的外围与附庸。"[①] 后来徐公持更加具体地论述了两汉魏晋诗、赋关系发展的总体趋势，并对"诗的赋化""赋的诗化"进行了深入阐释。[②] 但是研究者多从作品本身看到诗、赋间相互的艺术影响，而对于它们的艺术地位、表现功能在时人心目中的不同认知等则较少剖析。曹植是汉魏之际最为重要的作家之一，诗、赋兼擅而且他在创作中对诗、赋两种文体的处理态度，以及其诗、赋在艺术上的相互借鉴，在当时即具有很大的典范意义。因此本文拟在学界现有研究的基础上，试图分析诗、赋在曹植心目中的不同地位，曹植诗、赋在写作

---

① 林庚：《诗化与赋化》，《烟台大学学报》，1988年第1期，第75页。
② 徐公持：《诗的赋化与赋的诗化》，《文学遗产》，1992年第1期。

环境、表现功能等异同，尤其是诗、赋表现艺术之异同与相互影响，并将之与汉人相关认识进行比较，以期发掘曹植比较独特的诗、赋观及其在汉魏之际文学艺术尤其是诗、赋发生新变过程中的文学史意义。

一、曹植的文体观念与诗、赋地位

　　文体是由社会的不同需要而产生的，每种文体具有不同功能。从这个意义来说，文体之间应没有高低之分。但由于不同作家的偏好，或是由于文体与政治的关系远近不同，在作家心目中地位也会出现变化。古人有三不朽观念①，即立德、立功、立言，其中立言是立德、立功都无法实现的情况下才去进行的。曹植明显更重视个人的政治成就，所以他说："吾虽德薄，位为藩侯，犹庶几戮力上国，流惠下民，建永世之业，流金石之功，岂徒以翰墨为勋绩，辞赋为君子哉！"② 这种功业意识是贯穿曹植一生的追求，所以一有机会他就会去表现自己，这我们可以从他后期《求自试表》中强烈地感受到。而如果不能够建功立业，曹植还有自己在文章方面的追求，所以他说："若吾志未果，吾道不行，则将采庶官之实录，辩时俗之得失，定仁义之衷，成一家之言，虽未能藏之于名山，将以传之于同好；非要之皓首，岂今日之论乎！"③ 曹植虽未点出文体，但从其所述，似乎较近政论之体。从现存曹植的作品中，我们可以看到曹植这类作品，而且确实表现出了曹植善于辨析、洞悉物理的能力。如《汉二祖优劣论》从德行、能力、影响的角度，较全面地展现了刘邦与刘秀不同特点，并从总体上认为刘秀优于刘邦。我们可以说在曹植的文学观念中，可以成一家之言的政论文在曹植心目中地位可能更高。

　　与政论文相比，曹植创作中的赋与诗地位应较低。而若将赋与诗之间的地位关系进行比较的话，赋的地位可能又稍高一些。之所以这样说，是基于作家的个人偏好及文体与政治的远近两个方面。曹植曾论述辞赋时称："辞赋小道，故未足以揄扬大义，彰示来世也。昔扬子云先朝执戟之臣耳，犹称壮夫不为也。"④ 这说明曹植对辞赋是比较轻视的，但这是相对政治而言，在其内心则是对赋甚为偏爱。曹植在《与吴季重书》云："得所来讯，文采委曲，晔若春荣，浏若清风，申咏反覆，旷若复面。其诸贤文

---

① 见《左传·襄公二十四年》："穆叔曰：'以豹所闻，此之谓世禄，非不朽也。鲁有先大人曰臧文仲，既没，其言立，其是之谓乎！豹闻之：'大上有立德，其次有立功，其次有立言。'虽久不废，此之谓不朽。'"
② 赵幼文：《曹植集校注》，北京：人民文学出版社，1984年版，第154页。
③ 同上，第154—155页。
④ 同上，第155页。

章，想还所治，复申咏之也。可令憙事小吏，讽而诵之。"① 曹植用生动笔法赞美了吴质文章之美，并劝他对诸贤文章反复吟咏，让小吏进行讽诵。从这里我们似乎看不出当时吴质寄给曹植的是哪种文体，以及诸贤文章是何种体裁。不过从吴质给曹植的书信中，我们可以略推知一二。吴质有《答东阿王书》，从其所述来看，应为应答上文所提到的书信而作。在此信中，吴质夸赞了曹植文章"文采之巨丽"，并云："还治讽采所著，观省英伟，实赋颂之宗，作者之师也。众贤所述，亦各有志。……此邦之人，闲习辞赋，三事大夫，莫不讽诵，何但小吏之有乎？"从语词来看，这段话是对曹植《与吴季重书》的答复。从此答复来看，吴质所治理的朝歌是文化较为繁荣之地，其中辞赋的创作之风较盛。这样，综合以上的信息，我们大略可以看出曹植、吴质所作文章体裁与所讽诵的作品，应该都是辞赋。这与赋之"巨丽"的品格以及可以讽诵的传统也是相合的。

曹植之所以对辞赋格外欣赏，是因为赋所具有高超的艺术与很高的审美价值。赋是具有很高文学价值的文体，但是在汉代由于儒家价值评判的介入，赋是否具有讽谏性被作为价值大小的标准，其文学性没有得到充分的重视。曹丕提出了"诗赋欲丽"的主张，曹植对于赋的艺术作了更加精彩的论述。曹植在《前录自序》说："故君子之作也，俨乎若高山，勃乎若浮云。质素也如秋蓬，摛藻也如春葩。汜乎洋洋，光乎皜皜，与雅颂争流可也。余少而好赋，其所尚也，雅好慷慨，所著繁多。虽触类而作，然芜秽者众，故删定别撰，为前录七十八篇。"② 从这段论述我们可以看出，曹植从小就对赋创作十分崇尚，著述很多，这与其本传所载"年十岁余，诵读《诗》《论》及辞赋数十万言，善属文"③ 亦相合。"俨乎若高山，勃乎若浮云"正是对赋所具有的雄壮气势的形象概括，说明赋作就像高山一样雄峻，而又有浮云勃兴之盛状。"质素如秋蓬"是从赋作内容来说，曹植认为赋的内容就像秋蓬一样素朴。"摛藻若春葩"是从文辞来说的，这也恰好概括了赋文辞方面的特点，后来刘勰称赋"铺采摛文"也正是对曹植观点的进一步发展。不仅如此，曹植还将赋"汜乎洋洋，光乎皜皜"的审美风格提高到"雅颂"的高度。"雅颂"常常用来指代《诗经》，在中国古代具有崇高地位，而曹植认为赋可与"雅颂争流"，这比起班固所认为"雅颂之亚"似又更为提高，也可以见出曹植对赋艺术地位的尊崇。对于这段记述的时间，学界有不同的认识，姚振宗《隋书经籍志考证》："《陈思王传》注引《典略》：植与杨修书曰：今往仆少小所著辞赋相与。修答书曰：猥受顾赐，教使刊定云云，与此录自序所言相印合，其即所录尝

---

① 赵幼文：《曹植集校注》，北京：人民文学出版社，1984年版，第143页。
② 同上，第434页。
③ 陈寿撰，裴松之注：《三国志》，北京：中华书局，1959年版，第557页。

以属杨修点定者。建安十九年徙临淄之后事也。"也有学者提出反驳："考序句云：'所著繁多，芜秽者众，故删定别撰。'是曹植自刊定，和杨修没有必然的联系，而又缺乏史实的根据。从序文所述，《前录》包括赋计七十八篇，既说是前录，则必有后录。可以推测，曹植编集的原则，根据文体以类相从，或许又以创作先后为次第，而且手定目录，则序必在晚年。"① 笔者以为这一认识是有道理的。如果是这样的话，那么我们可以看出曹植对赋的推崇、偏好是贯穿其一生的。

与较多的论赋言语相比，曹植论诗的较少。虽然不能由此说明在曹植心目中赋的地位就高于诗，但是从上面其对赋爱好的明显倾向性，我们可以说这种可能性是比较大的。另外，我们还可以从其赋与诗和政治之间的关系作一推测。赋与政治之间的关系一直都十分密切，尽管赋常常被称为"小道"，但是它一直是士大夫表现政治情感、颂美国家的重要手段，班固对此已有明确论述："或以抒下情而通讽谕，或以宣上德而尽忠孝。雍容揄扬，著于后嗣，抑亦《雅》《颂》之亚也。"② 虽然随着汉帝国的衰落、儒家思想的旁落，赋的这种品格逐渐弱化，但是到汉魏之际，依然是赋家表现政治情感、国家观念的主要文体。陈琳就创作过歌颂曹操出征克敌的《武军赋》《神武赋》，王粲有《羽猎赋》，徐干有《齐都赋》《西征赋》等，阮瑀有《纪征赋》，应玚有《西征赋》《西狩赋》《驰射赋》《校猎赋》，刘桢有《鲁都赋》。曹植的作品中也存在这样的作品，如《七启》，其序云："昔枚乘作《七发》，傅毅作《七激》，张衡作《七辩》，崔骃作《七依》，辞各美丽，余有慕之焉！遂作《七启》，并命王粲作焉。"③ 从序中内容来看，曹植是因为爱慕前人"七体"的美丽文辞而作。但就赋的内容来看，应与当时魏代的政治关系较密切。赋中虚构了玄微子与镜机子两个人物，玄微子原来"隐居大荒之庭，飞遁离俗，澄神定灵，轻禄傲贵，与物无营，耽虚浮好静，羡此永生。独驰思乎天云之表，无物象而能倾"，超然物外。但是经过了镜机子的一番劝说，最终醒悟："于是玄微子攘袂而兴曰：'伟哉言乎！近者吾子所述华淫，欲以厉我，祗搅吾心。至闻天下穆清，明君莅位，览盈虚之正义，知顽素之迷惑。今予廓尔，身轻若飞，顾反初服，从子而归。'"玄微子这样的变化，暗含着对当时知识分子的劝诫，意谓国家昌明，明君在上，有识之士应当积极从政，发挥自己的才能。这也与曹操当时的用人唯贤的政策相应。

通过对曹植现存关于文体评价的言语，以及各种文体与政治间的关系的解读，我们可以看出，在曹植心目中，建功立业，名垂青史是其人生的理想，而其次则是文章

---

① 赵幼文：《曹植集校注》，北京：人民文学出版社，1984年版，第435页。
② 费振刚：《全汉赋校注》，广州：广东教育出版社，2005年版，第464页。
③ 赵幼文：《曹植集注》，北京：人民文学出版社，1984年版，第6页。

传世。而在文章题材方面，政论文在其心目中地位最高；赋与诗相比，赋更为曹植所偏好，而且与政治、国家意识形态间的关系更加密切，所以赋的地位可能要高于诗。

二、曹植诗、赋题材、功能与艺术等的同异

曹植诗、赋创作贯穿着他的一生，即建安、黄初、太和三个不同阶段。随着人生阶段的变化，曹植的创作中的诗与赋之关系也有都有不同表现。下面主要从曹植诗与赋的表现题材、功能与艺术等角度，对其三个阶段诗与赋关系进行解读。

首先，曹植建安时期的诗与赋有三类表现题材较为相似，即宫廷题材、女性题材与离别题材，但在表现范围、艺术、对象方面又有差异。宫廷题材在诗中较少，主要有《斗鸡》《公宴》《侍太子坐》，写宫中的娱乐、生活。而宫廷赋的表现范围则更大，除了与诗相似的写宫中生活的，如《娱宾赋》《游观赋》《闲居赋》《大暑赋》《节游赋》。还有咏物类，所用物象种类众多，有写器物的，如《九华扇赋》《宝刀赋》。还有有写动植物，如《鹖赋》《神龟赋》《离缴雁赋》与《蝉赋》，其中《鹖赋》纯咏物之性情，后三篇则有对动物的同情，如《神龟赋》序云："龟寿千岁。时有遗余龟者，数日而死，肌肉消尽，唯甲存焉！余感而赋之。"① 《离缴雁赋》序云："余游于玄武陂中，有雁离缴，不能复飞，顾命舟人追而得之，故怜而赋焉！"② 咏植物的赋作与动物赋也有相似的表现模式，《车渠碗赋》《迷迭香赋》《槐赋》《芙蓉赋》描摹物象，《橘赋》则哀叹南方的橘子树，由于"播万里而遥植，列铜爵之园庭"，但由于环境变化而凋零。还有表现宫中生活状态的。在女性题材中，则出现了写弃妇的《弃妇篇》与《出妇赋》，但艺术上有所不同，《弃妇篇》采用比兴手法、比喻与场景描写来组织诗篇，《出妇赋》则主要通过平白的叙述，写弃妇的一生。同时赋的表现范围也较广一些，除了弃妇悲伤，还有女子怀春而不得良媒的叹息，如《感婚赋》与《愍志赋》。在离别题材中，这一时期的写作对象主要朋友，如《送应氏》《赠王粲》《赠徐干》《赠丁仪》《赠丁翼》与《离友》（序云："乡人有夏侯威者，少有成人之风。余尚其为人，与之昵好。王师振旅，送予于魏邦，心有眷然，为之陨涕。乃作离友之诗。"③）而赋的写作对象多为至亲，如《释思赋》④《离思赋》⑤ 为兄弟而作，《叙愁赋》⑥ 为妹妹而作。

---

① 赵幼文：《曹植集注》，北京：人民文学出版社，1984年版，第96页。
② 同上，第100页。
③ 同上，第54页，
④ 同上，第51页。
⑤ 同上，第40页。
⑥ 同上，第61页。

其次，黄初时期是曹植命运转折与思想变化的重要时期，由于建安时期有争夺太子之嫌，处于藩王地位的曹植备受压抑。曹植的诗、赋表现内容方面也不像建安时期那样复杂多样，诗、赋两种文体在内容、情感与风格方面趋于一致。从内容来看，这一时期的诗、赋较为集中地表现出了对个人命运的关注，悲伤、压抑、忧愤心情的抒写。从其表现艺术方面也存在着一致性，主要表现在两个方面：其一，以超世意象、情景表现个人的悲剧命运。这一时期，曹植诗歌中出现了一系列游仙诗，它们不同建安时期多写现实生活，而转以超现实的笔法表现诗人更加复杂、痛苦的内心与对自由的向往。如《仙人篇》向读者描绘了一幅仙界奇幻的图景，仙界的自由生活，是何等潇洒！然而这些只不过是诗人现实不得意的幻想罢了，只是诗人"四海一何局，九州安所如"现实困境中，一种追求解脱的方式罢了。《升天行》《游仙》也有相似的表现形式与情感。与诗相似的是，在这一时期的赋中也采用这种表现方法，《洛神赋》则将这种表现方法发展到极致。《洛神赋》以极其细腻的笔触与非凡的想象力，为读者塑造了一个美艳多姿而又贞洁守礼的洛神形象，叙述了赋家与神女悲欢离合的过程，表现了赋家对洛神的爱慕但又人神悬隔无法接近的伤感。由于神话传说融入其中，整篇赋呈现出如梦如幻的感觉。但是结合当时曹植的处境，我们可以看出整篇赋又极具象征意义，神女的期许与最后的失落，也正是曹植人生变化与种种困境的反映。其二，表达含蓄，运用比兴手法。这一时期曹植的诗、赋所用意象的比兴意味十分强烈，从这些物象中我们可以感觉到曹植的痛苦。曹植此期的诗篇，如《浮萍篇》《种葛篇》，都运用了比兴手法。《浮萍篇》先借浮萍起兴，以浮萍寄托清水之中，随风漂泊不定，兴起女子变迁不定的命运。然后通过对女子遭际的叙述，由结婚时的情投意合到夫君结识新欢而被抛弃的转变。这其中又以"茱萸自有芳，不若桂与兰"起兴，说明"新人虽可爱，不若故人欢"的道理。最后抒写时光流逝，弃妇的孤独。这首诗的意象十分丰富，它们共同指向是弃妇悲剧的命运。而弃妇不得"君恩"，也正像曹植得不到曹丕的原谅一样，内怀忧惧。而赋中如《白鹤赋》，从中我们宛然看到兄弟间关系的变化与曹植的孤弱、凄凉。在赋中，白鹤中途"美会"破裂，遭受祸患，与曹植黄初年间的遭遇相合。白鹤的叹息恐惧、离群索居、孤独无靠，正是曹植黄初年间多次迁徙，悲苦无依的写照。而希望"大纲""解结"，奋翅远游，正是曹植希望走出困境的期待。《雀鹞赋》生动有趣，形象鲜明，赋中的雀鹞的对立正是社会现象的缩影。

最后，太和年间诗、赋关系又呈现出一定的变化。通过现存诗、赋来看，诗、赋在表现内容、功能方面由黄初年间的趋同而变为差异。这一时期的诗作主要有神仙主题、政治主题、社会现实生活。而在赋中则主要有思亲、感时与述志，如《怀亲赋》写思念亲人的，如《秋思赋》《感节赋》写季节变迁，表达时光流逝的感伤；述志的如《临观赋》。它们在主题上较少重合。从情感表达来看，诗、赋之间的倾向性差异也较为明显。诗中既有积极进取、"戮力上国，流惠下民"的政治激情，如《白马篇》《薤露行》，有对人民贫穷生活的抒写与同情，如《梁甫行》，也有对战争造成困苦的同情，如《门有万里客》。此时的赋则多蒙上感伤的情绪，《迁都赋》已经亡佚，但是从《迁都赋序》中可以看出此赋情感应是十分悲伤的，其序云："余初封平原，转出临淄，中命鄄城，遂徙雍丘，改邑浚仪，而末将适于东阿。号则六易，居实三迁。连遇瘠土，衣食不继。"①《怀亲赋》吊念父亲曹操，《秋思赋》是悲秋、感时之作，《感节赋》则抒写了季节变换中，由于志向无法实现的悲伤："谅吾志之不从，乃拊心以叹息。"《临观赋》则通过登高所见之乐景，反衬"予志之长违"的失落。这一时期留存的赋中弥漫浓重的伤感气息，与诗有所不同。

　　曹植三个人生阶段，诗与赋关系表现出不同的形态，是其人生的遭遇与文体传统共同促成的。在建安年间，曹植身为贵公子，他诗、赋的创作环境多为宫廷，这样的环境下，由宫廷文学发展而来赋更适合于这样的环境，所以在相似题材如宫廷题材的表现中，曹植赋表现范围就相对诗来说广一些，赋的咏物、铺排的功能也得到了充分的发挥。而到了黄初年间，曹植的人生落入低谷，没有了曹操的庇护，在曹丕的压制之下，写作环境由宫廷而入藩国，主要写作的内容也多是自己内心的苦楚。这一时期，他的诗、赋，受到神仙道教思想与楚辞影响较大，所以在情感表现与艺术方面表现出了更多的相似性。太和年间，曹植诗的创作明显多于诗，这可能与其作品的佚失有关。也可能与其太和年间的境遇转好有关，因为前一时期压抑环境消除，曹植再次表现出了人生政治热情，诗作可以在较短的篇幅中表现其强烈情感的优势得到了凸显，而赋在这方面表现功能较弱，所以曹植写得较少。

三、曹植诗与赋艺术之间的相互影响

　　文体的演变与文体间的相互影响有密切关系，袁行霈先生认为文学史的发展、变化中的一条路线是"各种文学体裁之间相互渗透，吸收其他题材的艺术特点，变化出带有新的气质的作品"②。这一点在曹植的创作中也可以得到论证。曹植是极富天赋的文学家，他众体皆擅，诗、赋方面有深厚造诣，这为其诗与赋间的相互借鉴与促进提供了条件。

　　曹植诗歌艺术的创新是多种因素影响下的产物，但笔者以为这可能与曹植的赋学修养有着密切关系，这主要表现在以下几个方面：

　　其一，吸收赋善于铺排的手法入诗。曹植乐府诗在"行"体基础上发展出了"篇"

---

① 赵幼文：《曹植集校注》，北京：人民文学出版社，1984年版，第392页。
② 袁行霈：《中国文学概论·余论》，北京：高等教育出版社，1990年版，第229页。

体乐府。在"篇"体乐府中，曹植最主要的艺术创造还是接受了庄骚奇妙想象，并以赋善于铺排物象形式表现出来。有学者曾指出："'篇'以赋法入诗，使'行'诗的容量大增，为初唐七言大篇提供了赋咏体物的篇法结构。"① 这是就七言歌行的成因来说的，不过赋法的应用确实让曹植的"篇"体乐府中容量增大，风格也带来了新的变化，如《驱车篇》："驱车掸驽马，东到奉高城。神哉彼泰山，五岳专其名。隆高贯云霓，嵯峨出太清。周流二六候，间置十二亭。上有涌醴泉，玉石扬华英。东北望吴野，西眺观日精。"空间上的铺排，让曹植的诗显得境界阔大。

在曹植的一些宫廷诗中，这种倾向也十分明显。如《鼙舞歌》中的《孟冬篇》所写狩猎过程与场面与狩猎赋表现模式十分相似。诗篇首先写出去狩猎的准备，交代出行的时间，人员安排以及队伍之盛况。然后写狩猎时狩猎者的勇武与场面的宏大，最后享受狩猎后的成果，这也正是狩猎赋常用的写作模式。曹植虽然现存作品中没有狩猎赋，但在《七启》中还是保存描写狩猎场面的："于是磥填谷塞，榛薮平夷。缘山置罝，弥野张罘。掩狡兔……翼不暇张，足不及腾，动触飞锋。……乃使北宫、东郭之俦，生抽豹尾，分裂貙肩，形不抗手，骨不隐拳。"《孟冬篇》写狩猎场面，则云："夷山填谷，平林涤薮。张罗万里，尽其飞走。……魏氏发机，养基抚弦。都卢寻高，搜索猴猿。庆忌孟贲，蹈谷超峦。张目决眦，发怒穿冠。顿熊扼虎，蹴豹搏貅。气有馀势，负象而趋。"物象、词句、场面都有相似之处。《圣皇篇》写藩王归藩的赏赐与送别的场景，也采用铺陈的手法。

其二，夸张手法，追求奇异，对巨大物象与气势的欣赏。《文心雕龙·夸饰》："自宋玉景差，夸饰始盛。相如凭风，诡滥愈甚。……及扬雄甘泉，酌其馀波，语瑰奇，……至东都之比目，西京之海若，验理则理无可验，穷饰则饰犹未穷矣……熠燿焜煌之状，光采炜炜而欲然，声貌岌岌其将动矣。莫不因夸以成状，沿饰而得奇也。"② 《通变》："夫夸张声貌，则汉初已极，自兹厥后，循环相因：虽轩翥出辙，而终入笼内。枚乘七发……马融广成……张衡西京……此并广寓极状，而五家如一。诸如此类，莫不相循，参伍因革，通变之数也。"③ 这里所列举的皆为赋作，说明了赋往往喜好夸饰，不避诡怪的物象。曹植的《七启》中也有这样的表现，如其中写宫殿的广阔与宫中娱游的场面："华阁缘云，飞陛凌虚，俯眺流星，仰观八隅，升龙攀而不逮，眇天际而高居。繁巧神怪，变名异形……乃使任子垂钓，魏氏发机。芳饵沉水，轻缴弋飞。落翳云之翔鸟，援九渊之灵龟。"赋的这种写作方法在曹植诗中也有体现，如《远游篇》："远游临

---

① 葛晓音：《初盛唐七言歌行的发展》，《文学遗产》，1997年第5期。
② 刘勰：《文心雕龙》，北京：人民文学出版社，1958年版，608—609页。
③ 同上，第520—521页。

四海，俯仰观洪波。大鱼若曲陵，承浪相经过。灵鳌戴方丈，神岳俨嵯峨。"这里面渲染仙界的雄奇，洪波、像丘陵一样的大鱼、顶着仙山的灵鳌等意象，怪诞而雄壮，极具夸饰之美。又如《磐石篇》："蚌蛤被滨涯，光彩如锦虹。高彼凌云霄，浮气象螭龙。鲸脊若丘陵，须若山上松。呼吸吞船栧，澎濞戏中鸿。"写淮东所见，物象奇异，蚌蛤向彩虹一样铺在湖边；巨浪滔天，水气像有螭龙行于其间；鲸鱼的脊背像丘陵一样，须子像山上的松树，在呼吸之间就能吞下船只。通过这样几组意象，就展现出了淮东的惊险与雄奇。

其三，善于对物象进行细致的描写，如《斗鸡》写斗鸡在决斗时勇武的姿态，诗人对其整个战斗过程中的情态进行了细致的刻画："群雄正翕赫，双翅自飞扬。挥羽邀清风，悍目发朱光。觜落轻毛散，严距往往伤。长鸣入青云，扇翼独翱翔。"从开始群鸡将斗时跃跃欲试的状态，到战斗时羽毛、眼睛、嘴、腿，以及叫声等描写，展现了斗鸡的勇猛。这与其《鹞赋》中表现鹞之勇武可以媲美："体贞刚之烈性，亮乾德之所辅。戴毛角之双立，扬玄黄之劲羽。……若有翻雄骇游，孤雌惊翔；则长鸣挑敌，鼓翼专场。"同样都表现所描写对象的善斗与勇猛，所用意象也相似。赋所具有的善于描写的特点，在诗中也得到了运用，让诗歌在艺术方面又有了新的发展。

曹植诗受到赋的影响是很大的，而诗对赋的影响则相对较小，但是通过对具体诗篇的分析，我们依然能够看到诗对赋可能也存在着一定影响。曹植有的赋写得比较特别，在句式、意境、章法上与诗十分相似的，如《愁思赋》（曹植晚期作品，在《燕歌行》出现以后）：

> 四节更王兮秋气悲，遥思惝恍兮若有遗。原野萧条兮烟无依，云高气静兮露凝衣。野草变色兮茎叶希，鸣蜩抱木兮雁南飞。西风凄悷兮朝夕臻，扇箑屏弃兮絺绤捐。归室解裳兮步庭前，月光照怀兮星依天。居一世兮芳景迁，松乔难慕兮谁能仙？长短命也兮独何怨？

从内容来看，此赋主要展现了秋天到了后凄凉的情景，以及有秋景生出的悲凉心情与时光流逝、神仙难慕的失落。从体制来看，主要是楚辞体的形式，四言、三言中间加"兮"字形式在《楚辞·招魂》中出现过："献岁发春兮汨吾南征，菉蘋齐叶兮白芷生。路贯庐江兮'左'长薄，倚沼畦瀛兮遥望博。青骊结驷兮齐千乘，悬火延起兮玄颜烝。步及骤处兮诱骋先，抑骛若通兮引车右还……"[1]，连续押韵，两句一换韵。这种形式可能影响了汉代七言的创作。到了魏代，七言体发生了变化，最重要的标志

---

[1] 洪兴祖：《楚辞补注》（白化文等点校），北京：中华书局，1983年版，第213—214页。

就是《燕歌行》。如果将曹植赋与《燕歌行》体制相比,我们则会发现它们之间存在较多共同点。赋中句数共有13句,曹丕《燕歌行》则有15句,句数皆为奇数。而且赋只要去"兮"字就是标准的七言歌行体,比以前的七言体更富于情韵。曹植现存作品中没有《燕歌行》,但是逯钦立先生曾从《初学记》中辑出《艳歌行》两句:"夏节纯和天清凉,百草滋殖舒兰芳。"曹植以前的《艳歌行》题皆为五言,而此处为七言,且连续押韵,更类《燕歌行》。所以我们可以推测,曹植创作以五言为主,但是从其现存的残篇七言,以及《鞞舞歌》中五七言句式（如"乐人舞鼙鼓,百官雷忭赞若惊"）来看,曹植也应掌握七言句式的运用,对《燕歌行》体式也有一定认识,而此赋也可能在《楚辞·招魂》的基础上,又结合七言歌行体的创作而形成的。

综述所述,我们可以看出,曹植诗歌在继承汉末文人古诗艺术的同时,还从赋创作中得到了启发,从而使得其诗歌在运用古诗善于比兴手法,章法相续相生的特点,善于通过叙述抒写情感的同时,又融赋入诗,让其诗歌意象雄奇、境界开阔。诗对赋的影响相对较小,但在一些赋中可能吸收了诗的一些创作手法等。

四、曹植诗、赋关系的文学史意义

东汉末年诗与赋的文体都发生了较大变化。在诗中,汉末文人五言诗产生,并以其高超的艺术手法与真挚的情感,显示出很强的生命力。在赋中,随着汉代散体大赋的衰落,抒情小赋的产生与发展,赋的表现功能与艺术也发生了一定变化。就作家来说,汉代作家多重赋,虽然有些作家,如张衡、蔡邕诗、赋兼擅,但在他们的作品中,诗、赋的关系较为疏远。而随着诗、赋两种文体格局的变化,作家渐渐诗、赋兼擅,两种文体出现并驾齐驱的趋势。从客观上说,这有利于文体间的交流与融合。但是由于各种文体在发展过程中有很强的内在传承性,诗与赋之间的文体互动还需要一个过程。

从东汉末年开始,诗与赋在表现功能上有趋同的一面,它们共同承担了作家的抒情功能。但是于此同时,散体大赋叙写校猎、都城与咏物的传统还在延续。诗与赋的题材选择各有分野,这种局面到建安七子依然可见。通过对建安七子现存作品进行分析,我们可以发现除了王粲外,其他六位作家诗与赋在题材选择上差异甚大。陈琳、徐干、应玚、阮瑀、刘桢的诗主要是继承汉代文人古诗或乐府而来,其中所写题材中有如汉乐府反映现实题材的,有如汉末文人古诗写思妇、游子等题材。从艺术来看,他们也多继承汉末文人古诗的传统,喜欢使用散句、比兴等艺术,情感缠绵、细腻,风格古朴。而赋则多写校猎、征战、都城与咏物,而艺术手法也多源自汉代赋的手法。在艺术上,他们的诗与赋也较少相互借鉴,除了一些诗如《斗鸡诗》中描写艺术可能受赋的影响，其他似乎较少。其中较为特殊的是王粲，尽管他的诗与赋在题材选择方面差异也较大，但存在着一些相似性。如其在荆州期间所写的《七哀诗》与《登楼赋》，在表现内容、情感、艺术方面（意象选择与场面）都有很大相似之处，甚至将《七哀诗》三首合在一起看，涵盖了《登楼赋》大部分内容。曹丕晚于建安七子，稍早于曹植，他的诗与赋在题材表现中差异总体较大，但其中有三种相似题材，即征战、女性、狩猎类。征战诗与赋在写法上很不相同，征战赋对军容的展现比较突出，而诗则往往反映面对战争人的心理。征战诗中也有借鉴赋的手法，铺陈特点比较明显，如《董逃行》："晨背大江南辕，跋涉遐路漫漫。师徒百万哗喧，戈矛若林成山，旌旗拂日蔽天。"女性题材方面，《寡妇》诗与《寡妇赋》均对同一事件进行抒写，情感同样哀伤，体式都为楚辞体，句式稍有差别，所用意象也相似。狩猎类，虽然诗、赋篇幅悬殊，但从诗中还是能感受到狩猎的气势的，《游猎诗》："行行游且猎，且猎路南隅。弯我乌号弓，骋我千骊驹。走者贯锋镝，伏者值戈殳。白日未及移，手获三十余。"在艺术方面，这首诗中较明显地借鉴了赋的艺术，他的《大墙上蒿行》中在汉代古诗的结构中融入赋的描写手法，是较典型的体现。[1] 他的非乐府诗中，很多是描写宫中游赏的诗，这些诗也较具有赋化倾向，如《黎阳作》《于谯作》《孟津》《芙蓉池作》《于玄武陂作》《夏日诗》《游猎诗》《董逃行》等。

与前面诸作家相比，曹植在理论方面表现出尊赋体的倾向。这种推崇赋体的观念，既不同于汉代人，也与其兄曹丕不同。与汉人赋论相比，曹植虽然也崇尚儒学，但并不像汉人那样用儒家思想来规范赋体，而是强调赋所具有的雄壮气势美与文辞美，这就使得赋所具有审美特质得到了肯定，其艺术性得到充分的重视。曹丕提出"诗赋欲丽"[2] 的观点，在文学史上具有突破性意义。从这简短的四个字中，我们可以看出，曹丕将诗、赋放在同等地位，并认为它们应具有"丽"（文辞）的品格。与曹丕不同的是，曹植偏爱赋体。虽然曹植也欣赏赋所具有文辞华美的特点，但同时还欣赏赋所具有的宏壮的气势。在创作方面，曹植诗中吸收了赋的审美品格，从而使得其诗作铺陈排比，境界开阔，开创了不同于前人的诗风。在某些赋中，还表现出了吸收诗的写作方法的地方。但相对而言，赋对诗的影响则更为明显。在表现功能与题材选择方面，比起建安七子与曹丕，其间的差异性明显要小一些。尤其是曹植黄初年间，诗与赋共同走向表现个人内心不得志、压抑的情绪，二者之间的趋同性压过了差异性。因此，从表现功能与艺术借鉴的角度看，曹植在诗、赋关系的发展史上有着特殊的意义，反映了诗、赋在新时期关系的变化。

---

[1] 徐公持：《赋的诗化与诗的赋化》，《文学遗产》，1992年第1期。
[2] 萧统编、李善：《文选》，上海：上海古籍出版社，1986年版，第2271页。

一般来说，文体在其产生之初，彼此之间的界线比较明显。但随着历史的变迁，文体间的交流、互动，彼此间相互吸收、影响，它们之间界线也逐渐模糊。在这个过程中，文体在保持自己某些个性的同时，由于吸收别的文体的优势，自身也得到新的发展。从诗、赋两种文体之间的整体发展趋势来看，在汉代赋的繁荣要远远超过诗，而到了唐代则出现了"唐无赋"[①]的局面。所谓的"唐无赋"并不是说赋这种文体已经不存在了，只是赋逐渐与诗合流，赋的诗化程度逐渐提高，从而使得诗、赋的界线变得模糊起来。在诗、赋关系由疏远走向合流的过程中，某些优秀作家表现出更强的自觉性。曹植正是这样的作家，他在诗、赋关系发展史上具有典范意义。

[①] 李梦阳：《空同集》，上海：上海古籍出版社，1991年版，第446页。

从骚体句式看魏晋南北朝时期"赋的诗化"

北京市建华实验学校 李玉婉

【摘　要】 "赋的诗化"现象在魏晋南北朝时期赋的发展中尤为突显。本文以魏晋南北朝时期的骚体赋为研究对象，以骚体句式结构为着眼点，分析从魏晋到南北朝这一段时期内的骚体赋，发现其在句式上存在着从《离骚》体句式到《九歌》体句式的选择变化，魏晋骚体赋以《离骚》体句式为主，而到了南北朝时期，骚体赋作则以《九歌》句式为主，这与魏晋到南北朝时期的骚体诗逐渐趋同。通过分析，我们发现赋体作品的"诗化"除了有五言、七言体的渗透这一原因，楚辞作品的句式对这一时期作家的影响也是一个重要的原因，相较于前者，后者更多的是从句式结构上体现"赋的诗化"这一过程。

【关键词】 赋的诗化　魏晋南北朝赋　骚体赋　骚体句式

赋自产生以来，它与诗之间一直存在着微妙的关系。徐公持说："它们最初彼此疏离，然后彼此靠拢，终至互相影响，互相渗透，走上比肩发展的道路。"[①] 徐公持在其《诗的赋化与赋的诗化——两汉魏晋诗赋关系之寻踪》中认为，从诗赋疏隔到诗赋靠拢，之间有着诗的赋化和赋的诗化两种文学现象的存在。赋发展到魏晋时期，已经不同于汉代，作家们的抒情需求使得其成为文人抒怀之体，不管在体式上还是内容上，已经带有十分明显的诗化色彩。有很多学者对这一现象产生的原因进行了研究，其中马积高先生在探讨赋的体式演变的过程时，认为应该关注到五言、七言诗体对赋体的渗透，他认为"短赋的发展是赋的诗化或赋向诗回归的一种表现"[②]。我对魏晋南北朝

---

① 徐公持：《诗的赋化与赋的诗化——两汉魏晋诗赋关系之寻踪》，《文学遗产》，1992年第1期。
② 马积高：《历代辞赋研究史料概述》，北京：中华书局，2001年版，第73页。第73页中认为五言、七言对赋体的渗透从东汉就开始了。而这种渗透主要出现在骚体赋中，至于梁朝时，产生了一种从情韵到结构都以五、七言及四言为主体的杂言诗体赋，如萧纲的《对烛赋》、虞信的《对烛赋》《春赋》等。

时期的骚体诗赋进行研究，发现赋体作品的诗化除了五言、七言体的渗透之外，楚辞作品内容及句式对魏晋南北朝时期作家产生的影响也是其中重要的因素。骚体存在着不同的句式，这为作家创作时提供了不同的选择，而作家对骚体句式的选择使用恰好最能体现这一现象的演化过程。

一、魏晋南北朝时期"赋的诗化"现象

何为"赋的诗化"，徐公持先生认为"借鉴作为新兴文体诗歌的某些优势方面，来充实改造赋自身，提高素质，以适应新的文化生存环境，这也就是'赋的诗化'"[①]。诗具有精炼性、抒情性和韵律化的特点，赋在汉代铺排张扬、辞藻华丽，到了魏晋时期则渐渐衰弱。虽然这个时期仍然有很多出色的大赋，如徐干的《齐都赋》，刘桢的《鲁都赋》，何晏的《景福殿赋》，嵇康的《琴赋》，潘岳的《西征赋》，左思《三都赋》等，但此时对诗歌的钟爱和对大赋的改造成了潮流，诗歌中心的文坛格局，诗的特点顺应了文人创作的需求，赋的创作中呈现了"诗化"的特征。

曹明刚《赋学概论》、叶幼明《辞赋通论》和郭建勋《辞赋文体研究》中都提及了"诗体赋"的概念，他们主要从五言、七言在赋中的出现为角度定义了诗体赋。

学术界有不少学者对这一现象进行研究，其中对这一时期"赋的诗化"的演进过程的研究尤为显著。徐公持先生认为从汉末蔡邕开始，他的抒情小赋就多以四言构成并且一韵到底，从题材到写法显示了"诗化"的痕迹。徐先生还认为魏晋文人是通过对赋的功能的转变来实现赋的诗化，如曹植是籍"时物"以述"志"，"赋的诗化"的过程其实是以赋来履行诗的职责。[②] 许结在《声律与情境——中古辞赋诗化论》[③]中提出，辞赋诗化的主要阶段分为：建安文人赋向楚骚的归复、东晋山水赋的兴起、南朝骈体赋创作对声律的讲求，这些都标明了赋体向诗化形态的进一步发展，而赋体诗化的主要特征则体现为审美内涵抒情化、创作结构小品化、语言风格浅易化、音韵格律严密化和艺术构思意境化。靳启华在《论南北朝赋的诗化》[④]一文中截取南北朝时段的赋为对象，认为五言、七言诗句的大规模入赋以及内容上表现了对主观抒情的重视，体现了赋的诗化过程，这是南北朝时期文学观念的进步。贡小妹在《六朝赋的诗化》[⑤]

[①] 徐公持：《诗的赋化与赋的诗化——两汉魏晋诗赋关系之寻踪》，《文学遗产》，1992年第1期。

[②] 徐公持：《诗的赋化与赋的诗化——两汉魏晋诗赋关系之寻踪》，《文学遗产》，1992年第1期。

[③] 许结：《声律与情境——中古辞赋诗化论》，《江汉论坛》，1996年第1期。

[④] 靳启华、曹贤香：《论南北朝赋的诗化》，《岱宗学刊》，1999年第3期。

[⑤] 贡小妹：《六朝赋的诗化》，《江淮论坛》，2001年第6期。

中也从抒情性、篇幅和语言用韵的角度展现了赋的诗化过程。史培争等在《赋的诗化与诗的赋化——魏晋南北朝诗赋关系探索》①中对于此问题，也承袭前人看法认为篇制缩小和抒情性增强是诗化的特点，而不同于前人的观点，他认为赋末的乱辞和赋中用诗是此时赋的诗化的有力证明。陈洪娟《南朝赋的诗化倾向及成因初探》②认为赋的诗化倾向是通过诗形化，即形制上杂入三、五、七言和诗境化来表现。具体原因她归结为诗的创新与发展为赋提供了养料，放荡的抒情观和不拘常体的呼声以及南朝士人的情感体验等原因共同促进了赋的诗化。

学术界目前对这一现象的研究颇丰，综合学界目前已有的观点，我们可以发现，其普遍认为"赋的诗化"是从魏晋开始，至南北朝时期，诗化程度就很高了，而赋的诗化主要是通过赋的篇幅缩小、开始用韵、杂入五言、七言诗句并以抒情为主要目的来实现。而本文在研究魏晋南北朝时期的骚体诗赋时，发现作家在对句式的选择上，也体现了由赋向诗体转变的痕迹，南北朝的短赋不仅是因为杂入五言、七言诗句而具有了"诗"的特征，在创作中，许多文人通过对不同的骚体句式进行选择，将传统的"大赋"精简，即达到了从句子到篇章的整体"诗化"。

二、骚体句式之划分

因为本文着眼于骚体赋的句式，所以下面本文首先对骚体句式结构做一个梳理。骚体句式结构一直以来也是楚辞研究者讨论的热点问题之一，前人从韵律、语法、节奏等各个角度对骚体文学的句法结构进行了探索。

褚斌杰先生认为："在句式上，屈原的'楚辞'作品，打破了《诗经》的四言体，而代之以参差错落，更为灵活、自由的句式。如《离骚》和《九章》基本上是六字句，《九歌》的句式则更为多样，除六字句外，往往还用大量的五、七字句。这种句式上的扩充和变化，明显地增强了诗歌语言的容量和表现力。"③

郭建勋总结出了三种典型的骚体文学的句型：第一种为"〇〇〇〇，〇〇〇兮"型，如"后皇嘉树，橘徕服兮。"（《橘颂》）；第二种为"〇〇〇兮〇〇〇"型，如"采三秀兮于山间，石磊磊兮葛蔓蔓"（《山鬼》），而这种句型下又有A句式"〇〇〇兮〇〇"和B句式"〇〇兮〇〇"；第三种为"〇〇〇〇〇〇兮，〇〇〇〇〇〇"型，如"帝高阳之苗裔兮，朕皇考曰伯庸"（《离骚》）。④

---

① 史培争、尤丽：《赋的诗化与诗的赋化——魏晋南北朝诗赋关系探析》，《语文学刊（高教版）》，2007年第1期。
② 陈洪娟：《南朝赋的诗化倾向及成因初探》，《枣庄师范专科学校学报》，2004年第3期。
③ 褚斌杰：《中国古代文体概论》，北京：北京大学出版社，1990年版，第61页。
④ 郭建勋：《汉魏六朝骚体文学研究》，长沙：湖南教育出版社，1997年版，第39—42页。

黄凤显先生在他的《屈辞体研究》中十分细致全面地对屈辞的语言、句式、节奏和韵律等做了深入探索。在《句式》一节中，他认为屈辞作为"一种整散有致而交叉错落的杂言诗句"，在字数和诗句结构上是"整齐"的。在字数上，有《离骚》《九章》《远游》中大量运用的"○○○○○○兮，○○○○○○"句式，有《橘颂》和《涉江》《哀郢》等篇的"乱曰"运用了"○○○○，○○○兮"句式，有《九歌》中运用的"○○○兮○○"、"○○○兮○○○"、"○○兮○○"三种句式。而在结构方式上，出现了一些共同的组合特征，即每句句首多为一个三字结构，如在"○○○○○○兮，○○○○○○"中，《离骚》"揽木根以结茝兮，贯薜荔之落蕊。矫菌桂以纫蕙兮，索胡绳之纚纚"，出现了三字结构和二字结构的组合。①黄先生在划分了骚体的结构的同时，更注意到了三字结构和二字结构的不同组合而带了骚体句式的差别。他从屈辞语言节奏角度，把语词节奏的常式归为五种类型。这一点，在葛晓音先生的《从〈离骚〉和〈九歌〉的节奏结构看楚辞体的成因》中得到了进一步的探索。

　　葛晓音先生以《离骚》和《九歌》为研究对象，引入古人就已提出的"句腰"概念，她在前人研究的基础上认为除了"兮"字以外，"之""其""以""而""于""乎""夫""此""与"等常见的虚字，它们处于诗句的"句腰"位置。而基于这些虚字把诗句分成不同的结构，而在所有的诗句中，基本上都是由三字音节组和二字音节组的排列组合而成。她用"三"代替三字音节组，"二"二字音节组，"×"代替句腰处的虚字，于是便有了"三×二""三×三""二×二"的三种主导结构。这三种主导结构能构成大部分的骚体句式。如："帝高阳之苗裔兮，朕皇考曰伯庸"即使"三×二兮，三×二"；"吉日兮辰良，穆将愉兮上皇"是"二兮二，三兮二"；"沅有芷兮澧有兰，思公子兮未敢言。"是"三兮三，三兮三"等。而谈及《离骚》中出现的七、八、九言长句时，葛先生认为这是由于某个单音节词变成了双音节词而造成的，其实质仍是以那三种基本体式为本。②

　　本文认同葛先生的划分方法，认为骚体的句式是以"三×二""三×三""二×二"为基本体式。但自汉代以来，模拟屈原作品的骚体诗和骚体赋中，体现的骚体句式主要为《离骚》的典型句式"三×二兮，三×二"，以及《九歌》的典型句式"三兮三""二兮二"和"三兮二"三类的组合这两类句式。

三、魏晋南北朝骚体诗句式

　　在魏晋南北朝骚体诗的句式中，大部分沿用了加"兮"的《九歌》体句式，即

---

① 黄凤显：《屈辞体研究》，长沙：湖南人民出版社，2002年版，第120—122页。
② 葛晓音：《先秦汉魏六朝诗歌体式研究》，北京：北京大学出版社，2012年版，第104—119页。

"三兮三""二兮二"和"三兮二"三类。除了这些句式，使用最多的结构还有"三×三""三×二""二×二"句式，即把《九歌》体诗句句腰虚字"兮"替换成其他虚字，这是"兮"字逐渐淡去的一种演进方式。如曹植的《九咏》①，除了使用带"兮"字的句式，他的诗中其他诗句使用的是"三×二"结构。如

> 先后悔其靡及，冀后王之一寤。犹搦辔而繁策，驰覆车之危路。群乘舟而无楫，将何川而能渡。何世俗之蒙昧，悼邦国之未静。任椒兰其望治，由倒裳而求领。寻湘汉之长流，采芳岸之灵芝。遇游女于水裔，探菱华而结辞。野萧条以极望，旷千里以无人，民生期于必死，何自苦以终身。宁作清水之污泥，不为浊路之飞尘。

这类句式除了在带有"兮"的骚体诗中出现外，在魏晋南北朝诗中也被大范围使用。从本质上说来，"三×三""三×二""二×二"句式与"三兮三""三兮二""二兮二"没有本质区别，因为"兮"字就是虚字，这在《离骚》体中就大量出现。而在诗中，以各种虚字代替"兮"，正是后世对于骚体的一种改造，从而使其逐渐演变成五字句、七字句，虽然这样的句式与五言和七言不是一个概念，但这种句式的演变恰好为我们展示了五言、七言体诗歌的形成脉络。

除了典型的骚体句式与上述所论句式外，此时的骚体诗中是杂有三言、四言、五言、七言句式的。如魏晋时期的蔡琰《悲愤诗》、应玚《七言诗》、曹植《歌》《离友诗》、嵇康《思亲诗》《琴歌》、傅玄《车遥遥篇》、张翰《思吴江歌》，南北朝时期的王韶之《咏雪离合》、徐爱《华林北涧诗》、袁淑《咏寒雪诗》，江淹《谣》《诗》、柳恽《芳林篇》《车遥遥篇》、萧统《示云麾弟》、萧纲《应令诗》，这些骚体诗通篇使用"三兮三，三兮三"的诗体句式。此外，魏晋时期无名氏《武陵人歌》通篇使用"二兮二，二兮二"句式。另有如曹植《遥逝》"三兮二，三兮二"，傅玄《歌》、王昇《征迈辞》、湛方生《归怀谣》使用"三兮三""二兮二"与"三兮二"的组合。

四、魏晋到南北朝骚体赋句式之演化

本文在对魏晋南北朝骚体赋进行考察时，发现骚体赋在诗化的过程中，出现了更为明显的标志，这体现在其对骚体句式的选择使用上。魏晋赋句式以"三×二兮，三×二"以及去"兮"的六字句为主，而南北朝骚体赋以"三兮三""三兮二"以及"二兮二"及其变体为主，这一演变过程表明骚体赋的句式逐渐简短化。在句式缩短的

---

① 严可均校辑：《全上古三代秦汉三国六朝文》，北京：中华书局，1958年版，第1131页。

同时，赋的篇幅也大幅度缩减，这样一来，我们不难发现，南北朝时期的骚体赋与魏晋时期的骚体诗，不管从句式上，还是篇幅上都趋于一致了，"赋的诗化"的特征通过句式就明显体现出来。

（一）魏晋时期骚体赋句式

魏晋时骚体赋使用的句式结主要以"三×二兮，三×二"句式为主，即《离骚》体句式。但是，随着"兮"字使用频率的逐渐降低，句式逐渐演变为"三×二，三×二"式。同时，混杂使用《九歌》体句式"三兮三""三兮二""二兮二"，以及四言、五言、七言等，这些句式混合使用，成为骚体赋的基本形式，这一时期的骚体赋的篇幅逐渐缩小，而句式则呈现骚、散结合的样式。

具体而言，这一时期的骚体作品，有的使用传统的骚体句式，如全篇大部分使用"三×二兮，三×二"，这样的作品有很多，如：

王粲《登楼赋》《迷迭赋》、应场《慜骥赋》、缪袭《喜霁赋》《籍田赋》、曹丕《迷迭赋》《柳赋》、曹植《愁霖赋》《迷迭香赋》《离缴雁赋》《蝉赋》《思归赋》、阮籍《首阳山赋》《猕猴赋》《清思赋》、向秀《思旧赋》、傅玄《喜霁赋》《大寒赋》《桃赋》《柳赋》《蝉赋》、王沈《正会赋》、庾儵《冰井赋》、傅咸《患雨赋》《芸香赋》《仪凤赋》《萤火赋》、成公绥《大河赋》《琴赋》《鸟赋》、夏侯湛《鞞舞赋》《浮萍赋》、挚虞《思游赋》、左芬《离思赋》、潘岳《秋兴赋》《寒赋》《寡妇赋》、陆云《岁暮赋》《愁霖赋》《登台赋》《喜霁赋》《逸民赋》、庾敳《意赋》、胡济《瀍谷赋》、刘瑾《甘树赋》、王邵之《春花赋》等。

这些赋作大部分使用传统的骚体句式，其中一些夹杂了一两句去兮的六言句式"三Ｘ二，三Ｘ二"以及少量的四言句式。

但此时，已经出现了采用《九歌》体骚体句式的赋作。如王粲《出妇赋》《思友赋》《寡妇赋》、曹丕《临涡赋》《感离赋》、曹植《愁思赋》等，这些短小的赋作使用了"三兮三""三兮二"等句式。

如王粲《出妇赋》[①]：

既侥幸兮非望，逢君子兮弘仁。当隆暑兮翕赫，犹蒙眷兮见亲。更盛衰兮成败，思情固兮日新。竦余身兮敬事，理中馈兮恪勤。君不笃兮终始，乐枯荑兮一时。心摇荡兮变易，忘旧姻兮弃之。马已驾兮在门，身当去兮不疑。揽衣带兮出户，顾堂室兮长辞。

---

① 严可均校辑：《全上古三代秦汉三国六朝文》，北京：中华书局，1958年版，第958页。

通篇采用"三兮二"句式，王粲的《出妇赋》以赋名篇，但已与主流的骚体赋的句式不同。另有曹丕《临涡赋》：

  荫高树兮临曲涡，微风起兮水增波。鱼颉颃兮鸟逶迤，雌雄鸣兮声相和。萍藻生兮散茎柯，春木繁兮发丹华。

通篇"三兮三"句式，但仍以"赋"名篇。但是此种情况只在建安文学中出现，此种赋作出现的还较少。

（二）南北朝时期骚体赋句式

而到了南北朝时的赋，除了谢惠连《甘赋》、阳固《演赜赋》等少部分赋作是以"三×二兮，三×二"句式为主体外，大部分的赋作已经广泛采用了《九歌》体骚体句式。

如谢灵运《怨晓月赋》①

  卧洞房兮当何悦，灭华烛兮弄晓月。昨三五兮既满，今二八兮将缺。浮云褰兮收泛滟，明舒照兮殊皎洁。墀除兮镜鉴，房栊兮澄彻。

简短而句式整齐，虽然以赋为篇名，但是与骚体诗无异。而其他骚体赋，或者以四言相杂，如谢朓《游后园赋》②

  积芳兮选木，幽兰兮翠竹，上芜芜兮荫景，下田田兮被谷。左蕙畹兮弥望，右芝原兮写目，……霞照夕阳，孤蝉已散，去鸟成行。惠气湛兮帷殿肃，清阴起兮池馆凉。陈象设兮以玉瑱，纷兰籍兮咀桂浆，仰微尘兮美无度，奉英轨兮式如璋。藉高文兮清谈，豫含毫兮握芳，则观海兮为富，乃游圣兮知方。

或以五言相杂，如沈约《憨衰草赋》③：

  憨衰草，衰草无容色。憔悴荒径中，寒荄不可识。昔时兮春日，昔日兮春风。衔华兮佩实，垂绿兮散红。岩陬兮海岸，冰多兮霰积。……既伤檐下

---

① 严可均校辑：《全上古三代秦汉三国六朝文》，北京：中华书局，1958年版，第2599页。
② 严可均校辑：《全上古三代秦汉三国六朝文》，北京：中华书局，1958年版，第2920页。
③ 严可均校辑：《全上古三代秦汉三国六朝文》，北京：中华书局，1958年版，第3099—3100页。

菊，复悲池上兰。飘落逐风尽，方知岁早寒。流莺暗明烛，雁声断裁续。霜夺茎上紫，风销叶中绿。秋鸿兮疏引，寒鸟兮聚飞。径荒寒草合，草长荒径微。园庭渐芜没，霜露日沾衣。

其他如谢朓《临楚江赋》，沈约《天渊水鸟应诏赋》等，在这些作品中出现带"兮"句子时候，已经都为"三兮三""三兮二""二兮二"等《九歌》体骚体句式，不同与魏晋时候的骚体赋，"三×二兮，三×二"的句式已经完全不存在了。

当然，南北朝时期的骚体赋更有三言、四言、五言、七言与骚体句式的融合，从句式结构看，这些赋的句式已经趋同于诗句的要求，与汉魏晋的骚体赋句式截然不同了。

如沈约的《天渊水鸟应诏赋》①：

天渊池鸟，集水涟漪。单泛姿容与，群飞时合离。将骞复敛翮，回首望惊雌。飘薄出孤屿，未曾宿兰渚。飞飞忽云倦，相鸣集池籞。可怜九层楼，光景水上浮。本来暂止息，遇此遂淹留。若夫旅浴清深，朋翻回旷。翠鬣紫缨之饰，丹冕绿襟之状。过波兮湛澹，随风兮回漾。竦臆兮开萍，蹙水兮兴浪。

这篇赋中出现了"二兮二"句式，同事加上四言与五言，整体呈现了诗作的特征，也能管窥作家为了在字数上与五言形成一致性，而选择"二兮二"句式以追求句式结构的一致性，体现了向诗过渡的要求，试图以诗的体制对赋进行改造。

（三）骚体赋句式选择原因浅析

骚体诗和骚体赋体式的逐渐相似与统一，说明了南朝文人已经逐渐在舍弃"义尚光大""丽词雅义"②的赋体文学，转而投向了新兴崛起的诗体文学，五言诗的成熟和七言诗的崛起，赋不可避免地受到影响与冲击。而骚体诗赋的结构逐渐趋同，可以说明文人以骚体为突破，通过骚体句式由长到短的转变而完成诗化的过程。

这一转变的内在因素，首先是源自于"兮"字的逐渐舍弃。闻一多先生在《怎样读九歌》③中认为"兮"字就音乐或诗的声律来说，是个"泛声"，而就文法来说，是个"虚字"，他认为"兮"字"竟可以说是一切虚字的总替身"。在屈原的创作中，"兮"字可以看作是虚字的总和，而在后世的模拟之作中，"兮"字又被逐步分化为不

---

① 严可均校辑：《全上古三代秦汉三国六朝文》，北京：中华书局，1958年版，第3100页。
② 刘勰著、范文澜注撰：《文心雕龙·诠赋》，北京：人民文学出版社，1958年版，第134页。
③ 闻一多：《怎样读九歌》，《闻一多全集》（第一卷），北京：三联书店，1982年版。

同的虚字,所以将"兮"字舍弃后,"三×二兮,三×二"的长句就成了"三×二,三×二",就愈来愈与"三兮三""三兮二""二兮二"的短句相同了。

其次,由于五言、七言诗的兴盛,"二兮二"与"三兮三"在字数上与五言、七言有着一致性,南北朝时期的作家在作赋的时候,已经注重了篇章语句的整齐性,对句式的选择更偏向短小的《九歌》体句式。虽然五言、七言是否来源于《九歌》体骚体句式还存在争论,但二者在南北朝时期骚体赋中的共存,可以看作是赋的诗化过程中必经之路。

结　语

从魏晋到南北朝,作家在创作骚体赋时对于句式的选择有了一个非常明显的变化,从全部是"三×二兮,三×二"的经典骚体句式,演变到加入四言、五言、七言,再到舍弃了长的骚体句式,转换成"三兮三""三兮二""二兮二"与四言、五言、七言的杂用,这个变化过程恰好体现了骚体赋向骚体的诗转变。由字数较长的《离骚》体骚体句式转向字数较少的《九歌》体骚体句式,这是作家在创作赋的过程中,有意或无意的选择。但是从这些骚体句式的变化和应用中,可以窥见,在魏晋到南北朝的发展中,随着五言、七言的崛起,赋也因一种句式的选择而走向了"诗化"之路。

刘禹锡赋的企望心境与慷慨情怀[①]

湖南工业大学 刘伟生

【摘 要】 刘禹锡生活在帝国中衰而又渴望中兴的时代，历经贬谪，饱受磨难。他的11篇赋作或直抒愤懑，如《何卜赋》《谪九年赋》《问大钧赋》，或写景寓情赋，如《望赋》《楚望赋》《秋声赋》《伤往赋》，或咏史假物，如《山阳城赋》《三良冢赋》《砥石赋》《平权衡赋》，大多与他漫长的贬谪人生关系密切，除《平权衡赋》可以确定为早年之作，《山阳城赋》难见贬谪背景外，都可宽泛地理解为贬谪赋，都表现出望愤交加而又理趣盎然的特点，成为贬谪文学尤其贬谪赋创作的卓异代表。

【关键词】 刘禹锡 贬谪赋 望 愤 理趣

刘禹锡生活在帝国中衰而又渴望中兴的时代，一生经历代、德、顺、宪、穆、敬、文、武宗八朝。其时藩镇割据、宦官专权、朋党争斗，人心思治，士人志在兴利除弊、革新图强，然而在动荡复杂的政局中又每遭挫折，影响及于文学，便是贬谪之作大兴。刘禹锡二十三年间辗转于朗州、连州、夔州、和州等地，历经贬谪，饱受磨难，而能以坚卓之笔，叙述生活、抒写志意、描绘民情风俗、探究天道人心，堪称贬谪文人、贬谪文学的杰出代表。从贬谪的角度分析刘禹锡赋作的内涵，既切合他本人生活、思想、艺术的本真状态，也有益于从宏观上思考贬谪与赋体文学的关系问题。

一、刘禹锡的贬谪经历与赋作概观

刘禹锡，字梦得，生于唐代宗大历七年（772），卒于唐武宗会昌二年（842），晚年曾任太子宾客，世称刘宾客。刘禹锡的仕宦经历，大体可归为以下十个段落：

科举入仕。贞元九年（793），登进士第，并通过博学宏词科考试，贞元十一年（795）在吏部拔萃科考试中获选，授太子校书。连登三科，可谓顺利。

入幕杜佑。贞元十六年（800），入杜佑幕，任徐泗濠节度掌书记，同年随杜佑改

[①] 基金项目：国家哲学社会科学基金重点项目《中国辞赋通史》，批号：08AZW001。

淮南藩幕掌书记。

永贞革新。贞元十八年（802）调补京兆府渭南县主簿。贞元十九年（803）入朝任监察御史里行，与柳宗元、韩愈同事察院。与太子侍读王叔文、太子侍书王伾建立密切关系。贞元二十一年（805）正月德宗去世，太子李诵抱病即位，是为顺宗。顺宗改革人事，推行新政，号为"永贞革新"。

贬官朗州。永贞元年（805），宪宗上台，贬"二王、八司马"。九月，刘禹锡初贬连州刺史，十一月加贬为朗州司马。

召回京师。元和九年（814）冬，得旨回京，元和十年（815）新春二月到京。

再贬连州。元和十年（815）三月初又下诏书，再贬刘禹锡为播州刺史，后赖裴度苦谏，改任连州刺史。元和十四年（819）冬，老母去世，刘禹锡在家居丧两年多。

转任夔、和。元和十五年（820）正月，宦官杀害宪宗，拥立太子李恒，是为穆宗。是年冬天刘禹锡获授夔州，次年正月到任。长庆四年（824）秋，刘禹锡转任和州刺史。

再回京师。宝历二年（826），召回洛阳。尚在途中，敬宗为宦官所害，其弟李昂即位，是为文宗。大和元年（827）三月授秘书监。次年春调任长安，任主客郎中，授集贤殿学士。大和三年（829）改任礼部郎中、兼集贤殿学士。

外官生活。大和五年（831）十月，诏任苏州刺史。大和八年（834）七月，转任汝州刺史、兼领御史中丞、本道防御使。大和九年（835）十月移任同州刺史。

退居东都。开成元年（836）秋，以足疾去官，迁太子宾客分司东都。文宗末年改任秘书监、分司东都，武宗会昌元年（841）春，加检校礼部尚书。会昌二年去世，享年七十一岁，死后赠户部尚书。

从大里看，刘禹锡这四十八年的仕宦历程三起三落，而又三落三起，其间身在谪地二十一年，若加上在洛阳丁母忧的两年时间，则长达二十三年；从小里看，每个阶段里，一面是遭遇不平的愤懑与悲伤，一面是屡挫不馁的斗志与期望，两相交加，望而无望，无望而望。

可以诗、文为证：

首先是少年得志的欣喜："弱冠游咸京，上书金马外。结交当世贤，驰声溢四塞。"（《谒柱山会禅师》）这是初入京师的自信。"永怀同年友，追想出谷晨。三十二君子，齐飞凌烟旻。"（《送张盥赴举》）这是高中进士的自豪。

永贞革新时，"引禹锡及柳宗元入禁中，与之图议，言无不从"，是谓"二王、刘、柳"。①

永贞元年初贬连州，朝议以为太轻，加贬朗州，到达贬所朝廷再次申明：柳、刘

---

① 刘昫等：《旧唐书》卷160列传第110，北京：中华书局，1975年版，第4210页。

诸人"纵逢恩赦，不在量移之限"，简直从根本上绝了他们回朝的希望，但他没有绝望，一面着意诗文，表达心志，一面陈情亲友，以求援引。"笙簧百啭音韵多，黄鹂吞声燕无语"（《百舌吟》），是以百舌鸟比喻曲意奉承的佞臣；"喧腾鼓舞喜昏黑，昧者不分聪者惑"（《聚蚊谣》），是以聚蚊成雷的古谚喻指造谣生事的群小；"百胜难虑敌，三折乃良医。人生不失意，焉能暴己知"（《学阮公体》其一），是以挫折为动力；"及谪于沅、湘间，为江山风物之所荡，往往指事成歌诗，或读书有所感，辄立评议"（《刘氏集略说》），是以诗文寓己志；著成《天论》三篇，提出"天人交相胜，还相用"的命题，是以理论升华生活。从他写给杜佑、李吉甫、李绛等人的书信里，更可以看出他期望重用的迫切心情。

从朗州召回时，他悲喜交集，感慨赋诗："雷雨江湖起卧龙，武陵樵客蹑仙踪。十年楚水枫林下，今夜初闻长乐钟。"（《元和甲午岁诏书尽征江湘客余自武陵赴京宿于都亭有怀续来君子》）

再贬播州（后改连州），他"吞声咋舌，显白无路"（《谢门下武相公启》）。孟棨《本事诗》说其中原因是刘禹锡游玄都观所作《戏赠看花诸君子》一诗语带讥讽："紫陌红尘拂面来，无人不道看花回。玄都观里桃千树，尽是刘郎去后栽。"刘禹锡与柳宗元同行到衡阳，然后分路去连州与柳州。好友惜别，赋诗相赠。柳宗元《衡阳与梦得分路赠别》诗有"十年憔悴到秦京，谁料翻为岭外行"之句。刘禹锡答诗则说："去国十年同赴召，渡湘千里又分岐。重临事异黄丞相，三黜名惭柳士师。归目并随回雁尽，愁肠正遇断猿时。桂江东过连山下，相望长吟有所思。"（《再授连州至衡阳酬柳柳州赠别》）标题"再授"，诗云"十年""千里""三黜"，都以数目字述贬谪时间、路程、次数之久远与频繁。

左迁连州，三年不复，"常惧废死荒服，永辜愿言。"（《上门下裴相公启》）①

改授夔州，寄望新君，"峡水千里，巴山万重。空怀向日之心，未有朝天之路。"（《夔州谢上表》）②

转任和州，无望怆痛，"终日望夫夫不归，化为孤石苦相思。望来已是几千载，只似当时初望时。"（《望夫石》）

再回京师，路逢知己，白居易悲歌淋漓、慰藉友朋："为我行杯添酒饮，与君把箸击盘歌。诗称国手徒为尔，命压人头不奈何。举眼风光长寂寞，满朝官职独蹉跎。亦知合被才名折，二十三年折太多。"（《醉赠刘二十八使君》）刘禹锡慷慨坦荡、应答挚交："巴山楚水凄凉地，二十三年弃置身！怀旧空吟闻笛赋，到乡翻似烂柯人。沉舟

---

① 瞿蜕园：《刘禹锡集笺证》，上海：上海古籍出版社，1989年版，第467页。
② 瞿蜕园：《刘禹锡集笺证》，上海：上海古籍出版社，1989年版，第358页。

侧畔千帆过，病树前头万木春。今日听君歌一曲，但凭杯酒长精神。"（《酬乐天扬州初逢席上见赠》）

闲居洛阳，不忘功名："闻说功名事，依前惜寸阴。"（《罢郡归洛阳闲居》）

重回长安，再游玄都观，又作桃花诗："百亩庭中半是苔，桃花净尽菜花开。种桃道士归何处，前度刘郎今又来。"（《再游玄都观绝句》）不肯折节、不甘污辱的刘禹锡难免又惹麻烦。回到京师，久处书殿，无缘进升，"除书每下皆先看，唯有刘郎无姓名"（令狐楚《寄礼部刘郎中》），可就在连朋友都为他叹惋时，他依然没有绝望，"群玉山头住四年，每闻笙鹤看诸仙。何时得把浮丘袖，白日将升第九天？"（《酬令狐相公见寄》）

外放苏、汝、同州，"临汝水之波，朝宗尚阻；望秦城之日，回照何时？"（《汝州谢上表》）① 归途漫漫，但不曾放弃，"终期大治再熔炼，愿托扶摇翔碧虚"（《两如何诗谢裴令公赠别二首》），这是他向元老裴度的告白。

凡此种种，不管有多少苦闷愤恨，刘禹锡都没有放弃追求与希望，因为永贞革新的进步正义、个人志节的坚韧顽强，足以成为他永不衰竭的精神动力。

刘禹锡的被贬，是由政治改革的失败直接造成的。永贞新政禁宫市、罢乳母、停珍贡、免杂税、贬贪暴、用忠良、理财政，有利于加强中央集权、维护国家统一、减轻人民负担，诚如王鸣盛所言"上利于国，下利于民"②，是符合社会进步趋势的。在绝笔之作《子刘子自传》里，刘禹锡用了三分之一的篇幅叙写王叔文的身世和美德，因为他坚信永贞革新的正义性。"莫道谗言如浪深，莫言迁客似沙沉。千淘万漉虽辛苦，吹尽狂沙始到金。"（《浪淘沙词九首》其八），不屈的追求，坚韧的志节，终将淘来真金。刘禹锡从贬谪生活的切身体会与自我心性的坚守中，升华出了不破的真理。也正是对理想人格的执着，对外来压抑的抗争，使刘禹锡的人生与诗文显示出了悲剧的力量。

今传刘禹锡赋作 11 篇，其中《伤往赋》《谪九年赋》《楚望赋》《何卜赋》《砥石赋》《望赋》等 6 篇作于朗州（805—814），《问大钧赋》作于连州（818），《秋声赋》作于洛阳（841），《平权衡赋》为律体试赋，当作于贞元九年（793）或以前，另有《三良冢赋》《山阳城赋》，作年不定。

这 11 篇赋可以根据其题材内容大体归为三类：

---

① 瞿蜕园：《刘禹锡集笺证》，上海：上海古籍出版社，1989 年版，第 401 页。
② 王鸣盛著、黄曙辉点校：《十七史商榷》卷 74 "顺宗纪所书善政条"，上海：上海书店出版社，2005 年版，第 641 页。

直抒愤懑赋：《何卜赋》《谪九年赋》《问大钧赋》；
写景寓情赋：《望赋》《楚望赋》《秋声赋》《伤往赋》；
咏史假物赋：《山阳城赋》《三良冢赋》《砥石赋》《平权衡赋》。

这些赋作大多与他漫长的贬谪人生关系密切，除《平权衡赋》外，都可宽泛地理解为贬谪赋。

二、直抒愤懑赋：《何卜赋》《谪九年赋》《问大钧赋》

《何卜赋》《谪九年赋》《问大钧赋》可归为直抒愤懑类。

《何卜赋》为刘禹锡贬朗州时作品，赋拟楚辞《卜居》、嵇康《卜疑》，以"余"与"卜者"问对的形式构建篇章。

就内涵而言，该赋一体两面，一面是具有普泛意义的哲理之思，一面是源出心底的情绪抒张。

从哲思的一面来看，这篇赋的要点在一问一对，问的是"力命之说"，答的是"主张其时"。

"力命之说"强调力不如命，事由命定。《列子·力命篇》有"力"与"命"孰为万物主宰的辩论，"力"说寿夭、穷达、贵贱、贫富，都是人力之所能，"命"则相应举彭祖与颜渊，仲尼与殷纣，季札与田恒，夷齐与季氏四组人物才能品性与个人命运互为背离的事实以为反驳，并归之于万物"自寿自夭，自穷自达，自贵自贱，自富自贫"[①]，无由主宰，不可确知。刘禹锡既疑力命之说，又不明万物变化因何而定，所以请卜者决疑："孰主张之？问于子龟。"

卜者对问的要点在于"主张其时"："君问曷由，主张其时。时乎时乎，去不可邀，来不可逃。……是耶非耶，主者时耶。"对这个"时"的理解与阐释非常关键，古时"时"近于"运"，一般会将"时"理解为时命、时运，如果从这个层面上解释，卜者的对问还是停留在疑问的出发点：力不如命，事由命定。《卜居》与《卜疑》中的卜者詹尹与贞父便都表示对这样的疑问无能为力："数有所不逮，神有所不通""至人不相，达人不卜"。

在《何卜赋》里，刘禹锡却借卜者之口将"时"理解为时机甚至条件：

……有天下之是非，有人人之是非。在此为美兮，在彼为蛋。或昔而成，或今而亏。……鸟喙之毒堇，鸡首之贱毛，各于其时，而伯其曹。屠龙之伎，非曰不伟，时无所用，莫若履豨。作俑之工，非曰可珍，时有所用，贵于斫

---

① 杨伯峻撰：《列子集释》，北京：中华书局，1979年版，第193页。

轮。络首縻足兮,骥不能逾跬。前无所阻兮,跛鳖千里。同涉于川,其时在风,沿者之吉,沂者之凶。同艺于野,其时在泽,伊穜之利,乃穋之厄。……①

刘禹锡从分析问题的角度与方法出发,举例分析"是""非"决定于"时"。他所举的例子,有因"时"而用与有"时"可用两类。毒堇、贱毛、屠龙、履狶、作俑、斫轮等各类物事因时而贵,这里的"时"是时候、时机。骐骥前行不可有障碍,河中行船希望有顺风,田间种稻离不开水分,这时的"时",更指时机与条件。这就将"时"与"命"区分开来。由此引出待时而动的主张:"夫如是,得非我美,失非我耻。其去曷思,其来曷期。姑蹈常而俟之,夫何卜为?"蹈常而俟,就是要遵循一贯的信念,等待有利的时机。"何卜"即何必占卜,《左传》云"卜以决疑,不疑何卜"(《桓公十二年》),以"何卜"为篇名,正为了归旨为蹈常不疑。这是这篇赋充满理趣的一面。

其实它更本真的意图与旨趣是充溢其间的情意,它在借卜者之言说明是非处决于时机的同时,抒发了自己不遇的愤懑与待时而起的决心。赋的开篇即说心中疑惑因长期贬谪而致:"余既幼惑力命之说兮,身久放而愈疑。"向卜者陈情时更多愤慨与宣泄:

人莫不塞,有时而通,伊我兮久而愈穷。人莫不病,有时而闲,伊我兮久而滋蔓。吾闻人肖五行,动止有则。四时转续,变于所极。一岁之旱,人斯具舟;三月之热,人斯具裘。极必反焉,其犹合符。予首圆而足方,予腹阴而背阳。胡形象之有肖,而变化之殊常?经曰"剥极则贲",居贲而未尝剥者其谁?"否极受泰",居否而未尝泰者又其谁?鹤胡不截,凫胡不裨?夔何罚而蹢躅,蚿何功而扶持?纷纭恣睢,交作舛驰。②

动静有常、否极泰来,可"我"却久处困境,这个世界是不是颠倒了黑白与是非!赋家之疑,正由此而生。或者更可以说《何卜赋》本非决疑之作,只不过是设为问答之语,以宣泄作者愤懑之情而已。

当然,刘禹锡高出于普通贬谪者的地方还在其愤而有望,愤而有坚守。赋末说:"予退而作《何卜赋》。于是蹈道之心一,而俟时之志坚。内视群疑,犹冰释然。"可见贬谪没有压垮他的心志,相反,他坚持信仰的决心更加专一,等待时机的意志更加坚定。这也是刘禹锡写作这篇《何卜赋》的目的所在。

---

① 瞿蜕园:《刘禹锡集笺证》,上海:上海古籍出版社,1989年版,第23页。
② 瞿蜕园:《刘禹锡集笺证》,上海:上海古籍出版社,1989年版,第22、23页。

《谪九年赋》是最能体现刘禹锡怨愤情绪的作品,其时刘禹锡已贬朗州九年,古人以"九"为极数,赋以"谪九年"标题,实即隐括了至极而无复的愤懑。在后来的《问大钧赋》序中,刘禹锡更就《谪九年赋》的写作目的作了明确的交代:"始,余失台郎为刺史,又贬州司马,俟罪朗州,三见闰月。人咸曰:数之极,理当迁焉。因作《谪九年赋》以自广。"赋文短小精警,全篇如下:

古称思妇,已历九秋。未必有是,举为深愁。莫高者天,莫浚者泉。推以极数,无逾九焉。伊我之谪,至于数极。长沙之悲,三倍其时。廷尉不调,行当跂而。天有寒暑,闰如三变。朝有考绩,明幽三见。顾尧之明兮,亦昏垫而有叹。叹息兮倘佯,登高高兮望苍苍。突弁之夫,我来始黄。合抱之木,我来犹芒。山增昔容,水改故坊。童者郁郁兮,而涸者洋洋。天覆地生,蓊兮无伤。彼族而居,向之投荒。彼轩而游,昨日桁杨。信及泽濡,俄然复常。稽天道与人纪,咸一偾而一起。去无久而不还,梦无久而不理。何吾道之一穷兮,贯九年而犹尔。噫!不可得而知,庸讵得而悲。苟变化之莫及兮,又安用夫肖天地之行为!①

自始至终,贯注的还是久谪不复的牢骚。先拟思妇,说自己愁情满怀,已历九秋;再陈极数,说自己遭逢贬谪,已臻极致;比之贾谊,三倍其时。朝中规矩,考核官吏,三年一次,九年间也应该有三次机会了,可登高远望,惟余莽莽,渺无音讯,不禁感慨万千。九年间物变人非,当年童子,已长成人,昔日幼苗,已成合抱,连山容水貌,也发生了变化。可见不管是天道的运行还是人事的兴衰都有变化,可为什么偏偏我经历了漫长的贬谪却仍然没有改变命运的机会呢?赋家的不平、不满与不解都在这一连串的质问中得以宣泄。

但即使无望之极,刘禹锡也没有放弃希望。在赋的末尾,他一面自我安慰,说既然不可测知,也就不必悲伤,一面说人之为人,贵在能因循变化、应对变化。这实在是无望而望。

《问大钧赋》作于元和十三年(818),其时刘禹锡已被再贬连州三年②,其间武元衡遇刺、裴度继相,用兵奏凯、大赦天下,刘禹锡也曾上书陈情,但仍不在量移之列,

---

① 瞿蜕园:《刘禹锡集笺证》,上海:上海古籍出版社,1989年版,第26页。
② 序云"居五年,不得调",当是"三年"之误,可参瞿蜕园《刘禹锡集笺证》,上海:上海古籍出版社,1989年版,第3、4、7页。清光绪三十一年仁和朱氏结一庐剩余丛书本即作"三年",可参卞孝萱校订:《刘禹锡集》,北京:中华书局,1990年版,第3页。

不免失望愤慨。这种愤慨之情也在篇名与赋序中直接体现出来了。"大钧"是以制陶的转轮喻指天地、自然、造化，所以贾谊《鵩鸟赋》云"大钧播物兮，块圠无垠"。此篇既以"问大钧"为名，实即"问天"之意，与屈原《天问》近似。只是这篇的"天"，多少包含可以主宰刘禹锡命运的现世的君王与权贵们，赋云"天为独阳，高不可问。工居其中，与人差近"就隐约可见这样的意见，瞿蜕园先生说"此赋以大钧为名，实即质问秉政之宰相"，虽不必拘泥，但显见这样的成分。序既交代了本篇写作的缘由，还连带回顾了《谪九年赋》的写作经历，其实也暗暗植入了长期被贬的背景与情绪。

赋以问天开端，却由金甲威神于梦中答问，与《天问》只问不答有所不同。

赋家之问，有不平之气与愤世之意："人或誉之，百说徒虚；人或排之，半言有余。物壮则老，乃惟其常；否终则倾，亦不可长。老先期而骤至兮，否逾数而巨量。虽一夫之不获兮，亦大化之攸病。"恭维之语，百句为虚，诋毁之言，半句有余，这正是刘禹锡久贬不复的直接原因。物壮则老、否终则倾，万事万物的变化都有极致与规律，可我却久贬不复，实在是天地造化的不公。

大钧之答，主旨在教其去智守愚，去刚取柔："今哀汝穷，将厚汝愚。剔去刚健，纳之柔濡。塞前窍之伤痍兮，招太和而与居。恕以待人兮，急以自拘。道存壶奥，无示四隅。轧物之势不作兮，见伤之机自无"；"苍眉皓髯，山立时行。去敌气与矜色兮，噤危言以端诚"。在连遭贬谪、久不起复的生命沉沦与愤世情怀中，刘禹锡多少会对自己因言语而招祸的经历有所感悟与反思①，但他并未沉湎于幽怨与孤愤，赋说"以不息为体，以日新为道"，展现的仍然是乐观进取的精神与革故鼎新的风貌，这正是刘禹锡的超拔之处。②

这三篇赋有不平、有揭露，大抵直陈胸臆，不假物事，但篇章结构上多有讲求，或着意篇名，或构为问答，集中展现了刘禹锡贬谪生活中的愤懑之情。

三、写景寓情赋：《望赋》《楚望赋》《伤往赋》《秋声赋》

刘禹锡赋篇篇有望，而最集中展示其企望心境的莫过于《望赋》。《望赋》仿江淹《恨》《别》二赋，专写企望之情。首段总领，说登高远望，百感丛生，且感物兴思，

---

① 瞿蜕园先生说赋中"剔去刚健，纳之柔濡"，"去敌气与矜色，噤危言以端诚"等语乃自明韬晦以祛疑忌之意。详见瞿蜕园：《刘禹锡集笺证》，上海：上海古籍出版社，1989年版，第7页。

② "不息"源自《周易·乾》"天行健，君子以自强不息"，"日新"语出《尚书·盘铭》"苟日新，日日新，又日新"。北京工业大学校训为："不息为体，日新为道。"

因人而异：

> 邈不语兮临风，境自外兮感从中。晦明转续兮，八极鸿蒙。上下交气兮，群生异容。发孤照于寸眸，骛退情乎太空。物乘化兮多象，人遇时兮不同。嗟乎！有目者必骋望以尽意，当望者必缘情而感时。有待者瞿瞿，忘怀者熙熙。虑深者瞠然若丧，乐极者冲然无违。外徙倚其如一，中糺纷兮若斯。①

接下来六段以"望如何其"领起，分写"望最乐""望且欢""望攸好""望有形""望且慕""望最伤"，等因望而生的种种情绪。这六种情绪可从两个维度理解：一以身份言，一以对象言。从身份看，可理解为系心君王者之望、思慕帝都者之望、求仙者之望、作战者之望、后妃之望、逐臣迁客之望。但刘禹锡的本意可能更在一己复杂的心绪，而非《别》《恨》二赋所表彰的普遍情愫。所以不妨从阿阁、长安、四隩、楚塞、恩意、帝乡等所望之物事情怀来解读。这所望之物从国都长安到九州四隩，再到楚地风物，最后又回到帝乡恩意，由远及近又由近及远，其所对应的景别与情绪则有乐后生悲，悲中有望。前三段多喜悦之情，以回顾与想望为主，后三段由虚入实，以失意为旨。尤其直写贬谪之情的第六段：

> 望如何其望最伤。俟環玦兮思帝乡。龙门不见兮，云雾苍苍。乔木何许兮，山高水长。春之气兮悦万族，独含嚬兮千里目。秋之景兮悬清光，偏结愤兮九回肠。羡环拱于白榆，惜驰晖于落棠。谅冲斗兮谁见，伊戴盆兮何望！②

《荀子·大略》言："绝人以玦，返人以環。"環是让谪臣返京的信号，此处用偏义复词指贬谪望还者。下面以"龙门不见""乔木何许"喻升迁无望，以春望秋思、影在桑榆言时光流逝、怨愤难平。末句用了"气冲斗牛"与"戴盆望天"的典故。《晋书·张华传》有因斗牛之间常有紫气而掘地得宝剑之说，后以"冲斗"喻人志气超迈或才华英发，再后来更有怒气冲天或气势很盛之意。刘禹锡此赋中的"冲斗"之气应该兼有超迈与愤怒之意。"戴盆望天"始出司马迁《报任少卿书》，本指事难两全，后喻方法错误，刘禹锡此赋之意也当偏指难于出头、心怀苦闷，望而无望。

其实前五种情绪都可以归结到这贬谪之愤与贬中之望来。所以赋的结尾紧承这个

---

① 瞿蜕园：《刘禹锡集笺证》，上海：上海古籍出版社，1989年版，第28页。
② 瞿蜕园：《刘禹锡集笺证》，上海：上海古籍出版社，1989年版，第29、30页。

第六段：

> 岂止苏武在胡，管宁浮海。送飞鸿之灭没，附阴火之光彩。鹤颈长引，乌头未改。恨已极兮平原空，起何时兮在东山。永望如何，伤怀孔多。降将有依风之感，宫人成忆月之歌。歌曰：张衡侧身愁思久，王粲登楼日回首。不作渭滨垂钓臣，羞为洛阳拜尘友。①

苏武牧胡，因飞鸿传讯，管宁归海，赖神光佑护，可我引领长望，一无所见，渴盼再起，绵邈无期。遂为慷慨悲歌：张衡侧身东望、王粲登楼四望、吕尚渭滨钓望、潘岳步尘拜望，或忧时局，或抒乡情，或期重用，或赂权贵，四句四事，各寓一望字。前两句作情感的铺垫，后两句表明心志：不期盼吕尚那样的际遇，也不会像潘岳那样附和权贵，苟求利禄。这一段叠用苏武、管宁、李陵、班婕妤、张衡、王粲、吕尚、潘岳等人事典，信息密集，然而不离一"望"字。

全篇以这一"望"字铺陈了刘禹锡的谪居之愤、忧时之伤，更写尽了他在人生低谷时的企望心境与凛然态度。

《楚望赋》标题比《望赋》多一"楚"字，正是刘禹锡贬谪朗州、久居楚地后的写楚之作。序称自己谪居武陵，地属故楚边境，民信巫风，气候冬冷夏热，雾气浓重，适宜楼居，因城楼与住所相邻，且视野开阔，遂将平日登临所见载入赋中。

赋即承序之意，总说朗州山川地理，分说武陵四时风光，然后转入对楚地民风民俗、渔业活动、农耕生产、淘金事务的叙写。

如说朗州山川：

> 群山龙嵷……出云见怪，……大江濆洞……泄入云梦。……秋水灌盈，潎石飘沙。流枅轩昂，舞于盘涡。逮及收潦，澹如醑醽。白石磷磷，倒影罗生。苹末风起，有文无声。悠远烟绵，与空苍然。②

超出云层的山头千奇百怪，浑然浩渺的沅江涌入洞庭，秋水涨溢时，沙石翻转、树根飘荡，洪水退去后，清如美酒、白石历历，轻烟浮曳，与天一色。写得形象生动。

然后以较多的篇幅铺陈武陵四时风光。说春气早于节令："湘沅之春，先令而行。腊月寒尽，温风发荣。土膏如濡，言鸟嘤嘤。三星嗜其晚中，植物飒以飘英。云归高

---

① 瞿蜕园：《刘禹锡集笺证》，上海：上海古籍出版社，1989年版，第30页。
② 瞿蜕园：《刘禹锡集笺证》，上海：上海古籍出版社，1989年版，第12页。

唐，草蔽洞庭。"冬天一过，很快就风暖花开、草长莺飞。说夏季骄阳似火、雷雨交加："涉夏如铄，逮秋愈炽。土山焦熬，止水潰沸。翔禽跕堕，呀味垂翅。……云兴天际，欻若车盖。……惊雷出火，乔木糜碎。……悬溜绠缒，日中见昧。移晷而收，野无完块。"极热时草木枯焦、池水沸腾、飞鸟坠地，忽而电闪雷鸣，雨如悬绳，暗无天日，不用多时，流潦纵横。说秋天天高云淡、景物鲜明："少阴之中，景物澄鲜。丹叶星房，烛耀川原。夕月既望，曜于丹泉。上镜下冰，湔尘濯烟。……皓一气之悠然，洁有形而溢清。……夜无朕以徂征，金霞晕乎海壖。明星方扬，斜汉西悬。璿柄如堕，半沉层澜。鸡嘀晰而晨鸣兮，日荏苒以腾晶。动植瞭兮已分，山川郁乎不平。"秋天的红叶如同星光，照耀着原野山川；秋天的月夜，碧空如洗，万物圣洁而又满溢清辉；夜晚的时光静静地流逝，不知不觉，斗柄西沉，坠入银河，群鸡骚动，又见日光。冬令之时，则北风呼啸、落叶纷飞："于时北风，振槁扬埃。萧条边声，与雁俱来。寒氛委积，万窍交激。楚云改容，飞雨凝滴。"在风声中，群雁南归，成为冬日的风景。

其后写民俗，说"民生其间，俗鬼言夷。招三闾以成谣，德伏波而构祠。"叙渔业，说"罟张饵唼，不可遁伏。显举潜缒，昼撞夜触。设机沉深，如拾于陆。"再陈农耕、述陶金。凡此种种，尽入赋中，莫不突出楚地特色，不失为武陵地方志、朗州风俗画。但因为作者是以谪臣的身份与眼光来看待，这楚地风物便多了一层幽怨的色彩。譬如赋首第一段，极言楚地四时之气不和，气候潮湿而多雾，土地松软而泥泞，天空难得清朗，湿气常入体内，要想去除烦恼，唯有登楼远望，因感岁月流转，万象起灭，为全赋定下了幽怨的情感基调。又如写秋夜之景，说黎明之时又回到喧嚣与竞奔的人间。便都多少浸润了赋家主观的情思。

最后总陈观物之意："观物之余，遂观我生。何广覆与厚载，岂有形而无情？高莫高兮九阍，远莫远兮故园。舟有楫兮车有辖，江山坐兮不可越。吾又安知其所如？恍临高以观物。"① 颜之推《观我生赋》叙一生之遭际，刘禹锡袭其意，而以"观物之余，遂观我生"之语，将赋旨拉回一己之经历与情愫：登高览物，寄托的是谪居难复的失落感与路远莫致的思乡情。

《伤往赋》为刘禹锡悼念亡妻之作。赋有直抒胸臆，亦多触景生情。序称人贵有情，不以遣情为智，赋云生死无常，痛惜青春夭折。然后以"我行其野""我观于途""我复虚室""我入寝宫"领起三段文字，从不同角度尽数铺陈睹物思人的殷切之情。

野、途所见，有"农民桑者，举案来馌"，"裨贩之夫，同荷均挈"，有"羽毛之蕃，鳞介之微，和鸣灌丛，双泳涟漪"，以农夫商贩夫妻相随与飞鸟虫鱼的雌雄相伴，来反衬自己丧妻后的形单影只。

---

① 瞿蜕园：《刘禹锡集笺证》，上海：上海古籍出版社，1989年版，第14页。

虚室所见，集中于幼子的情形，"虚室"二字，正指兼负妻子与母亲双重角色的女主人的缺席。赋以幼子的思维揣摩母亲，又以父亲的身份观察幼子，而终归于丈夫对妻子的思念。

寝宫所见，有宝瑟、镜奁、香炉、帘幌、首饰、被褥、刀尺、巾箱、服玩……都是爱妻生前常用之物，现在不仅人已亡化，连物也改容了，怎不叫人痛惜哀惋？

最后由情入理，以理驭情，而又终归于情：

> 龙门风霜苦，别鹤哀鸣夜衔羽。吴江波浪深，雌剑一去无遗音。悲之来兮愤予心，汹如行波洊浸淫。怅缘情而莫极，思执礼以自箴。已焉哉！茸茸生死，悠悠古今。乘彼一气兮，聚散相寻。或鼓而兴，或罢而沈。以无涯之情爱，悼不驻之光阴。谅自迷其有分，徒终怨于匪忱。彼蒙庄兮何人！予独累叹而长吟。①

圣人有情而不累于情，可圣人毕竟是理想中人，现实生活中的人又怎能不"累叹而长吟"？

相较而言，《伤往赋》是刘禹锡赋中没有直接言及贬谪的，但没有言及不等于没有关联。《伤往赋》作于元和七年，与刘禹锡结婚总共不到九年的夫人薛氏，有七年多的时光是在远离家乡的朗州卑湿之地度过的。夫人的去世，自然与刘禹锡的贬谪生活有着千丝万缕的联系，同期所作的悼亡诗《谪居悼往二首》从标题到诗句便都不离贬谪之事：

> 邑邑何邑邑，长沙地卑湿。楼上见春多，花前恨风急。
> 猿愁肠断叫，鹤病翘趾立。牛衣独自眠，谁哀仲卿泣。
> 郁郁何郁郁，长安远如日。终日念乡关，燕来鸿复还。
> 潘岳岁寒思，屈平憔悴颜。殷勤望归路，无雨即登山。

除了以王章与妻牛衣对泣之典故、潘岳"谁与同岁寒"之诗句以明悼亡之情外，长沙卑湿、长安日远、屈平憔悴之类的措辞，更发抒谪居之怨、乡关之思、望归之意。

《秋声赋》作于武宗会昌元年（841），以济世安民为己任而又坎坷一生的刘禹锡，年过七十，正以老病之躯走着他生命的倒数第二年，但在这篇咏秋的作品里，他没有一味地叹老嗟卑、伤时忧别，而是一如既往的激越与奋发。

---

① 瞿蜕园：《刘禹锡集笺证》，上海：上海古籍出版社，1989年版，第19页。

序称这篇赋是读了李德裕的同名之作及王起的和作之后，为寄托自己的"孤愤"而写的。

赋的前两段按惯例铺陈秋声秋色：

> 碧天如水兮，窅窅悠悠。百虫迎莫兮，万叶吟秋。欲辞林而萧飒，潜命侣以啁啾。送将归兮临水，非吾土兮登楼。晚枝多露蝉之思，夕草起寒螀之愁。
>
> 至若松竹含韵，梧楸圣脱。惊绮疏之晓吹，堕碧砌之凉月。念塞外之征行，顾闺中之骚屑。夜蛩鸣兮机杼促，朔雁叫兮音书绝。远杵续兮何泠泠，虚窗静兮空切切。如吟如啸，非竹非丝。当自然之宫徵，动终岁之别离。①

碧天如水、清澈高远，百虫争鸣、呼朋引类，万叶迎风、萧飒欲坠。总起之后，再翻进一层，具体陈述秋景秋情：松竹犹韵、梧楸已落、晓风劲吹、凉月轻泻，闺妇思夫、征夫忆妇，蟋蟀夜鸣、北雁南飞，杵声不绝、虚窗静空，这种种物事人情，莫不合乎自然的音律，触动人们长年的离愁。中间化用宋玉《九辩》与王粲《登楼赋》语意，以概括古来悲秋的典型情绪，李调元《赋话》称之为"化熟为生，意味隽永"。（李调元《雨村赋话》卷一）与一般的咏秋之作一样，这两段也写秋的凄清与萧瑟，并植入有赋家自己闲废孤居的苦闷，但这样的色调并不浓烈，感情也比较隐微。

第三段主要是对李、王唱和之作的评价，先将他们比为"安石风流"与"巨源多可"，然后以"异宋玉之悲伤，觉潘郎之么麽"之句既为李、王之作作出评价，又将赋旨兜转到自己"老骥伏枥，志在千里"的命意上来，所以末段说："嗟乎！骥伏枥而已老，鹰在韝而有情。聆朔风而心动，盼天籁而神惊。力将痧兮足受绁，犹奋迅于秋声。"②

马积高先生盛赞这篇赋的结尾"不仅在命意上胜过德裕之作，也驾太白之作而上之了"③，更进一步说，刘禹锡的坚卓与超拔在这最后的贬谪之赋中也多有展现。

这四篇写景之赋，有虚有实，有远有近，《楚望赋》与《伤往赋》写的都是谪居楚地的实情实景，《望赋》与《秋声赋》概括有更多的内容，但都与贬谪的生活有着千丝万缕的联系。

---

① 瞿蜕园：《刘禹锡集笺证》，上海：上海古籍出版社，1989年版，第35页。
② 瞿蜕园：《刘禹锡集笺证》，上海：上海古籍出版社，1989年版，第35、36页。
③ 马积高：《赋史》，上海：上海古籍出版社，1987年版，第326页。

四、咏史假物赋：《平权衡赋》《砥石赋》《山阳城赋》《三良冢赋》

《平权衡赋》为贞元九年（793）刘禹锡参加礼部省试时所作。① 赋以器用为铺陈对象，主旨在"持平罔亏，可为范于秉钧之佐；立信惟一，将有助于执契之君。"赋末云："方今百度惟贞，万邦承则，顺时设教兮靡不获所，同律和声兮允臻其极。玉衡正而三阶以平，七政齐而庶政不忒矣。美君臣之同体，犹权衡以合德；宰准绳之在心，庶轻重之不惑。"虽为应试之作，其革新精神，也已暗植其中。

《砥石赋》是刘禹锡初贬朗州时的假物寓意之作。序以小故事引出作赋动机，说南方天气特别潮湿，很容易使物品变色坏味，自己有一把很好的佩刀，到了这里就因生锈而拔不出来，不得已只好剖开刀鞘，后来有一位朋友送给他一块上好的磨刀石，经过仔细的打磨，才使宝刀重现锋芒。然后假这位朋友的口说："吾闻诸梅福曰：'爵禄者，天下之砥石也。高皇帝所以砺世磨钝。'有是邪！"② 这样就将作赋动机上升到了治国的层面。

赋即由此而展开，但既以砥石为喻象，也以宝刀为喻体，既发抒个人的感慨与志愿，也寄寓治国的理想与主张。

赋的首段将宝剑失去锋芒的原因归结为潮湿的浸蚀："遭土卑而慝作兮，雄铓为之潜晦"，然后再刻意将这种原因扩展到久不试用：

> 利物蒙蔽，材人惆怅。俾百汰之至精，蟠一椷而多恙。岂害气之独然兮，将久不试而然！彼屠者之刃兮，猎者之鋋。不灌不淬兮，糅错衔铅。日鼓月挥兮，刲腴击鲜。睨霍霍以耀芒，菶滛夷而腾膻。岂不涉暑而蒙沴兮，鼎用之而成妍？③

即使久经锤炼的精品，也会因弃置不用而百病丛生，屠夫的刀、猎人的矛并不精纯，但因为天天操持而闪闪发亮，可见湿气并不是毁灭宝刀的唯一因素，这些话里就暗喻有包括自己在内的贤才被贬而久不起用的愤懑。"利物蒙蔽，材人惆怅"更将本体与喻体牵合起来，并与"土卑而慝作"一起揭露当时恶劣的政治气候。

赋的中间部分，借宝刀的雄芒再现，寄托暂遭贬谪的豁达与重获起用的期望："故

---

① 《登科记考》卷13"贞元九年"："是年试《平权衡赋》，以'昼夜平分铢钧取则'为韵。"赋不载于刘禹锡本集，见《文苑英华》卷104、《全唐文》卷599。
② 瞿蜕园：《刘禹锡集笺证》，上海：上海古籍出版社1989年版，第8页。
③ 瞿蜕园：《刘禹锡集笺证》，上海：上海古籍出版社1989年版，第8页。

态复还，宝心再起。即赋形而终用，一蒙垢焉何耻？感利钝之有时兮，寄雄心于瞪视。"宝心再起、蒙垢不耻、利钝有时、雄心瞪视，这样的句子已经不再拘泥于器物的假托，而近乎直抒胸臆了。这胸臆是坚韧而坚决的，坚决的是不畏强权与自我认定，坚韧的勇承磨难与待时而起。瞿蜕园先生说这几句"有百折不挠之劲节，有待时而起之雄心，禹锡所以自处者于此可见"①，可谓的评。

赋的末段更借砥石直陈治国之法：

> 嗟乎！石以砥焉，化钝为利。法以砥焉，化愚为智。武王得之，商俗以厚。高帝得之，杰才以奏。得既有自，失岂无因？汉氏已还，三光景分。随道阔狭，用之得人。五百余年，唐风始振。悬此天砥，以砻兆民。播生在天，成器在君。天为物天，君为人天。安有执砺世之具，而患乎无贤欤！②

刘禹锡在这里以"法"为砥，并不是一般意义上的法治观点，而是特指用以得人的爵禄与权柄。国因人兴，这当然是中国古代通用的道理，但这段文辞中显然也夹杂有个人的不平情绪。

总之，这篇赋借宝刀磨砺之喻，既阐明"法以砥焉，化愚为智"的观点，也抒发自己被贬的愤懑心情与待时而起的决心，在立意与构思上都算巧妙。

《山阳城赋》为览古咏史之作。山阳城是汉朝末代皇帝刘协被迫禅位之后的封地，至中唐时，只剩废墟。序称"裔孙作赋，盖悯汉也"，固然有悯汉的意思在里面，但更主要的是借汉说唐，以汉王朝的盛衰之事为当代帝王提供经邦治国的借鉴。

赋即从悯汉开始，哀汉朝四百年基业毁于山阳：

> 我止行车，寘涕于山阳之墟。是何苍莽与惨淬，春陵之气兮焉如？踏昌运于四百，辞至尊而伍匹夫。有利器而倒持兮，曾何芒刃之足舒！懿王迹之肇基，暨坤维之再敷。邈氾阳与鄗上，恍蛇变而龙摅。痛人亡而事替，终此地焉忽诸。③

国如利器，为人窃持，想高祖"蛇变"称帝，光武"龙摅"中兴，到如今人亡事替，能不嘘唏感慨。

---

① 瞿蜕园：《刘禹锡集笺证》，上海：上海古籍出版社，1989年版，第11页。
② 瞿蜕园：《刘禹锡集笺证》，上海：上海古籍出版社，1989年版，第9页。
③ 瞿蜕园：《刘禹锡集笺证》，上海：上海古籍出版社，1989年版，第33页。

感慨之余，更需分析原因，总结经验：

> 嗟乎！积是为治，积非成虐。文景之欲，处身以约。播其德芽，迄武乃获；桓灵之欲，纵心于昏，然其妖焰，逮献而焚。彼伊周不世兮，奸雄乘衅而腾振。物象浑以易位，被虚号而阳尊。终势殚而事去，胡窃揖让以为文？呜呼？维神器之至重兮，盖如山之不骞。使人得譬乎逐鹿，固健步者所先。谅人事之云尔，孰云当途之兆也自天！①

王朝的兴衰有一个累积与渐变的过程，文、景"积是"，武帝丰获，桓、灵"积非"，献帝毁替，都经历了渐变的过程。而渐变的原因关键在人，并且是帝王与重臣。文、景之治，在于"处身以约"，桓、灵之乱，在于"从心于昏"，如果缺乏伊尹、周公这样的贤明之士，国家权柄更容易为奸雄所窃。所以天命之说，荒唐可笑。所以赋的主旨，是说兴衰在人不在天，而以人事言，"积是为治，积非成虐"。

赋末转入现世，言汉之衰亡不可挽回，而后人应从中吸取教训，算是交代作赋的最终目的。赋以古、今为对比，以盛、衰为对比，以天、人为对比，结语斩截果决，展现出刘禹锡长于史论与哲思的特点。

《三良冢赋》也是览古咏史之作②。三良事迹载于《左传·文公六年》："秦伯任好卒，以子车氏之三子奄息、仲行、鍼虎为殉，皆秦之良也。国人哀之，为之赋《黄鸟》。"③

因涉君臣之义，三良事迹多为传统文人所乐道。

或批判穆公之残暴。如《左传》之"君子"语与《诗经·秦风》之《黄鸟》诗，一般以为是批判人殉的；《史记》《秦本纪》承其意，《蒙恬列传》更说穆公因杀三良而立号为"缪"。

或鼓吹君臣之遇合。如《史记正义》引应劭语，说秦穆公曾与群臣约言"生共此乐，死共此哀"，然后三良许诺从死；④《汉书·匡衡传》说匡衡曾上疏，云"郑伯好勇，而国人暴虎；秦穆贵信，而士多从死……由此观之，治天下者，审所上而已。"⑤

或彰表臣子之忠义。如王粲诗云："结发事明君，受恩良不訾。临殁要之死，焉得不相随。……生为百夫雄，死为壮士规。"曹植诗说："功名不可为，忠义我所安。秦

---

① 瞿蜕园：《刘禹锡集笺证》，上海：上海古籍出版社，1989年版，第33、34页。
② 赋不载刘禹锡本集，见《文苑英华》卷130、《全唐文》卷599。
③ 孔颖达：《春秋左传正义》，北京：北京大学出版社，1999年版，第511页。
④ 司马迁：《史记》，北京：中华书局，1959年版，第195页。
⑤ 班固：《汉书》卷81《匡衡传》，北京：中华书局，1962年版，第3335页。

穆先下世，三臣皆自残。生时等荣乐，既没同忧患。(《三良诗》)

或归因时代之风俗。如《史记·秦本纪》载："武公卒，葬雍平阳。初以人从死，从死者六十六人……献公元年，止从死。"穆公卒于前621年，上距武公卒（前678）58年，下距献公立（前384）238年。可知人殉之制，不独穆公。所以宋人赵与时说："习俗之移人，虽穆公不能免。"①

或不满三良之愚昧。如民初志士易白沙说："穆公杀殉，至百七十七人之多，秦人仅哀三良。《左传》《史记》所论，亦惟三良。是杀殉乃天下所同认。但不可杀善人良臣而已。不知三良之殉，实践酒酣时约；由于自动，而非强迫。后人不责三良自身，而追咎已死之穆公，是谓张冠李戴。"②

便是与刘禹锡同时代的柳宗元与李德裕，也有诗文论及三良之事。柳宗元《咏三良》诗一面称"明后"，称"忠信"与"恩义"，以示君臣遇合，一面说"殉死礼所非，况乃用其良"，并引魏氏改父遗命之事讥刺康公，"疾病命固乱，魏氏言有章。从邪陷厥父，吾欲讨彼狂。"永贞革新成败的关键在权柄从顺宗向宪宗的移易，诗刺康公而美三良，其实暗寓有对永贞革新的是非评判与褒贬感情。

李德裕《三良论》要点在对三良许诺殉死问题的分析，说"三良许之以死"，而前代无人讥讽，实在不可思议，因为在他看来，连最得臣道的皋陶也不殉舜、禹二君，最重孝友的周公也不殉文、武二王，所以不必苟死，要死，也要为公义而死。

相较而言，刘禹锡是审慎的。他充分肯定了秦穆公的文才武略与功业地位：

  吾尝读旧史矣，古者秦氏，大于穆公，出师则宁东夏，用贤则霸西戎。大邦服其礼，小邦畏其雄。谋已集，战亦武，不能勤王，不为盟主者何居？

这样一位具有雄才大略的君王，本可以成为天下盟主，可就因"灭天之良，丧人之特"而由"百夫仰系"一朝衰灭，岂不可惜？

至于三良，更多的是惋惜与不解："宛其三子，遭时迍邅。主已即世，身皆靡全。指冥茫而为期，抚昭世而坐捐。方惴惴以临穴，且哀哀而号天。"君子生为世益，死为世重，何必盲从附主，无因弃废？"谁言捐躯易，杀身诚独难"（曹植《三良诗》）三良或许有难言之隐，不然也不至于惴惴哀号。

赋末总归：

---

① 赵与时：《宾退录》卷八，详《宋元笔记小说大观》，上海：上海古籍出版社，2007年版，第4220页。

② 易白沙：《帝王春秋·杀殉》，上海：上海书店民国丛书本，1989年版，第11页。

上刺衰德，下伤幽魂。……矧今情之犹悲，谅古恨之潜吞。死而不作，吾谁与言。代事浩漾，人寿尔夭。言念君子，中心悄悄。哀生人之长怴，赴永夕之莫晓。归去来兮不可留，且悲吟于《黄鸟》。①

主旨在批判滥施权威的君主，痛悼无辜赴死的忠良，基本与《左传》"君子"语及《诗经》《黄鸟》诗同一意脉。

五、刘禹锡贬谪赋的特点

不难看出，刘禹锡的这 11 篇赋作，除《平权衡赋》可以确定为早年之作，《山阳城赋》难见贬谪背景外，不管是直抒愤懑、写景寓情还是咏史假物，都与他的贬谪经历密切相关，都表现出望愤交加而又理趣盎然的特点。

（一）望愤交加

如前所述，在刘禹锡漫长的贬谪生涯里，一面是遭遇不平的愤懑与悲伤，一面是屡挫不馁的斗志与期望，两相交加，望而无望，无望而望，这样的心绪于刘禹锡诗、文中每有表现。不过相较而言，赋体创作因需较长时间而可以有沉郁之思，因有较大篇幅而可以容纳更为复杂的情愫，所以刘禹锡的贬谪之赋中篇篇有望，篇篇有愤，望愤交加。

当然这"望"，包含有思乡怀归之情、沉冤辩白之想与东山再起之意，是对故国亲友的思念，是对自己无罪的坚信，是对召回京城的期盼。

而这"愤"，既有愤慨、愤怒之意，也有奋发、奋起之味，既有对无罪遭贬的愤慨，对群小诬谤的愤怒，对曾经改革的无悔，对自我品行的认定，也有永无止息的奋发，无所不在的奋起。

无辜被贬的第一反应是孤愤与怨刺。古有"孤臣""孽子"之说，被贬官员远离朝廷，孤立无援，每自比于孤臣、孽子。所以柳宗元诉说："孤臣泪已尽，虚作断肠声"（《入黄溪闻猿》）；韩愈怨恼："儿罪当笞，逐儿何为？"（《履霜操》）刘禹锡的诗文中也不乏这种孤远之感与孤直之愤，他的《晚岁登武陵城顾望水陆怅然有作》诗自我体认说："孤臣本危涕，乔木在天涯"；《上杜司徒书》则自我解释说："昔称韩非善著书，而《说难》《孤愤》成为激切，故司马子长深悲之。……而（余）独深悲之者，岂非遭罹世故，益感其言之至邪！"

在辞赋作品中，刘禹锡更愤懑于久谪不复的待遇。所以《何卜赋》因久放而致疑，并直抒愤懑说"人莫不塞，有时而通"，而我"久而愈穷"，"人莫不病，有时而闲"，

---

① 董诰等：《全唐文》卷 599，北京：中华书局，1983 年版，第 6059 页。

而我"久而滋蔓"。《问大钧赋》因久放而致问,也抒发不平:"物壮则老,乃惟其常;否终则倾,亦不可长。老先期而骤至兮,否逾数而巨量。虽一夫之不获兮,亦大化之攸病。"《谪九年赋》更将久谪不复的怨愤推于极致:"伊我之谪,至于极数","何吾道之一穷兮,贯九年而犹耳。"

刘禹锡有不少诗文对群小的诬谤进行讥刺,如《聚蚊谣》《百舌吟》《昏镜词》《有獭吟》《飞鸢操》等,赋相对微,如《砥石赋》将自己的不幸被贬拟为宝刀仵垢,归为"土卑而廛作"。

愤既已极,望亦殷切,刘禹锡赋的企望之情也非常强烈,以"望"名篇的便有《望赋》与《楚望赋》,其中《望赋》堪称贬谪文学写望之最。

思乡怀归是人之本性,也是贬谪文学的基本情怀,所以刘禹锡诗云:"旅情偏在夜,乡思岂惟秋?每羡朝宗水,门前尽日流。"(刘禹锡《南中书来》)"楚野花多思,南禽声例哀。殷勤最高顶,闲却望乡来!"(《题招隐寺》)无论登山还是临水,乡思不已。柳宗元诗更为急切:"海畔尖山似剑芒,秋来处处割愁肠。若为化得身千亿,散上峰头望故乡!"(《与浩初上人同看山寄京华亲故》)化身千亿、处处望乡,写尽了思乡者的郁郁情怀。

故乡是人生的归宿地,是心灵的港湾,"有目者必骋望以尽意,当望者必缘情而感时"(刘禹锡《望赋》)。无辜受贬者的望归之心,固然也以思乡怀归为本,但更主要的还是回到往昔的政治舞台、回到正确的政治道路、回到理想的人格操守。

"叹息兮徜徉,登高高兮望苍苍"(《谪九年赋》),"高莫高兮九阍,远莫远兮故国"(《楚望赋》),"永望如何,伤怀孔多"(《望赋》),登高远望,刘禹锡也有无穷的幽怨与哀思,但他终归能从悲伤与沉沦中奋起,以远比同侪更为坚韧卓拔的心志傲视忧患、完善自我、寄望未来。在《砥石赋》中,他"故态复还,宝心再起",不以蒙垢为耻辱,不因挫折而颓丧,相信天生我才必有用,"寄雄心于瞠视"。在《秋声赋》中,他一反世人的悲秋之态,以老骥自比,勇言"奋迅于秋声",抒发愈老而弥坚的豪情壮志。《何卜赋》以"蹈道之心一""俟时之志坚"归旨于不疑何卜,《问大钧赋》"以不息为体,以日新为道"归旨于不息前行。便是失望已极的《谪九年赋》,也于无望中坚存企望,而不是一味的忧伤与孤愤。这是对生命意志的自觉砥砺,对自我人格的顽强坚守。正是这样的砥砺与坚守,使刘禹锡的赋不止简单的愤与普通的望,而是愤而有望,望而能奋。因悲凉愤懑而慷慨,因矢志不屈而企望,赋所展现的便是慷慨情怀与企望心境的有机统一。

(二)理趣盎然

作品的理趣,不仅源出作家的理论修养,也因为作家超拔的心性情怀。

刘禹锡既有哲学家的修养,也有文学家的情怀,所以能将个人的升沉哀乐提炼为普遍永恒的规律。

作为哲学家，刘禹锡与柳宗元一起探讨"天道与人道"，写出了著名的哲学论著《天论》三篇。在《天论》中，刘禹锡认为世间万物都由气构成，世间万物的发展都有其内在的规律，并在这种唯物主义自然观的基础上，提出"天人交相胜""还相用"的光辉思想，以区别"天之所能"与"人之所能"，强调人类的社会功能在于制定礼法制度，利用自然万物。有了"天人交相胜"的理论为依据，刘禹锡自然不会轻信天命鬼神。在他看来，理明人自信，理昧则信天。如同操舟：小河行船，运用自如，故信人；大海航行，难以蠡测，故信天。比之社会：法制严明，恩怨有由，故归于人；赏罚不定，不知祸福，故归于天。这都是非常进步的思想。刘禹锡对自己的哲学修为也非常自信，他曾在《祭韩吏部文》中说："子（指韩愈）长在笔，余长在论。"

作为文学家，刘禹锡以其卓拔的感悟力、模仿力、表达力，将从平常琐事与个人哀怨中升华出的哲理，以生动的语言与多样的方式展现给读者。

在《乌衣巷》《汉寿城春望》里，我们感受到了历史的兴衰，在《酬乐天扬州初逢席上见赠》《乐天见示伤微之、敦诗、晦叔三君子，皆有深分，因成是诗以寄》中，我们感受到了人事的变迁，《有獭吟》《阳山庙观赛神》告诉我们天命鬼神之不可信，《浪淘沙》九首之八告诉我们真理真金之难淘难得。

不同于诗的简洁与警醒，赋中言理可以铺陈，可以深入，可以假借多种形式。《何卜赋》与《问大钧赋》假问对以不疑者的身份故作疑惑，反对"力命之说"，提出"极必反焉"与"日新为道"的思想，富有哲理精神和辩证色彩，即便以文学的眼光而言，也是生动风趣而不乏创意的。《山阳城赋》假史言理，以古今、天人为对比，说明兴衰在人，"积是为治，积非为虐"。《砥石赋》，以石比法："石以砥焉，化钝为利；法以砥焉，化愚为智"，说法治可以转愚为智。《楚望赋》"观物之余，遂观我生"，从自然中引出人生之理。《望赋》专写企望之情。《谪九年赋》不信命定。便是《伤往赋》这样的悼亡之作，也要讲出"聚散相寻"的道理。凡此种种，足见刘禹锡的赋理趣盎然。而且这盎然的理趣，原本就来源，也包含有自强不息的精神与达观开朗的情怀。

（三）贬谪因素

刘禹锡赋望愤交加而又理趣盎然的特点，固然与个人修为乃至时代背景不可分离，但最直接的触发点还是久贬不复的经历。望愤交加偏主由贬谪所激起的感性情感，理趣盎然更多理性的思考。不管是感性情感还是理性思考，都源出于生活，服务于现实，具有强烈的针对性。

"极必反焉"与"日新为道"的思想，由久贬不复的个人遭际中升华出来，为的是"主张其时"与"蹈道心一"，他相信，卑微到了极点必然转化为荣耀，失利到了极点总会转化为顺畅。人生在世,不能苟安命运,而要努力争取、持恒奋斗。

就是那篇备受称赞的《天论》,也有着政治斗争的背景与革新遭贬的诱因。永贞革新失败后,韩愈出于同情写信安慰柳宗元,其间可能涉及天意命定之说。柳宗元不甘革新的失败、不信命定的言论,著《天说》以为反驳。作为盟友,刘禹锡也参与进来,以"天人交相胜""还相用"的观点支持柳宗元的论战,坚信他们曾经参与的法治改革。

此外,如上文作品分析中所述,湖湘地域的历史文化因素与自然地理环境,也常常成为刘禹锡赋发抒情感、总陈理智的对象与载体。

可以说,刘禹锡赋是典型的贬谪之赋。贬谪之赋,远推屈贾,近有张说、赵冬曦的唱和之作,至中唐而大兴于刘、柳。刘禹锡以其坚毅的精神与乐观的情调创造出雄豪劲健的作品,成为贬谪文学尤其贬谪赋创作的卓异代表。

楚辞英译研究

霍克思《离骚》英译本音韵美的语言分析

宁波大学 杨成虎

【摘 要】 现有较有影响的《楚辞》英译中，能够兼顾多学科价值的同时，仍不失诗学价值的译本堪称是霍克思的《楚辞》英译本了。本文分析霍克思《离骚》英译本的音韵美问题。通过分析，本文发现：霍克思英译的《离骚》在英诗音韵上将头韵法和谐韵法运用到了十分精巧的程度，这两种英诗音韵不但体现了与原文音韵的对应，而且还有创造性的发挥。对译诗音韵之美的注重也是霍译成功的原因之一。译本音韵特征的分析虽然不是译本文学性研究的全部，但也能揭示成功的诗歌翻译的某些内在规律。

【关键词】 霍译本 《离骚》 音韵

一、引 言

本文讨论霍克斯《离骚》英译本（Hawkes，1985）的音韵美问题。作为典籍，《楚辞》具有多科性价值，首先应是其文学价值，其英译自然也应体现《楚辞》这一特征（杨成虎，2004）。①但要实现这一点并非易事（如1895年发表的理雅各英译的《离骚》体现了学术价值，但没有体现文学价值，转引自许渊冲，1994：XI）。目前，《楚辞》英译本较有影响的有五种，国内四种，分别为杨宪益译本（杨宪益，1953）②、孙大雨译本（孙大雨，1996）③、许渊冲译本（许渊冲，1994）和卓振英译本（卓振英，2006）④；此处仅指大量选译或全译《楚辞》的译本，不指仅选一两首或少量《楚辞》作品英译的译本）。国外一种，为企鹅图书1985年版的霍克思译本。其中，侧重

---

① 杨成虎：《典籍的翻译与研究——〈楚辞〉几种英译本得失谈》，《宁波大学学报（人文社会科学版）》，2004年第4期。
② 杨宪益：《楚辞选》（英译），北京：外文出版社，1953年版。
③ 孙大雨：《屈原诗选英译》，上海：上海外语教育出版社，1996年版。
④ 卓振英：《楚辞》（英译，大中华文库），长沙：湖南人民出版社，2006年版。

《楚辞》作为诗歌价值的译本有杨宪益译本、许渊冲译本和卓振英译本,侧重《楚辞》作为多科价值(包括诗歌价值)的译本有孙大雨译本和霍克思译本。这两种译本中,较注重对中国文化深度介绍的异化翻译是孙大雨译本,较注重中西文化相结合的中和化翻译是霍克思译本。从侧重诗歌价值的译本来看,杨宪益译本采用英雄双韵体等诗体来翻译《楚辞》,他的译本像英国蒲伯英译的荷马史诗一样富有文采,但并不忠实于原文(霍克思的观点,转引自许渊冲1994:XII);① 同时,大量的原文掌故和中国文化信息都采用了简化的处理方式。许渊冲译本努力表现骚体诗特征,语言流畅简洁,但对原文同样做了大量简化的处理(杨成虎,2008:32—80)②。卓振英译本采用英语诗章的形式,一定程度上保留了香草美人等中国文化的意象,但对原文的把握还有一定的差距(杨成虎,2008:93—107)。③ 这三种译本虽然都侧重了文学性,但从诗歌翻译的角度说,注重了译文的文学性,便减弱了对原文的真实性;反之,注重了对原文的忠实性表达,便减弱了译文的韵味。从侧重多科价值的译本来看,孙大雨译本在兼顾文学性的同时,还注重对中国文化背景和历史掌故等各科知识的介绍(杨成虎,2008:81—92)④,而霍克思译本则是兼顾中西文化的融合,同时也不失诗歌翻译的文学性。在众多译本中,霍克思译本是值得注意和深入研究的。杨成虎(2014)对霍克思《离骚》英译注释的学术价值进行了一定的研究,指出他的译本努力在中西文化中寻找交汇点,在异化翻译和归化翻译之间实践中和化,这是对《楚辞》作为人类文化的一个文本进行英译的可贵探索。⑤ 他的译本在注重多科性的同时,还具有明显的诗歌语言艺术。虽然译本难以企及原作水平,但好的译者能够更好地处理原作,译文在一定程度上也能"自铸伟辞"。霍克思在《离骚》英译本自制的题解(按:他从具有国际文化意义的萨满教出发来理解并英译该诗)中认为《离骚》是中国文学作家诗歌的滥觞(Hawkes,1985:68)⑥,他的这一自觉意识以及后来兴起与发展的楚辞学均体现在他的英译本中。《离骚》作为楚国音乐的一种形式(马茂元,1983:1)⑦,其骚体特征以及音乐性是不言而喻的。如何在英译中体现这些特征却是考验译者的水平。丰华瞻

---

① 许渊冲:《楚辞》(英译),长沙:湖南出版社,1994年版,第10—13页(前言)。
② 杨成虎:《楚辞传播学与英语语境问题研究》,北京:线装书局,2008年版,第32—80页。
③ 杨成虎:《楚辞传播学与英语语境问题研究》,北京:线装书局,2008年版,第93—107页。
④ 杨成虎:《楚辞传播学与英语语境问题研究》,北京:线装书局,2008年版,第81—92页。
⑤ 杨成虎:《霍克思〈楚辞·离骚〉英译注释的学术价值》,南通大学楚辞研究中心第三届国际学术会议论文,2014年。
⑥ Hawkes, D. *The Songs of the South*. Harmondsworth: Penguin Books, 1985, p. 68.
⑦ 马茂元:《楚辞选》,北京:人民文学出版社,1983年版,第1页。

(1997：231—233) 认为，诗歌翻译若无音韵之美则是一大缺点，不为人们所喜爱。[①] 可以说，霍克思《楚辞》英译本（以下简称"霍译"）具有较强的诗味，其中谐美音韵的运用也是重要原因之一。本文拟对此问题进行具体讨论。

二、英诗头韵的运用

霍译没有使用押尾韵的方式，但却采用了押头韵（alliteration，即双声）的方法，使得他的译本颇具英文古诗的特色（英国诗歌史上的开篇之作《贝尔武甫》就是充满头韵的长诗），这是霍译《离骚》的一大特色，一些地方甚至超越了原文相应技巧的使用（如，"鹥"在原文中只是单音词，英译时用了 phoenix-figured 双声，既补足了语义，又使用了头韵，可谓一举两得），见下表。

霍译头韵运用举例列表

原文	译文
惟草木之**零落**兮	…were **f**ading and **f**alling
昔三后之**纯粹**兮	…most **p**ure and **p**erfect
固**众芳**之所在	**F**ragrant **f**lowers had their **p**roper **p**lace
彼尧舜之**耿介**兮	**G**lorious and **g**reat …
众皆竞进以**贪婪**兮	…in **g**reed and **g**luttony
老冉冉其将至兮	（**o**ld age) comes **c**reeping …
忍尤而攘诟	**B**earing **b**lame humbly …
芳与泽其杂糅兮	**F**ragrant and **f**oul mingle …
余虽好修以**羁绊**兮	…were my **b**it and **b**ridle
纵欲而不忍	…**w**reaked his **w**ild **w**ill
皇天无私阿兮	**H**igh God in **H**eaven **k**nows **n**o partiality
览民德焉错辅	…and **m**akes them his **m**inisters
相观民之计极	…**m**en's different **d**esigns
驷玉虬以桀**鹥**兮	…a **p**honeix-figured car
吾令羲和**弭节**兮	…to **s**tay the **s**un-steed's gallop
哀**高丘**之无女	…on that **h**igh **h**ill …
思九州之**博大**兮	…the vastness of the **w**ide **w**orld
民好恶其不同兮	…most people's **l**oathings and **l**ikings
九疑缤其并迎	…came **c**rowding to meet him
抑志而**弭节**兮，	…to **s**lacken the **s**wift **p**ace
神高驰之邈邈	The **s**pirit **s**oared high up …

---

① 丰华瞻：《音韵谐美的古代歌谣》，见汪榕培编著：《比较与翻译》，上海：上海外语教育出版社，1997年版，第231—233页。

在以上用例中，有并列结构（如 fading and falling, pure and perfect, fragrant and foul, glorious and great, greed and gluttony, bit and bridle, loathings and likings 等）、偏正结构（如 fragrant flowers, high hill, wild will, different designs, wide world, came crowding 等）、动宾结构（如 slacken the swift pace, makes them ministers, bearing blame, stay the sun-steed's gallop, knows no partiality 等）、主谓结构（如 the spirit soared 等）。其中，有些是与原文（双声）的连绵词（如"零落""贪婪""纯粹""耿介"等）、叠音词（如"冉冉"等）对应，有的则是译者自己为了译文音韵谐美的发挥性创造。除以上各结构的搭配式双声和相邻单词双声外，霍译中也有一个诗行中隔开几个单词，构成远距离双声效果的，这时不一定对应原文的某个措辞的特征，而有全句修辞美的特色，如：

哀众芳之芜秽：But I grieve that all my blossoms should **w**aste in rank **w**eeds.
路幽昧以险隘：But their way is **d**ark and leads to **d**anger.
岂余身之惮殃兮：I have no fear for **p**eril of my own **p**erson.
长顑颔亦何伤：It matters nothing that I often **f**aint for **f**amine.
曾歔欷余郁邑兮：Many a **h**eavy sigh I **h**eaved in my despair.
汝何博謇而好修兮：Why be so lofty, with your **p**assion for **p**urity?
忳郁邑余侘傺兮：But I am **s**ick and **s**ad at heart and **s**tand irresolute：
吾独穷困乎此时也：I **a**lone am at a **l**oss in this generation.
日康娱而自忘兮：The days **p**assed in pleasure；**f**ar he **f**orgot himself.
揽茹蕙以掩涕兮：I **p**lucked soft lotus **p**etals to **w**ipe my **w**elling tears.
跪敷衽以陈辞兮：I knelt on my **o**utspread skirts and **p**oured my **p**laint out.
百神翳其备降兮：The spirits **c**ame like a **d**ense **c**loud **d**escending.
何琼佩之偃蹇兮：How splendid the **g**litter of my jasper **g**irdle!
委厥美以从俗兮：He overcame his goodness and **c**onformed to evil **c**ounsels.

以上诸例通过句子成分不同位置的呼应具有全句交错的回音效果，特别是像 The spirits came like a dense cloud descending，互为嵌套（即 came…cloud 与 dense…descending），交错的效果在英诗中具有创造性。

三、英诗谐韵的运用

除头韵法外，霍译还使用了谐韵法（resonance）。谐韵也是诗歌为了达到音乐美的一种手段，英诗也常使用谐韵。所谓谐韵，就是诗行中相应单词中元音在发音部位上邻近，念起来有音节浏亮之感。可以说，谐韵是诗歌中宽松的内韵。这种押韵法在单词音节同韵母率较低语言的诗歌（如梵文、日文等，英文押尾韵虽然也常见，但内韵使用则也是其特征；与汉语诗歌比起来，英语诗歌内韵更为普遍）中是常见的霍译使用谐韵的地方很多，这里采用随机抽取的方法抽出一节进行分析。

> I had tended many an acre of orchids,
> And planted a hundred rods of melilotus;
> I had raised sweet lichens and the cart-halting flower,
> And asarums mingled with fragrant angelica,
> And hoped that when leaf and stem were in their full prime,
> When the time had come, I could reap a fine harvest.
> Though famine should pinch me, it is small matter;
> But I grieve that all my blossoms should waste in rank weeds.
>
> （原文："余既滋兰之九畹兮，又树蕙之百亩。畦留夷与揭车兮，杂度蘅与芳芷。冀枝叶之峻茂兮，愿竢时乎吾将刈。虽萎绝其亦何伤兮，哀众芳之芜秽。"）

以上所引 8 行诗中，每行均有谐韵的使用，分别说明之。第 1 行：[a]、[e] 与 [i] 交叉谐韵，had, acre; tended, tended, many; many, orchids。第 2 行：[a]、[o] 与 [i] 交叉谐韵，and, planted; rods, of, melilotus; planted, hundred, melilotus。第 3 行：[a] 与 [i] 交叉谐韵，had, and, cart-halting; sweet, lichens。第 4 行：[a] 与 [i] 交叉谐韵，and, asarums, fragrant, angelica; mingled, with。第 5 行：[o]、[e] 与 [eir] 交叉谐韵，hoped, full; when, stem; were, their。第 6 行：[i] 与 [o] 交叉谐韵，time, fine; come, harvest。第 7 行：[a] 与 [i] 交叉谐韵，famine, matter; famine, pinch, me, it, is。第 8 行：[i] 与 [a] 交叉谐韵，grieve, weeds; that, all, rank。这些谐韵的运用使得译文读起来有和谐之美，尤其是交叉谐韵，给人以错落的美感。比较原文，我们发现，译文的谐韵充分发挥了英诗语言的特长。汉语诗歌虽然也有谐韵，如《诗经》中的一些作品，但由于汉语诗歌后来发展到了以押尾韵为主，谐韵这种内韵并非是其特长。霍译所选用的谐韵词汇与原文的诗意十分贴近。除译者选用的英文芳草名称在文化意义上不完全等同于汉语外，其余的意象以及表达方式均为原文在英文中的自然再现。如，原文的"刈"译为 reap a fine harvest；"何伤"译为 (it is) small matter（一桩小事）；"芜秽"译为 waste in rank weeds（在荒草中芜没），既与译文的上下文语境协调，又把原文的意思十分妥帖地表达出来了。可谓以译文语言之形表达原文诗意之神，是较好的形神兼备（笔者比较过多种《离骚》英译本与原文，为了译文押韵等的语言表达的方便，不少译者采用增减或损伤原文内容的不得已方式来生产译文，致使译文顾此失彼，质量不高，限于篇幅，加之这也不是本文讨论的范围，兹不细述）。我们可以说，霍译是具有创造性的译法，在语言形式上使用了归化的策略，而在诗意的表达上恰恰又是异化的策略。这种尽最大程度保留原文诗意的异化又是通过英诗语言形式上的归化来实现的。

四、结 语

以上从英诗音韵的头韵和谐韵两个角度分析了霍译所达到的诗歌音韵之美的高度，这两种音韵的充分运用对原文的骚体以及押尾韵来说是一种创造性补偿，即我们在上文分析中所说的发挥英诗音韵的语言特长妥帖表达原文的诗意，即语言形式上的归化和诗歌意象上的异化。可以说，霍译是形式归化与内容异化的巧妙结合，即使用富有特色的英诗语言表达是富有特色的汉语诗意。这一译法值得总结，是诗歌翻译的成功范式，为今后的诗歌翻译提供重要的参照。刘勰在《文心雕龙·骚辩》说，"虽取熔经意，亦自铸伟辞。"霍译在英诗中也算是"自铸伟辞"了。鉴于学者长期忽视对诗歌音韵以及译诗音韵问题的探讨，本文只是一个尝试，还不够深入，不够系统，有待今后继续研究。当然，霍译还有许多其他方面的经验和做法需要再深入挖掘，如修辞手段的运用等，这些也有待今后继续探讨。

《楚辞》英译的形与神

——以许渊冲译本为例

南通大学外国语学院　严晓江[①]

【摘　要】　《楚辞》的形与神浑然一体。"形"与节奏、韵律、句法等显性因素有关,"神"与神韵、气势、情调等隐性因素有关。翻译家许渊冲以达意传神为基本原则,其《楚辞》英译文体现了借形传神、形神兼备、舍形求神的特点。译者借用英诗的不同诗体传达原文形式所赋予的意义和功能,在译文中实现了形式与内容新的统一;中国古典诗词的形美与意美、音美相辅相成。译者在处理原文的对偶结构、排比句式、长短句时努力追求"三美"的有机结合。译文基本上是每两行押一韵,同时根据原文中每行的字数相应地调整译诗的音节数,每行长度基本相同,音律整齐,节奏明快,体现了整体忠实性与细节创造性的交织互补;转换、补偿或增删等方法的综合使用突出了译文的神韵。

【关键词】　《楚辞》英译　形与神　功能等效

"形"与"神"这对概念在哲学、美学、文学、翻译等领域都被使用。形是神的载体,神是形的灵魂。汉语和英语在遣词造句方面有各自的语法规范和结构形态,译文形式不能拘泥于原文形式,但这并不意味着译文形式不重要,形神兼备才是翻译的理想状态。《楚辞》骈散兼具,托物言志,情景交融,意境深远。自19世纪以来,不少中外译者曾选译过若干篇目。其中,翻译家许渊冲先生的《楚辞》英译文在形与神方面风格独特。译者充分发挥译语优势,以达意传神为基础,努力追求译诗的形美。许渊冲是目前中国唯一能在古典诗词和英法韵文之间进行互译的专家。2014年8月2日在柏林举行的第20届世界翻译大会会员代表大会上,国际译联将国际翻译界最高奖项

[①] 作者简介:严晓江,博士,教授,硕导,南通大学拔尖人才,南通市第四期"226高层次人才培养工程"中青年科技领军人才,江苏省高校"青蓝工程"中青年学术带头人,江苏省第四期"333高层次人才培养工程"第三层次培养对象。

之———2014"北极光"杰出文学翻译奖授予了许渊冲。他是第一个获此殊荣的亚洲翻译家。①

一、借形传神

"借形传神"是指借用恰当的译文形式传达原文形式所赋予的意义和功能。《楚辞》的韵律与节奏鲜明,宜于吟颂。韵律与节奏不仅表现在语音层面,而且也暗含在语义层面,往往与由诗人的情感起伏有关。当屈原将生命的进程与历史的年轮联系起来,其人生历程就蕴含着时空流转的一种内在旋律。诗借形传神,失其形也就失其神。韵律与节奏是诗的形式,也是诗的重要构成因素。由于汉语诗歌讲究"平仄律",英语诗歌讲究"轻重律",因此,将《楚辞》的韵律、节奏照搬到英语译文中就不合适。译者应尽量寻找符合英语诗歌音韵习惯的方法以达到功能等效,再现诗人对社会和人生的整体观照。

原文:

令沅湘兮无波,使江水兮安流。望夫君兮未来,吹参差兮谁思?

许渊冲译文:

I bid the waves, oh! more slowly go // And the river, oh! tranquilly flow. // I wait for you, oh! who have not come; // Playing my flute, oh! with grief I'm numb.②

这几句诗选自《湘君》,是湘夫人苦苦等待湘君却未能如愿时的独白:"沅水,湘水啊!不要起波澜啊,江水啊你缓缓地流淌。翘首盼望的人不见踪影啊,吹起洞箫传递着谁的思愁?"该例是隔句对偶,"令沅湘兮无波"与"使江水兮安流"相对,"望夫君兮未来"与"吹参差兮谁思"相对,体现出词语对称、意义相关的特点。要使目的语读者感受音美,就要求译者在遵循英汉诗歌节奏与韵律的基础上发挥主体性,用英诗常见的形式来表达。四行诗节就是英诗中最常见的传统诗节,有 abab, aabb, abcb 等韵式。许渊冲使用了 aabb 的韵式,每行都是 9 个音节,但并未反映出原文的对偶结构。关于押韵问题,许渊冲倡导以韵体译诗,但译文的押韵不要求与原诗押韵的行数、位置一致。他"在用韵文翻译诗词时宛如'戴着音韵和节奏的镣铐跳舞,跳得灵活自

---

① 刘文嘉:《北极光奖获得者许渊冲:翻译改变世界》,《光明日报》,2014 年 8 月 4 日,第 07 版。

② 许渊冲译:《楚辞》,北京:中国对外翻译出版公司,2008 年版,第 49 页。

如,令人惊奇'"。① 许渊冲的《楚辞》英译文基本上是每两行押韵,同时根据原文中每行的字数,相应地调整译诗的音节数,每行长度基本相当,节奏明快,体现了整体和谐与细节变通相结合的特点。可见,译诗并不在于亦步亦趋地保留原文的形式,而在于反映原文形式的意义和功能,从而在译文中实现形式与内容的新的统一。

原文:
九天之际,安放安属?隅隈多有,谁知其数?天何所沓?十二焉分?日月安属?列星安陈?

许渊冲译文:
How did Nine Spheres divide // And join up side by side? // How many ins and outs // Of Heaven's whereabouts? // On what rests Heaven wide? // How did twelve hours divide? // And sun and moon shed rays // And stars in fine arrays?②

这几句诗选自《天问》,是屈原关于天体和日月情况的询问:"九重天的边际啊!究竟怎样连接又如何安放?天边有多少角落,有谁知道它的数量吗?天体运行在何处与地重合?十二个时辰又是怎么划分?太阳月亮是怎样挂在天上?"《天问》是一篇充满积极探索精神和浪漫主义情怀的经典作品,诗人对天、地、自然、社会、历史、人生提出了170多个问题,并以探究其成因的方式来表达对现实的深层思考,行文不仅意境深远,而且具有视觉美和音乐美的效果。许渊冲"善于把中诗讲究平仄和押韵的音韵特征淋漓尽致地用英文音韵体现,做到你中有我,我中有你。"③ 双行偶韵诗节也是英诗中的常见诗节,韵律是 aabbccdd。许渊冲借用这种形式,"divide"与"side","outs"与"whereabouts","wide"与"divide","rays"与"arrays"分别押韵,并且使用了连词"and"以及介词"of""on"串联各句,虽然各诗行没有保留原文的四言结构,却通过音美等效传达了原文的意美。许渊冲认为:"'意美',是最重要的,'音美',是次要的,'形美',是更次要的。也就是说,要在传达原文'意美'的前提下,尽可能传达原文的'音美';还要在传达原文'意美'和'音美'的前提下,尽可能传达原文的'形美';努力做到三美齐备。"④《楚辞》英译要再现原文之美,应寻求恰

---

① 李庆明、毋杉:《千江有水千江月,万重翻译无限天——视域融合视角下许渊冲古典诗词》,《意象英译的审美融合》,《重庆交通大学学报》(社会科学版),2012年第6期,第137页。
② 许渊冲译:《楚辞》,北京:中国对外翻译出版公司,2008年版,第77页。
③ 曾祥宏:《"三美对等"视角下的古诗翻译——以许渊冲的古诗英译为例》,《江西社会科学》,2012年第11期,第248页。
④ 许渊冲:《再谈"意美、音美、形美"》,《外语学刊》,1983年第4期,第68页。

当的目的语表达方式,而并不是牵强附会地保留原文形式。

二、形神兼备

《楚辞》的形美是通过对偶结构、排比句式、长短句以及诗行之间的内在逻辑等因素呈现的。形美与意美、音美相辅相成。由于英汉两种语言以及文化等方面的差异,翻译时要达到完全意义上的形神兼备是不可能的。傅雷的"神似说"将中国传统文论、画论中以"神"为美的观点引入翻译领域。其实,"神似说"并非只重神似而轻形似。

原文:
入不言兮出不辞,乘回风兮载云旗。悲莫悲兮生别离,乐莫乐兮新相知。

许渊冲译文:
Wordless you come, oh! wordless you go // As cloud-flags spread, oh! and whirlwinds blow. // None is so sad, oh! As those who part; // Nor so happy, oh! as new sweetheart.①

这四句诗选自《少司命》,描绘了"少司命"来去无踪、情感不定的状态:"来时不说话离别不告辞,乘着旋风啊载着云旗。最悲的是生别离,最乐的是新相知。"《少司命》是屈原借鉴祭祀乐歌的形式创作的,"悲莫悲兮生别离,乐莫乐兮新相知"是典型的对偶句,意思彼此映衬,暗示了诗人对于别离现象的态度。《楚辞》最具代表性的行文风格之一就是"兮"字的频繁使用,不仅具有反复感叹的音美效果,而且也便于诗人抒发哀怨之情。许渊冲将"兮"译成"oh",体现了语音"象似性"特征,也就是发音与其所表示的意义之间存在着很多自然的相似关系。这种"象似性"被译者以一种同样直白的方式所重现,并用与原文同样的形式贯穿全文。② 此外,"None is so sad"以及"Nor so happy"这两个强调句刻画了荪草般的女子与"少司命"眉目传情、幽会离别,待"少司命"找到新欢后,这位女子盼望"少司命"时的复杂心情。许渊冲不仅译出了原文的意思,而且将其形美也尽量体现出来了。"神"是中国古典诗词的精髓之所在,译文如果能在遵照译入语表达习惯的前提下再现原文的结构特征,那么就能最大限度地反映原文的精神风貌。

---

① 许渊冲译:《楚辞》,北京:中国对外翻译出版公司,2008年版,第61页。
② 栗梦卉:《象似性理论指导下许渊冲〈离骚〉英译对比分析》,《长春工业大学学报(社会科学版)》,2014年第1期,第90—91页。

原文：

魂兮归来，北方不可以止些！增冰峨峨，飞雪千里些。归来兮，不可以久些！

许渊冲译文：

O soul, come back, do not go forth! // You can't stay in the north, eh! // Where ice rises pile on pile// And snowflakes fly from mile to mile, eh! // Come back! Do not go forth! // You can't stay long in the north, eh!①

这几句诗选自《招魂》，描写巫师引导灵魂返归家乡的情景："魂灵啊，回来吧！北方之地不可以停留。那里层层冰封高耸如山峰，大雪飘飞千里洋洋洒洒。回来吧，千万不能够耽搁太久！"《楚辞》不仅使用了不少严整的对偶结构，而且还穿插使用了一些长短不一的句子，使得节奏时快时慢，句式参差错落，情感起伏波动。楚国的招魂习俗主要是呼唤灵魂不要到天南海北那些鬼怪与野兽出没的地方，而是要返回故居。语气词"些"是楚国方言，许渊冲将其翻译成"oh"，起到加强语气的作用，表示希望魂灵能够循着声音归来。译文虽然失去原文方言词的风味，但译者却积极调动目的语读者的审美习惯来弥补。方言翻译与标准语翻译的差别不仅表现在语音和语汇层面，而且也表现在句法结构层面。译者应尝试如何使用口语化的表达传递原文语境，使目的语读者感受原文的地域特色。此外，译文还呈现出原文长短句的特征，"pile on pile"以及"mile to mile"这一对平行结构读起来朗朗上口，头韵的使用则是译者充分发挥译语优势的具体表现。"头韵在英语诗歌中的大量使用，可以追溯到公元 8 世纪早期英国无名氏创作的传奇英雄史诗 Beowulf。直到现在，头韵依然构成英语诗歌的特色之一……在许氏译诗中，头韵的使用频率也是比较高的。"②

三、舍形求神

意境美是诗词音韵美和形式美的归宿，许渊冲说："我把'意美'放在第一位，可见我并不主张'牺牲内容'；我把'音美'、'形美'放二三位，可见我并不'过分强调形式'。"③汉语语言表达偏重写意性与模糊性，英语语言表达偏重逻辑性与客观性，这就使得汉英诗歌在语音规则、句法结构、修辞风格等方面各有特色，原诗的形式很

---

① 许渊冲译：《楚辞》，北京：中国对外翻译出版公司，2008 年版，第 258 页。
② 张智中：《左右逢源，炉火纯青——许渊冲先生古诗英译关键技法初探》，《太原理工大学学报》（社会科学版），2005 年第 1 期，第 69 页。
③ 许渊冲：《三谈"意美、音美、形美"》，《深圳大学学报》（人文社会科学版），1987 年第 2 期，第 80 页。

难在译文中保留。在这种情况下，译者可以运用转换、补偿或增删等方法按照目的语读者的审美思维模式加以再现。

原文：

凌余阵兮躐余行，左骖殪兮右刃伤。霾两轮兮絷四马，援玉枹兮击鸣鼓。

许渊冲译文：

Our line is broken through, oh! our position overrun; // My left-hand horse is killed, oh! And wounded my right-hand one. // The corpses block my wheels, oh! my chariot is stayed; // I beat the sounding drum, oh! in vain with rods of jade.①

该诗节选自《国殇》，意思是说："侵我阵地乱我阵列，左骖毙命右骖受刀伤。两轮深陷绊住四马，主帅举槌猛敲战鼓。"这是当句对偶的典型例子，"凌余阵"对"躐余行"，"左骖殪"对"右刃伤"，"霾两轮"对"絷四马"，"援玉枹"对"击鸣鼓"。对仗诗句的句法与结构相同或相近，字数相等，平仄相对。"一直以来，作者和译者对语言的选择取向往往不尽相同：前者重文学的诗学价值，可以'语不惊人死不休'；后者重信息的传递，得'意'而忘形，为了传达信息往往牺牲掉意义的有机组成部分——形式。"② 许渊冲立足于传达原文意思，并且添加了主语，形成了较为典型的SVO基本句式，译文诗行的音节数并不相等。译者在展示原文如何言说的形式方面有所欠缺，这主要是因为语言特质不同造成的。从总体上说，汉语的表达方式比英语的表达方式更为精练，省略成分远远多于英语。汉诗的信息承载量比英诗大，译成英语时每行的音节数是有所限制的，因此在行数方面保持形似有很大难度。译者要善于理清语义关系以及上下文语境，将汉语的对偶句译成英语的散句，译文形不在而神犹存。

原文：

吾宁悃悃款款，朴以忠乎，将送往劳来斯无穷乎？宁诛锄草茅以力耕乎，将游大人以成名乎？宁正言不讳以危身乎？将从俗富贵以偷生乎？宁超然高举以保真乎，将哫訾栗斯，喔咿儒儿以事妇人乎？宁廉洁正直以自清乎，将突梯滑稽如脂如韦，以洁楹乎？宁昂昂若千里之驹乎？将泛泛若水中之凫，与波上下偷以全吾躯乎？宁与骐骥亢轭乎？将随驽马之迹乎？宁与黄鹄比翼

---

① 许渊冲译：《楚辞》，北京：中国对外翻译出版公司，2008年版，第71页。
② 黄洁：《文学作品翻译中的前景化再现》，《重庆交通大学学报》（社会科学版），2013年第6期，第67—68页。

乎？将与鸡鹜争食乎？

许渊冲译文：

Should I spare no effort to plough and hoe up weeds // Or make a name by singing the great men's deeds? // Should I risk my life to say frankly what is right // Or save my skin by pleasing the rich and the might? // Should I preserve my purity and lofty stand // Or flatter and curry favor with a woman grand? // Should I be honest, blameless, pure and hold my ground // Or be slippery as leather, lard or pillar round? // Should I hold high my head like a steed running free // Or drift in water up and down like ducks in glee? // Should I with the swiftest stallion keep pace // Or follow a broken hackney's trace? // Should I fly with the skylark wing to wing // Or dispute with barnyard fowls for trifling thing?[①]

这几句诗选自《卜居》。原文连续使用了12个排比句，都是以"宁……乎"与"将……乎"的形式出现，其中交织着对偶句、散句以及长句、短句，将诗人的愤懑之情表达得淋漓尽致。"卜居"的意思是占卜自己该怎么处世。《卜居》记叙了屈原被放逐三年后心灰意冷，但勇敢面对现实，主动求见卜者来诉说心中烦乱的原因，表达了诗人在黑暗世道中对人生道路的坚定选择，同时也体现出中国文人在面对人生痛苦和彷徨时的精神抗争。许渊冲使用了跨行翻译，译文的行数和原文的行数并不一致。"跨行是英诗本色，古代汉诗不讲究跨行，也没有这一概念……英语繁复，汉语简练；英语外显，汉语内敛。英诗的跨行正是通过把一个较长的句子断开，形成两个甚或两个以上的诗行。"[②] 这种"形断意连"的翻译同样传达了屈原的茫然不知所措以及铮铮风骨，引导目的语读者感受诗人是如何义无反顾地走向崇高境界的。

四、结　语

《楚辞》的形与神在翻译中紧密相关，诗歌语言形式的独特功能要求译者在译文中将其充分体现，以便更好地反映原诗的精神实质。诗境是翻译的关键所在，它依赖于译者的直觉与顿悟。诗人译诗有其自身优势，对语言的音乐美和形式美等方面更加敏感。徐志摩在论及译诗的形与神关系时指出："翻译难不过译诗，因为诗的难处不单是他的形式，也不单是他的神韵，你得把神韵化进形式，像颜色化入水，又得把形式表

---

① 许渊冲译：《楚辞》，北京：中国对外翻译出版公司，2008年版，第217—219页。
② 张智中：《左右逢源，炉火纯青——许渊冲先生古诗英译关键技法初探》，《太原理工大学学报》（社会科学版），2005年第1期，第69页。

现神韵，像玲珑的香水瓶子盛香水。"① 也就是说，诗人可以将自己的创作才华运用到翻译中，使原诗的神韵"化"到译诗的形式中。许渊冲正是在神思妙悟之中，借用英诗常见的四行诗节、双行偶韵诗节等形式，将原文转化为目的语读者熟悉的诗歌形式来表达，力求将《楚辞》的艺术意境在译诗中再现。

---

① 郭着章：《翻译名家研究》，武汉：湖北教育出版社，1999年版，第124页。

《楚辞》国际化的共相和殊相

——美国汉学家 Waters、Owen 与《九歌·湘君》译释的诸种问题

香港中文大学　洪　涛

【摘　要】　本文讨论美国汉学家 Geoffrey R. Waters（1948—2007）和 Stephen Owen（1946— ）如何解读《九歌·湘君》。Geoffrey Waters 的译文有"直译（metaphrastic translation）"和"寓意翻译（paraphrastic translation）"两种，其中，"寓意翻译"实是承袭东汉王逸以来的政治化诠释：王逸把"湘君"的"君"，演绎为"君臣"的"君"，后世学者步其后尘，也发挥"思君""事君"之说，G. R. Waters 接受此说并加以推衍，因此他的"寓意翻译"有过度诠释之嫌。其实 Waters 的"直译"也不甚直：王逸之见仍从 Waters 译文一些细节处流露了出来。另一方面，Stephen Owen 与 Waters 相反，Owen 完全摆脱政治诠释的樊篱，他甚至为《湘君》安排了一个美好结局，这就与屈原的"愁苦而终穷"风马牛不相及。此外，Stephen Owen 也重视楚辞诗篇形式上的特征，他的译文尝试以留白的方式体现"兮"字在诗句中的作用，可谓别具一格。

【关键词】　美国汉学家　楚辞　多元诠释　Waters　寓意翻译　Owen　译文特征

一、引　言

英国汉学家 Arthur Waley（1889—1966）和 David Hawkes（1923—2009），美国汉学家 Geoffrey R. Waters（1948—2007）、Stephen Owen（1948— ）和 Gopal Sukhu（约 1952— ）都翻译过《九歌·湘君》。他们的译文各有特点，与国人的诠释不尽相同，值得深入研究。

Waley、Hawkes 和 Sukhu 都参考过日本汉学家青木正儿（Masaru AOKI, 1887—1964）的研究成果，他们的《湘君》译文都以女神为主角，全诗表达叙述者追求女神

的过程。① 就这一点而言，三人的译文内容体现出一致性（共相）。

另外两位汉学家 Geoffrey Waters 和 Stephen Owen 也都视湘君为女性（共相），但是，两人的译文面貌差异很大（殊相）。Waters 提供了两种译文，其中一种依傍东汉王逸的"托意说"而加以推衍，另一种是直译。至于 Stephen Owen，他在情节演绎方面别出机杼，在芸芸译家中独树一帜。

这两位美国学者在《湘君》诠释方面所呈现的特殊面貌，一直没有引起中国学者的关注，有见及此，笔者愿意在这方面略尽绵力，尝试填补学术空白。笔者另有文章详论 Waley, Hawkes 和 Sukhu 的诠释，这里不赘。② 本文的主要目的是研究两位美国汉学家怎么用英语演绎《九歌·湘君》。③

二、伦理化：配偶与忠信

我们讨论海外汉学家的见解之前，应该先分析原作（《湘君》），并了解前人的解说。

首先，我们应该关注的是：湘君是谁？《湘君》首句是"君不行兮夷犹"，东汉王逸《楚辞章句》认为："君，谓湘君。"其后，他又提及尧帝之二女为湘夫人。④ 看来，王逸心目中的"湘君"是男性，婚配尧之二女。但是，司马迁、刘向、韩愈都认为湘君是女性。后人就此问题各抒己见，莫衷一是。

"湘君是谁"这个问题，也许永远不会有肯定的答案。明人汪瑗（？—约 1566）认为湘君、湘夫人"俱无所指其人。"⑤ 清人王夫之（1619-1692）认为，湘夫人为舜之二妃、"娥皇为湘君，女英为湘夫人"之类，都是妄说。他的理由是："《九歌》中并无此意。"⑥

---

① 《文选瀹注》引闵齐华："《湘君》一篇，则湘君之召夫人者也。"转引自游国恩：《游国恩学术论文集》，北京：中华书局，1989 年版，第 95 页。近人姜亮夫也认为《湘君》是"召湘夫人之词也。"语见姜亮夫：《屈原赋校注》，北京：人民文学出版社，1957 年版，第 209 页。

② 各译本在内容细节上的差异，笔者另文讨论，请参看拙稿《楚辞学的国际化：日人青木正儿（Masaru AOKI）与欧美汉学家之间的学术因缘》一文。这篇论文在 2014 年 12 月第三届"楚辞与东亚文化"国际学术研讨会上发表。

③ 笔者另撰有《〈楚辞·九歌·东君〉的"深意"与日、英、美汉学家的判断——以"指涉"（referentiality）问题为中心》一文。这篇论文是"2013 年西峡屈原及楚辞学国际学术研讨会暨中国屈原学会第十五届年会"的参会论文。

④ 黄灵庚：《楚辞章句疏证》，北京：中华书局，2007 年版，第 794—796 页。

⑤ 转引自熊良智：《楚辞文化研究》，成都：巴蜀书社，2002 年版，第 319 页。按：汪瑗有《楚辞集解》，成书于明嘉靖二十七年左右，首刊于万历四十三年。参看孙巧云：《元明清楚辞学史》，杭州：浙江工商大学出版社，2013 年版，第 94 页。孙巧云认为汪瑗受明代心学的影响。

⑥ 王夫之：《楚辞通释》，北京：中华书局，1959 年版，第 31 页。顾炎武《日知录》也认为二《湘》与舜帝等神话传说，本无关涉。顾氏言论，本文不赘引。

不过，二湘（湘君湘夫人）为配偶神这个说法，后世一直流传不辍。① 对此，当代学者有反思，例如，熊良智《楚辞文化研究》批评说："不依据文学作品的语言文本，这种诠释〔配偶神话〕就带有一种先行的预设〔……〕表现在'二湘'诠释中就是借助对偶神话的故事去强调一种现实人生的男女配偶的伦理关系，这是中国史官文化精神的态度，也是家国同构的中国古代伦理价值观念的体现。"② 话虽如此，不谈"家国同构"的学者其实也有认同"配偶神"之论的，例如萧兵说："湘君、湘夫人明明是夫妻男女之神"。③ 台湾学者蒋勋（1947-）也认为二湘是配偶神。

著名学者游国恩（1899—1978）认为二湘为配偶是"先秦之世之传闻。"④ 换言之，"神的配偶"这个观念由来已久，未必是后世儒生（致用论者）的建构。

笔者认为，若说《湘君》内容与伦理全无关系，未免过分绝对化。《湘君》篇中明确写到"交不忠""期不信"，毫无疑问，忠和信都涉及伦理问题，因此，诠释者尝试了解"忠""信"涉及何人何事，实在是无可厚非的。这个问题似乎也很容易与屈原（约前340-前278年）拉上关系，例如，就忠信而言，汉儒王逸认定屈原正是"执忠信之行"。⑤

关键是：忠和信，是在哪个层面上讲，是在爱情层面还是国家层面？众所周知，在《楚辞》的诠释史上，"国"的重要性挥之不去。所谓"国"，是指楚国，而关键人物是楚国三闾大夫屈原。⑥ 以"家国同构"的逻辑而论，如果说屈原思念湘君，那么，也就等于屈原思念国君、忠于国家（请看下文）。⑦

三、政治化：屈原之"托意"

王逸为《湘君》作注时说："君，谓湘君"，同时提及帝尧之二女为湘夫人。他解释第七行"望夫君兮未来"时，也说："君，谓湘君。"⑧ 但是，王逸显然认为作者

---

① 近人认同此说亦多，例如，日本学者星川清孝（Kiyotaka HOSHIKAWA）认同二湘是配偶。参看星川清孝：《楚辞》，东京：明治书院，昭和四十五年（1970）版，第73页。
② 熊良智：《楚辞文化研究》，成都：巴蜀书社，2002年版，第112—113页。
③ 萧兵：《楚辞新探》，天津：天津古籍出版社，1988年版，第212页。
④ 游国恩：《楚辞论文集》，香港：文昌书局，1974年版，第129页。
⑤ 黄灵庚：《楚辞章句疏证》，北京：中华书局，2007年版，第818页。
⑥ 笔者另撰有《〈楚辞·九歌·东君〉的"深意"与日、英、美汉学家的判断——以"指涉"（referentiality）问题为中心》一文。拙文讨论《东君》的"天狼"在清朝时被锚定于"秦国"，于是《东君》的指涉进入"国仇"的樊篱。近年治《楚辞》者颇强调"爱国"，此派学者自然多援引戴震"报秦"之说。
⑦ 游国恩提出"女性中心说"，实亦申说此意。参看游国恩：《楚辞论文集》，香港：文昌书局，1974年版。
⑧ 黄灵庚：《楚辞章句疏证》，北京：中华书局，2007年版，第801页。

（屈原）的角色比湘君（水神？）更重要。

王逸说："〔屈原〕上陈事神之敬，下见己之冤结，托之以风谏〔讽谏〕。"① 从《湘君》第三句"沛吾乘兮桂舟"开始，王逸就"植入"屈原：他判定"沛吾乘"的"吾"是"屈原自谓也。"②

许多学者认为"沛吾乘兮桂舟"的"吾"是诗中的角色（一个求爱者），未必指现实世界的某人，因此，"吾"只是此诗的叙述者（narrator）兼故事当事人。③ 王逸却认定诗中的"吾"就是屈原。

《湘君》第九行"驾飞龙兮北征"，王逸解释道："屈原思神略毕，意念楚国，愿驾飞龙北行，亟还归故居也。"接着，王逸几乎将《湘君》每一句都解释得与屈原有关：

- "遭吾道兮洞庭"，屈原"欲急至〔故居〕也"
- "荪桡兮兰旌"，屈原"香洁自修饰也"
- "横大江兮扬灵"，屈原"横度大江，扬己精诚"
- "女婵媛"，女，谓女媭，"屈原姊也"
- "隐思君"，屈原思念怀王
- "采薜荔兮水中"，屈原心志与君主不合
- "心不同兮媒劳"，"屈原自喻行与君异，终不可合"
- "恩不甚兮轻绝"，屈原"与君同姓共祖，无离绝之义"
- "飞龙兮翩翩"，屈原"自伤弃在草野，终无所登至"
- "交不忠兮怨长"，屈原"不敢怨恨于众人"
- "期不信"，指君主"疏远己〔屈原〕"
- "夕弭节"，屈原"已衰老"，壮志落空
- "水周兮堂下"，指屈原自伤与鸟兽鱼鳖同为伍
- "捐余玦"，玦指"先王所以命臣之瑞"
- "遗余佩"，屈原"示有还意"
- "将以遗兮下女"，"女"指臣，为屈原之同志
- "时不可兮再得"，屈原年华暂老
- "聊逍遥"，屈原以待天命④

---

① 黄灵庚：《楚辞章句疏证》，北京：中华书局，2007年版，第746页。
② 黄灵庚：《楚辞章句疏证》，北京：中华书局，2007年版，第799页。
③ 作品的叙述者（narrator）和作者不一定"合而为一"。
④ 黄灵庚：《楚辞章句疏证》，北京：中华书局，2007年版，第804—830页。

从上述"解说"看来,"湘君"的地位实际上不大重要,因为王逸偏重讲述屈原的"冤结"。王逸也把楚怀王拉进他的诠释体系中。其中"隐思君兮悱侧",王逸解释为:"君,谓怀王也。"① 同样,《云中君》"思夫君兮太息"这句,王逸解释为"或曰:君,谓怀王也。屈原陈序云神,文义略讫,愁思复至,哀念怀王暗昧不明,则太息增叹。"② 如此解诗,重心全落在屈原和楚怀王身上,什么神明都变得次要。

王逸这种"托之以风谏"之说,后世一直有知音人,例如,宋人洪兴祖(1090—1155)声称"〔屈〕原陈己志于湘君"。③ 清人戴震(1723—1777)《屈原赋注》说:"屈原为歌辞,托意于神既不来,巫犹竭诚尽忠思之,用输〔抒〕写其事君之幽思如是也。"④ 近人刘永济(1887—1966)认为:"因思神与思君,从其具体的事看固有异,从其抽象的情看却无差别。且爱君、爱民、爱国,又实如连环之不可分,要在读者之善于体会而已。"⑤ 这样一来,湘君的"君",实际上被上述几位评论者看成"君臣"的君。

海外汉学家论《湘君》时,也有人尝试从"托意"和"君臣"角度演绎诗文内容(请看下文),美国学者 Geoffrey Waters 就是典型的例子。

四、美国学者 Geoffrey Waters 的寓意翻译

Geoffrey Waters 在美国 Indiana University 获得博士学位。他撰有 *Three Elegies of Ch´u: An Introduction to the Traditional Interpretation of the Ch´u Tz´u*(Madison, Wisconsin: The University of Wisconsin Press, 1985)。此书实由他的博士论文(Ph. D. Thesis, Indiana University, 1980)改订而成。

Waters 翻译了《九歌》中的三首(《东皇太一》《云中君》《湘君》),译文之后附有详细的解说辞。

这部书的体制是:每一首,先是提供 metaphrastic translation,然后是 paraphrastic translation,接着是 commentary(他将王逸、五臣注《文选》、洪兴祖的《楚辞补注》、朱熹的《楚辞集注》的解说翻译成英语),最后才是 Waters 本人的见解。

---

① 黄灵庚:《楚辞章句疏证》,北京:中华书局,2007 年版,第 815 页。
② 黄灵庚:《楚辞章句疏证》,北京:中华书局,2007 年版,第 792 页。但是,《东皇太一》末句"君欣欣兮乐康",王逸没有将"君"解为"怀王"。参看《楚辞章句疏证》第 771 页。今人黄灵庚认为这个"君"指"群",即众巫,神明未及亮相。又,《大司命》"君回翔兮以下",王逸认为那"君"是指大司命。
③ 洪兴祖:《楚辞章句补注》,长春:吉林人民出版社,1999 年版,第 62 页。
④ 戴震:《屈原赋注》,北京:中华书局,1999 年版,第 26 页。
⑤ 刘永济:《屈赋音注详解:屈赋释词》,北京:中华书局,2007 年版,第 104 页。

Metaphrastic 意即"直译的",例如,"君不行兮夷犹",Waters 直译为:The Lady does not move, she hesitates; ….① 他这样做,略有逐字对译的意味,例如"行→move"。不过,Waters 此书的副题是 an introduction to the traditional interpretation of the Ch´u tz´u. 可见,他的工作重点是将传统的诠释(the traditional interpretation)介绍到英语世界。因此,我们的注意力应该放在他的 paraphrastic translation 之上,因为这部分最能体现传统诠释。②

(一) Waters 的寓意翻译

所谓 paraphrastic translation,在 Geoffrey Waters 笔下,就是一种"寓意的翻译",例如《湘君》这个篇名,Waters 解读为 Minister and Ruler,意即:"相"和"君",也就是臣子和君主。

如此解读,难免给人附会之感,读者会推想:《湘夫人》的"湘"也暗指"相"(大臣)吗?"湘夫人"是指大臣的夫人吗?③

Waters 认为《湘君》全诗的题旨是:The banished minister describes the events that led to his banishment and laments his failure to dissuade the king from his unwise course of action. (p.129) 意思是:"《湘君》全篇写的是逐臣描述自己如何被君主离弃,哀叹自己不能谏阻昏君。"他说的 the king,就是楚王。

以下,我们征引 Waters《湘君》译文的开头几行,详细检视他的"寓意翻译(paraphrastic translation)"到底是怎么一回事:

君不行兮夷犹,
蹇谁留兮中洲?
The king cannot act, he is indecisive.
Who is left at the center of the government?

美要眇兮宜修,
沛吾乘兮桂舟。
The virtuous one who could set aright,

---

① "君"字翻译成 The Lady,严格来说,不算"直译",因为 The Lady 已显示了是女性,而原文的"君"却非如此。

② 英国汉学家 L. A. Cranmer-Byny 翻译的《山鬼》(见于 1905 年出版的 A Lute of Jade)也暗示诗中的"君"是屈原之主(Master)。关于这方面,请参看洪涛:《从窈窕到苗条:汉学巨擘与诗经楚辞的变译》,南京:凤凰出版社,2013 年版,第 208 页。

③ "大臣的夫人"这种说法,史无前例。楚辞名家似乎也没有谁把湘夫人解为"屈原夫人"。

> I was expelled by a miscreant king, and sailed to exile.①

上述译文显示，"君"被 Waters 视为 the king，"中洲"被视为 the government（朝廷）；"沛吾乘兮桂舟"指叙述者（"相／臣子"）被国君"放逐"。

"君"被译为 the king，实际上就是将"湘君"的君等同"君臣"的君。我们知道，戴震所说的"思君"，刘永济所说的"事君"，都是这个套路的诠释：诗篇"表层"在说湘君，"深层"却意指国君。②

Waters 的译文一再显示 the king 和 I（逐臣）之间的隔阂，强调南北遥遥相对（北方代表君主，而逐臣在南方）。这个特征，在以下诗句中表露得十分清楚：

> 令沅湘兮无波，
> 使江水兮安流！
> Let there be an end to the great unrest <u>in the south</u> of Ch'u,
> Put a stop to the great disorder <u>in the north</u>.

> 驾飞龙兮北征，
> 邅吾道兮洞庭。
> The king is controlled, unwise policies prevail <u>in the north</u>.
> I am obstructed down here in my <u>south exile</u>. (p. 129)

"江水"和"龙"（北方）在 Waters 眼中，都象征国君，而"沅湘""洞庭"则象征 minister（臣子，在南方）。

其实，"沅湘""洞庭"是专名，照惯例应该音译。③ 但是，Waters 选择将"沅湘""洞庭"泛化成 the south 或者 south exile。

Waters 笔下的 south，正呼应王逸所谓"楚国南鄢之邑，沅、湘之间……屈原放逐，窜伏其域"中的"南鄢"；Waters 笔下的 exile，呼应王逸所说的"屈原放逐"。另一方面，他笔下的 north，自是代表身处北方的楚王了。

从"托之以风谏"（政治化诠释）的角度看去，Waters 的"寓意翻译"无非是王

---

① *Three Elegies of Ch'u: An Introduction to the Traditional Interpretation of the Ch'u Tz'u*（Madison, Wisconsin: The University of Wisconsin Press, 1985），p. 129.

② 所谓"深层"，是指研究者"深入挖掘"所得。其实，《湘君》全诗都没有提及"楚"字。《湘君》是否屈原所作，也没有定案。很多学者认为屈原据旧章（原始《九歌》）而改写。

③ 大多数译者都用拼音翻译，例如，David Hawkes 就是如此，参看他的 1959 年版第 37 页。

逸一路的说法,并非 Waters 自创,因此也就不足为奇,这也和他"介绍传统说法"的初衷配合。不过,Waters 也有他自己的"发挥"。下面,笔者要详细分析 Waters 怎样"发挥"。

(二) 过度诠释与"两极化"(polarization)

我们细读 Waters 的译文,发现他的"寓意演绎"有时候甚难自圆其说,例如"女婵媛兮为余太息"这句,Waters 翻译成:<u>My king</u> was led like a cow on a tether; it makes me heave a great sigh.①

其中"为余太息"被 Waters 强解为 makes me heave a great sigh。我们难免会有疑问:到底谁在叹息?译文 makes me heave a great sigh 的意思是"令余叹息"或者"使余叹息",叹息的是"余",是叙述者自己,完全不是原文所写的"〔别人〕为余叹息"。②

更令人不解的是,"女婵媛"的"女"Waters 认为是代表"My king"。他这样解读不知有何依据?③ 况且,Waters 本人的直译中,这"女"是 my sister (屈原之姐),是女性,是屈原一方的人,也与 king 无关。

总的来说,译文 the king…makes me heave…似乎是"操纵译文以就己说",应该属于过度诠释 (over-interpretation)。再看另一例子:

鸟次兮屋上,
水周兮堂下。
<u>Evil portents</u> indict the king!
<u>Evil influences</u> pervade the ministries! (p. 131)

可见,"鸟"和"水"在 Waters 笔下,都代表邪恶 (evil)。这是很难令人心服的解释。持"托意论"的王逸也只是说:"言己所居,在湖泽之中,众鸟舍止我之屋上,流水周旋己之堂下,自伤与鸟兽鱼鳖同为伍也。"④ 意思是"屈原不处于朝廷"。此外,王逸这段话拉扯上"兽鱼鳖",属于"增字解经"。"增字解经"是训诂学上的一大弊端。

---

① *Three Elegies of Ch´u: An Introduction to the Traditional Interpretation of the Ch´u Tz´u* (Madison, Wisconsin: The University of Wisconsin Press, 1985), p. 129.

② Hawkes 译为:And the maiden many a sigh heaves for me… (1959: 37) 按:heaves for me 才是"为余叹息"。这个问题,中国的学者也有,例如,清人王夫之解读"何以兮愁苦"为"何以<u>使我而愁苦</u>"。参看洪涛《从窈窕到苗条》,南京:凤凰出版社,2013 年版,第 270 页。

③ "婵媛",被译为 a cow on a tether,意即"系绳的一头牛"。这句译文应该是喻指君主受制于人。按:王逸认为"婵媛"指"牵引"。所谓 on a tether,或是依据王逸之解。

④ 黄灵庚:《楚辞章句疏证》,北京:中华书局,2007 年版,第 827 页。

清代学者王引之（1766—1834）《经义述闻》卷三十二"通说"指出："经典之文，自有本训，得其本训则文义适相符合，不烦言而已解。失其本训而强为之说，则阢陧不安。乃于文字之间增字以足之，多方迁就而后得申其说，此强经以就我，而究非经之本义也。"①

王逸说过："离骚之文，依诗取兴，引类譬谕，故善鸟香草，以配忠贞；恶禽臭物，以比谗佞。"他区分善鸟和恶禽，然而，《湘君》"鸟次兮屋上，水周兮堂下"只有一个"鸟"字，难分善恶，那么，Waters 就算是服膺王逸之说，但他凭什么判定那"鸟"是"恶"？

无论如何，在王逸眼中，"鸟"和"水"都在屈原身边，与楚王无关。② 近人游国恩解释这两句时认为是"疑两情邂逅之无缘""以喻彼此遇合之难"。③ 为什么 Waters 把《湘君》的"鸟"和"水"都视为邪恶势力？

笔者推想，Waters 是按上下方位来决定词语的指涉（referents）："屋上"的"上"指 the king；"堂下"的"下"指 the ministries。这也是配合他本人的"君臣对立"（polarization）之见。但是，不管怎么说，君臣皆受制于邪恶势力这个看法，只是 Waters 的私见，却没有坚实的理据。

实际上，把这两句视为普通的写景句，也完全可以读通，不必过度深求。Waters 本人的 metaphrastic translation（直译）如下：

> 鸟次兮屋上，
> 水周兮堂下。
> <u>Birds</u> nest on my roof.
> <u>Water</u> swirls beneath my house.

这译文只描写了自然景象中的鸟和水。日本学者青木正儿（Masaru AOKI）读到这两句，他看到的是季节变更。他结合上文下理来解读，认为"斫冰兮积雪……鸟次兮屋

---

① 王引之：《经义述闻》，济南：山东友谊书社，1990年版，第3140页。另参洪国梁：《王引之〈经义述闻〉增字解经说述论》一文，载于台湾大学中国文学系主编：《孔德成先生学术与薪传研讨会论文集》，台北：台湾大学中国文学系，2009年。
② 王逸《楚辞章句》说："善鸟香草，以配忠贞。"又，《离骚》有"鸷鸟之不群兮，自前世而固然"之句，王逸认为鸷鸟"以喻中正。"语见洪兴祖：《楚辞章句补注》，长春：吉林人民出版社，1999年版，第3页、第16页。然而，《涉江》说到"燕雀乌鹊，巢堂坛兮"，这里，鸟类却代表负面形象。由此看来，单单一个"鸟"，似乎只是一个中性词。
③ 游国恩：《楚辞论文集》，香港：文昌书局，1974年版，第126、248页。

上"是指季节由冬而入春。①

若问:"'水周兮堂下',似乎不是寻常景象吧?堂下怎么会有水?这句是否寓有深意?"②

对于这一点,近人汤炳正(1910—1998)的解释可供译者参考。汤炳正认为"水周兮堂下"是指设祭坛于水上,因为《湘君》写的是祭水神。③一般认为湘君是湘水之神。换言之,我们不必把"水周兮堂下"纳入"君臣隐喻"之框架中。④

总之,Waters 的做法,只是建基于王逸之说而变本加厉。⑤就连他的 metaphrastic translation,也难脱王逸注释的影响,例如"女婵媛兮为余太息"中的"女",一般而言应该为"woman"或"maid",但是,Waters 选择译为 my sister,这其实不是真正的直译,而是基于王逸的解释,因为王逸认为"女,谓女嬃。嬃,屈原姊也。"Waters 笔下那个 sister,源于"屈原姊也"。其实,王逸的看法未必可从。姜亮夫认为"王逸以指原姊,甚误。"⑥

另一位美国汉学家 Stephen Owen 的解读与 Waters 大相径庭。Owen 基本上脱离王逸论说的樊篱。以下,笔者将分析 Owen 的诠释。

五、美国学者 Stephen Owen (湘君"已来而乐之")

Stephen Owen 是美国汉学家,1982 年起执教于哈佛大学。他有一部中国文学英译集,名为 An Anthology of Chinese Literature: Beginnings to 1911 (New York: W. W. Norton, 1996),书中有一章,名为 Chu-ci: "Lyrics of Chu",该章收录了以下诗篇的英译:《东皇太一》《云中君》《湘君》《大司命》《少司命》《东君》《河伯》《山鬼》《国殇》和《礼魂》。⑦

Owen 的《湘君》译文,内容是描写叙述者在等待女神,开篇"君不行兮夷犹,蹇

---

① [日]青木正儿:《楚辞九歌の舞曲の结构》,《"支那"学》七卷一号,1934 年,后来收录于《青木正儿全集》,东京:春秋社,1969 年版。

② 陈忠信:《试论楚辞中的水》,《台北大学中文学报》,2009 年 9 月第 7 期,第 113—138 页。不过,陈忠信这篇文章没有谈及"水周兮堂下"这句。

③ 汤炳正:《楚辞类稿》,成都:巴蜀书社,1988 年版,第 120 页。

④ 《湘夫人》也描写"水":"<u>筑室兮水中</u>,葺之兮荷盖。荪壁兮紫坛,匊芳椒兮成堂。桂栋兮兰橑,辛夷楣兮药房。罔薜荔兮为帷,擗蕙櫋兮既张。白玉兮为镇,疏石兰兮为芳。芷葺兮荷屋,缭之兮杜衡。合百草兮实庭,建芳馨兮庑门。"

⑤ "鸟次兮屋上"有没有特别的意思?不详。关于"鸟",日本学者桑山龙平(Ryū-hei KUWAYAMA)撰有《关于〈楚辞〉中的鸟》(楚辞に见える鸟について)。书此俟考。

⑥ 姜亮夫:《屈原赋校注》,北京:人民文学出版社,1957 年版,第 215 页。

⑦ Owen 译本中唯独没有《湘夫人》英译稿。也许 Owen 也认同《湘君》和《湘夫人》是重复的篇章,所以才省去《湘夫人》。

谁留兮中洲",他译为:The Lady will not go, still does she linger, / who is it stays her on the isle midstream?① 句中那 lady 就是指女神。这样看来,Owen 的诠释,似乎和 Waley, Hawkes 和 Sukhu 等人的理解相去不远(共相)。其实,Owen 译文有自己的特点。

(一) Owen 独特的见解:美好的结局

Owen 的《湘君》译文虽然也是描写叙述者在追寻女神,但是,他设想的结局与别不同。他的结句表达了主角安好喜乐的情景:

> 皆不可兮再得,
> 聊逍遥兮容与。
> This moment may never be ours again,
> let us wander off freely and be at our ease.②

这两句译文中有 ours, us, our ease 等词,都是复数,这似乎表示:诗中叙述者(I)不再是孤身一人。译文的意思是:句中的 us 结伴同游;this moment 应该是指"相聚的这一刻"。

到底是谁和叙述者同游呢?英译本没有表达清楚。由于 This moment 上承 I plucked lavender on flowering isles / to give as gift to the woman below,因此,也可能是 the woman below 与叙述者结伴同游。③ 我们可以拿 Gopal Sukhu 的译文来作一比较。"皆不可兮再得,聊逍遥兮容与"Sukhu 译为:

> Time gone can never be regained.
> For the moment I wander far and carefree.④

看来,Sukhu 心目中的"皆〔时〕"是指已逝去的时光;末行那个"I",反映出主人公到最后是自己一个人在那里 wander(逍遥)。

David Hawkes 的末行译文是 "And I wish we could sport but a little longer",这译法同样显示主人公是在空想,因为 wish…could…表示愿望,其后所述只是虚拟状况,实

---

① Owen, *An Anthology of Chinese Literature*: Beginnings to 1911 (New York: W. W. Norton, 1996)。《湘君》译文见于 p. 157—158。
② 按,原译文在 never 和 freely 之后,留有一个空白位。这是为了体现原作中的"兮"。
③ 这令人想起"悲莫悲兮生别离,乐莫乐兮新相知。"
④ Sukhu, *The Shaman and the Heresiarch*: a new Interpretation of the Li sao (Albany: State University of New York Press, 2012), p. 202.

际上现场只有叙述者自己。① 另一位译者 Shen Yu-ting 的译文是：Meanwhile I wander, composing myself at my leisure. 这译文同样显示主人公孤身上路，没有伴侣。②

Owen 译文所呈现的 "This moment"，在芸芸汉学家中独树一帜。③ 问题是，他这样解读 "皆"（时），能成立吗？④

关键在于："皆不可兮再得"的 "皆" 到底是指什么？其他译者认为 "时" 不指此刻，例如 Hawkes 理解为 time once gone，即 "已逝去的时间"。⑤

关于 "时不可兮再得"，王逸从屈原的角度解释，认为："言日不再中，年不再盛也。"也就是暗喻屈原 "年既老矣，<u>不遇于时</u>"。⑥ 这是特指屈原政治生涯的 "时"，是从政遂心如意的 "时"。

到了唐朝，五臣（张铣）的注释将 "皆不可兮再得" 联系上屈原求死的心意："欲以决死，死不再生，何由<u>复遇</u>？"⑦ 这也是政治化的诠释（politicised），是从君臣际遇层面上讲的。这个说法涉及 "求死"，所以解释的重点落在 "不可再"。

宋朝朱熹以为 "言湘君既不可见，而爱慕之心终不能忘。"⑧ 朱子似能摆脱楚国政治的羁绊（见面的对象是湘君，不是楚王），"皆" 指见到湘君之时。

今人大多将 "皆" 理解为与神相会的**时机**，例如，当代学者汤漳平（1946—）有这样的解说："见面的**好时机**不会再来，只得在无聊中往返徘徊，消磨时光。"⑨ 李大明《九歌论笺》认为："湘君失去与湘夫人相会的时机之后，姑且游戏自遣而又徘徊愁苦。"⑩

有些解说者在 "时" 之前添加 "美好" 之类的形容词。张炜解为 "美好时辰一去不再复返"。⑪ 又如郭沫若（1892-1978），他翻译为 "<u>良辰美景</u>不再来"。郭氏增一

---

① *The Songs of the South* (Oxford: Oxford University Press, 1959), p. 38. 企鹅丛书版上，译文改作：I wish I could play here a little longer. (p. 107) 可见，原为 we，新版本上已改为 I。

② *The White Pony: an Anthology of Chinese Poetry from the Earliest Times to the Present Day*. Edited by Robert Payne (New York: New American Library, 1947). p. 88.

③ 限于笔者所经眼的各种英译本。

④ 日人小南一郎（Ichirou KOMINAMI, 1942—）对楚辞的时间意识有专论，见其《楚辞とその注释者たち》，京都：朋友书店，2003 年版。（该书即《楚辞及其注释者研究》）

⑤ 1959 年版，第 38 页。Sukhu 的译法也差不多，那就是：Time gone……。见其书第 202 页。

⑥ 黄灵庚：《楚辞章句疏证》，北京：中华书局，2007 年版，第 833 页。

⑦ 李善等：《宋本六臣注文选》，台北：广文书局，1979 年版，第 619 页。

⑧ 朱熹撰、蒋立甫校点：《楚辞集注》，上海：上海古籍出版社；合肥：安徽教育出版社，2001 年版，第 36 页。

⑨ 汤漳平：《出土文献与楚辞九歌》，北京：中国社会科学出版社，2004 年版，第 39 页。认为 "湘君失去与湘夫人相会的时机之后，姑且游戏自遣而又徘徊愁苦"。

⑩ 李大明：《九歌论笺》，成都：四川大学出版社，1992 年版，第 79 页。

⑪ 张炜：《楚辞笔记》，北京：中国青年出版社，2012 年版，第 62 页。

"良"字之余，还自行加上"美景"。Waters 的译文所示，似乎也是指时机：

This opportunity cannot be had twice（直译版）
My opportunity is lost, it will never come again（意译版）

我们回看 Owen 的译文：Owen 的解释（This moment），是不是独家见解？笔者发现，也有少数中国学者主张《湘君》最终结局美好。

闻一多（1899—1946）曾将《湘君》编写成现代的剧本，他的剧本情节发展到后来是："配成对"。①

汤炳正（1910—1998）等人在《楚辞今注》一书中讨论《湘君》时说："此篇写湘夫人望湘君赴约之深情，及其未来而思之、已来而乐之的情景，亦用以表达祭者望湘夫人临飨之诚。"② 对于篇末的"昔不可兮再得"，汤炳正等人认为"谓时不可再得，故要珍惜相会，逍遥兮容与，言相游乐而从容徘徊。""言湘君既已降临，与湘夫人相会，逍遥娱乐。"③ 这也是以"聚会"为结局。

Owen 的译本和《楚辞今注》同在 1996 年出版。笔者相信 Owen 没有参考过《楚辞今注》。换言之，双方在这结局情节上（"相游乐"）所见相同。也许，他们都受到闻一多的启发？④

简言之，Owen 表陈的"时"，是指当下相聚这一刻。其他人所理解的"时"，或为"过去"（例如，Sukhu 的理解）⑤；或为期望中的"时刻"（the time will not so quickly come again）⑥；或为时机（opportunity）。

(二) Owen 译文的艺术特色：留白、句长和分段

Owen 译作另有艺术上的独特之处：形式上的整饰。

首先，他用"留白"来对应原作中的"兮"。他说：Of the various verse forms in the "Lyrics of Chu", two of the most common break a line into hemistiches, divided by either the

---

① 闻一多：《闻一多楚辞研究论著十种》，香港：维雅书屋，1972 年版，第 84 页。闻一多称编排为"悬解"。
② 汤炳正、李大明、熊良智：《楚辞今注》，上海：上海古籍出版社，1996 年版，第 49 页。
③ 汤炳正、李大明、熊良智：《楚辞今注》，上海：上海古籍出版社，1996 年版，第 53 页。
④ 笔者认为有这种可能性，因为闻一多的见解是 20 世纪 40 年代提出的。
⑤ Hawkes 的 1985 年新译是：Time once gone cannot be recovered.
⑥ Waley 的译文：the time will not so quickly come again. 译文中的那 the time 就是表示"未来再度相会之时"。关于《楚辞》和"时"，陈世骧撰有《论时：屈赋发微》一文，刊于《幼狮月刊》45：2，1973 年 2 月，第 51—62 页；45：3，1977 年 3 月，第 13—21 页。按，文章原为英文稿，由古添洪译成中文。

sound syllable xi or a lightly stressed syllable. In the translation I have represented this meter by leaving extra spaces at the break in the line. This roughly follows the long line of accentual verse in Old and Middle English, which was also divided sharply into hemistiches. 这段话提到的 xi，是指《九歌》原作中的"兮"；所谓 hemistiches，意即"半行"，以"兮"为界限分前半和后半。以下，我们不妨看些例子：

> 望夫君兮未来，
> 吹参差兮谁思！
> I gaze toward my Lady, □she will not come;
> I blow on my panpipes, □for whom do I yearn?

可见，在 Lady 和 panpipes 之后，留有空白位（□是笔者附加的标记，以免本文排版后那每个空位被忽略掉），在空白位之前，两个诗行都是五个词。事实上，原作的"兮"字之前，多为三个汉字，而 Owen 译文通篇诗句前半多为五个词。我们再看一例：

> 心不同兮媒劳，
> 恩不甚兮轻绝！
> When hearts are not one, □the go-between struggles;
> her love was not strong, □it lightly was broken.

和上例一样，这两句译文在 one 和 strong 后面，留有"extra spaces"；在"extra spaces"之前都是五个词。这大概是 Owen 有意为之？①

总之，有证据显示，Owen 比许多海外翻译家更看重诗句的 meter（音步）和节奏感。②

不过，如果要做到译文每句的 hemistiche 都长短一致，难度非常高。笔者相信这件事世间罕有译者能做得好。事实上，这事不但极难办到，有时候，原有的 hemistiche 还

---

① "恩不甚兮轻绝"，Arthur Waley 译为 Favour that was but scant is lightly severed.（p. 28）David Hawkes 翻译为 And love not deep is too quickly broken。我们比较三种译法，可见 Owen 译文最为落实（specific），因为 her love 是指女神的感情，指涉对象明显，带有抱怨对方（女神）之意。Waley 所用的 favour 和 Hawkes 所用的 love，都是抽象的概念，指涉对象不明显，只属泛泛而论。

② Burton Watson 在 Early Chinese Literature，New York：Columbia University Press，1962 年版，第 241 页也讨论这个问题。Watson 译文用分行的形式来反映"顿"（caesura）：一句分为上下两行排印。中国翻译家许渊冲用 oh，eh 来表达"兮""只""些"，但是，评者杨成虎认为这样做"不很自然"。参看杨成虎：《中国诗歌典籍英译散论》，北京：国防工业出版社，2012 年版，第 162 页。

得伸展成一整句，例如：Hawkes 就曾经把原有的一个诗行，分开成两行来表达：

> 心不同兮媒劳
> Unless two hearts are both as one heart,
> The matchmaker only wastes her labours; (1959: 38)①

因此，Owen 的译文没有强求一律（前半行用五个词），我们也可以谅解。②

此外，Owen 也为诗篇划分段落（paragraphing），例如，他的《湘君》英译，首六句为一段，次段有两句……Owen 划分的段落较多，我们拿 David Hawkes 的初版（1959 年版）来相比，可以发现：Hawkes 的《湘君》英译（1959 年版）完全没有分段，近 40 个诗行紧密相连一气贯穿。③

Owen 的分段，有助于区分"意义单元"。④ 不过，Owen 没有说明分段的理据。⑤

六、结　语

以上主要讨论《湘君》的诠释问题，重点是：Geoffrey Waters 和 Stephen Owen 怎样解读《湘君》；他们的译文有什么特点。

Waters 和 Owen 的译文都表达"追寻女神"，这是共相。然而，我们发现：Geoffrey Waters 的 paraphrastic translation 承袭王逸"托意"之说而变本加厉，走向极端：几乎每一句都涉及逐臣的郁结，南北（臣与君）对立十分明显，这是 Waters 的"发挥"，也是 polarization。另一方面，Stephen Owen 力排众议，译文情节以结伴共游作结。这样的美好"结局"和屈原的悲情，完全是风马牛不相及，实际上也就没有政治悲剧的踪影。

Owen 所呈现的内容，无疑与 Waters 的寓意诠释截然不同。此外，Owen 对"兮"字的重视，也是汉学家中较少见的。⑥

---

① 新版（Hawkes 的 1985 年新译）已将两行译文改为一行：The wooing is useless if hearts are divided. （第 23 行）

② 有的诗行，后半行只有两个词，或者三个词，较为短小，例如：my tears now flow freely, □trickling down, / and I long for the Lady, □I am tormented. （□为笔者所加。）

③ 但是，《大司命》《少司命》英译文，Hawkes 划分了段落。

④ Hawkes 的 1985 年新版《湘君》，也划分了段落，例如，第 1 至第 8 行，被视为第一诗节；第 9 至 13 行为第 2 诗节，后面各节分别是 4 行，6 行，4 行，10 行。另一位译者 G. Sukhu 的《湘君》译文，全诗分为七段。

⑤ 汤漳平对《湘君》的分段是：4，4，4，6，6，4，4，6 行。见汤漳平：《出土文献与楚辞·九歌》，北京：中国社会科学出版社，2004 年版，第 34—35 页。

⑥ 关于这个问题，笔者另文详论。

从以上的分析我们看到每个译文往往只能体现一种诠释，但原诗用语简约，蕴含多种诠释的可能性（政治诗、求爱诗；悲情结局、团圆结局），即以"君"为例，就有"水神湘君""国君（the king）"二说；再以"时不可兮再得"为例，那个"时"也可以指向现在、过去和未来的时机。

本文的目的正是揭示各种译文在诠释上的特征。从以上所论，我们看到，政治诠释必须依仗作者（屈原）论和寓意说，Waters着意介绍此说，可惜译文有过度推求之嫌。Owen的解读引起我们的深思："时"的各种译文提醒我们：诗文本身有多种解读的可能性，译文往往是体现诸种诠释可能性的"显影剂"。

学会历史回顾

回忆中国屈原学会的成立

湖北省社科院　毛　庆

【摘　要】　中国屈原学会于1985年端午节成立于湖北荆州，至今已走过30年的时间。30年来学会成就巨大，期间确有不少值得回忆、记录之事。而这记录当然必从成立开始。我们不能忘记学会成立时的筚路蓝缕，也须铭记先辈学人为学会做出的努力与贡献。

【关键词】　中国屈原学会　成立　三十周年

今年是中国屈原学会成立三十周年，学会秘书处发来通知，并希望老会员写一点纪念性的文章。接到通知，我不禁心潮起伏、感慨良多，当年接受中国屈原学会筹备委员会的任务，和中国社科院文学所老陆（陆永品）共同负责具体组建、成立工作时，我只三十七八岁，还可称青年，而今已是年届古稀的老人了。中国屈原学会是最早成立的全国性学会之一，三十年来成就巨大，甚至堪称辉煌，确实值得回忆、记录，而这记录当然必从成立开始。学会成立二十周年时，我也曾应号召写过一点回忆纪念文字，惜未能登出。这次感到有责任将成立情况实录写出，不然待到年事更高时，有些事实恐怕记忆模糊了。而为了保证文章具有扎实的材料性、文献性，这里只谈自己亲手做的、亲口说的、亲眼看的，别人做的由别人谈。并且，自己做的，是记忆得准确无误的；学会的组织及变动情况，是有文字依据的；亲耳听的，也必是当事人或行动者亲口对我说的。

一

谈及中国屈原学会的成立，则应追溯到1982年在湖北秭归县举行的全国屈原学术讨论会。会议是由湖北省社会科学院文学所和湖北省文联（那时文联与作协还未分家）共同发起组织的。那是新中国成立以来第一次真正的屈原学术讨论会（1953年在北京举行的纪念大会不能算学术性的），参加会议的全国学者有一百多位，诗人五十余位。据文联的同志讲，当时除艾青等外，很多的知名诗人如公刘等都来了，湖北的作家则有徐迟、骆文、程云等，作曲家有莎莱。著名书法家有吴丈蜀、沈鹏等。学者方面，老一辈的有汤炳正、胡国瑞、刘禹昌、石声淮、张啸虎、张震泽、魏际昌、魏炯若、姜书阁等，中年一辈的有聂石樵、谭家健、陆永品、蔡守湘、张国光、温洪隆、翁柏年、颜新宇等，以及参加姜亮夫先生楚辞讲习班的学者（基本是中年学者）郝志达、王锡三、丁冰、王延海、林维纯、殷光熹、赵浩如等，女学者有姚益心、李韵华、马晓玲等（请原谅我专提），青年学者有我、胡明、潘啸龙、李大明、尚永亮、何念龙、张金海、张杰、张虎生、马晓玲、陈文新等。由于篇幅的原因，我不能将与会者全列出，以下各次会议人员介绍，也将只能介绍少数增加之人。

由于此次会议是中华人民共和国成立以来少有的大规模的学术会议，加之粉碎"四人帮"、结束"文革"后思想解放，学者们都很兴奋，会议气氛热烈。不论是大会发言还是小组讨论，发言都非常踊跃。为准备这次会议，秭归县委、县政府投入了相当的人力物力，会议期间在长江上举行了龙舟竞渡，那种"欢声震地，惊退万人气"之景象，使学者们久违了的特定的民族情感又找了回来。有关活动方面，除了安排参观秭归县城（可惜已沉入水底），还安排了去屈原故里乐平里和昭君故里，但二者只能参观一处。乐平里交通不便，需徒步走很远的山路，会上动员大多数学者去昭君故里，中、青年学者多服从这一动员，然而几位老先生——汤炳正、魏际昌、刘禹昌等，坚持要去乐平里，着实让组织者担心了一回。虽然几位老先生回来后疲惫不堪——魏先生在路上还摔了一跤——但个个心满意足，高兴地说不虚此行。

当时，作为"文革"后的第一届研究生，我想集中后半生精力主要从事学术研究，从武汉大学毕业便主动要求分配到湖北省社会科学院文学所。此次会上除参加学术讨论外，还承担了会务工作，会务组另两位成员是翁伯年和张虎生，由老翁牵头。具体工作由工作人员做，大点的事则由我们商量决定。老翁是位很能干的学者，后来下海经商赚了大钱，十多年前我听到他去世消息时，不禁伤感了好久。那次我们三人配合得很好，对会务诸事代表们均较满意。不过有一件小失误我至今不忘并将铭记终生，那就是对湖北人民出版社老编辑袁小梅的生活安排。当时我们都不认识他，谨慎起见也还是作了一点调查，反馈回来的消息是他肯定是男性，其余就不清楚了。我们就都误认为他是二十出头的青年小伙（其实他是六十多岁的老人），恰好我们定的原则是年龄面前人人平等，凡事就将他按第四年龄段安排：住房四人一间且房况不是太好，小青年大声喧哗弄得他睡眠不佳；看演出不是边上就是在后面，他眼睛不好只见人影晃；坐车自然也是差一点的大交通，一上车小青年们都用怪异的眼光看着他……袁先生真还是宽容大度，始终没有吭声。不过最后终于忍不住了，因为看龙舟竞渡他又被安排在小船上——老先生上观礼船，中年和接近中年的上大船。他找到老翁要求作出解释——为何只有他一人六十多岁了还受此待遇。老翁赶紧道歉，可在解释原因时又开玩笑说是他名字没取好，并说谁看到我翁伯年的名字都会觉得老成——袁先生听了差点没气晕过去。

这件事给了我很大教训——一个看来微不足道的小事很可能给学者造成相当的心理伤害，从此便以"学会内部无小事"告诫自己，尽量把工作做得细一些、稳妥一些。

我给秭归会议提交的论文是《试论屈原诗歌的象征手法及其特色》，会上反映较好，后来收入会议论文集——《屈原研究论集》（长江文艺出版社，1984年），屈骚的这一特色也为学界所认同。在准备论文时我查阅了一些资料，发现对屈骚艺术特色的研究一直比较欠缺，便决定集中一段时间以艺术特色为屈学主攻方向。

秭归会议取得了成功，诗人们一致提议将端午节命名为诗人节，学者们则纷纷希望湖北学界多举行这样的学术讨论会——毕竟湖北是屈原的故乡。

二

谈及屈原学会的成立，还有一次会议也是必须介绍的，那就是1983年在大连举行的"辽宁省屈原研究学术讨论会"。会议由辽大中文系与辽宁师大中文系合办，同时作为辽宁省文学学会屈原研究会之成立大会。要说后来作为中国屈原学会的四个分支学会——辽宁、湖北、湖南、天津，辽宁屈原研究会成立得最早。这次会议邀请了部分外地代表——以秭归会议的为主，另外，年长的有郭维森、马达等先生，青年学者有赵逵夫、汤璋平、吕培成、张宏洪、姚小鸥、付道彬、万平，记得还有徐志啸、张中一。我和所里的牟怀川被邀参加会议，与小鸥、道彬、万平、马达（似乎还有逵夫）等住在两间贯通的一个大屋子里。马达先生是北京出版社的老编辑，进来便自我介绍，说他打呼噜很厉害——他打起酣来确实像"马达"，好在当时大家尚年轻，都不太在乎。小鸥那时正就读河大研究生（好像是华钟彦先生的），热闹风趣，老和怀川开玩笑，并自言正在研究中医，时不时拿出一小瓶"藿香正气水"来喝。后来我拉肚子，他向我推荐此水，喝下去是不拉了，但又便秘了好些天。道彬的幽默诙谐，那时已见端倪，他和万平同在读石声淮先生的研究生。万平则有着极好的地理方位感，只要乘车走过一遍的路，决不会忘记，就是没走过的，也能凭直觉感到哪和哪相通，我常说他堪称典型的心理学范例。逵夫则是典型的西北汉子，说话一板一眼，小鸥老笑他穿大裤衩游泳。他和湖南来的龚建昌旅游劲头十足——不过大家公认胡明是旅行家。不论房内房外，会上会下，到处都是笑语声，至今想起，仍然回味无穷。

我参加会议的论文是《从钟嵘诗品看屈赋对魏晋南朝诗歌的影响》，作了一个大会发言，反映较好。后此文发表于《江汉论坛》1983年第11期，人大复印报刊资料1984年第2期转载。会上，一些代表有了成立一个学会的想法，黄中模正式提出倡议，学术讨论会快结束时部分代表聚在一起开了个会，辽大的王延海通知我一定参加。会议由张震泽先生主持，参加者有魏际昌、聂石樵、李世刚、陆永品、黄中模、龚建昌、王延海、林维纯、殷光熹等等。会议开得很热烈，当时全国性学会的成立并没有明确的手续和程序，红楼梦学会（那时成立不久）的申报过程又不清楚，大家讨论了很久，最后商定了三件事，一、以与会全体代表名义发起倡议，并征得十教授签名。二、成立筹备委员会。三、以湖北社会科学院文学所为筹备秘书处。

到会者当场以黄中模的倡议书为基础作了推敲，文本基本定下，个别需斟酌之处由王延海负责。十教授签名除到会者外，其余分工回去征集，后来征集之签名为：姜亮夫、林庚、陈子展、蒋天枢、汤炳正、胡国瑞、刘禹昌、魏际昌、张震泽，还有一位好像是陈思苓。关于筹委会，当时大致商量了一个名单，由辽宁屈原研究会秘书处向学界征求意见，然后由王延海汇集寄我。会上还具体给陆永品和我分派了任务。陆永品在北京了解学会成立手续，并与有关部、办进行联系；我负责学会筹备的日常工作，争取湖北省社科院的支持，与辽宁方面及各到会者进行联系。

经几次磋商，后来确定"屈原学会筹委会名单"如下：

主　　任：姜亮夫　汤炳正
副 主 任：魏际昌　胡国瑞　姜书阁　张震泽　聂石樵　李世刚
秘 书 长：张啸虎
副秘书长：毛　庆　龚建昌
常　　委：毛　庆　黄中模　陆永品　张中一　王延海　林维纯　殷光熹
委　　员：戴志钧　丁　冰　施承权　赵沛霖　郭维森　卢文晖　温广义
　　　　　张宏红　赵逵夫　张怀容　黎安怀　刘操南　刘心予　傅正兴
　　　　　冀　凡

筹备会上，开始大家一定要我当秘书长，我再三推辞，并言张啸虎先生当时是湖北社科院文学所主持工作的副所长（没有所长），龚建昌虽不研究楚辞，但他当时是湖南省社联副秘书长，工作起来较为方便，最后大家采纳了我的意见，但又一定要我当副秘书长，并言便于开展工作。我向大家保证，不论担不担任职务，我一定积极主动做好学会组建的日常工作。然而大家并不让步，推辞不掉，只好接受下来，但又提了一个建议：为协调某些关系，在名单上我的名字就不一定要出现，大家认为我仍是在婉拒，坚决不答应——其实我真是为协调关系考虑，绝非推脱责任。于是王延海等筹备会其他人记录的名单原稿上副秘书长有我，而回汉后发出的筹委会名单上我只保留了常委一职（将自己的副秘书长偷偷拿掉了）。对此，延海等有些参加筹备会的学者们有意见，一直到学会成立后了解了一些情况才终于理解而释怀。

回汉后，我将辽宁会议商定的内容向院、所两级领导作了汇报，得到他们的大力支持，张啸虎先生要我放手工作，大事与他商量就行了。于是筹备工作便正式开展起来。

从1983年8月至1985年5月，通信量非常大，除向主任、副主任汇报进展，和各位筹委也经常互通信息，与北京、辽宁、湖南方面通信则更多。陆永品在北京积极联系，我们呈上的成立报告梅益（中国社会科学院副院长）终于签字同意，于是我们决定召开全国筹委会。会议于1984年3月在武汉东湖宾馆举行，湖北社科院文学所古代文学室的全体同志筹备并参加了会议，外地常委除卢文晖代表王延海外，其余全部到会。陆永品汇报了在北京活动的情况，黄中模带来汤炳正先生的意见，龚建昌、张中一汇报了湖南方面的情况，我则将湖北方面所做的工作向大家作了汇报。经过半年多的准备，大家认为条件已经成熟，会议便作出几个决定：一、力争今年成立中国屈原学会。二、力争明年端午节在湖北召开成立大会。三、为迎接中国屈原学会成立，再作三件事：湖北成立屈原学会，湖南力争成立屈原学会，四川遵照汤先生的意见开一个中型学术研讨会。黄中模并提议，这几个学术会议可将批驳日本学者的"屈原否定论"作为中心议题之一，大家同意了他的意见。

三

当年7月，按照3月会议的计划，我和本所的何念龙一同上北京，与陆永品会合，为中国屈原学会的审批而活动。由于老陆前期做了大量准备工作，活动进行得较顺利。我们先找到中共中央宣传部。接待我们的是中宣部秘书长李言，他说由于全国社联尚未成立，全国性的学会尚没有直接的审批单位，中宣部也不对口，不宜作这样的审批。据他所知，目前已成立的几个全国性学会，主要是找到上属单位备案成立的，而且这上属单位好像主要是中国社会科学院。他认为，如果中国社会科学院愿意备案，中国屈原学会就可以成立。根据李言的指示，我们找到了中国社会科学院科研局，记得是汪笑同志接待我们。他的说法与李言相仿，确实有几个全国性学会在他们这儿备案得以成立。他说如果有社会科学院的拨款，那就更稳妥了，因为既然对该会拨款，客观上就等于承认了这个学会。而梅益同志既然签了字，可以考虑拨款，我们接受你们的报告备案，中国屈原学会可以成立。后来，中国社会科学院科研局果然对中国屈原学会拨款3000元，钱第二年到账（因当年钱已用完）。而当年8月国务院古籍整理出版小组编的《古籍整理出版情况简报》第126号上，登载了"全国屈原研究学会将于明年在湖北成立"的信息，说明中国社会科学院已正式将情况通告了他们。

在北京，我们还有另一任务，我所创办的刊物《中国古典文学鉴赏》即将正式出版，我们想请钱钟书先生题写刊名。于是，由老陆引见，我们拜会了钱先生。先生中等身材，不瘦不胖，镜片后一双眼睛炯炯有神，尽管已年届七十，依然精神矍铄。话题先从钱先生就任中国社会科学院副院长开始，先生说那完全是尊重领导的意愿而挂名的，条件是不担当任何具体事务。可即使如此，文件还要送给他看，还有一大堆莫名其妙的事也来了，连边远地区有人的冤假错案要平反也给他写信。他又不会敷衍，只有尽心尽责帮他们转到有关部门，费去不少时间和精力，弄得苦不堪言。我向先生建议，大多数事交秘书去处理。先生说他一生做学问没有用过秘书也用不惯秘书。接着我们谈到学术问题，其实用"谈"并不准确，多数是我们提出问题请先生作答，而且常常只提半句——他真是那种你说上半句他就知你下半句是什么的人。先生对同辈学者要求近乎苛刻——那些要求他自己都做到了，对晚辈学人却是非常宽厚的。只要你请教的确实是学术问题，他绝对很愿意回答，而且态度鲜明，观点清晰，决不模棱两可，含含糊糊。那天我们向先生请教的，都是长期思考的问题，所以先生回答兴致很高，整整回答了一下午，可以说使我终身受益。限于篇幅，这里只能略举一例。

在谈及作品艺术特色的研究时，先生强调，艺术研究一定要敢于说真话，并举了袁枚笔记小说中"女人是老虎"的例子。我理解先生的意思，便说，如果不敢说真话，功力很深厚的学者也会出错，先生点头表示赞成。而实际先生举这例子意味颇深：老和尚学问比小和尚大得多，但在这问题上，小和尚对，老和尚反而错。在学界，我们当然就是"小和尚"，然而只要我们敢于说真话，有些问题就可能得出正确结论。先生这里对我们既是告诫又是勉励，使我更坚信以前的态度是对的。从此，在屈骚、杜诗等的艺术研究中，只要是我真切体会到了的，真正通过研究得出来的，我就敢于说、敢于坚持，既不泥古、跟风、趋时，亦不怕别人讥我泥古、跟风、趋时。

最后，经我们说明动机，钱先生接受了为《中国古典文学鉴赏》题刊名的请求，我们的刊物因有先生的题名而大大增辉。然而这刊物我们只办了一年就垮台了，"我也不想说清其中的原因，总之是柔石理想的头，先碰了一个大钉子。"——每谈及此事，我总是想起鲁迅先生在《为了忘却的纪念》中的这几句话。后来我们托老陆向钱先生道歉，钱先生倒是非常理解，毫无责难之意。以后几次到北京，总想再拜望先生，然终因心怀歉意而未敢登门。

我回汉将情况汇报后，大家都很振奋，学会既已按计划成立，那成立大会也需按计划召开，于是全所同志都投入了成立大会的准备工作。第二年——1985年，计划的三件事全部进行完毕。5月，四川师范学院召开了屈原学术讨论会，请了国内一批学者参加；6月初，湖北省屈原研究会正式成立，一批参加四川会议的学者正好顺江而下参加了成立会；6月以前，湖南也召开了屈学会筹备会议。

然而，正如俗话所说——"福无双降"，以上事情进行顺利，成立大会的筹备就不顺利了，甚至可以说很不顺利。成立大会定于荆州（楚国古郢都）举行，我和所里的吴老（著名书法家吴丈蜀）、牟怀川三下荆州，在端午节前才将诸事全部落实。第一次，吴老请省政府秘书长张昕若给荆州地委书记赵富林写信，请他大力支持。赵书记指示由地委秘书处和宣传部负责，双方进行了几次磋商，一切均已安排好。不料我们一回汉就全部翻盘，理由当然诸多，又是要抗洪，又是要学习，还有几项据说是"更重要"的工作。开始我们不明就里，以为真是如此，后来费了老大的劲才弄明白，一切"困难"来自内部矛盾，若仍按原方案进行今年就别想开会。不得已我们绕道而行，转而请政府支持。开始政府疑虑颇多——原先一切由党委系统安排怎么突然转而找他们？由此引起"党政矛盾"那可不得了！经我们上上下下做工作——解释、说明、隐喻、暗示……我们的语言功夫倒真是派上了用场——政府系统愿意接受了，但又层层下推，推到最后谁也解决不了问题。万般无奈我们又回头从省里开始，最后定下由专署秘书长亲自负责——于是一切问题迎刃而解。

中国屈原学会成立大会终于于1985年6月在端午节如期举行。全国有一百五十多位学者参加了会议。参加过秭归和辽宁、四川会议的绝大多数来了，此外，年长的如屈守元、谭优学、冯明叔、张正明，中年的如肖兵、姚汉荣、蒋南华、董楚平、曹大中、曹方人、栗凰（女），青年的如常振国、周建中、刘毓庆、李诚、赵昌平、周文康、周东晖、曾亚兰（女），等等，也都参加了会议。日本学者稻田耕一郎也被邀请与会。

会议确定的两个主题均为争鸣性的，一是屈原的爱国主义问题，二是"屈原否定论"。因为是成立大会，所以并不限于这两主题，学者们谈哪一方面都可以。从会议论文和会上讨论来看，学者们还是将论题集中在会议主题上。批驳"屈原否定论"的论文有相当篇数，没有赞同"屈原否定论"的，因此是一边倒。我提交的论文是《论屈原否定论的方法性错误》，后发表于《荆州师专学报》1985年第3期，人大复印报刊资料1985年第23期转载。关于屈原爱国主义问题，会上则展开了热烈争论。认为屈原不是爱国主义的，主要是曹大中，绝大多数学者不同意他的观点。此前，曹大中曾写信给我，简述了他的观点，希望能安排他作大会发言并多给一些时间。我和张啸虎先生商量，认为屈原学会应当倡导一种开明、自由、活泼的学术空气，便安排他作大会重要发言并特许占25分钟（代表发言限于15分钟）。但他在台上足足讲了45分钟。主持大会发言的是魏际昌先生，超过25分钟后便不断提醒，超过30分钟后更是几次走到他身边催促，但他像粘在椅子上就是不起身，于是会场气氛十分活跃，一些要反驳他的学者也几乎按捺不住。这一幕老会员们今天谈起还觉得妙趣横生。

会议安排了参观荆州博物馆和楚纪南城，回汉后很多代表又参观了湖北省博物馆，辉煌灿烂的楚文化给大家留下了深刻印象。

在协商选举学会领导机构时，尽管湖北方面参加成立大会的人数最多，相对而言研究力量也很强，但湖北学者们认为，这是一个全国性的学会，应当倡导一种民主的、宽松的、"搞五湖四海"的学术氛围，湖北的理事不宜多，会长最好选外省的，顾问和副会长也只限一名。湖北代表的这种态度得到大会代表的一致赞扬，代表们并建议有的未能到会的学者也应予以考虑，筹备会同意了这一建议（如后来的会长褚斌杰先生当时未能与会，也被选为理事），理事会选举由投票顺利产生。而会长、副会长、常务理事则由理事们协商提名并当场举手表决，理事们纷纷表示，领导机构是学会的核心，是学会能否搞好的关键所在，选举时决不能讲人情、顾面子，回忆起表决的一幕至今都令我非常感动：比如提到某人，有些代表就当面反对；表决时就当面不举手。

成立大会取得圆满成功，代表们都很满意，文学所的同志个个累得筋疲力尽但毫无怨言。大会最后选出的中国屈原学会的领导机构为：

顾　　问：陈子展　林庚　马茂元　石声淮　孙常叙
名誉会长：姜亮夫
会　　长：汤炳正
副 会 长：姜书阁　魏际昌　胡国瑞　张震泽　李世刚　聂石樵
秘 书 长：张啸虎
副秘书长：龚建昌　毛　庆（我坚持龚排前面）
常务理事：除以上人员外，还有：
　　　　　丁　冰　林维纯　陆永品　赵逵夫　郝志达　曹方人　黄中模
理　　事：除以上人员外，还有（以姓氏笔划为序）：
　　　　　王延海　马　达　卢文晖　邓光礼　汤漳平　牟怀川　肖　兵
　　　　　陈书良　张中一　张宏洪　张国光　张怀荣　杨慎之　顾易生
　　　　　郭维森　殷光熹　常振国　温广义　褚斌杰　黎安怀　熊任望
　　　　　冀　凡　戴志钧

从此中国屈原学会开始了她曲折而辉煌的历程。

橘颂离骚窥楚屈，湘君哀郢悟根原[①]

——中国屈原学会第十六届年会暨中国屈原学会成立三十周年主题报告

南通大学 周建忠

【摘 要】 橘颂离骚窥楚屈，湘君哀郢悟根原。研究屈原与楚辞的楚辞学，已经走过了二千多年的历史，而中国屈原学会的成立，则是30年楚辞学繁荣发展的重要动力，具有里程碑意义。回顾学会30年历程，可以概括为四个方面，"淮阴：新时期楚辞学复苏的第一驿站"；"会长：新时期楚辞学繁荣的第一代言"；"学会：新时期楚辞学繁荣的第一载体"；"学风：新时期楚辞学繁荣的第一启示"。

【关键词】 屈原学会 三十年 会长 学风

引 子

为了祝贺、纪念这次盛会召开，同时纪念中国屈原学会成立30周年，我用楚辞以及与屈原有关的史料，"集词"做了三联诗钟：

第一联，七唱：
橘颂离骚窥楚屈，
湘君哀郢悟根原。

第二联，七唱：
奔走离忧当偃屈，
抽思致志竟无原。

---

① 基金项目：本文是国家社科基金重大项目"东亚楚辞文献的发掘、整理与研究"（13&ZD112）、国家社科基金项目"楚辞文献语义化研究"（10BTQ031）阶段性研究成果之一。

第三联，一唱：
屈志忍尤思远集，
原生行迷济沅湘。

案：《九章·思美人》：欲变节以从俗兮，愧易初而屈志。《离骚》：屈心而抑志兮，忍尤而攘诟。《离骚》：欲远集而无所止兮，聊浮游以逍遥。《九叹·逢纷》：原生受命于贞节兮，鸿永路有嘉名。《离骚》：进不入以离尤兮，及行迷之未远。《离骚》：济沅湘以南征兮，就重华而陈词。

顷承方铭兄美意，期以纪念庆祝学会成立30周年为主题，做一大会主题报告。故略加梳理，缀叙往事。

我是1984年申请入会，1985年参加中国屈原学会成立大会，介绍人是萧兵。萧兵还介绍我加入中国神话学会，有精致的会员证，档次很高，参加过一次中国社科院文研所举办的专题会议，后来就不了了之。

1990年贵阳会议当选为理事，1998年深圳会议当选为副会长。

是学会培养了我，我也参与了学会的建设。我见证了学会的发展、困难、过渡与延续。

如今，一个始终恪守阵地、活动丰富、兼容并包、薪火传承的国家级学术团体，应该为数不多了。而能够坚持三十年如一日，成果丰硕，队伍成长，的确令人欣慰，值得珍惜。

淮阴：新时期楚辞学复苏的第一驿站

本次会议在淮阴师范学院召开，当然要感谢张强兄的盛情、淮阴师范学院的支持。

前一个时期，一直有朋友询问：为什么今年年会在淮安召开？——我完全可以从学理上作出回应。

这里，淮阴，在中国楚辞学史上、在楚辞学地图上，具有重要意义，它是"文革"浩劫之后、新时期楚辞学复苏的第一驿站，曾经轰动全国，载誉天下。

这就要从一位特殊的楚辞专家说起：萧兵。

萧兵，是一个笔名，他不姓萧，他姓邵，原名邵宜健。

这里寄寓了他的一个梦想：萧兵，谐音"小兵"，期望恢复在籍军人的身份。

萧兵的经历颇具传奇色彩：

福州市教会中学高二学生；

解放军解放福州,全家迁居海外(加拿大),唯独他的所在地已被解放军包围;

解放军接管教会中学,一批热血青年爱国参军;

随军入驻上海,上海海军预备学校文化教员,开始发表学术论文崭露头角;

1959年反右运动,被错划为右派:开除军籍、团籍、公职,押赴苏北淮阴某农场"劳改";

临行前,只带了一本书:姜亮夫《屈原赋校注》;

在农场改造期间,白天割草喂马,晚上翻烂《屈原赋校注》,做卡片写札记;

一次事故右手手指失去四个:铡草时右手手指被卷入铡草机,报告后因为是劳改身份没人管,自己通过反转铡刀将右手慢慢转出,四个手指失去大半截——这就是后来叱咤学界写出数百万字的握笔的手;

"文化大革命"结束后,被照顾安排到地区运输公司;

1977—1981年,欣逢学术复苏,将数百万字的卡片笔记整理成文,300余篇;

为了公开发表而迎合传统学术,将"文化人类学"研究成果冠以"楚辞新解"总题,170多家社科杂志大学学报发表系列论文,一个楚辞专家迅速崛起:连续发表论文300多篇,曾有"世上有签皆沫若,天下无刊不萧兵"之流行语,学界惊呼为"萧兵现象";

慕名前来请教交流的专家学者惊诧:作者虽然多才多艺、天资聪颖、热情乐观,但身份是运输公司拉板车的工人;

进入淮阴师专工作,任学报编辑。一人之力编辑出版《活页文史丛刊》,以恢复旧学、抢救学术为己任,以考据为主,集中刊发已故国学大师(如章太炎、黄侃)未刊稿,出过十五辑以上,是那个时代少有的厚重本色的学术参考资料;

与周本淳、于北山三足鼎立,成为一个专科学校拥有国家级专家的标志;

成为知名专家,全国巡回讲学。曾经请他来南通讲学,为人谦虚低调,随和简单,极其聪明,一边与我聊天,一边抄一本杂志上的资料,绝不影响聊天的速度与学术含量;自称"贪玩",我陪他游历狼山,但考虑的全是学术问题,不得不生出敬佩之心;

一批大师级专家对来自学院派的批评,予以回应并高度肯定;

应邀与李泽厚一起去哈佛大学、普林斯顿大学交流讲学,与家人再次团聚;

积极参与楚辞学界活动,介绍更多同好入会;

出版楚辞系列著作七种:《楚辞与神话》(江苏古籍出版社 1987.4)、《楚辞新探》(天津古籍出版社 1988.12)、《中国文化的精英——太阳英雄神话比较研究》(上海文艺出版社 1989)、《楚辞文化》(中国社会科学出版社 1990.12)、《楚辞的文化破译》(湖北人民出版社 1991.11)、《楚辞全译》(江苏古籍出版社 1998.12)、《楚辞与美学》(台北文津出版社 2000.1)

先后获得江苏省哲学社会科学优秀成果三等奖、二等奖;

在中国屈原学会担任理事、常务理事;

回归文化人类学研究领域,出版一系列文化破译著作,逐步淡出"楚辞"显学疆域;

曾经担任淮阴市人大副主任,始终保留传统文人的风貌习性。我先后去淮阴达百次以上,其中 30 多次是找他或找资料。做官后的萧兵,每次总是躲过市里、校里的领导,在学校食堂某一个角落招待我,一边吃饭一边畅谈学术,语速极快,滔滔不绝,包括学界世说、天地人情;

应《江海学刊》之邀,写过《楚辞学的未来预测》(1987 年第 3 期),是关于楚辞学的最后箴言;

退职后落实政策安居南京,继续从事人类学研究,著述颇丰,至今仍然非常活跃,具有惊人的常人难以想象的学术生命力:当年批评否定他的人差不多"俱往矣",他却仍在写作。

我与萧兵好多年没有见面了,大约七八年前他的儿子"老虎"参加高考,他打电话咨询我。但我仍然关心他的学术研究。我是一个不喜欢走动的人,我 1990 年写作学者专论的对象,有的至今尚未谋面,有的终生不可能见到,金开诚先生已经仙逝;前一阶段听说三湘才子何光岳也已仙逝,心中还生出一种莫名的感喟。

——这就是萧兵的大致情况。

关于萧兵,我写过三篇论文:

《他山攻玉考微知著——萧兵楚辞研究方法述评》,见拙著《当代楚辞研究论纲》;

《新文化史派、新还原论研究的总结之作——从"萧兵"现象看萧兵新著〈楚辞的文化破译〉》,《甘肃社会科学》1992 年第 5 期、中国人民大学《中国古代近代文学研究》1993 年第 2 期全文复印,见拙著《楚辞论稿》;

《文化人类学的考古报告——萧兵的楚辞研究与弗莱的原型批评》,见拙著《楚辞考论》,是对萧兵楚辞巨著《楚辞新探》的唯一评论。

毋庸置疑,萧兵,已经成为楚辞学史上标志性的人物,为新时期楚辞学的繁荣奠定了坚实的基础;淮阴,自然成为新时期楚辞学发展的第一驿站。

会长:新时期楚辞学繁荣的第一代言(之一)

一个国家级学会会长应该德业双修,深孚众望,不厌其烦,应对各方。

所以会长应是召集人、带头人、负责人,是旗帜、是标杆、是符号,是学会的代表、代言。

中国屈原学会的成立，是一件非同小可的大事、程序烦琐的难事，因为涉及到国家伦理、意识形态、思想导向。据我所知，以古代文学名人研究为宗旨的组织，学会或研究会，大约有30多个，只有中国屈原学会是经过中宣部科技局备案批准的。其中，中国社科院文学研究所陆永品（庄子研究专家）、湖北社科院文学所所长张啸虎、文学所副所长毛庆，多次申请，反复陈词，不辞劳苦，厥功甚伟。记得1985年成立大会上，一些学者听到申请过程的介绍以及中宣部的批准，虽然说不上奔走相告，但真的热泪盈眶，喜不自胜。

记得关于第一任会长人选，有过较长时间的酝酿，经过1982年湖北秭归会议、1983年辽宁大连会议、1984年四川成都会议，大家公推汤炳正先生出山。但汤先生执意要姜亮夫先生担任，加之姜先生的十二弟子（1979年姜先生承担教育部下达的楚辞进修班所授学员）非常活跃，因赴杭州大学面请姜先生。最后姜、汤二老达成共识：姜亮夫先生任中国屈原学会名誉会长，汤炳正先生任中国屈原学会第一任会长。1986年富阳会议，又聘任十位有成就的专家为"中国屈原学会学术委员"，包括朱季海、林庚、陈子展、蒋天枢、孙常叙、谭戒甫、刘操南、金开诚、郭在贻、崔富章等。

作为会长人选，无论是人品还是学术，汤先生都是当之无愧的。汤先生是章太炎"章氏国学讲习会"研究班入室弟子，深得太炎先生赏爱，曾称其"为承继绝学唯一有望之人"，太炎先生病逝后，乃奉其遗嘱及章师母之命，受聘"章氏国学讲习会"的"声韵学""文字学"教席。

但当时汤先生年事渐高，时年七十又五，而且身体情况欠佳，体质较弱，部分会员担心先生体力精力损耗太多，影响健康。

然而，汤先生以超乎常人的毅力，全面履职，身体力行，名副其实，众望所归，为学会奠定了良好的风范与基础。

（一）引领学术，自高其位

继《屈赋新探》（齐鲁书社1984）之后，又推出：

《楚辞类稿》，巴蜀书社1988年。他曾说："对学术上的创见，最好能以札记的形式出之，开门见山，一针见血，故我自己的心得，凡能以札记表达者，决不拉成长篇论文；凡能以论文阐述者，决不铺陈为洋洋洒洒的专著。"弟子李大明在后记中介绍，汤先生在出版时又做了较大的删节，凡是有人说过的，或者论据不充分的，都果断删去。

《屈赋新探》，台北：贯雅文化事业有限公司，1991

《语言之起源》，台北：贯雅文化事业有限公司，1991

《楚辞今注》（与弟子李大明、李诚、熊良智合著），上海古籍出版社，1996

尤其是他的一些学术论点，如冰释司马迁《屈原列传》之惑、发覆《楚辞》成书过程、破屈原生辰之谜、辟"《离骚》乃刘安所作"之妄、揭"屈贾合传"之因等，无不步步深入，沿波讨源，得出令人信服的结论。所以，汤先生的研究代表了我国那个时代的最高水平，在海内外产生了广泛的影响。

(二) 概括历史，揭示路径

1985 年中国屈原学会成立大会论文集《楚辞研究》，由八十五叟姜亮夫先生题签，汤先生 1985 年作序，齐鲁书社 1988 年 1 月出版。先生序文对楚辞学史阐述，可谓了然于胸，厚积薄发，字字珠玑，恰到好处：

> 对《楚辞》和屈原的研究，自西汉刘安始，可谓代不乏人。其历史之长、学者之多、影响之大，都是中国乃至世界学术史上所罕见的。
>
> 治中国文化史，向有"考据""义理"之分，"楚辞学"亦莫能外。王逸继刘安、班、贾，有奠定基础之劳；洪兴祖则广罗博取，有补苴拾遗之功。九江被公能读楚辞，道骞、王勉亦有专著。赵宋以前，可说是训释、音读的时代。义理方面，虽由刘安滥觞，但异军突起，还属朱熹。自是之后，屈骚竟成显学，著述宏富，超越前代，而清儒成就，可谓"后出转精"。

针对学界对 1949—1976 年期间的学术研究一概否定批判之风，汤先生颇为中肯客观：中华人民共和国成立以来，"其间虽略于训诂、考据而偏重义理，然其深入、广阔，确已超迈前哲"。同时指出：

> 真正将屈原作为文学家、《楚辞》作为文学作品来研究，而突破单纯考据、义理的局面，认真地说，是最近十年拓展开来的。
>
> "楚辞学"毕竟是一种中国的学问。对屈赋这一产生于先秦的语言艺术遗产，新的研究领域的开拓，绝不意味必须抛弃两千多年来我们治中国文化史的一些基本功，如文字学、音韵学、训诂学的运用等等。

(三) 砥柱中流，力挽狂澜

随着学术复苏，回归专业，广泛参与，形成热潮，人员参与率、成果发表率，达到了前所未有的盛况，同时也带来了一系列学风问题。当时的学人还是远离世俗回归经典的传统范儿，对不规不良学风、对投机取巧抄袭搬用，几乎没有任何心理准备，不像今天已经屡见不鲜见怪不怪习以为常了：一个人的著作、论文被他人抄袭、挪用，几乎是很难避免的；甚至一些楚楚君子学界大佬，也干过这样的事情。

于是，就有一大批受到侵权的作者，尤其是长期辛辛苦苦得来的成果被他人剽窃践踏，很是心痛，纷纷向汤先生倾诉告状，期望汤先生打假断喝，扭转乾坤。

真没有想到，汤先生柔中有刚，敢于挺身而出，在中国屈原学会三届、四届年会上，以大师之尊，动之以情晓之以理，对种种不良之风予以抨击，爱憎分明；适逢1990年中国屈原学会第四届年会论文集《楚辞研究》即将出版，汤先生1991年8月撰序之机，提出"热、新、活"三个字概括讨论，当时楚辞学界的确存在一些不良不规失范之作，先生概括为：如粗制滥造、囿于见闻而导致课题撞车，因为功力不足、急于求成、东抄西凑、言非己出者，也时有所见。

从而提出：

在这股"楚辞热"的浪潮中，我们应当提倡一个"冷"字。

科学研究，没有冷静的头脑是不行的；没有"坐冷板凳"，而且一坐就是五年六载的毅力，也是不行的。

求新不是目的；求新的目的，在于求真。所谓"真"，是指历史的本来面貌和事物的客观规律。即使目的在于求真，而结论仍非"真谛"，也是学术史上常有的现象。

学术思想的活跃，必须跟严谨、扎实的学风和刻苦读书的功力相辅相成，二者缺一不可。而放松了一步一个脚印地读书学习，就会在研究上出现逞想象、凭推理、轻事实、缺论据的偏颇。

先生登高一呼，激扬褒贬，在弘扬正学、坚守正道方面，的确起到了激浊扬清扭转风气的导向作用。在相当一个时期内，大部分学人坚持学术本位，实实在在读书做学问，成果推出的速度、数量得到了有效控制，质量得到了显著的提高，出现了一些精品力作。

（四）奖掖后学，不遗余力

汤先生对青年才俊、后学晚辈的奖掖、鼓励、提携、支持，是楚辞学界近一代人的共同感受，可以说感动了一代人。

记得逴夫老师写过汤先生的知遇之恩：他的硕士论文最早得到汤先生的肯定。

记得复旦大学志啸兄反复提起的一段往事：1984年成都会议，作为研究生的徐志啸不能前往，便将论文直接寄给当时并不相识的汤先生。汤先生看了论文之后，嘱咐秘书组全文打印分发代表，而且将论文中的主要观点写进大会综述，其位置十分醒目，竟然排在一些名人之前。志啸兄看到会议综述后，又惊又喜，激动不已。

记得新疆师范大学周东晖的感动：听说1984年成都会议的消息，他主动写信给汤先生，希望出席会议，以便学习请教学界名流。汤先生邀请其出席会议，提交的论文竟然安排了大会发言，会后还收入论文集正式出版。东晖兄每每跟我提起，是汤先生的提携奖掖，使他走上了楚辞研究之路的。

这里只简述汤先生对我的关怀与提携。

我是 1975 年入学的工农兵学员，读过三年大学，长期在南通这个小城市南通师专这个小学校工作，出于农民的偏执与自傲，从来不想去攻读硕士博士。1986 年去华东师范大学攻读硕士学位是为了评副教授（由于要交 3000 元论文指导费而自己无力承担就没有申请学位），2001 年为了做博导到上海师范大学攻读博士学位，我导师是著名小说研究专家孙逊先生。

1980 年在南京师范大学进修时，受到胡小石弟子郭维森（到南京大学听郭先生讲授"屈原研究"选修课）、吴锦老师，刘盼遂弟子叶晨晖老师的指导与影响，走上楚辞研究之路，帮我修改第一篇楚辞论文的是叶晨晖先生、萧兵先生、金开诚先生。

进入楚辞研究领域，第一步是阅读文本，我读了近四十个读本，从王逸《楚辞章句》到金开诚《楚辞选注》；第二步是了解研究史，进而沉迷于现当代尤其是当代楚辞研究史的生动鲜活丰富多彩，写过大量的述评、学者研究，尽管自 1983 年以来也发表过数篇考据考证论文，但总是被当代楚辞学研究成果所淹没。

这样的选题苦恼，曾经多次向汤先生倾诉汇报，汤先生态度非常明确：按照自己的选择，不要犹豫，一定要坚持，一定要做到圆满。全力支持我完成《当代楚辞研究论纲》的写作。汤先生之孙汤序波编纂《汤炳正书信集》，我提供了汤先生写给我的 7 封亲笔信，同时写了《温慈惠爱翰墨留香——读〈汤炳正书信集〉》，发表在《中国社会科学报》2011 年 1 月 25 日。

汤先生在致中国屈原学会副会长聂石樵信中说："关于周建忠同志写书的来历，我知之较详。记得十年以前，周首次给我来信，略谓：屈学界老一辈的成就，早有定论，不需饶舌；窃欲以当代中青年后起之秀为对象，进行评价以公诸世。我当时回信，极表赞同。"并在与我的信中叮嘱"要善于发现人才"，"要善于分析评价，不仅要有深度，而且还要掌握分寸"。从 1987 年以来，他多次给我亲笔复信，诚恳指点，并为我审阅《当代楚辞研究论纲》的部分书稿，提出不可多得的修改意见。

1990 年贵阳会议，姜亮夫先生关门弟子之一江林昌与会，汤先生非常重视。一向不愿意照相合影的汤先生，分别与江林昌、与我合影，由我与林昌弟轮流拍摄，最后我与林昌弟分列左右，又与汤先生合影，这是极其珍贵难得的纪念，也是先生对青年学人的提携与支持。

1992 年临汾会议，汤先生鼓励我对当代楚辞研究的研究，在大会总结讲话中，径以"当代楚辞评论家"称我，有满座皆惊之效。同时，为我的第一本楚辞研究专著《当代楚辞研究论纲》撰写序言，高屋建瓴，精诚练要，被当时在知识界影响甚大的光明日报社《文摘报》首发，在非常高端的层面上给予一个普通青年学者强劲而持久的支持，这份感动久久激发我对楚辞研究的敬畏与坚持。由于得到姜亮夫先生题签，汤先生、魏际昌赐序，这本著作至今影响甚大，一些海外著名图书馆，如美国国会图书馆、哈佛大学东亚图书馆、牛津大学图书馆等均有收藏。我的第二本著作《楚辞论稿》即将出版之际，汤先生又题签支持，成为楚辞学史上有意义的一段佳话。

1994年，我写了一篇散文《司马迁祠留影》，感谢汤先生对我的奖掖与培养：

> 1992年10月，我去山西临汾出席"国际屈原学术讨论会暨中国屈原学会第五届年会"。在返回西安途中瞻仰了"龙门"，这才发现，伟人司马迁也有些"势利"，因为他出生于陕西省韩城市芝川镇南原上，离"龙门"足有40公里之遥。于是我们又驱车来到芝川镇"司马迁祠"。沿石级而上，极为宏伟，高台四层，有"高山仰止"的高峻。加之东靠黄河，西依梁山，有恢宏、崛起之势。从祠顶瞻览而下，我远远看到在200级左右的平台边，坐着我一直敬仰的楚辞学大师汤炳正先生，我心头不由一喜。
>
> 汤老已有83岁高龄，但身体硬朗，头脑清醒。早年为著名大学者章太炎"国学讲习会"弟子，后又任该班教席，其著作有大陆、海外诸版本，与楚辞学大师游国恩、姜亮夫等齐名，被学界公推为中国屈原学会会长及会刊《楚辞研究》主编。我作为一个半路出家的学者，受到汤老的多方指导、奖掖，从1987年以来，他多次给我亲笔复信，诚恳指点，并为我审阅部分书稿。我的著作《当代楚辞研究论纲》出版后，汤老写的"叙言"，得到各方面好评，光明日报办的《文摘报》专门从书中摘发了此文。我的另一本著作《楚辞论稿》也由汤老题写书名，遒劲有力，别具一格。
>
> 因此，我产生了与汤老合影留念的"冲动"，而他亦很"冲动"，一把将我拉到身旁坐下，让他的大弟子李大明副教授拍了一张照片。
>
> 这张照片对我来说极为珍贵。在诞生伟人的地方，以伟岸高峻的祠庙高台为远景，与当代"学术伟人"在一起，加之貌不惊人、很少照相的我，大概"沾"了福地、伟人的灵气，亦从容自如，成了唯一被友人认为"潇洒"的一张。你看，一老一青，反映了两代学人的传承与深情。

（原载《江海晚报》1994年1月24日第三版）

会长：新时期楚辞学繁荣的第一代言（之二）

这里再聊聊学会的第二任会长褚斌杰先生。

由于健康原因，汤先生多次向大会提出，辞去中国屈原学会会长职务，但众望所归，同仁们总是依依不舍，竟然在汤先生没有出席会议的换届选举会议上，仍然选举汤先生担任会长。

到1998年，学会同仁不得不面对一个事实：汤先生的确身体状况不佳，已经不能出席我们的会议。事实上，汤先生于1998年4月4日离我们而去，时年八十有九。

同年5月，中国屈原学会深圳会议召开，公推褚斌杰先生出任会长。

褚先生，是游国恩先生的弟子，北京大学为数不多的一级教授。为人低调随和，褚斌杰早年的学生、北京语言大学退休教授彭庆生曾说过："褚先生有学问，有才华，有名气，有风度，更有人缘，唯独没有架子。"

褚先生写过关于游国恩先生的回忆文章，最能触动我的是：

游先生论读书与做学问："老一代背书，次一代翻书，到新一代只有查书了。记忆库里没有东西，怎么做学问？"此论颇令一代学人震撼！

我猜想，褚先生有方铭兄这样的弟子，应该非常欣慰。因为方铭兄写过多篇褚先生的介绍文章以及学术评论，有文体之别，有内容之别，给我印象最深的还是《古典文学知识》1992年第6期那篇，《天行健，君子以自强不息——褚斌杰教授传略》，其中对褚先生个性的描述，真实可感，亲切自然。

关于褚先生对学会承上启下的卓越贡献，我在2004年8月2日《庆祝褚斌杰先生从教50年暨71岁生日活动上的讲话》中做过概括，后来褚先生仙逝（2006年11月1日）之后，秉高兄同意发表在《职大学报》2007年第1期，易题为《会长永存》，主要内容如下：

> 这里还要特别说明的是，1998年，学会同仁一致推举褚先生出任中国屈原学会会长时，鉴于前任会长汤炳正先生的崇高威望与长期患病无法开展工作的实际情况，我们推举褚先生完全是出于对褚先生人品与学问的推崇，至于学会工作当时并不抱多大的期望，因为我们同样感到褚先生健康情况不佳，而且为人温尔文雅，估计筹钱没有诗经学会夏先生的力度大，有些理事面对诗经学会发展的强势走向，也对学会的前景表示过忧虑。但出乎学会所有会长、理事意外的是，一贯认真务实的褚先生，不仅在其位，而且全力谋其政，约略言之，褚先生对屈原学会的贡献是：
>
> 第一，成功完成了学会的登记注册，将学会秘书处从湖北迁至北京，挂靠单位由湖北省社会科学院转到北京语言文化大学，主管单位由中国社会科学院改为教育部，给了学会第二次生命，不难想象，如果没有褚先生的努力与领导，我们的学会完全可能因为不能获得注册而被取缔。

第二，成功举办了几次规模较大的全国性、国际性会议，如深圳屈原国际学术讨论会、香港屈原国际学术讨论会、北京屈原国际学术讨论会、宁波屈原国际学术讨论会，以及即将召开的成都屈原国际学术讨论会。另外，褚先生还在积极筹备，准备在韩国召开一次屈原国际学术讨论会。这样就改变了屈原学会相当长的时间内不能正常召开学术会议、弄得会员非常羡慕诗经学会的现状。

第三，编辑出版了中国屈原学会会刊《中国楚辞学》，已出版1—4辑，即将出版5—7辑，改变了屈原学会没有会刊、会议成果不能出版的困境。

第四，褚先生作为会长，潜心研究，引领学术潮流，迎来了褚先生学术生涯的第三次高潮（第一次是1954年前后，第二次是1983以后）。（1）在《北京大学学报》等杂志发表一系列楚辞研究论文，其中关于《九歌》《离骚》《天问》等研究，均为褚先生多年的心血之作，而《百年屈学》一文，则鸟瞰古今，牢笼当代，当为承前启后之作。（2）出版中国文学通史系列《先秦文学史》（人民文学出版社，1998年11月版）、专著《诗经全注》《楚辞要论》（北京大学出版社，2003年1月版）、编辑出版20世纪中国学术文存《屈原研究》（湖北教育出版社，2003年8月版），与吴贤哲整理校点戴震《屈原赋注》（中华书局，1999年12月版）。（3）主编了教育部人才培养模式改革和开放教育试点教材《〈诗经〉与楚辞》（北京大学出版社，2002年11月版），并与夫人黄筠编撰出版了教材参考书《诗经与楚辞导读》（北京大学出版社，2003年2月版），对《诗经》与楚辞的教学与普及工作，也向社会奉献出自己的成果。

同样，褚先生对我也有知遇之恩。这里还有几件事值得记叙：

一是包头会议，中国屈原学会第11届年会，由包头职大秉高兄承办，2005年7月中旬举行。褚先生由于身体原因不能出席会议，并委托我代表学会致开幕词，我花了一周时间，通读了褚先生的全部著作论文，为先生代言，以褚先生的口吻写了一个开幕词，列出四个问题：第一，关于屈原与楚辞；第二，关于屈学或楚辞学；第三，于研究态度与研究方法；第四，关于中国屈原学会。开幕式之后，得到褚门弟子的一致好评，以为深得先生精粹。承秉高兄美意，开幕词用"褚斌杰、周建忠"联合署名刊发（《职大学报》2005年第3期），我专门写了"附记"：中国屈原学会会长褚斌杰教授由于健康原因，不能与会，特委托我起草并宣读开幕词。殊感责任重大，谨根据褚先生的有关著作、论文完成此文。主要参考文献如下（凡10种）。

二是褚先生主持《中国大百科全书》第二版"中国文学"卷修订，约我参与撰稿。

我执笔撰写的条目有楚辞学、王逸《楚辞章句》、朱熹《楚辞集注》、王夫之《楚辞通释》、蒋骥《山带阁注楚辞》、戴震《屈原赋注》、游国恩《离骚纂义》《天问纂义》、姜亮夫《楚辞通故》。其中"楚辞学"条目，在《云梦学刊》2004年第1期首发，《高等学校文科学术文摘》2004年第2期全文转摘，产生了比较大的影响，被学术界多次引用。

三是高等教育出版社约我为地方本科院校主编一套教材：《中国古代文学》《中国古代文学作品选》，我邀请褚先生担任主审，先生欣然同意，高度肯定，详加指点，出版社非常满意。这套教材至今发行量仍然很大，使用范围颇广。

四是"文化大革命"刚刚结束之时，褚先生是中央广播电视大学"中国古代文学"的主讲教师，而我担任南通广播电视大学中国古代文学的辅导教师，认真读过先生的《中国文学史纲要》，以及代表作《中国古代文体概论》，要言不烦，文笔缜密，一直对先生既崇拜又熟悉。跟先生多次提起，自称"私淑弟子"，先生以为然。

这里不得不提到现任会长方铭兄。

记得2007年杭州会议换届前夜，我、毛庆、方铭三人几乎彻夜长谈，期望学会承前启后、薪传火继，持续发展。关于"会长"人选的标准，我们也做过讨论。第二天选举结果是：崔富章先生、毛庆兄与其他德高望重的专家，出任名誉会长，方铭以副会长的身份主持学会工作，保证了学会的平稳过渡。经过八年的实践，方铭作为学会的会长，已经得到大家的认可、信任：

出身名门：硕士导师是武汉大学吴林柏先生、博士导师是褚斌杰先生。

特殊贡献：当年学会面临关闭取缔之日，协助褚先生，动用各种人脉关系，完成民政部重新注册登记，秘书处挂靠单位由湖北社科院文学所改为北京语言大学，主管部门由中国社会科学院改为教育部。

工作熟悉：多年协助褚斌杰先生组织学会活动，担当学会具体事务，人缘极好，提高学会影响力、知名度，比如《光明日报》"文学遗产"栏目，由中国屈原学会合办。

为人健谈：无论开会还是吃饭，他总有故事不慌不忙叙说，有聊不完的话题，与他在一起，不会寂寞不会拘谨，还能免费得到无数方方面面的信息与谈资；

为人热情：全国各地各路人马各色人等，纷纷进京，或谋事或谋人，无论是干大事的还是打酱油的，总是热情接待，礼到情生。

稳重自守：胡总书记当年号召全国知识界学习孟二冬的时候，方铭作为读博期间同舍舍友，被有关权威部门请到某地专门写孟二冬的感人事迹。方铭没有趋附权势，曲为吹捧，神化其人，而是选择几个生活中的细节来描述孟二冬是一个有个性的人乃至于是一个蛮好玩的人。我在《光明日报》读到方铭的文章，忍俊不禁，深为叹服，连称高手。后来我作为北京大学兼职教授，在北大参加有关活动时，见到孟二冬的夫人，社科部副部长，一个真实实在的人。会议期间，为女儿毕业以后找工作，还与几位朋友商量，已经回归或者本来就是正常普通的学人。

组织活动：年会正常举行，围绕一些专题深入探讨，推出系列成果。

辐射广泛：有省级，如湖北、湖南；有地市，如岳阳、宜昌、襄樊、池州，有请必到，协调推进。

阵地巩固：《中国楚辞学》辑刊已出 20 辑，21、22 辑即出。质量不断提升，可望进入 C 刊。

团结协调：据我所知，中国屈原学会人才济济，仅担任国家社科基金各种项目评审的会议专家超过 10 人，方铭兄能够多方协调，通过各种努力让更多的同仁获得国家社科基金项目。

由于三任会长以及各位副会长、同仁的共同努力，学会生气勃勃欣欣向荣，呈现出积极向上正态发展的趋势，没有众所周知的有的兄弟学会纷争不断年会无法召开的窘境。我们应该无比珍惜这样一种状态，保持良好的传统，相信方铭兄能够担当重任。

学会：新时期楚辞学繁荣的第一载体

关于学会与学术会议，我写过两篇论文：

一是《交流切磋启迪——当代楚辞学术会议论》，《绥化师专学报》1991 年第 4 期；中国人民大学《中国古代近代文学研究》1992 年第 4 期全文复印，后收入《当代楚辞研究论纲》。这是迄今为止唯一以楚辞学术会议为研究对象撰写的论文。

二是 1991 年，我应秘书长毛庆之邀，为学会重新登记写了一个总结，从十个方面总结了中国屈原学会成立六年来取得的一系列成果。后以《前进中的中国屈原学会》刊于广西社科院《学术研究动态》1992 年第 3 期，收入拙著《楚辞论稿》，成为楚辞学术史的重要资料。

关于学会的功能，应该是多方面的。我这里仅强调两点。

第一，由于学会的组织与推动，构成了楚辞学人才培养与学术传承一体化的走向，形成了学术师承与学会运作的良性互动。

我曾经简要描述过当代楚辞学师承地图：

北京大学

胡适、游国恩、陆侃如、林庚

褚斌杰、金开诚、曹道衡、沈玉成、费振刚、张永鑫、彭庆生

常振国、章必功、方铭、黄凤显、徐志啸、刘毓庆（姚奠中弟子）、朴永焕、常森、程水金、董洪利、高路明

刘刚、吴贤哲、李金坤

北京师范大学
刘盼遂、聂石樵
郭建勋（黄寿祺弟子）、过常宝、雷庆翼

东北师范大学
杨公骥、孙常叙
李炳海、许志刚、曲德来、姚小鸥、赵敏俐、杨树增、郭杰、孙禄怡
张庆利

浙江大学（杭州大学）
姜亮夫、刘操南、陶秋英
崔富章、郭在贻、曹础基、姜昆武、薛恭穆
教育部培训班：黄中模、姚益心、殷光熹、郝志达、林维纯、栗凰、丁冰、吕培成、王延海、张崇琛、黎安怀
刘跃进、江林昌、林家骊、黄灵庚、张宏洪、寿勤泽、王德华

武汉大学（湖北省社科院）
闻一多、苏雪林、刘永济、谭介甫、刘禹昌、蔡守湘
张正明、张啸虎
毛庆、李中华、何念龙、方铭（吴林柏弟子）、蔡靖泉、朱炳祥

复旦大学
朱东润、陈子展、蒋天枢
朱碧莲、汤漳平、徐志啸
罗剑波、王海远

四川师范大学
汤炳正、魏炯若、屈守元
李大明、李诚、杨乃乔、刘信芳、毕庶春、熊良智、何炜、力之、汤序波

山东大学

高亨

龚克昌、董治安

王洲明、廖群

陕西师范大学

霍松林

尚永亮、叶舒宪、陈桐生、张强

河北大学

魏际昌

熊任望

李金善、刘树胜

河南大学

李嘉言、孙作云

李之禹、李之汤、孙心一

上海师范大学

马茂元

王从仁、曹旭、何丹尼

安徽师范大学

卫仲璠

潘啸龙

刘生良、金荣权、许富宏

湖南师范大学

马积高

叶幼明、颜新宇、曹大中

南京大学

胡小石、程千帆、周勋初

郭维森、熊任望
曹虹、程章灿、许结
曹晋

贵州大学
汤炳正、张汝舟、姚奠中
张叶芦、蒋南华、梅桐生

西北师范大学
郭晋稀、郑文
赵逵夫
伏俊琏、韩高年、马世年、许富宏

哈尔滨师范大学
张志岳
张德育、戴志钧

以上描述主要体现学术传承的地理分布，没有高下排名，只是随机列出。不仅未必准确全面，而且有很多遗漏，尤其是港台部分拟以苏雪林、台静农、饶宗颐为首进行排列，但限于时间，这次也没有列出。

当然，没有非常明显的学术师承，一样可以做出杰出的成就，比如萧兵、秉高兄。

第二，大部头的产品、大规模的项目不断推出。

原来我们讲《楚辞》，主要推荐三大部：

游国恩主编《楚辞注疏长编》，中华书局。计划五编。由于游先生去世较早，涉及到著作权问题，至今仅出两编，作者署名稍有不同：《离骚纂义》（游国恩主编，金开诚补辑、董洪利、高路明参校）、《天问纂义》（游国恩主编，金开诚、董洪利、高路明参校）。由于署名版权问题，其他三编至今未出，其资料性、时效性，已经受到很大影响。

马茂元主编《楚辞研究集成》，上海古籍出版社。五编：《楚辞注释》《楚辞要籍解题》《楚辞评论资料选》《楚辞研究论文选》《楚辞资料海外编》

姜亮夫《楚辞通故》四大卷，有齐鲁书社版，也有云南人民出版社《全集》版

如今，又有几种新的丛书：

一是崔富章总编《楚辞学文库》，湖北教育出版社出版，凡四卷：《楚辞集校集释》

《楚辞评论集览》《楚辞著作提要》《楚辞学通典》。

二是有吴平、回达强主编的《楚辞文献集成》，广陵书社，全30册。

三是北京燕山出版社《楚辞要籍选刊》，收入楚辞典籍58种，原版影印。

四是《楚辞文献丛刊》，黄灵庚教授主编、赵敏俐教授和方铭教授任副主编，全书80册，收录历代《楚辞》重要版本、研究文献二百多种，涉及中、日、韩三国的作者，收录文献的种数及成书规模远远超过了以往任何一种《楚辞》类的丛书，是迄今文献最珍稀、品类最齐全、规模最宏大、编排最科学的楚辞文献丛书。

以收藏机构而论，涵盖了中国国家图书馆、上海图书馆、中国科学院文献情报中心、浙江图书馆、复旦大学图书馆、北京大学图书馆、山东省图书馆、天一阁博物馆、日本大阪大学图书馆、美国哈佛燕京图书馆等数十家著名图书馆的珍贵《楚辞》文献，这么广泛地搜集，前所未有。其中宋刻本七种、明刻本三十七种、稿钞校本五十五种，共有一百余种系首次刊布。最早的是《文选集注·楚辞二卷》唐钞卷子本，最晚的是《楚辞图》郑振铎辑，人民文学出版社1953年影印本。是"楚辞学"集大成的重要文献。

此外，本人先后承担国家社科基金项目《五百种楚辞著作提要》《楚辞文献语义化研究》《东亚楚辞文献的发掘、整理与研究》（重大项目），也会逐步推出纸质版本与网络平台的双重成果，为楚辞学提供各种服务。

学风：新时期楚辞学繁荣的第一启示

（1）必须继续坚持宏门正学、沉潜往复的传统，甘于寂寞，日积月累，形成正确的导向、良好的风范，拿出代表性、标志性、引领性的典范成果。有些选题可以集体攻关通力合作，但不能急于出成果，多出成果，要坚持逐步积累厚积薄发的研究路径。

（2）兼容并包，鼓励探索，支持各种尝试。梁任公云，"学术者，天下之公器也。"王阳明云，"道固自在，学亦自在。天下信之不为多，一人信之不为少。"无论研究资料，还是学术选题，都应该是公开的、开放的。学术研究，带有"潜科学"的性质，没有什么选题，没有什么方法，可以预设达到何种效果，取得何种突破？所有的探索，需要社会的、学界的考验，尤其是时间的考验、历史的考验。有些观点现在可能是猜想，但也可能在三十年四十年之后成为一种有论据的论断。有些说法本来就荒唐，没有任何依据，但不必伤肝动气大动干戈，口诛笔伐，相信会被时间、历史自然淘汰，不必花费无谓的精力去讨论众所周知的问题。

（3）逐步形成自己的研究方向、一个团队的研究特色。尽管学术选题是公开开放的，但一个人、一个团队有自身的种种有利不利因素，也不可能穷尽所有难题。所以必须收束战场，相对专一，经过一段时间的积淀、思考、融通，逐步形成自圆其说容易被学术界大多数人所接受的结论。

　　需要说明的是，这个方向、特色，应该不仅仅局限于楚辞领域。当然，多学科攻关是一种理想状态，是计划经济的管理模式的延续，而且事实上很难操作、更难坚持。所以我们还是提倡以学者个人研究为基础，逐步扩充部分选题，构成相互照应相对拓展的态势，走出自我限定的封闭系统，比如闻一多、马茂元、林庚，主要横跨楚辞、唐诗两个领域，兼及其他，构成良性互动循环往复的效果。

　　所以我们应该鼓励更多的楚辞学者在楚辞领域勤奋耕耘不断深入有所创获，同时我们也应该热情接纳其他领域的学者进入楚辞研究领域，他山攻玉，多角度思考。我们也应该鼓励、支持更多的楚辞学者从事其他领域的研究并作出成绩，至少在中国文学、中国古代文学、中国文化领域，有所选择，有所弋获，我本人主要致力于楚辞研究，有系列著作8种、专题论文120多篇，但绝不影响我做其他领域的研究，比如诗经研究、陶渊明研究、颜谢研究、才子佳人小说研究，还有两个开创性的研究领域，一是关于兰花、兰文化的研究，二是关于南通以范伯子范曾为代表的范氏诗文世家研究。此外，我还从事散文、旧体诗词创作，出版过中英文对照本散文集，在几种诗刊报纸开设旧体诗词专栏，体现出生活、精神乃至于人生追求的丰富多彩。

　　（4）大力支持青年学者的加盟研究，为青年学者的研究提供更为优厚的条件，帮助他们成长成熟成才。不管是出身名门，还是自学成才；不管是博士教授，还是工人农民，我们无法预设人才培养、成长的路径、进程与效果，人才是在一定条件氛围中自己选择自己坚持自己成长起来的，与导师、老一代学者花费了多少心血、付出多少努力是不可能成正比的。学会成立三十年的经验与历史严峻而残酷地告诉我们，当年异常活跃才气横溢叱咤风云引领潮流的人，极少数人成为严格意义上的专家，大部分由于种种原因早就退出舞台或者销声匿迹杳无音讯了，而如今相当活跃富于造诣成果丰硕的老学者，当年可能是默默无闻不被人们关注或者根本就不被看好乃至于加入学会成为会员也要花三四年时间的人，历史感就是这样，不是人们一时的冲动一厢情愿，想不到那么多优秀活跃的人早就慢慢退出学术领域，不得不令人感慨唏嘘。

　　鉴此，我们不能过于功利，囿于眼前，应该摒弃门户之见，扔掉有色眼镜，眼光看得远些再远些，对所有青年才俊尤其是默默无闻尚未崭露头角的人表示热烈欢迎大力支持，期望他们其中的一小部分逐步脱颖而出有所成就。建议今后在会议交流、论文发表、学术研讨方面，给青年学人创造更多的便利，也鼓励支持更多的青年学人加入学会出席会议发表宏论深度交流，从而有所触动有所提高。

2015 年 7 月 25 日晚完稿于淮安淮州宾馆